BASTEI LÜBBE

Eduard Bass

ZIRKUS HUMBERTO

Ins Deutsche übertragen von
Bedřich Schick

BASTEI LÜBBE

BASTEI-LÜBBE-TASCHENBUCH
Band 11 335

Titel der tschechischen Originalausgabe:
Cirkus Humberto

Lizenzausgabe: Gustav Lübbe Verlag GmbH,
Bergisch Gladbach
Die deutsche Übertragung wurde mit freundlichem Einverständnis
des Fretz & Wasmuth Verlags, Zürich, benutzt.
Printed in West Germany, November 1988
Einbandgestaltung: Roland Winkler
Umschlagfotos: WWF
Satz: Fotosatz Manfred Schöning, Wiehl
Druck und Bindung: Ebner Ulm
ISBN 3-404-11335-7

Der Preis dieses Bandes versteht sich
einschließlich der gesetzlichen Mehrwertsteuer

Erster Teil

STERNE

BEURLAUBT

AM

31. 5. 1925

Präsident O'Harrieh

Dieses Inserat, dessen fettgedruckte Riesenlettern eine volle Seite füllten, erschien im November 1924 im »PROGRAMM«, der Wochenzeitschrift der Internationalen Föderation der Varieté- und Zirkuskünstler. Durch seinen rätselhaften Inhalt wie durch die ungewöhnliche Form erregte es ungeheueres Aufsehen. Kein Wunder, denn welcher Artist hielte sich nicht für einen Stern? Und was für ein schwerwiegender Grund mochte den ehrwürdigen Präsidenten dazu veranlaßt haben, den Zirkusmitgliedern zu empfehlen, eine Vorstellung ausfallen zu lassen, also etwas, wozu der Bühnen- oder Manegenkünstler sich nur im äußersten Notfall entschließt, wenn ihn ein schweres Unglück getroffen hat oder eine Krankheit ans Lager fesselt? Etwas, was den Verlust des Unantastbarsten bedeutet, das der Artist kennt, worum er kämpft und wofür er täglich sein Leben aufs Spiel setzt – den Verlust seiner Gage?

Kein Wunder also, daß die ganze Inföva zikün (Internationale Föderation der Varieté- und Zirkuskünstler) in Aufregung geriet und ihr Generalsekretär, Herr Lubitschke-Sailoni, nahe daran war, in der Lawine von Anfragen zu ersticken, die von den Artisten aller Gattungen bei ihm einliefen: sie kamen von Trapez- und Barrenkünstlern, Bodenakrobaten, Kunstreiterinnen und Clowns, von Tierbändigern, Imitatoren, Zauberern, Schlangenmenschen und Kaskadeuren, von spanischen und jawaischen, von Bauch- und Schleiertänzerinnen, von Jongleuren, Athleten, Kettensprengern, Schwertschluckern, Affen- und Hundedresseuren, und weiter von Exzentrikern, Steptänzern, fliegenden und fallenden Menschen, von Zwergen, bärtigen Damen, Verwandlungskünstlern und Fakiren, von Vätern japanischer und chinesischer Gauklerfamilien; es schrieben Seiltänzer, Könige der Schießkunst, Tauchkünstlerinnen und Xylophonvirtuosen, Hypnotiseure, und selbst zahlreiche Hellseher fragten an. Aber das war noch nicht alles. Denn es kam noch ein drohender, fast möchte man sagen, ein gepanzerter Brief von der Inorvaziun (Internationale Organisation der Varieté- und Zirkusunternehmer), und auf den ersten Blick schien es, als sollten die Infövazikün und die Inorvaziun nach langen Jahren einträchtigen Friedens miteinander in Kriegszustand geraten.

Herr Lubitschke-Sailoni war früher ein berühmter Untermann gewesen, der lächelnd eine Pyramide von drei Männern, zwei Frauen und fünf Kindern mit einem Hund auf Kopf und Schultern gehalten hatte, aber dieser Andrang schien ihm unerträglich. Den Präsidenten der Infövazikün wünschte er wegen seines unerhörten Einfalls zum Teufel und beschloß, ihm das ganze Zeug einfach vor die Füße zu schmeißen. Im Grunde hatte er allerdings das Gefühl, daß es nichts nützen würde. O'Harrieh besaß das Doktordiplom der juristischen Fakultät in Massachusetts oder Indianapolis und war womöglich imstande, einem Toten die Seele eines Neugeborenen einzureden. Was war denn O'Harrieh schon für ein Künstler? Ursprünglich hatte er eigentlich nur Schach gespielt, und das tat er heute noch. Wie jeder Schauspieler, konnte er seit seiner Knabenzeit Tarock spielen, und an dem dicken Kartenstoß waren seine Finger lang geworden; dann hatte er damit Zauberkunststücke gemacht und so war er in die Loge gekommen. Und durch seine Juristendurchtriebenheit war er schließlich Präsident geworden. Wer versteht sich schon auf diese Advokatenschliche? Man wirft wohl eine Dreißig-Kilo-Kugel in die Luft und läßt sie dann über Hals und Rücken gleiten, oder man steht als Untermann in der Pyramide, daß einen die Agenten »Riesenkraft« nennen, aber wenn dann ganz plötzlich und überraschend das verflixte Muskelzittern kommt, dann ist es natürlich aus mit dem Untermann; wo soll man da die Einfälle hernehmen, wie sie solch ein Schlaufuchs hat?

Herrn Lubitschke-Sailoni hatte sein Gefühl nicht getäuscht. Mr. O'Harrieh goß dem aufgeregten Athleten Whisky ein und reichte ihm eine Zigarre, dann holte er aus der Schublade einen Bogen Papier hervor, auf dem bereits der Text der Antwort stand, die gedruckt und mit dem Vermerk »Streng geheim« allen Künstlern zugeschickt werden sollte. Und was die Sache selbst betraf, so leuchtete es Riesenkraft jetzt schon ein: der Abschied vom alten Karas war natürlich ein Ereignis, bei dem keiner fehlen durfte, der sich nur irgendwie freimachen konnte. Da konnte selbst die I n o r v a z i u n nichts gegen die I n f ö v a z i k ü n ausrichten, das war klar.

So begannen denn am dritten Tag Stöße von Briefumschlägen als Drucksachen die Artistenzentrale zu verlassen, und wie ein Lauffeuer verbreitete sich in der ganzen Welt die sensationelle Nachricht: Vater Karas verläßt das steinerne Haus und geht in den Ruhestand. In den Garderoben der Varietétheater, auf den Gängen der Zirkusse, in den Artistenspelunken von Berlin, Kopenhagen und Barcelona, von Wien, Petersburg, Rotterdam und Chicago, überall hörte man das gleiche Gespräch:

»Vater Karas verläßt uns...«

»Also auch er...«

»Als ich vor fünfzehn Jahren bei ihm arbeitete...«

»Als ich mit ihm auf der Pariser Weltausstellung zusammentraf...«

»Schon mein Vater, die berühmte Nummer Riotard & Comp., hat irgendwann in den neunziger Jahren mit ihm gearbeitet. Das muß ich ihm schreiben...«

»Der Großvater meiner Frau hat ihn als Jüngling gekannt, nicht wahr, Alice? Vergiß das Datum nicht in den Kalender einzutragen, Alice, wir werden wenigstens ein Telegramm schicken.«

»Er hat also eigentlich von der Pike angefangen?«

»Wie können Sie nur fragen! Solch ein Mensch kann anderswo gar nicht existieren. Solch ein Mensch kann nur auf den Wagenrädern geboren werden.«

Denn das war die stolze, standesbewußte Schlußfolgerung aller dieser Gespräche: diese Nachkommen und Nachfolger der Jahrmarktgaukler, Bärentreiber und Seiltänzer, heute die berühmten, für ihre Leistungen mit Tausenden von Dollars und Pfunden honorierten Stars luxuriöser Varietétheater, konnten nicht zugeben, daß ein bedeutender Mensch das Licht der Welt anderswo als auf den Rädern, das heißt in dem die Welt durchziehenden Wanderzirkus erblicken könne.

Und doch irrten sie sich.

2

Ja, wo hatte es denn eigentlich angefangen? Ich glaube, bei dem Schanktisch, auf dessen Blechpult jemand ein Gläschen helles, schwach schäumendes Dünnbier vor Anton Karas hinstellte. Der Wirt hieß Hein Mösecke, und die Schenke trug die Aufschrift »Zur Seemannsbraut«. Sie befand sich in einem der krummen, gefährlichen Gäßchen, die in Hamburg am Ende der Reeperbahn nach links und rechts auseinanderlaufen. Hier pflegten tschechische Arbeiter einzukehren – sie verzehrten meist ein Stück Rauchfleisch, das sie mit ihrem Taschenmesser zerschnitten, und tranken ein Glas Bier der billigsten Marke dazu. Diesmal kam jedoch Anton Karas nicht hierher, um mit seinen Landsleuten zusammenzutreffen; völlig niedergeschlagen kehrte er aus Altona zurück, und als er an der Straßenkreuzung vorbeikam, wo mitten in der Stadt der Königlich Preußische Staat an die freie Hansastadt Hamburg angrenzte, ließ er sich bereits willenlos vom Strom der Menschen vorwärtstreiben, wie ein steuerloses Schiff auf den Wellen des Meeres tanzt. Unterwegs hatte er die ganze Zeit nur das eine beklemmende Gefühl und die eine stumpf düstere Erkenntnis: daß es hier keine Arbeit für ihn gebe, daß er kein Unterkommen mehr finden werde, und was jetzt aus dem Jungen werden sollte, da er nun einmall alles auf eine Karte gesetzt hatte?

Schon an die zwanzig Jahre kamen Bauarbeiter den Sommer über hierher, wo sie mit sicherer Beschäftigung rechnen konnten, denn Arbeit gab es hier in Hülle und Fülle. Damals, man schrieb etwa das Jahr 1840, war die Stadt Hamburg abgebrannt. Es mußte eine furchtbare Feuersbrunst gewesen sein, denn selbst Karas hatte noch nach etwa acht Jahren zahlreiche Brandtrümmer niedergerissen. Über sechzig Straßen insgesamt sollen in Schutt und Asche gelegen haben, nicht einmal die Kirchen hatte das höllische Element verschont. Auf der ganzen Welt hatte man Geld für die unglückliche Stadt gesammelt, vor allem aber waren es die Hamburger Bürger selbst gewesen, die sich zusammengetan und beschlossen hatten, alles völlig neu wieder aufzubauen, aber großartiger und dauerhafter als vorher, wirklich eine riesige Hafenstadt.

Schon in den folgenden Jahren begannen Bauarbeiten in so ungeheuerem Ausmaß, wie es Hamburg noch nicht gesehen hatte, nur an Mauern und Zimmerleuten fehlte es. Damals drang die Kunde von dieser blendenden Arbeitsgelegenheit durch Flößer zum erstenmal in die Budweiser Gegend, und im Frühjahr begaben sich bereits die ersten Arbeitertrupps aus mehreren Dörfern nach Hamburg, um dort ihr Brot zu verdienen, und kehrten zu Beginn des Winters zufrieden heim. Dann zog man schon regelmäßig aus dem Vorland des Böhmerwaldes nach Hamburg. In Oberschneedorf begann damit ein gewisser Millner, und Anton Karas schloß sich seiner Truppe an. Millner war ein sehr geschickter Truppführer, im Vorfrühling schwammen sie auf Flößen flußabwärts, und im Herbst stellte er aus den Maurern eine Musikantentruppe zusammen, so daß sie sogar unterwegs Geld verdienen konnten. So kamen mit einemmal Geldsummen nach Oberschneedorf, wie es das einsame Gebirgsdorf bisher noch nie erlebt hatte. Gleich wurden die Hütten ausgebessert, der Ziegenbestand erweitert und die Kartoffelfelder vergrößert. Unter diesen Verhältnissen konnte nun auch Karas heiraten, und es ging ihm recht gut, seine Frau schenkte ihm ein Söhnchen, dem sie den Namen Wenzel gaben, ein strammes Kerlchen, nur kränkelte Mariechen seit dieser Zeit und mußte manchmal sogar das Bett hüten, so daß sie den Sommer über nur mit Mühe die in ihrem bescheidenen Haushalt und dem kleinen Garten erforderlichen Arbeiten bewältigen konnte.

Dann kam jenes verhängnisvolle Jahr 1862, da mit einemmal alles wie verhext war. Zu Neujahr erkrankte Mariechen, und als Millner seine Leute sammelte, ging es ihr so schlecht, daß Anton sie nicht verlassen konnte. Es war gerade eine Woche her, seit sie fortgezogen waren, da starb Mariechen, Gott geb' ihr die ewige Ruh'. Karas ließ ihr ein schlichtes Begräbnis bereiten, obwohl es im Dorf fast nur noch Frauen und Greise gab. Auf den Feldrainen und Berglehnen lag noch Schnee, und die Erde war steinhart, als man ihr das Grab schaufelte, aber Karas ließ es sich nicht nehmen, mit seinem Söhnchen eine kleine grüne Lärche zu holen und sie der Toten zu Häupten in die Erde zu pflanzen, damit ihr, wie er sagte, die Sonnenstrahlen keine Augenschmerzen verursachten. Dann brachte er noch alles in seiner Wirtschaft in Ordnung, gab etwas von seinen Sachen zu Mariechens Mutter, etwas zu seiner Schwester, sperrte das Häuschen zum erstenmal mit einem Vorlegeschloß ab, warf sich dann seinen Rucksack mit allerhand Werkzeug, einer Trompete und Kuchen auf den Rücken, nahm den kleinen Wenzel bei der Hand und marschierte talabwärts in der Richtung nach Budweis. Viel Geld war ihm nicht mehr übriggeblieben nach all den überstandenen Mühsalen, es reichte kaum für die Reise; als er aber endlich in Hamburg landete und zur »Seemannsbraut« kam, war Millner mit seinen Leuten spurlos verschwunden.

Wie immer nach einer lang andauernden Konjunktur, so war es auch jetzt gekommen: die Bauarbeiten waren in diesem Jahr ins Stocken geraten. Für die wenigen Gelegenheits- und Reparaturarbeiten gab es genug einheimische Arbeitskräfte. Millner hatte, wie die anderen Truppführer, das einzig Mögliche getan: nach zwei, drei Tagen war er mit seinen Leuten anderswohin, in eine glücklichere Gegend gezogen, vielleicht sogar nach Hause. Aber was sollte Anton Karas tun, der nun mit seinem Jungen mittellos dastand, weil er bestimmt damit gerechnet hatte, daß es vom Hafen direkt zur Baustelle gehen würde! Allein konnte er nicht nach Böhmen zurückkehren, wenn er nicht betteln wollte. Er brachte also seinen Wenzel zur Witwe Langermann, bei der er immer gewohnt hatte und die auch darüber klagte, daß ihre beiden Zimmer leer stünden. Sie nahm den Jungen in ihre Obhut, und Karas ging fort, sein Glück zu versuchen. Er begab sich an die Peripherie der Stadt, wo er einen Bauplatz zu finden hoffte, er versuchte es sogar im Hafen, in den Docks und den Lagern, er hielt unterwegs Leute an, bei denen er sich nach Arbeit, gleichgültig welcher Art, erkundigte, aber nirgends bot sich auch nur die geringste Gelegenheit. Wenn doch noch irgendwo ein Arbeitslärm ertönte, hielten die Einheimischen jeden

Fremden ängstlich von sich fern, damit er ihnen nicht ihr Brot nähme.

Und so gelangte er schließlich wieder zur »Seemannsbraut«. Eigentlich wollte er gar nichts trinken, sondern nur ein wenig ausruhen und zur Besinnung kommen, damit er den Jungen durch seine Niedergeschlagenheit nicht erschrecke. Hatte er doch selbst nur noch den einen, einzigen Gedanken: »Werde ich überhaupt noch Arbeit für meine beiden Hände finden?«

»Zum Wohlsein!« ruft der dicke Hein Mösecke und schiebt ihm mit seinen kurzen Fingern ein kleines Glas Weißbier zu. Karas dankt kaum hörbar, und Mösecke, der sich mit den Leuten auskennt, fragt mit heiserer Stimme: »Na also, Anton, nichts gefunden?«

»Nicht das Geringste«, Karas trinkt einen Schluck. Etwas von seiner Niedergeschlagenheit hat er schon hinuntergespült, denn, wie er das Glas hinstellt, entfährt es ihm ganz von selbst: »Kruzitürken Himmeldonnerwetter noch einmal!«

»Nur nich den Kopp verlieren, Anton«, fährt Hein Mösecke fort, »Hamburg is wie's Meer, nich? Jedem gibt's Brot. Immer nur durchhalten, nich? Häst schon mit Karlchen do gesprochen? Mit dem mußt du sprechen, bist doch ein Tscheche, nich?«

Und schon ruft Hein Mösecke in einen Winkel der Schankstube, wo im Halbdunkel ein Mann sitzt:

»Karlchen, do häst einen Landsmann, solltest wat for ihn tun. Is auch ein Tscheche, nich?«

Karas geht zu dem Tisch, an dem ein kleiner Mann mit schwarzem krausem Haar sitzt, dessen Stirn voller Falten ist; aber es sind keine Falten, wie sie alte Menschen haben, sondern sie kommen daher, wie er die Kopfhaut bewegt und die Augenbrauen hebt, während er Karas anblickt. Darunter strahlen zwei muntere, schwarze Augen.

»Du bist Tscheche?« fragt er und gibt ihm die Hand.

»Ja, aus der Budweiser Gegend.«

»Maurer, was?«

»Ja.«

»Und bist jetzt im Dreck, nicht wahr?«

»Ja, leider.«

»Und möchtest Arbeit haben, was? Ganz gleich welche Arbeit?... Aber natürlich, du bist ja ein Tscheche.«

Karas hat sich inzwischen gesetzt, und der andere fährt fort, ohne auf seine Zustimmung zu warten.

»Also hör' mal, ich heiße Kerholec, Karlchen Kerholec aus Rovensko, das genügt, wenn du mir mal schreiben willst. Vorläufig bin ich noch ohne Titel, bis jetzt hab' ich mich noch für nichts Passendes entschieden.«

»Ich bin der Maurer Anton Karas aus Oberschneedorf.«

»Also kurz der Karas-Toni – na, da weiß ich schon Bescheid. Deine Alte hast du begraben und den Jungen mitgebracht, nicht wahr? Ja, da wird's schon allerhand Sorgen geben, aber was kann man machen.«

»Woher weiß du, daß...«

»Ist doch ganz egal. Wie du weißt, ist hier bei Hein Mösecke immer die Millnersche Truppe eingekehrt. Als sie merkten, daß hier sogar Hunde krepieren würden, zogen sie nach Stettin ab. Und sie sprachen dauernd davon, daß noch ein Anton Karas mit seinem Jungen kommen solle. Der Junge ist doch gesund, nicht? Verträgt er das Reisen?«

»Da kannst du unbesorgt sein.«

»Na, also, Toni, trink mal dieses edle Naß hier aus und dann woll'n wir seh'n, ob sich nicht doch noch was für dich finden läßt. Ich hätt' schon was, na, und wenn's klappt, spendierst du mir ein Glas Bier.«

Karlchen Kerholec aus Rovensko pfeift einen Marsch vor sich hin, setzt sich den Hut schief auf den Krauskopf, greift in die Hosentasche, holt eine Handvoll Münzen daraus hervor, denn er hat sein Geld nicht, wie Karas, in einem Geldbeutelchen, und wirft ein paar Pfennige aufs Schankpult.

Karas kommt sich draußen neben dem kleinen Kerholec wie ein Riese vor, trotzdem muß er tüchtig losmarschieren, um ihm folgen zu können.

»Es ist nicht weit, nur um die Ecke auf die Reeper«, sagt Kerholec.

»Was ist es denn eigentlich für eine Arbeit?« fragt Karas besorgt. »Eine Baustelle?«

»Ja, bauen tun wir schon und wieder niederreißen..., und immer wie der Wind muß es geh'n, Kamerad, und dann gibt's noch vieles andre. Das Wichtigste dabei ist eben, daß alles nur so fliegt. Du bist doch auch Akkordarbeiter gewesen?«

»Mensch, das ist was für mich. Wenn ich mich ins Zeug lege, da kommen die Handlangerjungen nicht nach.«

»Das wäre also allright. Und wie sieht's mit der Holzarbeit aus? Zimmern, Sägen, Nageln?«

»Ich bin doch aus dem Gebirge.«

»Das hab' ich mir ja gerade gesagt. Und wie steht's mit dem Lackieren und Anstreichen?«

»Na, das gehört doch eigentlich schon dazu.«

»Blasen kannst du ja auch, soviel ich weiß, Millner wollte deshalb unbedingt auf dich warten.«

»Auf dem Flügelhorn, na ja, das schon.«

»Du bist ja schließlich ein Tscheche, da versteht es sich doch von selbst. Ich sag's dir, Anton, daß es gut ausgehen wird, wenn du's nicht selbst verhaust. Karlchen Kerholec hat schon einen Riecher. Hier links hinter das Ringelspiel, und wir sind da.«

Sie waren inzwischen bis etwa zum Drittel der Reeperbahn gekommen, wo sich damals ein freier Platz mit Zirkuswagen, Luftschaukeln, Ringelspielen und Schießbuden befand. Dazwischen stand ein ziemlich großes, an der Frontseite rundes Holzgebäude mit einer riesigen Aufschrift. Karas stand unmittelbar davor, konnte aber nur die Buchstaben S U M B E R entziffern. Er grübelte gerade vergeblich darüber nach, was sie bedeuten könnten, als

Kerholec eine kleine Tür öffnete und jemandem ins Innere zurief:

»Ist Herr Steenhouwer da, Rotköpfchen?«

»Im Büro hinter der Kasse, Scheusal!« antwortete eine weibliche Stimme.

»Danke für die Ehre, Rotköpfchen.«

Kerholec lehnte lachend die Tür an, schritt auf eine andere zu und wandte sich dann zu Karas:

»Jetzt, mein Junge, gib acht und tritt mit dem rechten Fuß über die Schwelle. Und außerdem kann es nichts schaden, wenn du noch drei Kreuze machst.«

Karas war aufgeregt. Das unverhoffte Zusammentreffen mit diesem durchtriebenen Gesellen, über den er nichts wußte und dem er doch auf den ersten Blick Vertrauen schenkte, die plötzliche Wendung in einer hoffnungslosen Lage, das Geheimnisvolle einer unbekannten Beschäftigung, die Hoffnung, daß er vielleicht in den nächsten Minuten mit dem Jungen gerettet sein würde, das alles erregte ihn heftig nach der vorangegangenen Niedergeschlagenheit. Automatisch gehorchte er der Aufforderung Kerholecs und machte rasch drei Kreuze. Dabei erblickte er über sich die Buchstaben R K U.

Hinter der Tür befand sich ein kurzer Gang, dessen Wände mit verschiedenen Tierbildern beklebt waren. Kerholec klopfte an einer der Türen an. Von innen ertönte eine Männerstimme, und Kerholec nickte Karas aufmunternd zu, mit ihm einzutreten.

»Guten Tag. Mijnheer Steenhouwer!«

»Ach, du bist's Karl. Guten Tag. Was bringst du mir denn?«

Ein breiter, etwas untersetzter Mann mit schütterem, hellem Haar wandte sich vom Schreibtisch um und setzte sich die Brille auf.

»Sie sagten, Herr Sekretär, daß es schon bald losgeht.«

»Ja. In den nächsten Tagen. Hast du schon alles vorbereitet?«

»Zwei Zeltarbeiter würde ich noch brauchen. Oder wenigstens einen. Und den bring' ich Ihnen hier.«

»Ist er vom Fach?«

»Nein. Aber es ist ein Landsmann von mir.«

»Ein Tscheche? Nun, wenn's ein Tscheche ist, so nimm ihn. Die Bedingungen wie gewöhnlich. Kennt er sie?«

»Er ist mit allem einverstanden.«

»Also gut. Er bekommt sieben Mark ausgezahlt. Wie heißt er?«

Karas Anton. Aber...ich muß Ihnen noch etwas sagen, Mijnheer. Er ist Witwer und hat einen Jungen mit.«

»Das ist schlimm. Wir haben schon eine Menge Kinder, und es soll noch eine ikarische Nummer kommen. Die bringt sicher ein halbes Dutzend mit.«

»Die ikarische Nummer hat ihren eigenen Wagen, Mijnheer. Der Junge ist gesund und aufgeweckt, den können wir brauchen. Schlafen kann er mit uns.«

»Nun, wenn du glaubst... Wie schreibt man den Namen: K–a–r–a–s? Gut. Sieben Mark zur Auszahlung. Geh' damit zur Kasse, Anton, und das übrige laß dir von Karl sagen. Auf Wiedersehen.«

Anton Karas ist überglücklich. Vor lauter Dankbarkeit würde er sich am liebsten zu dem Sekretär stürzen und ihm die Hand küssen, aber der hat sich schon wieder umgedreht, die Brille von der Nase genommen und zu schreiben angefangen. Und Kerholec schiebt Karas leise zur Tür hinaus. Erst draußen betrachtet der Maurer den Zettel und reißt erstaunt die Augen auf. Die Buchstaben, die er an dem Gebäude gesehen hat, sind zu einer ganzen Überschrift vereinigt:

ZIRKUS HUMBERTO

Beim Zirkus engagiert! Entgeistert starrt er Kerholec an, aber der grinst nur und kichert in sich hinein.

»Kerholec..., Mensch..., ich beim Zirkus..., das ist nicht so einfach..., ich kann doch gar nichts...«

»Doch, doch, du kannst schon was, Toni, nur keine Angst! Du kannst sogar viel, was hier gebraucht wird..., und was du nicht kannst, das guckst du mit der Zeit eben ab, bist doch ein Tscheche.«

Jetzt zieht Kerholec einen Vorhang zurück, und vor Karas erhebt sich ein riesiger runder Raum, der ringsum von Stufen umgeben ist, die fast bis zur Decke reichen, und ganz oben, knapp unter der Decke, sind eine Menge Fenster und Fensterchen. Ein breiter Lichtstrahl fällt wie ein goldenes Band in das Halbdunkel des Raumes, auf die gelbliche runde Fläche unten auf der Erde, wo mitten im Lichtglanz ein schönes, schwarzes Pferd steht, auf dessen Rücken ein Reiter mit einem roten Tuch um die Stirn sitzt. Das Pferd hat sich auf seinen Hinterbeinen erhoben, die Mähne fliegt, die Vorderbeine schlagen in die Luft, und der Reiter beklopft sie mit einem gelben Stab.

Der Maurer Anton Karas starrt das alles wie eine Erscheinung, wie ein Wunder an. Und sein krausköpfiger Gefährte erklärt ihm mit eindringlichen Worten, daß der Zirkus Humberto einer der größten in Europa sei, daß er einem gewissen Herrn Berwitz gehöre, daß es darin gegen sechzig Vollblutpferde, einen Elefanten und eine Menagerie gebe, und daß sich das alles ehestens in Bewegung setzen und auf die Tournee begeben würde, die vom Frühjahr bis zum Winter dauern solle. Und daß dazu eine Truppe Bauleute, Zeltarbeiter, wie sie sich nennten, gebraucht würde, die in zwei Stunden ein Zelt aufbauen und es in einer halben Stunde auseinandernehmen könnten, und daß Herr Berwitz die Leitung dieser Truppe ihm, Karl Kerholec aus Rovensko, übertragen habe; in eine solche Truppe sei nun Karas hineingeraten, und alle Arbeit wäre kein Kunststück, nur das Tempo müsse man durchhalten, damit alles wie auf dem laufenden Band gehe. Eben dafür seien die Tschechen wie geschaffen, die sich in jeder Lage zu helfen wüßten. Deshalb seien sie auch zu solchen Arbeiten in jedem Zirkus gesucht. Natürlich gäbe es unter ihnen auch Kutscher, Stallmeister,

Raubtierfütterer, Musikanten, Clowns, was sich einem jeden eben gerade biete. Die Hauptsache dabei sei, in allem Bescheid zu wissen und überall, wo es gerade nötig sei, helfen zu können. Dafür aber sei es ein herrliches, freies und ungebundenes Leben, das einem die ganze Welt mit ihren vielen Städten, fernen Ländern, unbekannten Menschen öffne..., und wie viele schöne Frauen gebe es da! Denn auf die Zirkusleute habe es jede abgesehen...

Kerholec sagt das alles irgendwie verführerisch, vielleicht will er ihm den Mund wässerig machen; aber vor dem Maurer Karas steigt plötzlich die kleine Lärche dort oben auf dem Kirchhof auf..., was würde wohl Mariechen dazu sagen, daß er nun unters Zirkusvolk gegangen ist! Unter die Komödianten, die die Welt durchziehen, ohne einen Flecken Heimat, ohne ein Stückchen festes Dach über dem Kopf; ein seltsames Völkchen, mein Gott, vielleicht sind sogar Diebe darunter! Hatte man nicht bei ihnen im Dorf immer gerufen: um Gottes willen, Leute, macht die Fenster und Türen zu, das Zigeunervolk mit dem Bären ist da! Und gleich war der Wachtmeister zur Stelle gewesen und hatte ihnen mit einem Auge die Papiere durchgesehen und mit dem andern einen Blick in den Kessel geworfen, ob nicht ein Hase vom Herrschaftsgut darin brate. In solch eine Zunft war er jetzt hineingeraten, er, der ehrliche, rechtschaffene, in einer sauberen Hütte seßhafte Maurer, der in Gottesfurcht Weib und Kind ernährt hatte! War bei ihnen jemals so etwas vorgekommen?

Aber dieser Kerholec, was nützt das alles, der sieht nicht wie ein Zigeuner aus, der tritt in allem wie ein Herr auf, und Karas hat ungeheures Vertrauen zu ihm. Der würde es doch unter solch einem Lumpengesindel nicht aushalten, das muß hier wohl doch etwas Besseres sein, als sie es zu Hause in Oberschneedorf gekannt hatten. Und schließlich würde er ja auch keinen Komödianten abgeben, seine Arbeit würde wie jede andere ehrliche Beschäftigung sein. Er würde doch wenigstens durch die Welt fahren, und sein kleiner Wenzel würde nicht zu Fuß gehen müssen. Der kleine Wenzel, mein Gott, was wird der wohl zu alledem sagen? Er muß ihm für den Weg eine bessere Mütze kaufen, er bekommt ja jetzt sieben Mark ausgezahlt. Wie müssen sich wohl die armen Kerle mit Millner plagen, bevor für einen von ihnen sieben Mark übrigbleiben!

»Die sieben Mark bekomme ich jetzt noch ausgezahlt?«

»Ja natürlich, hier hat jeder so seine kleinen Schulden und Besorgungen, und so wird alles beglichen, damit unterwegs Ruhe ist. Wenn du aber nicht bis zum Winter dableiben solltest, so werden dir die sieben Mark abgezogen, das steht im Vertrag. Du kannst sie dir an der Kasse auszahlen lassen, die Tür gleich neben dem Sekretär. Aber zuerst komm dir deinen Habit anprobieren. Vielleicht wirst du etwas daran umnähen müssen.«

Sie gingen den schmalen Gang längs der Manege weiter. Kerholec grüßte den Reiter in einer fremden Sprache, und der dankte mit einem Kopfnicken, ohne dabei den Blick von den Beinen des Pferdes abzuwenden, das gerade in einem merkwürdigen, kunstvollen Schritt einhertänzelte. Auf der anderen Seite der Manege befand sich zwischen den ringsum ansteigenden Stufen ein Tor und darüber eine Art Estrade. Kerholec trat durch das Tor in das Halbdunkel eines Ganges, der unterhalb der Galerien in der Runde lief. Darin war eine Menge Türen, die, wie Kerholec erklärte, zu den Garderoben führten. Sie gingen an mehreren vorbei, bis Kerholec eine öffnete. Vor ihnen breitete sich ein großer, dunkler Saal aus, der voll von allerhand merkwürdigem Gerümpel war, und darüber hingen eine Menge Kleidungsstücke. Aus dem Dunkel näherten sich die schlürfenden Schritte eines hinkenden Mannes, dessen Gesicht voller Falten war, als hätte ihm die Natur viel mehr Haut geschenkt, als für sein schmales Gesicht nötig war. Dafür entsprach die Nase der Haut: sie war lang und vornüberhängend, und seine dichtanliegenden Augen sahen so ratlos und traurig drein, daß man unwillkürlich lachen mußte.

»Ein Neuer im Bunde, Harwey«, sprach ihn Kerholec an, »such ihm einmal aus deinem Trödlerladen etwas Passendes aus.«

»Na, da bringst du mir ja einen feinen Hecht«, antwortete Harwey. »Du bist wohl ein Ire, nicht?« wandte er sich an Karas.

Karas warf einen ratlosen Blick auf Kerholec.

»Nein, Harwey, er ist ein Tscheche«, antwortete Kerholec statt seiner.

»Da bin ich froh, Karl, da bin ich wirklich sehr froh. Ich kann die Iren nicht leiden. Wenn ein einziger Ire in den Zirkus käme, würde er mir das ganze Leben vergiften. Hm, also ein Tscheche. Um so besser, wenigstens kann er sich's umnähen, wenn's nicht passen sollte. Vielleicht paßt das hier von dem seligen Rudolf, der war nur ein bißchen kleiner, und die Ärmel sind sicher noch eingeschlagen.«

Harwey humpelte ins Dunkel zurück, wo er eine Weile herumkramte, und kam endlich keuchend mit einer prachtvollen scharlachroten Uniform wieder, die mit einer Menge Goldverbrämungen auf der Brust, mit Goldquasten auf den Schultern und goldenen Borten an der Hose verziert war. Karas fielen die Augen fast aus den Höhlen, sein Lebtag hatte er nichts so Vornehmes gesehen, höchstens einmal bei der Bischofsvisitation in Budweis, zu der die Schwarzenberg, Buquoy und Czernin mit ihren Lakaien in voller Parade gekommen waren.

»Das soll ich anziehen?«

»Ja natürlich, und sogar sofort, damit wir sehen, was du für einen Eindruck machen wirst.«

Karas warf seinen Mantel ab und zog die scharlachrotgoldene Uniform an. Sie mußten ihm zeigen, wie man sie vorn zuknöpfte. Harwey zog sie hinten ein wenig in die Taille herunter, packte Karas bei den Revers, zupfte zweimal daran herum und fuhr ihm dann streichelnd über die Schultern.

»Sitzt fabelhaft, wie angegossen. Nur die Ärmel sind etwas zu kurz, aber die lassen sich verlängern. Die Hose brauchen wir nicht anzuprobieren.«

»Blendend, Menschenskind«, musterte ihn Kerholec zufrieden und trat dabei zwei Schritte zurück,»du siehst mindestens wie ein türkischer General aus. Wenn dich der Alte sieht, schiebt er dich gleich auf den Flügel. Harwey, gib Anton einen Zettel, damit er dir bestätigt, daß er zwei Stück übernommen hat. Und nun weiter.«

Karas schrieb mit seiner Kinderhandschrift seinen Namen auf den Empfangsschein und ging, wie er war, goldüberhäuft, seinen alten Rock und die neue Hose über dem Arm, hinter Kerholec her.

»Jetzt gehen wir zur Kasse um die sieben Mark, das ist doch das Wichtigste«, sagte Kerholec unterwegs. »Aber paß auf, was ich dir sage. Das Frauenzimmer an der Kasse ist eine Verwandte von unserem Direktor Berwitz. Sie ist sozusagen unsere Landsmännin, eine Wienerin, während die Direktorin aus Belgien stammt. Wenn du die Direktorin triffst, grüßt du einfach: Guten Tag, Madame, oder Guten Abend, Madame, nichts weiter, verstehst du? Aber dem Weibsbild an der Kasse mußt du von allem Anfang an Küß die Hand, gnädige Frau, Ergebenster Diener, gnädigste Frau sagen, und sie antwortet dir Grüß Gott, Anton, und darauf sagst du Vergelt's Gott, Gnädige, und dann ist alles in Ordnung, sobald du einmal einen Vorschuß brauchst. Die Kassiererin hat außerdem für uns zu nähen und auszubessern, aber du mußt tun, als ob du dir alles allein machen wolltest, und bittest sie um Nadel, Zwirn und Schere. Dann mußt du dich recht ungeschickt dabei anstellen, auch wenn du nähen kannst, und dann springt sie auf, reißt dir das Zeug aus der Hand und näht es dir selbst. So muß man mit ihr umgehen, verstehst du, es ist ein sehr braves Frauenzimmer, aber sie hat eben ihre Grillen. Sie ist die

Witwe eines Majors, Frau von Hammerschmidt heißt sie, und ihr Wort gilt viel beim Direktor. Aber vor der Direktorin mußt du dich in acht nehmen, die seckiert gern ein bißchen. Wenn man sie in ihrem schäbigen Männerrock trifft, möchte man ihr am liebsten einen Groschen geben – und sie würde ihn bestimmt annehmen. Berwitz ist ein Kerl, der zu kommandieren versteht, aber er hat das hier alles wirklich gern. Hier hängt überhaupt...«

Kerholec blieb stehen und packte Karas an der Schulter.

»Hier ist die Tür zur Kassiererin. Du findest mich dann in der Manege oder in den Ställen. Nur das wollte ich dir noch sagen: hier hängt überhaupt alles davon ab, daß du das Handwerk gern hast. Die Menschen, die Tiere, das Material, die Arbeit, einfach alles. Zu tun gibt es hier viel, und man muß machen, was gerade kommt; aber wenn du den rechten Willen dazu hast, geht es dir in Fleisch und Blut über, und dein Lebtag wirst du nichts anderes mehr machen wollen. Weil wir hier alle eine große Familie sind, vom Direktor bis zum Pferdeknecht, alle aufeinander angewiesen, verstehst du, einer auf den andern, muß alles auf die Minute klappen. Aber dann, mein Junge, ist es eine Freude.«

Eine Viertelstunde später saß Anton Karas, der Maurer aus Oberschneedorf, bei Frau Majorin von Hammerschmidt, die ihm mit ihren geschickten Fingern und mit winzigen Stichen die Ärmel der Livree umnähte. Er war gerade mit seiner Geschichte fertig, wie er Mariechen begraben hatte und mit dem kleinen Wenzel ohne Arbeit und Brot in Hamburg steckengeblieben war.

»Da haben Sie eine schwere Prüfung bestanden, Anton, eine schwere Prüfung, das glaub' ich Ihnen gerne«, sagte die dicke Frau Hammerschmidt und nickte mit dem Kopf, dessen braune, stellenweise leicht ergrauten Haare zu einem mächtigen Nest zusammengeflochten waren. »Aber jetzt können Sie schon beruhigt sein, hier sind Sie gut untergebracht. Die Berwitz sind brave Leute, streng, was Arbeit und Ordnung betrifft, aber darin werden sie schon mit Ihnen zufrieden sein, Sie sind ja ein Landsmann, ein Tscheche. Mein Gott, wie viele Tschechen habe ich gekannt, und mit allen war gut auszukommen. Der letzte Bursche meines Seligen, des Herrn Majors von Hammerschmidt, war aus Hohenmauth, das ist doch auch irgendwo dort bei Ihnen, war das ein Kerl, ein Blick genügte, und er wußte Bescheid. Und mit Ihrem Kleinen machen Sie sich kein Kopfzerbrechen. Wir haben einige Kinder in unserem Unternehmen, auch Berwitzer haben ein Mäderl, Helenchen heißt es, wie alt ist doch Ihr Junge? Sieben Jahre, nun, das ist gerade das rechte Alter, der gibt nicht mehr viel Arbeit und gewöhnt sich rasch ein. Der wird bei uns am glücklichsten sein, Anton, denken Sie an meine Worte. Also, die Ärmel hätten wir fertig, so, da ist der Rock, und geben Sie acht darauf, Sie wissen ja, daß wir Ihnen damit unser Vermögen anvertrauen. Herr Berwitz hat es gern, wenn alles schön aussieht, nur müssen eben unsere Leute Verständnis dafür haben, daß nichts unnötig beschädigt wird. Es genügt schon, was die Tiere zerreißen. Den Jungen bringen Sie mir nachmittags mit, daß ich ihn kennenlerne, ich will ein bißchen auf ihn achtgeben. Hier sind die Eintrittskarten für ihn und für Ihre brave Quartierfrau mit ihrem Töchterchen, damit sie sich die Nachmittagsvorstellung ansehen können. Probieren Sie mal den Rock an, mein Lieber, muß doch mal seh'n, wie's paßt..., na, das sitzt wirklich ganz ausgezeichnet, ist ja auch in Wien genäht, dort gibt's halt Schneider, sind ja auch meist Tschechen. Wien, mein Gott, Wien, das ist eine Stadt, Anton, ist das eine Stadt...

Als Karas durch die Manege schritt, beendete der Reiter auf dem Rappen gerade seine Übung. Das Pferd schäumte und schwitzte und warf den Kopf hin und her, als ihm endlich die Zügel gelockert wurden. Der Reiter sprang herab und erblickte Karas in seiner roten Livree.

»Sie sind hier neu, was?«, rief er ihm in fremdartig klingendem Deutsch zu.

»Ja, Herr«, nickte Karas.
»Und woher sind Sie, was für ein Landsmann?«
»Ein Tscheche, mein Herr.«
»Ach, ein Tscheche..., da können Sie mir das Pferd in den Stall bringen!«
Karas begriff jetzt, daß Tscheche sein und alles können diesen Leuten dasselbe bedeutete. Und da ihm die Belehrungen Kerholecs noch in den Ohren klangen, trat er in die Manege und ging auf das Pferd zu, als ob er auf einem Gut aufgewachsen wäre. Obgleich er von Pferden nicht viel verstand, erkannte er, als er den edlen Kopf und das feurige Auge sah, daß er ein so schönes Tier noch nie gesehen hatte. Ganz selbstverständlich nahm er es beim Halfter, aber da fiel ihm plötzlich ein, daß er in seiner Kindheit unzählige Male auf den Jahrmärkten in Budweis gesehen hatte, wie man Pferde führt: immer mit erhobenem Kopf. Er packte also mit der Rechten den Zaum fest unter dem Kinn und hob es hübsch in die Höhe. Das Pferd spitzte die Ohren, bäumte sich ein wenig auf, setzte sich in leichten Trab, wobei es die Nachhand etwas seitwärts warf, und folgte Karas zu dem gegenüberliegenden Tor. Sie gingen durch einen kurzen Gang, und schon umwehte sie der Duft des Stalles.
»Hallo, Santos! Hierher, Santos!« rief dort jemand Karas zu, aber der Rappe wußte schon, wohin er gehörte, und bog bei seiner Box nach links ein. Karas ließ die Zügel los.
»Ausgezeichnet, Anton«, ertönte vom anderen Ende Kerholecs Stimme, »das hast du gut gemacht. Und jetzt komm mit – zu den Ziegeln!«
»Zu den Ziegeln?« entgegnete Karas überrascht, und seine Finger spreizten sich unwillkürlich zur Breite des rauhen, roten Materials, das er seit seiner Kindheit so oft in die Luft geworfen und wieder aufgefangen, in der Hand gewogen, zerteilt und beklopft hatte.
»Ja, zu den Ziegeln«, wiederholte Kerholec, aber er gab seinem Landsmann keinen Löffel oder Hammer, sondern

einen Rutenbesen und eine riesige Schaufel mit an beiden Seiten gerundetem Blech. Dann führte er ihn durch den Stall, an sechzig Pferden vorbei, die Heu kauten, in die Futterkrippen schnaubten und mit den Ketten klirrten, in einen weiteren, bedeutend höheren Raum. Darin befand sich ein niedriges Podium, auf dem ein Elefant seinen Riesenkörper hin und her wiegte und dabei von einem Bein auf das andere trat. Karas hatte einen Elefanten noch nie gesehen und blieb ein wenig erschrocken stehen, als er diese ungeheure, dunkle Fleischmasse erblickte, an der zwei Riesenohren herabhingen.

»Das ist Bingo«, sagte Kerholec, »der Stolz unseres Unternehmens. Guten Tag, Bingo, wie geht's, Alterchen?«

Der Elefant streckte Kerholec seinen Rüssel entgegen, und der nahm ihn in die Hand und blies einigemal liebkosend hinein.

»Brav, Bingo, aber laß uns ein wenig nach hinten.«

Er klopfte ihn auf den Rüssel, aus dem es ihm zufrieden entgegenschnaufte, und Bingo machte die zwei Schritte nach vorn, die ihm die Ketten an den Beinen erlaubten. Kerholec zeigte mit dem Finger auf die Stelle, wo der Elefant vorher gestanden war.

»Das sind also eure Ziegel«, sagte Karas enttäuscht und verzog dabei das Gesicht. »Reine Kotziegel!«

»Meinst du etwa, daß wir sie dir brennen werden?«

Kerholec zeigte Karas, wie er mit der Linken die Schaufel halten und mit der Rechten den Besen führen müßte, um möglichst schnell die Riesenziegel der Elefanten-Großerzeugung aufzukehren. Als sie fertig waren, führte er Karas in den Ankleideraum, wo er ihm einen Haken anwies, an den Karas endlich seine prächtige Livree hängen konnte.

»Jetzt ist Mittagspause«, sagte dann Kerholec, »um drei beginnt die Vorstellung, um halb drei mußt du wieder da sein. Und jetzt gehen wir das Bier trinken, das du mir versprochen hast.«

»Könnten wir es nicht lieber auf den Abend verschieben? Knapp vor dem Mittagessen Bier trinken...«

»Ach was, warum sollten wir jetzt kein Bier trinken – du bist doch Tscheche.«

So kam Anton Kras, der Maurer aus Oberschneedorf, im Vorfrühling des Jahres 1862 zum Zirkus. Und am Nachmittag desselben Tages betrat ihn zum erstenmal sein maßlos erstaunter siebenjähriger Wenzel.

3

Die Humbertos waren eine berühmte italienische Gauklerfamilie. Ursprünglich waren sie, soviel man weiß, Seiltänzer und Kunstspringer. Einer von ihnen, Carlo Humberto, war in Arosa von einem schlecht befestigten, lockeren Seil gestürzt. Da er sich dabei die Beine gebrochen hatte, war alle Sicherheit verloren; er konnte zwar gehen, hatte aber das Gefühl in den Zehen und die Geschmeidigkeit der Fußsohlen eingebüßt, Eigenschaften, die für den Seiltänzer unerläßlich sind. Er kaufte sich deshalb einen Bären und ein Äffchen, dressierte einen Hund und begleitete mit seiner Tiergruppe die Vorführungen seiner Familie. In Lyon traf er auf dem Jahrmarkt mit Luise Bolier zusammen, deren Eltern eine Menagerie besaßen. Es war eine armselige Schaubude mit einem halben Dutzend Affen, zwei Hyänen, einem stinkenden Fuchs und einem spärlich behaarten Löwen, der dauernd schlechter Laune war, weil er Zahnschmerzen hatte. Carlo Humberto war unter den Seinen weder glücklich noch zufrieden, die Geschwister warfen ihm vor, daß sie seinen Bären mit dem Affen zu ihren Erfolgen nicht brauchten. Luise Bolier war unglücklich, weil ihr Vater ein Säufer war und die Tiere hungern ließ. Die Familie ernährte eigentlich die Mutter als Kartenschlägerin. Carlo Humberto heiratete also Luise Bolier, die ihm die Menagerie mit in die Ehe brachte; als Gegenleistung mußte der Schwiegersohn jedoch ihren Eltern von seinen Ersparnissen eine kleine Schaubude kaufen, in der Madame Bolier als Wahrsagerin und Hellseherin aufzutreten gedachte. Anfangs reisten beide Familien gemeinsam umher, aber das tat auf die Dauer nicht gut. Wenn Papa Bolier einen schweren Kopf hatte, brachte er beim Ausrufen alles durcheinander und schrie etwa vor der Bude seiner Gemahlin, daß darin das schrecklichste aller Raubtiere zu sehen sei; und manchmal stieg er aus alter Gewohnheit aufs Podium vor der Menagerie und lud die Herren und Damen ein, sie möchten nur eintreten und ihre Zukunft erfahren. So kam es zu Unstimmigkeiten, und Humberto griff lieber zum zweitenmal in den Geldbeutel und kaufte seiner Schwiegermutter einen kleinen Zeltwagen und eine dürre Mähre. Dann begab er sich mit seinen zwei Wagen, einem, auf dem die Käfige transportiert wurden, und dem andern, dem grünen Wohnwagen, nach Italien.

In Grenoble traf er mit einem ausgedienten Wundarzt zusammen, der sich erbötig machte, dem Löwen drei kranke Zähne zu ziehen. Wirklich erholte sich das Tier danach rasch, so daß es nun möglich war, ihm in einem größeren Käfig einige primitive Dressurstücke beizubringen, die der alte Hassan aus seiner Jugendzeit noch halb im Gedächtnis behalten hatte und die er sich mehr oder weniger nur deshalb gefallen ließ, um dann wieder seine heilige Ruhe zu haben. Kurz vorher hatte Humberto im Hafen von Marseille eine Tigerschlange erworben. Auf der Fahrt in die Alpen dressierte er kleine Bauernpferde, die seine Habe zogen, und aus verschiedenen Dörfern brachte er fünf Köter zusammen, die er dazu abrichtete, auf den Hinterpfoten zu gehen und Purzelbäume zu schlagen. Mit alledem, seinen alten Kampf- und Tanzbären und das Äffchen Fiamette mit eingerechnet, konnte er in

Turin einen der bedeutendsten Nationalzirkusse, den Zirkus Humberto, eröffnen, in dem Signora Humberto als englische Kunstreiterin und indische Schlangentänzerin und Signor Humberto als Löwen- und Bärenkämpfer auftraten, ihre beiden Mitarbeiter aber sich als Clowns produzierten und die Hunde mit dem Affen vorführten. Nach ein paar Jahren besaß Carlo Humberto sechs edle Pferde zur Produktion und vier Zugpferde, in der Menagerie ein Paar junge Löwen, ein Krokodil und zwölf Käfige mit verschiedenen Tieren, und im Wohnwagen sein Töchterchen Antoinette, das anmutig auf dem Rücken der Pferde umhertanzte und durch verklebte Reifen sprang. In Münster gesellte sich ihnen der junge Bernhard Berwitz zu, der aus einer sächsischen Komödiantenfamilie stammte. Er trat als Jongleur und Messerwerfer auf, außerdem aber brachte er eine Tiergruppe mit, die aus einem dressierten Esel, einem Ziegenbock und einem Schwein bestand und die er mit den traditionellen Hunden Humbertos zu einer großen komischen Nummer vereinigte. Nach einigen Jahren heiratete Bernhard Berwitz Antoinette Humberto und begann mit deutscher Gründlichkeit und Beharrlichkeit das Familienunternehmen zu vergrößern. Als ihnen nach Jahren ein Sohn Peter geboren wurde, besaßen sie bereits ein ansehnliches Rundzelt mit einer Manege von neun Metern im Durchmesser, vierundzwanzig Pferde, drei Löwen, zwei Tiger und eine Menagerie, die Schulexkursionen zu besichtigen pflegten. Peter Berwitz wuchs im Wagen eines italienischen Großvaters und seiner französischen Großmutter auf, vom Vater hatte er Geschicklichkeit, Mut und Zähigkeit, von den Großeltern aber die Vorliebe für mancherlei Prunk geerbt. Der alte Humberto war ein berühmter Ausrufer, der in sechs Sprachen phantastische Ergüsse hinreißender Beredsamkeit zu improvisieren verstand, und alles, was er tat, trug den Stempel seiner blendenden Pathetik. Er liebte schöne, klangvolle, farbenreiche Worte, er liebte erhabene, heroische und galante Posen und feine Gesten, er liebte den glänzenden Flimmer prächtiger Kostüme. Seine Frau besaß ein bewundernswertes Talent, aus allerhand bunten Stoffresten, die sie für einen Pappenstiel in den Lagern der großen Städte zusammenkaufte, überraschend schöne Kostüme für alle Zirkusmitglieder anzufertigen, so daß diese der schaulustigen Menge die Helden und Heldinnen aus Tausendundeiner Nacht zu sein schienen. Carlo Humberto, der wegen seines Unfalls nicht Soldat geworden war, hatte eine grenzenlose Ehrfurcht vor Uniformen und kaufte, wo er konnte, bei Trödlern oder aus Hinterlassenschaften alte bunte Soldatenröcke, Tschakos und Helme, wenn sie nur von Gold, Silber oder Messing glänzten. In seinem Zirkus war alles ungewöhnlich. Wenn er nicht genug Geld hatte, um für Stallmeister und Pferdeknechte eine einheitliche Livree zu kaufen, so erschienen diese seine Leute in bisher noch nie dagewesenen Uniformen eines überaus exotischen Militärattachékorps. Und seine Pferde bekamen mit der Zeit ein immer vollkommeneres, ein immer prächtigeres Geschirr aus imprägniertem Leder, dessen funkelnde Metallverzierungen glänzten und dessen riesige Straußenfedern oder bunte Roßhaarbüsche stolz in die Höhe ragten.

Das alles hatte Peter Berwitz seit seiner Kindheit ständig vor Augen, und gleichzeitig klangen ihm die in Ausdrücken der Bewunderung schwelgenden Redeergüsse seines Großvaters in den Ohren, der sich selbst an dem Anblick der Pracht berauschte, die er mit eigenen Händen geschaffen hatte. Die größte Vorliebe hatte Carlo Humberto für die Pferde, weil ihm die Kunstübungen mit ihnen am herrschaftlichsten und vornehmsten erschienen. Diese seine Vorliebe ging sehr bald auf seinen Enkel über, der schon mit sechs Jahren ein kleines Pony bekam, damit er sich an den Paradezügen des Zirkus Humberto bei der Ankunft in eine neue Stadt beteiligen konnte. Der kleine Peter verbrachte drei Viertel seiner Jugend in den

Ställen und bei den Pferden; die besten Zirkusreiter, die der Vater für sein Unternehmen gewann, lehrten ihn alle Reitkunststücke, die erfahrendsten Pferdedresseure weihten ihn in ihre Geheimnisse ein.

Er war fünfzehn Jahre alt, als die Kunstreiterin des Zirkus, Fräulein Arabella, beim Sprung über das Objekt – so nennt man die farbigen Stoffbänder, die, sternförmig über der Manege ausgespannt, von der Reiterin übersprungen werden – einen Unfall erlitt. Fräulein Arabella rutschte beim Sprung auf das abgleitende Panneau aus, stürzte vom Pferd und verrenkte sich den Fuß. Vater Berwitz erklärte, das Programm könne unmöglich ohne Kunstreiterin fortgesetzt werden; und da gerade keine andere vorhanden war, zog man dem kleinen Peter am nächsten Tag Trikotleibchen und Gazeröckchen an, schnürte ihn in der Taille zusammen, schminkte ihn zurecht, und der Knabe ritt, tanzte und sprang drei Wochen als Mlle. Arabella unter tosendem Beifall und mit immer größerem Erfolg. Es ärgerte ihn zwar anfangs, daß er nach Frauenart, und nicht mit gespreizten Beinen, reiten und aufsitzen mußte, aber dann fand er sein Privatvergnügen daran, möglichst genau alle Frauenposen nachzuahmen. Großvater Humberto schnaufte und spukte vor Vergnügen hinter dem grünen Vorhang im Tor, wenn er sah, wie sich Klein-Peter mit steifem Oberkörper vom Stallmeister aufs Pferd heben ließ. Der Knabe verbiß sich schließlich mit solcher Zähigkeit in die Produktion, daß er zum Staunen des Publikums das letzte Objekt mit einem Salto übersprang. Als er dies zum erstenmal ausführte, ohne vorher jemand etwas von seinem Vorhaben verraten zu haben, wäre er fast vom Pferd gestürzt, weil er in seinem jugendlichen Übermut nicht damit gerechnet hatte, daß er eine Sekunde später zu Boden kommen müsse. Das Panneau rutschte ihm auch wirklich unter den Beinen durch, aber der Knabe war geschickt genug, um sich mit seinen weichen Schuhen auf dem breiten Rücken des Talerschimmels aufrecht zu halten. Für seine Waghalsigkeit bekam er vom Vater ein Kopfstück, aber noch bevor er die Perücke abgenommen hatte, so daß es nicht so schlimm war. Daß sein Einfall jedoch Erfolg hatte, sah er gleich darauf, als der Vater für den nächsten Morgen eine Sonderprobe anordnete, in der ausprobiert werden sollte, wie der Lauf des Pferdes verlangsamt werden müsse, damit der Knabe sicher auf das Panneau aufspringen könne. Fräulein Arabella sprang zwar wütend aus dem Bett, aber alle ihre Eifersucht und all ihr Neid nützten nichts, denn der Schmerz am linken Fuß wollte nicht aufhören. Sie mußte sich also vorläufig mit der ihr untergeschobenen Konkurrentin abfinden. Nach drei Wochen hatte sich der Knabe derart im Springen vervollkommnet und führte die Sprünge mit solcher Bravour aus, daß er acht Objekte hintereinander im Salto übersprang. Der alte Humberto strahlte, schlug beim Essen mit der Faust auf den Tisch und suchte den Schwiegersohn davon zu überzeugen, daß damit endgültig eine neue Nummer entdeckt worden sei. Alle sahen das ein, und als dann Fräulein Arabella in Ulm wieder ihren Talerschimmel bestieg, konnte sie es nicht verhindern, daß in der zweiten Hälfte des Programms Miß Satanella auftrat, die durch die Bravour der Sprünge ihre traditionellen Vorführungen weit in den Schatten stellte.

Peter behielt seine Rolle als Akrobatenkunstreiterin anderthalb Jahre. Es war manchmal nicht leicht, sein Geheimnis vor der Öffentlichkeit zu verbergen, besonders weil Offiziere der verschiedensten Garnisonen nicht selten den dringenden Wunsch äußerten, die mutige Reiterin kennenzulernen. Seine Verkleidungskarriere nahm jedoch im ungarischen Szegedin ein jähes Ende. Dort verliebte sich der neunzehnjährige Sohn des Grafen P. so leidenschaftlich in Miß Satanella, daß er sie nach unzähligen vergeblichen Bitten um ihre Bekanntschaft und wiederholten Einladungen zum Abendessen oder zu einem gemeinsamen Spazierritt hinter der Bühne mit der Pistole in der Hand überfiel. Zwei Schüsse gingen fehl, der dritte streifte leicht den Hengst, der gerade in die Manege zurückgeführt wurde; und so bezog Berwitz die Überzeugung, daß ein ähnlicher Vorfall ihnen früher oder später den Verlust des Sohnes oder des Pferdes herbeiführen könne, zu dem Entschluß, Miß Satanella vom Programm verschwinden zu lassen. Vater Berwitz ordnete dies sofort nach der Schießerei an, aber Großvater Humberto wies ihn energisch zurecht und erklärte, auf sein Recht als Seniorchef pochend, die Nummer müsse bleiben. Darauf holte er seinen Frack aus dem Schrank hervor, steckte sich alle Orden an, glättete seinen alten Zylinder zurecht und fuhr zu dem alten Grafen P., um ihm mit vielen glänzenden Worten klarzumachen, was für einen Gesellschaftsskandal der junge Graf verursacht habe, wie schwierig es sei, die Polizei von der ganzen Affäre fernzuhalten, und wie schwer der Zirkus Humberto dadurch geschädigt worden sei. Es mußte eine großartige Leistung von Großvater Humberto gewesen sein, denn er blieb bis zum Morgen beim Grafen P., nachdem sie zusammen zwölf Flaschen Tokaier und drei Flaschen Kognak geleert hatten, und am Vormittag kehrte Carlo Humberto einigermaßen müde zu seiner Familie zurück, brachte jedoch ein Kästchen, in dem sich hundert Golddukaten befanden, mit und außerdem noch zwei weiße Lipizzaner, womit Graf P. in ritterlicher Weise Miß Satanellas endgültiges Verschwinden von der Erdoberfläche zu ersetzen bemüht war. Die Diplomtie Großvater Humbertos war um so verdienstvoller, als Peter ein ziemlich dichter Bart hervorzusprießen und seine Stimme zu mutieren begann, so daß er es nicht mehr wagen konnte, beim Absprung zum Salto sein siegesgewisses Hussah-Hallo ertönen zu lassen. Statt Miß Satanella erschien also jetzt Signor Pietro, aber wie sehr auch seine ausgezeichneten Leistungen allgemeines Staunen und unverminderte Bewunderung erregten, nie mehr erntete er so viele erlesene Geschenke aller Art wie während der achtzehn Monate, da er täglich für einige Minuten sein Geschlecht verleugnet hatte.

Zu jener Zeit war die Vorliebe für Reitzirkusse besonders groß. Die Aristokratie stand damals noch an der Spitze der nach Ständen gegliederten Staaten und Völker, meist nach englischer Sitte und in englischem Geschmack erzogen. Wenn ein berühmter Zirkus die Residenzstadt besuchte, kam die Aristokratie von ihren Gütern, aus der Provinz in die Stadt gefahren und belegte für mehrere Tage die Logensitze, um sich an den erlesenen, sorgfältig gezüchteten Hengsten, Wallachen und Stuten sattzusehen, die Kunst der Reiter und Dressure zu beurteilen und während der Pausen in geselliger Unterhaltung an den Ställen des Zirkus vorbeizuprominieren. Solange noch im aussterbenden Bewußtsein der alten Geschlechter eine leise Ahnung vergangenen Heldentums schlummerte, lockte sie der goldene Ring der Manege als Abglanz des Turnierplatzes ihrer Vorfahren. Sie gingen wie Somnambule dieser Luna ihrer Vergangenheit nach; hier fanden sie Menschen, die sich wie sie außerhalb des Bürgertums stellen, wenn auch am entgegengesetzten Pol.

Häufig wurde das Wort Zirkus nicht einmal ausgesprochen. Seit der ersten größeren Expeditionen englischer Kunstreiter auf das Festland bis etwa auf den tschechischen Zirkusdirektor Beránek nannten sich diese Pferdezirkusse einfach Reitergesellschaft, Königlich-Britische Kunstreiterei und ähnlich. Nur wenige von ihnen besaßen ein Zelt, meist traten sie in »Konstruktionen« auf, in runden Holzgebäuden, die in größeren Städten schon für sie vorbereitet waren, oder sie ließen sie aufbauen, da sie mehrere Monate im Ort verblieben. Ihr Programm bestand aus Standardnummern der königlichen Kunst der freien Dressur und der Hohen Schule, aus römischem Wagenrennen, Csikospost, Parforcejagd, Voltigieren, aus Tänzen der Pferde sowie Sprung- und Tanzvorführungen der Reiter und Reiterinnen. In den Pausen traten mehrere Clowns auf, die die Zuschauer unterhielten, bis der mit Sägespänen bedeckte Boden der Manege für die nächste Nummer zurechtgemacht worden war. Wenn die Gesellschaft ein eigens dazu dressiertes Pferd besaß, so war der Höhepunkt des Abends eine dramatische Szene, etwa »Der Araber und sein treues Roß«, in der der kluge Hengst die Hauptrolle spielte. Und zum Schluß wurde eine große Pantomime aufgeführt, an der sich sämtliche Pferde der Gesellschaft beteiligten und die eine willkommene Gelegenheit zur Entfaltung möglichst luxuriöser Reitkostüme bot.

Der Zirkus mit seinem typischen Mischprogramm lebte damals nur in geringem Ausmaß auf Kirchweihfesten und Jahrmärkten, sehr häufig ohne Zelt, einfach unter freiem Himmel, wobei von den Zuschauern in der Runde Geld eingesammelt wurde. Der Zirkus Humberto unterschied sich also bald dadurch von beiden Typen, daß er größere und abwechslungsreichere Artistenvorführungen mit der Menagerie verband und damit wiederum sein Programm bereicherte. Zur Zeit des Vaters Humberto hielt er sich noch in den mäßigen Grenzen eines mittleren Zirkus der damaligen Tage. Seine Manege hatte einen Durchmesser von sechzehn Hamburger Ellen, gerade soviel, wie für die Vorstellung einer Gruppe von sechs Pferden erforderlich ist. Als Peter Berwitz den Zirkus Humberto übernahm, vergrößerte und erneuerte er rasch den Pferdestall, denn er wollte zu den berühmtesten hippischen Unternehmungen zählen. Und so mußte er auch an ein geräumigeres Zelt denken, in dem die jetzt vergrößerte Pferdegruppe voll zur Geltung käme. Aufgrund seiner eigenen Erfahrungen und der seiner Reiter und Dresseure ging er zu einer Manege von vierundzwanzig Hamburger Ellen im Durchmesser über. Man fand, daß bei diesen Dimensionen das Pferd so zur Mitte geneigt liefe, daß darauf das Gleichgewicht am besten erhalten werden könne, und daß die Kunstreiter, sobald sie ausrutschten, immer in das Sägemehl fielen und nicht auf die Piste, wie beispielsweise Fräulein Arabella. Bei diesem Durchmesser konnte Peter Berwitz in der freien Dressur bereits eine imponierende Gruppe von vierundzwanzig Pferden vorführen.

Der Zirkus Humberto stieg also zu einem der ersten Pferdeunternehmungen auf, aber Peter Berwitz gab damit das Programm seines Großvaters nicht preis. Insbesondere blieb er der Vorliebe seiner Großmutter für Löwen und andere Raubtiere treu. Er vergrößerte seine Menagerie durch Kauf und Tausch und blieb einer von den wenigen großen Zirkusdirektoren, die auch die Dressur von Raubtieren betrieben. Der alte Hassan der Großmutter war längst tot und sein Fell lag im Reisewagen zwischen den Betten auf dem Boden ausgebreitet, aber in den Käfigen liefen hinter eisernen Gitterstäben fünf Löwen, zwei Männchen, drei Weibchen, zwei Tiger und drei Bären hin und her, die alle auch zum Auftreten in der Arena dressiert waren.

Der alte Humberto war ein Kind des freien Raumes, von den Jahrmärkten her gewöhnt, die Zuschauer von allen Seiten um sich zu haben, und deshalb hielt er die »runde Arbeit«, wie man die Art der Zirkusproduktion im Gegensatz zur einseitigen Theateraufführung nannte, für die einzige Kunst, die wirklich mit dem Publikum in Verbindung stünde. Die Dressur im Manegenkäfig verdroß ihn, weil dort alles nur den Gitterstäben zugekehrt war, während drei Seiten ungenützt blieben. Deshalb schaffte er sich, als sich der Zirkus Humberto ein wenig gehoben hatte, einen fahrbaren Käfig an, der aus lauter Eisenstäben bestand und auf einem niedrigen Fahrgestell aufmontiert war. In der Manege jagte er die zur Produktion bestimmten Tiere hinein, um dann mit einem Viergespann feierlich in die Manege einzufahren. Der Käfig war neun Quadratmeter groß, genügte also kaum für zwei Tiere, aber Carlo Humberto war glückselig, wenn er, wie es damals Dompteurmode war, das Tier darin von einem Winkel in den anderen jagen, mit der Peitsche knallen, eine Menge Blindpatronen abfeuern, das erschrockene Raubtier zum Brüllen und Zähnefletschen aufreizen und es zum Schluß dahin bringen konnte, daß es sich mit auf den Vordertatzen ruhendem Kopf vor ihn hinlegte und er, der Dompteur Signor Carlo, dann unter tosendem, von allen Seiten auf ihn eindringendem Applaus den rechten Fuß theatralisch auf seine Mähne setzen konnte.

Einmal zu Ostern befand sich der Zirkus Humberto gerade in der nördlichen Lombardei. Am Gründonnerstag, Karfreitag und Karsamstag waren bei den Italienern Aufführungen nicht möglich. Diese Tage waren also für größere Reparaturen und sonstige Instandsetzungsarbeiten von Zelten, Wagen und verschiedenem Gerät bestimmt. Das alles pflegten stets Großvater Humberto und Großmutter Luise zu beaufsichtigen. Diesmal erklärten sie jedoch Bernhard Berwitz, er möge die Aufsicht über die Reparaturen selbst übernehmen. Sie zeigten ihm, wo sie etwas Schadhaftes gefunden hatten, und fuhren fort. Beim Bettenmachen bemerkte Antoinette Berwitz, daß ihr Vater die kleine Zigarrenkiste mitgenommen hatte, die er nachts stets unter sein Kopfpolster steckte. Es war eine mehrfach mit Bindfaden umwickelte Schachtel, die ihm Mutter Bolier auf ihrem Sterbebette übergeben hatte. Die Schachtel war fast voll mit Louisdor-Goldstücken, welche die Hellseherin vor ihrem meist betrunkenen Dompteur zu verstecken gewußt hatte. Antoinette wußte, daß ihr Vater das Kistchen schon längst vollgefüllt habe. Er öffnete es nur einige Male in seinem Leben, wenn den Zirkus eine schwere Katastrophe traf oder wenn sich eine außergewöhnliche Kaufgelegenheit eines wertvollen Tieres bot. Dann aber knauserte und sparte er wieder und hörte nicht eher auf, als bis die Habanosschachtel wieder voll war. Berwitz' wußten also, daß mit dem Großvater etwas Besonderes vor sich gehen müsse. Am Karsamstag kehrte er mit der Großmutter zurück, als ob nichts geschehen wäre. Erst beim Ostersonntagsmahl setzte er eine feierliche Miene auf und teilte ihnen bei einem Glas Rotwein in seinem wohlklingenden Italienisch mit vielen eleganten und prächtigen Ausschmückungen mit, daß er heuer noch sein siebzigstes Lebensjahr vollende, daß er sich zwar frisch und gesund fühle und, wie ja jedermann wisse und anerkenne, seine Produktionen jederzeit in voller Kraft vorführen könne; Gottes Weisheit empfehle aber, daß die Menschen die Saite des Lebens nicht überspannen sollen, und deshalb habe er sich, dem Beispiel aller seiner Vorfahren, der Gaukler und Seiltänzer aus dem berühmten Geschlecht der Humbertos folgend, entschlossen, sich in den wohlverdienten Ruhestand zurückzuziehen. Zu diesem Zwecke nun habe er sich mit Mama Luise in Obersavoyen ein gemütliches, von Weinreben umranktes Häuschen mit einem kleinen Garten und einem Hof gekauft, wo sie für den Zirkus Humberto Hunde, Katzen, Affen, Papageien und anderes kleines Getier zu dressieren beabsichtigen und ihren Lebensabend in Gottesfurcht verbringen wollten. Und da man die Verdienste, die er sich als Begründer des Unternehmens erworben habe, nicht einfach stillschweigend übergehen dürfe und zu den ehernen Gesetzen aller Fahrenden die Verpflichtung gehöre, alles, was sie täten, vorteilhaft zu verkaufen, verlange und ordne er als Seniorchef zugleich an, daß in jeder Stadt, in der sie bis zu seinem Abgang auftreten würden, stets eine Galaaufführung zum Abschied von Signor Humberto veranstaltet werden solle, zum Abschied von dem ersten und größten Raubtierbändiger, dem berühmten Seiltänzer, dem vielbewunderten Pferdedresseur und hochverdienten Begründer des Zirkus Humberto, der sich einen Namen und die Gunst aller gekrönten Häupter Europas erworben habe. Großvater Humberto geriet bei seiner Ansprache so sehr ins Feuer seiner besten Ausruferkunst, daß ihm seine Familie unwillkürlich Beifall klatschte.

Dieses für die Familienchronik so ereignisreiche Jahr brachte aber noch eine bedeutende Begebenheit. Die Gesellschaft befand sich gerade in Antwerpen, als ein älterer, würdevoll aussehender Herr mit Backenbart in Begleitung zweier junger Damen aus Brüssel kam, um ihr einen Besuch abzustatten. Er ließ sich in den Direktionswagen führen, wo er Herrn Berwitz sen. ersuchte, der Zirkus Humberto möge in Brüssel eine Wohltätigkeitsvorstellung veranstalten, bei der neben den Künstlern und Künstlerinnen auch die Damen und Herren der besten Brüsseler Gesellschaft auftreten sollten. Der Herr mit dem Backenbart war der königliche Unterkämmerer Graf d'Ascensons-Létardais, die eine der beiden jungen Damen war seine Tochter Marie Anna, die andere deren Freundin Agnes Steenhouwer, die Tochter des Regierungskommissärs von Turnhout. Der Unterkämmerer garantierte dem Direktor den normalen Gewinn bei ausverkauftem Hause, die Anwesenheit des Königs und seiner Familie mit dem gesamten Hofstaat, und sollte Seine Majestät mit der Aufführung zufrieden sein, bekäme der Direktor bestimmt auch einen Orden. Bernhard Berwitz nahm dieses glänzende Angebot selbstverständlich an, und bereits vom nächsten Tag an begannen Komtesse Marie Anna und ihre Freundin am Vormittag die Ställe sowie das für die Hauptvorführung vorgesehene Zelt zu besuchen und machten Sprung- und Reitübungen auf den besten Hengsten Humbertos. Später kamen noch einige junge Damen und Herren hinzu, die Quadrille reiten sollten. Dieser ganzen aristokratisch-bürgerlichen Gemeinschaft war Peter Berwitz als Oberstallmeister und Lehrer zugeteilt. Nach zehn Tagen verließ der Zirkus Humberto Antwerpen und fuhr nach Brüssel ab, wo er bereits eine glänzende Reklame vorfand. Die Eröffnungsvorstellung zugunsten des Königlichen Waisenhauses hatte einen Riesenerfolg, Graf d'Ascensons-Létardais trat darin als ausgezeichneter Schütze auf, ein junger Marquis sogar als

Clown, und Fräulein Agnes Steenhouwer ragte nicht nur als Reitkünstlerin hervor, sondern trat auch mit der schönsten freien Gruppe von sechs weißen Lipizzanern in die Manege. Seine Majestät war entzückt, Bernhard Berwitz erhielt einen sehr hohen Orden mit Pailletten und den Titel eines königlichen Hofstallmeisters, Großvater Umberto eine goldene Uhr und Peter Berwitz einen goldenen Ring mit Brillanten. Außerdem wurde Peter der persönliche Freund vieler junger adeliger Damen und Herren.

Der Zirkus Humberto blieb fünf Wochen in Brüssel. Kurz vor dem Ende dieser glücklichen Zeit in dem Königreich, das aus einer Opernarie emporgetaucht war, kam Peter Berwitz zu seiner Mutter, als sie im Wagen gerade Kartoffeln schälte, und gestand ihr etwas verlegen, daß er und Fräulein Steenhouwer einander liebten und heiraten wollten, und daß Komtesse Marie Anna davon begeistert und natürlich damit einverstanden sei und ihnen jede erdenkliche Fürsprache bei Agnes' Eltern versprochen habe. Das war etwas, was die Mutter nicht allein entscheiden konnte. Sie versuchte es deshalb zuerst mit einem Umweg über Großvater Humberto. Der kratzte sich hinter den Ohren, murmelte etwas von morganatischer Ehe eines Künstlers mit einer Bürgertochter, gab aber zu, daß das Mädchen die Lipizzaner ausgezeichnet geführt und beim Springen wie festgenagelt im Sattel gesessen habe.

»Nun, im Namen unserer lieben Jungfrau Maria und um Christus willen«, sagte er schließlich, wobei er sich bekreuzigte, »es ist ja allerhand möglich auf der Welt, warum sollte sich also eine Bürgerstochter nicht für das freie Künstlerleben entscheiden dürfen? Regierungskommissär ist durchaus kein höherer Titel als Hofstallmeister seiner Majestät des Königs der Belgier. Nur würde es sich empfehlen, bei ihrer Familie nachzufragen, womit sie sie auszustatten gedenkt. Ich habe mit meinem Bären und meinem Affen eine ganze Menagerie erheiratet.«

Nach diesem Gutachten des Großvaters konnte Vater Berwitz keinen ernsthaften Widerstand mehr leisten. Er bat sich zwar einen Tag Bedenkzeit aus, aber das tat er nur, um noch einmal die Braut seines Sohnes eingehend zu betrachten, wie sie am Vormittag in der Manege auf dem Hengst Pompon einherritt. Er fand, daß das Mädchen schlank sei, lange Beine und bewegliche Gelenke habe, eine hübsche Kopf- und Körperhaltung und einen vornehmen Gang besitze und das Pferd mit fester Hand am Zügel halte. Dann umarmte er noch seinen Peter und wünschte ihm viel Erfolg in Turnhout. Dort war die Brautwerbung schon schwieriger, es ging nicht ohne Schreien und Tränen ab, aber nach der Intervention der gräflichen Familie d'Ascensons endete es mit der stillen Resignation der Eltern und dem beglückenden Sieg der einzigen Tochter. Die letzten Schwierigkeiten ergaben sich noch beim Abschluß des Heiratsvertrages. Signor Carlo Humberto konnte nämlich weder lesen noch schreiben.

So rückten zugleich mit dem Abgang des Großvaters Humberto in die savoyische Abgeschiedenheit auch die anderen vor, so daß im Zirkusgetriebe wieder ein Rädchen ins andere griff. Vater Berwitz wurde Seniorchef, und Peter übernahm die Entscheidung in allen Angelegenheiten der Firma. Jetzt – als Signor Pietro – mußte er schon mit seinen wilden Saltoritten aufhören. Der Vater behielt die Raubtierattraktionen, und Peter übernahm die Pferde. Unter dem Namen Monsieur Alfred führte er große Gruppen herrlicher Hengste vor und seine Frau ragte als Madame Sylvia in der Hohen Schule auf demselben Rappen Pompon hervor, auf dem sie sich vor dem Schwiegervater ihr Glück gewissermaßen erritten hatte. Merkwürdigerweise zeigte es sich, daß Peter mit seiner Wahl durchaus keinen Fehler begangen hatte. Die junge Direktorin brachte von zu Hause eine ausgezeichnete Erziehung mit. Einige Kleinigkeiten genügten ihr, um ein einfaches Mittagessen in ein Festmahl zu verwandeln, und besonders Großvater Humberto äußerte vor seinem Abgang mit zufriedener Miene, daß »dieses Mädel endlich Manieren eingeführt habe, wie sie sich für Personen geziemten, bei denen Könige zu Gaste seien«. Zudem war Agnes sehr sparsam. Sie hatte mehrere Generationen von Beamtenkarrieren im Blute und damit die Fähigkeit, mit wenig zu rechnen und auszukommen und aus wenig viel zu machen. Sie schreckte vor keiner Arbeit, die sie erwartete, zurück, war frühmorgens als erste auf den Beinen, um für die anderen das Frühstück zu kochen, abends nach der Vorstellung saß sie meist mit Nadel und Zwirn in der Hand an ihrem Nähtischchen und besserte alte Kleidungsstücke aus oder nähte neue. Ihre dritte, im Zirkus äußerst brauchbare Tugend war ihre Liebe zu den Tieren. Sie ging nie durch den Stall oder an den Käfigen vorbei, ohne jedes der Geschöpfe ringsum ein wenig liebkost und jedem von ihnen einen Leckerbissen zugeworfen zu haben. Ging sie in die Stadt einkaufen, nahm sie immer eine Tasche mehr mit, in die sie dann Mohrrüben, Kohlrabi, Äpfel, Haselnüsse, Semmeln, Zucker und Fleischstückchen hineintat, die sie mit dem Taschengeld, das ihr die Eltern schickten, für ihre Lieblinge kaufte. Bald empfing sie also jedesmal, wenn sie vom Markt zurückkam, ein großes Geschrei, ein Quietschen und Stampfen, ein aufgeregtes Hin- und Herlaufen hinter den Gitterstäben der Menagerie und ein fröhliches Wiehern in den Pferdeställen. Ja, der alte Ziegenbock Blaubart, dessen langen Bart Großvater Humberto mit einem prachtvollen Azurblau gefärbt hatte, brach beinahe das Tor seiner Umzäunung ein. Blaubart mit seinen vier weißen Ziegen konnte eigentlich nichts und trat im Zirkus nur manchmal in Pantomimen auf, wenn die Flucht der Bauern vor dem feindlichen Heer dargestellt werden sollte. Dann jagte er dem fliegenden Gänseschwarm nach und sprang unter dem Jauchzen der Kinder über die halsbrecherischsten Hindernisse. Es war recht wenig, was er für seine unerfreuliche Vielfresserei zu bieten hatte, denn sonst machte er eigentlich nur Dummheiten, aber man fuhr mit ihm durch die Welt, weil man glaubte, daß Ziegen ansteckende Krankheiten von den Menagerien fernhalten. Der Zirkus ist immer voll Aberglauben, und die Angehörigen des Zirkus Humberto rechneten es der neuen Prinzipalin nicht gering an, daß sie sich von Anfang an allem angepaßt hatte. Kurz nach der Hochzeit packte Großmutter Humberto sie an der Hand, als sie ein ausgebessertes Kostüm aufs Bett legen wollte.

»Nom de Dieu, ma chère«, rief die alte Marktschreierin entsetzt, »um Gottes willen, nur das nicht! Ein Kostüm auf dem Bett – ein halbes Jahr kein Auftreten!«

Agnes hob die Augenbrauen, nickte mit dem Kopf und hängte seit diesem Tage das Kostüm immer sofort auf. Es war ihr klar, daß sie in einer Welt lebe, die ihre besonderen, aber festen Gesetze habe.

So schien alles die glücklichste Zukunft zu versprechen, wenn der Zirkus eben nicht ein ewiges Spiel mit dem Tode wäre. Es begann damit, daß die Tigerin Miuma Junge bekommen sollte, aber in diesem empfindlichen Zustand verkühlte sie sich und ging trotz aller Fürsorge der Pfleger ein. Der Tiger Pascha blieb vereinsamt zurück und grämte sich offensichtlich. Agnes war die einzige, die mit schmeichelnder Stimme und zärtlichen Worten an seinen Käfig kam. Die Männer meinten, man könne Raubtiere nur bändigen, indem man ihnen Schrecken und Angst einflößte. Pascha war voller Mißtrauen Menschen gegenüber, und es dauerte ziemlich lange, bis er sich an die schlanke Frauengestalt gewöhnt hatte, die ihm auch außerhalb der Fütterungszeit Fleischstücke brachte und ihm nie etwas zuleide tat. Dann aber wartete er schon ungeduldig auf sie und rieb, sobald sie erschien, Ohr und Hals und dann die ganze Körperseite gegen das Gitter und bat mit leisem Knurren um ihre Liebkosung. Agnes streckte die Hand aus und krabbelte zuerst leicht, dann immer stärker sein gesträubtes Fell. Er ließ die Ohren hängen und würde dieses anmutige Spiel wahrscheinlich noch stundenlang ausgehalten haben. Als er verwitwete, verwandelte sich seine Zuneigung zu Agnes geradezu in Liebe. Er hatte für nichts Interesse außer für sie, und sobald sie kam, sprang er wie toll hinter dem Gitter umher. Ging sie fort, so knurrte er wehmütig klagend und begann dann ruhelos am Gitter entlang zu laufen. Er war ein prachtvoller bengalischer Tiger in der vollen Kraftentfaltung eines vierjährigen Männchens. Agnes suchte dauernd ihren Schwiegervater dazu zu bewegen, wieder ein Weibchen für ihn anzuschaffen. Bevor er jedoch eins finden konnte, versuchte der alte Berwitz, Pascha für ein gemeinsames Auftreten mit dem Löwen Sultan zu dressieren, damit er ihn irgendwie beschäftigen könne. Es gab genug Arbeit, bis sich die Tiere in den nebeneinander aufgestellten Käfigen soweit aneinander gewöhnt hatten, daß man es wagen konnte, sie in einen gemeinsamen Käfig einzulassen. Sobald dies gelungen war, begann Berwitz mit der Dressur. Nach den ersten Versuchsstücken wollte er ihnen beibringen, sich zum Schluß der Attraktion auf zwei hohen Postamenten niederzusetzen, zwischen denen sich der Dompteur vor dem Publikum verneigen sollte. Es war im Vorfrühling, der Zirkus kam damals gerade in die Schweiz. Als sie in Chur waren, wehten plötzlich warme Winde, und von den Bergrücken der Alpen breitete sich der laue, süße Duft des Vorfrühlings über die Täler aus.

»Pascha ist jetzt irgendwie unruhig«, sagte eines Abends Agnes zu ihrem Schwiegervater, »nehmt Euch vor ihm in acht, Vater. Heute hat er mit der Tatze nach mir geschlagen. Es scheint, der Frühling hat ihn gepackt.«

»Pascha ist ein Gauner«, antwortete der Schwiegervater. »Ich habe immer ein Paar Pistolen bei mir. Aber du gehst einfach so zu ihm, du solltest ihm nicht trauen.«

Am Morgen wurde die Übung mit den Sockeln im Käfig

wiederholt. Pascha sträubte sich lange, hinaufzuspringen. Endlich brachte ihn Berwitz dazu, und Pascha ließ sich mit einem bösen grünen Glanz in den Augen schnaubend und fauchend auf den Sockel nieder. Sultan lief inzwischen im gegenüberliegenden Winkel des Käfigs hin und her. Jetzt kam er an die Reihe. Ein Peitschenknall ertönte. »Sultan, hopp!« Sultan wich mit dem Hinterteil bis in den Winkel zurück, duckte sich und fiel mit einem großen Satz schwer auf den Sockel auf. Der Sprung war zu heftig, der Sockel kippte um und der Löwe stieß beim Absprung in den Sockel Paschas. Pascha ließ die Ohren hängen, schnaubte und duckte sich. Und da beging Bernhard Berwitz den verhängnisvollen Fehler, daß er den umgekippten Sockel schnell wieder aufrichten wollte. Als er sich bückte, sprang Pascha hinunter. Mit den Pranken fiel er auf Berwitzens rechten Arm auf, den er mit den Krallen zerfleischte. Seine fürchterlichen Fangzähne bissen sich ihm in den Oberschenkel ein. Der Raubtierfütterer, der mit der Gabel beim Käfig stand, fing an zu schreien und lief auf die andere Seite des Käfigs, um Pascha fortzujagen. Er konnte ihn jedoch nicht erreichen, da der erschrockene Sultan am Gitter entlang lief und Pascha sein Opfer zur Mitte des Käfigs schleifte. Agnes war gerade mit dem Aufräumen im Wagen beschäftigt, als sie das Schreien der Menschen und das Brüllen der Löwen hörte. Mit einem Satz sprang sie über die Stufen des Wagens und eilte zum Zelt. Als sie den Vorhang zurückschlug, sah sie, was geschehen war, und rief mit gebieterischer stimme: »Pascha!« Auf ihren Ruf hob der Tiger den Kopf. »Pascha! Laß los!«

Pascha beugte sich zur Erde, um den unglücklichen Berwitz loszulassen. Im selben Augenblick fiel ein Schuß. Pascha wurde weich im Rücken, fletschte die Zähne, begann aber zu wanken. Peter Berwitz, der inzwischen aus den Pferdeställen herbeigeeilt war, lud zum zweitenmal. Es war unnötig, der Tiger brach zusammen. Gemeinsam mit dem Raubtierfütterer jagten sie den Löwen in die Ekke und zogen den bewußtlosen Vater aus dem Käfig und fuhren ihn sofort ins Spital. Dort erwachte er und lächelte, als er sah, wie sich Antoinette und Agnes über ihn beugten. Die Ärzte versicherten der Familie, daß die Wunden nicht tödlich seien und daß sie ihnen den Vater in wenigen Wochen wiedergeben würden. Der Zirkus Humberto reiste ohne seinen Seniorchef nach Zürich ab. Aber er sollte ihn nicht wiedersehen. Bernhard Berwitz bekam von den Krallen Paschas, die voll von verwestem Fleisch gewesen waren, eine schwere Blutvergiftung. In Innsbruck erreichte Peter ein Brief seiner Mutter, in dem sie ihm mitteilte, daß der Vater gestorben sei, daß sie ihn auf dem Churer Friedhof begraben lassen und dann zu ihren Eltern nach Savoyen abreisen würde.

4

So waren denn Monsieur Alfred und Madame Sylvia plötzlich die alleinigen Herren des Zirkus Humberto. Das Unternehmen besaß durch die gemeinsame Arbeit von drei Generationen eine ausgezeichnete Grundlage, und Peter beschloß, es seiner Vorliebe entsprechend, die sich von dem nüchternen Geschmack seines Vaters erheblich unterschied, zu erweitern und auszubauen. Da sie in diesem Winter noch Trauer trugen, nützten sie die Zeit zur sorgfältigen Erneuerung der gesamten Einrichtung und zum Nähen neuer phantastischer Kostüme. Zu den märchenhaft zarten Kleidungsstücken, die sich noch aus den Tagen der Großmutter erhalten hatten, kamen neue hinzu, mit grellen, satten Farben und exotischen Linien, voll Gold und Silber und gleißendem Flitter. Zum erstenmal kleidete Peter die Platzanweiser und Diener in eine einheitliche grüne Livree, die Stallmeister und Kutscher in eine blaue und die Musikanten in eine scharlachrote. Zugleich begann er die Menagerie zu erweitern.

Vor einigen Jahren hatte ein gewisser Gottfried Hagenbeck in Hamburg sein Seefischhandelsunternehmen in den Import von exotischen Tieren umgewandelt. Schon Vater Berwitz war mit ihm in Geschäftsverbindung gestanden und hatte die gute und preiswerte Qualität gelobt. Jetzt begab sich auch Peter zu ihm und gewann außer dem Kauf noch zwei wertvolle Erfahrungen. Vor allem traf er mit dem Franzosen Henri Martin zusammen, einem gut aussehenden, grauhaarigen, alten Herrn, der während seines ganzen Lebens Raubtiere gebändigt und dressiert hatte. Peter verbrachte einen Abend mit ihm, und zum erstenmal in seinem Leben hörte er, daß die ganz unsinnige »wilde« Dressur mit Schreckschüssen und Peitschen der Tiere nichts als eine stumpfsinnige Roheit sei und daß er, Martin, schon ein halbes Jahrhundert jedes Raubtier ohne Gewaltanwendung und Quälerei zu zähmen verstehe. Unwillkürlich mußte Peter an seine Frau denken, die tatsächlich durch ihre bloße Güte viel mehr erreichte als einst Großvater Humberto und sein verstorbener Vater mit Peitsche und Gabel; hatte doch selbst Pascha den Vater auf ihren bloßen Ruf losgelassen, und hätte Peter in jenem Augenblick nicht geschossen, wäre das kostbare Tier noch heute in seinem Besitz.

Die zweite wichtige Tatsache, die Berwitz bei Herrn Hagenbeck erfuhr, war die Mitteilung, daß auf der Reeperbahn ein geräumiges Zirkusgebäude zum Überwintern hergerichtet worden sei, das zur Zeit frei war, und daß man in der Stadt Hamburg, deren Reichtum von Jahr zu Jahr stieg, mit Programmänderungen mehrere Monate hindurch Zirkus spielen könne. Gleich am nächsten Tag besichtigte er die Konstruktion und mietete sie sofort. Seit dieser Zeit besaß der Zirkus Humberto ein sicheres, ständiges Winterqurtier, war somit nicht mehr auf den

Zufall angewiesen und brauchte seine Vorstellungen nicht zu unterbrechen.

Im nächsten Frühjahr begab sich dann der Zirkus Humberto auf seine glorreiche Tournee nach dem Osten, von der Peter Berwitz schon mehrere Jahre geträumt hatte. Über Warschau und Riga zogen seine Wagen, Karren und Pferdekarawanen und jagten seine Tierherden nach Petersburg. Dort spielten sie vor dem Zaren und seinem Hofe mit unerhörtem Erfolg. Der alte baltische Adel vergötterte den Zirkus und überhäufte seine Künstler mit Geschenken, der Zar selbst dekorierte Berwitz mit einem Orden und schenkte ihm einen Tscherkessensäbel. Dann waren sie viele Wochen mit einem täglich ausverkauften Haus in Moskau. Berwitz hatte den glücklichen Einfall, hier die Balagantschiks, die russischen Clowns, dem Programm einzugliedern, die wieder glückselig waren, daß sie ihre Possen und Gaukeleien einem so vornehmen Publikum vorführen durften. Rings um die Manege staute sich die Zuschauermenge mit ihrer kindlich frohen Seele und verfolgte jedes waghalsige Bravourstück mit andächtigen Blicken und belohnte jeden Witz mit tosendem Beifallsgelächter. Aber auch die reichen Moskauer Kaufleute mit ihren rundlichen Ehefrauen und ihren aristokratisch erzogenen Kindern, und selbst die hohen Staatsbeamten mit den goldverbrämten Kragen und ihren schönen Frauen, die selbst wiederum in den Logen ihr eigenes, hohes Schauspiel darboten, sie alle wurden nicht müde, mehrere Male nacheinander dasselbe Programm zu besuchen, wobei sie laut und unverhohlen ihrer Zufriedenheit und Begeisterung Ausdruck verliehen.

In Charkow begann Berwitz außer den Balagantschiks auch noch Kunstrittwettkämpfe seiner Reiter mit der einheimischen Kosakenelite in sein Programm einzuschieben. Nicht selten wurden dabei seine besten Reiter durch die wilde Bravour des ukrainischen Grenzvolkes in den Schatten gestellt und besiegt, aber desto größer war dann der Andrang zu den Kassen, desto begeisterter drängten sich die Menschen von nah und fern zu Peters Zirkuszelt. Über Donez und Don eilte die Kunde von dem berühmten Zirkus, und weiter ins Kubangebiet, und die Massen strömten herbei, um Zeugen des Triumphes ihrer Reiter über die des Westens zu sein.

Und dann kam, hinter Georgijewsk und Pjatigorsk, der zerklüftete Kaukasus mit seinen tausend Düften. Die ansteigenden Sitzplätze rings um die Manege waren überfüllt von Menschen der verschiedensten Volksstämme, ungleich in ihrer exotischen Schönheit und doch wieder gleich durch das Feuer ihrer Augen und ihr leidenschaftliches Temperament. Und Peter Berwitz führte seine Expedition weiter, über steile grüne Berge nach Tiflis, an den Kurs und zu den fahlen Gewässern des Kaspischen Meeres, und wieder ins Gebirge, in geheimnisvolle Landschaften, wo sie sonnenverbrannte Menschen auf Kamelen trafen, jede Verständigung aufhörte und drei Dragomane der Gesellschaft als Dolmetscher des Persischen dienen mußten. Durch Wüstenstaub und über kahle Felsen kroch die Karawane weiter bis nach Teheran.

Peters romantischer Traum war in Erfüllung gegangen. Er zeigte ihm zwar keinen rosigen und goldenen Sitz orientalischer Pracht, Teheran war ja ein unübersehbarer Haufen flacher, häßlicher Häuser und schmutziger Gassen, darin aber lebte der, den zu sehen Peter Berwitz in seiner Sehnsucht nach einem außergewöhnlichen Abenteuer sich schon längst gewünscht hatte, hier lebte der persische Schah, der wie im Märchen Nasreddin hieß, am Vormittag zwischen Fontänen im sechsten Vorhof seines Palastes Gericht über Übeltäter hielt, sie zu Kerker und Ohrenabschneiden verurteilte und dann Liebesgedichte verfaßte, obwohl er dazu seinen gekrönten Hofdichter besaß. Der Schah Nasreddin besuchte mit seinen Ratgebern und Generälen den Zirkus Humberto und verfolgte mit versonnenem Blick, halb geschlossenen Augenlidern und unbeweglichem Gesichtsausdruck das ganze Programm. War er zufrieden? War er es nicht? Selbst die erfahrene Agnes vermochte diesen melancholischen Gesichtszügen ihr Geheimnis nicht zu entlocken. Aber am nächsten Tag führte man einen Offizier zu Berwitz, der ihm in französischer Sprache mitteilte, daß Seine Majestät der Schah aller Könige zufrieden sei und beabsichtige, am Abend wiederzukommen. Und so kam der Schah Tag für Tag, mit immer gleich toter und rätselhafter Miene, die sich weder beim Todessprung noch beim Reigen der Clowns verzog, eine unbewegliche Erscheinung, die ihr Haupt mit dem hohen Fez erst neigte, wenn in der Schlußapotheose die persische Fahne vor seiner Loge aufgerollt wurde. Dafür erhielt aber Peter von merkwürdigen Greisen täglich allerhand Pergamentrollen, voll von Bögen, Strichen und Punkten, die, wie er auf der Gesandtschaft erfuhr, die Verse der persischen Dichter darstellten, in denen sie die erhabene Kunst ihrer vornehmen Gäste besangen. Erst als der Zirkus Humberto die Beendigung seiner Vorstellungen bekanntgab, geschah, was Peter so sehnsüchtig erwartete und weshalb er eigentlich hierher gezogen war: der Schah sandte ihm einen eigenhändig unterzeichneten Brief, worin er ihm für den Genuß dankte, den er ihm bereitet habe. Dem Brief war ein Dokument beigefügt, durch das Monsieur Alfred zum Emir der Weißen Pferde ernannt und ihm der Rang eines Obersten der persischen Reiterei verliehen wurde. Die Überbringer der Schreiben brachten zugleich eine prachtvolle Oberstenuniform mit, die Seine Majestät Herrn Alfred zum Andenken schenkte. Von dieser Zeit an führte Peter Berwitz die freie Pferdedressur in der persischen Oberstenuniform, den Tscherkessensäbel an der Seite, vor.

Ursprünglich hatte Peter von Teheran noch weiter ziehen wollen, er fabelte sogar etwas von einem Triumphzug durch Indien, aber Agnes widersetzte sich ihm. Ihr nüchterner Verstand ließ sie die Unzulänglichkeit ihrer Vorbereitung für eine Reise durch unwirtliche Länder, die Wagendefekte, die Leiden der Menschen und Tiere erkennen, deren Leben vielfach geradezu bedroht war. Auch in geschäftlicher Hinsicht war es ein unsicheres Unterfangen, mußte doch jede Staggiona durch eine allzu langwierige und kräfteraubende Reise erkauft werden. Peter sah das alles halb und halb ein, gab aber seine Idee erst endgültig auf, als er sich in Teheran davon überzeugt hatte, daß man hier an der Schwelle von Ländern stand, wo ganz andere Wunderdinge zu Hause waren als die, welche der Zirkus Humberto kannte. Hier fand er arabische Springer, die lächelnd im Doppelsalto durch die Luft flogen, hier sah er Knaben, die sich mit rasender Geschwindigkeit auf der gleichen Stelle überschlugen, so daß ihr Körper wie ein in der Luft kreisendes Rad aussah. Auf einem freien Gelände entdeckte er eine Gruppe häßlicher, schlitzäugiger Gelbgesichter, die auf hohen Stangen kreisende Teller mit einer Vollendung balancierten, wie er sie in Europa nie gesehen hatte; und es war durchaus keine Seltenheit, wenn man irgendwo auf einen Fakir mit tanzenden Schlangen oder wieder auf einen anderen traf, der sich den Körper und die Zunge durchstach und auf glühenden Kohlen ging. Er sah Kameltreiber, die mit ihrer Lieblingsstute ausgezeichnete Dressurstücke aufführten, obgleich jedermann weiß,daß das Kamel zu den starrköpfigsten Tieren gehört. Er sah Dresseure von langhaarigen Katzen, die mit ihnen ein ganzes Theaterstück aufführten. Er fand Tänzer in Frauenkleidern und Pimperltheater und Schattenzauberspiele, und hinter der Stadt entdeckte er ein riesiges Freilichttheater, wo eine Art Passionsspiel von dem heiliggesprochenen Märtyrer Ali aufgeführt wurde, wobei Hunderte von Reitern auf arabischen und persischen Pferden auf der Bühne erschienen. Von diesen Erkundigungsspaziergängen kam er immer mit schwerem Kopf zurück, und beim Abendessen sagte er dann Agnes mit seufzender Stimme: »Mein Gott, ist das ein Land –

wenn ich es doch einfach aufladen und nach Europa mitnehmen könnte, wäre das ein Zirkus!«

Einmal kam Peter Berwitz aber besonders aufgeregt zu seiner Frau zurück: in der südlichen Vorstadt von Teheran hatte er einen dressierten indischen Elefant entdeckt. Seine Augen blitzten, und mit aufgeregten Worten und Gestikulationen erzählte er ihr, was das für ein Riesentier sei und was es alles könne. Er war noch nicht fertig, als sich Agnes schon den Hut aufsetzte. Sie wußte, was ihn gepackt hatte: er wollte den Elefanten kaufen. Es war einer jener plötzlichen Anfälle, die sie an ihrem Peter genau kannte und die ihr ein sicheres Zeichen dafür waren, daß er mit der den Humbertos eigenen Hartnäckigkeit ausführen würde, was er sich einmal in den Kopf gesetzt hatte, koste es, was es wolle. Aber gerade gegen dieses »koste es, was es wolle« lehnte sich ihre nüchterne Überlegung auf. Deshalb beschloß sie, den Elefanten selbst anzusehen und mit ihrer praktischen Besonnenheit in den Kauf einzugreifen. Sie hatte schon ihre oft bewährte Taktik, mit der sie bei Peter am meisten ausrichtete, wenn er sich in etwas verrannt hatte; zuerst tat sie ebenso begeistert, um dann aber allmählich abzuwehren und langsam zu bremsen, bis die Sache in vernünftige Bahnen gelenkt war. Diesmal brachte sie, noch bevor sie in die Vorstadt gekommen waren, Peter wenigstens zu der Erkenntnis, daß sie nicht sofort als Käufer auftreten dürften und sich zuerst noch anderswo erkundigen müßten, was für einen Wert hierzulande solch ein Tier habe. Gegen den Elefanten selbst hatte sie nichts einzuwenden, er gefiel ihr auf den ersten Blick, und sie erwog sogleich, was das Tier auf lange Jahre hinaus für eine Attraktion sein könnte. Auch befanden sich hübsche Ersparnisse, die ihnen die glückliche Tournee bisher eingebracht hatte, in dem schweren, metallbeschlagenen Koffer, und vielleicht war es wirklich besser, das exotische Geld in einem geeigneten Ankauf anzulegen, als es mit Verlust in den Banken einzuwechseln. Man mußte aber vorsichtig zu Werke gehen. Der Elefant gehörte einer kleinen Komödiantengruppe, offenbar einer Familie, deren gesamtes Vermögen er darstellte. Noch am Mittag begaben sich Peter und Agnes in die europäische Kolonie, wo sie sich mit befreundeten Geschäftsleuten berieten. Auf den Rat der Erfahrensten beschlossen sie, einen Molla, einen schriftkundigen Priester der Perser, als Unterhändler zu benützen und den Komödianten für den Elefanten einige Tiere aus ihrer Menagerie zum Tausch anzubieten, vor allem aber nichts zu übereilen. Sie erfuhren, daß hier eine Woche oder zehn Tage bei solch einem Geschäft keine Rolle spielen durften. In Wirklichkeit dauerte die Verhandlung mit Arr-Schehir, dem Besitzer des Elefanten, volle 17 Tage, und der Kauf wäre nicht zustande gekommen, wenn nicht Agnes im kritischen Augenblick den rettenden Einfall gehabt hätte, mit dem Elefanten zugleich auch Arr-Schehir samt seiner Familie in den Zirkus Humberto aufzunehmen. Es zeigte sich dann, daß es sich hier um eine ziemlich weitverzweigte Verwandtschaft handelte, deren Pläne und Wünsche einander kreuzten. Arr-Schehir selbst war mit seiner Frau offenbar gewillt, dem weißen Sahib nach dem fernen Westen zu folgen, während die anderen durchaus wieder nach Indien zurückkehren wollten. Nach langem Hin und Her einigten sie sich schließlich dahin, daß Peter der widerspenstigen Verwandtschaft eine kleine Menagerie gab, Arr-Schehir mit einer Menge persischem und russischem Geld und außerdem dadurch entschädigte, daß er ihn mit seiner Frau für fünf Jahre als Kornak, also als indischen Elefantenführer, mit einem für indische Begriffe fürstlichen Gehalt engagierte. So kam der Elefant Bingo in den Zirkus Humberto, und die Frau Direktor hatte von nun an einen Liebling mehr.

Als sich Berwitz diesen Gewinn gesichert hatte, sträubte er sich nicht mehr gegen die Rückkehr. Er wählte dazu den Karawanenweg der europäischen Kuriere über Täbris und Erzerum, den drei Gesandtschaften, die englische, die französische und die türkische, überwachten und wo es, wie es hieß, verhältnismäßig die meisten Karawansereien gab. Und doch war die Fahrt bedeutend beschwerlicher als die Hinreise. Die sogenannte Straße war für die Wagen fast unbefahrbar, Brücken gab es überhaupt nicht, ein vollendetes Abbild der persischen Staatsauffassung, daß eine regulierte Straße lediglich den Feind ins Land locke. Stellenweise zogen sie durch Wüstenlandschaften, und es kam nicht selten vor, daß sie sich gegen die Kurden verteidigen mußten. Es fehlte an Nahrungsmitteln, das Wetter war ungünstig. Die Wagen blieben einmal im Staub, ein andermal im Sumpf, dann wieder in Erdlöchern stecken, die Menschen erkrankten, die Tiere waren oft völlig erschöpft vor Hunger und Durst. Auf der türkischen Seite war es etwas besser, vor allem kamen sie häufiger an Städten vorüber, wo sie sich einige Tage aufhalten und ein wenig erholen konnten. Aber diese kräfteraubende Pilgerfahrt durch Kleinasien schien ohne Ende, und in einigen Wagen murrte man schon ganz offen, daß unterwegs noch alles zugrunde gehen werde, wenn nur der Patron seine Oberstenhose unversehrt nach Hause brächte.

Die größte Energie besaßen in diesen Tagen Agnes und der Elefant Bingo. Agnes, die infolge der Hitze und der dauernden Anstrengungen stark abgemagert war, ritt auf ihrem Pompon die ganze Karawane entlang, half, wenn irgendwo ein Wagen steckenblieb, führte die Pferdekolonnen zur Fütterung, munterte mit freundlichen Worten die Verzagten und Kleinmütigen auf, besuchte die Kranken und wußte selbst in den elenden, halb zerfallenen Dörfern etwas wie einen Leckerbissen für ihre Tiere zu entdecken. Der Elefant Bingo schritt ausdauernd und ruhig in der Mitte der Karawane daher und kümmerte sich weder um die glühende Sonnenhitze noch um die Regengüsse. Wo immer ein Wagen steckenblieb und Pferde und

Menschen sich vergeblich plagten, ihn herauszuziehen, stemmte sich der Elefant Bingo mit seiner Riesenstirn dagegen und zog ihn auf eine fahrbare Stelle. Nur wenn sie zu einem Gewässer kamen, ließ er sich nicht zurückhalten, hob den Rüssel und lief mit freudigem Trompeten in den Fluß, in dem er vergnügt herumschwamm, sich im Schlamm wälzte, untertauchte und umherspritzte, wobei dauernd sein zufriedenes Trompeten ertönte.

Endlich kam der Tag, da sie in der belebteren Straße und an der dichter bewohnten Gegend erkannten, daß sie sich einer großen Stadt näherten. Peter und Agnes verließen die sich langsam vorwärtsschiebende Karawane und ritten im Trab voraus, ständig ansteigende Hügel hinan, auf deren Kamm zahllose Zypressen wie schwarze Kerzen einen Friedhof ankündigten. Das Ehepaar ritt ungeduldig bis auf den Gipfel und plötzlich hielten beide gleichzeitig ihre Pferde an. Tief unter ihnen glänzte der grünliche Spiegel des Bosporus. Der weiße Schaum umspülte beide Ufer, die sich nach rechts hin verengten und in vielfachen Windungen in der nebligen Ferne verloren. Tausende weißer und bunter Flecke funkelten auf der Seidenfläche – Schiffe und Kähne, die langsam den reglosen Wasserspiegel durchfurchten. Und gegenüber zur Linken erhob sich ein anderes Meer, unruhiger und aufgewühlter als das erste, ein leuchtend weißes Meer von Steinmauern, glokkenförmigen Kuppeln, stachelartig emporragenden Minaretts, das in der Ferne von einer doppelten, zackenförmigen Festungsmauer eingeschlossen wurde, deren schwarze Türme über die Hügel und Täler emporragten und niedersanken, bis sie sich wieder in der Ferne verloren – Istanbul, Konstantinopel, die Stadt des Padischah. Agnes konnte sich an der herrlichen Pracht gar nicht sattsehen, die sich vor ihnen ausbreitete. Peter fand viel schneller zu seinen persönlichen Interessen zurück.

»Eine herrliche Dekoration«, sagte er nach einer Weile. »Und die Hauptsache – endlich Europa. Wo mag wohl der Sultan wohnen? Wir müssen uns möglichst nahe beim Palast niederlassen. Aber die Kavalkade sollten wir von der anderen Seite her durchführen, von der Festungsmauer her, der Einzug vom Hafen und von den Schiffen wäre ziemlich schwierig. In Konstantinopel müssen wir unsere Kunst gut verkaufen.«

Und während sie noch hier standen, reifte in ihm schon der Gedanke, das ganze Unternehmen heimlich und unbeobachtet bis hinter die Festungsmauer durch die Stadt zu führen, um dann erst dort den feierlichen Einzug in Konstantinopel vorzubereiten. Zwei Tage standen seine Wagen in Skutari, bevor alles fertig war. Am dritten Tag fingen sie gegen Abend an, auf die Schiffe, die er dazu gemietet hatte, alles aufzuladen, und es war schon dunkel, als Ladung auf Ladung am goldenen Eck landete. Es war nicht leicht, beim Schein der Lampen und Fackeln mit den Wagen und Pferden auf die Landungsbrücken zu fahren, aber es gelang ohne Unfall. Durch dunkle Gassen ohne jede Beleuchtung stahl sich ein Wagen nach dem anderen, von einigen Dutzend Kawassen geleitet, durch die unbekannte Stadt, bis sich ein schwarzes Tor vor ihnen öffnete, und nach wenigen Augenblicken befanden sie sich auf freiem Gelände. Sie bogen nach rechts in die Wiesen ein und fuhren langsam ins Tal unterhalb der Festungsmauer hinab. Kurz darauf loderten zwischen der von den Wagen gebildeten Mauer Feuerflammen empor, und wieder begann das Lagerleben.

In dieser versteckten Talmulde blieben sie fünf Tage, daß alles vollkommen wiederhergestellt werden konnte, was auf der mühevollen Fahrt durch Asien beschädigt worden war. Inzwischen mietete Peter Berwitz ein ausgedehntes Gelände in der Nähe der großen Moschee Achmeds und bereitete sich die türkischen und französischen »Handtücher« vor, wie man seit jeher die langen, schmalen Zirkusplakate nennt. Am sechsten Tag wurde endlich der feierliche Einzug durchgeführt. Alle Zirkusmitglieder mußten ihre prächtigsten Kostüme anziehen, aber Berwitz hatte noch mit den Stadtämtern vereinbart, daß sie ihm hundertfünfzig Soldaten leihen sollten, die er alle in Kostüme als Pantomimen kleidete. Und dann begann ein Paradezug, wie ihn Konstantinopel noch nicht erlebt hatte.

Vorn, direkt hinter der Gruppe der Karawassen, ritten zwei mittelalterliche Herolde mit langen, silbernen Fanfaren, die jedesmal einsetzten, wenn die Musik hinten verstummte. Dann erschienen drei römische Reiter in Metallstiefeln über den nackten Waden und mit antiken Helmen über dem bartlosen Gesicht. Der mittlere von ihnen trug die Standarte des Zirkus Humberto. Hinter den Römern fuhr ein flacher Wagen, auf dem Rücken an Rücken die Musikanten in roten und goldenen Livreen saßen und einen Marsch nach dem andern bliesen. Hinter der Abteilung der antiken Reiter tauchte der goldene Rennwagen der römischen Zirkusse auf, der von einem Viergespann gezogen wurde und auf dem Peter Berwitz im Purpurmantel in der Pose eines Cäsaren stand. Dieser antiken Erscheinung folgte der Oberstallmeister mit Madame Sylvia, beide in rotem englischem Frack mit schwarzer Mütze, als wäre der mondänste englische Kupferstich lebendig geworden. Dahinter ritten drei Kunstreiterinnen in rosa, cremefarbenem und azurblauem Röckchen; dann kamen zwei spanische Hidalgen, voll silberner Spitzen, mit sevillanischen schwarzen, flachen Hüten, die sie mit höfischer Grandezza zum Gruß schwenkten, als sie an den vergitterten Fenstern vorbeiritten. Ihnen folgte ein Trupp als Araber verkleideter Soldaten in langen, herabwallenden Gewändern und dann eine russische Kosakengruppe. Diese Soldaten hatten sich zuerst gesträubt, die Uniform des Verfolgers und Feindes des Islam anzuziehen, bis ihnen Berwitz einredete, daß es Kriegsbeute sei. Dann erst setzten sie sich kokett die russische Kappe auf und ritten mit in die Hüfte gestemmter Linken durch die Stadt. Hinter ihnen führten blau uniformierte Stallknechte den Stolz der Humbertoschen Pferdeställe, sechs weiße Lipizzaner mit rosa Nüstern. Dann kam eine Gruppe von Soldaten, die als persische Sokolniks verkleidet waren – ein neuer, von Berwitz in Teheran geborener Einfall; auf den Lederhandschuhen trugen sie bunte, schreiende Papageien. Ihnen folgte ein von zwei Zebustieren gezogener Tigerkäfig, und ein Viergespann mit einem Löwenkäfig. Dahinter marschierten Soldaten in blau-rot-goldener Uniform, die man im Zirkus als marokkanisch bezeichnete, und trugen vergoldete Käfige mit kleinen Äffchen in den Händen. Acht eigens dazu gemietete Hamale mit geschwärzten Gesichtern und Händen, mit riesigem federgeschmücktem Turban auf dem Kopf und in phantastisch gelben und roten Kostümen, trugen eine kunstvoll verzierte chinesische Sänfte, in der zwei als Elfen verkleidete Frauen von Artisten saßen. Und dann erschien vor den staunenden Zuschauern der majestätische Elefant Bingo, mit roten Schabracken behangen, die mit Goldquasten verziert waren; auf seinem Kopf saß würdevoll und in weißem Gewand, mit einem goldenen Turban, Arr-Schehir, auf dem Rücken schaukelte ein Palankin, aus dem vier Huris mit veschleierten Gesichtern der Manege zuwinkten. Es waren die Frauen von Dienern und Pferdeknechten, Wäscherinnen und Abwaschfrauen, die mit ihren gefärbten Augenbrauen wie die verführerischsten Geschöpfe aussahen. Aber damit war der feierliche Zug noch nicht zu Ende. Es kamen noch die Clowns in ihren bunten Kostümen und mit den dressierten Hunden, allen voran Herr Hamilton auf einem wilden Esel, der sich diesmal merkwürdig anständig benahm. Unter den Purzelbäume schlagenden und herumhüpfenden Clowns führten Diener den Ziegenbock Blaubart mit seiner weißen und jetzt bekränzten Gefolgschaft, ein Pärchen Mufflons, eine kleine Schafherde, einen Dachs und einen Bären. Das war die bunteste Gruppe von allen, denn die Diener hatten alle die verschiedenartigsten, prächtigen, alten Uniformen an, die Großvater Humberto einst gesammelt hatte. Dann kamen noch ein paar mittelalterliche Waffenträger, wiederum mit der Standarte Zirkus Humberto, und damit war der Zug beendet.

Es machte sich Peter Berwitz bezahlt, daß er soviel Sorgfalt und Kosten auf die Regie seines Einzuges in Konstantinopel gewendet hatte. Vorstellung um Vorstellung war überfüllt, und die europäische Kolonie wie die Untertanen des Padischah strömten immer von neuem in den Zirkus. Der Sultan erschien nicht, aber er ließ bei Berwitz anfragen, ob er nicht für ihn und seinen Hof eine Sondervorstellung in den kaiserlichen Gärten geben könne. Berwitz sagte natürlich bereitwillig zu und spielte dann dreimal vor Seiner Majestät und vor einer verschleierten Tribüne, auf welcher der ganze kaiserliche Harem Platz genommen hatte. Abdul Medschid war so befriedigt, daß er sich Berwitz vorstellen ließ und ihn zur Besichtigung seiner Ställe einlud. Peter war ein Pferdekenner und stolz auf die edlen Tiere seines Unternehmens. Aber in den Ställen des Sultans konnte er seine Überraschung und Begeisterung nicht verbergen. In langen Reihen standen hier die schönsten Nachkommen der fünf geheiligten Stuten Mohammeds, alle mit prachtvoll tiefer Brust, zarter Muskulatur, langen Schulterknochen und kurzen Schienbeinen, kurz in den Lenden und stark in den schlanken Beinen, wie geschaffen für ausdauernden, schnellen Ritt.

In den unübersehbaren Ställen geriet Abdul Medschid ins Feuer der Begeisterung und kam in ein eifriges Gespräch über die Tiere, dem Peter mit Interesse und nicht wenig erstaunt über des Sultans durchgreifende hippologische Kenntnis zuhörte.

Als sie in den kleinen Salon des Sultans zurückgekehrt waren und sich mit dessen Lieblingssohn zum schwarzen Kaffee gesetzt hatten, fragte der Sultan über eine Stunde lang Peter über alle Praktiken der Pferdezucht im Westen, ja sogar über die Pflege der gedeckten Stuten und die verschiedensten Pferdemedikamente aus. Peter hatte offenbar gut bestanden, denn Abdul Medschid lud ihn am Ende der Unterhaltung ein, ihm in die weiteren Gemächer zu folgen. Saal um Saal füllten die Sammlungen des kaiserlichen Schatzes, ungeheure Mengen von Schmuckgegenständen aus Gold und Silber, in manchen Räumen befanden sich nur Haufen und Häufchen der wertvollsten Edelsteine. Umgeben von diesem toten Reichtum verfiel der Sultan wieder in Schweigen. Nur in einem mit Tabaksdosen gefüllten Raum blieb er stehen, ging um die Tische herum, nahm eine schwere, goldene mit eingravierten Arabesken heraus und reichte sie schweigend Peter, der sich tief verneigte. Im Edelsteinsaal breitete der Sultan einen Haufen grüner Steine auf einer Achatschale aus, und als er einen der größten Saphire herausgesucht hatte, reichte er ihn Peter mit zwei Worten: »Für Madame.« Und dann verabschiedete er sich von seinem Gast.

Peter Berwitz hätte das alles vollauf genügt, um ihn aufs höchste zu beglücken. Er wurde jedoch noch mehr ausgezeichnet. Vor der Abreise aus Konstantinopel wurde er zum Inspektor der Kaiserlich-Türkischen Pferdeställe mit dem Titel eines Liva-Pascha ernannt und erhielt den Halbmondorden zweiter Klasse und einen Ehrenkaftan. Berwitz steckte den Orden sofort an die persische Oberstenuniform an. Auch in geschäftlicher Hinsicht war Konstantinopel für den Zirkus ein erheblicher Gewinn, die während der Reise durch Asien zusammengeschrumpften Geldvorräte hatten sich wieder aufgefüllt, und so kehrte der Zirkus Humberto mit den Lorbeeren seines Ruhmes und vollauf befriedigt über die kleinen, abhängigen Balkanfürstentümer in der Richtung nach Budapest und Wien heim.

Hier fand Berwitz seine Kusine Elise in Trauer um ihren verstorbenen Gatten, den Major Hammerschmidt, und in nicht geringen Sorgen um die Zukunft vor. Er nahm sie einfach als Kassiererin mit, und so war auch dieses Problem gelöst. Er konnte nicht vergessen, wie vorteilhaft es für den Zirkus Humberto gewesen war, als er noch vor wenigen Jahren von sechs Familienmitgliedern verwaltet und betreut wurde. Er wußte zwar, daß er gute und verläßliche Mitarbeiter besaß, aber es lag ihm eben im Blut, daß der Zirkus kein bloßes Geschäftsunternehmen sein solle, daß vielmehr seine feste Grundlage von jeher die Familie gewesen ist. Agnes war völlig damit einverstanden, wenn sie auch nicht begriff, wieviel Tradition darin lag. Und als sie von zu Hause erfuhr, daß ihr holländischer Vetter Franz Steenhouwer sein Mittelschulstudium beendet habe und daß er statt weiterer Studien um jeden Preis in den Geschäftsdienst nach den Kolonien gehen wolle, schrieb sie ihm mit Peters Einverständnis, und Franz Steenhouwer tauschte bereitwillig seine Sehnsucht nach exotischer Ferne gegen die nicht weniger abenteuerliche Pilgerfahrt mit dem Zirkus ein.

So hatte sich der Zirkus Humberto entwickelt und allmählich seine feste Gestalt gewonnen, in der ihn der tschechische Maurer Anton Karas in den Tagen vorfand, da der Winteraufenthalt in Hamburg seinem Ende entgegenging und alles im Zeichen der letzten Vorbereitung für die im Frühling beginnende Tournee lebte.

5

Als sie dann zu Mittag in der »Seemannsbraut« beim Bier saßen, das Karas seinen Gefährten versprochen hatte, da leuchtete es ihm schon vollkommen ein, daß er richtig gehandelt habe und daß es der reinste Unsinn gewesen wäre, diese glänzende Gelegenheit zu versäumen.

Als wäre er mit einemmal alle Sorge los, schob er sich den Hut ins Genick und trank Kerholec zu: »Na, alter Junge, auf dein Wohl, du Schlaufuchs!« Und Kerholec antwortete: »Auf deins, du Halunke, der Teufel soll mich holen, wenn du bei Berwitz nicht Truppenführer wirst!« Und der bärtige Hein Mösecke rief mit seiner heiseren Stimme: »Zum Wohl, noch eins, nich? Hab ich's nich prophezeit, daß in Hamburg immer was zu finden is? Karlchen, ich füll' mir auch ein Glas, nich? Zu dritt geht's immer am besten, meine Herren, zum Wohlsein!«

In froher Stimmung ging Karas nach Hause, ja, er summte sogar eine Melodie vor sich hin; als er sich aber auf der dunklen, schmalen Treppe befand, auf der man bis in den vierten Stock zur Witwe Anna Langermann emporstieg, war seine gute Laune plötzlich wie fortgeblasen. Gute Laune? Ja, gewiß, wie denn nicht, Menschenskind, hatte nicht dieser dicke, heisere Kerl, dieser Mösecke, gleich fünf Glas und noch dazu auf leeren Magen in sich hineingegossen, wie hätte ihm da nicht zum Singen zumute sein sollen? Aber hier, Anton, hier oben ist keine »Seemannsbraut«, da ist dein Junge, dein Wenzel, und wartet schon ganz verzweifelt, was der Vater für Nachricht bringt. Und der Vater kommt, ja natürlich, vom Biertisch kommt er, der Halunke, und wird sagen: »So, Wenzel, jetzt sind wir beim Zirkus.« Und was wird Wenzel sagen? Verdammte Stiegen, wollen sie denn gar kein Ende nehmen? Wenzel wird gar nichts sagen. Er wird ihn nur mit seinen großen Augen ansehen. Das ist es ja gerade. Genauso hat sie ihn angesehen, Mariechen. Das sind ganz dieselben Augen, ihre Augen sind's, blaugrüne, man kann gar nicht recht erkennen, welche Farbe sie haben, die Arme liegt dort unter der kleinen Lärche, aber ihre Augen sind hier und schauen zu, was er mit dem Jungen macht und wie's ihnen geht. Dann ziehen sich diese Augen plötzlich so merkwürdig zusammen und blicken schärfer. Wie oft hat er es schon bemerkt, daß der Junge Augen hat wie ein Bussard, wenn er seinen Blick auf etwas heftet. Mit demselben Blick hat ihn die arme Tote manchmal angesehen, wenn er mit Millner von der Tanzmusik nach Hause kam. Ja, Anton, vor diesem Blick hast du auch den letzten Kreuzer aus der Tasche geholt, wenn du auch manch liebes Mal Lust hattest, ein paar Groschen fürs Wirtshaus zu behalten. Dabei war es eine so brave Frau, geschuftet hat sie von früh bis spät in die Nacht. Und der Junge ist nach ihr, weich und hart, je nachdem – wie soll er es ihm bloß sagen, daß sie sich den Komödianten verschrieben haben?

Schwer und widerwillig drückte Karas die Türklinke herab und hing behutsam den Hut auf den Haken an der Tür. Frau Langermann öffnete die Küchentür. Der Knabe stand bei ihr, und das sechsjährige Röschen der Witwe schmiegte sich an ihn.

»Vater!« rief Wenzel freudig.

»Nun, etwas gefunden?« fragte Frau Langermann.

»Ja, das schon. Aber es ist etwas merkwürdig – ich habe keine rechte Freude daran«, antwortete Karas und ging langsam in die Küche, wo es nach Majoran roch.

»Ja, wieso denn? Setzen Sie sich, wir warten schon mit dem Essen, das müssen Sie mir gleich erzählen.«

»Vater – hast du Arbeit?« fragte der Junge.

»Ja, Wenzel, aber ich weiß nicht, was du dazu sagen wirst. Ich bin..., das heißt, wir gehen zusammen zum Zirkus.«

Jetzt wartete er auf das drückende Schweigen. Aber Wenzel, der froh war, als er hörte, daß der Vater Arbeit habe und sie beisammen bleiben würden, schlug seine großen, treuherzigen Augen vertrauensvoll zu ihm auf und fragte ruhig:

»Was ist das, der Zirkus, Vater?«

Karas atmete erleichtert auf. Es war ihm nicht zum Bewußtsein gekommen, daß der Knabe weder einen Zirkus noch Komödianten jemals gesehen hatte, daß dieses Wort nur selten in ihr weltabgeschiedenes Dorf gedrungen war. Als ob ihm ein Stein vom Herzen gefallen wäre, wurde er wieder lebhafter und rückte seinen Stuhl näher zu dem Knaben heran.

»Weißt du, das ist so etwas wie ein Theater, in dem Herren und Damen den Leuten schöne Pferde und verschiedene Tiere zeigen, und jedes Tier kann irgendein Kunststück, tanzen oder Leierkasten spielen, und das macht den Leuten Spaß. Wenn es zu Ende ist, wird das Theater abgerissen und auf Wagen aufgeladen, und dann geht's wieder anderswohin. Vater wird mitfahren und ihnen das Theater aufbauen und abreißen, und du wirst mit mir im Wagen durch die Welt fahren und alles sehen.«

»Und was für Tiere gibt es dort? Pferde?«

»Pferde und Löwen und Tiger und ein Eselchen, einen Ziegenbock und Bären und einen Elefanten...«

»Einen Elefanten? Einen richtigen Elefanten? Den mit dem Rüssel?«

»Ja. Ein ungeheures Tier. Der würde hier in der Küche gar nicht Platz haben.«

»Ja..., ich werde zu ihm gehen und hinaufkriechen und dann auf ihm reiten. Man reitet doch auf dem Elefanten, nicht? Frau Langermann, Frau Langermann, ich werde auf einem Elefanten reiten!«

»Aber natürlich, du Dreikäsehoch«, lachte die Witwe und goß die Suppe ein. »Also, was haben Sie uns denn gebracht, und was hat das mit einem Elefanten zu tun?« Karas erzählte ihr nun alles ausführlich und gestand auch, daß er seiner nicht sicher sei, ob er richtig gehandelt habe.

»Aber, Menschenskind«, rief die Quartiersfrau und schlug die Hände zusammen, »danken Sie doch dem lieben Gott, daß Sie das gefunden haben. Und an die Tote dürfen Sie dabei nicht denken. Sie sind doch schon früher in die Welt gezogen, um Arbeit zu suchen, hat sie denn damals ahnen können, wie Sie leben? Und was sollen denn die vielen tausend Weiber sagen, deren Männer auf die See gehen und für ein paar Jahre in der Welt verschwinden und nicht einmal etwas von sich hören lassen? Zum Schluß bekommen sie dann mit einemmal die Nachricht, daß..., ja, daß sich die See eben ihr Opfer genommen hat... Was sollte ich da sagen?«

Frau Langermann wurden die Augen feucht. Wieder erstand der trübe, häßliche Tag vor ihr, da zwei Beamte der Schiffahrtsgesellschaft hier in der Küche gestanden und ihr verlegen mitgeteilt hatten, daß der kleine Hafendampfer »Rosamunde« im Nebel mit einem Kohlenfrachtdampfer zusammengestoßen, der Steuermann Felix Langermann dabei in die Elbe gefallen und es wegen des Eisgangs nicht möglich gewesen sei, das Rettungsboot hinabzulassen.

Sie überwand aber ihre Rührung und meinte:

»Da ist mir so ein Zirkus tausendmal lieber, der fährt wenigstens immer auf festem Boden. Wenzel wird dabei etwas sehen und Welt und Menschen kennenlernen, und das, Herr Karas, ist für den Jungen sehr wichtig.«

So wurde Karas fast gegen seinen Willen beim Mittagessen wieder besser gelaunt. Er mußte Wenzel immer wieder vom Zirkus erzählen und was er bis jetzt schon alles gesehen habe. Aber der Höhepunkt kam natürlich erst, als er die Eintrittskarten für die Nachmittagsvorstellung aus der Tasche holte.

Wie Wenzel seinen ersten Zirkusbesuch verbrachte, sah Karas nicht. Er ging eine Stunde früher mit der Trompete unterm Arm fort, und kaum war er in der Zirkusbude erschienen, da rief ihn schon Kerholec herbei, drückte ihm einen Rechen in die Hand und befahl ihm, die Sägespäne in der Manege schön ordentlich zusammenzurechen. Dann mußte er hinter dem Tor die Käfige wegschaffen helfen, wegen der Löwen, wie man ihm sagte, und die frei gewordene Stelle zusammenfegen. Kaum war er damit fertig, kam schon ein Junge herbeigelaufen und fragte, wo denn Herr Karas sei, der Herr Kapellmeister wünsche mit ihm zu sprechen.

Leopold Selnicki, Berwitzens Kapellmeister, war Wiener, ein gewesener Regimentstrommler bei den Deutschmeistern, ein Riesenkerl mit einem ungeheueren Schnurrbart, den er mit einem Teil des Backenbartes noch vergrößerte. Auch die buschigen Augenbrauen sahen schrecklich aus, aber die Augenlider und die Haut um die Augen waren etwas überhängend, wahrscheinlich vom Trinken, und im ganzen erinnerte der Blick Selnickis an den eines alten, gutmütigen Bernhardiners. Dieser Mann war wohl der einzige im Zirkus Humberto, vor dem Berwitzens strenge Zucht haltmachte. Er hatte nichts anderes zu tun als die Musik zu dirigieren; jedwede Hilfe bei den sonstigen Arbeiten im Zirkus lehnte er als seiner Künstlerpersönlichkeit unwürdig ab. Ganze Tage und Nächte beschäftigte ihn das außerordentlich wichtige Problem, wo es etwas Gutes zu essen und trinken gebe. Er war eigentlich kein großer Esser im wahren Sinn des Wortes, nie nahm er an einem Festgelage oder an einem großartigen Souper teil. Aber wenn er am Morgen erwachte, schnalzte er mit der Zunge und fand, daß jetzt Schinken mit Ei und ein oder zwei Glas Pilsner höchst willkommen wären. Wenn es kein Pilsner gab, nahm er auch mit gewöhnlichem Bier vorlieb, wobei er allerdings die schlechtere Qualität durch erhöhte Quantität ersetzte. Dann ging er auf einen Sprung zur Probe, um kurz nach dem Rechten zu sehen, schwatzte da und dort ein paar Worte, trank drei bis vier Gläschen Rum, um dann anzukündigen, daß es jetzt Zeit zum Gabelfrühstück sei. Darauf verließ er majestätisch den Zirkus und suchte eine seiner Weinstuben auf, wo er ein Gulasch oder ein Paprikaschnitzel verzehrte, sich eine Virginia anzündete und bei mehreren Vierteln Wein geduldig wartete, bis sich der Hunger melden würde. Hatte er ihn mit einer Portion Salami gestillt, ging er zum Mittagessen, stocherte in dem Gericht herum, gestand seinem Nachbarn mit einem Seufzer, daß »seinetwegen das Mittagessen ruhig ausfällen könne«, daß »er sich überhaupt nicht viel daraus mache« und daß er es eigentlich nur zu sich nehme, um »eine Unterlage« für zwei, drei Glas Bier zu haben. Dann ging er auf einen Schwarzen und einen Kognak, spielte gelegentlich eine Partie Billard, erhöhte sich rasch noch den Appetit mit einem Wermut, worauf er vor der Vorstellung im Zirkus erschien, seinen roten Rock mit dem goldenen Kragen und den goldenen Epauletten anzog, in aller Eile ein, zwei Schluck Rum in die Kehle goß und dann fast ohne Pause, meist mit dem Rücken zum Orchester, die gesamte Musikbegleitung der Vorstellung dirigierte. Danach kleidete er sich um und begab sich auf eine kleine Erfrischung vor dem Abendessen, und wenn er dieses glücklich absolviert hatte, noch auf einen Trunk in eine Schenke.

Aber Berwitz wußte ganz genau, was er an ihm hatte: In keinem Zirkus erklang eine solche feurige Musik, nirgends wurde das Publikum von den Märschen so mitgerissen, nirgends gab es solche Tusche und Fanfaren, niemand wußte die sentimentalen Stellen in den Pantomimen mit einer so zarten Euphonie zu begleiten wie Selnicki im Zirkus Humberto. Wenn bei den Proben eine Nummer mit Pferden eingeübt wurde, verfolgte Selnicki alles aufmerksam mit seinen traurigen Augen, goß einen Schluck Rum in die Kehle und sagte: »Das hier ist Lanners Margueritenwalzer« oder »Das ist der Kavaliersmarsch von Strauß« oder »Dazu gehört die Polka Bohémienne und das Trio aus der Gavotte bleue und acht Takte aus Schuberts Intermezzo mit einem Tusch«. Und fertig war's. Jede Produktion verwandelte sich ihm in Noten, in ganz bestimmte Kompositionen, die ihm augenblicklich in den Ohren klangen, als lese er sie in der Partitur. Jedesmal entsprach die Produktion dem erforderlichen Tempo und kam dem rhythmischen Gefühl der Pferde unerhört zu Hilfe.

Herr Selnicki konnte von Wien her auch ein paar gebrochene Worte Tschechisch, und so begrüßte er Karas auf der Estrade damit, ehe er in ein nonchalantes Wiener Deutsch überging.

»Also, Sie sa'n der neue Tscheche, net woa? Na, grüß' Ihna Gott! Sie können doch Deutsch, net woa? Na also, Herr Karas, wie steht's denn mit Ihrem Trompeten? Kennen S' die Noten?«

»Nein, Herr Kapellmeister.«

»Na, schad't nichts, das wern S' schon noch mit der Zeit lernen. Aber trompeten können S' doch?«

»Wie man's bei uns daheim halt gebraucht hat. Ich hab' meist die Begleitung gespielt, und wenn ich das Stück dann schon kannte, so bin ich auch auf die zweite Stimme übergegangen oder hab' bei der Repetition die Melodie übernommen.«

»Ja, natürlich. Ich weiß schon, wie es bei so aner Bande zugeht. No, so blasen S' mir amal, bevor die Leute kommen, etwas vor, damit ich seh', wie Sie's treffen.«

Karas war in Verlegenheit, ohne seine Gefährten wollte ihm nichts einfallen. Aber er fühlte, daß er hier nicht ausweichen könne. Er zog also die Trompete hervor, setzte sie an, kniff die Augen zu, begann viermal die Anfangstakte eines Ländlers, um das richtige Tempo zu bekommen, und dann erklang, als übte er zu Hause in der Abenddämmerung auf dem Feldrain, seine Lieblingsmelodie.

In dem leeren runden Raum hallte das Lied mit ungeheurer Stärke wider. Karas erschrak selbst über die lauten Töne und setzte bei der Wiederholung ein Pianissimo an. Und schon war er mit dem ganzen Herzen dabei, mit schmeichelnd weichem, süßem Ton blies er die liebliche Melodie, als führte er ein leises, klagendes Zwiegespräch mit einer Amsel.

Dann öffnete er die Augen und sah, wie sich der Kapellmeister Rum eingoß. Das Gläschen verschwand für eine Sekunde fast unter seinem mächtigen Schnurrbart. Darauf goß er zum zweitenmal ein:

»Da ham S', Herr Karas«, sagte er, »ein Stamperl auf Ihre Gesundheit.«

Während sich Karas höflich verneigte und den Rum auf zwei Schluck austrank, fuhr Herr Selnicki fort:

»So, daß laß ich mir g'fallen, das ist das richtige tschechische Trompeten. Wegen der Noten brauchen S' ka Angst ham. Was wir spielen, wern S' in aner Wochen alles weghaben. Wenn amal etwas Schwierigeres kommt, da kommen S' halt zu mir und ich pfeif's Ihnen vor. So, jetzt setzen S' Ihna an das Pult hier und spielen S' vorläufig nur die Begleitung. Es wird schon geh'n. Es laßt anem halt ka Ruh', wenn's anem der Herrgott g'schenkt hat.«

Herr Selnicki nahm wieder einen Schluck, neigte sich zu Karas hin, packte ihn an der Schulter und sagte leise und mit Nachdruck:

»Musik..., wissen S', ...Musik ist halt ka Zirkus. Aber das Liedl da merken's sich..., das könnte passen, wenn die Rappen Piaffe in der Balance tanzen werden. Servus!«

Inzwischen kamen bereits Menschen von unten, legten ihre Arbeitskittel ab, zogen sich rote Livreen an und setzten sich mit den Instrumenten auf ihre Plätze im Orchester. Alle schüttelten dem Neuling Karas herzlich die Hand, sagten ihm sogar ihre Namen, aber das überhörte Karas alles in der Aufregung. Mehr Aufmerksamkeit schenkte er dem tschechischen Gespräch, das von der gegenüberliegenden Ecke des Orchesters zu ihm drang. Er wollte schon hingehen, als unten Applaus ertönte.

»Hallo, Musik, anfangen!«

Es war der Kerholec, der vom Haupteingang her diesen Befehl gab. Der Zirkus war noch leer, aber draußen sammelten sich die Menschen und die Klänge der Musik sollten sie zur Kasse locken. Herr Selnicki erschien noch nicht. Ein Mann mit einer Trompete am rechten Flügel sah sich in der Runde um und sagte:

»Also, Leutchen, anfangen!«

Sie setzten die Instrumente an, der Trompeter am rechten Flügel blies zweimal den Takt, dann nickte er, und ein Marsch begann. Karas schloß sich an. Es war einer der üblichen Märsche, wie er sie mit Millner sooft und manchmal sogar ohne Probe gespielt hatte. Er blickte nur nach rechts zu dem Trommler hin, weil er ihm an den Augen ablas, wann eine Pause kam und wann leiser gespielt werden mußte. Aber auch jener warf ihm verstohlene Blicke zu, wie sich Karas wohl einspielen würde. Fürs erstemal ging es ganz gut. Dann spielten sie etwas Langsames. Dabei mußte Karas schon mehr achtgeben und setzte manchmal lieber ab, um dem Fluß der fremden Melodie zu lauschen. Gleich darauf kam ein Walzer und das ging wieder besser. Die Jungen spielten wirklich ohne Pause durch, sie ließen sich kaum Zeit zum Ausleeren der Instrumente. Sie spielten alles auswendig, ein Stück nach dem andern. Karas mußte zugeben, daß die Kerle vorzüglich aufeinander eingespielt waren.

Dann kam Herr Selnicki. Da setzten sie eine kurze Pause ein und Karas machte einen langen Hals, weil er sehen wollte, was unten vor sich ging, denn von dort drang jetzt ein großer Lärm und lautes Stimmengewirr zu ihnen herauf. Überall drängten schon die Menschen herein und immer neue kamen und stiegen die vielen engen Laufgänge empor. Hier irgendwo sitzt Wenzel, sagte sich Karas im stillen, aber er gab jede Hoffnung auf, ihn in diesem Menschengewirr zu entdecken. Er hatte auch keine Zeit mehr dazu, denn jetzt trat Herr Selnicki in den Vordergrund der Estrade, salutierte, strich sich über den Schnurrbart, ergriff den Taktstock, ließ seinen Blick über die Menge gleiten, und die Musik setzte ein. Mein Gott, war das ein Tempo, immer von neuem ging's los, fast ohne Unterbrechung, kaum setzten sie die Instrumente von den Lippen ab. Als Herr Selnicki auf das Pult klopfte und unten ein stürmischer Applaus begann, nicht einmal da durften sie Atem holen, noch ragte der Taktstock in die Luft, um dann plötzlich in die Höhe zu fahren, und dann brausten lang andauernde Intraden in den verschiedensten Modulationen in den Applaus hinein, bis endlich der Taktstock sank. Aber gleich darauf begann ein neues Stück, und so rasten sie eine Dreiviertelstunde. Karas konnte gar nicht recht zur Besinnung kommen. Das war ein anderer Schwung als das gemütliche Kirmesblasen mit Millner!

Aber dann hörte Herr Selnicki ganz plötzlich auf und legte den Taktstock nieder. Alle streckten auf den Stühlen die Glieder und atmeten auf. Karas hatte bisher nichts als Herrn Selnickis Rücken, dessen Taktstock und ein paar obere Zuschauerreihen gesehen. Was unten vor sich ging, konnte er von seinem Platz nicht feststellen. Jetzt stand er halb auf und erblickte Kerholec, der gerade rasch einen Teppich zusammenrollte. Unweit von ihm in der Menge stand ein Herr im Frack und Zylinder, mit einer großen Peitsche in der Hand, und neben ihm ein komischer Kerl, dessen viel zu weite Hose an ihm herunterhing, mit einer großen weißen Weste, die ihm fast bis zu den Knien reichte und aus deren Ausschnitt ein schmutziges Vorhemd herausragte. Seine Nase sah aus wie eine rote Rübe, er hatte einen breiten, weißen Mund, einen rötlichen Bart unter dem Kinn und ein grünes Federhütchen auf dem Kopf.

»Du meinst also, August, daß in Hamburg lauter dumme Leute sind?« fragte der vornehme Herr.

»Hoho«, antwortete der Clown und sagte etwas, was Karas nicht verstehen konnte, worauf jedoch das Publikum in schallendes Gelächter ausbrach.

»Das ist die Reprise mit dem August«, erklärte ihm sein Nachbar, »die eingeschoben wird, damit die nächste Nummer vorbereitet werden kann.«

Karas wollte nicht neugierig scheinen, deshalb setzte er sich wieder und hörte nur zwischen den Lachausbrüchen, wie der Clown immer wieder den anderen fragte: »Herr Stallmeister, kennen Sie schon den Unterschied zwischen einem Wagen und einem Topf?«

Karas kannte diesen Witz. Alle Jahrmarktschreier gaben dem Publikum dieses Rätsel auf, aber Karas mußte unwillkürlich lachen, als er hörte, wie der Possenreißer den eleganten Herrn übertölpelte. Schade, sagte er sich im stillen, das wird Wenzel nicht verstehen, denn so viel Deutsch kann er noch nicht, aber lachen wird er bestimmt, er ist doch immer für jeden Ulk zu haben gewesen. Aber da klopfte Herr Selnicki schon wieder mit dem Taktstock auf das Pult, und die Musikanten hoben ihre Instrumente, die Reprise war beendet, und die Musik mußte wieder einsetzen. Karas wunderte sich weiter nicht, daß durchweg auswendig gespielt wurde, aber manchmal bemerkte er doch etwas Besonderes, was er nicht gewöhnt war: ab und zu rief Herr Selnicki leise »Achtung!« und blickte dann starr hinunter, dirigierte etwas markanter und sogar ein bißchen unregelmäßig. Karas hatte den Eindruck, daß in diesen Momenten die Musik nicht selbständig spielte und sich an etwas, was unten vor sich ging, anpaßte. Es waren offenbar Pferde, denn ab und zu sah er hohe rote oder weiße Federbüsche, die in einer Reihe auf und ab tanzten. Nur zweimal während der ganzen Produktion hatten sie noch eine Atempause, einmal bei einer Sprechnummer und beim zweitenmal brach Herr Selnicki die Musik plötzlich ab. Im ganzen Gebäude herrschte Totenstille.

»Der Todessprung«, flüsterte der Nachbar Karas zu. Von unten drang ein knackendes Geräusch wie von Gewehren herauf. Karas wagte nicht aufzustehen, da alle zum Spielen vorbereitet waren und Herr Selnicki den Taktstock in der Luft hielt. Plötzlich rief unten jemand: »Hol-la hopp!« und im nächsten Augenblick krachten mehrere Salven durch die Luft. Aber da winkte der Kapellmeister schon wieder, Fanfaren brausten durch den tosenden Applaus und die Bravorufe des Publikums.

Karas nahm sich vor, gleich nach Beendigung der Vorstellung zu fragen, was das eigentlich war. Als sie jedoch zu Ende gespielt hatten und Herr Selnicki das Podium verließ, jagten die Musikanten die Treppe hinunter. Karas wußte nicht, wohin sie gingen, aber er folgte ihnen, und als er unten ankam, packte ihn Kerholec, und schon flog ihm ein Ballen grauer Leinwand in die Arme. »Spann sie über die Barriere aus«, rief er Karas zu, »rechts vom Tor, und mach es so wie der auf der linken Seite.«

Karas mußte sich mit seinem Ballen durch die Menge durchzwängen, denn überall strömten die Menschen zum Ausgang. Das ganze Gebäude hallte von dem Lärm, dem Rufen und Schreien der Menge wider. An der linken Torseite blieb er stehen und begriff, was er zu tun habe. Die Brüstung der Parterrelogen war mit Plüsch ausgestattet und mußte mit der Schutzleinwand überzogen werden. Er nahm also ein Stück nach dem andern hervor und zog es über den roten Plüsch. Zuerst ging es ziemlich langsam, er war mit seiner Hälfte bedeutend später fertig als sein Nachbar. Die Menschen waren schon alle fort, der Zirkus schien wie ausgestorben. Da kam Kerholec wieder, ohne Rock und Weste, mit aufgestülpten Hemdärmeln.

»Jetzt geht's in die Ställe, Anton, zum Füttern – und hopp-hopp! Aber zuerst die Montur herunter!«

Karas war schon ganz verwirrt von alledem. Aber er fühlte, daß es in allen Menschen um ihn herum nur so fieberte. Er sprang also in den Ankleideraum, zog seine prächtige Livree aus und lief wie Kerholec, nur in Hemd und Hose, zu den Ställen. Die Pferdeknechte trugen gerade eine Menge schöner Pferdegeschirre fort, andere wieder liefen mit Wassertrögen, Hafermeßgefäßen oder einem Armvoll Heu umher. Kerholec stand bei der Futterausgabe und spannte Karas gleich mit in die Arbeit ein. Den Mann, der jetzt mit einem Haufen Heu an ihm vorbeilief, erkannte er, denn er hatte den ganzen Abend mit ihm Baß-Bombardon geblasen. Als Karas etwa zum drittenmal zurückkam, stieß ihn Kerholec an:

»Das Frauenzimmer dort drüben mußt du grüßen, das ist die Direktorin.«

Karas konnte zuerst keine Frau entdecken, er sah nur einen bartlosen Mann in Reithosen, der einem Pferd die Hufe untersuchte. Erst als er näher kam, sagte er sich, daß es wirklich eine Frau sein könnte.

»Guten Abend, Madame«, grüßte er also, wie es ihm Kerholec am Morgen gesagt hatte.

»Guten Abend«, dankte sie mit einem Kopfnicken, dann sah sie ihn schärfer an und ließ das Bein des Pferdes los. »Sie sind hier neu?«

»Jawohl, bitte gehorsamst«, antwortete Karas und schlug unwillkürlich die Fersen zusammen, streckte die Brust heraus und stand wie beim Rapport da, »Anton Karas, Zeltarbeiter und Musikant.«

»Anton..., Anton..., ich glaube, wir haben hier noch keinen Anton«, sagte Agnes Berwitz, indem sie ihn aufmerksam musterte, »wenigstens werden wir dich mit niemand verwechseln. Gut, wir werden uns schon noch kennenlernen. Und jetzt geh, Anton, die Pferde dürfen nicht warten.«

Sie nickte und wandte sich wieder dem Pferd zu. Karas begriff jetzt, weshalb hier alle so eilten; vor allem mußten die Tiere bedient werden und dann erst hatten die Menschen Zeit für sich selbst. Als er sich kurz darauf mit den anderen vor Kerholec hinstellte und meldete, daß alles fertig sei, kam er sich wieder wie beim Rapport vor. Hier war dieser Teufelskerl, dieser Kerholec, nicht mehr der gutmütige Landsmann wie in der »Seemannsbraut«. Er stand mit gespreizten Beinen da, das Papier in der Hand, und fragte mit kommandierender Stimme:

»Wer hat Nachtdienst?«

Es meldeten sich drei Männer, Kerholec warf einen Blick auf das Papier und nickte mit dem Kopf.

»Die übrigen sind für heute frei. Aber wohlgemerkt – für alle gilt der Befehl der Direktion: Übermorgen nach dem Essen muß alles in dem Zirkuswagen sein. Der Neue, Karas Anton, schläft in Nummer acht. Jeder untersucht sein Lager und die gesamte Einrichtung und meldet mir nachmittags, ob irgendwo etwas beschädigt ist. Und jetzt abtreten, gute Nacht!«

»Gute Nacht!« riefen die Männer und eilten zu den Ankleideräumen, um sich umzuziehen und nach Hause zu gehen.

Karas blieb noch stehen und fragte Kerholec, was eigentlich los sei.

»Wir brechen bald auf, Anton, und die Leute müssen sich nach der Winterpause wieder an die Wohnwagen gewöhnen, damit sie uns unterwegs nicht sekkieren. Du schläfst mit mir im Achter. Es ist nicht gerade bequem, aber du wirst dich schon daran gewöhnen.«

»Und der Junge?«

»Der fährt mit in unserem Wagen. Ich habe damit gerechnet.«

»Noch etwas, Karl: Wann wird früh angetreten?«

»Um sechs, Anton. Zur Morgenfütterung und zum Stallaufräumen. Frag einfach nach mir, ich werde schon da sein.«

»Danke. Gute Nacht!«

Gute Nacht!«

Karas ging fort und hatte plötzlich viel mehr Achtung vor diesem Kerl als bisher. Als er aber seinen Rock anzog, fiel ihm plötzlich wieder Wenzel ein: Wie mochte es ihm wohl im Zirkus gefallen haben? Und schon eilte Karas nach Hause, um etwas darüber zu erfahren, was er selbst nicht hatte sehen können.

Wäre Anton Karas gebildeter gewesen, hätte er sich die Spannung, die er in diesen Tagen seinem Sohn gegenüber empfand, vielleicht noch anders erklärt. Eigentlich kannte er Wenzel nur sehr wenig. Er war immer nur einige Wintermonate mit ihm beisammen gewesen, wenn die Hütten der Dorfbewohner eingeschneit waren und sich ihr Leben nur in ihren kleinen Stübchen abspielte. Wenn der Vater im Spätherbst nach Hause zurückkehrte, machte er sich meist ans Holzspalten im Schuppen, solange es die Witterung erlaubte. In den Mußestunden sah er in der Hütte und in den Ställen nach dem Rechten, untersuchte die gesamte Einrichtung und führte da und dort kleinere Reparaturen durch. Dann strolchte Wenzel unbekümmert mit den Dorfjungen herum und erschien zu Hause gerade nur, wenn ihn der Hunger zur Mutter in die Küche trieb.

So blieb Karas nicht allzu viel Zeit für seinen kleinen Wenzel. Er selbst war ziemlich wortkarg, lieber mit Arbeit als mit Unterhaltung beschäftigt, und der Knabe wußte sich danach einzurichten. Wenzel war an das rauhe Dorfleben gewöhnt, sah um sich nichts als anstrengende, schwere Arbeit und mußte von klein auf helfen, so gut er konnte. Dabei war er ein außergewöhnlich zartes und empfängliches Kind. Er merkte bald, wie die Mutter kränkelte und der Vater stets müde heimkehrte. Er trieb deshalb zu Hause keinen Umfug und bemühte sich, der Mutter Arbeit abzunehmen, wo er nur konnte. Bei allem stellte er sich mit einem Geschick an, das er vom Vater geerbt hatte. Mit seinem ersten Taschenmesser schnitzte er nicht nur Ruten, Pfeifen und Peitschen zurecht, vielmehr versuchte er sich bereits in allerhand Schnitzarbeiten aus Holz, die er in den Wintermonaten dem Vater abgeguckt hatte. Als dann die Mutter fast ständig ans Bett gefesselt war, übernahm der sechsjährige Wenzel im Sommer den ganzen Haushalt, besorgte die Ziege im Stall, bereitete das Mittagessen, und dabei freute es ihn am meisten, daß er alles wie ein Erwachsener fertigbrachte. Wenn es aber der Mutter besser ging und sie ihn für ein Stündchen entbehren konnte, schoß er wie ein Pfeil aus der Hütte.

Dann tobte er sich nach Herzenslust im Dorf, auf den Wiesen und Feldern, im Wald und auf den Hügeln aus und konnte gar nicht genug daran kriegen. Unter seinen

Altersgenossen war er bald überall der Anführer, übertraf alle beim Herumbalgen an toller Ausgelassenheit. Es ließ ihm keine Ruhe, in allem mußte er der erste sein, keiner konnte so laufen und springen, keiner so flink auf die Bäume klettern, keiner den Stein so weit werfen wie er. Bei allem, was die Kinderwelt zu bieten hat, von den Purzelbäumen bis zum Kirchgesang, war Wenzel dabei und in allem entfaltete er einen solchen Eifer, daß er bald an der Spitze der anderen war. Manches erreichte er durch seine Kraft, weil er von klein auf sich von keiner Anstrengung unterkriegen ließ, aber mehr noch halfen ihm sein Scharfsinn und sein Mutterwitz. Seinen Augen entging nichts, was für das Dasein eines Knaben irgendwie Wert haben kann. Wenn er hinauslief, um ein paar Krautblätter für die Ziege zu holen, sah er gleich, wo ein Schotenbeet reifte und wo sich die Drosseln mit ihren Jungen versteckten. Jede neue Arbeit lockte ihn wie ein großes Geheimnis; in der wildesten Jagd konnte er plötzlich vor der Schmiede stehen bleiben und zusehen, wie der alte Barucha das Eisen im Feuer glühte und wie er es dann mit der Zange über den Amboß hielt. Und sonntags war er vor dem Gottesdienst bestimmt im Glockenturm zu finden, da beobachtete er die Bewegung des Küsters, mit denen er die Glocke zum Schwingen brachte, und ein einfaches Begräbnis verwandelte sich ihm in ein Theater, während dessen er jede Geste des Pfarrers und des Dorfschullehrers aufmerksam verfolgte. Wenn er überhaupt jemand beneidete, so höchstens die Jungen aus den Bauerngehöften, wo es eine große Menge Vieh und Pferde gab. Sehnsüchtig wünschte er sich, auch einmal dort sein und die Zügel anziehen, mit der Peitsche knallen und wie ein Kutscher fluchen zu dürfen.

Könnte er doch alles wissen, alles kennen! Wenn plötzlich der Heger Mazur auftauchte! Da liefen die Jungen am liebsten alle davon. Aber Wenzel fürchtete sich nicht, er lief auf ihn zu und fragte ihn aus mit seinem ungezügelten

Wissensdurst. Der rauhe Mazur vermochte ja nie zu widerstehen; niemand konnte diesem breiten, sonnverbrannten Kindergesicht widerstehen, das eine Menge schrecklich dringender Fragen auf den Lippen hatte und im Nu spitzbübisch zu zucken anfing. Das eben unterschied Wenzel von seinem wortkargen Vater; er freundete sich schnell mit den Leuten an, und rasch hatte er ihre Herzen gewonnen.

Wenzels Wissensdrang und unbändige Lust, in allem der erste zu sein, hatte der Vater nicht genug beachtet. Deshalb war er auch in Hamburg nicht sicher, was Wenzel zu alledem, was jetzt mit ihnen vorging, sagen würde.

Schon im Vorzimmer hörte er Wenzel rufen und mit der Peitsche knallen. Er trat in die Küche, wo Frau Langermann gerade einen Topf Kartoffeln in eine Schüssel ausschüttete. Wenzel stand mit einem Bein auf einem Stuhl und trieb Röschen an, die um den Tisch herumlief und den Kopf wie ein Pferd in die Höhe warf. Als Wenzel den Vater erblickte, knallte er mit der Peitsche, die er sich selbst angefertigt hatte, und rief: »Sieh, Vater, ich reite auf einem Pferd – auf einem Bein! Und Röschen ist das scheckige Pferdchen, das in der Runde herumgelaufen ist!« Dann sprang er vom Stuhl herunter und eilte dem Vater entgegen: »Vater, nicht wahr, du nimmst mich morgen mit! Ich stelle mich wie der Herr mit der Peitsche in die Mitte und die Pferde kommen hereingelaufen und knien vor mir auf die Erde nieder und stellen sich wieder auf die Hinterbeine, oder ich werde reiten und durch die Reifen springen und einen Elefanten hereinführen und Löwen...«

Der Knabe war ganz aufgeregt, so lebendig sah er die einzelnen Szenen vor sich, als deren Held er sich vorkam. Karas mußte über die leidenschaftliche Begeisterung des Knaben lächeln.

»Also, hat es dir gefallen?«

»Ja.«

»Was war denn los, als plötzlich Schüsse krachten?«

»Ja, das war der Herr, der immerfort laufen wollte und nicht vom Fleck konnte, weil er immer wieder auf die Erde fiel, wir haben alle schrecklich über ihn gelacht. Dann sind Soldaten gekommen und haben sich in zwei Reihen aufgestellt und hinaufgezielt, und der Herr hat einen Anlauf genommen, ist über sie alle hinweggesprungen und hat sich in der Luft gedreht, und sie haben nach ihm geschossen, haben ihn aber nicht treffen können, und so haben wir ihm alle Beifall geklatscht.«

»Und der Elefant? Das ist ein Riese, nicht wahr?«

»Hm!«

»Was hat er eigentlich gemacht?«

»Er hat gegessen.«

»Gegessen?«

»Na ja, der Herr, der am Tisch saß, hat ihn doch zum Essen eingeladen und der Elefant hat sich wirklich an den Tisch gesetzt und ein Lätzchen bekommen und dann hat er mit dem Rüssel einen Löffel genommen und Suppe und Brot gegessen und ein Bier bestellt...«

»Wie – er hat sich ein Bier bestellt?«

»Vater, du weißt ja nichts! Er hat doch ans Glas angestoßen und da hat er gleich Bier bekommen und hat's ausgetrunken und dann noch eins und noch eins, und dann ist er ganz betrunken gewesen wie der alte Zelenka, der immer geschimpft hat, wenn wir um ihn herumgetanzt sind.«

»Und wie ist die Sache mit dem Elefanten dann ausgegangen!«

»Er ist wie tot dagelegen, der Herr ist auf seinen Kopf geklettert, und er hat sich dabei gar nicht gerührt. Dann hat sich der Herr verneigt, und wir haben ihm Beifall geklatscht, und da ist der Elefant aufgewacht und hat gar nicht gewußt, daß er den Herrn auf dem Kopf hat, und hat sich geschämt und ist mit dem Herrn nach Hause schlafen gegangen.«

So mußte Anton Karas erfahren, daß er vieles nicht gesehen hatte. Bis spät in die Nacht erzählte ihm Wenzel von all den Wunderdingen, und als sie endlich im Bett lagen und Wenzel gebetet hatte, ertönte es plötzlich aus der Dunkelheit:

»Vater...«

»Warum schläfst du denn noch nicht?«

»Vater, nicht wahr, ich darf doch Reiter werden?«

»Na, meinetwegen, wenn du Lust dazu hast, aber jetzt schlaf schon endlich!«

6

Als der Morgen dämmerte, schlüpfte Karas aus dem Bett, wusch sich leise und kleidete sich an; dann nahm er in der Küche einen Topf halbausgekühlten Kaffee aus der Röhre, goß sich ordentlich ein, schnitt ein Stück Brot ab und frühstückte. Dann steckte er noch ein Stück Brot in die Tasche und verließ auf den Fußspitzen die Wohnung. Es war noch nicht sechs, als er das Zirkusgebäude betrat. Kerholec war schon da und erzählte ihm gleich, was es in der Nacht für Aufregung gegeben habe. Die Löwin Natascha hatte am Abend drei Junge geworfen, zum Glück war schon ein neuer Käfig vorbereitet gewesen, den Karas gestern mit herbeigeschafft hatte. Dort hatte man den Löwen Mahuma hineingesteckt, der bis dahin mit Natascha in einem Käfig gewesen war, während sich im dritten Käfig der alte Löwe Sultan mit den Löwinnen Bessie und Korinna befand. Das freudige Ereignis war früher eingetreten, als man erwartet hatte, deshalb war Natascha bis zum letzten Augenblick bei Mahuma geblieben. Aber die Direktion hatte keine Ruhe gehabt, noch vor dem Abendessen war sie zur Menagerie geeilt und hatte gesehen, was geschehen war. Sofort hatte man Gambier holen lassen, der die Raubtiere beaufsichtigte. Auch Berwitz hatte das Abendessen stehen lassen und mit Kerholec und einigen anderen die »Umquartierung« Mahumas eingerichtet. Die Direktion war die ganze Nacht bei Natascha geblieben, damit den Jungen nichts geschehe. Aber Natascha war sehr schwach und konnte sich kaum rühren. Am Morgen sagte die Direktorin, daß man ihr die Löwenbabys wahrscheinlich nehmen und sie künstlich würde nähren müssen, denn Natascha sei eine wahre Rabenmutter. Karas ging sie sich ansehen. Natascha lag im alten Käfig apathisch auf einer Seite, und etwas Kleines rührte sich unter ihrem Bauch im Stroh.

Zum Herumschauen war jedoch jetzt keine Zeit. Die Tiere ringsum verlangten ihr Frühstück. Karas kehrte in die Ställe zurück, denn die Pferde waren ihm von allen doch am liebsten und am nächsten. Er half beim Füttern und trug den Mist hinaus, dann lernte er von einem gewissen Hans, die Pferde richtig zu bürsten und ihre Hufe zu reinigen. Dann erst hatte er zum erstenmal ein Weilchen übrig, um das ganze Unternehmen ein bißchen zu besichtigen und sich damit etwas vertraut zu machen. Der Zirkus besaß einen Hauptrundgang, um den sich alle Räume lagerten. Magazine, Vorratsräume aller Art und die Garderoben des Personals befanden sich an der Innenseite, gewissermaßen unter die stufenförmig ansteigenden Sitze des Zuschauerraums eingeschoben. Die Direktionsräume, die Arbeitszimmer und die Garderoben der höheren Künstler lagen an der Außenseite und hatten Fenster oder wenigstens winzige Fensterchen. Zwischen dem Haupteingang für das Publikum und dem Seiteneingang für die Künstler befand sich ein Stübchen mit einer Küche, welche der hinkende John Harwey, ein Witwer und Zirkusinvalide, mit seiner Tochter Alice bewohnte, einem nicht sehr hübschen Mädchen mit prachtvollem rötlichem Haar. Gegenüber dem Haupteingang war das Zirkustor, dessen dunkelroter Vorhang jetzt zugezogen war, darüber befand sich die Estrade des Orchesters, dahinter die Eingänge zu den Pferdeställen und zur Menagerie. Das waren zwei geräumige Holzbuden, die Berwitz hatte anbauen lassen, als er den langfristigen Mietvertrag des Hauptgebäudes abgeschlossen hatte. In der Baracke rechts standen in langen Reihen die Pferde, die bei den Aufführungen gebraucht wurden. Die Zugpferde des Zirkus hatte Berwitz in verschiedenen gemieteten Ställen untergebracht. In der linken Baracke, befanden sich die Tierkäfige. Am anderen Ende konnte man von beiden Räumen in einen ziemlich neuen, hohen Anbau treten, wo auf einem niedrigen Podium der Elefant Bingo abwechselnd von einem Fuß auf den anderen trat. Hier ging der Zirkus Humberto bereits in das verlassene, freie Gelände hinter der Reeperbahn über, wo rundherum Berwitzens Zirkuswagen standen, die Wohnwagen der Komödianten; einige davon waren mit erheblichem Luxus ausgestattet, andere wieder waren armselig, fast jeder sah anders aus, wie sie eben der Zirkus Humberto oder seine Artisten in den verschiedensten Winkeln Europas erworben hatten. Manche waren auch jetzt im Winter, wo nicht gereist wurde, bewohnt, da die Zirkusleute lieber ihrem kleinen fahrenden Heim treu blieben, als daß sie in die städtischen Häusermauern gezogen wären. Das freie Gelände zwischen den Zirkuswagen war bei warmem Wetter ein beliebter Übungsplatz für verschiedene Künstler, sogar eine Art Manege war darauf hergerichtet, damit die übenden Künstler die richtigen Maßverhältnisse vor Augen hätten. Dieses ganze Gelände war für alle Zirkusangehörigen, die hier auf Balken oder auf den Wagenstufen umhersaßen, der beliebteste Erholungsplatz. Sonst war zwischen den Wagen Wäsche aufgehängt, im Frühling scharrten ein paar Hennen in dem spärlichen Gras herum, und fünf oder sechs Zirkuskinder trieben hier ihr ausgelassenes Spiel.

»Das ist ein guter Platz für Wenzel, solange wir noch hier sind«, sagte sich Karas im stillen, als er von seinem

Rundgang zurückkehrte. Er konnte den Jungen kaum mehr erwarten. Er hatte mit der Wirtin verabredet, daß sie ihn mit auf den Markt und dann herbringen würde. Es war schon halb zehn, als Alice Harwey beim Manegeneinang erschien und rief: »Herr Karas hat Besuch hier!«

Der erste, dem Karas den Jungen vorstellte, war natürlich Kerholec.

»Du bist also der berühmte Wenzel Karas aus Oberschneedorf?« redete ihn der durchtriebene Kerholec an und betrachtete dabei mit Kennerblick des Dorfjungen gebräuntes Gesicht, aus dem zwei große muntere Augen hervorstrahlten.

»Ja.«

»Und du bist schon im Zirkus gewesen?«

»Ja. Gestern.«

»Wie hat es dir gefallen?«

»Es war herrlich.«

»Und was hat dir am besten gefallen?«

»Die Pferdchen.«

»Na, da hast du ein gutes Auge. Und wirst du mit uns mitfahren?«

»Ja.«

»Hast du keine Angst, daß die Pferdchen ausschlagen und dich beißen?«

»Nein. Ich würde sie einfach anschreien und mit der Peitsche knallen, und dann würden sie sich in einer Reihe aufstellen.«

»Du willst also Dresseur werden?«

»Ja, und ich werde hier in der Runde reiten und auf dem Pferd Sprünge machen, der Vater hat mir's versprochen, nicht wahr, Vater?«

»Wenn dir's der Vater versprochen hat, da ist es natürlich was anderes. Aber weißt du auch, daß du dabei viel lernen mußt und daß es eine große Schinderei ist?«

»Macht nichts.«

»Dann darfst du aber nicht heulen!«

»Ich heule nie. Wenn wir uns zu Hause herumgebalgt haben, so haben alle geheult, wenn sie eins mit dem Stein bekommen haben, nur ich nicht, ich bin dem Jungen nachgelaufen und hab' ihn verprügelt.«

»Und wenn er dir davongelaufen ist?«

»Ach woher. Ich hab' sie alle eingeholt. Und wenn er doch davongelaufen ist, so hab' ich ihn am nächsten Tag gefangen.«

»Da bist du also der größte Raufbold im ganzen Dorf gewesen?«

»Das weiß ich nicht. Aber alle hab' ich untergekriegt.«

»Na, da hast du wirklich eine gute Grundlage für den Zirkus. Wenn du so weitermachst, wirst du einmal Direktor.«

»Meinetwegen, aber Hauptsache, ich werde reiten und springen.«

Frau von Hammerschmidt empfing die Halbwaise mit großer Rührung. Über Jungen und Balgereien unterhielt sie sich mit ihm natürlich nicht, aber sie sprach gerührt von seiner Mutter im Himmel, der ihr braver kleiner Junge hier auf der Erde viel Freude machen müsse, damit sie vor dem lieben Gott nicht traurig sei. Und als sie hörte, daß Wenzel reiten wolle, war sie gleich damit einverstanden und sagte, daß er sich da das Richtige ausgesucht habe, daß der selige Major von Hammerschmidt auch als kleiner Junge zu reiten angefangen habe und daß er später ein berühmter Hürdenreiter geworden und auf den fürstlichen Parforcejagden immer einer der Besten gewesen sei. Sie wolle mit Herrn Berwitz und mit Herrn Perreira sprechen, daß sie auf den Jungen besonders achten sollten. Zum Schluß holte sie aus ihrem gehäkelten Pompadourbeutelchen ein halbes Kipfel hervor, gab es dem Knaben mit einem fetten Schmatz auf den Mund, reichte Karas die Hand und wandte sich dann wieder dem Schalter und den Eintrittskarten zu.

Als sie in die Manege zurückkamen, blieb der Junge wie angewurzelt stehen. Sechs schnaubende Schimmel trabten gerade im Kreis herum, dahinter sah man eine Frau mit einer Peitsche in der Hand. Auf ihren Ruf drehten sich die Schimmel auf den Hinterbeinen um und liefen in entgegengesetzter Richtung in der Runde, dann wandten sie sich wieder um und überholten einer den anderen, bis sie wieder in einer Reihe waren. Dann drehten sie sich plötzlich zu ihr um, stellten sich auf die Hinterbeine, kamen von allen Seiten gegen die Mitte auf sie zu und blieben dort solange stehen, bis sie die Hand mit der Peitsche senkte. Wenzel drückte dem Vater krampfhaft die Hand und starrte die weißen Pferde wie eine Erscheinung an. Der Zirkus war leer, und unten vor der Loge stand Herr Selnicki mit ein wenig tränenden Augen und stützte sich auf die Brüstung, von der er ab und zu eine Rumflasche herunternahm.

Karas war sich in dieser Leere nicht sicher, ob er nicht störe, vielleicht war es nicht erlaubt, bei den Proben zuzuschauen. Er zog also den Jungen in den Gang zurück, ging um den Zirkus herum und führte ihn in die Ställe. Unterwegs begegneten sie mindestens zehn Personen, die Karas vom Sehen bereits kannte und jetzt, wo sie keine solche Eile hatten, stehenblieben und interessiert fragten, ob der Junge mitfahren würde. Karas freute sich, daß sie ihn alle so herzlich begrüßten. Im Stall führte er Wenzel zu Hans, der ihm am Morgen gezeigt hatte, wie die Pferde geputzt würden, und meldete ihm, daß er ihm einen neuen Gehilfen bringe. Hans wischte sich die breite Handfläche an seiner blauen Schürze ab und schüttelte Wenzel die Hand, als wäre er ein erwachsener Kerl. Diesen Hans konnte Wenzel nicht besonders gut verstehen, er sprach ein anderes Deutsch, als er es im Böhmerwald gehört hatte, aber sein kindlicher Instinkt sagte ihm, daß es ein braver Mensch sein müsse. Und dann war er doch bei den Pferdchen, kannte jedes mit Namen; wenn er eines rief, drehte es den Kopf um und sah Hans mit seinen großen Augen an. Aber das war alles noch nichts. Hans nahm Wenzel beim Ärmel und führte ihn bis ans Ende der Ställe, wo in einer extra Umzäunung vier kleine, scheckige Pferdchen standen, die für einen Jungen wie Wenzel gerade geschaffen waren. Wenzel hob begeistert beide Hände in die Höhe und rief unwillkürlich aus:

»Jessasmeingott – Pandurenpferdchen!«

Solche niedlichen Zwergpferdchen hatte man auf dem Schloß Frauenberg gezüchtet und war ziemlich weit ins Land mit ihnen gefahren. Und die Menschen hatten einen bezeichnenden Namen für sie erfunden: Pandurenpferdchen. Hier hatte also Wenzel vier solche Pandurenpferde vor sich, und als sie Hans beim Namen rief, kamen sie alle angelaufen und reckten ihre Hälse. Auf einmal nahm Hans den Jungen bei den Schultern und bevor er sich's versah, setzte er ihn auf das zunächst stehende. Wenzel erschrak ein wenig vor Überraschung, aber gleich preßte er die Beine zusammen und hielt sich an der Mähne fest, damit er nicht herunterfalle. Hans hielt ihn zuerst auch fest, aber jetzt ließ er ihn los, öffnete das kleine Tor der Umzäunung und kommandierte:

»Mary, komm!«

Die kleine Stute warf den Kopf in die Höhe, ging mit Wenzel in den Gang hinaus und mit kleinen Schritten an Hansens Seite den Gang hinunter. Hans rief etwas, Mary drehte sich um und lief im Galopp zu ihrer Umzäunung zurück, daß Wenzel verdammt zu tun hatte, nicht herunterzufallen. Aber er blieb fest sitzen und einige Pferdeknechte, die eine Bürste in der Hand hielten, riefen ihm »Bravo!« zu. Im Stall rutschte Wenzel selbst vom Pandurenpferdchen herunter und klopfte es auf den Rücken. Er wollte gar nicht fort von ihm, aber der Vater rief ihn und sagte, er müsse sich selbst hier wieder an die Arbeit machen. Er führte den Jungen auf das hintere Gelände, wo auch gerade geübt wurde.

»Wenzel, hier mußt du auf mich warten, bis es Zeit zum Essen ist. Lauf mir nirgends hin und spiel schön brav. Hier in diesem Kreis, wo die Herren da üben, darfst du nicht hinein, dort würdest du ihnen im Weg sein.«

Der Vater ging zu den Pferden zurück, und Wenzel blieb allein. Sofort vergaß er den Vater und die Pferde, denn es bot sich ihm ein ganz ungewöhnlicher Anblick: zwei Männer liefen auf den Händen im Kreis herum. Das gefiel ihm so sehr, daß er mit einigen Sprüngen näher kam und sich mit aufgestützten Armen ins Gras legte, damit er diesen Spaß ordentlich genießen könne. Die Männer machten dabei allerhand komische Bewegungen mit den Beinen, manchmal blieben sie stehen, spreizten die Beine und ließen sie langsam bis zur Erde nieder und hoben sie wieder in die Höhe. Dann stellten sie sich mit einem Sprung auf die Beine, klopften die Erde von den Händen ab, krempelten sich die Hemdärmel, die ihnen herabgefallen waren, wieder hoch, einer rief dem andern etwas zu, dieser nahm einen Anlauf, der erste bückte sich zur Erde, legte die Hände in den Schoß, der andere sprang mit einem Satz darauf, der in der Hockstellung richtete sich mit einemmal auf und schleuderte den anderen weit von sich fort, so daß dieser einen Purzelbaum in der Luft machte. Wenzel dachte, daß das eigentlich noch schöner sei als das Reiten. Im Dorf waren ein paar Jungen gewesen, die schon reiten konnten; Franz Svoboda aus dem großen Bauernhof hatte sogar schon mit seinem Bruder die Pferde in den Teich geführt und war mit durchnäßter Hose auf der glänzenden Stute gesessen und hatte ihr zugebrüllt: »Hühott, Alte«, und »Prr', Alte«, und »Willst du wohl ausweichen, verdammtes Luder«; aber so hatte niemand springen können, da würden sie erst gucken, der Franz und der Pepi und Hans Berka und Jirka Cikhart und Toni Cerha. Oder wenn er so auf den Händen zur Großmama käme und mit dem Fuß an die Tür klopfen würde, die würde schön staunen!

Wenzel steckte die Hände in die Hosentaschen und begann aus voller Kehle zu singen. Aber er sang nicht lange.

»Sacré nom d'un chien, qui est-ce qui fait ce sal bruit...«

Eine schreckliche Donnerstimme ertönte in einer unbekannten Sprache direkt hinter Wenzels Rücken. Wenzel erschrak und glitt wie von einer Kugel getroffen von der Treppe hinunter. Er drehte sich um und zum erstenmal im Leben überkam ihn ein solcher Schreck, daß er stolperte, das Gleichgewicht verlor und auf den Hintern fiel. Die Tür des Wagens, vor dem er gesungen hatte, war offen und darin stand ein ungeheurer Riese mit wild zerzaustem schwarzem Bart und Haar, mit weit aufgerissenen Augen, halb nackt, dessen ganzer Körper, Arme und Hände mit komischen blauen Bildchen bedeckt waren. Und auf der Schulter des Riesen saß ein Äffchen, das sich mit allen Vieren an ihm festhielt und mit durchdringendem Geschrei in das tiefe Gebrüll seines Herrn hineinquietschte. Wenzel saß noch immer auf der Erde.

Aber die Geschwindigkeit, mit der Wenzel von der Stiege heruntergeflogen war, und der Anblick, wie er auf die Hände gestützt dasaß, mit verstörtem Gesichtsausdruck, dem Weinen nahe, das alles ließ den Riesen in ein schallendes, dröhnendes Gelächter ausbrechen.

»Hé, mon p'tit, tu as fait une belle courbette! Mais tu n'es pas du métier, quoi? Du bist nischt vom Zirkus, was?«

Wenzel bemerkte sofort den Wechsel im Tonfall und begriff blitzartig, daß es ihm nicht ans Leben gehe. Er hatte auch die Schlußfrage verstanden und schon schickte er sich an, der letzten Gefahr zu begegnen, die noch übrigblieb. Der Kerl konnte ja noch an Prügel denken.

»Da irren Sie sich«, antwortete er auf das französische Deutsch mit seinem tschechischen, »wir gehören zum Zirkus, mein Vater und ich, aber wir sind hier neu.«

»Na deshalb, sonst jeder, der ein paar Tage hier, schon

wissen, daß, wenn Kapitän Gambier blauer Fahne auf dem Hauptmast hochziehen, alles ringsum still sein, weil Kapitän Gambier schlafen. Verstanden?«

»Nein«, antwortete Wenzel und fügte tschechisch hinzu: »Und wenn Sie mich verprügeln wollen, lauf ich davon und hole den Vater, und der wichst Sie durch.«

»Je ne comprends rien«, lachte der Riese und fragte: »Woher bist du denn?«

»Aus Oberschneedorf«, antwortete Wenzel.

»Quoi?«

»Aus Oberschneedorf«, wiederholte Wenzel lauter.

»Nom de Dieu – qu'est-ce que celà? Was du sagen?«

»Aus Oberschneedorf«, schrie Wenzel, »aus Oberschneedorf, aus Oberschneedorf!«

»Ah, est-ce qu'il n'est pas rigolo!« lachte der Riesenbart und fügte gut gelaunt hinzu: »Willst du Kaffee?«

Das verstand Wenzel bereits vollkommen und plötzlich fühlte er einen schrecklichen Hunger.

»Hm«, nickte er, »ja.«

»So komm«, sagte der Riese und trat von der Tür zurück.

»Aber der Affe wird mich beißen«, antwortete Wenzel vorsichtig.

»Dschoko beißen? Dschoko nicht beißen, Dschoko geh'n in die Käfig. Komm!«

Der Riese nahm das Äffchen, das sich inzwischen beruhigt hatte, auf den Arm, und Wenzel trat ein. Diese fahrenden Häuschen waren doch ein unerhörtes Geheimnis für ihn, noch nie im Leben hatte er so etwas gesehen und vom Vater hatte er gehört, daß sie darin leben würden. Und jetzt tat sich ihm mit einemmal eins auf, die Neugier des Knaben erwachte. Lieber Gott, war das eine Pracht im Innern des Häuschens! Wenzel kam sich wie in der Märchenwelt vor: es war wie ein Knusperhäuschen. Rechts und links waren Betten aufgestellt, dahinter befand sich an dem mit Gardinen geschmückten Fenster ein

Tischchen, dann ein Schrank, auf dem ein Käfig stand, in der Herr Gambier Dschoko hineinsteckte. Auf der anderen Seite befand sich ein kleiner Kochherd mit einem Rauchfang, ein Waschtisch und wieder am Fenster zwei Stühle. Auf der Erde waren gelbe Tierfelle mit schwarzen Streifen ausgebreitet, und auch an beiden Wänden hingen zwei über den Betten mit herauspräpariertem Kopf. Darüber, dicht unter der Zimmerdecke, war ein ganzer Kopf des gleichen Tieres mit offenem Rachen und gefletschten Fangzähnen aufgehängt.

Kapitän Gambier zog sich einen weiten, dunkelroten Mantel an, den er mit einer Schnur zuband.

»Setz dich!« forderte er Wenzel mit einer einladenden Handbewegung auf.

Dann ging er zum gegenüberliegenden Fensterchen, öffnete es und wickelte und zog etwas von außen herein. Wenzel bemerkte, daß es eine Schnur war. Nach einer Weile wurden im Fenster zwei Fähnchen sichtbar, ein rotes und ein blaues. Der Riese band das blaue los und zog das rote wieder hinauf.

»Das ist der blaue Fahne«, sagte er zu Wenzel und legte das Fähnlein auf den Tisch, »das dort ist der rote Fahne. Der rote bedeuten: Kapitän Gambier ist zu Hause. Der blaue: Kapitän Gambier schlafen. Verstanden?«

»Ja. Und was haben Sie in der Nacht gemacht?«

»Ah, in der Nacht, hé, mon p'tit, in der Nacht viel Arbeit, verstanden? Die Löwin Natascha Junge haben, drei Junge, so klein wie Baby von der Löwe, verstanden? Und Kapitän Gambier Herr sein von die Löwen und Tiger und Bären, und viel Arbeit mit Natascha, die ganze Nacht, mon cher, die ganze Nacht!«

Inzwischen kramte der Riese schon auf dem Herd herum und stellte zwei Kaffeetassen auf den Tisch, in die er Milchkaffee aus einer Kanne hineingoß. Dann stellte er eine Zuckerdose auf den Tisch, eine kleine Butterdose und ein Körbchen mit ein paar Semmeln.

»Sie sind Tierbändiger?« fragte Wenzel.

»Oui, dompteur, oui.«

»Und Sie sind gestern im Käfig gewesen, wie der Löwe auf der Kugel ging?«

»Oui, mon p'tit, Käfig... und der Löwe auf der Kugel. Das bin ich.«

»Und wo haben Sie den schönen blauen Anzug mit dem Silber hier vorn?«

»Ohoho, die blaue Anzug hier sein im Schrank und die rote mit Gold und die lila mit Gold...«

Der Franzose, den der Besuch des Jungen äußerst amüsierte, sprang auf und holte drei bunte, glänzende Röcke aus dem Schrank.

»Aah...«, entfuhr es Wenzel beim Anblick dieser Pracht und der Löffel fiel ihm aus der Hand.

»Oui, c'est magnifique. Nimm dir noch Butter«, fügte er hinzu, indem er zum Tisch zurückkam. »Also, ich Dompteur, und was bist du?«

»Ich werde springen und auf den Händen gehen und so, hopp, den andern in die Luft werfen und überhaupt...«

»Oh, Akrobat, très bien, das ist auch ein guter métier. Und du arbeitest schon?«

»Nein, Vater arbeitet, er bläst Trompete bei der Musik und führt die Pferdchen herum und putzt sie. Aber ich werde springen, bis ich groß bin... und reiten und sie mit der Peitsche dressieren!«

»Ah, c'est comme ça, du erst wollen sein Akrobat... und Reiter...«, lächelte Gambier.

»Ja«, nickte der Knabe, aber da schoß es ihm plötzlich durch den Kopf, daß er sich mit dem Springen etwas sehr Schäbiges ausgesucht habe, daß Dompteur eigentlich viel schöner sein müsse mit den prächtigen Röcken und dem niedlichen Häuschen, und wie sich alle um ihn ängstigen, wenn er in den Löwen- oder Tigerkäfig geht, und was für ein Held er eigentlich sei. Und zu alledem ist er auch noch Kapitän! Als Wenzel verstummte, schien es ihm, daß es doch am besten wäre, Dompteur zu werden. Aber etwas quälte ihn doch noch und deshalb fragte er:

»Die Löwen und Tiger beißen nicht?«

»Oh, manchmal sind sie bös. Dieser da«, und Gambier wies dabei auf den Tigerkopf über dem Bett, »der sehr böse sein, der mich einmal am Bein packen – schau mal!«

Gambier streckte das Bein aus, hob das weite Hosenbein etwas in die Höhe, und Wenzel erblickte einige Narben an der Wade.

»Und was haben Sie gemacht?«

»Ich? Ich ihn schlagen auf die Schnauze, immer wieder und immer wieder...«

Der Kapitän hob seine furchtbare Faust und zeigte ihm, wie er den Tiger geschlagen hatte. Und Wenzel sah in seiner Aufregung nicht Gambier, sondern sich selbst, wie er mit der Faust den Tiger auf die Schnauze schlug.

»Und der Tiger?« flüsterte er kaum hörbar.

»Jusuff? Bein loslassen und in die Ecke laufen!«

»Verdammt«, rief der Junge und schon war er entschlossen, daß er nichts anderes werden wolle als Kapitän von Löwen und Tigern. Er schlug mit der linken Faust auf den Tisch, stand auf und schrie: »Ich auch. Ich werde einen Löwen und einen Tiger töten, und alle Raubtiere werden sich vor mir fürchten.«

»Ohoho«, lachte Gambier, »also nicht Akrobat, sondern Dompteur?«

»Donter!« nickte Wenzel und damit schien es für ihn abgemacht zu sein. Aber es gab doch noch etwas sehr Wichtiges, wonach er fragen mußte. Und während sie langsam den Kaffee austranken, steuerte Wenzel direkt auf seine Frage los.

»Was bedeuten diese Bilder?«

»Quoi?«

»No, ich meine die Bilder, die Sie da auf der Brust und an den Händen und am Bein haben...«

»Ah, je comprends..., ça, n'est-ce pas?« Der Kapitän

schlug mit strahlenden Augen den Mantel auf und zeigte auf die Brust. Darauf war in blauer Farbe eine Frau eintätowiert, die mit aufgelösten Haaren unter einer Palme lag und ein Segelschiff betrachtete, das auf den Wellen schaukelte.

»Et ça?«

Er streckte die rechte Hand aus, und auf ihrem Rücken sah Wenzel ein Wappen mit einem aufrecht stehenden Löwen und zu beiden Seiten standen die Buchstaben L. G.

»Ja«, nickte er.

»Das ist tatouage, weißt du, ta-tou-age!«

»Tatouage. Ja. Und damit sind Sie geboren?«

»Comment? Nicht verstanden. Was willst du sagen?«

»Ob Sie das von der Geburt an haben...«

»Ohohoho, non, non..., das nicht, das ist gestocken, pik, pik, pik, verstanden, Nadel, pik, pik, pik und dann Farbe. Sehr wehtun, aber Kapitän Gambier alles aushalten. Willst du mit mir zu die Löwen und Tiger gehn?«

»Ja«, nickte Wenzel und zog ein spitzes Mäulchen, stützte das Gesicht auf beide Arme und fuhr in seinen Beobachtungen und Überlegungen fort, »so malen kann der Berka Hans auch. Wenn ich Donter bin, laß ich mich von ihm bemalen. Aber Weiber mag ich nicht. So eine Blödheit! Wie kommt überhaupt so ein Weibsbild auf die Haut eines Donters? Ein Anker auf der Schulter, hm, das geht schon noch. Bei uns in der Kirche war auch ein Anker auf der Altardecke. Aber vor allem laß ich mir einen Tiger und einen Löwen eintätowieren, wie sie den Donter jeder an einem Bein ziehen. Und der Donter wird sie auf die Schnauze schlagen. Und hinten laß ich mir Pferdchen aufmalen, wie sie nebeneinander auf den Hinterbeinen stehen. Und darunter..., ja, darunter laß ich mir den Vater malen, wie er auf der Trompete bläst. Wenn ich dann am Abend das Hemd ausziehe, werde ich sagen: Schau, Vater! Und der Vater wird lachen, wenn er sich sehen wird, wie er bläst...«

Herr Gambier setzte sich eine merkwürdige, etwas zerdrückte Mütze mit einem langen, breiten Schild schief auf den Kopf.

»Voilà, mon p'tit, allons, wir gehen in die Menagerien.«

Wenzel sprang vom Stuhl auf, ergriff seine Mütze und lief hinaus, damit er sehe, wie der Kapitän »den roten Fahne« herunterließ. Dann hüpfte er an der Seite des Riesen in die gegenüberliegende Bude. Das Gelände mit der Übungsmanege war gerade leer.

Wenzel war noch nicht in der Menagerie gewesen, und als er eintrat, blieb er wie angewurzelt stehen. Wie war es nur möglich, daß ihm der Vater davon nichts erzählt hatte? Ein Affenkäfig! Kreischende Papageien! Merkwürdige Tiere in den Käfigen! Bären! Ein Ziegenbock mit einem blauen Bart! Lämmer! Hier gab es doch Unterhaltung für ganze Tage. Jetzt blieb ihm jedoch keine Zeit zum Staunen, denn der Dompteur ging mit langen Schritten direkt auf die Löwenkäfige zu und Wenzel natürlich mit ihm. Als Gambier zwischen den Raubtierkäfigen erschien, standen die meisten Raubkatzen auf, kamen bis ans Gitter und rieben mit leisem Knurren ihren Körper gegen die Eisenstäbe.

»Bon jour, Bessie, bon jour, Corinne, comment ça va, Mahum?« rief Gambier den einzelnen Tieren mit leiser, schmeichelnder Stimme zu und fuhr ihnen mit der Hand in die Mähne und ins Fell, kraulte und streichelte sie, und die Raubtiere zitterten vor Behagen. Die Augen des Dompteurs ruhten jedoch auf Nataschas Käfig. Die Löwin lag müde und schläfrig auf der Erde, und Agnes Berwitz beugte sich im Käfig über sie. Gambier sah diese Eigenmächtigkeit der Direktorin nicht gern, aber er mußte zugeben, daß Madame mit den Tieren umzugehen verstehe, und daß sie sich mehr als irgend jemand mit ihnen erlauben könne. Trotzdem war es ihm lieber, daß die Direktorin, als sie seine Stimme beim Kommen hörte, aus dem Käfig schlüpfte und die Gittertür einhakte. Gambier grüßte, und Agnes teilte ihm unvermittelt die Hauptneuigkeit mit, wobei sie ihm ihre zierliche Hand reichte: man werde Natascha die Jungen nehmen müssen, da sich die Löwin gar nicht um sie kümmere und wahrscheinlich nicht genug Milch für sie habe. Léon Gambier nickte:

»Wir können's ja probieren. Wenn sie herumtoben sollte, können wir ihr ein Junges probeweise zurückgeben. Ich nehme sie zu mir, ich hab' ja schon etliche bei mir gehabt.«

»Nein, Kapitän, das dürfen Sie mir nicht antun. Ich habe mich schon entschlossen, daß ich die Löwenjungen selbst aufziehen werde. Unser Wagen ist größer und bequemer.«

»Bitte, Madame, wie Sie wünschen, es sind ja Ihre Löwen und nicht meine. Aber Sie werden damit eine Menge Unannehmlichkeiten haben, Sie müssen diese kleinen Geschöpfe zu sich ins Bett nehmen, sie brauchen Körperwärme; sie sind unruhig und stören fortwährend... und reinlich sind sie auch nicht gerade...«

»Ich weiß schon, aber ich habe sie gern. Sie sind so unbeholfen und hilfebedürftig. Etwas müssen wir mit ihnen schon durchmachen, schließlich steckt doch auch Kapital darin. Bei uns werden sie's besser haben. Und wenn keiner von uns zu Hause ist, wird Helenchen auf sie achtgeben.«

Wenzel verstand das alles nicht, denn sie sprachen französisch. Er stand inzwischen vor den Käfigen und beobachtete die gewaltigen Tiere, die er zum erstenmal im Leben aus solcher Nähe sah. Dann ging er ein Stückchen weiter und erblickte große gestreifte Raubkatzen. Er erkannte, daß es Tiger waren. »Verdammt noch mal«, sagte er sich, »hast du aber Zähne, du Bestie, du würdest einen schon überfallen. Aber untersteh dich, ich würde dir die Schnauze eindreschen.« Die Tiger betrachteten träge den vor ihnen stehenden Jungen, ab und zu gähnte einer von ihnen. Der größte drückte sich gegen die Gitterstäbe, um Agnes und Gambier erspähen zu können, die etwas weiter hinten standen.

Dann wurde es plötzlich geräuschvoll. Mehrere Männer kamen herbei, Gambier erteilte ihnen einen Befehl, worauf die Männer einen leeren Käfig auf Rädern heranrollten und ihn vor Nataschas Käfig aufstellten. Gambier trat zu Natascha hinein, liebkoste sie und redete schmeichelnd auf sie ein. Die Löwin stand halb auf und brüllte. Der Löwe Mahum antwortete ihr. Darauf antwortete ihm die Löwin Bessie. Der Löwe Sultan ließ ein drohendes Knurren hören. Wenzel wurde bei dem fürchterlichen Gebrüll, das aus diesen riesigen Rachen kam, ganz bange zumute. Gambier kraulte Natascha hinter den Ohren und redete ihr zu. Jemand brachte drei Stück rohes Fleisch. Agnes nahm sie in die Hand und trat damit in den leeren Käfig. Die offene Gittertür war an die Tür von Nataschas Käfig angelehnt. Drei Raubtierfütterer standen mit Stangen und Gabeln dabei. Gambier ging bis zur Tür und nahm Agnes ein Stück Fleisch ab.

»Viens, Natascha, viens, ma chère!«

Er warf das Fleisch in den neuen Käfig. Natascha erhob sich, reckte sich und ging mit schleichendem Schritt bis zur Gittertür.

»Komm, Natascha«, lockte sie Agnes, »komm, Kleine, da hast du Fleisch!«

Die Löwin schnüffelte auf dem Boden des Käfigs herum, dann rieb sie den Kopf gegen das Gitter und trat schließlich langsam, ganz langsam, mit leisem, aber drohendem Knurren hinein. Und dann war sie mit einem Satz bei dem Fleisch, das auf der Erde lag, bedeckte es mit einer Tatze und brüllte lauter. Alle ringsum, auch Agnes und Gambier, standen völlig regungslos da.

»Schrei nicht, Liebling, hab keine Angst«, sagte Agnes mit weicher Stimme. »Das gehört dir doch, das nimmt dir doch niemand fort. Und das ist auch noch deins und das auch.« Dabei warf sie der Löwin die beiden anderen Stükke Fleisch zu. Die Löwin beschnupperte sie, legte sich davor hin und knurrte. Agnes schritt langsam durch dieTür in den gegenüberliegenden Käfig, wobei sie ihr dauernd schmeichelnde Worte zurief. Die Tür fiel hinter Natascha zu, und die Raubtierfütterer brachten ihren Käfig fort. Aus dem anderen Käfig kam Agnes, gefolgt von Gambier, der drei winselnde Löwenjunge auf dem Arm trug.

Wenzel war während der ganzen Zeit mit angehaltenem Atem dagestanden und hatte aufmerksam alles, was vorging, verfolgt. Unwillkürlich ballte er seine kleinen Fäuste zusammen und war entschlossen, sich sofort auf die Bestie zu stürzen, wenn sie seinem Kapitän oder der Dame etwas zuleide tun sollte. Er war so sehr in den Anblick des Tieres vertieft, daß er gar nicht merkte, wie ihn jemand am Rockärmel zupfte. Erst beim zweitenmal drehte er sich um und rief, wenn auch etwas gedämpft, unwillkürlich freudig aus: »Ah, Vater, du bist's!«

Die Direktorin blickte sich um. Karas grüßte.

»Ach, Anton! Guten Tag! Also, das ist dein Junge? Die Schwägerin hat mir schon von ihm erzählt. Ein hübscher Junge. Komm dir die Löwenjungen ansehn. Aber du darfst sie noch nicht anfassen. Wenn sie ein bißchen größer sind, wirst du mit ihnen spielen.«

Wenzel reckte sich zu Gambier empor, der sich zu ihm niederbeugte. Mit der rechten Hand hielt er drei häßliche, feuchte Tierchen, die leise quietschten, auf dem linken Unterarm fest.

»Natascha will ins Nest«, bemerkte ein Raubtierfütterer. Sie wandten sich um und traten zurück. Die Löwin, die eine Weile an dem Fleisch gezerrt, daran herumgenagt und es auf der Erde hin- und hergeschleift hatte, fraß nicht weiter und kam zum Gitter zurück.

»Laß sie hinein«, befahl Gambier.

Sie rollten den Käfig wieder auf seinen alten Platz, öffneten die Tür und Natascha sprang, das Fleisch im Rachen, mit einem großen Satz in ihren mit Stroh bedeckten Käfig. Dort ließ sie das Fleisch auf die Erde fallen und fing an, mit der Schnauze im Stroh ihre Jungen zu suchen. Die Tür fiel hinter ihr zu, und die Arbeiter schafften den Reservekäfig fort. Natascha fuhr immer noch suchend mit der Schnauze über den Boden herum, bis sie wieder zu dem Fleisch kam und sich daneben niederlegte, um es zu benagen.

»Eine schlechte Mutter«, sagte Agnes, »kommen Sie, Kapitän.«

»Und wir müssen zum Essen gehen, Wenzel«, sagte der Vater zu dem Jungen. »Was hast du die ganze Zeit getrieben?«

Sie gingen zusammen nach Hause, und der ganze Weg und das Mittagessen reichten Wenzel nicht, um dem Vater und dann Röschen zu erzählen, was er alles gesehen und erlebt hatte. Das Gesamtergebnis von allem war, daß Wenzel unbedingt Dompteur werden wollte.

»Was ist denn das, dieser Dompteur?« fragte der Vater.

»Lieber Himmel! Vater! Du weißt nicht, was ein Donter ist?« rief der Junge. Jetzt folgte eine Erklärung, daß sich Wenzel tätowieren lassen wolle, daß er einen langen Bart und ein Fähnlein auf dem Haus haben, zu den Raubtieren in die Käfige gehen und, wenn sie ihn beißen wollten, ihnen eins auf die Schnauze geben würde.

Aber am Abend, als Wenzel bereits im Bett lag, begann er vor dem Einschlafen:

»Weißt du, Vater, es ist ja alles schön, aber ich werde Elefantendresseur. Elefanten dressieren, das ist von allem doch das Schönste!«

7

Am nächsten Mittag aßen die beiden Karas zum letztenmal bei Frau Langermann. Nach dem Mittagessen übersiedelten sie in den Zirkuswagen. Der Abschied war nicht einfach, war Karas hier doch schon mehrere Jahre in Untermiete gewesen, und diesmal ging er zu Beginn der eigentlichen Saison fort. Es war ein großes Ereignis für diese kleinen Leute, daß Karas trotz der herrschenden Arbeitslosigkeit wie durch ein Wunder Arbeit gefunden hatte; und andererseits wußte auch er wiederum, daß für die brave Frau Langermann jetzt ein schlimmer Sommer beginnen würde, da sie alle ihre Kostgänger verlor. Und dann war ja auch noch Wenzel da, den sie in den paar Jahren liebgewonnen hatte, und für Wenzel selbst kam der Abschied von Röschen, dem ersten Pferdchen seiner Zirkusträume. Da flossen denn auch heimlich ein paar Tränen, und Karas versprach, daß, wenn sie im Winter gesund nach Hamburg zurückkämen, sie Frau Langermann ganz bestimmt aufsuchen und – wie er hoffe – vielleicht sogar bei ihr wohnen würden.

Auf dem Gelände hinter dem Zirkus, wo die Wohnwagen standen, herrschte bereits reges Treiben, der ganze Zirkus schleppte sein Gepäck mit allerhand Liebhaberkram herbei, von dem sich die Menschen nicht zu trennen vermögen, vom Kanarienkäfig angefangen bis zu den Blumentöpfen. Karas hatte nichts als seinen ärmlichen Rucksack. Er suchte seinen Wagen Nummer 8 auf. Als er die Tür öffnete, fand er Kerholec darin, der gerade seine Kleider hinten auf die Haken hängte. Wenzel kroch gleich hinter dem Vater die wenigen Stufen hinauf und war sehr enttäuscht, als er sich im Wagen umsah. Er hatte ein schönes, bequemes Wohnhäuschen erwartet, wie Kapitän Gambier eins hatte, und fand statt dessen eine gewöhnliche Arbeiterherberge auf vier Rädern vor. Links und rechts befanden sich je drei Pritschen übereinander, auf denen jedermann sich eher wie in einem Schubfach als in einem Bett vorkam. Und hinten standen auf zwei Stühlen zwei Blechwaschschüsseln, zwei Wasserkannen, ein kleiner Schrank mit sechs verschließbaren Schubladen zum Aufbewahren von Kleinigkeiten, und darüber steckten ringsherum Kleiderhaken in der Wand.

»Na ja«, sagte Kerholec, als er Karas' erstauntes Gesicht sah, »ich hab' dir doch gesagt, daß es kein Hotel Zum Erzherzog Stephan ist. Aber eine so vornehme Schnauze hast du ja auch nicht gerade, daß sie in diesem Loch keinen Platz hätte, und wenn du niesen mußt, drehst du dich einfach auf die Seite, damit du nicht mit der Stirn anstößt. Wenn es heiß ist, machen wir die Fenster und die Tür auf und dann kannst du dich an der herrlichen Luft von Gottes Natur ergötzen; wenn es kalt ist, sorgen wir schon mit vereinten Kräften dafür, daß es warm wird wie in einem Dampfbad. Übrigens ist das hier ja nur zum Schlafen. Von früh bis in die Nacht hinein sind wir doch draußen, unterwegs wie in einer Station. Und wenn wir uns einmal bei Regen oder sonst wann verstecken wollen, so lassen wir die oberen Pritschen herab und sitzen dann auf den mittleren wie bei Muttern auf dem Sofa. Hauptsache, Menschenskind, ist eben, daß dein Schlafloch immer mit dir fährt, gleichgültig wohin, und das ist doch ein ungeheurer Vorteil.«

»Nun, in Gottes Namen«, ergab sich Karas mit einem Seufzer in sein Schicksal, »wie werden wir denn liegen?«

»Ich schlafe auf Nummer 4. Das ist die mittlere Pritsche rechts. Ich muß als erster draußen sein und jederzeit herauskönnen, deshalb hab' ich's ein bißchen bequemer. Du schläfst unter mir auf dem Sechser und Wenzel oben auf dem Zweier. Du kannst natürlich mit ihm tauschen, aber man kommt nicht leicht hinauf, und so ein Junge ist oben wie ein Eichhörnchen. Was sagst du dazu, Wenzel?«

Wenzel sagte gar nichts. Aber man sah ihm an, daß es ihm nicht recht geheuer schien.

»Dir gefällt's nicht?«

»Ich habe gedacht, daß ich so ein hübsches Häuschen haben werde wie der Donter.«

»Wie wer?«

»Wie der Kapitän.«

»Ach so, wie der Dompteur! Aber ja, Wenzel, so ein Häuschen wirst du schon haben, aber erst, wenn du Dompteur bist. Und dazu mußt du noch viel lernen. Du wirst doch auch bloß zur Nacht hier sein, bei den Pferden können wir jeden gebrauchen, auch so einen Jungen, wie du bist. Die Pferdchen haben dir doch gefallen, nicht wahr?«

»Ja.«

»Wie dich Hans auf der kleinen, scheckigen Mary herumgeführt hat!«

»Ja. Mary kommt mit?«

»Ja natürlich, Wenzel. Und wenn es dir so gut gefallen hat, wirst du tagsüber auf ihr reiten.«

»Wirklich? Ich werde auf dem Pferdchen reiten?«

»Na, wenn ich's dir sage...«

Vater, das ist herrlich. Hast du die Mary gesehen, Vater? Ich sag' dir, ist die schön!«

»Na, siehst du, aber da mußt du richtig im Sattel reiten und mit ihr umgehen lernen, damit sie nicht mit dir durchgeht.«

»Aber woher denn, ich halt' mich schon an ihr fest. Sie hat doch gar keine Zügel gehabt, wie ich auf ihr geritten bin!«

»So, und jetzt lauf ein bißchen draußen herum, damit du uns hier nicht im Weg bist, und ich sag' dann Hans, daß er dir das Reiten beibringen soll.«

»Das ist fein. Ich geh' sie mir gleich angucken. Darf ich mir die Mary angucken gehn?«

»Ja. Und Hans sagst du, Herr Kerholec hat befohlen, daß du auf der Mary reiten sollst.«

Wenzel machte einen Freudenhops aus dem Zirkuswagen, setzte sich seine neue Mütze auf, die ihm der Vater am Vormittag gekauft hatte, und schlenderte pfeifend zu den Ställen. Karas senior machte seinen Rucksack auf und nahm die Sachen heraus. Zwei Haken reichten ihm für seine und des Sohnes ganze Habe.

»Wer wird denn mit uns auf der anderen Seite schlafen?« fragte er dabei Kerholec.

»Lauter brave Kerle und Landsleute«, antwortete Kerholec, während er in seinen Sachen herumkramte, »das ist doch klar, daß ich mir in meinen Wagen keine Gauner nehme. Nummer 1 ist ein gewisser Hans Buresch, der früher einmal Bildung genossen hat. Was er war und wie er zum Zirkus gekommen ist, weiß niemand. Hier fragt auch niemand danach. Hier gilt nur, was einer ist, und nicht, was er einmal war. Wenn du etwas länger bei uns bist, wirst du noch eine ganze Menge ›Gewesener‹ kennen lernen. Aber niemand rührt daran, wenn sie nicht selbst davon anfangen. Wer kann denn wissen, was einen andern bedrückt und wo er seinen wunden Punkt hat? Es kommt ohnehin eines Tages alles heraus. Wenn man erst Wochen, Monate und Jahre auf den Rädern sitzt, jeden Augenblick unter einem andern Himmel, da kommt schon einmal ein Abend, an dem auch ein wahrer Nepomuk mit seinem Geheimnis herausrückt. Bei diesem Buresch haben wir nur bemerkt, daß er nie mit uns bis nach Prag gekommen ist. Dreimal sind wir dort gewesen, seit er hier ist, und jedesmal ist er vor Prag verschwunden und dann plötzlich irgendwo hinter Prag wieder aufgetaucht. Und jedesmal hat er dabei so dumme Ausreden gehabt, daß wir einen anderen davongejagt hätten. Aber Buresch ist wirklich ein so braver Kerl, daß ich den andern gesagt habe, sie sollen ein Kreuz darüber machen und ihn sein lassen. Wenn er unter uns ist, so ist er der reinste Schauspie-

ler; da redet und predigt und deklamiert er und fuchtelt mit den Händen herum und macht allerhand Hokuspokus. Aber das ist dabei das Merkwürdigste: das alles macht er nur für uns. Im Zirkus läßt er sich um nichts in der Welt zu einer Komödie bewegen. Wir haben ihn schon oft dazu getrieben, ich selbst hab' sogar einmal den Direktor aufmerksam gemacht, daß er es mit ihm versuchen soll, aber alles war umsonst. Er ist wie ein Holzklotz dagestanden, hat dem Prinzipal über die Schulter gesehen und behauptet, daß gar nicht daran zu denken sei und daß er nur für die rohe Arbeit tauge und sich in einem so vornehmen Unternehmen gar nicht unter die Künstler wagen würde. Ich bin überzeugt, daß er sich damals einen Ulk mit dem Direktor gemacht hat. Ja, ein goldener Junge ist er, aber eben komisch. Man munkelt hier – aber verstehst du, na, man erzählt sich also, daß er damals, als in Prag die Fürstin Windischgrätz erschossen wurde, mit dabei gewesen sein soll..., aber das ist halt so ein Gerede der Leute, und du weißt ja, wie's gewöhnlich gemacht wird: was nicht ist, wird einfach erfunden.«
»Und der Mittlere?« fragte Karas, den es lebhaft interessierte, etwas über seine neuen Schlafgenossen zu erfahren.

»Nummer 3 – also Vosátka? Anton, Kamerad, da müßt' ich dir den ganzen Abend und die ganze Nacht erzählen. Ich sag' ihm immer: Vosátka, du Rebellenjunge, dich haben alle vier Winde zusammengefegt, und Sonne und Regen sind deine Paten gewesen – das ist ein Kerl, na, in dem wirst du erst den Rechten kennenlernen, Anton; aber ich muß schon gehen und du in ein paar Minuten auch...«

Kerholec wurde unterbrochen, denn jemand öffnete die Tür. Auf der Wagentreppe stand ein alter Mann mit hartem, grauem, kurz geschnittenem Haar und runzeligem Gesicht, das vom Wetter gebräunt war; auf der Schulter und in den Händen trug er eine Last.

»Da schaut's her, Vater Malina«, rief Kerholec, »was bringst du uns denn?«

»Ich habe Hammer und Pflöcke gefaßt«, antwortete der Alte.

»So, da tu sie einmal hier hinten hin«, rief Kerholec und, zu Karas gewendet, fügte er hinzu: »Das sind die Pflöcke oder Anker, die in die Erde geschlagen werden und an die wir die Segel anbinden. Das sind die Seile, die den Zeltmast festhalten, verstehst du, und das Tent..., das ganze Chapiteau..., ich meine das Zelt. Das ist die eigentliche Arbeit der Zeltarbeiter, und ich hab's gern, wenn das Werkzeug immer bei der Hand ist. Und das hier ist Vater Malina, die fünfte Pritsche. So, Jungens, gute Unterhaltung, ich muß schon laufen.«

Karas wartete, bis der Alte seine Last auf die Erde gelegt hatte – es waren ordentliche, schwere Hämmer mit einem meterlangen Stiel, die Pflöcke waren aus Eisen und hatten flache Köpfe – und dann stellte er sich ihm in seiner einfachen Art vor.

»Karas, Karas«, sagte der Greis nachdenklich, »einmal in Ungarn war auch ein Karas mit uns, das ist aber schon hübsch paar Jahre her..., ach nein, ich hab' mich geirrt, der hieß Parma, Josef Parma, und stammte irgendwo aus der Olmützer Gegend..., so, den hast du also nicht gekannt, nicht wahr, na ja, wie solltest du ihn auch kennen, er könnte ja dein Vater sein..., und das geht auch nicht, wenn er Parma hieß..., aber wie, verwandt seid ihr nicht?«

»Nein, Alter, ich hab' keinen Parma gekannt«, sagte Karas, der über den Greis lachen mußte.

»Dann ist ja alles in Ordnung. Er war nämlich ein großer Lump, dieser Parma. Er hat einmal Mamsell Arabella Hagebuttenstaub ins Trikot geschüttet, und dann hat sie's beim Reiten fortwährend gejuckt. Mit solchen Leuten hat man am besten nichts zu tun. Und von wo bist du?«

»Aus Oberschneedorf. Hinter Budweis.«

»Ah, Budweis. Ich weiß schon. Dort ist uns einmal ein Bär davongelaufen und wir haben ihn dann bis Schumwald jagen müssen.«

»Das wird wohl in Mährisch-Budweis gewesen sein. Ich bin aus der Gegend von Böhmisch-Budweis...«

»Ach so, richtig. Es gibt zwei, ja natürlich. Schumwald kennst du also nicht..., na, so stell dir vor, in Schumwald ist dieser Bär am Sonntagvormittag unter dem Laubengang herumgelaufen, schwenkt plötzlich um und direkt zum Pfefferkuchenbäcker. Ja..., warte einmal..., jetzt weiß ich nicht, wie es weiter ging..., hm, komisch, als ob mir der Bär gerade bei dem Pfefferkuchenbäcker verschwunden wäre..., es ist wohl schon Zeit, daß wir in die Bude geh'n: Weiß du, wenn's losgehen soll, da bleibt bei mir alles stehen, die Gedanken, die Sprache, einfach alles..., und ich weiß nur, daß ich in die Bude gehen soll; das ist dann der Anfang, und dort fällt mir wieder alles ein. Also gehen wir.«

Der Greis schwieg. Er schloß hinter Karas die Tür zu, steckte den Schlüssel in die Tasche und ging mit langen Schritten auf die Menagerie zu, ohne auf seinen Gefährten zu achten, den er ganz vergessen zu haben schien. Karas stellte verwundert fest, daß er gerade in dem Augenblick ins Orchester kam, als unten Kerholec der Musik das Zeichen zum Anfang gab.

Diesmal gelang ihm das Trompeten schon glänzend, er fühlte sich bereits fast wie zu Hause. Dabei mußte er auch noch daran denken, was für drei komische Menschen er gerade kennengelernt hatte, was dieser Kerholec eigentlich auch für ein rätselhafter Kerl war und was hier wohl noch für merkwürdige Geschichten herauskommen würden, von denen sich bei ihnen im Dorf niemand auch nur etwas hatte träumen lassen. So blies er denn mit großer Begeisterung und ließ auch wieder seine Begleitmelodie ertönen; kaum hatte er das Instrument abgesetzt, zog ihn plötzlich jemand am Ärmel. Karas erschrak. Als er sich umdrehte, erblickte er den alten Malina in einer blauen Livree, wie er sich über ein fremdes Pult zu ihm herüberbeugte und dabei ein äußerst ernstes Gesicht machte. Karas beugte sich also vor, Malina legte ihm die Hand ans Ohr und flüsterte ihm zu:

»Er hatte dort Honig. Und dabei haben wir ihn erwischt.«

Karas hätte fast laut losgelacht, aber der Alte nickte ihm ernsthaft zweimal zu, daß die Geschichte jetzt in Ordnung sei, und entfernte sich auf den Zehenspitzen.

Wendelin Malina war das älteste Inventarstück im Zirkus Humberto. Er war länger darin als der Ziegenbock Blaubart oder der Hengst Pompon, länger als selbst der ergraute Löwe Sultan. Niemand wußte, wie lange er hier war, nicht einmal er selbst. Vielleicht hätte Großvater Humberto als einziger zu sagen gewußt, wo und wann er Wendelin aufgegabelt habe. In Malinas eigener Erinnerung war es etwas unklar. Dabei besaß er ein vorzügliches Gedächtnis für alle Geschichten und Begebenheiten, die sich je im Zirkus Humberto ereignet hatten, und für die Unmenge von Menschen, denen er in seinem Leben begegnet war. Nur verwechselte er immer mehr die Namen und den Zeitpunkt, zu dem etwas geschehen war. Gesprächig war er eigentlich nicht, manchmal sprach er wochenlang kaum ein paar Worte, grüßte nicht einmal und dankte auf einen Gruß nur mit einem Brummen. Aber wenn ihn etwas beschäftigte, wenn in seinem Gehirn irgendeine Erinnerung auftauchte, begann er ein langsames, biederes Gespräch und hörte nicht eher auf, als bis er alles bis aufs letzte I-Tüpferl erzählt hatte.

Als Karas einmal Kerholec lachend erzählte, wie gleich bei der ersten Begegnung Malina das Denken »stehengeblieben« und wie er dann ins Orchester gekommen sei, um ihm die Geschichte mit dem Bären zu Ende zu erzählen, wurde Kerholec ernst.

»Menschenskind, Anton«, sagte er, »das ist nicht so

ohne. Dieser Alte hat's im Kopf wie in einer Uhr. Deshalb hab' ich ihn auch bei mir im Wagen, da brauche ich gar keinen Wecker. Wenn's Zeit ist zu irgendeiner Arbeit im Zirkus, zuckt Malina plötzlich zusammen. Im Schlaf wacht er auf, bei der Arbeit bleiben seine Hände mit einemmal stehen. Mitten im Gespräch vergißt er, was er gerade erzählt hat, und schaut wie blödsinnig drein, bis er aufsteht und in den Zirkus geht. Und wir mit ihm. Aber das ist noch nicht alles. Es ist schon mehrere Male vorgekommen, daß der Alte mitten in der Nacht plötzlich aufwacht, aus dem Bett kriecht, sich wortlos die Schuhe anzieht und wie ein Mondsüchtiger in die Ställe oder zu den Käfigen oder ins Chapiteau geht – und jedesmal war dort gerade etwas los. Einmal hatten sich die Pferde losgerissen, ein andermal war der Löwenkäfig schlecht verschlossen, und die Tiere waren bereits im Gang, einmal qualmte es aus einem Kehrichthaufen hinter dem Zelt, du kannst dir vorstellen, was ein Feuer im Chapiteau anrichten würde. Dieser Malina geht jedesmal wie eine Maschine direkt auf die Stelle los, wo die Gefahr steckt, dabei weiß er selbst gar nichts davon, daß er hingeht, bis er plötzlich die Gefahr sieht und Alarm schlägt. Der Direktor nennt ihn den Schutzgeist des Zirkus. Er hat ihn mir selbst in den Wagen gebracht. ›Weißt du, Karl‹, hat er damals gesagt, ›ich glaube an keine Geister. Ordnung ist der beste Geist im Zirkus. Wenn jeder seine Pflicht tut, können wir alle ruhig schlafen. Aber manchmal ist es wie verhext, und das scheint dieser verdammte Wendelin zu spüren. Wenn du sehen solltest, daß er nachts von der Pritsche herunterkriecht, steh auf und geh ihm nach. Möglich, daß er im Oberstübchen nicht ganz in Ordnung ist, aber vielleicht ginge es uns sonst allen an den Kragen!‹ Und so ist's wirklich, Menschenskind, Anton. Solange ich mit dem Anton zusammen bin, hat's bei ihm noch nie gespukt, er schläft wie ein Murmeltier, und wenns rechts und links von ihm einschlagen täte, aber wenn er aufsteht, hat es immer etwas zu bedeuten...«

An dem Tag, da man zum erstenmal in den Wohnwagen schlafen sollte, jagten die Musikanten nicht so wild zu den Ställen. Jeder wußte, daß er jetzt das Abendessen und den Strohsack kaum dreißig Schritte entfernt habe und nicht irgendwo am andern Ende von Hamburg, da ging alles ruhiger und nicht so hastig zu. Als Karas im Stall bei den Pferden aufräumte, warf er einen Blick nach der Umzäunung der Ponys und sah, daß eins darin fehlte. Er erriet, daß Wenzel wieder dahintersteckte. Um sich jedoch zu vergewissern, fragte er Hans.

»Tja«, nickte Hans und seine Augen strahlten, »Wenzel reitet auf der Mary. Er ist ein sehr braver und mutiger Junge, aus dem wird einmal ein guter Reiter.«

Nach dem Rapport ging Karas hinaus und sah ein paar Menschen, die sich um die äußere Manege drängten. Sie sahen irgend etwas mit großem Interesse zu und riefen:

»Wenzel, halt dich!«

Karas ging ein Stück vor und erblickte Hans, der in der Mitte des runden Platzes mit einer Peitsche in der Hand dastand und das gescheckte Pony in vollem Galopp im Kreis herumjagte. Auf dem Pandurenpferdchen saß Wenzel, aber die Zügel waren am Sattel festgebunden und Wenzel hatte beide Hände hinter dem Rücken verschränkt. Er durfte sich nur mit den Beinen an dem Pferd festklammern und mußte so im Rhythmus den Körper auf- und abbewegen. Es schien nicht leicht zu sein, denn er runzelte dabei die Stirn und biß die Zähne zusammen. Den Vater sah er gar nicht.

»Bravo, Wenzel«, schrie Hans jetzt und rief Mary etwas zu, die den Schritt verlangsamte und stehenblieb, »für heute ist's genug.«

Der Junge sprang vom Pferd, konnte aber ein Stöhnen nicht unterdrücken. Der ganze Körper schmerzte ihn. Trotzdem trat er zum Pferd hin, klopfte es auf den Hals, band die Zügel los und führte es in den Stall. Dabei bemerkte er den Vater.

»Vater, hast du geseh'n? rief er ihm stolz und freudestrahlend zu. »Die Mary läuft, was? Die hab' ich ordentlich herumgejagt.«

»Du hast dich gut gehalten, ich hab's schon gehört. Aber jetzt geh zu Hans, gib ihm die Hand, bedank dich und sag ihm, daß du ihm gern beim Bürsten helfen möchtest.«

Wenzel ging, die Mütze schief auf dem Kopf, zu Hans. Dabei warf er die Zügel in die linke Hand.

»Ich danke dir!« rief er und streckte seine Kinderhand dem großen Pferdeknecht entgegen.

»Schon gut«, antwortete Hans und schüttelte Wenzel, ein bißchen verlegen über die Artigkeit des Kindes, die Hand, »für den ersten Tag war es fabelhaft.«

Er klopfte Wenzel auf den Rücken, und dann gingen sie zusammen in den Stall, Mary neben Wenzel.

Karas ging zum Achter und holte unterwegs Kerholec ein.

»Morgen ist Abschiedsgala«, teilte ihm Kerholec mit. »Es steht überall in den Zeitungen. Das muß man unserem Alten schon lassen, das versteht er.«

»Wohin fahren wir eigentlich?«

»Über Hamburg nach Buxtehude zur Nacht und dann nach Bremen und Oldenburg. Das ist gewöhnlich der Anfang.«

Beim Achter stand ein dürrer Kerl in schmutzigem rotem Hemd, oberhalb der Stirn hatte er eine große Glatze, das halbe rechte Ohr fehlte ihm, dafür zog sich von dort eine Narbe über das ganze Gesicht bis zur Nase. Als Kerholec näher kam, hob der Kerl die Rechte und salutierte. Karas sah, daß ihm der ganze kleine Finger und der halbe Ringfinger fehlten.

»Der Küchenchef Vosátka Ferenc meldet gehorsamst«, sagte er, »daß in einer Viertelstunde das Abendessen fertig ist. Auf der Speisekarte ist diesmal Gulaschsuppe mit Kartoffeln, Backhühner mit Salat und Dukatenbuchteln mit Chaudeau. Das Huhn mit dem Salat und die Buchteln muß sich jeder selbst besorgen, die Kartoffelsuppe liefere ich. Wem's nicht schmeckt, kann meinetwegen im Hotel Ambassador à la carte speisen. Der Anstand würde jedoch erfordern, daß er uns dazu mitnimmt!«

»Hier bring' ich dir einen neuen Kostgänger, Ferenz«, stellte ihm Kerholec Anton Karas vor.

»Sergeant Vosátka Ferenz«, sagte der Kerl und schlug die Fersen zusammen, »très enchanté, Graf von Karas, wie befinden sich die Gräfin und die Komtessen? Ihre Hundezucht ist doch wohlauf? Ich hoffe, daß Ihre afghanische Jagdhündin sich nicht mit einem Bulldog vergessen hat, Herr Graf, und daß auch Ihre Marmorställe von der Rotzkrankheit verschont geblieben sind. Und wie geruhen Euer Gnaden auf Eurer neuen Residenz die Trompete zu blasen? Vostro servitore verläßt Euch, leben Sie wohl, señores, au revoir bei der Suppe! Sergeant Vosátka! Hier! Armas al hombro! Dirección la cuisine! Marsch!«

Vosátka marschierte singend ab, Kerholec lächelte.

»Da hast du ihn also geseh'n, das Großmaul. Damit hat er sich durch ganz Afrika und Amerika durchgeschlagen, das verdammte Luder.«

Von der anderen Seite kam langsam Malina. Als er bis zu Karas gekommen war, hob er den Kopf und sagte:

»Er hieß Mates.«

»Wer denn?« fragte Karas.

»Na, von dem wir gerade gesprochen haben. Der Bär natürlich. Da haben wir ihn also beim Honig erwischt und zurück nach Budweis geführt. Aber das nur so nebenbei, weil du aus dieser Gegend bist. Ist das Abendessen schon fertig?«

»Ja, Alter«, antwortete Kerholec. »Vosátka ist es schon holen gegangen. Und da kommt auch schon Buresch.«

Karas drehte sich neugierig nach Nummer 1 um. Es war ein stattlicher Mann mit einem schwarzen Spitzbart und langem schwarzem Haar, das unter dem breiten kalabrischen Hut hervorguckte.

»Grüß Euch Gott! Schön willkommen, lieber Landsmann«, begann er mit melodischer Stimme, indem er Karas die Hand reichte. »Also wieder zwei Samenkörnlein aus der böhmischen Erde in fremde Lande verweht? Gott schenke euch beiden recht viel Glück auf eurer Wanderung mit uns. Nicht immer ist uns lauter Wonne beschieden, aber es ist ein freies Leben. Wenn du deine Arbeit machst, kümmert sich kein Mensch um dich, du bist frei von allen Vorurteilen und Fesseln, frei und unbeschwert wie ein Vogel. Wie ein Zugvogel, heute hier und morgen dort, hier entflammst du vor Liebessehnsucht und dort vergißt du sie wieder.«

»Wenn du dich aber nicht in acht nimmst«, unterbrach ihn der alte Mann, »jagt dich das Mädel von einer Stadt zur andern, bis sie dich richtig gekapert hat. Da haben wir einmal einen Kunstreiter gehabt, der behauptet hat, er sei ein Spanier, aber er war ein Ungar aus der Pußta, der hat auch überall den Mädeln den Kopf verdreht. Einmal in Genua hat er sich aber verrechnet..., nein, es war in Genf...«

»Heiße Suppe, bitte!« ertönte Vosátkas Stimme, »heißes Süppchen!«

In beiden Händen trug er einen großen Topf, aus dem ein Schöpflöffel hervorguckte. Kerholec, Malina und Buresch stürzten in den Wagen, und jeder kam mit einem Blechteller und einem Löffel zurück.

»Verdammt, an den Teller hab' ich nicht gedacht«, rief Karas, »Löffel hab' ich, aber keine Teller.«

»Vosátka, spring mal zu Harwey hinüber um zwei Teller«, befahl Kerholec, »und du geh' dir morgen welche besorgen.«

»Zu Befehl, Herr Admiral«, antwortete Vosátka militärisch, indem er den Topf auf die kleine Schwelle über der Wagentreppe stellte, »allem Anschein nach haben Eure Exzellenz Karas III., Fürst von Ispahan, bisher aus der Hand zu fressen geruht. Und hier kommt, wenn mich mein Adlerauge nicht trügt, gerade der Kronprinz und hält die Hände, wo er sie nicht haben sollte.«

Wenzel kam wirklich, oder besser gesagt, er kroch langsam heran und hielt sich mit den Händen den Hintern.

»Verflixt noch mal, Vater«, sagte er bedächtig, »mir tut der ganze Körper weh.«

»Ich glaube, Wenzel«, lachte Kerholec und goß dabei die ersten Teller Suppe ein, »daß du dich heute nicht einmal hinsetzt. Wenn man die ersten Tage reitet, kann man nur stehen oder liegen.«

»Das ist also unser junger Karas«, begann jetzt Buresch, »ist er schon in die Schule gegangen?«

»Er hat gerade angefangen«, antwortete Karas statt Wenzel, »aber dann haben wir fortfahren müssen. Ein bißchen lesen und schreiben kann er schon.«

»Nun, das dürfen wir hier nicht vernachlässigen«, fuhr Buresch eifrig fort, »das wäre ewig schade. In Arbeit und Wissen ist unser Glück. Ich habe im Wagen ein paar hübsche Bücher, da werden wir zusammen darin lesen, nicht wahr, Wenzel?«

»Hm, meinetwegen«, antwortete Wenzel langsam, »aber erst, wenn ich mich wieder setzen kann. Vater, ich hab' einen Mordshunger.«

»Hast du Mary ordentlich abgebürstet?«

»Ich komme ja gerade von ihr.«

»Da hast du inzwischen ein Stück Brot«, sagte Malina, der oben auf der Treppe stand und den gemeinsamen Laib Brot des Achters zerschnitt. Die Suppe dampfte aus Topf und Tellern und verbreitete einen ungewohnten Duft. Jetzt fühlte sogar schon Vater Karas, wie ihm das Wasser im Mund zusammenlief. Zum Glück tauchte auch gerade Vosátka mit den Tellern auf, und Kerholec goß Vater und Sohn einen vollen Teller ein.

»Ah, ist die gut«, Wenzel schnalzte mit der Zunge.

»Eine echte ungarische«, bemerkte Buresch.

»Wenzel, hol einmal ein Bier,« befahl Karas, »wir müssen doch für die Aufnahme in die Zunft unseren Beitrag bezahlen.«

»Bravissimo«, rief Vosátka, »der Meister der Schaufel und des Hammers macht sich.«

»Hier ist der Krug, Wenzeslaus Antonowitsch«, stimmte Buresch bei, »das edle Naß findest du in der Schenke ›Zum Anker‹ direkt gegenüber dem Zirkus.«

»Und geben Sie acht, Dauphin, daß dieser Bierpantscher denn Krug nicht mit Wasser versaut«, fügte Vosátka hinzu.

Es war ein lauer Vorfrühlingsabend an der See, von der Reeperbahn drang ein wirres Durcheinander der verschiedensten Töne herüber, der Lärm der Menschenmenge, das Geschrei der Ausrufer, das Quietschen der Leierkasten, das laute Harmonikaspiel, das Läuten der Budenglocken, der Schall der Paradefanfaren. Die fünf Männer saßen mit dem Jungen auf den Stufen des Zirkuswagens und darum herum und ließen das ewig gleiche, harmonische Summen des Jahrmarkts, der Kirchweih und Kirmes, das ihnen das tägliche Brot spendete, auf sich einwirken. Männer und Frauen gingen an ihnen vorüber, die zu derselben fahrenden Gemeinschaft gehörten, irgendwoher ertönte ein Lied oder das Rufen einer Mutter und das Weinen eines Kindes, aus den Wagen stahlen sich allmählich gelbe Lichtstreifen in die zunehmende Dunkelheit. Ihre Welt, ihre ganze eigenartige Welt auf den Rädern bereitete sich zum Schlaf vor, zum letzten winterlichen Schlaf in Hamburg. Morgen abend sollte ein Wagen nach dem andern die Stadt verlassen und für den Zirkus wieder der Frühling beginnen.

Als sie endlich fanden, daß sie sich für diesen Abend

genug erzählt hatten, verschwanden sie nach und nach im Wagen und streckten sich auf ihre Lager aus. Durch die offenen Fensterchen drang noch schwach der Lärm der Reeperbahn herüber wie eine ferne Hymne.

Karas wollte sich aufrichten, um zu Wenzel hinüberzuschauen. Dabei stieß er mit der Stirn an die Pritsche von Kerholec.

»Der Neuling hat auf die Trommel geschlagen«, bemerkte Vosátka noch einmal, »laßt euch nicht herausprovozieren. Und jetzt schnarcht königlich, meine Herren!«

8

Am nächsten Morgen stand Wenzel mit den anderen auf, frühstückte mit ihnen und lief dann schnell in den Pferdestall. Dort empfing ihn Hans mit einem breiten »Morchen«-Gruß und öffnete ihm gleich die Gittertür zu den Ponys. Ohne viel Worte darüber zu verlieren, hatten sie gewissermaßen abgemacht, daß Wenzel unter Hansens Aufsicht die kleinen Schecken betreuen würde. Und der Junge begann seinen Dienst wie ein alter Pferdekenner; er hatte vom Frühstück ein Stückchen Rohrzucker und eine heimlich abgeschnittene Scheibe Brot in der Tasche. Mary bekam den Zucker mit einem Stück Brot, die übrigen drei Shetlandpferdchen, Fritz, Lady und Miß, erhielten wenigstens ein Stückchen Brot aus der kleinen Hand. Der Vater Karas hatte sich schon in vollem Tempo an die Stallarbeit und die anderen Arbeiten gemacht. An diesem Tag gab es vom frühen Morgen an alle Hände voll zu tun, weil eine Menge Sachen aus den Magazinen eingepackt und aufgeladen werden mußten. Kerholec kommandierte überall und spannte Karas tüchtig mit ein, der wiederum ab und zu Wenzel zur Hilfe herbeirief.

Wenzel besorgte mit Hans die Morgenfütterung der Ponys und fuhr dann wie der Blitz nebenan in die Menagerie, um der Morgenarbeit Kapitän Gambiers mit den Löwen, Tigern und Bären zuzuschauen. Aber kaum hatte er diesem seinen Morgengruß zugerufen und sich vor den Käfig gestellt, als schon von der Tür her die Stimme des Vaters ertönte: »Vaschku!«* Dann war es jeden Augenblick in den Räumen des Zirkus und der Menagerie zu hören, so daß es bald auch die anderen Leute im Zirkus übernahmen und Wenzel mit einemmal für alle nur »Vaschku« hieß.

»Vaschku ist nicht da, Vaschku ist in die Menagerie gegangen«, antwortete Hans aus dem Pferdestall.

»Das hier könnte Vaschku wegtragen,« überlegte Harwey in der Garderobe.

Selbst Karas sagte schon während des Vormittags, um die Verständigung nicht unnötig zu erschweren: »Haben Sie nicht Vaschku gesehen?«

Wenzel war in der Tat überall und doch wieder nirgends zu finden. Heute fing er an, den Zirkus erst recht zu genießen. Vor jedem Käfig blieb er stehen, um seine Insassen zu beobachten, und schon sauste er weiter, damit ihm ja kein Schauspiel in den Gängen oder in der Menagerie entgehe. Mitten im Aufladen und Packen liefen die Proben weiter, als ginge nichts Besonderes vor, der Direktor ließ sich seine Hengstgruppen und die Stuten vorführen und wiederholte mit ihnen die freie Dressur, die Direktorin jagte ihre Lipizzaner im Kreis herum, Pablo Perreira ritt auf seinem Santos die Hohe Schule, die Kunstreiterinnen schwangen sich in ihren Arbeitskitteln mit anmutigen Bewegungen, die sonst die Zuschauer bezauberten, auf den Rücken der Pferde. Die Springer machten ihre Sprung- und Fallübungen, und Léon Gam-

* Tschechisch Vašku = Rufform zu Vašek, dem Diminutivum zu Václav, das heißt Wenzel.

bier ließ einen großen Attraktionskäfig herbeifahren, in dem er mit den knurrenden und brüllenden Raubtieren und mit häufigem Peitschenknall ihre tägliche Lektion wiederholte. Inzwischen schritt der große Herr Selnicki durch die Manege, ging mit würdevoller Teilnahmslosigkeit an allem, was darin vorging, vorüber, kehrte schließlich mit einer Flasche und einem Gläschen zurück und stellte beides in eine Loge, wo er sich mit müdem Blick hinsetzte, um sich zu stärken.

Wenzel durfte seine Mary besteigen. Er ritt um die äußere Manege herum, lenkte das Pferdchen dann weiter hinaus zu den Wagen, trieb es zum Galopp an, blieb wieder stehen, sprang herab, liebkoste es ein bißchen, schwang sich wieder auf seinen Rücken und ritt weiter. Es war nicht immer ein Ritt, wie er sein soll, manchmal zuckte er schon zusammen und glaubte, ganz bestimmt auf der Erde landen zu müssen, aber er fiel doch nicht herunter, jedesmal blieb er im Sattel und konnte das Pony rechtzeitig zum Stehen bringen. Je länger er im Sattel saß, um so vornehmer kam er sich vor, und schon bemächtigte sich seiner das kindliche Verlangen, den Menschen zuzurufen und zu kommandieren, wo sie die verschiedenen Gegenstände hintragen und aufladen sollten. Herrgott, das hätte Röschen sehen sollen! Das war doch etwas anderes als das alberne Spiel von neulich, als er sie um den Tisch gejagt und auf dem Stuhl mit der Peitsche geknallt hatte.

Ein Schreien und Zanken irgendwo am Ende des Geländes scheuchte ihn aus seinem träumerischen Spiel auf.

»Vielleicht ist dort eine Rauferei unter den Komödianten ausgebrochen«, sagte er sich gleich und gab Mary die Sporen, damit ihm dieses Schauspiel nicht entgehe. Aber er sah etwas anderes: hinter den letzten Zirkuswagen Humbertos erschien ein neuer, der mit schöner blauer Farbe angestrichen war und von zwei kleinen Pferden gezogen wurde. Er kam von der anderen Seite und sein Besitzer suchte sich mit lautem Geschrei Platz zu verschaffen, damit er hineinfahren könne.

»Allah il Allah«, schrie der Fremdling, der eine dunkle bronzene Gesichtsfarbe und einen hohen Fez auf dem krausen Haar hatte, »dov'è il direttore? Il direttore! Padrone! Directeur! Patron! Principal! Maschallah! Platz da! Anchi'o Circus Humberto!«

Er stand bei seinen Stuten, gestikulierte mit den Händen in der Luft, während die Hintertür seines blauen Wagens sich öffnete, ein kleines Kind mit schwarzem Lockenkopf sprang heraus, und dahinter ein zweites und drittes, ein viertes und fünftes, eins immer größer als das andere, sechs oder sieben Kinder waren es im ganzen, und alle waren zerlumpt wie Zigeunerkinder, umstanden den Mann mit dem Fez und schrien und quietschten mit ihm. Aber da kam auch schon Kerholec herbeigelaufen.

»Achmed Roméo?« rief er dem Fremden zu.

»Si, Si!« nickte der Ankömmling und rief, indem er beide Hände zum Himmel emporhob, begeistert: »Roméo! Roméo! Achmed Roméo, fils de Mehmed Roméo, fils d'Ali Roméo, fils du grand-papa Roméo! Tous Roméos, tous Tunisiens, de Tunis, de la Tunisie!«

Kerholec rief ein paar Leute herbei und befahl ihnen, das Hintergestell von zwei Zirkuswagen hochzuheben und sie ein Stück zur Seite zu schieben. So entstand ein enges Gäßchen, durch das der blaue Wagen hindurch konnte. Der Mann mit dem Fez wandte sich auch wieder seinem Gespann und dem Haufen Kinder zu, schwang die Peitsche siegreich über dem Kopf und rief von neuem:

»Avanti, Roméos! Marchons vers la victoire!«

Indem er sich wieder nach vorn wandte, machte er mit der Peitsche in der rechten Hand Bewegungen wie ein Trommler vor der Musik mit seinem Trommelschlägel und marschierte los, gefolgt von dem Pferdegespann und dem Haufen schwarzer Kinder, die links und rechts neben dem Wagen herliefen, aus dem ein ebenso schwarzes und kraushaariges Weib herausschaute.

Wenzel begriff, daß das die neue Nummer sein müsse, die sich ihnen, wie er gehört hatte, am Tage vor der Abfahrt anschließen sollte. Unter den umherhüpfenden Kindern sah er einen Jungen, der ein bis zwei Jahre älter sein mochte als er selbst. Er wollte diesem zerlumpten Jungen zeigen, daß er, Wenzel, hier längst zu Hause und ein hoher Herr auf diesem Boden sei. Deshalb wendete er Mary, trieb sie zum Laufen an und ritt in die Manege, um die er mit einer so wichtigtuerischen Miene herumzureiten begann, als wäre er im Zirkus Humberto die Hauptperson. Da geschah etwas, was er im Leben nicht erwartet hätte: der älteste Junge, der alle anderen überragte, hatte Wenzel gerade erreicht, stieß sich mit einem Schrei vom Boden ab und sprang mit einem hohen Salto über Wenzels Kopf in die Manege. Daß es ein Salto war, wußte Wenzel nicht. In diesem Augenblick wußte er überhaupt nichts, denn die erschrockene Mary hob die Hinterbeine, und Wenzel flog kopfüber nach vorn. Als er wieder zu sich kam, saß er genau so auf der Erde wie gestern vor dem Menschenfresser, und um ihn herum schlug eine Schar schmutziger, kreischender und johlender Kinder einen Purzelbaum nach dem anderen, machten Hand- und Kopfstand, der älteste sprang mit gestrecktem Körper abwechselnd auf die Hände und Füße, und Mary lief wild um sie herum.

Wenzel fühlte, daß er sich Kopf und Hintern ausgiebig angeschlagen hatte, und eine Weile schien es ihn, daß er gar nicht würde aufstehen können. Aber da hielt auch schon das größte der Zigeunerkinder in seinen Saltos inne, schrie etwas, kam auf Wenzel zugelaufen und gab ihm die Hand. Die anderen drängten sich von allen Seiten um ihn herum, packten ihn an Händen und Schultern und halfen ihm aufstehen, befühlten seine Hände und Füße und schrien: »Niente, niente!«, und der älteste drückte ihm die Hand, grinste ihn mit unwiderstehlichem Lächeln an und sagte: »Scusi, scusi, excusez-moi, entschuldigen – io sono Paolo, Paolo Roméo, fils d'Achmed Roméo de Tunis!«

Wenzel war von dem vielen Geschrei, der eifrigen Hilfsbereitschaft, dem freundlichen Lächeln der Kinder und der Flut der fremden Worte wie aus den Wolken gefallen. Als jedoch der andere immer wieder Paolo, Paolo rief und dabei auf sich zeigte, begriff er, daß der schwarze Junge so hieß. Er drückte ihm also auch die Hand, und plötzlich entschlüpfte ihm ein Wort, das er hier im Zirkus schon oft gehört hatte: »Bon..., bon...«

Paolo lachte und umarmte Wenzel, und die schwarzen Knirpse um ihn jauchzten. Jetzt mußte Wenzel etwas Unerhörtes zeigen. Er rief deshalb auf gut Glück: »Mary, hierher!« Das Pony, das sich inzwischen beruhigt hatte, drehte sich auf seinen Ruf wirklich um und kam zu Wenzel gelaufen. Die Knaben verstummten, Wenzel setzte sich in den Sattel und sah jetzt wie ein vornehmer Herr auf Paolo herab, nickte ihm freundlich zu und sagte: »Du Affe!« Darauf gab er Mary die Sporen und galoppierte den Ställen zu.,

Dort nahm er Mary das Geschirr ab und stellte fest, daß nur drei Ponys in der Umzäunung waren.

»Hans, wo ist Miß?«

»Miß arbeitet mit Helenchen. Geh hin und schau zu. Das ist etwas für Vaschku.«

Wenzel sauste durch den Stall und stürzte in den Zuschauerraum. In der Mitte des gelben Kreises stand der Direktor mit der Peitsche in der Hand, und Miß jagte in kurzem Galopp in der Runde herum. Auf dem Rücken hatte sie ein Panneau, und darauf stand ein kleines, schwaches Mädchen mit langen, dünnen Beinchen. Sie stand gerade auf dem linken Bein und bemühte sich, die Waage zu machen, eine Körperbeuge mit ausgebreiteten Armen und mit nach hinten gehobenem rechtem Bein, das mit dem Körper eine waagerechte Linie bildete. Das Pferdchen lief in gleichmäßigem Galopp, und das Mädchen mußte mit dem linken Bein dauernd die Erschütterungen seines Rückens ausgleichen. Es war fast unmöglich, das Gleichgewicht zu halten, aber das kleine Ding war um die Taille an einem Seil festgebunden, das hoch oben um eine Rolle lief. Das andere Ende des Seiles hielt ein Mann in der Hand, der neben dem Direktor stand.

Dreimal beugte sich die Kleine langsam in die Waage und richtete sich wieder auf. Als sie sich zum viertenmal nach vorn neigte, geriet ihr müde gewordenes Bein ins Wanken und rutschte aus.

Wenzel fuhr es durch Mark und Bein vor Schreck über den unvermeidlichen Sturz unter das Pferd, aber im selben Augenblick zog der Mann an dem Seil, das kleine Mädchen schnellte in seinem kurzen Röckchen in die Höhe und flog mit ausgebreiteten Armen und Beinen durch die Luft bis zur Mitte der Manege. Dort fing sie der Direktor auf und ließ sie auf die Erde nieder.

»Du mußt besser federn, Helenchen«, sagte der Direktor scharf, »du stehst mit dem linken Bein zu wenig elastisch. Und stell den Fuß mehr mit der Spitze nach außen.«

»Papa, mir tut der Rücken so weh«, stöhnte Helenchen.

»Das weiß ich«, antwortete der Direktor, »deshalb müssen wir den Trick wiederholen, bis sich der Körper daran gewöhnt hat. Also, aufs Pferd. Und Anlauf nehmen. Fünf Schritte, jetzt... Hopp!«

Helenchen nahm in schräger Richtung Anlauf, stieß sich vom Boden ab, kam aber nicht bis hinauf. Der Mann zog am Seil, und sie schwebte wieder im Bogen zum Vater hinunter.

»Schärfer abstoßen, Mädel, mehr emporheben! Noch einmal den Anlauf wiederholen! Jetzt!... Hopp!«

Berwitz knallte mit der Peitsche. Aber oben stolperte

Helenchen über das Panneau und schon kehrte sie wie ein Schmetterling durch die Luft zurück.

»Noch mal. Anlauf: jetzt! Hopp!«

Vergebens! Das sechsjährige Mädchen stand zaghaft und mit schuldbewußter Miene vor dem Vater. Wenzel empfand unendliches Mitleid mit ihr.

»Es nützt nichts. Wiederholen. Jetzt!«

Berwitz schrie nicht einmal Hopp. Helenchen hatte das Tempo verloren.

»Noch einmal. Anlauf: jetzt! Hopp!«

Wenzel hätte fast mitgeschrien. Er fühlte genau, wie sie sich abstoßen müsse, um auf das Pferd zu springen, in den Beinen zuckte es ihm geradezu. Aber Helenchen konnte er damit nicht helfen. Dreimal nahm sie noch den Anlauf mit dem Seil auf dem Rücken, und jedesmal schnellte sie wie ein Fischchen an der Angel empor.

»Was ist denn heute mit dir los, Helenchen?« rief der Direktor ungeduldig.

»Papa..., ich..., ich kann nicht mehr...«, schluchzte die Kleine, von der Müdigkeit überwältigt.

»Ach was, kann nicht, kann nicht, sag mir bloß das nicht«, fuhr sie Berwitz an, »der Mensch kann immer, wenn er will. Für heute also genug.«

Er knallte mit der Peitsche, drehte sich um und ging fort. Sein Gehilfe band Helenchen vom Seil los, entfernte es aus der Rolle und begann es über die linke Hand und den Ellenbogen zu wickeln. Wenzel schoß hervor ud ergriff Miß beim Zügel, die stehenblieb, mit dem Kopf schüttelte und mit den Hufen stampfte.

»Darf ich dir Miß in den Stall führen, Helenchen?« redete er das kleine Mädchen an, das seine Glieder reckte.

»Du bist von hier?«

»Ja. Ich bin hier mit dem Vater neu. Aber ich kenne schon alles und reite auf der Mary, und Hans hat mir Mary und Miß und Fritz und Lady zu betreuen übergeben.«

»Da werden wir wohl zusammen reiten, weil Fritz und

Lady ein Paar sind und Mary und Miß das andere. Wie heißt du?«

»Wenzel Karas. Aber hier nennt man mich Vaschku.«

»Vaschku? Das ist ein Name?«

»Man ruft mich so.«

»Und wirst du mit uns fahren, Vaschku?«

»Ja. Im Achter mit Herrn Kerholec.«

»Ah, mit Karl. Ich bin mit Papa und Mama im Einser.«

»Ich habe keine Mutter mehr, aber wenn sie noch am Leben wäre, würde sie auch mit uns fahren und uns die Wäsche waschen und zwischen den Wagen aufhängen. Ist es sehr schwer, auf ein Pferdchen zu springen?«

»Ich habe es früher schon gekonnt. Aber dann habe ich etwa zwanzigmal auf dem linken Fuß die Waage gemacht und jetzt habe ich keine Kraft mehr in dem Fuß.«

»Warum hast du dich nicht mit dem rechten Fuß abgestoßen?«

»Ich weiß nicht. Bei fünf Schritten kommt der Sprung gerade auf den linken Fuß.«

»Immer?«

»Immer.«

»Das ist komisch. Das muß ich auch einmal ausprobieren. Wirst du bei der Vorstellung sein?«

»Nein. Ich muß Mama beim Packen helfen.«

»Und wenn deine Mama mit den Schimmeln arbeitet?«

»Da gucke ich hier bei der Gradine zu.«

»Da werden wir uns vielleicht sehen. Wenn ich dann gerade ein Weilchen frei hab', komm ich hin. Auf Wiedersehen, Helenchen, ich muß Miß in den Stall bringen.«

»Auf Wiedersehen, Vaschku!«

Helenchen hopste davon, und Wenzel ging neben Miß wie ein alter Kutscher.

Hinter dem Pferdestall standen allerhand Kisten. Wenzel wollte es nicht aus dem Kopf, was Helenchen mit dem Absprung auf dem linken Fuß gemeint habe. Als er die Kisten erblickte, fiel ihm ein, daß er hier den Sprung aufs Pferd ausprobieren könne.

»Komm her, Alte, du bist Miß und ich bin der Kunstreiter und springe auf deinen Rücken. Hü-hott, lauf schön, und nicht scheu werden! Na, Kleine, na, Miß, Achtung, Anlauf mit fünf Schritten – jetzt! Hopp!«

Er stieß sich mit dem linken Fuß ab, sprang an das obere Ende der leeren Kiste auf, die niedriger war als das Pony. Er kam jedoch nicht bis hinauf, stieß an die Kiste, so daß sie umkippte, Wenzel darauf fiel und sich das Schienbein anschlug.

»Verdammt, das hat gereicht. Na, Alte, steh auf. Ich muß es noch mal probieren. Schärfer abstoßen, höher emporheben! Noch mal! Den Anlauf wiederholen. Fünf Schritte – jetzt!... und hopp!«

Diesmal kam er bis hinauf, verlor aber das Gleichgewicht, die Kiste wackelte beim Aufspringen, kippte um, und er konnte grade noch abspringen.

»Pfui, Miß, was fällt dir denn ein, so mit dem Reiter umzugehen! Und Sie, mein Herr, müssen besser federn und die Fußspitzen mehr seitwärts stellen. Wiederholung. Anlauf – jetzt... und hopp!«

Wieder landete er auf der Kiste und fiel herunter.

»Kruzitürken, jedesmal wirft sie mich herunter, das verdammte Luder. Schön stehenbleiben, Miß! Und noch mal. Anlauf – jetzt... hopp!«

Jetzt kam er bis hinauf, die Kiste wackelte, aber Wenzel hielt sie mit gespreizten Beinen im Gleichgewicht.

»Siehst du, dummes Luder, daß ich dich klein kriege! Nochmal!«

Er sprang von der Kiste herab und nahm von neuem Anlauf. Wieder gelang es. Dann ging es schon ganz sicher, fünfmal, achtmal sprang er auf die Kiste und behielt immer das Gleichgeicht. Er bemerkte, daß er sich dabei jedesmal mit dem linken Fuß abstieß. Er änderte also den Anlauf und stieß sich mit dem rechten Fuß ab. Der linke kam früher auf der Kiste an, er zog den rechten nach, konnte ihn aber nicht bis hinauf bringen und fiel herunter, ebenso beim zweitenmal. Erst als er es zum drittenmal versuchte, konnte er sich mit Mühe im Gleichgeicht halten.

»Hm, es geht doch besser mit dem linken Fuß. Versuchen wir's noch einmal. Anlauf – jetzt!«

Wenzel besaß nicht genug technisches Vorstellungsvermögen und nicht genügend Erfahrung, als daß er hätte erkennen können, daß es daher kam, weil er von links, vom Innern der vorgestellten Manege, aufsprang. Ihm genügte es wie den meisten primitiven Zirkusleuten, daß es mit dem linken Fuß besser ging, und von nun an stieß er sich immer mit dem linken Fuß ab. Er sprang noch einige Male auf seine hölzerne Miß, bis ihn der Vater zum Essen rief.

Zwischen der Suppe und den Zwetschkenknödeln erfuhr er von Kerholec und den anderen, wer die Bewohner des blauen Zirkuswagens waren. Achmed Roméo war der Nachkomme einer alten tunesischen Komödiantenfamilie, deren Berberblut sich längst mit italienischem und französischem vermischt hatte. Es war eine der besten ikarischen Nummern auf dem Festland – als eine glänzend durchgeführte Bodenakrobatik. Vater und Kinder bildeten eine Gruppe, bei der selbst die Dreijährigen schon ihre Rolle hatten, die darin bestand, daß sie mit über den Kopf gehobenem Bein auf der Spitze der Pyramide schwebten.

»Ihr könnt sagen, was ihr wollt«, begann jetzt Malina, »was dieser Achmed mit seinen Kindern zeigt, ist die alte Schule in ihrer reinsten Ausführung. Da wird so ein Junge zu allem ausgebildet. Die Gelenke lockern sich auf, das Rückgrat wird geschmeidig, damit kann der Kerl dann alles werden…«

»…sogar Minister«, fügte Vosátka ironisch hinzu.

»In früheren Zeiten«, fuhr Malina unbeirrt fort, »war jeder, der nicht solch eine Schule durchgemacht hatte, beim Zirkus unmöglich. Schon einem Vierjährigen wurden die Gelenke und das Rückgrat gebogen und gedreht! Ja, das nenne ich von der Pike auf arbeiten. Dann konnte er ruhig meinetwegen Dompteur oder Seiltänzer oder Dummer August werden, und wenn alles schiefging, hatte er immer noch die Möglichkeit, sich als Akrobat sein Brot zu verdienen. Und vor allem – niemand passierte etwas, außer, wenn es Gott gewollt hat. Ich habe einen gewissen Corini gekannt, der in Wirklichkeit Körner hieß, aber als Künstler nannte er sich Corini, der hat auch so angefangen. Seine Lieblingsnummer war der ›Marschierende Knoten‹. Dabei rollte er sich so zusammen, daß man nicht wußte, wo die Hände und wo die Füße waren. Er sah wirklich wie ein Knoten aus. Plötzlich kamen daraus zwei Hände zum Vorschein, und das Ganze setzte sich in Bewegung. Der Hintere war oben, der Kopf irgendwo unten, die Beine auf dem Rücken, es war ein fürchterlicher Anblick. Später, nach Jahren, wurde dieser Corini Tierbändiger und kaufte sich zwei Tiger. Ich glaube, es waren sibirische, das sind die schlimmsten. Er ging zu ihnen in den Käfig und wollte sie dazu abrichten, auf Sockeln Männchen zu machen und dabei zu salutieren. Ich sagte ihm damals: ›Körner, du bist wohl verrückt geworden, sind denn Tiger zum Salutieren da?‹ Aber er gab nicht nach. So quälte er die Tiere schon etwa ein halbes Jahr mit den Sockeln und dem Salutieren, schlug und stach sie dabei, wie es damals eben gemacht wurde, nicht mit Betteln und Schmeicheln, wie es unser Gambier tut. Die Tiger waren wütend und fauchten nur so vor Wut, ich hab' immer gesagt: ›Heilige Mutter Gottes, aus dem Corini wird bestimmt einmal Hackfleisch und aus den Tigern ein Teppich.‹ Der Tierbändiger lachte nur, wie mir so etwas überhaupt einfallen könne, und prahlte, daß die Tiger die Pranken schon bis zur Brust heben und eines Tages bestimmt richtig salutieren würden. Aber es kam, wie ich es erwartet hatte: der größere von beiden sprang ihn einmal im Käfig an. Corini merkte aber, wie er sich zum Sprung duckte, und wich aus. Jetzt wurde der andere wütend, hörte auf, Männchen zu machen, und glitt vom Sockel herunter, um ihn von der anderen Seite anzugreifen. Corini befand sich zwischen beiden und ließ plötzlich Peitsche und Gabel fallen. Wir starrten ihn alle entgeistert an, und mit einemmal rollte sich Corini zusammen und machte den ›Marschierenden Knoten‹. Die Tiger waren darüber so entsetzt, daß sie wie verrückt im Käfig umhersprangen, ja, es war ein Wunder, daß sie einander nicht umstießen. Zum Schluß sprangen sie mit einem Satz auf die Postamente, machten Männchen und salutierten mit der rechten Tatze, und der Knoten marschierte an ihnen wie bei einer Parade vorüber.«

»Da hast du uns, lieber Malina, wirklich eine spannende Geschichte erzählt«, bemerkte Buresch und zerschnitt dabei einen Knödel. »Dein Akrobat hat also ein hohes Alter erreicht?«

»Keine Spur«, antwortete Malina in seinem ruhigen Ton. »Kurz nach diesem Vorfall sprang Körner vom Bock des Zirkuswagens, rutschte aus, und das Rad fuhr ihm über das rechte Bein. Es war natürlich gebrochen, die Wundärzte leimten es ihm zwar wieder zusammen, aber nicht so, wie es sein soll, und so mußten sie es ihm zum zweitenmal brechen. Dabei entzündete es sich, wurde ganz geschwollen, und Corini starb schließlich daran. Man muß sich eben, wie ich schon vorhin gesagt habe, vor Gottes Fügung in acht nehmen.«

»Da hast du recht«, knüpfte Kerholec an Malinas Erzählung an, »daß es nicht schadet, wenn sich so ein Junge von klein auf im Springen und Fallen übt. Wenn ich an deiner Stelle wäre, Anton, würde ich den Jungen ordentlich ins Zeug nehmen. Hier geht es vor allem darum, daß er keine Chance versäumt. Zelte aufstellen, Pflöcke in die Erde schlagen und Segel aufziehen, das bringt er immer fertig, aber Wenzel kann es bei seiner Geschicklichkeit zu etwas mehr bringen. Ist es nicht die höchste Pflicht des Vaters, seinem Jungen die Gelegenheit dazu zu geben? Und die Sache des Jungen ist es, sie nicht zu versäumen.«

»General Kerholec spricht wie ein Buch«, fiel jetzt Vosátka ein, »wie die vollkommenste, vom Autor genehmigte Bibel der Königlich Britischen Bibelgesellschaft. Wenn etwa noch ein abschreckendes Beispiel dafür nötig ist, so möge der Herr Vorredner nur ruhig auf mich zeigen. Ich bin ganz seiner Meinung. Kerholec lebe hoch!«

»Ihr seid alle sehr brav, Jungens«, entgegnete Karas verlegen, »ich werde mein Lebtag nicht vergessen, wie mich Kerholec da unlängst aus der Patsche gezogen hat, und wie ihr alle Wenzel und mich hier aufgenommen habt. Dabei handelt es sich ja eigentlich gar nicht um mich. Ich hab' mich schon damit abgefunden, daß ich jetzt, statt bei Millner, eben bei Kerholec in der Truppe bin. Ganz gleich ist es mir ja nicht, warum sollte ich euch etwas vormachen? Von euch weiß keiner, was es für eine Freude ist, wenn man einen hübschen, klingenden Ziegelstein in die Hand nimmt, ihn abwägt und dann schön ordentlich zwischen die anderen legt und zusieht, wie daraus allmählich anderen Menschen ein Wohnhaus wächst. Karlchen Kerholec hat mir erzählt, wie sinnvoll und hübsch es ist, in ein paar Minuten ein Zelt aufzurichten, damit in zwei Stunden darin gespielt werden kann, und es dann wieder in wenigen Minuten niederzureißen. Das sehe ich auch alles gern ein und freue mich darauf, aber ihr dürft mir's nicht übelnehmen, mein Handwerk bleibt mir eben doch das liebste, und ich werde wohl immer ein bißchen wehmütig den Maurern bei ihrer Arbeit zusehen.«

»Da schaut euch mal den Herzog von Mauerstein an«, sagte Vosátka, »das klingt ja nicht gerade sehr bescheiden.«

»Halt's Maul, Sergeant«, mischte sich Kerholec ein, »und du, Anton, sprich weiter. Hier muß alles klar sein.«

»Ich meine nur«, fuhr Karas fort, »daß es sich hier ja

nicht um mich handelt, sondern um meinen Wenzel. Für ihn bedeutet es schließlich ein ganzes Leben, nicht wahr. Das ist eine verdammte Verantwortung für mich – soll, kann, darf ich aus ihm einen Komödianten machen? Das Kind gehört ja nicht nur mir, es ist doch auch Mariechens Kind, und in dieser Hinsicht ist es gleich, ob die Mutter tot ist – ein Anrecht auf den Jungen hat sie, und dieses Anrecht geht über mein Gewissen. Wir haben zwar, das ist ja wahr, eigentlich nie darüber gesprochen, was aus dem Jungen werden soll. Aber wozu auch? Wir dachten natürlich beide, daß er einmal Maurer werden sollte, wie sein Vater, mit einer Hütte für den Winter, wenn die Arbeit ruht. Aber wie soll ich bloß einmal meinen Nachbarn im Dorf sagen: Nehmt mir's nicht übel, aber ich bin zum Zirkus gegangen, und aus Wenzel ist ein Komödiant geworden. Das ist wirklich keine Kleinigkeit für mich, so ein schwerwiegender Entschluß, seid mir darum nicht böse, meine lieben Freunde, aber das kann ich nicht so einfach tun. Wenn es ein Gewerbe oder ein Handwerk wäre!..«

»Liebe Kameraden«, ergriff jetzt Buresch mit besonderem Nachdruck das Wort, um eine schnippische Bemerkung Vosátkas zu vereiteln, »erlaubt mir, daß ich auch in eurem Namen unserem Landsmann die volle Anerkennung dafür ausspreche, daß er seine väterlichen Pflichten so ernst nimmt. Gewiß, fürs Vaterland sollst du vor allem deinen Sproß erziehen. Aber du darfst nicht vergessen, teurer Böhmerwäldler, daß das, was dich am meisten quält, eigentlich nur Vorurteile sind, törichte Vorurteile der menschlichen Gesellschaft denen gegenüber, die sich von ihrer lügnerischen und heuchlerischen Gemeinschaft losgesagt haben. Du berufst dich auf dein Geburtsdorf und deine Nachbarn. Aber das Gebirgsdorf vermag nur ganz wenige von denen zu ernähren, die dort geboren sind, und die übrigen müssen ihr Brot in der Fremde verdienen. Soweit sie können, tun sie es mit ihrem Handwerk. Gewiß, das Handwerk hat einen goldenen Boden.

Aber manchmal ist es nur ein goldenes Sieb, und dann bleibt nicht viel von dem Wohlstand übrig. Was tust du dann, verehrter Landsmann? Alles, was du kannst – und dein Handwerk hängst du an den Nagel. Du bläst sogar Trompete, damit du dich ernährst, und das ist kein Handwerk mehr, das ist auch schon eine Kunst, genau so wie die, welche dein Wenzel erlernen soll. Bedenke, teurer Freund, wir wollen nicht, daß aus Wenzel ein Landstreicher und Gauner wird. Im Gegenteil, wir raten dir, daß du ihn ordentlich bis zur künstlerischen Vollendung ausbilden läßt, weil dann niemals ein Pfuscher und Nichtstuer aus ihm werden kann. Wenn du trotz allem schlecht dabei fahren solltest, so kann er immer noch den Zirkus verlassen und deinem Maurerhandwerk nachgehen. Zeit wird er hier nicht verlieren. Lesen, schreiben und rechnen bringe ich ihm schon bei, und was das übrige betrifft, so lernt er hier mehr als in jeder Schule.«

»Meiner Ansicht nach, Anton«, sagte Kerholec, »wird es dir bei uns besser gehen als auf der Baustelle. Deshalb bist du ja auch hier. Aber du hast ganz recht, daß es sich nicht um dich und um uns handelt. Wir sind hier schließlich auch nur Arbeiter, aber Wenzel könnte es schon zu etwas Höherem bringen, wenn er jetzt mit der Ausbildung anfinge. Er hätte eine Stellung wie Kapitän Gambier oder Pablo Perreira, vielleicht sogar wie Direktor Berwitz. Hier kann er sich emporarbeiten, und glaub mir's, da würde auch deine Verstorbene nichts einzuwenden haben.«

»Würdiger Staatsrat«, ertönte plötzlich Vosátkas Stimme, »ihr geruht hier über die künftige Krönung Beschlüsse zu fassen und habt dabei nich nicht einmal den Kronprinzen gefragt, ob er die Krone überhaupt haben will. Sag einmal, Wenzel, wo gefällt es dir besser, zu Hause in Oberschneedorf oder hier beim Zirkus.«

»Ach was, Oberschneedorf«, grinste Wenzel, »das läßt sich gar nicht vergleichen.«

»Aber dein Vater möchte gern einen Maurer aus dir machen.«

»Vater!« Wenzel sah Anton Karas fest in die Augen. Und wieder zogen sich die Pupillen des Knaben so merkwürdig zusammen, wie er es immer tat, wenn er zu etwas fest entschlossen war. »Das ist doch nicht dein Ernst! Ich hab' schon ein Pony hier, und Herr Gambier hat mir versprochen, daß ich mit den Löwenbabys spielen werde, und Herr Arr-Schehir will mich auf dem Elefanten reiten lassen – nicht wahr, Vater, wir bleiben beim Zirkus?«

Wenzel streckte seinem Vater die Hände entgegen, und Karas wurde es weich ums Herz. Er umarmte den Jungen mit seinen abgearbeiteten Händen.

»Du willst wirklich dein ganzes Leben beim Zirkus bleiben, Wenzel?«

»Ja, Vater, nichts sonst auf der Welt!«

»Du willst springen und reiten und alle Kunststücke lernen, die du hier gesehen hast?«

»Ja, Vater, das möchte ich«, antwortete Wenzel mit glänzenden Augen, »auf der Mary reiten, das ist keine Kunst, das kann ich schon. Und Mary ist klein. Aber in vollem Galopp auf ein großes Pferd springen... und das, was die schwarzen Jungen machen, zum Teufel, wenn ich das könnte, da würden sie erst was erleben!«

»Weißt du auch, daß das alles nicht leicht ist und viel Arbeit gibt und daß dich dabei der ganze Körper schmerzen wird?«

»Macht nichts! Wenn ich in den Wald Bäume fällen ginge, wie die Jungen, wenn sie groß sind, würde ich mich auch schinden müssen. Hier habe ich Pferdchen und Löwen und Tiger und einen Elefanten und werde in einem Häuschen mit Rädern fahren...«

Karas fühlte, wie seine Einwände der kindlichen Begeisterung gegenüber immer schwächer wurden. Wenzel war ganz rot vor Eifer, und die alten Zirkusleute betrachteten ihn mit Wohlgefallen.

»Aber bedenke doch, Wenzel, was dein Pate dazu sagen wird,wenn du als Komödiant nach Hause kommst?«

»Was er sagen wird? Die Augen wird er aufreißen, wenn ich auf dem Santos ins Dorf geritten komme und Santos auf dem Dorfplatz auf den Hinterbeinen tanzen wird. Alle werden herbeilaufen, Svoboda, Berka, Cikhart, Zelenka, und Augen machen, weil sie ein so schönes Pferd noch nicht gesehen haben. Vielleicht komme ich auf dem Elefanten geritten und sag' ihm etwas... und der Elefant wird eine Rose pflücken und sie Cerhas Ännchen geben. Ich werde dabei Sprünge machen, daß sie einfach sprachlos sein werden. Vor allem springen muß ich können. Ich bin schon auf eine Kiste gesprungen, als ob es Mary wäre, aber das ist alles nichts, ich muß noch viel mehr können. Wenn's auch weh tut.«

»Bravo«, rief Vosátka beifällig. »Nur immer drauf los und keine Angst haben. Marquis de Karas, diesen Sprößling dürfen Sie nicht vernachlässigen, der kann Ihrem verkalkten Wappen zu neuem Glanz und neuer Ehre verhelfen.«

»Roméos Jungen haben dir also gefallen?« fragte Kerholec.

»Na, gefallen haben sie mir gerade nicht«, antwortete Wenzel selbstbewußt, »es sind solche Knirpse, daß man sich mindestens mit fünf auf einmal herumbalgen müßte. Aber springen können sie wie die Affen. Das will ich auch lernen und dann spring' ich Pompon mit beiden Beinen auf den Rücken.«

»Wenzel«, sagte Karas gerührt, »wenn dir Gott seinen Segen dazu gibt, ich will dir dein Glück nicht verwehren.«

»Ich glaube«, sagte Kerholec jetzt zu Karas, »daß du mit Achmed Roméo sprechen solltest. Er wird mindestens ein Jahr bei uns sein und könnte Wenzel ordentlich ins Zeug nehmen. Übrigens ist es am besten, wenn ich selbst mit dem Berber spreche. Du wüßtest ja nicht, was du ihm sagen sollst.«

Gleich nach Mittag nahm Kerholec Wenzel zu dem blauen Zirkuswagen mit. Herr Roméo empfing ihn äußerst höflich, denn er wußte bereits, wie wichtig es im Zirkus Humberto war, mit Kerholec gut auszukommen. Sie sprachen in einer fünften Sprache miteinander, wie Vosátka zu sagen pflegte, das heißt, in einer, die eigentlich aus vier Sprachen bestand. Aber sie verstanden einander ausgezeichnet. Herr Roméo begann Wenzel schweigend – und das kam bei ihm selten vor – die Arm- und Beinmuskulatur zu betasten. Dann machte er mit ihm allerhand Bewegungen der Gliedmaßen und des Rumpfes; Wenzel hätte vor Schmerz fast laut aufgeschrien, als der schwarze Kerl probierte, wie weit Wenzel die Arme und das Rückgrat durchbiegen könne. Zum Schluß versprach Roméo Herrn Kerholec, täglich den Körper seines Schützlings tüchtig durchzuarbeiten und einen gewandten Bodenakrobaten aus ihm zu machen. Wenzel war bei dieser Unterredung nicht ganz geheuer zumute. Er fühlte, daß er von der einfachen, ein wenig rauhen, aber um so herzlicheren Pflege seines Vaters unter das Kommando eines halbwilden Gewaltmenschen kam, der jeden Schmerz verlachte und und unbarmherzig sein Ziel verfolgte. Aber in diesem Augenblick war Wenzel entschlossen, über Pablo, ja über jeden beliebigen anderen zu triumphieren und, wenn nötig, selbst Qualen zu erdulden.

Als er am Nachmittag während der Produktion der Pferde zum Tor gelaufen kam und dort Helenchen vorfand, erklärte er ihr: »Wenn du wieder aufs Pferd springst und es dir nicht gelingt, so mach dir nichts draus. Ich bin jetzt Akrobat und zeig dir dann, wie man es macht.«

Die Abschiedsvorstellung war so tadellos wie jede andere, und keiner der Zuschauer hatte auch nur eine Ahnung davon, daß hinter dem Zelt eine große Übersiedlung begann, und daß in Abständen von zwei bis drei Nummern jedesmal das gerade frei gewordene Personal mit den Tieren den Zirkus verließ. Nur die Ställe blieben noch besetzt, damit sie die vornehmen Gäste während der Pause besichtigen konnten. Direktor Berwitz ging in seiner persischen Uniform durch alle Ställe und schärfte den Pferdeknechten ein, wie sie nach der Pause die Abfahrt auszuführen haben. Dabei fiel sein Blick auf die Umzäunung der vier Shetlandpferdchen.

»Wer wird die Ponys führen?« fragte er Hans.

»Vaschku«, antwortete Hans, »wird auf der Mary reiten, und die übrigen drei gehen mit ihm. Ich werde übrigens neben Vaschku fahren und auf ihn achtgeben.«

»Vaschku, Vaschku«, grübelte der Direktor nach, »wer heißt hier Vaschku?« Diesen Namen hatte er noch nicht gehört. Aber er wollte Hans nicht fragen, damit es nicht aussehe, als ob Direktor Berwitz sein Personal nicht kenne. Kurz darauf wurde der Löwenkäfig herausgefahren, und Kapitän Gambier kam gerade von der Manege. Die Reprise mit dem Clown füllte die Vorbereitungspause für die nächste Nummer aus.

»Den Löwenjungen geht es gut, soviel ich weiß«, redete Gambier den Direktor an, »Madame hat mir gesagt, daß sie munter sind und ordentlich trinken.«

»Agnes gibt sich viel Mühe mit ihnen«, antwortete der Direktor, »in der letzten Nacht hat sie kaum ein Auge zugedrückt, sie hat sie bei sich im Bett gehabt, und sie sind die ganze Nacht unruhig gewesen. Wenn wir's schaffen, werden es unsere ersten Löwenjungen sein. Bisher haben wir kein Glück mit ihnen gehabt.«

»Wir wollen's hoffen, Direktor. Wenn sie aus dem Ärgsten draußen sind, könnte jemand mit ihnen in der Pause im Publikum herumgehen und Geld in einen Teller sammeln. Die Leute streicheln und liebkosen so ein Löwenjunges gern, und dabei kommt auch noch etwas für ihre Ernährung herein. Das könnte am besten Vaschku besorgen. Vaschku ist aufgeweckt und fürchtet sich nicht. Bei jeder Fütterung ist er bei mir.«

»Vaschku – ja natürlich, Vaschku. Das ist ein guter

Einfall. Danke, Kapitän. Also Vaschku«, nickte der Direktor und sagte sich dabei im stillen: »Vaschku ist also kein Kutscher!«

Gleich nach seiner Nummer eilte Berwitz zum Zirkuswagen, dem schönen, großen Wagen Nummer 1, um sich rasch umzukleiden. Helenchen packte mit Tante Elise gerade verschiedene Sachen ein. Plötzlich hob Helenchen den Kopf.

»Nächstens darfst du mir nicht mehr böse sein, Vater, wenn mir der Sprung aufs Pferd wieder nicht gelingt. Vaschku hat mir versprochen, daß er mir zeigt, wie man es macht.«

»Wer? Vaschku?«

»Ja.«

»Vaschku macht sich«, mischte sich Frau Hammerschmidt ins Gespräch, »ich habe mir gleich gedacht, daß es eine Akquisition sein wird.«

Die Tür öffnete sich, Agnes kam von der Produktion zurück.

»Damit ich's nicht vergesse«, wandte sich Berwitz zu ihr, als er sie erblickte, »Gambier hat eine gute Idee. Er meint, man könnte die Löwenbabys herumzeigen, sobald sie ein bißchen größer sind.«

»Ja. Er hat es mir schon gesagt. Vaschku wird sie auf dem Arm tragen.«

Peter Berwitz wurde rot im Gesicht und mußte sich beherrschen, um nicht mit der Faust auf den Tisch zu schlagen. Der ganze Zirkus, seine Familie schien in einen Vaschku vernarrt zu sein, und er, der Patron, hatte nicht die leiseste Ahnung von ihm! Trotzdem sagte er immer noch nichts, zog schnell seinen Zivilrock an und stürzte aus dem Wagen zum Zweier hinaus. Dieser Wagen war die fahrende Buchhaltung des Unternehmens, das Arbeitsfeld des Vetters Steenhouwer.

»Frans«, fuhr Berwitz den Buchhalter an, »wer ist Vaschku?«

Steenhouwer nahm die Brille ab und sah ihn verständnislos an.

»Was wünschst du, Peter?«

»Daß du mir um Gottes willen sagst, wer von unserem Personal Vaschku heißt und was er ist.«

»Vaschku? Den Namen hab' ich im Leben nicht gehört.«

Steenhouwer holte, um sich zu vergewissern, das Personalverzeichnis hervor und schlug den Buchstaben V auf.

»Nein..., bei uns gibt es keinen Vaschku.«

»Das ist ja blendend!« rief Berwitz und sah ihn verdutzt an. »So etwas ist mir noch nicht vorgekommen. Kutscher, Dompteur, Kaskadeur und weiß Gott was noch alles, und ich habe keine Ahnung von ihm!«

Steenhouwer sah ihn ebenfalls ratlos an. Berwitz drehte sich um und ging ohne Gruß hinaus. Aus dem Anbau hinter der Menagerie kam der Elefant Bingo hervorgeschaukelt, auf dessen Kopf der Kornak Arr-Schehir mit einem weißen Turban saß.

»Arr-Schehir! Hast du nicht Vaschku gesehen?« rief Berwitz, als der Elefant langsam an ihm vorüberschaukelte.

»Vaschku? Yes!« nickte der Inder lächelnd. »Vaschku dort!«

Er wies mit dem Finger nach der Bude. Berwitz stieß durch die Hintertür hinein. Die Vorstellung war schon beendet, die stufenförmig ansteigenden Sitze waren menschenleer und ins Halbdunkel getaucht. Oben über der gelben Scheibe der Manege fiel schräg das Sonnenlicht ein, und darin tanzten die aufgewirbelten Staubkörnchen.

»Vaschku!« schrie der Direktor.

Es war die einzige Art, wie er endlich den geheimnisvollen Mann kennenlernen konnte.

»Vaschku!« hallte es durch den leeren Raum. Berwitz ging bis zur Mitte der Manege.

»Vaschku!«

Der Vorhang beim Tor bewegte sich kaum merklich, und ein kleiner Junge stürzte, die Mütze schief auf dem Kopf, in die Manege. Als er den Direktor erblickte, blieb er drei Schritte vor ihm auf dem Sägemehl stehen und salutierte.

»Du bist Vaschku?«

Peter Berwitz, der Emir der Weißen Pferde und Oberst der persischen Kavallerie, der türkische Pascha und Inspektor der kaiserlichen Pferdeställe des Padischah, der Direktor und Inhaber des Zirkus Humberto, seiner Ställe und Menagerie, stand mit den Miniaturen seiner exotischen Orden an dem peinlich gebügelten Rock vor dem Knirps, der ihn mit seinen munteren Augen forschend ansah.

»Also du bist Vaschku?«

»Ja, Herr Direktor.«

Berwitz erinnerte sich, daß er in den letzten zwei Tagen den Jungen ab und zu durch die Gänge und Ställe hatte flitzen sehen

»Und was tust du hier?«

»Bitte, alles, was gebraucht wird.«

»So, so. Was bist du denn eigentlich?«

»Noch nichts. Aber ich will etwas werden.«

»Hm, und was willst du werden?«

»Alles. Ich werde reiten und springen und Tiger bändigen und Lipizzaner vorführen.«

»Nein, so was – und der Elefant? Willst du nicht auch Elefanten dressieren?«

»Oh, Bingo kann mich gut leiden, und wenn Herr Arr-Schehir nicht mehr auftreten kann, übernehme ich vielleicht Bingo und werde mit ihm zu Mittag essen.«

»Da schaut's her!« rief der allmächtige Peter nun schon recht belustigt. »Und wie wär's, Direktor möchtest du nicht sein?«

»Doch.«

»Direktor von so einem Zirkus wie der Zirkus Humberto?«

»Von einem noch größeren. Wenn ich Direktor wäre, hätte ich acht Elefanten und einen riesigen Löwen- und Tigerkäfig und viele, viele Pferde…«

»Also sollten wir eigentlich Angst vor dir haben?« lachte Berwitz nun schon aus vollem Halse.

Wenzel grinste. Er fühlte, daß er sich etwas erlauben dürfe.

»Das brauchen Sie nicht – ich würde Sie alle bei mir engagieren, Sie, die Frau Direktor und Frau Hammerschmidt und Helenchen und Kapitän Gambier und Hans – und Herrn Selnicki da auch.«

Der baumlange Kapellmeister war vor einigen Minuten aus dem Halbdunkel aufgetaucht und verfolgte zum erstenmal interessiert die Szene in der Manege.

»Bei dir sind wir also gut angeschrieben, Vaschku?« scherzte der Direktor.

»Hm!« nickte Wenzel mit weit aufgerissenem Mund und sah den Direktor dabei mit seinem spitzbübischen Blick an, der ihm schon so viele Freunde gewonnen hatte.

»Vaschku!« tönte es von den Ställen her.

»Herr Hans ruft mich…«

»Na, wenn dich Herr Hans ruft, da muß ich dich schon entlassen. Alou!«

Wenzel salutierte und sauste davon. Berwitz wandte sich, immer noch lächelnd, zu Selnicki.

»Haben Sie den Jungen gehört? Mir scheint, in dem steckt etwas.«

»Mir ist er auch aufgefallen, Herr Direktor.«

»Wem gehört denn der Junge eigentlich?«

»Kerholec hat einen neuen Zeltarbeiter hergebracht, Karas heißt er. Er kann nicht Noten lesen, aber ein Euphonist ist er, den man unter fünfzig anderen heraushört. Wenn der einen Ton ansetzt, hat man das Gefühl, als ob man von einer Frau gestreichelt würde. Nun, es ist halt ein tschechischer Musikant. Und Vaschku ist sein Junge.«

»So also ist es«, Berwitz nickte mit dem Kopf, »endlich weiß ich etwas über ihn.«

»Ich habe ihn da unlängst auf Mary gesehen, der Junge ist ganz in sie vernarrt. Und eins möchte ich Ihnen noch sagen, Herr Direktor: Vaschku auf der Mary und Ihr Helenchen auf der Miß, das wäre ein großartiges Entrée für Bingo. Wenn die beiden Kinder auf den Ponys den Elefanten hereinführten, das wäre ein Effekt. Dazu würde ich das Intermezzo ›Gulliver unter den Zwergen‹ spielen – Direktor, das ist eine Flasche Rheinwein wert.«

»Selnicki, Sie sollen sie haben. Sie sind der einzige, der hier überhaupt einen Einfall hat. Menschenskind, wo könnten Sie schon sein, wenn Sie ein bißchen mehr für den Zirkus übrig hätten als für Ihr ewiges Gesaufe! Servus, Selnicki, ich muß gleich mal Hans auftreiben, daß er dem Jungen das Reiten bald ordentlich beibringt, Hans!«

»Hans ist schon fort, Patron«, meldete Kerholec, als Berwitz hinter dem Vorhang erschien. »Soll ich ihm etwas ausrichten?«

»Nein, nicht nötig«, antwortete Berwitz, »das werde ich schon selbst erledigen.«

Er zog einen kleinen Bleistift aus der Tache, schob die linke Manschette ein wenig hervor und schrieb darauf:

»Helenchen – Vaschku – Bingo, Selnicki, Johannisberg.«

Die letzten Reitpferde, die mit Decken zugedeckt waren, um sich nicht zu erkälten, verließen die Ställe. Die Menagerie war bereits völlig leer, nur der alte Harwey humpelte noch darin herum und fuhr mit seinem Stock in verschiedene Abfälle, ob nicht etwas Wertvolles darunter sei. Das Gelände hinter dem Zelt war fast leer. Drei Viertel der Wagen waren verschwunden. Jetzt standen ungefähr noch dreißig Pferde da, die den Kopf emporwarfen und ungeduldig mit den Hufen die Erde scharrten. Die Stallmeister und Kutscher spannten sie zu viert nebeneinander, dann schwangen sie sich selbst in den Sattel und eine ansehnliche Kavalkade leichtfüßiger, temperamentvoller Tiere setzte sich in leichten Trab. Wenzel ritt auf seiner kleinen Mary neben dem Kutscher Hans. Dann fuhr der erste der hinteren Zirkuswagen los und schaukelte, von einem Pferdepaar gezogen, langsam hinter dem Pferdetransport her. Auch die anderen Wagen hatten bereits ihr Gespann und die Kutscher standen bei den Pferden.

Jetzt setzte sich der Einser in Bewegung und danach der Zweier, der Dreier, der Fünfer; dann kroch Harwey mit zwei Besen und einer Glasperlenschnur, die er gefunden hatte, in seinen Wagen, und auch der Vierer fuhr los. Jetzt tauchte Kerholec mit dem Wächter, der ständig das Gelände bewachte, auf, warf die Tür des Anbaues zu, sperrte sie ab und gab den Schlüsselbund dem Wächter, der ihm glückliche Reise wünschte.

»Alles in Ordnung!« rief Kerholec Karas zu, der ihm das Pferd übergab. »Fahrt den anderen nach und überholt sie unterwegs, damit ihr am Morgen an der Spitze seid. Servus!«

Das Pferd sprang vor und war in wenigen Augenblicken mit Kerholec verschwunden. Karas stieg zu dem Kutscher hinauf. Als die Pferde anzogen, bekreuzigte er sich unwillkürlich. In diesem Moment hatte er ein beklemmendes Gefühl. Sie bogen in die belebten Hamburger Straßen ein, erreichten Harweys Wagen, hängten sich an ihn an und dann fuhren sie langsam über das holprige Pflaster aus der Stadt hinaus, auf die mit Kot bedeckte Landstraße, in immer dichteres Dunkel, in unbekannte Gegenden, als letztes Glied einer langen Karawane von Menschen, Tieren und Wagen, die sich gleichmäßig durch den feuchten Wind vorwärts bewegte, tausend Wünsche und Hoffnungen im Herzen.

Wie hieß doch nur der Ort, wo sie übernachten würden? –

»Buxtehude«, antwortete der Kutscher neben Karas.

Buxtehude, Buxtehude, Buxtehude. Ein merkwürdiger

Name, wie eine Beschwörungsformel klang es. Geheimnisvoll und rätselhaft, wie alles, was man erwartete.

Buxtehude, Buxtehude. Das Klappern der Pferdehufe, das Holpern des Wagens – flüsterte einem nicht alles den einen unheimlichen, unbekannten Namen zu: Buxtehude...

Anton Karas sitzt auf dem Kutscherbock und starrt in die naßkalte Finsternis. Allmählich entschwinden auch die mächtigen Birken an der Landstraße seinem Blick, nichts ist mehr zu sehen, nichts zu erkennen, nur aus dem Fensterchen von Harweys Wagen kommt ein matter Schein. Alles andere hat das Dunkel verschluckt und begraben... Buxtehude, Buxtehude.

Eine Erinnerung nach der anderen steigt aus diesem fremden Klang in ihm auf und jede flüstert ihm in der melodischen Mundart seiner Heimat zu: Wie geht's wohl jetzt Wenzel auf dem Pandurenpferdchen! Und Wenzels Mutter, Mariechen... wär' sie nicht ganz außer sich... die Ärmste dort unten in Oberschneedorf unter der kleinen Lärche... und du, ihr Mann, auf der Fahrt nach... ja, wie heißt es doch bloß? Buxtehude... Nun, wenn's der Herrgott gewollt hat, da muß es halt sein, da geht's eben nicht anders... was nützt es, daß du dich grämst... Und wenn sie dich weiß der Teufel wohin fahren, überall ist Gottes Erde!

Zweiter Teil

1

Einen Mann im Zirkus Humberto kannten die beiden Karas noch nicht. Er hieß Gaudeamus. Es war ein merkwürdiger Name, aber die Zirkusleute hatten keine Ahnung, daß er etwas bedeutete. Auch machte es ihnen Schwierigkeiten, dieses fremd klingende Wort im Gedächtnis zu behalten. Malina, der ihn am längsten kannte, nannte ihn einfach Gajdámosz oder Läufer. Und damit hatte er nicht so unrecht. Gaudeamus hatte lange, dünne Storchenbeine, die für seinen Beruf geradezu symbolisch waren. Mehrere Wochen, bevor der Zirkus seine Tournee begann, begab er sich mit einem Mitarbeiter in einem breiten Landauerwagen auf eine Rundreise, die ihm Direktor Berwitz in groben Zügen vorgezeichnet hatte. Seine Aufgabe war es, dem Zirkus überall den Boden vorzubereiten. Er mußte bei den Behörden die erforderlichen Genehmigungen einholen, die Unterkunft in den Städten sicherstellen und die Reklametätigkeit eröffnen. Herr Gaudeamus hatte mit Stadtbürgermeistern, Bezirkshauptleuten, Polizeipräsidenten, Gendarmeriekommandanturen, mit Rittergutsbesitzern, Garnisonskommandanten, manchmal aber auch mit Ministerialräten und selbst mit Ministern zu verhandeln. Von der Art seines Auftretens, von der Überzeugungskraft seiner Worte, der Kunst seiner Argumentation und seiner Fähigkeit, einflußreiche Fürsprecher zu gewinnen, hing die gesamte Organisation der Tournee ab. Herr Gaudeamus mußte jede Stadt auf ihre voraussichtliche Kapazität hin abschätzen können, um dem Zirkus Humberto möglichst hohe Einnahmen zu sichern. Wenn das alles erledigt war, mußte Herr Gaudeamus die Zeitungsredaktionen aufsuchen, um mit ihrer

Hilfe dem Zirkus beim Publikum die notwendige günstige Atmosphäre zu schaffen; dann kam die Vorbereitung und Affichierung der Plakate, und manchmal hatte er sogar die Lieferung des Futters für alle Tiere des Zirkus und der Menagerie sicherzustellen. Es war ungeheuer viel, was er auf eigene Faust, fern vom Unternehmen und dennoch von steter Sorge darum geleitet, unternahm. Sogar im Winter reiste er mit dem Zug in Europa umher, um in den wichtigsten Städten den Boden vorzubereiten, insbesondere für Reisen ins Ausland. Vom Frühjahr bis zum Winter verbanden ihn nur Post und Telegraph mit dem Zirkus Humberto.

Für diese Aufgaben bedurfte es nicht nur außerordentlicher Fähigkeiten, sondern einer geradezu leidenschaftlichen Arbeitsfreude. Der große, schlanke Herr Gaudeamus mit seinem in der Mitte gescheitelten Vollbart, dem glatten, glänzenden Haar, dem scharfen Blick seiner Augen und dem ständigen Lächeln auf den Lippen wußte die Menschen für sich zu gewinnen und hatte eine wahre Arbeitswut. Wenn aber ausnahmsweise doch einmal der Zauber seiner Persönlichkeit und all seine Überredungskunst versagten, nahm er aus der Brieftasche aus einem besonderen Fach eine Visitenkarte hervor, die nur wenige Menschen kannten und auf der kurz zu lesen war: Rittmeister Baron von Schönstein. Mit diesem Wunderschlüssel öffnete er auch das letzte widerstrebende Schloß.

Die Visitenkarte war nicht gefälscht. Baron Max von Schönstein hatte bei den österreichischen Ulanen gedient und das fragwürdige Glück gehabt, daß man ihn seit seinen Leutnantsjahren mit den weltabgeschiedensten Garnisonsnestern Galiziens und der Bukowina beehrte – ihn, den schönen Max, der gewohnt war, mit seiner hohen Gestalt die Wiener Promenaden zu blenden und an den Vormittagen stolz durch den Prater zu reiten. Und doch ereilte gerade ihn ein kleines Mißgeschick: er war mit dabei, als der »verrückte Erzherzog« auf dem Pferd über den

Sarg sprang, den man in der kleinen ärmlichen Brigittenau gerade zu Grabe trug. Seine Majestät wurde sehr böse, als ihr der Adjutant von dem unliebsamen Zwischenfall Meldung erstattete, der die Dorfbewohner so sehr empört hatte. Des Herrschers Zorn fiel auch auf den schönen Max, der augenblicklich nach Stanislawow abkommandiert wurde. Und jetzt begann sein wildester Lebensabschnitt: wüste Trinkgelage, leidenschaftliches Kartenspiel, rasende Pferderitte, vergebliche Interventionen in der Hauptstadt, allerhand Liebesabenteuer, die häufig an Entführung und andere Vergehen gegen das Strafgesetz grenzten. Sein Leumund war in dieser Hinsicht alles andere als glänzend, aber ein richtiger Soldat war Baron Schönstein, das mußte man ihm lassen, und ein ausgezeichneter Reiter. Von den Pferderennen kam er immer als Sieger zurück. Darin konnte sich das Regiment auf ihn verlassen. Diese Eigenschaft und ein gewisser Oppositionsgeist bei der Kavallerie, der einen heimlichen Kampf gegen die kaiserlichen Verordnungen und Befehle führte, sicherten dem schönen Max trotz aller Ungunst von oben her das Vorwärtskommen. Anders lagen die Dinge jedoch mit seinem Vermögen. Er hatte im Lauf der Jahre mehrere Millionen Silbergulden geerbt, aber der Großteil davon war bereits im voraus einer Bande galizischer Wucherer verpfändet, die dem Herrn Baron sein ungezügeltes Leben ermöglichten. Das waren Dinge, über die ganze Legenden erzählt wurden. Eine davon betraf sogar den Zirkus Humberto, den der Oberleutnant Baron Schönstein aus Lemberg zu einer Sondervorstellung nach Kolomeja eingeladen und dort vier Tage vom Direktor bis zum letzten Pferdeknecht bewirtet hatte.

Dann kam der Unfall in Mezöhegyesi: beim Sprung auf die irische Bank stürzte sein Hengst Kolibri und brach sich das Rückgrat, und Schönstein war so zugerichtet, daß man ihn acht Wochen im Spital zusammenleimen und zusammenpflastern mußte. Als er das Spital verließ, war er ein halber Invalide, der sich auf kein Rennpferd mehr wagen konnte. Er wurde dem Verwaltungsdienst zugeteilt, und diese Erniedrigung konnte er nicht verwinden. Jahre der Verbitterung folgten. Das Familienvermögen war zu nichts zerronnen, sein Reiterruhm verflogen, nur der Einkauf von Remonten, Futtermitteln und Geschirren blieb von allem übrig. In dem verbitterten Baron wurden plötzlich Talente wach, die seinem Großvater zu dem Titel eines Barons verholfen hatten. Über seine Einkäufe liefen allerhand Gerüchte um, aber Rittmeister Baron Schönstein blieb immer noch der schöne Max, dem man seinem unwiderstehlichen und gewinnenden Lächeln zuliebe in der Gesellschaft alles verzieh. Nur er selbst war trotz seines verführerischen Äußeren durchaus nicht zufrieden. Seine Beschäftigung entsprach weder seinem Ehrgeiz noch seinem unruhigen Blut, und außerdem fühlte er, daß er, falls er sich nicht bald aus den Geldmachinationen herausbrächte, seine Karriere mit einem ordentlichen Skandal beenden würde.

Zu dieser Zeit kam der junge Berwitz zu seinem bewährten Mäzen, um anzufragen, ob er nicht wieder eine Sondervorstellung für die Garnison veranstalten könne, und fand den adeligen Offizier am Rande des völligen Ruins. Nach ein paar Wochen setzte sich Baron Schönstein in die fahrende Buchhaltung des Zirkus Humberto, nach Ablauf eines Jahres aber fuhr er im Landauer als Herr Gaudeamus durch die Welt. Er setzte durch sein tadelloses Benehmen und gewandtes Auftreten jedermann in Erstaunen, und alle, die mit ihm in Berührung kamen, fühlten, daß der liebenswürdige Herr Gaudeamus sich in einer geheimnisvollen Hülle verberge. Desto besser gelang es ihm, seine Ziele zu erreichen, und desto besser ging es dem Zirkus Humberto. Peter Berwitz rieb sich die Hände, daß er wieder einmal den geeigneten Mann gefunden hatte.

Dieser rätselhafte Herr Gaudeamus war also die erste

Etappe im Heer des Zirkus Humberto. Die zweite hatte Karl Kerholec zu besorgen. Als erster besichtigte er den Platz, den Herr Gaudeamus für den Zirkus ausgesucht hatte, und sein erfahrenes Platzmeisterauge bestimmte, auf welcher Seite der Zirkuseingang und wo der Kulissenraum sein sollte. Darauf steckte er sofort den inneren Umkreis der Manege auf der Erde ab, dann den Umfang des Hauptzeltes, den Grundriß des vorderen quadratischen Zeltes und der hinteren gedeckten Gänge zu den Ställen und Menagerien. Inzwischen kamen bereits die Arbeits- und Werkzeugwagen, die einzelnen Arbeitsgruppen sprangen heraus, und jede eilte an ihre besondere Arbeit.

Dann fuhren die Wagen mit den Käfigen vor und dahinter die eigentlichen Zirkuswagen, die Wohnwagen der Menschen, vor allem der große Direktionswagen und dann die übrigen, manche prächtig ausgestattet, andere wieder uralte Häuschen, die einfach auf ein Fahrgestell aufmontiert waren. Wenn alles glatt und ohne Zwischenfälle ging und die ganze Mannschaft eingearbeitet war, brachte es Kerholec fertig, das Chapiteau einschließlich der Nebenzelte in zweieinhalb Stunden aufzustellen und herzurichten. Allerdings mußten da alle Hände mithelfen.

Langsamer ging es in größeren Städten, wo Berwitz mit Vorliebe in voller Parade einzog. Da konnte nur ein Teil der Arbeitskräfte für die Zeltarbeiten freigemacht werden, während die anderen noch bei den Tieren blieben. Irgendwo an der Stadtperipherie sammelte sich die Kavalkade, Männer und Frauen zogen ihre buntesten Kostüme an und fuhren dann unter Trompetenschall und den Marschklängen von Selnickis Kapelle in die Stadt ein, größtenteils zu Pferde, mit den Raubtieren, die in ihren Käfigen auf den Wagen fuhren, mit der bunten Menge der anderen Tiere, die im Zug geführt wurden, und dem riesigen Bingo, dessen monumentale Erscheinung den Höhepunkt dieser klingenden, bunten und von aller Welt geliebten Reklame bildete.

2

Das war also die neue Welt der beiden Karas. Früh, wenn der Morgen dämmerte, begann die Arbeit und dauerte bis zur Dunkelheit, manchmal sogar bis tief in die Nacht hinein, und sie wickelte sich in strenger, unveränderlicher Reihenfolge ab, schien die ganze Zeit, Stunde für Stunde, in Anspruch zu nehmen und brachte dennoch fast jeden Tag ein unerwartetes Ereignis, das blitzschnelles Eingreifen, rasche Improvisation, Scharfsinn und Praxis erforderte. Hier war Kerholec in seinem Element, der sich in allem sofort zu helfen wußte und überall richtig einzugreifen verstand. Und seine tschechische Arbeitsgruppe war gleichsam die eiserne Garde des Zirkus Humberto, immer mit den schwierigsten, verantwortungsvollsten Aufgaben betraut. Gewiß bedeutete all das eine schwere, anstrengende Arbeit und die Anspannung aller Kräfte, zugleich aber auch eine gewisse Sonderstellung. Die übrigen Arbeiter sahen zu den Männern aus dem Achter geradezu mit Verehrung empor, und die Künstler behandelten sie als ihresgleichen.

So schien nach außen immer alles gleich zu sein, und dennoch: wie verschieden gestaltete sich hier mit einemmal das Leben des Vaters und des Sohnes! Anton Karas lebte sich rasch ein, und sein angeborener Scharfsinn ließ ihn bald mit seinen Aufgaben vertraut werden. Er reinigte und betreute die Pferde, hielt den Stall Bingos in Ordnung, ging den Pferdedresseuren und Kunstreiterinnen an die Hand, baute das Zelt auf, um es dann wieder abzureißen, spielte in Selnickis Musikantengruppe, half da und dort aus, sprach nirgends ein überflüssiges Wort, aber überall merkte man sofort die Spuren seiner geschickten Hände. Er konnte nicht müßig bleiben, und das Vielerlei der Arbeit, der ständige Übergang von einem zum andern machte ihm Vergnügen. Wenn sie unterwegs in einem Dorf bisweilen an einem Neubau vorbeikamen und Karas das Gerüst eines Häuschens und den Mauermeister mit seinen Gesellen sah, schaute er ihnen aufmerksam zu, wie sie sich bei der Arbeit anstellten, aber wehmütig war ihm dabei nicht ums Herz. Er hatte jetzt wieder sein Tagewerk und war von dem gleichen Willen beseelt wie die anderen: dem Willen zu rascher, verläßlicher Arbeit. Nicht einmal unterwegs mochte er untätig auf dem Wagen sitzen, bald übernahm er vom Kutscher die Zügel und lernte kutschieren und mit einem schweren Wagen fahren. Dann sah er wieder irgendwo in einem Schuppen ein brauchbares, trockenes Stück Holz und schon war für eine neue Arbeit gesorgt. Für ein paar Wochen blieb es sein Geheimnis, von dem niemand, ja nicht einmal Kerholec etwas wissen durfte, aber eines Tages rief er sie dann herbei, zwinkerte ihnen zu und wies auf die Hinterseite des Zirkuswagens: in beiden oberen Ecken waren zwei aus Holz geschnitzte Pferdeköpfe festgeschraubt und über dem Eingang ein tellergroßes Rad, aus dem ein Elefantenkopf mit Stoßzähnen und Rüssel hervortrat. Es war wirklich sehr hübsch ausgeführt, und der Wageneingang sah plötzlich wie das Tor eines Lustschlößchens aus. Die Achterinsassen beäugten es mit anerkennenden Worten von allen Seiten und brachten nach und nach den ganzen Zirkus herbei, damit er sich ihre Attraktion ansehe. Alle lobten Karas' Geschicklichkeit, aber die höchste Begeisterung verursachte das Ebenbild Bingos bei Arr-Schehir. Bevor er ein Wort des Lobes hervorbrachte, kreuzte er die Arme über der Brust und verneigte sich vor dem Bild des Elefanten. Und so oft er dann am Achter vorbeikam, blickte er jedesmal über die Wagentür und verneigte sich ehrerbietig, um das heilige Tier zu grüßen, das Brahma in seiner himmlischen Herrlichkeit, in jeder Hand eine Sonnenhälfte haltend, bereits am ersten Tag erschaffen hat.

Selbst Direktor Berwitz kam, um sich das kleine Wunder anzusehen. Er betrachtete die Köpfe der Tiere und erklärte, daß seiner Meinung nach die Pferdeköpfe etwas zu starke Mähnen hätten, aber sonst seien sie tadellos, und der Elefant ebenfalls. Und sich zu Karas wendend, schlug er diesem vor, er sollte gelegentlich zwei sich aufbäumende Pferde schnitzen, die man über dem Tor oder an einer Loge, der »Königsloge«, unterbringen würde.

»Wenn's weiter nichts ist, Herr Direktor«, antwortete Karas, »das läßt sich in der Freizeit an den Abenden schon machen, wenn Sie mir hartes Holz verschaffen. Aber zuerst muß ich noch etwas für Frau Hammerschmidt schnitzen. Sie hat es sich heute vormittag für ihren Wagen bestellt. Sie möchte gern über ihrem Kassenfensterchen eine Glücksgöttin mit einem Horn haben. Ich habe es ihr versprochen..., aber ich weiß nicht recht, wie es aussehen soll. Ich habe noch nie eine Göttin mit einem Horn gesehen.«

»Eine Göttin mit einem Horn?« wiederholte der Direktor und schüttelte erstaunt den Kopf. »Was ist denn der Närrin da eingefallen? Eine Göttin mit einem Horn! Da hat sich das Frauenzimmer bestimmt geirrt, sie hat sicher eine Ziege mit einem Horn gemeint, verstehst du, Anton, ein Einhorn – das ist so ein Tier aus dem Märchen. Schnitze ihr nur eine Ziege mit einem Horn an der Stirn, das paßt gerade zu ihr. Die Hammerschmidt – und eine Göttin!«

Peter Berwitz muß noch unterwegs, als er fortging, laut darüber lachen, wie er beim Mittagessen die Schwägerin damit necken würde, daß sie sich für ihren Wagen statt einer Ziege eine Göttin bestellt hatte.

So fand denn Anton Karas im Zirkus im großen und ganzen ein gutes Unterkommen, besser, als er es sich vorgestellt hatte. Aber sein kleiner Wenzel machte ihm große Sorgen. Er mochte lieber nicht daran denken und erst recht nicht sehen, was mit Wenzel vor sich ging.

3

Gleich am ersten Tag von Wenzels Akrobatentraining ging Karas auf einen Sprung zum blauen Zirkuswagen, um zu sehen, wie es dem Sohn dabei ginge. Aber was er da sah, ließ ihm vor Entsetzen fast das Herz still stehen. Denn der Berber stemmte sich mit dem linken, waagerecht ausgestreckten Bein gegen die Wagentreppe und Wenzel lag mit dem Rücken darauf. Der Kopf und die Arme hingen auf der einen Seite hinunter, die Beine auf der anderen, und der rohe, halbwilde Karl drückte ihm mit beiden Händen die Brust und die Knie hinunter, als wollte er Wenzel das Rückgrat brechen.

»La ilaha illalah«, keuchte er dabei, denn er stemmte sich mit voller Kraft gegen den Jungen, »voilà, wie es kracht und knackt... maschallah, die Knochen biegen sich... die Gelenke dehnen sich... alles schmerzt, ich weiß schon, mio ragazzo, halt nur fest... ich muß dir slogare il dorso, den Rücken durchbiegen, la spina, tutto scheletro, das ganze Skelett... oh, oh la vertebra... bene, bene, benissimo... voilà...«

Karas hörte zwischen den Rufen des Berbers nur das Schluchzen, Seufzen und Stöhnen seines Sohnes. Er konnte sein Gesicht, das durch das eindringende Blut dunkelrot war und sich vor Schmerz verzerrte, nicht sehen. Er sah nicht, wie er die Zähne verzweifelt in die Lippen biß und ihm aus den Augen unwillkürlich die Tränen hervorschossen. Er stürzte hastig vorwärts und hatte nur noch den einen Gedanken: dieser grausamen Quälerei ein Ende zu bereiten. Da lief jedoch schon Paolo auf ihn zu, der neben seinem Vater stand und alles beobachtet hatte. Er trat Karas in den Weg und ließ sich mit dem Ruf: »Ecco, signore, ecco...« sacht rückwärts zur Erde nieder, bis er mit den Händen den Boden berührte, ja sogar die Beine erreichte. Indem er sie an den Waden ergriff und den Kopf mit lachendem Gesicht zwischen den Knien durchstreckte, begann er so vor Karas hin- und herzulaufen und umherzuspringen, bis er sich mit einem Satz blitzschnell aufrichtete, eine tiefe Theaterverbeugung machte und rief: »Fa niente, signor Antonio, das ist nichts... schauen Sie...» Und er machte auf der Stelle drei Saltos.

Wirklich bewirkte er dadurch, daß sich Karas von seinem ersten Schreck erholte und sich umwandte, um die Quälerei nicht sehen zu müssen. Hatte er doch Kerholec mit Handschlag versprochen, sich in nichts hineinzumischen, was Achmed mit dem Jungen unternehmen würde. Kerholec wußte, daß es eine Tortur sein würde, und er war überzeugt, daß der gesunde Junge alles aushalten könne und Achmed selbst den Jungen entließe, sowie er das Gefühl hätte, daß der Bub für die Ausbildung ungeeignet sei. Schließlich gab es doch noch eine Hoffnung: daß Wenzel am Mittag erklärte, er könne das unmöglich aushalten.

Karas ging also fort, aber er mußte doch jemandem sein schmerzerfülltes Herz ausschütten, und so vertraute er dem ersten, den er gerade traf, seinen Kummer an. Zufällig war es Arr-Schehir, der nachsehen kam, was sein Bingo machte, als Karas dessen Stall säuberte. Der Inder hörte den kummervollen Worten ernst und aufmerksam zu. Als er sich zwischen die Vorderbeine Bingos, der ihm mit dem Rüssel liebkosend ins Ohr und hinter den Hals blies, gesetzt hatte, antwortete er ebenso ernst und nachdenklich mit der Weisheit seiner fernen Heimat:

»Erhabene Dinge sind voller Rätsel. Einzig der Mensch, dem eine Fee die Lotosblüte gereicht hat, kann durch verschlossene Türen hindurchgehen. Aber auch er vermag es nicht auf der Stufe seiner Geburt. Das Höchste eröffnet sich nur dem Höchsten. Alle Menschen werden gleich geboren: auf der tiefsten Stufe. Allein durch dauernde Wiedergeburt steigen sie immer höher empor. Erkenntnis ist Leiden. Wer leidend zu ihr gelangt, ist ein anderer Mensch geworden, hat eine höhere Stufe erreicht. Der Weg der verwandelnden Wiedergeburt und der des Leidens ist ebenso lang wie der Weg zur Weisheit. Jede Kunst hat ihre Gesetze. Das kürzeste Gesetzbuch hat die Kunst der Liebe. Das längste die Kunst, Elefanten zu hüten. Ein Heiliger hat es in zwölftausend Jahren geschrieben, als er im paradiesischen Urwald mit den Elefanten wie mit seinesgleichen an der Seite seiner Mutter lebte, die eine von einem bösen Yogi in eine Elefantin verzauberte Göttin war. Wer sich so oft durch Leiden verwandelt hat, daß er zu den letzten Geheimnissen des Gesetzbuches gelangt, wird König der Elefanten, die ihm selbst schweigend folgen, um ihm zu dienen. Aber ach, ein Menschenleben reicht nicht aus für so viele Verwandlungen. Man muß sehr oft geboren werden und sehr viel leiden, um König und Herr der heiligen Tiere zu werden. die Weisen nehmen das Leiden auf sich und werden dadurch weiser. Ich habe Bingo gesehen, wie er deinem Wenzel ins Gesicht atmete und seine Hände betastete. Bingo sieht, was wir nicht sehen können. Bingo weiß, das Vaschku die Lotosblume trägt. Bingo wartet auf Vaschkus Wiedergeburt, und Bingo wird sie erleben. Vaschku wird durchhalten.«

Arr-Schehirs Stimme ging in Gesang über, und der Elefant wiegte sich über dem Inder im Takt dazu. Karas, der sich auf die Schaufel stützte, hatte ihn nicht verstanden; es war ihm, als hörte er ein tröstendes Evangelium. Arr-Schehir beendete seinen Gesang und hob die Hand in die

Höhe. Der Elefant umfing seinen Körper, hob das linke Bein, das nicht angebunden war, und stellte Arr-Schehir auf seine Knie. Arr-Schehir richtete die Handflächen mit bogenförmig ausgestreckten Fingern empor und streichelte sanft das Augenlid des Elefanten. Die Ohren Bingos zitterten. Arr-Schehir verbeugte sich vor ihm. Und der Geheiligte nahm Arr-Schehir und stellte ihn vorsichtig und behutsam auf den Boden. Dieser verneigte sich abermals vor dem Elefanten und verließ den Stall.

Karas fühlte sich ein wenig beruhigt, aber gleich darauf flüsterte ihm sein kritischer Verstand zu: Von dem hast du nicht viel erfahren. Du bist wieder dort, wo du vorher warst. Er legte sein Werkzeug fort und ging ins Chapiteau. Im Tor standen die beiden Vettern Gevaerts und warteten, bis die Manege für ihre Probe frei würde. Als Karas sie erblickte, fiel ihm ein, daß diese beiden doch viel bessere Fachleute seien als der Inder. Als er den älteren von ihnen, Albert, den er schon vom Sehen her kannte, gegrüßt hatte, bat er ihn um Rat, was er tun solle.

Dieser empfing ihn einsilbig. Bald jedoch begann er aufmerksam seinen kummervollen Worten zuzuhören und rief schließlich auch noch seinen Vetter Gustav herbei.

»Komm her, Gust, das ist interessant. Herr Anton ist der Vater von Vachku, du kennst ihn doch auch, er ist jetzt bei Achmed zur Ausbildung. Roméo fängt damit an, daß er Vaschku das Rückgrat biegt. Wie macht er es? Das Bein gegen die Wagentreppe gestemmt, und der Junge liegt darauf? Natürlich auf dem Rücken? Und er drückt ihn, als wollte er ihm das Rückgrat brechen? Und dann wirft er ihn auf dem Bein abwechselnd nach oben und unten?«

Karas antwortete mit einem schmerzlichen Kopfnicken, und beide Akrobaten sahen einander an.

»Siehst du, Bert, das wird das Richtige sein!«

»Ja, Gust. Vater hat immer gesagt, daß die Komödianten früher für jeden Trick eine besondere Methode hatten.«

»Wir dagegen haben geich mit dem Affensprung angefangen. Das durchgebogene Rückgrat ist es, was uns eben fehlt.«

»Und dabei ist es unerhört einfach: übers Knie legen. Das hat der Vater auch mit mir gemacht, aber umgekehrt...«

»Man lernt eben nie aus. Schade, daß es für uns schon zu spät ist. Aber wenn ich heiraten sollte, Bert, würde ich meinen Kindern schon von fünf Jahren an das Rückgrat durchbiegen.«

»Ja natürlich, Gust, je eher, desto besser. Das ist eine fabelhafte Beobachtung, die du da gemacht hast, Anton. Wir können nicht einfach zu dem Berber gehen und ihm bei der Arbeit zugaffen. Aber du wirst es jetzt täglich verfolgen, du könntest uns jedesmal sagen, was Achmed mit Vaschku macht.«

»Aber alles, Anton, alles, wie er ihm die Gelenke bricht, wie er ihn zusammenpreßt, wie er seinen Körper dehnt und krümmt, ob er einen Knoten aus ihm macht und ob er ihn mit den Füßen stößt...«

»Um Gottes willen!« rief Karas entsetzt.

»Ja. Also, wenn er ihn stoßen sollte, gib genau acht, wohin, in welchen Körperteil und wie oft er es tut. Ich nehme an, daß für gewisse Übungen das Stoßen eine äußerst nützliche Sache ist...«

»Vor allem mußt du darauf achten, ob er mit der Fußspitze oder mit der Fußsohle stößt. Ich glaube, mit der Fußsohle.«

»Nun, und wenn dann die Ohrfeigen drankommen..., na, Vaschku wird uns schon selbst zeigen, wie Achmed Ohrfeigen austeilen lehrt...«

Die beiden Gevaerts waren plötzlich in Feuer geraten und bekamen allerhand sadistische Gelüste. Karas, der bei ihnen Trost gesucht hatte, war schon ganz übel davon.

»Herr Albert, um Himmels willen..., kann das der Junge denn aushalten? Sollte er nicht lieber damit aufhören?«

Die beiden Akrobaten sahen ihn verdutzt an.

»Ach so«, sagte Albert endlich und verfiel wieder in seine ernste Nachdenklichkeit, »sei kein Narr, Anton. Entweder hat Vaschku das Zeug dazu oder nicht. Wenn's nicht in ihm steckt, läuft er schon jetzt Achmed davon, und keine zehn Pferde bringen ihn mehr dazu. Weil er aber noch nicht da ist, steckt's in ihm. Und in einer Woche fühlt er von alledem nichts mehr.«

»So ist es, Anton«, fügte Gustav Gevaerts hinzu, »glaub uns, daß es die beste Schule ist. Hab' ich nicht recht, Bert?«

»Natürlich hast du recht, Gust. Gambier räumt schon seinen Käfig fort, mach schnell, bevor die Pferde kommen.«

Karas hatte das peinliche Gefühl, daß er bei diesen beiden nicht hätte Rat suchen sollen. Jetzt kam gerade Kapitän Gambier an ihn vorbei. Karas grüßte ihn: »Bonjour!«

»Bonjour..., oh, c'est Anton... ich sehen Vaschku bei Achmed... gratuliere... famos, famos... il est vraiment magnifique, ce petit gar... Vaschku ist bravo, sehr bravo...«

Karas verneigte sich höflich, und es war ihm dabei nur noch schlimmer zumute. Mochte er sich im Zirkus wenden, an wen er wollte, alle billigten Achmeds grausame Tortur. Nur zwei Menschen fand er, die ihm ein wenig Verständnis entgegenbrachten: Frau Hammerschmidt rang die Hände, als ihr Karas die Morgenszene bei dem blauen Zirkuswagen beschrieb, rief immer wieder »Schrecklich! Entsetzlich!« und »Das herzensgute Kind!« und versprach, am Nachmittag für Vaschku zwei Stück

Kuchen vom Mittagessen mitzubringen, damit sich der arme Kerl das Leben wenigstens ein bißchen versüßte. Der zweite, der mit der Brutalität Achmeds nicht einverstanden war, war Herr Selnicki. Der Blick des Kapellmeisters war ein wenig verschleiert, als er Karas zuhörte. Dann fiel sogar eine Träne von seinen Wangen, aber Karas wußte sehr gut, daß er sie nicht etwa einer plötzlichen Rührung zuschreiben dürfe. Herr Selnicki hörte auch alles ruhig mit an, trank einen Schluck, schnalzte mit der Zunge und sagte: »Na ja, was kann man da schon erwarten. Meiner Ansicht nach soll ein siebenjähriger Bub Klavier spielen lernen. Aber du kannst doch das Klavier nicht einfach in die Menagerie ziehen. So ist es nun einmal im Leben und in der Kunst. Servus.«

Nach allen diesen Unterredungen blieb schließlich doch die ganze Angelegenheit davon abhängig, was Wenzel am Mittag sagen würde.

Als Karas zum Achter kam, saß Wenzel bereits auf der Wagentreppe.

»Nun, mein kleiner Wenzel, wie war's bei Achmed?«

»Gut, Vater«, antwortete Wenzel mit ungewohntem Ernst. »Es wird schon gehen.«

»Was habt ihr denn geübt?«

»Zwei Stunden hat er mir gezeigt, wie man Tanzschritte macht und dem Publikum dankt.«

»Wie – dankt.«

»Ja, Herr Achmed sagt, daß danken und sich vor dem Publikum verbeugen das Schwerste ist, weil es nach allen Seiten gehen muß. Er will, daß es ganz vorschriftsmäßig durchgeführt wird, und meint, daß es hier niemand mehr kann.«

»Aber ich bin am Morgen dort gewesen und habe etwas ganz anderes gesehen... wie er dir das Kreuz durchgebogen hat!..«

»Du bist dabei gewesen, Vater?« Wenzel sah Karas scharf an.

»Ja... und ich habe gesehen...«

»Das darfst du nicht, Vater, das darfst du wirklich nicht.«

So hatte Karas Wenzel noch nie sprechen gehört. Etwas von einem Erwachsenen klang in seiner Stimme und etwas Entschiedenes, genau so wie bei seiner Mutter.

»Und warum sollte ich nicht dürfen...?«

»Weil du's nicht aushalten würdest, Vater«, sagte Wenzel bestimmt und fügte hinzu: »Und ich werde es aushalten.«

Dann siegte in ihm wieder der kindliche Ton, und er wiederholte mit knabenhaftem Eigensinn:

»Ich werde und muß es aushalten und werde besser springen als Paolo.«

4

Peter Berwitz hatte in letzter Zeit keine leichte Arbeit als Direktor. Durch die kühne Expedition nach Rußland und Asien hatte er sich zu den führenden Unternehmen Europas aufgeschwungen, aber seine Position war deshalb durchaus noch nicht gesichert. Berwitz wußte nur zu gut, daß man beim Zirkus dauernd um die Führung kämpfen muß, soll nicht ein rascher Abstieg und schließlich der völlige Zusammenbruch kommen. Jeder Artist muß in der Manege täglich um den Erfolg kämpfen, ständig seine Leistung erhöhen und verbessern, aber auch der Zirkus als Ganzes muß dauernd kampfbereit sein und alle seine Kräfte bis zum Äußersten anspannen. Das war ja gerade das Schöne, daß man hier in ununterbrochener Tätigkeit, in stetem Feuer und unaufhörlicher Erregung lebte. Berwitz war glückselig, wenn man das ruhige Hamburger Winterquartier verließ und sich im vollen

Tempo der Tournee befand, der Reise mit ihren unzähligen Hindernissen, plötzlichen Unfällen, unerwarteten Schwierigkeiten, bei denen er als erster aus dem Wagen springen, entscheidend eingreifen, Anordnungen geben und handeln konnte. Aber es gab nicht nur solche Episoden, der Direktor mußte vor allem auch an das Unternehmen als zentrales Gesamtwerk denken, dessen Niveau nicht sinken durfte und dessen Leistungen an Vollkommenheit und eleganter Schönheit unter allen Umständen aufrechterhalten werden mußten, damit es nicht von der Konkurrenz überflügelt werde. Peter Berwitz sah allmählich eine unangenehme Wolke am Zirkushimmel heraufziehen: Kranz.

Was war Kranz damals gewesen, als Peter noch an der Seite des Vaters und des Großvaters den großen Zirkus Humberto mit der Menagerie geleitet hatte? Ein einfacher Reiter in der Manege des alten Briloff, dessen Unternehmen sich Königlich Preußische, allgemein konzessionierte Reiter- und Künstlergesellschaft nannte. Und was war Kranz, als Peter der alleinige Herr des Zirkus Humberto wurde? Direktor eines armseligen Unternehmens, das aus acht Menschen, Kranz und seiner Familie mit eingerechnet, und zehn Pferden bestand. Allerdings war Kranz ein geborener Komödiant, der Sohn eines Seiltänzers, der selbst ebenfalls als Seiltänzer ausgebildet worden war; dann hatte er bei dem berühmten und unvergeßlichen Peter Mahyeu reiten gelernt und war schließlich Jahre hindurch erster Kunstreiter bei jenem Briloff gewesen, wo er auf vier Pferden stehend in gestreckter Carriere ritt, auf dem freischwebenden Seil arbeitete, als Athlet auftrat, voltigierte und auf dem Rücken ungesattelter Pferde Saltos schlug und selbst die Battude, einen Salto vom Sprungbrett über acht Pferde, ausführte. Als er sich aber nach Briloffs Tode mit seinem Schimmel Soliman selbständig machte, besaß sein Zirkus insgesamt eine Stallmeisteruniform, die einer nach dem andern anziehen mußte, um sich dem Publikum zeigen zu können. Ein solches Zwergunternehmen konnte Berwitz höchstens ein Lächeln entlocken. Als er aber selbst für drei Jahre ins Ausland ging und dann nach Deutschland zurückkehrte, mußte er mit Erstaunen wahrnehmen, was aus Kranz inzwischen geworden war. Dieser hatte sich in Berlin niedergelassen und war mit den berühmtesten französischen Zirkussen, wie Cuzent & Lejars oder Dejeans, in Wettbewerb getreten, die damals in Berlin ihre glänzendste Epoche hatten. Ja, er beherrschte Berlin wirklich, verdrängte die Franzosen, trat selbst an ihre Stelle, sein Unternehmen vergrößerte sich rasch, Kranz wurde immer waghalsiger und tollkühner und war schließlich für Berwitz tatsächlich eine gefährliche Konkurrenz geworden. Er fürchtete sich vor nichts, schreckte vor nichts zurück, schnappte die besten Reiter und Künstler Berwitz vor der Nase weg, wie beispielsweise Léotard, jenen fliegenden Franzosen, in den Paris fünf Jahre so vernarrt war, daß man sich allgemein à la Léotard kleidete. Das alles nur deshalb, weil Léotard täglich hoch oben in der Luft ohne Rettungsnetz den Todessprung, einen noch nie dagewesenen Sprung auf eine Entfernung von 27 Fuß durch das schaukelnde Trapez hindurch, wagte und ihn mit vollendeter Eleganz ausführte. Jetzt, da Léotard nicht bei Berwitz, sondern bei Kranz war, sagte sich Peter geringschätzig, was denn die Leute an diesem erbärmlichen Knirps gefressen hätten. Das sei doch gar kein Körper mit den kurzen dünnen Beinen und der sehnigen Muskulatur an den Schultern und Armen. Sagte doch Léotard selbst, daß er oben auf dem Trapez am glücklichsten sei, weil er sich dort nicht so häßlich vorkomme wie unten auf der Erde.

Aber Peter verfolgte doch mit besonderer Aufmerksamkeit alles, was Kranz unternahm. Vor allem war es Herr Gaudeamus, der in seinem Auftrag im Winter ab und zu nach Berlin fuhr, um dort für ein paar Tage als

Rittmeister und Baron hinter den Kulissen des Zirkus in der Friedrichstraße zu erscheinen und manches Geheimnis den gesprächigen Kunstreiterinnen, mitunter sogar Kranz selbst zu entlocken, der von Ehrfurcht der Aristokratie gegenüber besessen war und für die Gunst des Barons über die eigene Peitsche gesprungen wäre.

Von Herrn Gaudeamus wußte Peter, daß Kranz es jetzt auf alle möglichen menschlichen Mißgeburten für seine Attraktionen abgesehen habe und daß er wegen des Engagements einer gewissen Julia Pastrana, einer mexikanischen Sängerin, verhandle, die einen dichten schwarzen Vollbart und zwei Reihen Zähne besitze und alte mexikanische Romanzen singe. Ihre Schwester trat bei Kranz als Voltigereiterin auf. Jetzt kam aber von Julia aus Spanien, wo sie als Kuriosität auf den Jahrmärkten sang, die Nachricht, daß sich dort Yorick, ein Waldbewohner der Kordilleren, in sie verliebt habe, ein fürchterlicher Riese mit hervorstehenden Stoßzähnen, mit bläulichem Gesicht und einem zur Hälfte roten, zur anderen Hälfte gelbem Bart. Es hieß, daß Yorick im Käfig mit drei Bären auf einmal kämpfte und vor Gram darüber, daß ihn Julia abgewiesen hätte, beim Kampf einen Fehler begangen habe und durch den Biß eines Bären um ein Bein gekommen sei. So stand es in der Zeitung, und Kranz befahl darauf sofort seiner Kunstreiterin, der Mexikanerin mit dem Vollbart zu schreiben.

»Kranz ist ein tatkräftiger und zielbewußter Mensch, der viel kann, du darfst ihn nicht unterschätzen«, sagte Agnes Berwitz zu ihrem Mann, »aber mag er hundertmal seinen Zirkus Institut nennen, du weißt immer noch besser, was ein richtiger Zirkus ist.«

»Glaubst du, daß Kranz Fehler macht?«

»Ja, er macht Fehler, ebenso wie du sie machst. Wir alle machen Fehler. Aber eben darum geht es, daß du deine Fehler machst und nicht die von Kranz. Ein doppelköpfiges Kalb würdest du nicht in die Manege bringen, denn du würdest sofort fühlen, daß das für einen Marktschreier paßt, aber nicht für den Zirkus Humberto.«

Peter Berwitz, der nicht ganz sicher war, ob er dieses Kompliment verdiene, wechselte das Thema.

»Was machen die Löwenjungen? Heute habe ich sie mir noch gar nicht angesehen.«

»Es geht ihnen gut. Vaschku könnte anfangen, sie durchs Publikum zu tragen, sie sind schon vier Wochen alt.«

»Ach ja, Vaschku, richtig. Gut, daß du mich an ihn erinnerst. Ich muß mal fragen, wie es mit seinem Reiten steht. Da könnte ich ihn gleich die Nummer mit Helenchen einstudieren lassen.«

Berwitz streckte dabei die linke Hand aus, so daß die schneeweiße Manschette hervorschaute.

»Dann bitte ich dich noch, Agnes, daß du nie meine Manschetten in die Wäsche gibst, bevor ich mir nicht notiert habe, was darauf steht.«

5

Berwitz steuerte auf die Ställe zu und rief Hans herbei.

»Wie steht's mit Vaschku? Lernt er reiten?«

»Herr Direktor, Vachku ist uns untreu geworden. Vaschku ist, mit Verlaub, zu den Komödianten gegangen.«

»Was sagst du da?«

»Daß er zu den Komödianten gegangen ist, Herr Direktor. Ich muß mich über ihn beschweren. Er hat sich dem Afrikaner verschrieben, der seine eigenen Kinder mit den Füßen in die Luft wirft, und statt geduldig reiten zu lernen, ist er jetzt bei ihm zur Ausbildung und läßt sich von ihm den Leib massakrieren.«

»So, so«, Berwitz schüttelte den Kopf. »Vaschku nimmt die Sache ernster, als ich gedacht habe. Da hat ihn wohl sein Vater zu Achmed gegeben?«

»Ach, woher denn! Anton ist darüber ganz unglücklich. Ich will ja nichts behaupten, aber das hat wahrscheinlich Kerholec auf dem Gewissen. Er ist nicht bei den Pferden aufgewachsen, und ihm ist es ganz gleich, ob aus Vaschku ein Reiter oder ein Komödiant wird. Aber der, mit Verlaub, der hat das Zeug dazu, das sieht man gleich, wie er sich dabei anstellt und wie er die Pferde anzupacken versteht. Am besten würde es Herr Direktor an den Pferden erkennen. Shetlandpferde sind doch ziemlich starrköpfig, aber Mary folgt Vaschku aufs Wort. Der Junge ist ein geborener Pferdeknecht, sag' ich, Herr Direktor, und daß jemand vom Sattel zu den Komödianten überläuft, ist eine Schande für den ganzen Stall, Herr Direktor...«

Hans war ganz rot im Gesicht, so hatte ihn Berwitz noch nie gesehen. Berwitz mußte im stillen darüber lachen, wie der Kutscher die Akrobaten verachtete. Beim Zirkus herrschte im allgemeinen Gleichheit, aber bei den untergeordneten Leuten gab es offenbar doch noch Hierarchie und Standesstolz.

»Nun«, sagte Berwitz, »ich will mir das bei Achmed mal ansehen. Wenn es Vaschku ernst nimmt, hat es auch etwas für sich. Aber er reitet doch unterwegs auf der Mary?«

»Nun ja, das schon«, antwortete Hans, »der Schritt und der kurze Trab geht schon halbwegs, aber ein Genuß ist es gerade nicht, wenn man die Figur ansieht, wie er mit den Armen schlenkert, und auch das Pferd bringt er noch nicht ordentlich in Haltung, das will alles gelernt sein; und jetzt, wo ihm dieser Araber den Körper zurechtbiegt, kriecht er auf die Mary wie auf einen Ofen und sitzt auf ihr wie ein zerschundener Affe. Ein Wunder, daß er überhaupt noch Lust hat, sich in den Sattel zu setzen. Ich glaube, daß ihm dieser Schinderhannes den Leib noch zu Nudeln macht.«

»Hauptsache, daß er noch nicht die Lust zum Reiten verloren hat. Darin müssen wir ihn aufmuntern. Heute gibt es wenige Menschen, die sich so in ihr Handwerk verbeißen.«

»Das ist es ja gerade, Herr Direktor. Ich war damals noch bei Wollschläger, der die größten Kunststücke mit den Pferden aufgeführt hat, und der hat immer gesagt, daß ihm ein wirklicher Reitjunge ganze Jahre nicht mehr unter die Hände gekommen sei. Und so hab' ich mir gesagt: Hans – eigentlich sollte es mein Geheimnis bleiben, aber Herr Direktor sind ja der Prinzipal, nicht wahr, weshalb sollte ich also ein Geheimnis vor ihm haben – ich hab' mir also gesagt: Hans, du vertiertes Menschenkind, da dienst du nun dein ganzes Leben diesen Tieren – und unsere Pferde sind Prachtkerle, Herr Direktor, alles, was recht ist, durch die Bank lauter Prachtkerle – ich sag' mir also, du dienst diesen Prachttieren, und nichts bleibt nach dir zurück, aber auch rein gar nichts, und da ist dieser Junge, der einmal wie Guerra reiten könnte – wie, wenn du für ihn eine Nummer vorbereitest?«

»Eine Nummer für Vaschku?« Berwitz zog die Augenbrauen hoch und betrachtete Hans, der ordentlich in Hitze geraten war, etwas aufmerksamer.

»Ich hab' mir gedacht, daß es Erfolg haben müßte, wenn nach jeder großen Nummer mit den Hengsten und Stuten plötzlich unsere vier Ponys in freier Dressur in die Manege kämen und statt von Herrn Direktor von dem Jungen geführt würden, der wie ein Erwachsener in Frack und Zylinder und mit der Peitsche in der Hand auftreten würde. Ich könnte die Pferde dressieren und für die Nummer vorbereiten...«

Berwitz hatte aufmerksam zugehört und nahm Hans jetzt bei der Schulter.

»Erinnerst du dich noch, Hans, an die rote Weste, die

ich getragen habe, wenn ich die Rappen vorführte? Sie hat dir immer so gut gefallen.«

»Wie denn nicht, Herr Direktor? Mein Gott, war das eine Weste! Mit goldenen Knöpfen! Es war die schönste, die ich je gesehen habe. Ich habe häufig nicht einmal die Rappen gesehen, so sehr hat mir die Weste gefallen!«

»Paß auf, Hans, was ich dir sage. Wenn du mit Vaschku und den Ponys eine Nummer vorbereitest, die Erfolg hat, bekommst du die Weste.«

»Das ist doch nicht Ihr Ernst, Herr Direktor«, antwortete Hans verblüfft.

»Merk dir, was ich sage, gilt. Nur muß die Nummer wirklich gut sein – und die Weste gehört dir.«

»Herr Direktor... der Schlag soll mich... Santos soll nach mir ausschlagen, wenn das keine prima Produktion wird!«

Berwitz nickte mit dem Kopf und ließ Hans in seiner Erregung und über die freie Dressur der Shetlandpferdchen nachgrübelnd zurück. In Wirklichkeit ruhte jene herrliche Weste mit den Messingplatten statt der Knöpfe schon lange in Berwitzens Garderobe, weil sie seit der Zeit, da Peter an Umfang zuzunehmen begann, unliebsame Falten bekommen hatte. Er hatte sie also zurückgelegt, um sie gelegentlich »gut zu verkaufen«. Jetzt bot sich ihm eine Gelegenheit. Die Shetlandpferdchen waren bisher nur Dekoration gewesen und würden als selbständige Nummer natürlich bedeutend besser zur Geltung kommen.

Berwitz schlenderte fort, in der Richtung zum blauen Zirkuswagen. Er wollte unbemerkt herankommen, aber als er sich dem Wagen näherte, schrie irgendein Schmutzfink:

»Il padrone!«

Und schon ertönte das Getrampel nackter Füße, und von allen Seiten kamen Roméos Jungen herbeigelaufen und schrien wild durcheinander:

»Il padrone! Direttore! Attenzione!«

Sie umringten ihn, verneigten sich und winkten ihm mit den Händen zu. Jetzt wurde das Wagenfenster geöffnet, und Frau Roméo, deren blanke Zähne lachend aus dem dunklen Gesicht hervorleuchteten, beugte sich heraus. Aus dem Hintergrund des Wagens erschien Achmed Roméo und hinter ihm Wenzel.

»Che cosa c'è… ah, buon giorno, signor direttore, bonjour… welch eine Ehre für unser blaues Haus… signora Roméo hatte noch nicht das Vergnügen… Felicia, Felicia!«

Berwitz fluchte im stillen. Er hatte ungesehen einen flüchtigen Blick hierher werfen wollen, und jeglicher Familienverkehr war ihm verhaßt. Aber Frau Felicia Roméo stieg schon, ein Baby auf dem Arm, die Stufen herunter und reichte ihm mit einer höflichen Geste die Hand. Die Schar ihrer Kinder stand um sie herum und wartete gespannt, was sich aus dem Besuch entwickeln würde.

»Es freut mich, Madame, Sie kennenzulernen«, sagte Berwitz, indem er sich zu einem Lächeln zwang, »aber lassen Sie sich, bitte, nicht stören. Ich wollte eigentlich nur mal nachfragen, wie es mit Vaschku steht.«

»Oh, Vaschku ist ein mutiger Junge«, antwortete Achmed begeistert. »Vaschku, mache dem Herrn Direktor die große Verbeugung Nummer Vier… mit dem rechten Bein einen großen Bogen, sooo… beide Hände unten am Körper vorbei… zur Brust hinauf… bravo! Gerade haben wir den Handstand Nummer Drei geübt. Vaschku begreift sehr schnell. Und vor allem hat er Geduld.«

Berwitz sah den Jungen scharf an. Er glaubte, an ihm eine Ermüdung wahrzunehmen. Jedenfalls zeigte Wenzel nicht jene Frische, die Berwitz unlängst in der Manege so gut gefallen hatte. Auch sein Lächeln kam ihm etwas gezwungen vor. Peter konnte sich Wenzels Zustand nach den eigenen Jugenderfahrungen recht gut vorstellen und wußte, wie sehr der Junge der Aufmunterung bedürfe. Er trat zu ihm hin und legte ihm freundschaftlich die Linke auf die Schulter.

»Nun, Vaschku, wie fühlst du dich? Der ganze Körper schmerzt dich, nicht wahr?«

»Ja, Herr Direktor«, entgegnete Wenzel lächelnd.

»Ich weiß, wie das ist. Es ist eben eine verdammte Schinderei, nicht wahr?«

»Ja, das schon«, nickte Wenzel.

»Aber wir lassen nicht locker, nicht wahr?«

»Nein, Herr Direktor.«

»So ist's recht, mein Junge. Immer nur durchhalten und sich nicht unterkriegen lassen! Es wird schon gehen, eines Tages hast du's geschafft, und dann läuft alles wie am Schnürchen. Gehen kannst du, wie ich sehe. Ich habe eine Aufgabe für dich. In unserer nächsten Saison ziehst du dir einen Anzug an, den dir Harwey vorbereitet, und wirst in der Pause mit einem von unseren Löwenjungen durch das Publikum gehen.«

»Ach, die Löwenbabys«, sagte Wenzel, »was machen sie denn? Ich habe sie ganz vergessen.«

»Sie sind vergnügt und munter und müssen schon selbst ihr Brot verdienen. Du nimmst eins auf den Arm, zeigst es dem Publikum, läßt es streicheln und sammelst dafür Geld in einen Teller ein. Dann gibt's Fleisch und Milch für die Löwenjungen. Hast du verstanden?«

»Jawohl, Herr Direktor.«

»Das Geld und das Löwenbaby gibst du nach der Pause im Einser ab.«

»Ja.«

»Also immer nur so weiter. Servus.«

Der Direktor gab Wenzel einen leichten Klaps auf die Schulter und wandte sich zu Achmed.

»Denken Sie daran, Roméo«, sprach er ihn französisch an, »daß wir den Jungen zum Reiten brauchen. Machen Sie keinen Schlangenmenschen aus ihm, sondern einen

Springer. Battude, fricassé, saut périlleux und wie die Sprünge alle heißen.«

»Ich verstehe, Patron«, antwortete Achmed, indem er sich verneigte, »Flip, Flic-Flac, Roulade usw. Ich gebe ihm die ganze arabische Schule, damit Sie zufrieden sind und sehen, was Achmed Roméo kann.«

»Madame Felicia, es war mir ein außerordentliches Vergnügen...«, wandte sich der Direktor zu Frau Roméo, schüttelte ihr und ihrem Gemahl die Hand, und nachdem er mit einer Geste ihre laute Aufforderung, in den Wagen zu treten, abgewehrt hatte, entfernte er sich mit raschen Schritten.

Die jungen Roméos umringten Wenzel voller Bewunderung, daß er von dem Direktor dazu ausgewählt worden sei, die jungen Löwen im Chapiteau herumzutragen. Für Wenzel war es wie ein erfrischender Tautropfen, daß er sich unter diesen Knaben, die ihm im Springen und in der Beherrschung des Körpers vorläufig noch weit überlegen waren, wie ein Tierbändiger gebärden und großtun konnte. Herr und Frau Roméo standen im Hintergrund, und als der Direktor ihrem Blick entschwunden war, sahen sie einander an, hoben die Augenbrauen, warfen dann einen unmißverständlichen Blick zu Wenzel hin und nickten mit dem Kopf. Nicht nur in Tunis, sondern auf der ganzen Welt bedeutet das: »Da schaut's her, an dem Jungen scheint ihnen aber viel zu liegen, da müssen wir vorsichtig sein!«

Am nächsten Nachmittag kam Wenzel während der Vorstellung in einem blau-roten »marokkanischen« Kostüm ins Zelt, auf dem linken Arm hielt er ein Löwenjunges und in der rechten Hand einen Teller. Zu Beginn der Pause ging er an den Logen entlang und dann zwischen den vielen Reihen der Sitzplätze hindurch. Die Zuschauer waren entzückt, daß sie ein Löwenjunges sehen, es betasten und auf den Arm nehmen konnten. Und der hübsche Junge, der es trug, erntete keinen geringeren Beifall ein. Von allen Seiten fielen weiße und schwarze Münzen klingend in den Teller. Der Erlös für die Löwenbabyschau ergab insgesamt 7 Mark 68 Pfennig. Direktor Berwitz nickte, bereits in der persischen Uniform, den Tscherkessensäbel an der Seite und die Orden an der Brust, anerkennend mit dem Kopf, griff in den Haufen der Münzen, nahm ein Zwanzig-Pfennig-Stück heraus und reichte es Wenzel:

»Hier hast du!«

Seine Geste war vornehmer und souveräner als die, mit der einst der Sultan Peter den königlichen Saphir überreicht hatte.

Wenzel lief glückselig zu Harwey, um ihm das Kostüm abzuliefern. Als der Vater zum Abendessen in den Achter kam, stand Wenzel auf der Wagentreppe und auf seiner ausgestreckten Handfläche glänzte das Zwanzig-Pfennig-Stück.

»Sieh mal, Vater! Das hab' ich verdient!«

Anton Karas nahm das Geldstück, spuckte darauf, zog ein blaues Taschentuch aus der Tasche und wickelte die Münze behutsam in einen Zipfel ein.

Wenzel war enttäuscht, denn er hatte bereits eine Menge Pläne, was er sich alles für das Geldstück in der Stadt kaufen würde, aber der Vater erklärte, daß Wenzel neue Schuhe brauche. Wenzel fand sich damit ab, erzählte aber Kerholec, Buresch und den anderen mit stolzer Miene, daß er am Nachmittag zwanzig Pfennig verdient habe.

»Wenn du erst zwanzig Mark nach Hause bringst, gibt's für uns alle einen ordentlichen Schluck Bier«, lautete Kerholecs Antwort.

6

Man mußte es Achmed Roméo lassen, daß er Wenzel nicht umsonst gequält hatte. Er wußte, daß das Strecken der Muskeln, das Biegen des Rückgrats und das Lockern der Gelenke äußerst schmerzhafte Prozeduren sind, und die Erfahrung hatte ihn gelehrt, wie viele Kinder dabei so von Schreck erfaßt werden, daß sie mit der Steifheit des Körpers auch den Mut und die Entschlossenheit des Geistes verlieren. Aber es gibt keinen traurigeren Anblick als ein Kind, das seine vorgeschriebenen Akrobatenstücke nur gezwungen und aus Angst vollführt.

»Allah ist Allah und Angst ist Angst«, pflegte Roméo zu sagen, wenn er über seine Schule sprach, »Furcht ist dem Menschen angeboren, und zur Furchtlosigkeit muß er erst erzogen werden. Die Angst läßt sich aber durch die Angst nicht vertreiben, sie muß überwunden und besiegt werden, wie die Schwäche der Muskeln überwunden werden muß. Durch ständige Übung wird Schwäche zu Stärke, Angst zu Mut, aus dem Knaben ein Mann. Die Franken verbieten die Arbeit der Kinder im Zirkus. Allah weiß, daß ich davon unberührt bin. Mein fünfjähriger Sohn ist in der Erduldung von Qualen ein Mann und bereit, sein Schicksal zu tragen.«

Gewiß, beim Üben brüllte und schrie Roméo, rollte die Augen und zeigte die Zähne, aber Wenzel begriff bald, daß er das alles nur tat, um ihn aufzumuntern und zu betäuben, und daß Achmeds Schreie so sanft und gefühlvoll waren wie die Griffe seiner Hände. Und er fand auch, daß Achmed von ihm nicht alles verlangte, was er mit seinen Kindern tat. Als Wenzel sich schon so weit rückwärts durchbiegen konnte, daß er mit den Händen die Erde berührte, begnügte sich Achmed damit, ihn dahin zu bringen, daß er sich fest auf den Boden aufstützte. Seine Kinder dagegen zwang er in diesem Stadium, bei der Rückwärtsbeuge die Finger auf der Erde immer weiter auszustrecken, was einen ständig gesteigerten Schmerz bedeutete.

»Aus Vaschku wird kein Schlangenmensch«, pflegte Roméo Kerholec zu sagen, wenn dieser nachsehen kam, wie die Übungen fortschritten, »aus Vaschku wird ein Springer und Kaskadeur mit den feinen Sitten eines Gauklers der alten Schule.«

Mit ihrer Prophezeiung, daß Wenzel die Schmerzen nur in den ersten Tagen spüren würde, hatten die Zirkusleute recht. Manchmal dachte der Knabe, daß er es nicht mehr aushalten könne, und ein leises »Verdammt« entschlüpfte ihm hundertmal zwischen den zusammengebissenen Zähen. Und doch – eines Tages war ihm, als lokkere sich der ganze Körper auf, alles kam irgendwie in Ordnung, die Muskeln und Gelenke paßten sich an, und Wenzel spürte keine größeren Schmerzen als bei einem beliebig anstrengenden Spiel. Das war natürlich ein Beweis dafür, daß Roméo Wenzels Körper sehr gleichmäßig und gründlich durchgearbeitet hatte. Aber darüber machte sich Wenzel keine Gedanken. Er fühlte sich plötzlich wie neugeboren und wiederholte selbst beharrlich die ersten Übungen. Den Handstand brachte er jetzt fertig, ohne sich zu bewegen, wenn ihn Achmed bei den Händen nahm und aufhob. Vom Handstand und dem Überschlag nach hinten ging er zu den ersten Rückwärtssaltos über die Hände über, die in der Komödiantensprache Flip genannt werden. Dann kam der Affensprung –, ein Salto nach hinten auf einem Bein, wobei Wenzel an einer Schnur befestigt war, um sich nicht zu verletzen und vor allem, um Mut zu gewinnen. Aber es schmerzte ihn nicht einmal mehr, wenn er auf die Erde fiel, weil er gelernt hatte, die Rücken- und Fußmuskeln zusammenzuziehen, so daß er darauf wie auf ein festes Kissen fiel. Auch die Finger wurden stärker, und er konnte mit aufrechtem Körper vornüber auf die Erde fallen, wobei seine dicht am Körper ausgestreckten Finger den Fall wie eine Feder auffingen.

Als die Schmerzen verschwunden waren, kehrte auch Wenzels frühere gute Laune wieder. Schon hielt er es nicht mehr aus, stillzusitzen, schon lief er wieder durch die Ställe und die Menagerie, um überall dabeizusein, und kehrte wieder zu Hans zurück, um unter dessen Leitung seine Reitübungen fortzusetzen. Auch das ging jetzt merkwürdigerweise ganz anders. Wenzel schwang sich mit einer Leichtigkeit in den Sattel, die er früher nicht gekannt hatte, und die Übungen selbst ermüdeten ihn nicht mehr, obwohl ihn Hans nach den alten, schonungslosen Regeln in der Manege herumjagte. Am schönsten war es, wenn Hans Wenzel einen Ball in die Hand gab, Mary an der Longe in langen Trab hetzte und Wenzel dabei den Ball in die Luft werfen und wieder auffangen mußte, ohne den Blick auf das Pferd oder die Zügel zu werfen. Wenzel sah darin ein unterhaltendes Spiel, in Wirklichkeit war es jedoch eine ausgezeichnete Reitübung zum Auflockern der Schultern und zum weichen Sitzen im Sattel.

Eines Tages, als er von seinem Pandurenpferdchen sprang und es abschirrte, rief ihn Hans herbei und reichte ihm eine Schambriera, eine große Dressurpeitsche. Wenzel war starr vor Überraschung.

»Da hast du, Wenzel, damit mußt du auch umgehen lernen. Nimm sie mit hinaus und übe damit einstweilen ohne Pferde.«

Wenzel hätte vor Freude fast laut aufgejauchzt. Endlich hatte er eine Peitsche, eine wirkliche, große Peitsche, genau so eine wie der Direktor oder Herr Perreira! Es war eine hohe Peitsche, viel größer als Wenzel, oben wunderschön gerundet, mit einem weißen Ende, das in der Luft wie ein silbernes Schlängelchen hin- und herflog. Wenzel stürzte mit feierlichem Gesichtsausdruck und in großer Erregung damit fort. Er hielt sich zuerst abseits von den Wagen, um nicht gleich von allen gesehen zu werden, wie er mit der Peitsche umging. Sie war bedeutend schwerer, als er es sich vorgestellt hatte, und es war ihm sofort klar, daß er sie nicht leicht würde beherrschen können. Und wirklich: so eine Peitsche ist eine teuflische Sache, knallt man damit durch die Luft, schon kommt die Schnur von irgendwo zurückgeschnellt und peitscht einen über den Rücken oder ins Gesicht. Und soll es einen ordentlichen Knall geben, muß man eine verdammte Kraft haben. Die ersten Tage taumelte Wenzel mit der Peitsche eher herum, als daß er wirklich etwas damit hätte anfangen können. Einmal kam gerade der hinkende Harwey vorbei, als Wenzel seine neue Kunst versuchte, und blieb stehen.

»Hallo, Vaschku, that is a wonderful whip! Eine prächtige Peitsche – von wem hast du sie denn bekommen?«

»Von Hans, Herr Harwey!«

»Und du sollst damit üben?«

»Jawohl, Herr Harwey.«

»Hans ist ein Esel, wenn er glaubt, daß du einen whiphandle halten kannst. Komm mit, Vaschku, ich suche dir etwas Besseres aus.«

Harwey ging auf seinen Magazinwagen zu, kramte eine Weile darin herum und kehrte mit einer alten, abgewetzten Peitsche zurück, die aber bedeutend kleiner und leichter war.

»Die wird dir besser in der Hand liegen. Sie ist noch aus den Tagen des alten Humberto, als der Zirkus noch eine kleinere Manege hatte. Damit wirst du cracken können, weist du, crash machen... na, knallen, yes.«

Wenzel versuchte es, und wirklich, für diese Peitsche reichte seine Kraft. Ein-, zwei-, dreimal knallte er damit wie mit einer Pistole und sprang vor Freude in die Luft.

»Denke nur nicht, daß Knallen alles ist, was man mit der Peitsche macht«, sagte Harwey. »Natürlich mußt du es auch lernen, yes. Aber nicht nur so. Sieh nur, ich knalle zweimal mit einem Hieb.«

Harwey fuhr mit der Peitsche ruckartig durch die Luft, und zweimal hintereinander ertönte ein lauter Knall.

»Du mußt auch dreimal knallen können, yes. Und elegant mußt du es tun, daß die Peitsche eine schöne Wellenlinie in der Luft macht, yes. Aber das ist nicht alles. Schau her.«

Harwey nahm ein Stück Papier, knüllte es zusammen und warf es ein Stückchen weiter auf die Erde. Dann maß er von der Stelle, wo das Papier lag, eine Peitschenlänge ab, knallte durch die Luft, und das Papier flog fort.

»Well, so ist's richtig! To bit! Genau treffen! Das wirst du nicht gleich können. Du wirst es vielleicht drei Monate lernen müssen, bis du sicher das Ziel triffst. Und dann wirst du weiter lernen, yes. Du mußt von der Mitte der Manege jede beliebige Stelle treffen können und peitschen oder nur streifen oder leise berühren, tuschieren. Du mußt die Stelle von oben oder von unten, von links oder rechts treffen. Oder so, daß es bloß am Ohr des Pferdes vorbeisaust, ohne es zu berühren. Die Peitsche muß für dich sprechen, Vaschku, und den Pferden sagen, was du von ihnen willst: schneller oder langsamer springen oder aufhören, sie muß tadeln und ein andermal loben. Yes. Das alles ist wichtiger als mit der Peitsche in die Luft knallen. Unser Direktor hat sie so sicher in der Hand, daß du ihm einen Apfel zuwerfen kannst, und er ihn in der Luft trifft. Ich nehme an, daß du etwa in einem Jahr die Peitsche ein wenig beherrschen wirst. Denn die Zirkuspeitsche, you see, ist eine ganze Wissenschaft.«

Für Wenzel begann damit neuerdings eine mühevolle Übung, die er mit dem ihm eigenen Knabenernst auf sich nahm. Die jungen Roméos entdeckten bald sein esercisio. Zuerst sahen sie ihm mit respektvoller Bewunderung zu, aber bald wurde ein lustiges Spiel daraus: statt des zerknüllten Papiers versuchte Wenzel, die umherlaufenden dunklen Roméokinder zu treffen, die von allen Seiten in den Umkreis seiner Peitsche sprangen, schreiend einen Hieb verlangten und fürchterlich brüllten, wenn sie dann wirklich einen bekamen.

Mit diesen Jungen hatte Wenzel überhaupt sein Kreuz. Er ertrug es nur ungern, daß sie immer dabei waren, wenn ihn Achmed in die Arbeit nahm. Das mochte Wenzel nicht. Er war doch zu Hause von klein auf der anerkannte Rädelsführer gewesen, und mit einem gewissen männlichen Stolz war er sehr darum besorgt, daß ihn niemand bei einer Schwäche ertappe. Aber hier konnte plötzlich diese schwarze Meute alles besser, und spielend gelang ihnen, was Wenzel immer wieder verpatzte. Zwar lachten sie nicht über ihn, allein die Tatsache, daß sie ihm durch ihr dauerndes Geschrei zu verstehen gaben, wie leicht es sei, was er nicht zuwege bringen konnte, ärgerte ihn über alle Maßen. Im stillen schwor er sich hundertmal, daß er es diesen schmutzigen Knirpsen zeigen würde, sobald er wenigstens die ersten Sprünge fertigbrächte.

Am schlechtesten und merkwürdigsten war sein Verhältnis zu Paolo. Es war eine stille Spannung, die ihre tiefste Ursache vielleicht gerade darin hatte, daß ihm Wenzel eigentlich nichts Ernstes vorwerfen konnte. Paolo war etwas älter, dafür aber bedeutend durchtriebener und konnte Dinge, um die ihn Wenzel vorläufig nur beneiden mußte. Paolo war ein hübscher Junge, schlank und geschmeidig. Wenn er sich aufrichtete, stand er immer etwas theatralisch da. Bei allem, was er tat, waren seine Bewegungen harmonisch und anmutig. Er war sich dessen wohl bewußt und begann schon sein hübsches Aussehen zur Geltung zu bringen. Wenzel kam sich neben ihm wie ein Klotz vor. Paolo besaß einen kecken, ja man konnte sagen, einen dreisten Blick, aber in seinen strahlenden Augen sprühte etwas Schalkhaftes, das sofort bereit war, die Frechheit in unschuldige Schelmerei zu verwandeln, wenn ihm dafür eine Zurechtweisung oder gar ein Kopfstück drohte: »Wer könnte denn dem hübschen, unschuldigen Paolo böse sein?« Wenzel dagegen war ungekünstelt und offen, und eine solche Durchtriebenheit empfand er als Falschheit und Feigheit. Auch konnte er den Verdacht nicht loswerden, daß nicht einmal Paolos Freude über Wenzels Fortschritte aufrichtig und lediglich eine listige Komödie sei. Paolo war bei der Tortur Wenzels eine Art Assistent Achmeds, und als Wenzel ein paar grundlegende Tricks begriffen hatte – beim Zirkus nennt man Trick jede Teilübung, die durch ständiges Üben bis zur völlig mechanischen Beherrschung gelernt werden muß –, wachte Paolo selbst ohne den Vater über Wenzels Repetitionen. Er tat das mit großem Eifer, immer von neuem konnte er mit einem geduldigen Lächeln Wenzel das richtige Auftreten und Abstoßen oder den nötigen Griff vorzeigen und klatschte herzlich Beifall, wenn diesem die Übung gelang. Aber gerade seine lächelnde Bereitwilligkeit, die höfliche Zuvorkommenheit, diese begeisterte Anteilnahme erregten bei dem nüchternen Wenzel einen unangenehmen Verdacht. So hatte sich keiner der Jungen benommen, denen er zu Hause begegnet war. Seine kindliche Welt war rauher, derber, vielleicht sogar ungezügelter in Eifersucht und Neid, aber gerade, offen und natürlich gewesen. Paolo kam ihm vor wie ein schlüpfriger Aal, der ihm ständig irgendwie entglitt. Wenzel wußte doch, daß ihn Paolo nicht lieb hatte, daß er das alles nicht aus herzlicher Zuneigung zu ihm tat, daß er ihn vielleicht beneidete.

Weshalb er ihn beneidete, konnte sich Wenzel mit seinem kindlichen Verstand nicht vorstellen. Es schien ihm hier alles so natürlich und einfach, dieses Leben, darin er sich so schnell zurechtgefunden hatte, die Freundlichkeit, mit der ihn die Erwachsenen behandelten, sein Anteil an der gemeinsamen Arbeit im Zirkus. Er war eigentlich nur ein paar Tage länger da als Paolo, aber er war hier überall zu Hause, mit allen befreundet, mit Hans, mit dem Dompteur, mit Harwey, mit Arr-Schehir. Da eben lag die Ursache von Paolos Neid; Wenzel war hier zu Hause, war einheimisch, während die Kinder Roméos durch die Welt zogen und als Fahrende hierher gekommen waren. Roméo hatte mit Berwitz einen Vertrag auf zehn Monate abgeschlossen, aber hätte er auch für zwei oder fünf Jahre gegolten, er war doch zeitlich begrenzt, und eines Tages müßte sich ihr blauer Zirkuswagen von denen Humbertos trennen, und man würde mit einer anderen Gesellschaft durch die Welt ziehen oder auf Jahrmärkten spielen. Wenzel dagegen war hier mit seinem Vater, ohne daß darüber gesprochen wurde, für sein ganzes Leben verankert. Das Problem der Heimat erhob sich zwischen ihnen in seiner sozialen Relativität und bestimmte ihr Schicksal. Für Anton Karas war der Begriff der Heimat unlöslich mit seinem Häuschen in Oberschneedorf verknüpft; Wenzel, dessen kindliche Anpassungsfähigkeit bereitwillig die großen Veränderungen angenommen hatte, fühlte sich hier, in dem großen, fahrenden Zirkus, zu Hause, der ihm mit allen seinen Menschen und Tieren wie ein riesiges Dorf vorkam, das viel verlockender und interessanter war als das armselige Oberschneedorf. Und Paolo, der schöne, arme Paolo fühlte, daß seine Heimat nur der Zirkuswagen war, in dem sie zusammengepfercht kreuz und quer durch die weite Welt fuhren, unter strahlendem Himmel, bei Schnee und Regen und Wind, und dessen Knarren sich fast alljährlich mit dem Weinen eines neugeborenen Kindes vermischte.

Dies alles erweckte den Neid und die Eifersucht Paolos. Der junge Bastard verzehrte sich vor neiderfüllter Sehnsucht, wenn er Vaschku mit einem so mächtigen

Herrn wie Kerholec an einem Tisch sitzen sah, wenn er zusehen mußte, wie Wenzel auf der Mary ritt und die Shetlandpferdchen bewachte, oder wenn er ihn in vertraulichem Gespräch mit Kapitän Gambier fand und beobachtete, wie Wenzel in der Pause mit dem Löwenjungen auf dem Arm zwischen den Reihen der Zuschauer hindurchging. Wie sehnte er sich nach alledem, wie gern wäre er auch so frei durch das Zelt, die Ställe, die Menagerie gelaufen! Aber dort wurde der hübsche, kleine Paolo von allen fortgejagt, Hans behandelte ihn und seine Brüderchen wie Diebsgesindel und brummte, er könne für nichts garantieren, wenn dieses Zigeunervolk in seinen Stall käme. Und Kapitän Gambier ließ sogar bekanntgeben, daß den Knaben der Zutritt zu den Käfigen und den Raubtierwagen verboten sei. Alles war in einer natürlichen dauernden Beunruhigung über dieses neue afrikanische Element, in dem alle Lausbüberei und Teufelei verkörpert zu sein schien. Vachku dagegen blieb ruhig und ernst, und die Zirkusleute sahen in ihm schon fast einen Erwachsenen, sie behandelten ihn entsprechend.

Wenzel blieb trotz Paolos sichtbarem Diensteifer und seiner schmeichelnden Freundlichkeit merkwürdig in sich gekehrt und tat, als ginge ihn das alles nichts an. Sein Gefühl sagte ihm, daß dieses ewige Lächeln einmal aufhören müsse, und er dann mit allen diesen Mohrenkindern abrechnen würde. Und als jetzt, da er die Peitsche handhaben lernte, die Roméo-Jungen herbeigelaufen kamen und lärmend einen Hieb von ihm verlangten, begann ein Spiel, in das Wenzel auch ein klein wenig von seiner verborgenen und unterdrückten Wut hineinmischte. Die Knaben standen um ihn herum, liefen in das Feld, das er mit der Peitsche beherrschte, und Wenzel knallte lustig auf sie los mit Hieben, die ernst gemeint waren. Nie hätte er an dem toten Papier das Ziel so schnell treffen gelernt wie bei diesem Spiel, in das er seine ganze Leidenschaft hineinlegen konnte.

Es dauerte einige Wochen, und Wenzels Peitschenhiebe wurden immer sicherer und flinker und das Geschrei der Roméo-Jungen immer herausfordernder. »Vaschku, ecco, Vaschku, qui, Vaschku...« ertönte es ununterbrochen, wenn er mit der Peitsche zwischen den Wagen erschien. Je länger sie dieses Spiel trieben, desto verschiedenartiger wurden die Rufe und Neckereien, allerhand Spottnamen mischten sich dazwischen, herausgestreckte Zungen, lange Nasen, höhnisches Gelächter. Und Wenzel knallte wortlos mit der Peitsche, so viel er konnte, und immer wütender auf diese Horde, die ihn schon ganz offen auslachte, wenn es ihr gelang, seinen Hieben zu entrinnen. Bis sich eines Tages das übliche Geschrei plötzlich in ein fürchterliches Toben und Brüllen verwandelte, so daß die Kutscher aus den Ställen herbeigelaufen kamen. Auf dem freien Gelände erblickten sie einen Knäuel sich balgender Jungen, und als sie bis zu ihnen herangekommen waren, erkannten sie ganz unten Paolo, auf ihm Wenzel, der ihn würgte, und auf diesem sämtliche Geschwister Paolos, die Wenzel von sich zu stoßen und loszureißen suchte.

Als man sie endlich auseinander gebracht hatte, war Paolo völlig erschöpft und atemlos, und Wenzel sträubten sich vor Wut die Haare.

»Was soll das heißen?« fuhr sie Hans von der einen Seite an, Achmed von der anderen.

Lange wollte keiner von ihnen mit der Sprache heraus, bis Wenzel, um sich zu verteidigen, antwortete:

»Paolo hat mich Dablkau beschimpft.«

»Dablkau - was soll das sein?«

»Ich weiß nicht. Aber das laß ich mir nicht gefallen.«

»Dablkau – was ist das, Dablkau?« fragte Hans die anderen ringsum.

»Vielleicht double cow«, antwortete Herr Harwey. »Das bedeutet im Englischen Doppelkuh.«

Die weitere Untersuchung ergab, daß die Vermutung

richtig war. Die weitgereisten Jungen kamen bei dem Spiel mit Wenzel darauf, daß »Vaschku« aus dem französischen vache und dem deutschen Kuh zusammengesetzt sein könnte und daß es also zweimal Kuh bedeute. Und Paolo hatte dann schnell das englische double cow draus gemacht.

Darüber gab es dann ringsum ein großes Gelächter, so daß Achmed Roméo sogar die Kopfstücke und Fußtritte vergaß. Nur Wenzel hielt, bleich im Gesicht, wieder die Peitsche und stand unter den anderen. Jetzt, da das Schimpfwort seine Erklärung gefunden hatte, begriff er, daß es ein gefährlicher Spitzname sei, der ihm das ganze Leben hier vergiften konnte. Plötzlich knallte er deshalb mit der Peitsche und schrie:

»Wer das noch einmal sagt, den prügle ich durch!«

Auch Hans fühlte, daß Vaschku durch den Spitznamen lächerlich gemacht werden könnte, und fügte daher hinzu:

»Gut, Vaschku. Laß dich nur nicht unterkriegen. Sollte ich es noch einmal von jemandem hören, so bekommt er es nicht mit der Peitsche, sondern mit dem Longeriemen. Alou, jeder an seine Arbeit!«

So sah Paolo denn, daß er Vaschku noch mehr hassen müsse, denn alle nahmen sich seiner an. Und außerdem hatte er Wenzels Kraft am eigenen Leibe erfahren.

7

Die Geschichte mit der Doppelkuh war ein Spaß, der einen ernsten Hintergrund hatte. Wenzel drückte sich immer mehr in einer Weise aus, die gar keine Sprache mehr genannt werden konnte. Im Zirkus bedienten sich alle eines Jargons, der aus französischen, italienischen und englischen Ausdrücken zusammengesetzt war, die tschechischen Arbeiter mischten alle möglichen verdrehten deutschen Worte in ihre tschechischen Gespräche, aber Wenzel nahm außerdem noch die verschiedenen Ausdrücke aus allen Sprachen hinzu, die dauernd in seine Ohren drangen. Hier ertönten französische, englische, italienische und spanische Rufe, die Vettern Gevaerts sprachen manchmal schwedisch miteinander, Frau Berwitz pflegte mit Steenhouwer holländisch zu reden, Roméos laute Flüche und Anrufungen Gottes ertönten meist arabisch oder türkisch, kurz, der Zirkus Humberto war das reinste Babylon. Die Erwachsenen hatten sich daran gewöhnt, aber in dem Kopf eines Kindes wie Wenzel mußte daraus eine heillose Verwirrung entstehen. Manchmal konnte ihn sein eigener Vater nicht mehr verstehen und mußte sich dieses Kauderwelsch übersetzen lassen. Als aber Wenzel sogar Maschallah zu rufen begann, hielt es Buresch für die höchste Zeit, Wenzels tschechisches Seelchen vor völliger Verwirrung zu retten.

Damals kramte Buresch aus einem Winkel im Achter einen Bücherstoß hervor, der mit einem Bindfaden zusammengebunden war, und begann bei der ersten Gelegenheit daraus vorzulesen. Diese bot sich, als Wenzel beim Abendbrot ganz aufgeregt erzählte, daß heute die Tiger mit den Löwen fast aneinander geraten wären. Gambier dressierte sie gerade für eine gemeinsame Attraktion, und an jenem Tag brach mit einemmal die uralte Feindschaft zwischen den beiden Raubkatzenarten aus, und wären nicht mehrere Wächter mit Stangen zur Stelle gewesen, wäre bestimmt Blut geflossen. Daran knüpfte sich unter den Achterinsassen ein angeregtes Gespräch darüber, was für ein Haß zwischen manchen Raubtieren herrscht, und Buresch fiel plötzlich eine bekannte Dichtung darüber ein. Und schon trug er, nachdem er sich von seinem Platz erhoben hatte, das Gedicht mit seiner wohlklingenden Stimme vor.

Anfangs hörten sie seinen pathetischen Vortrag lächelnd zu, dann aber wurden sie ernst und verfolgten die dichterische Erzählung mit geradezu fachmännischem Interesse.

Sie erfuhren, wie der Ritter Hermann von Bubno einem Löwen in dessen Kampf mit zwei Tigern beigestanden und ihn dann verbunden hatte, und wie der Löwe ihm bis zum Stadttor gefolgt war und den Ritter von dieser Stunde an nicht mehr verließ. Sie lebten fortan in Böhmen, bis der Ritter starb und der Löwe »vor Wehmut und Trauer fürchterlich brüllte, weder aß noch trank und am dritten Tage verendete«.

»Na, Hans, das hast du hübsch vorgetragen«, sagte Malina anerkennend, »nur glaub' ich nicht, daß sich der Löwe dem Ritter zu Füßen gelegt hat, sonst meinetwegen alles.«

»Warum denn nicht?« versuchte Buresch die Phantasie des Dichters zu verteidigen. »Aus Dankbarkeit.«

»Nein, er kann sich ihm nicht zu Füßen gelegt haben«, schüttelte Malina den Kopf. »Das sagt einem doch der Verstand, daß er sich über den Tiger hergemacht hätte. Wenn der Löwe eine Beute hat, legt er seine Tatze darauf und knurrt. Dann packt er sie zwischen die Zähne, zerrt und schleift sie auf der Erde herum und knurrt wieder. Das mußt du dem Gedicht noch hinzufügen.«

»Und noch etwas«, bemerkte Kerholec. »Er würde sich ihm nicht zu Füßen gelegt haben. Wenn er wirklich zahm gewesen wäre, wie Buresch behauptet, hätte er höchstens den Kopf an dem Körper des Ritters gerieben.«

»Nun, das ist doch nicht unmöglich«, fiel Vosátka mit ungewöhnlichem fachmännischem Interesse ein, »schließlich streckt sich Korinna vor Gambier auch aus.«

»Ja, eine Löwin, das ist etwas anderes«, verteidigte Kerholec seine Ansicht, »aber dann legt sie sich auf den Rücken und nicht zu Füßen.«

»Ein Männchen legt sich schon auch manchmal vor den

Dompteur hin«, meinte Malina, »aber dann muß das Tier bereits alt und ziemlich faul sein.«

»So ein alter Faulpelz würde aber nicht mit Tigern kämpfen«, beharrte Kerholec auf seiner Meinung, »der würde brüllen und davonlaufen. Es war bestimmt eine Löwin.«

»Aber, meine Freunde«, versuchte Buresch von neuem das Gedicht zu verteidigen, »stellt euch vor, daß es aus Dankbarkeit geschah, weil Hermann von Bubno dem Löwen das Leben gerettet und ihn verbunden hat!«

»So etwas kommt vor«, nickte Malina. »Löwen sind dankbar für erwiesene Wohltaten. Einmal hatte der Dompteur Kalina eine junge Löwin, sie hieß Kleopatra. Als sie Lungenentzündung bekam, nahm er sie aus Angst, er könnte um sie kommen, zu sich ins Bett und pflegte sie gesund. Kleopatra war ihm bis zum Tode dankbar, und wenn er zu ihr kam, stellte sie sich auf die Hintertatzen, umarmte ihn und leckte ihm das Gesicht.«

»Na also«, wandte sich Kerholec zu den anderen, »ich sage doch, daß es eine Löwin war, und sie hat ihm das Gesicht geleckt und nicht, wie Buresch behauptet, sich ihm zu Füßen gelegt.«

»Kurz und gut, Hans«, sagte Sergeant Vosátka und schnitt eine Grimasse, »es bleibt dir nichts anderes übrig, als dein herrliches Kunstwerk umzumodeln. Zuerst muß der Löwe den Tiger durch den Urwald schleifen und dann muß er sich in eine Löwin verwandeln, die deinem geehrten Ritter die Wangen ableckt.«

»Das geht auch nicht«, mischte sich Vater Karas bescheiden in die Unterhaltung, »sie würde ihn dabei doch umwerfen.«

»Dann wäre es eben umgekehrt«, erklärte sich Vosátka einverstanden, »da würde sich also der Ritter der Löwin zu Füßen legen.«

Über diese Wendung in der fachmännischen Interpretation des Gedichtes mußte sogar Buresch lachen. Dann wurde noch eine Weile über den Vers: »Er aß nicht und trank nicht und verendete am dritten Tag« Betrachtungen angestellt. Einige meinten, daß der Löwe, wenn er, wie hier im Zirkus, zehn Pfund Pferdefleisch bekäme, nicht widerstehen könnte, andere hielten es für möglich, daß er nicht essen würde, trinken dagegen müsse er; als höchste Autorität entschied Malina, daß der Text des Gedichtes richtig sei, weil ein Löwe vor Erregung oder aus Gram weder fresse noch trinke, es sei nur fraglich, ob er schon am dritten Tag eingehen würde.

»Da muß noch irgendeine Krankheit in ihm gesteckt haben«, meinte Malina, »vielleicht hat er sich beim Begräbnis erkältet. Ein vollkommen gesundes Tier würde länger gelebt haben, aber wenn ihm etwas gefehlt hat, ist es schon möglich, da kann ein Löwe sogar in zwei Tagen eingehen.«

Damit wurde das Gedicht schließlich gebilligt, und man beschloß, schlafen zu gehen. Nur Buresch war unzufrieden, weil ihm die Gefährten mit ihren Einwänden die ganze ästhetische Wirkung des Gedichtes vernichtet hatten.

»Ich habe es doch nicht für euren Menagerieverstand vorgetragen«, erklärte er, »sondern hier für Wenzel. Wie hat es dir denn gefallen?«

»Gut. Es war sehr hübsch.«

»Seht ihr? Die Jugend hat eben noch Sinn für Poesie. Sie ist noch voll heiliger Begeisterung für alles Schöne und unterliegt nicht den Vernünfteleien der Erwachsenen. Was ist es doch für ein Trost, zu wissen, daß es immer Menschen geben wird, denen die Dichter noch etwas zu sagen haben.«

8

Frau Agnes Berwitz war traurig: eins der drei Löwenjungen war eingegangen. Es war von Geburt an schwächlich, gegen Kälte sehr empfindlich und lange nicht so munter gewesen wie die beiden anderen. Sie kam deshalb zu Kapitän Gambier, um ihm ihr Leid zu klagen. Dieser zuckte nur die Achseln.

»Madame, damit müssen Sie immer rechnen. Raubtierjunge während der Fahrt am Leben zu erhalten, dazu reicht für gewöhnlich menschliche Pflege nicht aus. Vielmehr ist es eher Glücksache und ein Wunder, wenn es gelingt. Aber die beiden anderen Löwenbabys sehen recht gesund aus.«

»Ja, ich hoffe, daß ich wenigstens die beiden großziehe und sie Ihnen eines Tages zur Dressur übergeben kann.«

»Bitte, Madame, ich werde mein möglichstes tun. Aber nur, damit Sie eine Freude haben. Und ich möchte nur wünschen, daß auch sie Ihnen Freude bereiten. Das ist allerdings nicht so sicher...«

»Weshalb glauben Sie, Kapitän?«

»Ich habe damit schon meine Erfahrungen. Es geht nichts über rohe Raubtiere, verstehen Sie, ich meine solche, die direkt aus dem Urwald eingeliefert werden. Die wissen nichts von Menschen, fürchten sich vor ihm mit ihrem natürlichen Instinkt, und wenn sie in dem Tierbändiger ein Geschöpf finden, das ihnen nichts zuleide tut, so gewöhnen sie sich ebenso natürlich an ihn. Aber ein Löwe, der im Käfig geboren und unter Menschen großgezogen worden ist, der ist an Menschen gewöhnt und kein primitives Geschöpf mehr, auf dessen Instinkte man sich verlassen kann. Für ihn ist der Mensch kein besonderes Wesen, sondern ein Geschöpf wie jedes andere, und wenn er gerade Lust hat, springt er ihn an wie eine Ziege. Ich weiß, daß es reizend ist, mit den Löwenbabys zu spielen, aber wenn sie größer werden, ist es anders. Ich habe mich aufgrund meiner Erfahrungen entschlossen, nur mit Raubtieren aus dem Urwald zu arbeiten. Da weiß ich, woran ich bin. Ein großgezogener Löwe oder Tiger ist unberechenbar.«

»Berwitz und ich, wir haben uns gerade gesagt, daß das erst recht Wunder der Dressur sein könnten, wenn wir die Tiere selbst großziehen.«

»Das ist leider ein Irrtum. Die menschliche Gesellschaft verdirbt die guten Sitten der Raubtiere.«

Der alte Malina erhielt den Auftrag, die kleine Tierleiche zu begraben. Er rief Wenzel herbei.

»Er aß nicht, trank nicht und verendete am dritten Tag«, deklamierte Wenzel, indem er den kleinen, hageren Körper streichelte.

»Ja, aber jetzt werden ihm noch zwei folgen«, brummte Malina, »der Tod will immer eine dreifache Vorstellung haben.«

Malina hatte dieser unbedeutende Vorfall offenbar ziemlich stark erregt, denn am Abend lenkte er das Gespräch immer wieder darauf, wer wohl jetzt an der Reihe sei. Umsonst geboten die Gefährten dem Alten, endlich darüber zu schweigen.

»Im Zirkus«, fuhr er hartnäckig fort, »stirbt niemand allein. Das habe ich schon längst beobachtet. Das letztemal war es genau so: zuerst starb die Tigerin Miuma, dann der Bengalentiger Pascha und schließlich der alte Berwitz. Das lasse ich mir nicht ausreden. Beim Zirkus soll der Tod erst gar nicht einkehren.«

Der erregte Greis verfiel in nachdenkliches Schweigen. Weder im Zirkus noch in der Menagerie ereignete sich etwas Besonderes, alles ging programm- und vorschriftsmäßig seinen gewohnten Gang, die Reise durch Holland wickelte sich in völliger Ordnung ab. Aber Malina blieb in sich gekehrt, brummte kaum ab und zu ein Wort. Und einmal führte er mitten im Abendessen den Löffel nicht einmal bis zum Mund, hielt plötzlich im Essen inne, legte dann verlegen den Löffel weg, erhob sich langsam und ging fort. Kerholec nickte den anderen zu.

»Er geht zu den Wagen mit den Tieren. Lauf ihm nach, Wenzel, und komm uns berichten, was los ist.«

Sie aßen weiter, aber alle waren in einer unangenehmen Spannung. Kurz darauf kam Wenzel zurück:

»Er ist zu den Ziegen gegangen – Blaubart ist im Verenden!«

Lange, nachdem die andern schweigsam und bedrückt zu Bett gegangen waren, kroch der greise Malina auf den Zehenspitzen in den Wagen Nummer 8. Die Schläfer fuhren auf und hoben die Köpfe.

»Wie geht es ihm?« fragte einer mit gedämpfter Stimme.

»Morgen stirbt der dritte«, kam es nach langer Zeit endlich von Malinas Lippen.

Der nächste Tag war vom frühen Morgen an mit reger Tätigkeit erfüllt, man sollte nach Aachen fahren, hatte die Grenze zu überschreiten und die Verzögerung, mit der dort gerechnet werden mußte, im voraus einzuholen. Peter Berwitz war seit den frühen Morgenstunden auf den Beinen, aber kurz bevor man aufbrach, schickte er noch nach Valkenburg um die Post. Der Empfang der Morgenpost war für ihn eine Zeremonie, die er am liebsten im großen Zelt abhielt. Er stellte sich auf die äußere Piste, und indem er mit lauter Stimme die Empfänger ausrief, reichte er mit feierlicher Geste die einzelnen Briefe den Mitgliedern seines Ensembles oder dem Sekretär Steenhouwer. Böse Zungen wollten wissen, daß er dies nur tat, um zu zeigen, daß er lesen könne und nicht zu den Leuten von der Art eines Kranz gehöre, der mit Mühe die fünf Buchstaben seines Namens malen gelernt hatte und, jeden Brief verkehrt in der Hand haltend, sich über Weitsichtigkeit beklagte, oder wie jener berühmte Direktor Ravanelli, der die eingelaufene Post stets auf der Piste ausbreitete, damit sich jeder nehme, was ihm gehörte, und das, was übrigblieb, einfach zusammenraffte, in seinen Wagen trug und verbrannte. Die Unkenntnis des Lesens und Schreibens war unter den Zirkusleuten, deren überwältigende Mehrheit nie zur Schule gegangen war, durchaus nichts Schimpfliches. Auch im Zirkus Humberto war zu jener Zeit an einer Stützstange neben dem Tor ein Programm für Analphabeten angeschlagen. Zu den vielen Funktionen Malinas, der selbst ein Analphabet war, gehörte es, mit seiner schweren Hand auf ein rauhes Papier Hieroglyphen zu malen, welche die einzelnen Nummern bezeichneten: ein Rechteck mit Beinen bedeutete die Dressur der Pferde, ein Bogen sollte den Elefanten veranschaulichen, zwei Haken das Trapez und ein Dreieck die Mütze des Dummen August.

Diesmal war jedoch keine Zeit für ein langes Zeremoniell mit der Post. Berwitz ergriff den Stoß, sah ihn flüchtig durch, um dann alles Steenhouwer zu übergeben. Er war jedoch noch nicht bis zum Ende gelangt, als er plötzlich innehielt und langsam einen Brief mit schwarzer Umrandung herausnahm. Er sah Steenhouwer an und riß dann energisch den Briefumschlag auf. Kaum hatte er den Brief auseinandergefaltet, als er sich bereits zu dem Sekretär wandte und mit gedämpfter Stimme sagte:

»Frans, ruf bitte Agnes herbei. Großvater Humberto ist gestorben!«

Die Mutter schrieb es ihm aus Savoyen. Der greise Carlo Humberto war mitten unter seinen Hunden und Katzen, mit dem Dressurstab in der Hand, glücklich und sanft entschlafen. Er war bei seinen 89 Jahren bis zuletzt von erstaunlicher körperlicher Frische gewesen. Er trank gern ein Glas Wein und liebte es, dabei eine kurze Ansprache zu halten. Nun saß Großvater Humberto eines

Nachmittags im Garten, vier Zwerghündchen tanzten in Damen- und Herrenhüten vor ihm auf den Hinterpfötchen, da fiel der Kopf des Greises plötzlich auf die linke Schulter herab, Carlo Humberto lächelte und starb. Die Hündchen tanzten weiter und sahen dabei ängstlich zu ihm und seinem Stock empor, bis ihnen die Pfötchen wehtaten und eines nach dem anderen sich langsam und zaghaft auf die Vorderbeinchen herabließ. Der Stock blieb unbeweglich, kein Wort des Tadels ertönte; sie standen um ihn herum und wedelten verlegen mit den Schwänzchen, bis plötzlich eines in einem Tirolerhütchen zu heulen begann. Und dann fielen alle anderen mit ein, die drei Tänzer, die vier Springer, zwei Polizisten, insgesamt zwölf Hündchen heulten in ihrer merkwürdigen Maskerade und lockten schließlich die Frauen herbei, die den Großvater in dem duftenden Garten, umgeben von blühenden Oleanderbüschen, tot vorfanden.

»Nun, Großvater Humberto!« sagte Peter Berwitz leise, als Agnes den Brief zu Ende gelesen hatte. »Er hat ein schönes Leben und einen schönen Tod gehabt. Nähe mir an alle Ärmel einen Trauerflor an. In zehn Minuten fahren wir.«

Der Tod des Begründers des Unternehmens brachte die gesamte Mannschaft dieses fahrenden Segelschiffes in große Aufregung. Man hatte etwas, worüber man sprechen, jemanden, an den man denken konnte. Am meisten wußte natürlich der alte Malina zu erzählen, der drei Viertel seines Lebens mit dem einstigen Prinzipal durch die Welt gezogen war.

»Was hab' ich euch gesagt?« wandte er sich beim Mittagessen an seine Gefährten und sah sie dabei mit einem Blick an, in dem gar kein Siegesstolz, sondern lediglich die Bestätigung der verkündeten Wahrheit zu lesen war. Und obgleich dem Alten dieser dritte Todesfall am meisten naheging, verschwand seine ruhelose Besorgnis, und seine Zunge löste sich wieder.

9

Herr Selnicki bekam seine Flasche Johannisberger. Eines Tages meldete Hans dem Direktor, daß Vaschku »fit« sei für die Manege.

»Natürlich«, fügte er zur Erklärung hinzu, »mit dem Voltigieren ist's noch nichts, aber bei der normalen Produktion im Sattel wird er uns mit der Körperhaltung und der Führung des Pferdes keine Schande machen.«

Berwitz nickte mit dem Kopf, und sobald er Zeit hatte, ließ er Vaschku mit der Mary zu sich kommen. Wenzel begriff, daß etwas Besonderes vor sich gehen müsse, aber er war so stolz auf seine Reitkunst, daß er sich ganz ungeniert auf sein Pandurenpferdchen schwang und in raschem Trab in die Manege ritt. Drei Schritte vor dem Direktor blieb er stehen und salutierte. Berwitz erwiderte, die Peitsche in der Hand, Wenzels Gruß und befahl ihm, im Schritt linksherum um die Manege zu reiten. Wenzel wendete das Pferd zur Piste und ritt los. Mary schritt kokett wie eine Tänzerin einher, und der Reiter saß unbeweglich auf ihrem Rücken.

»Kurzen Trab! Allez!«

Wenzel beugte sich leicht nach vorn, preßte die Waden gegeneinander, und die Stute begann in federndem Ritt in der Runde zu traben.

»Langen Trab! Allez!«

Die Reitgeschwindigkeit nahm zu, Wenzel saß nach vorn geneigt wie angenagelt im Sattel.

»Galopp! Allez!«

Ein unmerklicher Druck der Knie, eine kaum wahrnehmbare Bewegung des Körpers, und Mary schoß mit den Vorderbeinen nach vorn. Berwitz beobachtete, wie

Wenzel in die Steigbügel trat, wie er bei den mäßig ausholenden Sprüngen im Sattel federte, und verfolgte die Schläge der Hufe.

»Kurzen Trab! Allez!«

»Wenden und rechtsum – allez!«

»Halbrechts im Schritt – allez!«

»Linksum im Galopp – allez!«

»Halt!«

Wenzel hielt Mary im gestreckten Galopp mit einem Ruck an, und das Pferd blieb mit gespannten Muskeln stehen. Marys Hinterbeine waren etwas angezogen, der Hals nach vorn geneigt. Berwitz wandte sich mit befriedigtem Kopfnicken zu Hans, der beim Tor stand. Dann gab er Wenzel ein Zeichen, daß er fortreiten dürfe, und ging auf Hans zu.

»Ja, Hans. Vaschku kann vors Publikum. Für seine Körperhaltung und dafür, wie er das Pferd zum Stehen gebracht hat, verdient er Applaus.«

Am nächsten Morgen stand auf der Tafel, wo die festgesetzten Proben angezeigt wurden:

»9.20 Uhr: Helene Berwitz und Vaschku auf Miß und Mary.«

Die Aufgabe, die der Direktor mit den Kindern einübte, war recht einfach: Wenzel und Helenchen sollten zusammen in die Manege geritten kommen, das Publikum begrüßen, im Schritt einmal in der Runde reiten, beim Tor eine Wendung zur Mitte machen, sich der Piste gegenüber nach rechts und links teilen, nach einer Runde wieder zusammentreffen, gemeinsam zum Tor zurückkehren und Platz für den Auftritt des Elefanten machen. Dann sollten sie mit ihm bis zur Mitte reiten, auf ihn zeigen, sich verneigen und im Bogen davonreiten. Es war wirklich weiter nichts als die Einführung des Dickhäuters, aber Wenzel schien es das bedeutendste Ereignis seines Lebens zu sein.

Es war keine schwierige Aufgabe, und die Kinder waren im Reiten sicher genug, um sie bereits nach der ersten Probe vorschriftsmäßig auszuführen. Aber das bloße »vorschriftsmäßig« genügte dem ehrgeizigen Peter Berwitz nicht. Alles, was er vorführte, mußte in höchstem Grade vollkommen sein. Deshalb mußten auch Helenchen und Wenzel immer von neuem um und durch die Manege reiten, um den Schritt der Pferde und ihre Bewegungen bis in die feinsten Details aufeinander abzustimmen. Sogar Frau Berwitz begann den Proben beizuwohnen. Was Helenchen anbetraf, hatte sie keine Befürchtungen, denn diese war in den Verbeugungen vor dem Publikum von klein auf geschult worden. Vachku hingegen war in den Augen von Agnes ein echter, von Gesundheit strotzender, aber eben deshalb roh gezimmerter Dorfjunge, und es würde voraussichtlich noch viel Mühe kosten, bevor seine Bewegungen den nötigen Schliff bekämen. Wie staunte sie aber, als Wenzel das unsichtbare Publikum mit vollendeter Grandezza grüßte – Roméos unermüdliches Üben hatte den Knaben gelehrt, mit sicherem Griff den Hut abzunehmen und damit in der Luft elegante Kurven zu beschreiben, bevor er in der zurückgebogenen Hand die tiefste Lage erreichte. Die Direktorin war restlos zufrieden. Am nächsten Tag nahm sie Frau Hammerschmidt zu Hilfe, und jetzt begannen lange Beratungen darüber, wie man die Kinder anziehen solle. Schließlich wurde für Helenchen ein breites Faltenröckchen aus gelbem Taft, ein eng anliegendes schwarzes Jäckchen mit einer gelben Rose und ein breiter Strohhut ausgewählt. Der Junge bekam eine hechtgraue lange Hose, gleichfalls eine eng anliegende schwarze Jacke mit einem breiten weißen Kragen und einen niedrigen schwarzen Zylinder mit flacher Krempe. Dann wurde noch Herr Selnicki gebeten, für ihren Auftritt die Musik zu bestimmen. Als er ihn gesehen hatte, erklärte er: »Gulliver unter den Zwergen – wie ich's gesagt habe.«

Hans verfolgte eifrig alle Vorbereitungen, denn diesmal handelte es sich ja um seine Zöglinge und um die Pferde aus seinem Stall. Trotzdem wußte er bis zum letzten Augenblick nicht, was eigentlich daraus werden sollte. Für eine selbständige Nummer war der Auftritt zu kurz und zu armselig. Erst als Berwitz Arr-Schehir den Befehl gab, den Elefanten hereinzuführen, sah Hans, daß es ein Entrée sein sollte. Er schaute der Probe zu; gleich beim erstenmal klappte alles tadellos, als jedoch die Ponys ihre Aufgabe ausgeführt hatten, geschah etwas Unglaubliches: Hans stürzte in die Manege, obgleich der Direktor die Probe noch nicht beendet hatte. Berwitz machte ein finsteres Gesicht und wollte Hans einen Hieb mit der Peitsche versetzen. Aber dieser fuchtelte mit den Armen in der Luft herum und rief:

»Das ist falsch! Ganz falsch!«

Berwitz war starr über diese Frechheit, aber Hans brachte aufgeregt hervor:

»Das Entrée hat gar keinen Abschluß, Herr Direktor, sehen Sie sich's doch mal an! Einfach den Hut schwenken – ist denn das ein Abschluß für einen Reiter? Und Vaschku ist ein Reiter, Herr Direktor, und Helenchen eine prima Reiterin!«

In Berwitzens Gesicht zogen finstere Gewitterwolken herauf. Die Peitsche in seiner Hand schwippte hin und her. Aber er wußte sich noch zu beherrschen.

»Was sagst du da, Hans?« fragte er kalt.

Arr-Schehir auf dem Elefanten, die Direktorin hinter der Piste, Herr Selnicki auf der Estrade waren starr vor Schreck. Sie wußten, daß jede Sekunde die Explosion erfolgen müsse. Aber Hans war nicht mehr zu halten.

»Die Kinder haben gar keinen Abgang, Herr Direktor! Sie verdienen einen Abschluß, wie er sich für Reiter geziemt!«

»Und was soll das sein?« Berwitz hatte Mühe, sich zu beherrschen.

»Die Pferde müssen zum Schluß neben Bingo auf das rechte Knie niederknien! Dazu erst gehört die Verbeugung!«

»Du Idiot«, schrie ihn Berwitz an, dessen Wut sich jetzt Luft zu machen begann, »können denn Mary und Miß niederknien?«

»Jawohl, Herr Direktor«, antwortete Hans mit keuchender Stimme, »das können sie, alle vier Ponys können es, ich übe es doch schon seit sechs Wochen mit ihnen ein!«

Der Direktor sah dem Stallknecht einige Sekunden unbeweglich ins Gesicht. Dann wandte er sich zu Agnes:

»Madame«, rief er mit einer Stimme, als ob er die Gesetze auf dem Berge Sinai verkündete, »melden Sie im Büro, daß der Kutscher Hans fünf Mark Strafe wegen unerlaubten Betretens der Manege zu zahlen hat.«

Dann ging er zum Tor.

»Arr-Schehir, Helene Berwitz und Vaschku treten noch einmal zur Probe an. Der Schluß wird eingeübt. Die Leitung übernimmt der Kutscher Hans. Herr Kapellmeister, die Musik wird geändert werden müssen.«

»Die Musik bleibt unverändert«, wandte sich Herr Selnicki oben zu den Musikanten, »nach dem Blashorn kommt lediglich eine Fanfare in F-Dur. Ich danke Ihnen, meine Herren, Sie können gehen.«

Unten in der Manege steht Hans, und es läuft ihm abwechselnd heiß und kalt über den Rücken. Das hat er bisher noch nicht erlebt: eine Geldstrafe bekommen und zugleich zur Leitung der Probe kommandiert werden. In seinem primitiven Denken ist eine Verwirrung eingetreten, der er nicht Herr zu werden vermag. Aber da kommt auch schon der Direktor auf ihn zu und übergibt ihm die Schambriere! Hans nimmt sie mit einer steifen Verbeugung schweigend entgegen und geht in die Mitte der Manege. Plötzlich steht er allein da, denn der Direktor verläßt sie mit langen Schritten durch den Eingang für das Publikum. Hans weiß nicht, was er anfangen soll. Er umklammert krampfhaft die Peitsche, und dadurch kommt seine Hand mit einemmal von selbst in Bewegung. Dreimal knallt die Peitsche durch die Luft. Das Schlimmste ist überwunden. Hans nickt mit dem Kopf nach dem Tor hin:

»Helenchen, Vaschku, bitte noch einmal aufs Pferd. Du, Arr-Schehir, noch nicht, warte noch ein bißchen. Allez!«

Helenchen und Wenzel kommen in langsamem Schritt hereingeritten.

»Halt!« kommandiert Hans. Dann stellt er sich zwischen beide Kinder und zeigt ihnen, wie sie mit dem rechten Bein dem Tier das Niederknien andeuten, die Zügel lockern und sich im Sattel zurückbeugen sollen, um das Gleichgewicht des Pferdes zu ändern und zugleich die richtige Lage für den Paradegruß vorzubereiten. Die Kinder probieren es, und Hans redet leise auf die Tiere ein. Mary und Miß schnauben, aber sie begreifen, was er von ihnen verlangt. Beim viertenmal lassen sie sich vorschriftsmäßig mit nach vorn gestrecktem linkem Bein, den Kopf bis zur Erde geneigt, aufs Knie herab, und die Kinder führen vor dem unsichtbaren Publikum den Paradegruß aus. Dann kommt der Elefant Bingo zum Tor hereingeschaukelt, und alles wird mit ihm noch einmal wiederholt. Es gelingt gleich beim erstenmal. Frau Berwitz applaudiert.

»Bravo, Hans!«

Vier-, fünf-, zehnmal wird es wiederholt – das Niederknien klappt tadellos, beide Ponys werfen jedesmal den Kopf in die Höhe, ihr Ehrgeiz und ihre Produktionslust sind geweckt. Der Riese Bingo verfolgt aus seiner Höhe nachdenklich, was daraus wird, und gibt acht, wie weit er in die Manege vorgehen soll und wo dabei jedes der beiden Kinder steht.

»Bravo, Hans«, wiederholt Agnes, in die Manege eintretend, als der Kutscher die Kinder und Arr-Schehir mit dem Elefanten fortgeschickt hat, »jetzt ist es wirklich bedeutend hübscher. Ich werde es dem Direktor melden.«

*

Was war das für Wenzel für ein herrlicher Tag stolzen Ruhmes und kindlicher Glückseligkeit! Wie ein Wiesel lief er von einem zum anderen, um jedem das große und bedeutende Ereignis zu verkünden, daß er heute zum erstenmal in der Manege auftreten werde. Sogar den Tigern, Löwen und Bären mußte er es erzählen, selbst dem würdigen Nachfolger Blaubarts, den Hündchen Hamiltons, den Pferden und den Pandurenpferdchen und schließlich dem großen Bingo.

»Bingo, mein Liebling, heute führe ich dich in die Manege! Sei brav, Bingo, ich bitte dich, und mach's gut – du sollst dafür von mir und Helenchen ein herrliches Entrée bekommen!«

In der Pause sammelte er an diesem Abend mit dem Löwenjungen ein paar Mark weniger ein, weil er Angst hatte, er könnte sich zu spät die prächtigen Kleidungsstücke anziehen, die man für ihn vorbereitet hatte. Aber dann blieb ihm noch genug Zeit, um im Orchester aufzutauchen, den Vater am Ärmel zu zupfen und sich ihm beim Trompeten mit seinem weißen Kragen und dem schwarzen Zylinder zu zeigen.

Das erste Auftreten der Tochter des Direktors und das Interesse für Wenzel lockten eine Menge Neugieriger zum Eingang ins Chapiteau und ans Tor. Das Orchester spielte den Eingangsmarsch ohne den Trompeter Karas, der mit der Erlaubnis des Kapellmeisters zuschaute, wie Wenzel seine erste große Prüfung bestehen würde.

Er brauchte um das Ergebnis nicht besorgt zu sein. Wenzel trat mutig und unbefangen vor das Publikum, und sein gebräuntes Jungengesicht mit dem breiten Lächeln und den lustigen Schelmenaugen unter dem schief sitzenden Zylinder gewann augenblicklich die Zuschauer. Helenchen neben ihm sah aus wie eine große Dame en miniature, eine reizende, kleine Gestalt von ungemein zarter Schönheit. Beide Kinder saßen glänzend im Sattel und führten ihre Begrüßungsgesten mit den vollendet harmonischen Linien der raffiniertesten Grandezza aus.

»Oh, wie herzig!« entfuhr es Frau Hammerschmidt mit einem Seufzer, »so putzig!«

»Très erzig«, nickte ihr Kapitän Gambier zustimmend zu.

»Sie sehen hübsch aus«, sagte Agnes zu Peter, »im Spätsommer geben wir Helenchen in Hamburg in eine Tanzschule.«

»Es ist ein guter Eingang«, nickte Peter, »und der Junge, Vaschku, wer hätte das gedacht, sieh dir nur seine Bravour an!«

Bingo war noch nie von einem solchen Riesenapplaus empfangen worden wir jetzt bei der Figur, die Hans erfunden hatte. Es war alles sehr glücklich gewählt, und Peter Berwitz rieb sich zufrieden die Hände. Noch vor der Beendigung des Programms schickte er Selnicki die versprochene Flasche Johannisberger.

Am glücklichsten war außer Wenzel der gutmütige Hans. Aber nach der Vorstellung überfiel ihn mit einemmal eine trübe Stimmung, denn es war gerade Gagentag – im Zirkus werden alle Löhne Gage genannt. Monatlich gibt es vier Gagentage, damit die Zirkusleute unterwegs besser mit dem Geld auskommen: jeden Ersten, Achten, Sechzehnten und Vierundzwanzigsten. Den Zeltarbeitern, Kutschern und Zirkusdienern zahlte der Platzmeister Kerholec die Gage aus. Er schleppte sie jedesmal in einem schweren Sack herbei, weil die Einnahmen im Zirkus an der Kasse meist in Kleingeld hereinkamen und daher wieder in Kleingeld ausgezahlt werden mußten. Kerholec rief also nach der Vorstellung, als bereits wieder alles aufgeräumt war, die Namen der einzelnen Angestellten aus, aber der Kutscher Hans erschien nicht. Er versteckte sich lieber, um nichts von seiner Geldstrafe hören zu müssen. Kerholec ließ ihn jedoch holen, und als er endlich kam, las ihm der Platzmeister aus der Gagenliste vor:

»...wird eine Geldstrafe von fünf Mark abgezogen, eine Belohnung von zehn Mark für das Einüben des Abschlusses mit den Ponys ausgezahlt, macht fünf Mark Zuschlag...«

Die selbstverständliche Folge davon war, daß der glückliche Hans den Platzmeister Kerholec, Vater Karas und Sergeant Vosátka ins Wirtshaus einlud, um Wenzels Glückstag zu feiern.

10

Der erste Erfolg! Welch ein Ansporn für Wenzels Tatendurst! Mit einemmal ist die brennende Sehnsucht erfüllt, sich durch die Tat, durch hervorragendes Können zu bewähren! Wird es ihm denn noch genügen, dies Zelt mit den Pferdeställen und der Menagerie? Für einen siebenjährigen Knaben ist das alles zu wenig. Kaum kann er den Morgen erwarten, und ist er endlich da, schon ist Wenzel draußen bei den Tierwagen oder in den Ställen. Das Reinigen und Füttern der Ponys hat er schon ganz allein übernommen. Hans sieht ihm nur manchmal bei der Arbeit zu und belehrt ihn: »Du mußt immer mit der Hand bürsten, die näher beim Kopf ist. Du darfst nie so lange bürsten, daß sich weißer Staub zeigt. Für die Augen und das Maul nimm immer einen besonderen Lappen. Den Huf mußt du sauber abwaschen und dann mit Salbe einschmieren. Aber du darfst ihn immer nur mit einem Holzmesser reinigen.« Und Wenzel betreut seine vier Schützlinge, kämmt ihnen die Mähne und den langen Schwanz, säubert die Krippen, wirft den Mist aus dem Stall und sucht das längste Stroh für sein kleines Königreich aus. Nach einem halben Jahr kennt er alle Praktiken eines Stallknechts. Nicht selten steht er neben Hans, wenn die großen Pferde den Stall verlassen, betrachtet mit Kennerblick ihren Gang, kritisiert ihren Schritt und beobachtet auch fremde Pferde. Er lernt den flachen von dem hohen und dem Ziegenhuf unterscheiden, denn Hans macht ihn immer wieder auf seinen Grundsatz aufmerksam, daß der Pferdehuf von allem das Wichtigste ist, weil das ganze Gewicht von Pferd und Reiter darauf ruht.

Im Stall könnte es Wenzel den ganzen Tag aushalten, aber wie sollte er bei Kapitän Gambier vorübergehen, wenn der in seiner blauen Schürze die riesigen Pferdefleischstücke in Zehn-Pfund-Portionen zerstückelt und sie mit der Gabel den Tigern und Löwen in den Käfig steckt! Da muß Wenzel doch dabeisein und die Sprünge der Raubtiere beobachten, wenn sie Fleisch wittern und es dann brüllend und knurrend zwischen die Riesentatzen nehmen. Oder wenn sie nach der Fütterung in einer majestätisch schönen Linie, über den Bottich gebeugt, Wasser saufen. Natürlich muß er auch mit den Löwenjungen spielen. Sie sind jetzt im Wagen Gambiers, jedes hat schon einen Namen: Borneo und Sumatra, und wachsen unheimlich schnell. Wenzel wird sie bald nicht mehr durchs Publikum tragen können, denn sie kratzen mit ihren scharfen Krallen, und da sie bereits Fleischnahrung bekommen, kann es gefährlich sein.

Zwischen der Menagerie und den Pferdeställen ist meist der Stall des Elefanten Bingo untergebracht. Wenzel kann an seinem großen Freund, der ihn mit freudigem Trompeten begrüßt, nie einfach vorbeigehen. An heißen Tagen hilft er Arr-Schehir Bingo mit Trögen Wasser begießen und hockt neben Arr-Schehir auf der Erde, wenn dieser mit einer großen Feile Bingo die Nägel feilt. Dann erzählt Arr-Schehir; er hat im Laufe der Jahre gut Deutsch gelernt und verwandelt alles, was er erzählt, in kurze Geschichten. Am liebsten setzt er sich nach der Arbeit zwischen Bingos Beine, Wenzel sitzt dann ihm gegenüber auf der Erde, und Arr-Schehir erzählt mit seiner singenden Stimme eine der tausend Geschichten aus der Schule des Lebens.

Was ist denn das plötzlich für ein Wiehern und Getrampel hinter der Zeltwand des Pferdestalles? Da hat wohl die Direktorin ihre Übungen mit den Lipizzanern beendigt, die gerade zurückkommen. Immer, wenn sie mit der Arbeit fertig sind, wiehern sie vor Behagen, und die anderen Pferde antworten ihnen. Jetzt beginnt Herr Perreira mit seiner Dressur, und Wenzel sieht ihm zu. Da ist zuerst das römische Wagenrennen, ein wilder Galopp in der Manege, wobei Perreira mit gespreizten Beinen auf zwei Pferden steht, auf zwei prächtigen Fuchsstuten, die einen weißen Stern an der Stirn und weiße Socken an den Vorderbeinen haben. Wenzel kennt sie schon, es sind die englischen Halbblutpferde Leporello und Trafalgar. Wenn sie zweimal um die Manege galoppiert sind, kommt die goldfalbe Valentine mit der dunklen Mähne und dem dunklen Streifen auf dem Rücken in die Manege getrabt. In ihrem linken Oberschenkel ist ein großes S eingebrannt, das Erkennungszeichen des Gestüts Schwaiganger. Mit fliegender Mähne galoppiert sie hinter den beiden Pferden her, die sich inzwischen etwas voneinander entfernt haben, und Valentine drängt sich in den Zwischenraum zwischen beide hinein, unter die Füße Perreiras, so daß dieser jetzt mit gespreizten Beinen auf drei nicht miteinander verbundenen Tieren reitet. Und da schießt auch schon der hellgelbe Wallach Dahomey mit der rosa Hautfarbe und der weißen Mähne hinter dem Vorhang hervor, holt die drei galoppierenden Pferde ein, drängt sich zwischen Valentine und Trafalgar, und Herr Perreira reitet auf vier Pferden, die in gestreckter Karriere in der Runde galoppieren. Die beiden dunklen Füchse sind außen, die beiden hellen Pferde innen, aber Herr Perreira springt nach ein paar Minuten von Trafalgar auf Dahomey, Trafalgar verlangsamt den Galopp und bleibt etwas zurück, dann holt er die anderen wieder ein und reiht sich zwischen Valentine und Dahomey. Darauf wiederholt sich dasselbe mit Leporello, und Herr Perreira beendet den Ritt auf den falben Pferden, den beiden dunklen Füchsen in der Mitte.

Wenn er herabgesprungen ist und jedem der vier Pferde ein Stück Zucker gegeben hat, schwingt sich Alice Harwey, die Näherin und Kunstreiterin, auf ihr Pferd. Wie merkwürdig ist es doch: Alice ist ein unschönes Mädchen mit vielen Sommersprossen im Gesicht, aber hier, auf dem Pferde, ist sie mit einemmal eine Schönheit, deren schlanker, biegsamer Körper mit den feinen, langen Gliedmaßen in harmonischen Wellenlinien auf der mächtigen schwarzgrauen Stute tanzt.

Überall gibt es eine Menge Dinge, die Wenzel beachten und denen er auf den Grund gehen muß. Aber was ist das alles im Vergleich zu dem, was er selbst zu tun hat! Der Zirkus zieht von einer Stadt zur andern, und Wenzel auf seiner Mary ist für die übrigen drei Pandurenponys verantwortlich, die an seiner Seite traben. Zum Übernachten muß der zerlegbare Stall aufgerichtet werden, und Wenzel knüpft und schnürt die Leinwandteile mit geschickten Fingern rasch zusammen. Dann muß er mit den Kutschern Stroh, Hafer, Heu und Wasser holen und die Ponys mit einem Strohbündel abreiben, die Hufe in Ordnung halten, wie es Hans täglich von ihm verlangt. Am Morgen wird das alles wieder niedergerissen und aufgeladen, und von neuem geht's in den Sattel und auf die Straße hinaus, bei Sonne, Regen und Wind.

Aber am Feierabend, wenn die Männer sich zum

Abendessen setzen, kommt Wenzel zur Arbeitsgruppe des Vaters mit der stillen Genugtuung, daß er sein Teil Arbeit geleistet hat. Alle im Zirkus wissen es, der kleine Vaschku ist für sie kein Muttersöhnchen, sondern ihr jüngster Arbeitsgefährte, und sie mögen ihn gern, weil er so selbstverständlich das Spiel verläßt und hilft, wo er kann. Als er zu ihnen gekommen war, hatten sie den reizenden Jungen lächelnd unter sich aufgenommen, aber jetzt haben sie schon längst ein anderes Verhältnis zu ihm. Er hat sich ihre Achtung und Anerkennung erworben, denn alle sehen, daß in dem kleinen, flinken Körper der Ernst und die Zähigkeit eines Erwachsenen wohnen. Und zwischen ihm und den anderen im Zirkus entwickelt sich etwas wie eine stille männliche Brüderschaft. Das ist keine Gesellschaft, in der die Zartheit zu Hause ist. Ein empfindlicherer Knabe würde hier wohl sehr durch die Rauhheit des Milieus gelitten haben. Merkwürdigerweise hat selbst der afrikanische Paolo, dieser durchtriebene, an Schläge und Geschrei gewöhnte Junge, Augenblicke weicher Wehmut, in denen es ihm leid tut, daß niemand kommt und den kleinen, schönen Paolo streichelt, niemand ihn mit zarter Hand liebkost, daß ihm keiner schmeichelnde Worte ins Ohr flüstert. Wie glücklich wäre seine kindliche Seele, wenn sie wenigstens manchmal innige Wärme, zärtliche Liebkosung erführe. Wenzel dagegen ist von Natur aus knorrig und hart, sein Charakter läßt ihm eher einmal eine Verwünschung von den Lippen fahren und ihn entschlossen in die Hände spucken. Er mag die Umarmungen einer solchen Schmeicheltante wie Frau Hammerschmidt nicht, sein Element sind erwachsene Männer, vor allem die aus dem Achter, mit denen er als Gleicher unter Gleichen umherzieht.

Am schönsten ist es an den lauen Sommerabenden, wenn sie zusammen im Freien lagern. Da befreit sich jeder von der Enge des Zirkuswagens, holt sich eine Pferdedecke und streckt sich irgendwo hinter dem Wagen ins

Gras aus. Wenn sich dann hoch über ihnen der Himmel wölbt und die Luft von dem Zirpen der Grillen erzittert, werden allmählich Erinnerungen in ihnen wach, die Männer erzählen, und Wenzel könnte ihnen lauschen, bis die Sterne verbleichen. Aber der Spätsommer hat auch noch andere Reize: sie ziehen durch Bauerndörfer, und da siegt die Sehnsucht des Dorfjungen über den Stolz des Reiters – Wenzel läuft in die Felder und pflückt Schoten und Mohnblumen. Wenn der Herbst naht und die Tage kürzer werden, erwachen selbst in Sergeant Vosátka Jägergelüste, er führt die Kameraden hinter das Lager hinaus, macht auf dem Brachfeld ein Feuer an und brät die Kartoffeln, die er während der Fahrt auf verlassenen Kartoffelfeldern gesammelt hat. Rotgolden glänzen Eichenwälder und Buchenhaine, die weiß schimmernden Birken werfen ihre Früchte von den Kronen, Altweibersommer tanzt um die Wagen der Reiter, leise rieselt der Regen auf die kaum hörbar trabenden Pferdekolonnen nieder. Arr-Schehir singt auf dem Riesen Bingo ein Gebet, damit der Regen aufhört, Achmed Roméo flüstert, in Tücher und Schals eingewickelt, beim nebligen Sonnenuntergang die Sure der Saba.

Alle wissen bereits, daß das unaufhörliche Trommeln des Regens auf die Zeltleinwand das Ende der Tournee und des fröhlichen Vagabundierens bedeutet. Mitte Oktober muß man zum winterlichen Leben übergehen. Für manche bedeutet es den Abgang vom Zirkus und den Abschied. Unwillkürlich überkommt sie eine melancholische Stimmung, wenn sie im naßkalten Morgennebel die hungrigen Tiere versorgen. Einzig Herr Berwitz geht stolz einher und reibt sich die Hände, denn er hat die Holzkonstruktion auf dem Gelände an der Reeperbahn gekauft, hat sie herrichten lassen, ist souveräner Herr über sein Winterlager, und der Zirkus Humberto wird zum erstenmal auf eigenem Boden überwintern.

11

Vater und Sohn Karas zogen fröhlich bei Frau Langermann ein. Endlich würden sie sich wieder behaglich auf dem Strohsack in ihrem Bett ausstrecken können! Die Witwe empfing sie mit großer Herzlichkeit. Es ging ihr nicht gut, seit die tschechischen Arbeiter fortgezogen waren. Sie hatte nichts über das Schicksal von Millners Maurertruppe erfahren und wußte auch nicht, wie es den beiden Karas beim Zirkus ergangen war. Mit den Untermietern hatte sie kein Glück gehabt, denn sie hatte keinen ständigen Kostgänger finden können. Jetzt, bei der Ankunft der beiden Karas, schien es ihr, als wäre ein Lichtstrahl aus den alten, ruhigen Zeiten wieder bei ihr eingekehrt. Auch waren es ja jetzt feinere Herren. Die Witwe ließ es sich nicht nehmen, daß Herr Karas ein Künstler sei, da er ja im Orchester die Trompete blase. Sie empfand eine fromme Ehrfurcht vor Musik. Ihr verstorbener Ehegatte, Herr Langermann, hatte Ziehharmonika gespielt – wie schön war das gewesen und wie oft hatte sie damals Tränen vergossen, wenn sie beide in der Küche auf dem Sofa saßen, auf dem Tisch der Kuchen duftete und Langermann auf seinem Matrosenklavier spielte und dazu sang: »Et wasen twei kunnigeskinner, De hadden enander so leef.«

Röschen war in dem einen Jahr auch ein wenig gewachsen. Sie machte große Augen und ließ vor Freude die Puppe fallen, als sie Wenzel in die Tür treten sah. Wenzel tat im ersten Augenblick sehr ernst und machte eine Miene wie ein Erwachsener, der alle Kindertorheiten längst hinter sich hat. Aber nach ein paar Minuten fiel plötzlich alles von ihm ab, und bei Röschens Spielzeug wurde er wieder der kleine Junge, der hier bei den Puppen, in der Puppenküche und dem Kaufmannsladen eine neue Welt seiner regen Phantasie fand. Nur der Hang zum Kommandieren war ihm geblieben, in allem und überall mußte er den Ton angeben und Röschen sich unterordnen. Zum Glück war das kleine Mädchen eine hingebungsvolle und nachgiebige Natur, voller Bewunderung für Wenzels Tatkraft, und so fand sie sich bereitwillig mit allen Änderungen ab, die er in ihrem kleinen Königreich vornahm. Das Puppenstübchen wurde zum Zirkuswagen, der Kaufmannsladen zur Menagerie und der Puppenwagen zum Tigerkäfig. Alles, was Röschen besaß und worin sie lebte, betrachtete Wenzel mit den Augen seiner bisherigen Umgebung, und die beiden Kinder befanden sich in einer neuen, doppelt verzauberten Welt.

Nur ein Ding konnte er nicht ändern: Röschens Fibel. Sie besaß bereits ihr erstes Bilderbuch mit großen Lettern und in Silben getrennten Wörtern. Wenzel kannte einige Buchstaben der Frakturschrift, andere wieder verwechselte er. Jetzt aber vertiefte er sich mit dem ihm eigenen Eifer in die Fibel und las sich selbst täglich laut aus ihr vor, bis er ganze Seiten auswendig konnte. Der Vater hatte für diesen neuen Ehrgeiz seines Sohnes nicht viel übrig, aber bald zog auch Buresch zu Frau Langermann und setzte sich jeden Abend mit Wenzel an den Tisch, um mit ihm das Lesen aus der deutschen Fibel zu wiederholen. Dann pflegte er meist noch eines seiner Bücher aus dem Schrank zu nehmen und las selbst oder ließ Wenzel Gedichte vorlesen, die dem Buben gefielen.

Die Gedichte gehörten zur abendlichen Feierstunde im Hamburger Winter. Tagsüber war an so etwas nicht zu denken. Überall wartete die Arbeit. Man hätte meinen können, daß es keine gäbe, weil das ständige Aufrichten und Niederreißen der Zelte ausfiel, aber viele Hilfsarbeiter verließen den Zirkus, und die übrig blieben, hatten für alle Tiere und die im Winter üblichen Reparaturen des gesamten Materials zu sorgen. Anton Karas war ursprünglich auch nur als Saisonzeltarbeiter engagiert worden, und Kerholec hatte sich vorgenommen, sein Verbleiben über den Winter bei dem Direktor durchzusetzen. Aber das war gar nicht mehr nötig. Karas hatte Berwitz durch seine Schnitzereien gewonnen, die allmählich die äußere Zierde des Zirkus geworden waren. Und dann war ja auch noch Wenzel da, ein Anhängsel, das manchmal mehr wog als das Hauptstück. Besonders jetzt, da sein selbständiges Auftreten vorbereitet wurde.

Wenzel übernahm von Hans die freie Dressur der Ponys. Die Pferdchen waren gut vorbereitet, führten die komplizierten Figuren fast automatisch aus, es handelte sich nur darum, daß sie sich völlig an Wenzel gewöhnten und dieser auf jeden möglichen Zwischenfall vorbereitet werde. Bei den ersten Proben war er nervös, sein Kopf glühte vor Aufregung, und die Peitsche flog dauernd in der Luft herum. Nach ein paar Tagen beruhigte er sich jedoch und wußte sich bald auch mit der zweiten, kürzeren Peitsche zu helfen, die ihm der Direktor gebracht hatte, damit der Auftritt wie die Miniatur einer großen Dressurnummer aussehe. So lernte er abermals mit der Schambriere in der Rechten Tempo und Impuls angeben und mit der Peitsche in der Linken die Figuren vervollkommnen, und seine glänzenden, scheckigen Pandurenpferdchen verfolgten aufmerksam jede seiner Bewegungen. Hans kontrollierte hinter der Piste Wenzels Haltung, ob der Junge während der Arbeit wie ein richtiger Dresseur aufgerichtet blieb, ob er nicht die Beine auseinanderstreckte oder den Rücken krümmte und die Schultern bewegte. Und dann kam der Tag, da die Ponys neues Geschirr aus gelbem Leder bekamen, das mit Silberringen beschlagen war, ihre nach vorn gebogenen Köpfe mit gelben und blauen Federbüschen geschmückt wurden und Wenzel einen kleinen schwarzen Frack anziehen mußte. Es war für ihn ein Tag größter Aufregung: allein mußte er sich zeigen, und vor allem denen, die in der Garderobe einen großen Wandspiegel hatten, in dem er sich ganz sehen konnte. Dabei aber hatte er schreckliche Angst, er könnte hinfallen und seinen prächtigen Anzug beschmutzen oder zerreißen. Aber auch davon befreite er sich nach einigen Proben, und dann trat er endlich im feierlichen Weihnachtsprogramm auf.

Bei der Gradine hatte er eine ausgezeichnete Assistenz, denn der ganze Zirkus trat in weißen Handschuhen zum »Herrendienst« an, um dem ersten Auftreten seines jungen Mitarbeiters möglichst großen Glanz zu verleihen. In zwei Reihen standen vom Vorhang bis zur Manege in glänzenden Livreen Kapitän Gambier, Pablo Perreira, John Harwey, Herr Hamilton, die Vettern Gevaerts, Arr-Schehir, Achmed Roméo mit Paolo, Herr Barengo, Herr Laribeau und die gesamte Mannschaft des Achters außer Karas, der oben von Selnickis Orchester zuschaute. An der Ecke neben der Randloge stand Direktor Berwitz mit Hans, und Frau Berwitz mit Helenchen und Frau Hammerschmidt setzten sich auf die neben der Loge aufgestellten Stühle. Vor dieser feierlichen Assistenz wurde Wenzel mehr bange als vor dem ganzen Publikum rings um die Manege. Als er dann aber durch sie hindurchging, seine erste Verbeugung machte und mit der Peitsche knallte, um damit das Zeichen für die Pferde zu geben, fiel alle Angst und Aufregung von ihm ab. Er führte die Pferde mit völliger Sicherheit und ohne die geringste Hast. Zum Schluß, als der Applaus bereits die einzelnen Figuren belohnte, ging seine innere Sicherheit sogar in leichte Nonchalance wie bei einem völlig souveränen Dresseur über. Die Zuschauer waren ganz vernarrt in den kleinen Kerl, der Applaus genügte ihnen nicht mehr, sie trampelten mit den Füßen und schrien Bravo! – Es war ein Riesenerfolg, der größte des neuen Programms. Nur zum Schluß kam noch ein kleiner Schönheitsfehler, den Frau Hammerschmidt verschuldete: vor lauter Zärtlichkeit schickte sie Wenzel einen Blumenstrauß. Damit hatte niemand gerechnet, und als ihm Hans den Strauß mitten in der Manege überreichte, bemerkte Wenzel plötzlich mit Entsetzen, daß ihm die dritte Hand fehlte. In der Aufregung wußte er nicht, was er mit der Peitsche machen sollte, und geriet dadurch für einige Sekunden in Verwirrung, die mit einemmal verriet, was für ein Kind er noch war. Aber das brachte das Publikum erst recht in Begeisterung und Entzücken, und von neuem dröhnte und hallte der Applaus und das Freudengebrüll durch die Arena. Als Wenzel endlich aus der Manege hinter die Gradine kam, packte ihn der riesige Gambier, rief Laribeau etwas zu, und die beiden Franzosen hoben ihren Vaschku auf die Schultern und trugen ihn unter dem Beifallsklatschen der weißen Handschuhe mitten durch das ganze Ensemble.

Dann kam Direktor Berwitz in seiner Oberstenuniform, klopfte Wenzel auf die Schulter und sagte ihm, daß er es gut gemacht habe und Karas morgen zu ihm ins Büro kommen solle. Frau Berwitz streichelte ihm die Wangen, Helenchen schüttelte ihm die Hand, und Frau Hammerschmidt hätte ihn vor Zärtlichkeit fast erdrückt. Auf den Stufen des Orchesters stand Anton Karas und blies ins Taschentuch statt in die Trompete und mußte sich immer wieder die Augen abwischen. Beim Eingang zu den Pferdeställen ging Hans stolz wie ein Pfau auf und ab und rief den übrigen Kutschern zu:

»Hab' ich's nicht gesagt? Der alte Hans hat eben ein Auge für so eine Programmnummer! Ich hab' schon was gesehen, ihr Grünschnäbel! Das ist ein Succès, wie ihn der Zirkus Jahre nicht mehr gesehen hat!« Aber da schlich sich Wenzel von den Weibern davon, lief auf Hans zu, rief »Hans – hopp!« und flog in weitem Bogen dem Kutscher in die Arme und küßte ihn mit kindlicher Zärtlichkeit auf beide Wangen.

»Nana, Vaschku! Das ist doch nicht nötig! Das hat

nicht sein müssen!« wehrte sich der Kutscher, und erbsengroße Tränen kollerten ihm über die Wangen und fielen auf seine Livree herab. Der arme Hans! Er ahnte nicht, was ihm dieser Tag seines höchsten Ruhmes noch bringen sollte. Denn nach der Vorstellung kam der Direktor und überreichte ihm vor allen Stallburschen eigenhändig die in Seidenpapier eingewickelte rote Weste mit den goldenen Knöpfen. Hans geriet dadurch ganz in Verwirrung, zog sich sofort die neue Weste an, ging ohne Rock damit im Stall umher, kleidete sich nach der Arbeit völlig an und erklärte, daß er sich einen vergnügten Abend machen müsse. Wohin ihn dabei sein Weg geführt und was er in dieser Nacht alles erlebt hat, weiß niemand. Bekannt ist lediglich, daß ihn Schutzleute um halb drei Uhr früh im Zirkus Humberto ablieferten und Alice Harwey zerschunden und verprügelt, mit zerfetztem Rock und heruntergerissenem Kragen übergaben. Seine linke Hand war von Glas zerschnitten, die rechte Hand wies eine Wunde von einem Messerstich auf, Hans hinkte mit dem rechten Bein, hatte einen fremden Hut auf dem Kopf, das linke Auge war geschlossen und geschwollen. Er sprach kein Wort, als ihn Alice in den Stall aufs Stroh führte und ihn den ganzen Weg ununterbrochen schalt. Erst als sie fortgehen wollte, hielt er sie zurück, öffnete beim Schein der Lampe langsam den Rock, starrte ihn mit dem gesunden Auge angestrengt an und sagte mit erhobenem Finger: »Das ist nichts... die drei mußte man ganz und gar abführen... aber die rote Weste ist gesund!«

Am nächsten Morgen räumte eher Wenzel als Hans bei den Lipizzanern und den Rappen auf. Kurz darauf erschien der Direktor. Er blieb bei dem verbundenen Hans stehen und nickte mit dem Kopf:

»Hans, Hans... eigentlich habe ich nicht gedacht, daß du so ein Schwein bist!«

»Ja, das bin ich«, gab Hans kleinlaut zu, »ein schreckliches Schwein bin ich, aber mit Verlaub, nur vor lauter Freude. Noch nie im Leben habe ich so eine Freude gehabt wie gestern.«

Es gehörte zu den Grundsätzen von Berwitz, lieber ein Angebot zu machen, bevor die anderen mit ihren Forderungen kamen. So tat er an diesem Morgen Karas seinen Beschluß kund, daß er Vaschku als jungen Reiter engagieren wolle. Er war überzeugt, daß er so billiger davonkommen würde und es außerdem einen guten Eindruck mache. Karas stimmte auch, ohne zu überlegen und mit höflicher Verbeugung, der Summe zu, die Berwitz vorschlug. Es waren nur ein Paar Mark, aber Karas rechnete in Pfennigen und Sechsern. Alles schien ihm ein Geschenk des Himmels, was der Junge hier gewinnen konnte. Die Zwanzig-Pfennig-Stücke für die Löwenjungen fielen weg, als diese größer geworden waren, aber Karas hatte die Münzen alle aufbewahrt. Und jetzt würde er also Markstücke dazu tun. Wenzel brauchte ja nichts, und so würde es nicht schaden, wenn der Junge einige Ersparnisse hätte, denn einmal würde er ja von hier fortgehen. Diesen Gedanken hatte Karas im Grunde seiner Seele keineswegs aufgegeben. Er war hier eigentlich ganz zufrieden, die Erfolge Wenzels und dessen Glück machten auch ihn glücklich, aber der Stachel der alten gesellschaftlichen Vorurteile saß tief in der Seele des rechtschaffenen Mannes. Ohne darüber zu sprechen, dachte er doch daran, daß sie sich eines Tages einigen und den Zirkus verlassen würden, um zu Hause etwas Ordentliches anzufangen. Bei diesen Überlegungen beunruhigte ihn nur eines: daß er nichts darüber wußte, wie es im Frühling wohl Millner und seinen Gefährten ergangen sein mochte. Er fragte eifrig in allen möglichen Orten nach ihnen, aber nicht einmal Mösecke, der in erster Linie von ihnen hätte Nachricht haben müssen, wußte etwas. Sie waren fortgezogen, verschwunden, wie vom Erdboden verschluckt, und während des ganzen Jahres brachte niemand eine Nachricht über sie.

Die Zeit verging, und eines sonnigen Morgens meldete Kerholec den Befehl, die Zirkuswagen vorzubereiten und wieder einzuziehen. Und beide Karas verabschiedeten sich von Frau Langermann und Röschen, um die zweite Wanderfahrt mit dem Zirkus Humberto anzutreten.

12

Die kleine Helene Berwitz kehrte zum Reiten zurück. Den ganzen Winter über war sie davon verschont geblieben, um sich ausschließlich der Ausbildung bei Madame Delaglio widmen zu können.

Therese Delaglio war eine aufgedonnerte und geschminkte Frau mit bösen schwarzen Augen, einer scharfen Nase und einer rauhen, kreischenden Stimme, die in einer schmutzigen Wohnung in Hamburg lebte, wo ihre beiden Töchter, Marietta und Gioconda, in dem Ballett des Stadttheaters tanzten. Sie waren nicht mehr die jüngsten, aber Madame Delaglio wachte mit Argusaugen über ihre Tugend – das heißt, sie verschaffte ihnen Kavaliere, arrangierte auf unsichtbare Weise Stelldicheins und erschien im geeigneten Augenblick, um dann mit Heulen und Geschrei ihre raffinierten Erpressungen auszuführen.

Das tägliche Leben der Töchter verlängerte sich durch diese Abenteuer bis tief in die Nacht, aber Madame Delaglio jagte sie am frühen Vormittag aus den Betten. Um zehn, manchmal um neun Uhr begann ihre Ballettschule. Die kleinen Töchterchen aus den Hamburger Familien kamen zu ihrem Unterricht. Zwischen auseinandergeworfenen Federbetten, wahllos umherliegenden eleganten Abendtoiletten und dem noch nicht beendeten Frühstück taumelten die beiden Fräuleins Delaglio verschlafen und zerzaust umher, kommandiert von der Prima, die einen Stab in der Hand hielt; die Reste des Abendrouge waren noch auf den Wangen zu sehen, die stechenden Augen breit untermalt – ein krächzendes Nachtgespenst im fahlen Licht des winterlichen Vormittags.

Hier lernt Helenchen mit sechs anderen Mädchen die fünf Grundstellungen des klassischen Balletts. Was auf der Bühne als die verkörperte Anmut erscheint, wird hier, mit handwerksmäßiger Unlust vor den erstaunten Blicken der Kinder vorgeführt, zur Karikatur des Panoptikums. Die geschminkte Madame Delaglio zeigt ihnen, wie sie das Bein in eleganter Kreisbewegung durch die Luft schwingen müßten, und kommandiert dann das Öffnen und Spreizen der Beine bis zum écart. Aber hier beginnen bereits ihre zornigen Wutausbrüche mit den Schmerzen der noch ungelenken kleinen Körper in Konflikt zu geraten. Sie schlägt mit dem Stock auf den Boden, und die Mädchen üben die verschiedenartigen Rhythmen: das Engelstempo, das Fischtempo und die ersten künstlichen Schritte und Sprünge, die Arabeske oder die Attitude, das kleine, mittlere und das große Battement. Das sind nur die ersten unscheinbaren Anfänge der königlichen Ballettkunst, aber sie geben doch schon die Grundlage für eine Unmenge von Positions- und Bewegungskombinationen, die zu Adagio- und Allegroübungen vereinigt werden, durch die dann die charakteristische Graziosität des jungen Körpers erzielt werden soll.

Die Stunden bei Frau Delaglio genügen freilich nicht. Überall wiederholt Helenchen ihre Übungen. Sie ist jetzt oft in der Zirkusbude und übt, an die Logenbrüstung gelehnt, mit voneinandergestreckten Fußsohlen ihre Stellungen. Sie bemüht sich, daß die Beine dabei in der ganzen Länge beieinander bleiben, »collées«. Aus dem Halbdunkel des Gebäudes taucht ab und zu Paolo, der

Sohn Achmed Roméos, auf. Er hat großes Interesse für die merkwürdigen Dinge, die er bei Helenchen sieht, und findet, daß vieles davon den Übungen sehr ähnlich ist, die ihm sein Vater nach den alten Grundsätzen der formalen Vollkommenheit beigebracht hat. Nur die Bezeichnungen sind anders, und auch die Anwendung der Übungen ist verschieden. Bei ihm zielt alles auf heftige, plötzliche Sprungbewegung ab. Was Helenchen übt, ist Haltung, Gleichgewicht, Balance, Emporheben des Körpers auf die Zehenspitzen. Paolo interessiert das unerhört, sein schlanker Körper ist der des geborenen Tänzers, und er fühlt das Bedürfnis nach harmonischen, langsamen Gesten, nach freiem Spiel mit der eigenen Schönheit. Paolo ist schon jetzt in sich verliebt, schon jetzt dürstet ihn nach Lob und Bewunderung. Mit Vorliebe betrachtet er sich im Spiegel, und wenn er mit Helenchen spricht, scheint es ihm, daß das Ballett für ihn unendlich geeigneter wäre als der Wirbel der Akrobatik.

Darin ist er das gerade Gegenteil von Wenzel. Auch Wenzel führt kameradschaftliches Interesse zu Helenchen, er sieht ihren Übungen zu, versucht einige davon, aber dann rümpft er die Nase: das alles sind Spielereien für Mädchen. Auf der ganzen Fußsohle, auf den Zehenspitzen oder wieder anders stehen und immer nur stehen und sich schön machen – das ist doch nichts für einen Mann! Für den eignet sich der Sprung, der Anlauf, der Flug durch die Luft! Jetzt, über dem Boden, zeigt jeder, was er kann.

Aber Achmed Roméo läßt Wenzels Ehrgeiz kalt. Die Schulung muß schön der Reihe nach gehen. Vaschku kann bereits den Flip und den Affensprung. Jetzt übt er den Flic-Flac, den Überschlag vornüber über die Arme, und den saut périlleux, den Salto nach hinten, der leichter ist. Erst jetzt, da er das alles bereits fast im kleinen Finger hat, kommt der Salto mortale an die Reihe, der Sprung mit dem Überschlag nach vorn, mit gekrümmten

Körper und bis zum Kinn angezogenen Knien. Hunderte Male nimmt Wenzel unter den aufmunternden Zurufen Achmeds Anlauf und stößt sich vom Boden ab, und immer wieder mißlingt es infolge eines häßlichen Reißens in der Bauchgegend, wenn ihn die Rettungsschnur dem unglücklichen Fall entreißt. Es ist wie ein ekelhafter Schlag in den Magen und nach zwanzig-, dreißigfachem Mißlingen dreht sich Wenzel der Kopf, und er möchte erbrechen. Aber Achmed lacht und behauptet, daß das weiter nicht schlimm sei und Wenzel es immer wieder von neuem probieren müsse. Einmal wird es Wenzel plötzlich weghaben und dann wird es schon von alleine gehen.

Wenzel führt das Mißlingen des Salto mortale auf die unzureichende Vorbereitung seiner Muskeln zurück. Deshalb beginnt er eifrig mit neuen Hilfsübungen. Bei den Vettern Gevaerts hat er ein Schwungseil entdeckt und darüber springt er jetzt mit harnäckiger Verbissenheit in jeder freien Minute. Er springt überhaupt, wo und wann sich eine Gelegenheit dazu bietet. Und eines Tages entdeckt er einen für ihn besonders reizvollen Sprung: den Jockeysprung. Immer, wenn einer der Reiter das Voltigieren ohne Sattel übt, hält Wenzel nach Beendigung der Übung das Pferd fest, stellt sich auf die Zehenspitzen, reibt es von neuem ein und versucht dann, mit beiden Beinen direkt auf den Rücken des Pferdes zu springen. Das ist viel schwieriger als seine einstigen Sprünge auf das Pandurenpferdchen, dafür aber kann er auf dem breiten Pferderücken besser das Gleichgewicht halten. Nach drei Wochen ist er sicher im Auf- und Abspringen, und dann muß Hans das Pferd in Trab setzen, und Wenzel springt im Lauf auf seinen Rücken. Das alles tut er heimlich und verstohlen, wenn niemand in der Manege ist. Denn es ist sein Ehrgeiz, mit fertigem Können zu überraschen, und nicht zu zeigen, was er noch nicht kann.

Am häufigsten bietet ihm der hellgraue Wallach Ajax

dazu Gelegenheit. Er ist etwas kleiner als der Durchschnitt der anderen, ruhig und verläßlich, hat einen verhältnismäßig breiten Rücken und einen völlig ausgeglichenen Gang. Diese Eigenschaften haben ihn Berwitz für die weitere Ausbildung Helenchens auswählen lassen. In Hamburg hatte Helenchen frei, aber jetzt, da die Ballettschule beendet ist, kehrt sie jeden Morgen zum Voltigieren zurück. Alles gelingt ihr tadellos, aber der ehrgeizige Berwitz verlangt von ihr auch noch den Jockeysprung, und das ist zuviel für sie. Wenn sie sich beim Sprung auf eine am Sattelgurt befestigte Gabel stützen kann, schwingt sie sich leicht und anmutig auf den trabenden Ajax. Für den direkten Sprung von der Erde ist sie jedoch noch zu schwach. Aber Berwitz lebt in der Erinnerung, daß er selbst in ihrem Alter den Jockeysprung schon vor dem Publikum ausführte. Er ordnet daher beharrlich immer neue Wiederholungen an, aber Helenchen endet immer wieder am Rettungsseil. Berwitz schimpft nicht, doch allmählich wird er ungeduldig. Im stillen beginnt er dem Mädchen vorzuwerfen, daß es nicht genug festen Willen besitze. Er glaubt, daß jeder Erfolg immer nur von hartem, stählernem Willen und verbissener Entschlossenheit abhänge, und bereut, daß er den Frauen das Ballett bewilligt hat. Er hat das Mädel vier Monate aus der Übung kommen lassen, und jetzt hat er die Bescherung – Helenchen ist verweichlicht, ihre Waden sind widerstandsunfähig, und es wird Monate dauern, bevor sie wieder einen ordentlichen Sprung wird ausführen können.

Häufig, wenn Helenchen mit Tränen in den Augen zum zwanzigstenmal vergeblich Anlauf nimmt, tauchen im Halbdunkel des Zeltes zwei Knabengesichter auf, die mit großem Interesse ihre vergeblichen Anstrengungen verfolgen: Wenzel und Paolo. Beide Knaben fühlen sich als Spezialisten im Springen, und Helenchens Ungeschicklichkeit gibt ihnen Anlaß zu fachmännischen Betrachtungen.

»Ich«, sagt Paolo eines Tages, als sie sich hinter dem Zelt auf eine Kiste setzen, »ich würde ihr schon zeigen, wie sie hinaufspringen soll. Aber Hans läßt mich nicht zu den Pferden, und da kann ich es nicht einmal probieren.«

»Der Sprung aufs Pferd«, antwortet Wenzel, der auf diesem Gebiet endlich seine Überlegenheit Paolo gegenüber fühlt, »ist wie jeder beliebige andere Sprung. Es ist nichts dabei.«

Aber im stillen denkt er sich: Versuch's nur mal, du Schmutzfink, du wirst schon sehen, wie du dir dabei die Beine brichst.

»Ich begreife nur nicht«, überlegt Paolo weiter, »wieso Helenchen nicht bis hinauf kommt. Der Absprung vom Boden ist doch richtig.«

»Das Mädel ist zu schwach dazu«, sagt Wenzel mit Kennermiene, »und weiß nicht, daß es dabei einen Trick anwenden muß.«

»Glaubst du, daß es dafür einen Trick gibt?« fragt Paolo.

»Das glaube ich nicht bloß, sondern das weiß ich.«

»Was für einen, ich bitte dich...« entgegnet Paolo und tut recht mißtrauisch. Und Wenzel, der ohnehin etwas gereizt ist, prahlt sogleich mit seiner Fachkenntnis.

»Sie muß das Bein anziehen«, sagt er mit einer Miene, als handelte es sich um die einfachste Sache von der Welt.

»Das Bein anziehen? Was meinst du damit?«

»Sieh mal: Helenchen nimmt Anlauf wie zu einem Soprasalto, mit geraden Beinen, collé. Als wollte sie sich in die Luft emporheben. Aber so kommt sie nicht hoch genug. Sie stößt mit den Beinen immer etwas tiefer an. Wenn sie das rechte Bein hochziehen würde, hätte sie es viel leichter. Da würde sie schon bis auf den Rücken des Pferdes kommen. Dann brauchte sie sich nur blitzschnell aufzurichten und das linke Bein nachzuziehen. No è cosi?«

»Wie meinst du das?« fragt Paolo, der immer noch nicht begreift.

Wenzel zeigt es ihm. Das Beispiel hilft mehr als die Erklärung. Paolo klatscht in die Hände.

»Per vita mia, so ist's richtig! Wie bist du darauf gekommen?«

»Das ist meine Sache. Merk dir, daß Vaschku etwas mehr kann, als du gaubst.«

Wenzel geht fort, die Hände in die Hosentaschen, und stößt unterwegs Steinchen mit dem Fuß zur Seite. Das hat dafürgestanden, sagt er sich befriedigt, wie ich diesen Schmutzkerl übertrumpft habe. Endlich kann ich's diesen Affen zeigen!

Paolo bleibt auf der Kiste sitzen und blinzelt. Ecco, sagt er sich, jetzt hab' ich es aus ihm herausgelockt. Es ist eigentlich ein großer Katzensprung in die Höhe. Das kann ich auch ohne Übung wagen.

Am nächsten Tag, als Helenchen antritt, schlüpft Paolo ins Chapiteau und nähert sich langsam der Manege. Helenchen ist mit dem Voltigieren fertig und beginnt gerade mit dem Jockeysprung. Einmal, zweimal, dreimal versucht sie ihn. Vergeblich. Berwitz blickt finster drein, er schlägt mit der Peitsche nach dem Pferd, obwohl Ajax wie eine Maschine um die Manege läuft. Da kann sich Paolo, der sich produzieren will, nicht mehr halten, springt in die Manege und ruft:

»Signor direttore...«

Berwitz ist starr. Schon wieder wagt es jemand, ihn bei der Probe zu stören und in die Manege zu treten? Diesmal sogar dieser barfüßige Lausejunge?

Berwitz zittert vor Wut und knallt mit der Peitsche.

»Au«, brüllt Paolo und fällt zu Boden. Dann steht er auf und läuft schreiend und heulend davon. Seine Waden brennen, als ob die Peitsche sie zerschnitten hätte. Unter dem rechten Knie ist wirklich die Haut aufgerissen und blutet. Berwitz knallt in der Manege noch immer mit der

Peitsche, um seiner Wut Luft zu machen, Hans flucht leise hinter Berwitzens Rücken, Helenchen steht in verzweifelter Ratlosigkeit erschrocken da, um ihre Mundwinkel zuckt es weinerlich, aber sie ist wie ein Tierchen an das Seil angebunden. Nur Ajax läuft in immer gleich fießendem Trab um diese Szene herum.

Jetzt zieht sich die Gardine ein wenig auseinander, und Wenzels ausgelassenes Bubengesicht guckt neugierig ins Chapiteau; Berwitz bemerkt ihn und hat plötzlich das Gefühl, daß er diesen Auftritt irgendwie beenden muß.

»Vaschku!« schreit er den Jungen an.

Wenzel läuft herbei.

»Getraust du dir den Jockeysprung?«

»Ja, Herr Direktor!«

»Komm her und zeig Helenchen, wie man's macht.«

Hans bindet Helenchen los, aber bevor er sich zu Wenzel wenden kann, steht dieser bereits auf Ajax' Rücken.

»Noch einmal, Vaschku. Allez!«

Wenzel nimmt am Pferd entlang Anlauf, stößt sich vom Boden ab und schon ist er oben.

»Gut, danke. Für heute genug. So wird's gemacht, Helenchen! Und Vaschku ist nur ein Jahr älter als du!«

Berwitz verläßt die Manege. Ajax bleibt stehen, Wenzel gleitet von seinem Rücken ins Sägemehl herab und führt ihn dann in den Stall, um ihn mit Stroh abzureiben. Hans beruhigt Helenchen mit ein paar gütigen Worten und geht dann zu Wenzel in den Stall. Helenchen blickt sich um und verläßt die Manege in der Richtung, wo vorhin Paolo verschwunden ist.

»Helenchen!«

Oben auf der letzten Stufe sitzt Paolo und nickt ihr zu. Sie läuft zu ihm hinauf.

»Tut es sehr weh, Paolo?«

»Ecco, es fließt Blut. Der hat mir's gegeben, der Rohling!«

»Das darfst du nicht sagen. Er ist doch mein Vater. Hast du kein Taschentuch?«

»Nein.«

»Ich auch nicht. Die Wunde sollte aber verbunden werden!«

»Ach nein. Wozu denn? So sterbe ich eben. Dann könnt ihr mich wenigstens hier begraben. Hab' ich denn etwas Böses getan? Ich wollte dir doch nur helfen!«

»Das hab' ich mir gedacht. Du bist ein braver Junge, Paolo. Ich hab' dich lieb.«

»Lieber als Vaschku?«

»Vaschku ist auch brav. Und er reitet mit mir. Aber was machen wir mit deinem Bein?«

»Nichts. Ich lege mir dann ein Spinngewebe darauf. Komm, setz dich zu mir.«

Helenchen setzte sich neben Paolo. Hier ist es still, es dämmert, unten glänzt die verlassene Manege in mattem Schein, hier sind sie wie entrückt. Paolo zieht das kleine Mädchen schweigend näher zu sich heran, legt ihm den Arm um den Hals, und beide Kinder überkommt ein leises Zittern, eine dumpfe Ahnung betäubender Glückseligkeit. Unwillkürlich gehen ihre Worte in Flüstern über.

»Was wirst du machen, wenn du groß bist?«

»Ich werde reiten.«

»Ich will Tänzer werden. Ich habe mich schon entschlossen. Ich werde ein großes Ballett führen.«

»Das wird hübsch sein!«

»Du könntest darin mit mir tanzen, wenn du weiter reiten lernst.«

»Ja, das werde ich ganz bestimmt. Mutter hat es gesagt. Da wären wir beide also ein Paar?«

»Natürlich. Ich werde zwar eine Menge Ballettänzerinnen haben, aber zum Solo nehme ich nur dich. Und wir werden einen Riesenerfolg haben.

»Ich werde wahrscheinlich sehr gut spitzentanzen, hat Madame Delaglio gesagt.«

»Das ist gut. Das mußt du können. Und wie, wenn wir heiraten?«

»Nein – oder du meinst doch?«

»Freilich. Du hast mich doch lieb?«

»Ja.«

»Paolo ist doch ein hübscher Junge?«

»Ja.«

»Paolo wollte dir helfen und hat dafür Schläge bekommen!«

»Ja.«

»Also siehst du, daß dich Paolo lieb hat. Paolo wird dich beschützen, Paolo wird eine große Tänzerin aus dir machen.«

»Oh, wird das schön sein!«

»Versprichst du mir also, daß wir heiraten werden?«

»Ich verspreche es dir. Aber was wird Vater dazu sagen?«

»Das ist gleichgültig. Wenn er dagegen sein sollte, entführe ich dich einfach, und wir laufen davon.«

»Ja, wir fliehen auf Pferden.«

Dieser Vorschlag trübte Paolos Begeisterung ein wenig. Er wurde sich bewußt, daß er kein Reiter war.

Hinter ihrem Rücken ertönte gedämpfter Lärm. Wahrscheinlich bereitete sich jemand zur Probe in der Manege vor. Paolo beeilte sich deshalb, im Gespräch fortzufahren.

»Meinetwegen auf Pferden oder im Wagen, wie es gerade passen wird. Und jetzt gibt mir die Hand darauf. Versprichst du es?«

»Wenn du willst, Paolo, so verspreche ich es.«

»Ehrenwort?«

»Ehrenwort.«

»Merk dir's also. Von jetzt an gehören wir zueinander. Vielleicht müssen wir uns trennen, vielleicht fahre ich mit dem Vater anderswohin, aber du mußt auf mich warten, bis ich komme und dich entführe.«

»Ja, Paolo.«

Helenchen fand das alles ganz in Ordnung. Paolo gefiel ihr. Er war ein hübscher Junge, zu Hause sagte man, er arbeite ausgezeichnet; heute war er verwundet worden, weil er ihr beim Jockeysprung hatte helfen wollen. Der Vater würde sich vielleicht darüber ärgern, aber Madame Delaglio würde es gutheißen. Madame Delaglio pflegte den kleinen Mädchen immer zu sagen, sie sollten sich so bald als möglich einen Bräutigam verschaffen, damit es mit ihnen nicht so gehe wie mit ihren drei Töchtern.

Unten kam gerade Herr Hamilton und rief jemandem zu, daß die Manege frei sei. In der Gardine erschien der jüngere der beiden Gevaerts. Paolo drückte also Helenchen zum letztenmal die Hand. Die Kinder erhoben sich. Es fiel ihm noch ein, daß er sie küssen sollte, aber sie standen am äußersten Stufenrand und hätten hinunterfallen können. Paolo sagte also mit lauter Stimme, als sie zusammen die Treppe hinunterstiegen:

»Hat dir Vaschku nicht gesagt, wie du den Jockeysprung machen sollst?«

»Nein, Paolo, er hat es mir vorgemacht, aber gesagt hat er nichts.«

»Da hätte er es dir schon erklären können. Ich habe es ihm gestern gesagt, wie man's machen muß. Aber er hat es wohl nicht verstanden. Er ist eben noch ein Anfänger.«

»Wie soll ich denn springen, daß Vater nicht böse ist?«

»Das will ich dir sagen, Helenchen. Du machst den Fehler, daß du mit gestreckten Beinen hinaufkommen willst. Du mußt dich mit dem linken Bein abstoßen und das rechte beim Sprung anziehen. So, sieh mal.«

Und der schöne Paolo führt ihr unten das Geheimnis vor, das er gestern von Wenzel erfahren hat. Helenchen probiert es, vorläufig ohne Pferd, und läuft dann nach Hause. Sie hat Lust zum Singen, weil sie mit Paolo ein Geheimnis hat, weil sie Primaballerina sein und Paolo sie entführen wird und weil Paolo überhaupt ein prächtiger Junge ist, der sich vor keiner Wunde fürchtet und weiß, wie man den Jockeysprung macht.

13

»Ich hätte eine Idee, Herr Direktor«, sagte Kerholec eines Tages zu Berwitz, der ohne Rock und Weste bei seinem Wagen stand, ein Bein auf die Stufen stützte und eine Zigarre im Mund hatte.

»Also heraus damit, Karl«, sagte der Direktor. »Keine Idee ist wertlos. Bei jeder kann etwas herauskommen.«

Berwitz kannte Kerholec und wußte, was in ihm steckte. Wenn ihm alle davonliefen und er von vorne anfangen müßte, der erste, den er nicht missen könnte, wäre dieser tschechische Zeltarbeiter.

»Wir haben schon lange keine Pantomime mehr gehabt.«

»Ja. Es ist alles abgedroschen und abgedruckt.«

»Eben. Man müßte mit etwas Neuem kommen. Wir haben immer nur Märchen gespielt und ›Die Königin von Saba‹ und solche Geschichten. Aber das ist nur für kleine Kinder. Man müßte etwas erfinden, was bei Erwachsenen Erfolg hätte.«

»Das stimmt, Karl, da hast du recht. Aber was wäre das? Hast du etwas gefunden?«

»Ich glaube ja. Kein Märchen – es müßte etwas furchtbar Spannendes und aus dem gegenwärtigen Leben genommen sein, etwas, worüber überall gesprochen wird.«

»Gibt es denn so etwas? Ich weiß nichts. Meine Frau erzählt mir dauernd etwas von Tigern, das Mädel vom Ballett, Frans von Ziffern und die Hammerschmidt von Strümpfen – daraus mache ich doch keine Pantomime.«

»Nein. Aber es gibt ja noch den Krieg.«

»Um Gottes willen, Krieg? Ist denn irgendwo Krieg? Daß man uns bloß nicht die Pferde nimmt...«

»In Amerika ist doch Krieg!«

»Ach so, in Amerika. Nun, dort kann meinetwegen Krieg sein. Dorthin fahren wir nicht. Aber ich lese keine Zeitung. Für dieses Geschwätz habe ich keine Zeit. Wer führt denn dort Krieg? Ich habe immer gedacht, daß es ein Paradies ist.«

»In der Union ist Krieg. Die Nordstaaten kämpfen gegen die Südstaaten. Um die Abschaffung der Sklaverei.«

»Da schaut's her! So etwas gibt es noch auf der Welt?«

»Ja, und gerade das interessiert alle. Jeden Tag liest man in der Zeitung von einer Heldentat oder einer Grausamkeit. Wenn wir für die Hamburger Wintersaison darüber eine Pantomime zusammenbrächten, könnte es ein Riesengeschäft werden.«

»Mag sein. Aber wie fangen wir's an? Da wären also Indianer dabei, nicht?«

»Indianer und Neger, Jäger, Cowboys und Kavallerie. Vor allem Reiter. Man könnte in der Manege eine ganze Schlacht aufführen.«

»Warte, zuerst noch die Bevölkerung auf der Flucht. Damit wir die Schafe, Gänse und Blaubart mit den Ziegen hineinjagen können. Das hat immer Erfolg. Und dann die Schlacht – Menschenskind, Karl, ich würde dabei als Schütze auftreten. Das Schießen kann ich noch vom Vater und seine Flinten fahre ich dauernd mit herum. Das wäre eine blendende Nummer. Ein Elefant könnte nicht dabeisein? Ich würde dann von einem Elefanten herunter schießen.«

»Da muß ich mich noch erkundigen, ob es in Amerika Elefanten gibt. Natürlich müssen wir es möglichst naturgetreu machen.«

»Selbstverständlich. Den Negern geben wir die Marokkanerkostüme und für die Indianer könnten wir vielleicht die persischen Falkenjägeruniformen umnähen.«

»Dabei wird uns schon jemand beraten, der sich dort auskennt.«

»Gewiß. Aber woher nehmen wir ihn nur, wenn wir jeden Tag woanders sind?«

»Er ist hier unter uns. In meiner Gruppe: der Zeltarbeiter Ferenc.«

»Ferenc? Der ist dort gewesen? Ausgezeichnet. Na, und wie stellst du dir die Sache eigentlich vor? Er soll die Pantomime schreiben oder wie? Ich habe keine Ahnung, wie so eine Pantomime zusammengestellt wird. Wir haben immer gespielt, was wir schon kannten. Und das hier ist ein ganz neuer Gedanke...«

»Ich glaube, das könnten Sie mir überlassen. Ich habe in meinem Wagen noch einen Prachtkerl, den Buresch, der kann so etwas schon machen. Wenn es fertig ist, bringen wir es Ihnen.«

»Gut. Aber es müssen die flüchtende Bevölkerung und der Schütze darin vorkommen, das darfst du nicht vergessen, Karl. Und wie soll das Ganze heißen? Das ist doch sehr wichtig!«

»Ja, wie könnte es bloß heißen... vielleicht am besten so wie es ist: Nord gegen Süd.«

»Nord gegen Süd. Großartig. Ja..., ausgezeichnet. Das klingt. Aber wird es nicht schaden, daß meine Bude anders gebaut ist, weißt du, ich meine von Westen nach Osten?«

»Aber das macht doch nichts, Herr Direktor.«

»Ich weiß schon, aber du hast doch gesagt, daß alles wahrheitsgetreu sein soll. Nun also, in Gottes Namen. Nord gegen Süd. Und, Karlchen, wenn was daraus wird, so merk dir, daß es Direktor Berwitz auch zu belohnen weiß. Sagen wir fünfzig Mark. Und wenn's ein großer Erfolg wird, dann meinetwegen auch sechzig Mark. Servus!«

Direktor Berwitz richtete sich auf und ging zu seiner Frau, um ihr mitzuteilen, daß er gerade einen genialen Einfall bekommen habe: die Aufführung einer atemberaubenden aktuellen Pantomime, mit deren Ausarbeitung er Kerholec mit einem ganzen Mitarbeiterstab beauftragt habe. Selbst würde er darin die Hauptrolle des Zauberschützen spielen, damit es auch ein voller Erfolg werde.

Mit Berwitz hatte es Kerholec ja leicht, schwieriger war es schon, wie er Leute wie Vosátka und Buresch dazu bewegen sollte, etwas Ordentliches zusammenzustellen. Vosátka war sehr stolz auf seine amerikanische Vergangenheit – er war unter Kaiser Maximilian in Mexiko gewesen –, aber mit der Tür durfte er dabei nicht ins Haus fallen, bei denen mußte er vorsichtig und schön langsam zu Werke gehen. Er ließ sich damit bis zum Abend Zeit, als sich seine Gefährten mit einem Berg Knödel und Kraut den Magen vollgestopft hatten und nun faul und zufrieden auf der Erde lagen. Wie alltäglich, so schwelgten sie auch heute in Erinnerungen, und Kerholec fiel es nicht schwer, das Gespräch auf die alten Pantomimen zu lenken. Am meisten half ihm dabei unwillkürlich Malina, der über das ganze Gesicht strahlte.

»Ja, die Pantomimen«, sagte er gleich nach der ersten Anspielung, »das war etwas Fabelhaftes. ›Rotkäppchen‹, ›Schneewittchen‹, ›Die sieben Schwaben‹, das war ein herrliches Schauspiel, das hat den Leuten riesig gefallen. In den ›Sieben Schwaben‹ habe ich den siebenten Schwaben gespielt, und das war eine sehr schwere Rolle, denn die sechs vorderen fielen jedesmal auf mich. Aber mir hat das nichts gemacht, der alte Humberto lobte mich, daß ich die Rolle richtig aufgefaßt und den siebenten Schwaben mit Gefühl dargestellt habe. Wie denn nicht, wenn sechs Kerle in Stiefeln auf mir lagen.«

»Merkwürdig, daß jetzt nichts Derartiges gespielt wird«, bemerkte Karas, »vom Rotkäppchen hat mir schon die Großmutter erzählt, aber mit eigenen Augen gesehen habe ich es nie.«

»Märchen sind veraltet«, suchte Kerholec das Gespräch seinem Zweck näherzubringen, »da müßte man schon mit etwas Neuem kommen.«

»Ich wüßte, Herr Geheimrat, eine sentimentale Neuigkeit«, fiel Vosátka ein, »beispielsweise die Sintflut, das gäbe eine Pantomime für den Zirkus! Noe and Sons! Der Höhepunkt der Dressur! Die gesamte Tierwelt in gemeinsamer Aufführung! Einzigartig in der Geschichte der Menschheit!«

»Da mußt du schon noch hinzufügen: Milliarden Kubikmeter Wasser überschwemmen aus allen Himmelskanälen die Manege!« lachte Buresch.

»Und zum Schluß ein lebendes Bild: Maestro Selnicki als Noah huldigt einem Glas Wein.«

Sie mußten schließlich selbst über ihre Einfälle lachen.

»Seht ihr, Jungens«, fuhr Kerholec fort, »da habt ihr nun eine Pantomime zusammenphantasiert. Wie, wenn wir uns etwas Wirkliches ausdächten, etwas, was gespielt werden könnte? Der Zirkus Humberto würde so etwas schon sehr dringend brauchen.«

»Gott behüte uns vor so etwas«, sagte Malina und hätte sich fast bekreuzigt. »Du willst doch nicht etwa, daß wir uns eine Pantomime ausdenken?«

»Warum nicht? Ist das denn etwas Unmögliches?«

»Was fällt dir ein, du Narr. Hast du jemals gehört, daß sich jemand eine Pantomime ausgedacht hätte! Pantomimen spielt man eben so, wie sie sind. Die erfindet niemand.«

»Das ist ja herrlich, Wendelin. Wie sind dann deiner Meinung nach die alten Pantomimen entstanden?«

»Das weiß ich nicht, aber jedenfalls hat sie niemand erfunden. Der Zirkus und die Pantomimen sind etwas, was seit jeher da war, da gibt es nichts Neues mehr auszudenken.«

»Da seht euch einmal den Alten an! Worum wollen wir wetten, daß wir etwas ganz Neues erfinden?«

»Meinetwegen um ein Doppelbier. Ihr seid eben Narren und bleibt Narren. Einfach zu behaupten, daß man Pantomimen erfinden kann! Das sind Bilder und Handlungen, Menschenskind, und noch schrecklich viele andere Sachen, die muß man gesehen haben, wenn etwas daraus werden soll, und kann sie nicht einfach aus dem Ärmel schütteln!«

»Habt ihr gehört, Kameraden?« wandte sich Kerholec schnell zu Vosátka und Buresch. »Um ein Doppelbier – wetten wir?«

»Abgemacht«, rief Ferenc, »der siebente Schwabe soll sehen, mit wem er's zu tun hat.«

So brachte denn Kerholec Buresch und Vosátka dazu, daß sie sich zusammentaten und aus der Belesenheit des einen und den Erlebnissen des anderen eine einfache Zirkusszene zusammenbrauten, in der Sklavenhändler mit Hilfe von Negern eine schwache Reiterabteilung der Nordstaaten überfielen, aber ein Indianerjunge, in dessen Rolle Wenzel auftrat, eine Verstärkung herbeiführte, welche die südlichen Aufrührer besiegte. Berwitz erhielt in dem Stück eine zweifache Rolle: einerseits war er als ausgezeichneter Schütze der Anführer der Südpartei, andererseits erschien er zum Schluß als Oberbefehlshaber der Nordstaaten. Der Erfolg war ungeheuer und »Nord gegen Süd« wurde der Anfang einer langen Reihe berühmter Pantomimen, die sämtlich von Buresch, Vosátka und Kerholec verfaßt waren. Neu war dabei, daß sie sich auf populäre Zeitereignisse gründeten. In der ganzen Welt begannen Eroberungskriege der Großmächte, Rußland wandte sich nach Innerasien, die Franzosen nach dem Fernen Osten und dem Stillen Ozean, England nach Afrika und Indien; die exotischen Länder traten plötzlich in den Gesichtskreis der Zeitungsleser, und der Zirkus Humberto kam alljährlich mit einer Szene, die den hungrigen Blicken der Volksmassen jene geheimnisvollen und unbekannten Länder mit allen ihren Rätseln und Wundern vorzuführen schien. Nach dem Stück aus dem amerikanischen Bürgerkrieg folgte »Die Eroberung Mexikos«, darauf »Die japanische Blumenfeier«, »Der Emir von Buchara«, »Quer durch Afrika«, »Der Roman einer indischen Bajadere«; dazwischen wurden Heldenmotive aus europäischen Kriegen eingeflochten, wie zum Beispiel »Die Nachtwache bei Sedan«, »Die Kosaken auf dem Schipkapaß« und andere mehr. Im großen und ganzen wurde alles nach demselben Leisten zusammengekleistert, aber die Zuschauer strömten in den Zirkus, und Frau Hammerschmidt hatte für mehrere Tage im voraus ausverkauft. Berwitz konnte immer mehr Tiere, neue Dekorationen und Kostüme anschaffen, die Zelte renovieren und exotische Künstler in sein Ensemble aufnehmen, die jetzt immer häufiger in Europa erschienen und in den Pantomimen ihre besonderen Rollen hatten.

Kerholec hatte seine fünfzig Mark bekommen und den Abend mit dem Achter in der »Soldatenbraut« verbracht.

Als er mit Buresch hinaustrat – sie waren die letzten –, fühlte er sich nach dem reichlichen Alkoholgenuß etwas benommen im Kopf, aber einige tiefe Atemzüge der reinen Luft, die in der mondklaren Nacht angenehm kühlte, ließen die Betäubung rasch verschwinden. Nur eine heftige wachgerufene Sehnsucht blieb zurück.

»Wohin gehen wir?« wandte er sich zu Buresch.

»Nach Hause, Karl. Du hast wohl viel Geld bei dir?«

»Unsinn. Ich weiß, was ich tue. Wir könnten zur ›Blauen Traube‹ gehen. Dort sind anständige Mädchen... Aber es ist schon spät... alles wird schon in den Zimmern sein... pfui! Das ist ein scheußliches Leben... Dirnen, nichts als Dirnen... Meiner Seele, sieh mal, Hans, nicht ein Weib auf der Straße! Alles ist schon besetzt, vergeben, ausverkauft... Kruzitürken, es ist zum Brüllen. Wo, zum Kuckuck, finde ich ein schönes und reines weibliches Wesen? Überleg doch mal, Hans, zum Teufel, du bist doch ein gebildeter Mensch...«

Aber Hans Buresch wiederholte nur, was Kerholec selbst erkannt hatte, daß sie zu spät gekommen seien und jetzt überall nur noch Abfälle finden würden und es daher am vernünftigsten sei, nach Hause zu gehen. So begleitete er Kerholec bis zur Mitte der Reeperbahn, führte ihn über die Straße zum Zirkusgelände, klopfte ihm auf die Schulter und schickte ihn schlafen.

Kerholec ging ein Stück zum Zirkus vor, blieb aber stehen, als sich Buresch entfernt hatte.

»Das ist doch nicht möglich«, fuhr es ihm durch den Kopf, »daß du nach so einem Abend zum Schluß allein bleibst. Bleib wenigstens noch stehen, warte noch... vielleicht kommt zufällig noch jemand... eine weiße, schöne, duftende... vielleicht ist sie schon unterwegs hierher, und es wäre eine Sünde, sie zu versäumen... zähle wenigstens bis hundert, wenn du Glück hast, kommt sie... Eins, zwei, drei... vier...«

Kerholec steht im Mondlicht, hinter ihm im Dunkel erheben sich die Umrisse des Zirkusgebäudes, vor ihm liegt die menschenleere Gasse, in der hie und da der taumelnde Schritt eines Betrunkenen ertönt. Kerholec zählt, er zählt langsam, dehnt die Ziffern lang aus – sie–ben–und–zwan–zig... aber die Ersehnte will nicht kommen.

Er zählt nicht bis hundert, winkt mit der Hand, schiebt den Hut in den Nacken und wendet sich zur Zirkusbude. So ein Hundeleben! Und jetzt muß er auch noch den alten Harwey wecken, damit er ihm öffnet.

Aber was sieht er? Die Tür ist angelehnt. Kerholec sieht scharf hin – wirklich, die Tür ist nicht geschlossen! Und jemand steht darin... etwas Weißes... Kerholec beschleunigt den Schritt.

»Rothärchen! Was machst du denn hier?«

»Ich warte auf Sie!«

»Auf mich?«

»Ja. Damit Sie nicht den Vater wecken müssen.«

Alice steht im Halbdunkel des Ganges, groß, schlank, und ihr Flüstern dringt auf ihn ein wie eine schmeichelnde Liebkosung. Kerholec steht plötzlich bei ihr und spürt den Duft ihres Körpers. Wie von selbst hebt er den Arm empor, schlingt ihn um ihren Leib und fährt mit den Fingern hinten durch ihr weißes Haar. Alice steht wie erstarrt. Eine kleine Ewigkeit hält er sie so; plötzlich wird das widerstrebende Rückgrat weich und sie lehnt sich an ihn, schmiegt sich heftig mit den Armen, dem Mund, der Brust, mit allem an seinen Körper.

Langsam, ganz langsam greift Kerholec nach seiner Türklinke, langsam schiebt er sich zu ihr hin, zusammen mit dem glühenden Körper, den er in den Armen hält. Und als sie die Schwelle übertreten, überkommt ihn ein süßes und beglückendes Gefühl, und siegreich blitzt es ihm durchs Gehirn: »Achtundneunzig, neunundneunzig, hundert!«

14

Herr Gaudeamus kam unerwartet aus Berlin zurück und ging vom Bahnhof direkt zu Direktor Berwitz.

»Es ist bereits alles fix und fertig«, begann er ganz unvermittelt, sobald sie allein waren. »Kranz hat die Konstruktion in Berlin in der Friedrichstraße gekauft, wo sich früher die französischen Reitgesellschaften befanden. Es ist ein sehr günstig gelegenes Gebäude, und im Frühjahr ließen sich dort gute Geschäfte machen, wenn Sie sich mit Kranz einigen könnten. Er würde gern für etwa eine Woche nach Hamburg kommen und wäre bereit, Ihnen als Gegenleistung sein Berliner Gebäude zur Verfügung zu stellen.«

Berwitz war sofort Feuer und Flamme. Wenigstens für eine gewisse Zeit nach Berlin zu kommen, war schon lange sein Traum gewesen; aber immer saß jemand dort mit einem Konzessionsvorrecht, so daß sich die Konkurrenz nur an der Peripherie niederlassen durfte. Zugleich aber bäumte sich in ihm ein Gefühl alten Dynastienstolzes gegen einen Menschen auf, der aus dem Nichts aufgetaucht war. Wenn jetzt Kranz Besitzer eines Gebäudes geworden war, so war es Berwitz nur um ein halbes Jahr länger. Nichtsdestoweniger war er hier in Hamburg alteingesessen, und dieser Kerl in Berlin kam ihm wie ein Zugewanderter vor. So befand sich denn Berwitz in einem so ernsten Dilemma, daß er sich vorerst einmal eine Zigarre anzünden mußte. Er zog eine große, schwarze, echte Hamburger aus der Tasche, biß die Spitze ab, daß es knackte, und zündete sie schließlich langsam und feierlich an. Dann stieß er kleine bläuliche Flämmchen in die Luft. Er wollte damit eigentlich nur Zeit gewinnen und den Eindruck erwecken, als dächte er angestrengt nach.

»Gut, Baron«, sagte er schließlich, »Kranz bemüht sich also, in meinem Gebäude zu gastieren. Und ich würde in seinem auftreten. Nun, meinetwegen, Baron. Aber ist sein Gebäude für den Zirkus Humberto auch groß und repräsentativ genug? Ich kenne es nicht, habe mich nie dafür interessiert... und ich habe jetzt ein reiches Programm einstudiert, eine aktuelle Pantomime, die müssen Sie sehen, ein Riesenerfolg. ›Nord gegen Süd‹ – niemand ist bisher auf so eine Idee gekommen. Ich arbeite darin als Schütze und Sheriff. Nun, das müssen Sie eben sehen, Baron. Außerdem ist es noch fraglich, ob Kranz groß genug ist, um hier überhaupt auftreten zu können. Sie wissen ja, daß das Publikum hier nur ganz Außergewöhnliches und immer wieder etwas Neues zu sehen bekommt... es wird ihm nicht leichtfallen, mit dem Zirkus Humberto Schritt zu halten...«

Jetzt zeigte Herr Gaudeamus ein nicht geringes Stückchen seiner blendenden Wortkunst, als er Kranz lobte, aber dabei immer wieder betonte und zugab, daß Kranz an Berwitz natürlich nicht herankomme. Er redete sich in einen richtigen Feuereifer, denn Kranz hatte ihm tausend Mark versprochen, wenn er in das Hamburger Gebäude käme und dem aufgeblasenen Berwitz zeigen könne, was er, Kranz, wert sei. Herr Gaudeamus liebte dergleichen politische Aufgaben mit finanziellem Effekt. Jahrelang war er in ständiger Berührung mit dem Zirkus, sein Beruf war es, sich täglich in Lobreden über die Manegekünstler und die Kunst zu ergehen, und er hatte dafür bereits eine Riesenkette prächtiger Ausdrücke und hinreißender Vergleiche.

Mit Berwitzens Vorurteilen und dessen Unlust hatte er nicht lange zu kämpfen. Die größte Hilfe leisteten ihm dabei Peters Eitelkeit und Selbstgefälligkeit. Wie, sollte er etwa die Konkurrenz fürchten? Er sollte zurückweichen, da sich doch Kranz eigentlich selbst demütigte und ihm ein Angebot machte? Es endete also genau so, wie es sich Herr Gaudeamus gewünscht hatte: sie kamen überein, daß Kranz in Hamburg den Zirkus Humberto besuchen und dann beide Direktoren im Hotel zusammenkommen sollten, um sich zu einigen. Den Berliner Gast sollte Herr Gaudeamus begleiten und gewissermaßen dessen Partner spielen. Berwitz würde sich einen Vertrauensmann aus seinen Leuten aussuchen, jemanden, der in die Doppelexistenz des Herrn Gaudeamus eingeweiht werden durfte und darüber keine großen Reden machen würde. Berwitz entschloß sich nach kurzem Überlegen, daß für diese Aufgabe Selnicki der geeignetste Mann sei.

Kein Zeitungsberichterstatter erschien am Bahnhof, der den Hamburgern den feierlichen und geradezu historischen Augenblick beschrieben hätte, da beide Zirkuskönige zum erstenmal zusammentrafen. Es ging dabei sehr feierlich zu. Baron von Schönstein stand mit der

Vornehmheit eines Protokollchefs neben Herrn Kranz, und Herr Selnicki sah in seinem riesigen Pelz an Berwitzens Seite aus wie ein Geheimrat. Als Kranz und Berwitz einander mit dem Hut in der linken Hand entgegenkamen, fuhr beiden unwillkürlich der gleiche Gedanke durch den Kopf: »Da seht euch den Schlaumeier an, der hat sich dazu auch einen neuen Zylinder gekauft!«

Direktor Kranz, eine breitschultrige Hünengestalt mit schwarzem Schnurrbart unter der mächtigen Nase, streckte Berwitz seine mit rauhem Schweinslederhandschuh bedeckte Hand entgegen, und Direktor Berwitz reichte ihm die seine in weißem Glacéhandschuh.

Sie drückten einander so kräftig die Hände, daß die Handschuhe fast platzten. Nach ein paar Höflichkeitsphrasen schritten sie auf den Bahnhofsplatz, wo Hans mit einem offenen Wagen wartete, vor den zwei Lipizzaner gespannt waren. Es waren Orestes und Cardinal, die einzigen, die früher als Gespann benutzt worden waren und einen auffallend hohen Schritt besaßen. Die Herren bestiegen den Wagen sehr feierlich und mit solcher Grandezza, daß ihnen die älteren, erfahrenen Schutzleute salutierten, überzeugt, daß soeben hohe Regierungsbeamte vorbeigefahren seien. Nach der Ankunft gingen sie sofort in die Pferdeställe. Es war angenehm warm darin, und die beiden Direktoren mußten sich bald den Schweiß von Stirn und Wange wischen. Kranz hatte sich vorgenommen, daß er sich dem etwas hochmütigen Berwitz gegenüber keineswegs in bewundernden Lobreden ergehen werde. Als er jedoch in den Stall eintrat, den sauber gescheuerten Boden sah und Futtertröge und Streu in peinlicher Ordnung und Sauberkeit vorfand, konnte er ihm, wenn auch nur im stillen, seine Anerkennung dennoch nicht versagen. Kutscher und Stallmeister standen in tadellosen Livreen bei den Pferden und salutierten, als die Herren an ihnen vorbeikamen. »Kein schlechter Schauspieler«, sagte sich Kranz, »aber dieses Theater imponiert mir noch lange nicht.« Er trat zu dem ihm zunächst stehenden Pferd, streichelte es und sah sich heimlich den Ärmel an. Nun, es ließ sich nichts sagen, kein Staubkörnchen blieb daran haften. Als er dann vor den Lipizzanern stand, mußte er zugeben, daß er solche Pferde in seinen Ställen nicht hatte. Sein Geschmack waren zähe, feurige Pferde, die sich zu allem eigneten; er brauchte intelligente, flinke und geduldige Pferde, fürs Auge hatte er nur wenige. Aber hier bei Berwitz mußte er sich eingestehen, daß tadellose Exemplare einer Rasse ihre besondere Schönheit und ihren eigenen Reiz hatten. Jetzt kamen die Herren erst richtig ins Gespräch und gingen, den Zylinder im Nacken, von einem Tier zum anderen, befühlten die Muskulatur, untersuchten Zähne und Hufe, maßen Höhe und Länge, stritten darüber, ob Schimmel wirklich launisch, Rappen melancholisch und Füchse wild seien, ob die Abend- oder die Morgenfütterung nützlicher sei und wieviel Liter Wasser ein Pferd nach der Vorstellung bekommen sollte.

Mitten in diesen Debatten, die sie immer wieder die Umwelt vergessen ließen, ertönte hinter ihrem Rücken plötzlich die Musik, der Anfang der Vorstellung nahte. Kranz besichtigte also nur noch flüchtig den Elefanten Bingo und die Menagerie, die ihn nicht sehr fesselte. Er besaß selbst keinen Elefanten, dafür aber vier Kamele und eine Giraffe; was die Raubtiere betraf, so war er überzeugt, daß seine sibirischen Tiger mächtiger seien und dem Publikum mehr imponieren würden. Aber dann verlor er plötzlich das Interesse für die Käfige, denn er begann zu fühlen, daß das Publikum »im Anmarsch« sei. Er war viel zu sehr Direktor, als daß er nicht hätte dabeisein wollen.

Sowie das Publikum in den Zirkus zu strömen beginnt, hält es kein Direktor zu Hause oder in der Garderobe aus, jeder mischt sich unauffällig unter die Zuschauermenge, steht irgendwo zwischen dem Tor und dem eigentlichen Zirkusraum, um das Publikum zu beobachten, ob es ungeduldig oder gleichgültig, anspruchsvoll oder primitiv, städtisch oder ländlich ist. Das alles und noch eine Menge anderer Dinge haben einen großen Einfluß auf den Verlauf der Vorstellung, und ein erfahrener Direktor weiß schon beim Erscheinen der Zuschauer, wie die Stimmung diesmal sein wird und wer den größten Erfolg erwarten darf. Woher er das weiß, ist ein Rätsel, er ist doch häufig in unbekannten Ländern, in einer fremden Stadt, unter fremden Menschen, von deren Sprache er nicht ein Wort versteht. Und doch genügt ihm diese halbe Stunde Verweilen unter dem Menschenstrom, um von dem Fluidum magnetisiert zu werden, das von dem Publikum ausgeht. Dieses stille, aufmerksame Beobachten ist die Direktorenouvertüre, die sich ein Direktor nie entgehen läßt. Und Kranz, der von Neugierde auf die Hamburger Verhältnisse wie besessen war, mußte es erst recht mit eigenen Augen sehen. Er stand mit Berwitz in der Ecke am Haupteingang, lauschte den Rufen der Billeteure und Kontrolleure, verfolgte das Publikum mit aufmerksamen Blicken, und als der Hauptandrang vorüber war und innen der letzte Marsch gespielt wurde, wandte er sich zu Berwitz und sagte:

»Blendend! Prima Leute! Die Dompteure und die Hohe Schule werden Erfolg haben!«

Die Vorstellung, die diesmal gegeben wurde, war allerdings ganz außergewöhnlich. Berwitz hatte öffentlich nichts bekanntgegeben, aber, um seinen Rivalen zu übertrumpfen, Parforceprogramm angeordnet, 32 Nummern statt der sonst üblichen 21. Da ging alles in hinreißendem Tempo von einer Überraschung zur andern. Kranz saß mit Baron Schönstein lang ausgestreckt in der Loge, aber seinen Augen entging auch nicht die geringste Bewegung in der Manege. Sein Zylinder rutschte ihm bald ins Genick, bald in die Stirn, ein sicheres Zeichen dafür – wie Gaudeamus im stillen bemerkte –, daß ihn die Vorführungen gefangennahmen. Am Abend fanden sich die beiden Magnaten mit ihrer Assistenz im Hotel »Metropol« zu einem lukullischen Diner ein. Herr Gaudeamus hatte alles bestellt: Schildkrötensuppe, Saumon du Rhin grillé, sauce anchovis, Bœuf salé à l'anglaise, légumes, Poulard au consommé, sauce béarnaise, Talmousse au fromage de Parme, Méringues à la crême, Glaces, Desserts. Ein Abendessen, das des vornehmen Geschlechts der Humberto würdig war. Alles war vorbereitet, sogar die Reihenfolge der Getränke, die Herren brauchten sich nur die Serviette umzubinden. Als jedoch der grauhaarige Oberkellner sich mit einer Flasche goldenem Sherry näherte, um mit hinter dem Rücken verschränkter Linken ehrerbietig die ersten Gläser zu füllen, legte Kranz seine mächtige Handfläche auf das Glas und erklärte mit jovialer Stimme:

»Ich glaube, wir nehmen lieber Champagner!«

Herr Gaudeamus meinte, daß für Champagner noch genug Zeit sei, jetzt seien andere Weine am Platz. Aber Peter Berwitz stimmte Kranz zu.

»Andere Weine?« entgegnete er Herrn Gaudeamus in souveränem Ton, »trinken Sie, Baron, nach Belieben, aber auf meine Tasche brauchen Sie keine Rücksicht zu nehmen.«

Auch Herr Selnicki, der einmal das seltene Getränk ordentlich genießen wollte, war der Ansicht, daß es besser sei, wenn man die Getränke nicht allzu sehr mische, damit im Magen kein Durcheinander entstehe. Und so verschwanden zum stillen Leidwesen des Feinschmeckermagens Baron Schönsteins die Sherrygläser, die Gläser für Bier, Mosel und Burgunder vom Tisch, und man trank zur dicken Brühe den würzigen Champagner.

Mit Rücksicht darauf bemühte sich Herr Gaudeamus, daß schon beim Tisch über den eigentlichen Zweck ihrer Zusammenkunft verhandelt werde. Die Situation verstand er so gewandt, anschaulich und einfach darzustellen, daß die beiden Rivalen, die ständig aufeinander lauerten, ihn überrascht anblickten und zugaben, daß es so ganz gut ginge. Es war ein einfacher Gebäudeaustausch nach Ablauf der Wintersaison für die Dauer von sechs Wochen, wobei die Möglichkeit einer Verlängerung offengelassen wurde. Die genauere Dauer sollte jeweils in einer besonderen Abmachung festgesetzt werden, und zwar in Übereinstimmung mit den Plänen jedes der beiden Unternehmen. Eine Weile ging die Verhandlung hin und her, aber noch bevor der nächste Gang gereicht wurde, bekräftigten Berwitz und Kranz mit Handschlag ihre Abmachung, und Herr Selnicki füllte rasch die Pokale. Jetzt aß und trank man schon fröhlicher, und das Gespräch wurde sofort ungebundener und freier.

Die von Herrn Gaudeamus festgesetzte Folge der Gerichte erregte allgemeinen Beifall und Befriedigung, besonders der Rindsbraten war äußerst willkommen, etwas weniger das Poulard, das Kranz auf dem Teller hin- und herrutschte. Aber Peter Berwitz stellte zum Schluß fest, daß man doch etwas vergessen habe, was er bei einem Herrschaftsmahl für unerläßlich hielt: Kaviar! Herr Selnicki meinte, was nicht sei, könne noch werden, und gab sofort dem Kellner ein Zeichen. Der Speisenträger zuckte einen Augenblick zusammen, als Selnicki – man war gerade beim Speiseeis angelangt – Kaviar bestellte. Aber er tat sofort, als sei es eine Selbstverständlichkeit. Nach wenigen Minuten kam »das schwarze Schrot«, wie sich Kranz ausdrückte, auf den Tisch. Jetzt hatte Peter Berwitz, ganz rot im Gesicht, endlich Gelegenheit, dem »Berliner Reitknecht« zu erzählen, welche Mengen Kaviar er damals in Petersburg gegessen hatte, als ihn Seine Majestät der Zar mit seinem Besuch beehrte. Durch das Zauberwort »Zar« kam Berwitz erst in die rechte Stimmung, und indem er den Kaviar löffelweise hinunterschluckte, überhäufte er seinen Rivalen mit Prahlereien und Aufschneidereien. Es sah schließlich beinahe so aus, als hätte sich Berwitz mit dem Zaren geduzt. Kranz ließ auch diesbezüglich eine ungläubige Bemerkung fallen, ob Berwitz denn mit dem Zaren wirklich so intim gewesen sei.

»Wie denn nicht«, prahlte Berwitz weiter, »darüber besitzt der Zirkus Humberto im Archiv sogar ein Dokument. In Petersburg lebte ein alter grauhaariger Professor, ein Hofrat, der dauernd Bücher schrieb. Der war mir ständig auf den Fersen und wollte die Geschichte des Zirkus Humberto und überhaupt alles über unsere Kunst erfahren. Der Professor wußte, daß ich der beliebteste Freund des Zaren war, und deshalb trägt jeder Brief die Überschrift: Carissime! Das kannst du bei uns sehen, Frans bewahrt die Briefe als Dokumente auf.«

»Der Alte hält ihn zum Narren, was?« flüsterte Selnicki Gaudeamus zu. »Jetzt serviert er ihm wohl noch den persischen Schah und den türkischen Sultan – und dann beginnt die Schimpferei.«

»Der persische Schah würde schon noch gehen«, antwortete Herr Gaudeamus mit ruhiger, halblauter Stimme, »aber der türkische Sultan wird für Kranz zuviel sein. Wir werden vor Konstantinopel anderswohin abbiegen müssen.«

»Zu den Frauen...«, stieß der alte Selnicki mit Tränen in den Augen hervor.

»Die Nummer ist im Programm«, nickte der Baron.

Und wirklich bemühte sich Kranz vergeblich, Berwitz mit seinen Erfolgen beim höchsten Adel zu übertrumpfen. Was ist schon ein kurhessischer Herzog gegen den persischen Schah? Mit zusammengebissenen Zähnen mußte Kranz das persische Epos über sich ergehen lassen.

Wieder leerten sie fünf Flaschen; und weil die Herren schon hübsch viel im Kopf hatten, schlug Herr Gaudeamus vor, jetzt einmal einen Schwarzen zu trinken.

»Und einen Kognak«, fügte Selnicki hinzu. »Jetzt ist es

höchste Zeit für einen Kognak, – außer, daß vorher noch ein Slibowitz drankäme.«

Etwas lärmend erhoben sich die Herren und stiegen in die Räumlichkeiten im Souterrain des Elysiums hinab, in eine mit rotem Plüsch bezogene Loge mit großem Spiegel. Im Saal spielte ein Quartett, der Primarius verneigte sich tief, als sie das Parkett durchschritten. Neben dem Orchester befand sich ein Podium, auf dem acht halbnackte Mädchen Quadrille tanzten.

Um halb vier Uhr früh kam Peter Berwitz mit zerdrücktem Zylinder, aber mit strahlendem Gesicht nach Hause. Als er ins Schlafzimmer trat, zündete Agnes die Kerze an und richtete sich im Bett auf. Sofort durchschaute sie die Situation, sagte aber kein Wort.

»Meine Liebe«, begann Peter langsam, indem er hastig die Kleider ablegte, »im Frühjahr fahren wir nach Berlin. Alles ist fertig... Es war wirklich großartig. Das Festmahl, das ich gegeben habe... und dann die Verhandlung im Elysium... wirklich großartig... Da haben wir diesem Reitknecht einmal gezeigt, was eine Dynastie ist...«

»Nun«, erwiderte Agnes bedächtig, »bist du zu dem Marktschreier nicht ordinär gewesen?«

»Nein«, schüttelte Peter den Kopf. »Ich habe es zwar sein wollen, aber dann habe ich mir jedesmal gesagt: Sei vorsichtig, Peter, du bist doch ein Gentleman.«

»Na schön, und jetzt geh zu Bett. Aber morgen wirst du bei der Pantomime nur auf die Zielscheibe schießen.«

»Unsinn...«, brummte Peter schon unter der Bettdekke, »jetzt, in diesem Augenblick, könnte ich mit der Pistole durch einen Ring hindurchschießen...«

Trotzdem wäre am nächsten Tag in der Pantomime sein Schuß um ein Haar danebengegangen.

15

Berwitz war nach der gestrigen Verhandlung in ausgezeichneter Stimmung, und das benutzte Karas, um bei ihm für sich und Wenzel einen fünftägigen Urlaub zu erwirken. Er schlug Berwitz die Woche zwischen Weihnachten und Neujahr vor, und dieser nickte zustimmend. Sie fuhren in der Nacht nach dem Stephans-Tag ab, zum erstenmal im Leben mit der Bahn. Von Prag nach Budweis mußten sie die Reise im Postwagen fortsetzen. Je näher sie den heimatlichen Bergen kamen, um so erregter wurde Karas. Es wurde ihm weich ums Herz, hatte er doch schon seit zwei Jahren von diesem Besuch erhofft, daß er endgültig über Wenzels Schicksal entscheiden würde.

Wie schwer ist es für einen einfachen Menschen, eine so schwerwiegende Entscheidung zu treffen! Das Gewissen hadert ständig mit dem Verstand, ohne zu einem Ergebnis zu kommen. Seine Gefährten beraten ihn, und sie meinen es gut mit ihm, es sind brave Leute. Aber die Verantwortung wird dadurch nicht geringer. Nur er, Karas, und Mariechen, seine verstorbene Frau, können das so entscheidende Wort über Wenzels Zukunft sprechen. Wenn es überhaupt noch jemanden gibt, der ein Wort mitreden darf, so ist es gewiß das Heimatdorf. Die Dorfgemeinschaft hat doch ebensoviel Anteil an unserer Erziehung wie die Mutter, und das gibt ihr ein Anrecht auf uns. Karas anerkennt und ehrt dieses Anrecht. Ist es nicht eine Entlastung, daß die ganze Verwandtschaft, Onkel und Tanten, uns zur Seite stehen und uns mit Rat und Tat unterstützen, wenn wir in Verlegenheit sind, und uns zurechtweisen, wenn wir eine Dummheit begangen haben? Gleich sind wir viel selbstsicherer. Ich habe es gut gemeint, aber das Dorf war dagegen. Jetzt weiß ich, Gott sei's gedankt, was ich zu tun habe.

Solch ein Mensch ist Karas: still, nachdenklich, eifrig in der Arbeit, aber von anderen abhängig, wenn es sich zu entscheiden gilt. Vor allem geht es ihm gegen den Strich, wenn er vom vorgeschriebenen Weg abweichen soll. Sein Lebtag war er nicht so glücklich und zufrieden gewesen wie die zwei Jahre beim Zirkus, aber es zugeben, nein, das hält er schon für eine Sünde. Ständig hat er das Gefühl, daß es nicht hätte sein sollen und daß man es zu Hause nicht billigen würde. Er glaubt, daß das genügen wird, um Wenzel von der verlockenden, aber unrechten Bahn abzubringen.

So wandern sie denn nach Hause, um sich die Entscheidung zu holen. Hier ist alles tief verschneit, die kleinen Bäumchen biegen sich unter der schweren Schneelast, und überall ist's still und feierlich wie in der Kirche.

Jetzt sind es nur noch wenige Schritte, sieh, Wenzel, hier ist Oberschneedorf. Alle Hütten der Nachbarn erkennt er wieder, die Scheunen und Ställe, den Garten des Dorfpfarrers, ein paar Dächer, dunkle Bäume und das Gotteshaus. Gott sei Lob und Dank, daß wir glücklich angelangt sind. Manches hat sich geändert, Cerha hat ein neues Schindeldach, und Berka hat seinen Stall vergrößert. Jetzt aber ist keine Zeit für weltliche Neugierde, jetzt müssen wir zuerst hier hinauf, den kleinen Abhang hinan, zu den Pappeln.

Hier rechts ist's, Wenzel, das letzte Grab; sieh einmal, es ist nicht mehr das letzte, wieder sind drei hinzugekommen. Und auch unsere Lärche ist größer geworden. Grüß dich Gott, Mariechen, nun, da sind wir. Mach der Mutter ein Kreuz aufs Grab. So, jetzt knien wir nieder. Wenzel, wenn's auch in den Schnee ist. Vater unser... Ave Maria... Da hab' ich ihn dir nun gesund wiedergebracht, Mariechen, ist ein braver und fleißiger Kerl, könnt' nichts gegen ihn sagen. Aber jetzt mußt du mir helfen, ich bitte dich drum, was soll nun weiter aus ihm werden? Ich will ja alles für sein Bestes tun, nur gib mir, bitte schön, im Dorf ein Zeichen, was es sein soll. Und beschütz ihn weiter, Mariechen, 's ist ja dein Kind. Gesegnet seist du unter den Weibern, gesegnet sei die Frucht deines Leibes. Amen.

»So, Wenzel, jetzt mach wieder drei Kreuze aufs Grab. Hübsch hat sie's hier, unsere Mutter, nicht wahr. So eine Stille. Nun, wisch dir die Tränen ab. Hier zwischen den Pappeln wollen wir ins Dorf hinabsteigen.«

Hundegebell empfängt sie am Rande des Dorfes. Der erste, der sie erblickt, ist der Gevatter Svoboda. Er freut sich, daß sie da sind, wie oft haben sie im Dorf von Karas und seinem Jungen gesprochen. Ja, sie haben sogar schon daran gezweifelt, daß sie überhaupt noch am Leben sind. Der Blick des Alten ruht wohlgefällig auf dem Knaben. Wie es ihnen denn gehe zu zweit, ohne Weib, ohne Mutter, fragt er. Ihre Angehörigen seien gerade mit ihren Holzwaren nach der deutschen Seite zum Markt gefahren und würden vor Abend nicht zurückkehren. Ja, leicht sei das Leben hier nicht, Arbeit gäbe es von früh bis spät, aber mit einem Stück Feld und einer Ziege ginge es schon, man bringe sich eben so durch. Dann schlägt er vor, ins Wirtshaus zu gehen. Auch weiß er, daß die beiden beim Zirkus sind. Der Wirtin befiehlt er, alle im Dorf zusammenzutrommeln, außer den Bauern, denn sie wollen unter sich sein, die Maurer.

Karas hört dem Alten kaum zu, der ununterbrochen auf ihn einredet. Vor allem interessieren ihn die Zirkusweiber.

»Halt, Alter«, unterbricht ihn Karas schließlich, »woher wißt ihr eigentlich, daß wir beim Zirkus sind? Ich habe doch niemand geschrieben...«

Millner und seine Gefährten hatten die Nachricht ins Dorf gebracht, als sie frierend und ohne einen Kreuzer in der Tasche nach Hause gekommen waren. »Ja«, hatten sie gesagt, »Karas, der hat's richtig gemacht, der ist zum Zirkus gegangen.« Und dann hatten sie den ganzen Winter davon erzählt, wie schlimm es um ihr Handwerk stünde und wie er, Karas, es verstanden habe, sein Brot zu finden. Kaum sei der Frühling gekommen, wären sie losgezogen, aber statt zum Maurerhandwerk zum Zirkus.

»Wie, zum Zirkus?« ruft Karas überrascht und packt den Alten beim Arm. Unglaublich erscheint ihm das alles. Und doch ist es wahr. Alle waren sie zum Zirkus gegangen, waren Anfang November zurückgekehrt und dann hatte sich an den langen Winterabenden ihr Gespräch um nichts anderes mehr gedreht als um den Zirkus und was sie da alles erlebt hatten, mit den Weibern natürlich vor allem. Karas, hatten sie gesagt, müsse man ein Denkmal im Dorf errichten, ihm, dem Retter in der Not, der ihnen gezeigt habe, wie man seinen Lebensunterhalt findet... Und wieder traut Karas seinen Ohren nicht.

»Und Millner?« ruft Karas mit fast schmerzlichem Erstaunen.

Mit dem sei zuerst nicht zu reden gewesen, antwortet der Alte, aber dann seien seine Gefährten einfach über ihn hergefallen, daß es so nicht mehr weitergehe, daß sie ja schließlich leben müßten, und da habe er endlich nachgegeben.

Karas hört den Lobreden und dem Geschwätz des Alten nicht mehr zu. Die Hände sind ihm in den Schoß geglitten. Das also ist die ersehnte Antwort des Heimatdorfes, das die Erlösung, von der er erhofft hatte, daß sie ihn dem fahrenden Zirkusdasein endlich entreißen würde! Hier hatte er Stärkung und Unterstützung in seinem Kampf mit dem Zirkus erwartet, und statt dessen ist das ganze Dorf zum Zirkus gegangen, hat sein Gewissen verraten, hat ihm von hinten einen Dolchstoß versetzt. Und er kann diesen wahnsinnigen Gedanken gar nicht loswerden, aber schon sind sie da, alle seine braven Kameraden, schon begrüßen und umarmen sie ihn und klopfen ihm auf die Schulter, trinken auf sein Wohl, hören nicht auf mit ihrem Lob und feiern ihn als einen Helden. Zum Teufel, kann das denn alles richtig und in Ordnung sein? Geht das überhaupt mit rechten Dingen zu? Lärm und Geschrei umgibt ihn, einer nach dem anderen erzählt ihm und rühmt sich, wo er untergekommen sei, zwei sind bei Kranz, dieser bei Galowetzki, jener beim Zirkus National, ein anderer ist Kutscher in einer Menagerie. Und alle sind fröhlich und glücklich. Das sei ein Leben, hört er von allen, Segel, Seile, Weiber, Musik, und das alles hätten sie ihm, Karas, zu verdanken.

Anfangs ist er wie betäubt, es will ihm nicht recht in den Kopf, aber schließlich schmeichelt ihm doch dieser plötzliche, unverhoffte Ruhm. Er reckt und streckt sich, spielt den Erfahrenen und trinkt ihnen zu. Jetzt fühlt er sich frei, als wäre die ganze drückende Last von ihm gefallen, in Nichts zerronnen, ihm ist wohl und fröhlich zumute, jetzt möchte er sie selber am liebsten alle umarmen zum Dank dafür, daß sie ihn seiner Sorge enthoben haben. Wenzel kommt freudestrahlend herbeigelaufen, denn er hat den Jungen gezeigt, was er kann, daß sie vor Staunen sprachlos sind: den Affensprung, den Tric-Trac und den Salto. Und dann kommt auch die Schwester Karoline in die Schenke, die gerade mit ihrem Mann zurückgekehrt ist und gehört hat, wer so unverhofft gekommen ist. Dann gehen Vater und Sohn zu ihnen zum Abendessen, und in ihrer armseligen Hütte findet die innere Wandlung von Karas ihren Höhepunkt. Diese beiden abgearbeiteten Menschen, der Schwager und die Schwester, singen immer wieder nur das gleiche Lied, was er für ein Glück gemacht habe, daß er zum Zirkus gegangen sei, was für eine Not jetzt im Gebirge herrsche und wie schlimm es um das Mauerhandwerk stehe. Wie, um Gottes willen, würde es jetzt aussehen, wenn die jungen Familienväter nicht seinem Beispiel gefolgt wären und im Herbst nicht ihre Ersparnisse mitbrächten! Alle außer den Bauern müßten das Dorf verlassen, sie selbst führen wenigstens in der Gegend herum und verkauften die Holzwaren, die der Vater im Winter schnitzte. Wie oft hätten sie schon über die undankbare Arbeit geseufzt. Ihr Jammern und Klagen läßt Karas klar erkennen, wie mühselig er sich zu Hause durchschlagen müßte, und das sorglose Wanderleben mit dem Zirkus kommt ihm dagegen wie ein wahres Paradies vor.

Ziemlich spät gehen sie an diesem Abend schlafen, denn sie haben sich viel zu erzählen gehabt. Als dann Karas unter der schweren, kühlen Bettdecke liegt, tritt ihm mit einemmal alles völlig klar vor Augen: Er hat Mariechen gebeten, sie möge ihm im Dorf ein Zeichen gebnen, und er hat es von ihr auf Schritt und Tritt erhalten. Vom alten Svoboda, von den Dorfbewohnern und Altersgenossen, von den Kindern im Dorf, von der eigenen Familie: Du hast gut daran getan, daß du zum Zirkus gegangen bist, nein, es ist keine Schande, du hast dich damit nicht aus der Dorfgemeinschaft ausgeschlossen. Wenn du hier kein Brot finden kannst, mußt du hinaus in die Welt, mußt den Kampf aufnehmen, es geht eben nicht anders, du darfst doch hier nicht zugrunde gehen vor Hunger und Not. Das allein entscheidet, daß du dir auch dort draußen treu bleibst und nicht in dem großen Treiben aufgehst, daß du zu den Deinen zurückkehrst und dich ihnen nützlich erweist. Ja, so irgendwie ist es. Wenzel wird also auf seinem Weg fortfahren und höher emporsteigen als sein Vater, das ist nun schon gewiß, und Gott gebe, daß er das Nest nicht vergißt, dem er entflogen ist. Das also ist Mariechens Antwort. Vergelt's dir Gott, Mariechen, nun, so ist's entschieden. Amen.

Nach der Ankunft in Hamburg konnten die Achterinsassen Vater Karas kaum wiedererkennen, so frisch und mitteilsam war er. Ja, sie dachten schon, er hätte zu Hause glücklich eine Frau gefunden – wie hätten sie auch ahnen können, daß er lediglich mit sich selbst ins reine gekommen war und sein Gewissen erleichtert hatte!

Der Winter ging vorüber, und der Zirkus rüstete sich wieder zur Frühlingstournee. Roméos fuhren diesmal nicht mit. Mit großem Geschrei und vielen Tränen nahmen sie Abschied, und Paolo rief noch vom Wagen aus Wenzel ein letzten »Dablkau« nach. Als er sich verächtlich abwandte und gegen das Zelt ging, kam Helenchen ihm heulend entgegen.

»Warum heulst du?« schrie Wenzel sie an.

»Ich... ich habe... ich wollte Paolo noch ein Stück Kuchen bringen... und er ist schon fort!«

Wenzel wollte aufbrausen, aber dann beherrschte er sich.

»Heul nicht, Helene, Paolo war ein Lauskerl. Und wenn du schon mal den Kuchen da hast, können wir beide ihn ja auch aufessen.«

Er trat in den dunklen Zuschauerraum, und die beiden Kinder verzehrten fast an derselben Stelle, wo Paolo Helenchen unlängst seine Liebeserklärung gemacht hatte, den Kuchen zu Ehren des jungen Afrikaners.

Dritter Teil

1

Ein herrlicher Märzsonntag. Möwen schweben über dem Ufer, vom Turm der Sankt-Paulus-Kirche schlägt es zehn Uhr. Fräulein Röschen Langermann nähert sich mit schnellen Schritten dem Eingang zum Stadtpark. Sie hat einen kleinen, schief sitzenden Hut und einen langen Rock. Sie eilt und muß lächeln, denn der jung Mann im grauen Paletot, der dort auf der anderen Seite auf und ab geht, ist Vaschku, der vielbewunderte Raubtierbändiger im Zirkus Humberto. Er erwartet sie bereits ungeduldig, und sie hat sich doch verspätet! Hat er ihr denn gestern nicht zugeflüstert: Punkt zehn? Fast hätte sie es versäumt, drei Frühjahrskleider mußten noch heute in der Werkstatt fertiggenäht werden, um im Laufe des Vormittags abgeliefert werden zu können. Bis zehn Uhr abends hat sie gestern daran genäht und um halb acht ist sie schon wieder in der Werkstatt gewesen, denn sie mußte um jeden Preis fertig werden. Ihr geht ja die Arbeit immer schnell von der Hand, aber heute ist alles nur so geflogen, und ihr Herz hat rascher geschlagen in glückseliger Erwartung des bedeutungsvollen Ereignisses, des ersten Stelldicheins…

Wie war es denn eigentlich zum ersten beglückenden Rendezvous gekommen? Röschen hatte Vaschku schon in ihren Kinderjahren gern gemocht, als er mit seinem Vater zu ihnen gekommen war und gebieterisch in ihre kindlichen Spiele eingegriffen hatte. Mit welch herzlicher Anteilnahme hatte sie dann mit der Mutter seinen allmählichen Aufstieg seit den Tagen verfolgt, da der kleine Vaschku reiten und springen lernte. Alljährlich war er mit dem Vater zu ihnen zurückgekehrt und jedesmal hatte er etwas Neues gekonnt, bis er als ausgezeichneter Reiter und unvergeßlicher Kunstspringer überall Bewunderung erregte. Das war vor etwa drei Jahren gewesen, als Herr Buresch erklärte, Vaschku sei bereits ein gemachter Mann und beherrsche jetzt alles, was man von einem bedeutenden Reitkünstler verlangen könne. Wenige Tage darauf war Wenzel mit großem Gelächter nach Hause gekommen und hatte erzählt, was es im Zirkus für eine Aufregung gegeben habe, als der Dompteur, der riesenhafte französische Kapitän, vor der Matrone Hammerschmidt in panischem Schreck mit allen seinen Tigern die Flucht ergriffen habe, weil sie sich in ihn verliebt und er Angst bekommen hätte, er werde sie heiraten müssen. Die Bären und Löwen waren im Zirkus geblieben, denn sie waren Berwitzens Eigentum, aber wer sollte sie plötzlich übernehmen, da Gambier sogar seinen Gehilfen mitgenommen hatte? Nun, wer anders als Vaschku, der mit ihnen im Zirkus aufgewachsen war, sie täglich gefüttert und gepflegt und die beiden jüngsten, Sumatra und Borneo, als Knabe während der Pause dem Publikum gezeigt hatte. Röschen weiß noch genau, wie entsetzt sie gewesen ist, als sie hörte, daß Vaschku täglich zu den Löwen in den Käfig gehen müsse; damals hatte sie bei dem Gedanken, dem Jungen könnte etwas zustoßen, zum erstenmal einen merkwürdigen Stich im Herzen gefühlt. Aber Vaschku hatte nur gelacht und selbstbewußt erklärt, daß das alles nichts sei, und daß Löwen und Tiger nur große spielerische Katzen seien und man eben mit ihnen umzugehen verstehen müsse. Dennoch hatte sie sich nicht beruhigen können, und zum erstenmal war ihr zum Bewußtsein gekommen, wie lieb sie ihn hatte, wie ihren leiblichen Bruder. Und sie war sehr froh gewesen, als auch Anton Karas Vaschku zu überreden suchte, er solle mit den Raubtieren nicht leichtfertig spielen, zwischen Pferden und Löwen sei eben doch ein großer Unterschied. Aber Vaschku hatte sich nicht überreden lassen. »Überall lauert der Tod auf uns, Vater«, hatte er damals gesagt, »auf dem Pferd und beim Salto kann ich ebenso leicht verunglücken. Bei den Löwen weiß ich wenigstens, welche Gefahr mir droht. Außerdem kann doch der Zirkus deshalb nicht plötzlich stehenbleiben. Das Unternehmen verlangt es von mir, das ist weiter nichts als meine Pflicht.« So hatte er die Löwen und Bären übernommen und nach einem Jahr neue Tiger zu dressieren begonnen, die Berwitz angeschafft hatte. Welche Angst hatte sie um ihn ausgestanden, mit welcher Ungeduld jeden Tag auf seine Schritte gewartet, wie schnell war ihr Blick an ihm herabgeglitten, ob er nicht die Hand verbunden habe. Als sie dann im Frühjahr davonfuhren, überfiel sie ein Gefühl der Verlassenheit und trauriger Sehnsucht – da erkannte sie mit einemmal, daß sie ihn liebte, denn einen Bruder hätte sie wohl nicht so lieben können. sie zitterte am ganzen Körper beim bloßen Gedanken an ihn und war außer sich vor Freude, wenn sie und die Mutter eine Karte mit der Mitteilung erhielten, daß der Zirkus zurückkehre und Vaschku gesund sei. Er hatte keine Ahnung davon, wie sie zu ihm aufblickte. Jedes Jahr kam er sonnenverbrannt zurück, sehnig und mit derselben ruhigen Ausgeglichenheit in jeder seiner Bewegungen, war immer gleich herzlich und kameradschaftlich zu ihr... aber eben nicht mehr. Erst neulich, etwa vor vierzehn Tagen, hatte er sie so merkwürdig, ganz anders als sonst angesehen, und ihr war dabei heiß und wirr im Kopf geworden. Dann hatte er sie einmal, als sie ein paar Augenblicke allein waren, bei den Händen gepackt und gesagt: »Weißt du, Röschen, daß du ein sehr hübsches Mädchen bist?« Er hatte sie ein paarmal gestreichelt, wenn sie einander im Vorzimmer oder auf der Treppe begegneten. Und gestern... gestern war er zu ihr ins Zimmer geschlüpft, als sie gerade aufräumte, hat sie von hinten an den Schultern angefaßt und geflüstert: »Röschen... wir beide... hätten wir beide uns nichts zu sagen?« Der Atem hatte ihr dabei gestockt, und sie weiß nun gar nicht, wie sie es aus sich herausbrachte: »Wenn du glaubst... Vaschku...« Und er, der starke, selbstbewußte Vaschku, dessen Blick Tiger und Löwen fürchten, hatte sich verlegen umgedreht und geflüstert: »So komm... morgen um zehn... zum Parkeingang...« und war dann schnell davongelaufen. Jetzt ist er da und wartet, schon hat er sie erblickt, kommt auf sie zu, nimmt den Hut ab und sagt mit sonderbar weicher Stimme:

»Das ist lieb von dir, Röschen, daß du gekommen bist!«

Sie schütteln einander die Hände, und Röschen erzählt ein wenig überstürzt, wie sie sich mit dem Nähen hat beeilen müssen und was sie für Angst gehabt hat, daß sie die Kleider noch würde abliefern müssen, aber die Schneiderin hat sie zum Glück doch dem jüngeren Mädchen anvertraut. Wenzel erzählt ihr, während sie durch den Park schreiten, was für eine Aufregung es heute in den Käfigen gegeben habe, denn die Tiere witterten schon den Frühling und seien unruhig und nervös. Röschen sagt, daß die Schneidermeisterin in den letzten Tagen auch nervös gewesen sei, vielleicht sei auch der Frühling daran schuld. Wenzel meint, das sei wohl möglich, es gäbe Menschen, die so empfindlich seien wie Tiere, aber meist seien die Menschen weniger empfindlich als Raubtiere.

Dann verstummt er, und auch Röschen schweigt. Sie schreiten jetzt leise nebeneinander durch den Park, vergessen die Tiere und die Schneiderin und sagen sich nur im stillen, wie schön es sei, daß sie so zusammen gehen können. Vaschku nimmt Röschen bei der Hand, und sie ist überrascht, wie hart und schwielig seine Handfläche ist. Aber eine wohlige Wärme strömt von ihr aus, die sie in eine merkwürdige Erregung versetzt und alles Denken stillstehen läßt. Es bleibt nichts als ein schlichtes Glücksgefühl. Vaschku hat das Empfinden, daß er etwas von

Liebe sagen sollte, aber er findet keine Worte. Alles, was ihm einfällt, kommt ihm schrecklich dumm vor; und jedesmal, wenn sein Blick auf Röschens glühendem Antlitz und ihren strahlenden Augen ruht, kommt sie ihm so himmlisch schön vor, daß er wieder verstummt. Das ist doch nicht mehr das Röschen aus den Jahren seiner kindlichen Spiele, sondern ein elegantes städtisches Fräulein. Und was ist er ihr gegenüber? Ein einfacher Zirkusgeselle, dessen Welt der Stall und die Käfige sind. Sein starkes Selbstbewußtsein schwindet immer mehr. Jetzt sollte er sprechen und ihr sagen, was er sich denkt, aber dieses süße Schweigen brechen ist schwerer als Löwen und Tiger bändigen. Was sollte er ihr eigentlich sagen? Röschen, ich liebe dich? Röschen, du bist schön? Wenn er ihr wenigstens Sie sagen könnte, das würde seiner Bewunderung eher entsprechen. Aber noch etwas beunruhigt ihn: Was wird sie ihm denn auf sein Liebesgeständnis antworten? Wird sie ihn nicht auslachen? Wird es sie nicht beleidigen? Vaschku fühlt, daß das nicht möglich ist, daß das nicht sein kann, aber wer weiß... wie, wenn Röschen schon vergeben wäre und in ihm lediglich einen Kameraden sähe? Er wird ihr seine Liebe gestehen, und sie wird vielleicht antworten: »Vaschku, es tut mir leid, aber ich habe schon einen anderen...«

Nein, das ist unmöglich. Da würde er doch schon etwas gemerkt haben. Wäre es denn da zum Stelldichein gekommen? Trotzdem ist er in Verlegenheit. Wie oft hatten seine Gefährten aus dem Achter über Frauen gesprochen, wie viele Ratschläge, Belehrungen und Warnungen hatten sie ihm erteilt, und doch hatte ihm keiner recht sagen können, wie man einem Mädchen ein Liebesgeständnis macht. Gewiß, die packen alles rauh an, Röschen dagegen ist ein zartes und feines Geschöpf, so eines gibt es im Zirkus überhaupt nicht. Wie soll er es ihr nur sagen? Und wo denn eigentlich, hier ist ja alles voll von Menschen, vor allem Liebespaaren. Die haben es schon hinter sich, man sieht es ihnen an, wie glücklich sie sind, alle sind glücklicher als er. Schon eine gute halbe Stunde gehen sie schweigend und grübelnd Seite an Seite. Mein Gott, was muß sie sich von ihm denken, er sollte sie doch irgendwie unterhalten, aber was soll er tun, wenn ihm nichts Passendes einfallen will?

Da drückt ihm Röschen sanft die Hand und sagt:

»Sieh' doch, Vaschku... wie schön das ist!«

Er blickt auf und schaut nach der Richtung, nach der sie hindeutet, und wirklich, da steht eine Gruppe blühender Sträucher. Noch ist nirgends ein Blättchen zu sehen, aber hier sind die Sträucher schon von gelben Blüten übersät und strahlen wie von purem Gold... Sie gehen näher heran, schon stehen sie zwichen den Sträuchern, umgeben von der glühenden Blütenpracht, nur sie allein... Da hebt Wenzel die Hand, fährt Röschen über den Hals auf die Schulter herab..., wie das Mädchen zittert! Wenzel weiß nicht, wie es kommt, aber plötzlich reißt er Röschen an sich, hält sie in seinen Armen und küßt sie, drückt einen langen Kuß auf ihre Lippen und fühlt halb betäubt ihren warmen Duft.

»Vaschku... lieber... kleiner... geliebter...«

Glückseligkeit, innig süße, heiße, betäubende Glückseligkeit und Verwirrung. Und dann plötzlich überschäumende Siegesgewißheit, jubelndes Selbstbewußtsein, Kraft und Glaube. Wo ist ein Hindernis, das er, Wenzel, nicht überwinden könnte? Seht einmal seinen Körper an, ist er nicht aus Stahl, muß nicht ein Raubvogel sich unter seinen Augen ducken, so eisern ist der Wille, der aus ihnen strahlt. Wie wäre es möglich, daß ich dich, Röschen, nicht erobere? Alles muß ich erobern, die ganze Welt erkämpfen, um dein Lächeln, deine hingebungsvolle Anmut zu gewinnen. Plötzlich gibt es eine Menge Dinge, über die er sich aussprechen muß, um sich das Herz zu erleichtern, und doch ist es immer wieder nur das eine: daß wir einander... nun, sag es doch selbst, Röschen, du sagst es so süß... daß wir einander lieben.

Die Turmuhr der Sankt-Pauls-Kirche schlägt Mittag, Vaschku und Röschen schreiten eingehängt und aneinandergeschmiegt nach Hause zum Mittagessen, zu Frau Langermann, zu Vater Karas, um ihnen die große und feierliche Neuigkeit ihrer Verlobung mitzuteilen. Es wird Frühling, der Zirkus fährt wieder hinaus in die Welt, aber wenn Vaschku im Herbst zurückkommt, wird Hochzeit gefeiert. Und Röschen Langermann wird die Frau Vaschkus, des Reiters und Tierbändigers im Zirkus Humberto.

2

Ein herrlicher Märzsonntag. Möwen schweben über dem Ufer, vom Turm der Sankt-Pauls-Kirche schlägt es zehn Uhr. Fräulein Helene Berwitz verläßt mit zierlichen Schritten das Haus ihrer Eltern. Im Gehen knöpft sie sich noch rasch den Handschuh zu. Sie geht um die Ecke und bleibt stehen, öffnet ihren Pompadour und reißt hastig ein Briefchen daraus hervor. Hat sie sich es auch richtig gemerkt, was er ihr geschrieben hat? Es ist so bezaubernd, daß sie es immer wieder lesen muß:

»Geliebtes, kleines Helenchen! Erinnerst du dich noch an das Versprechen, das wir uns einst auf dem Treppengang des Zirkus Humberto gegeben haben? Es ist schon viele, viele Jahre her, wir waren damals kleine Kinder. Aber ich habe es nicht vergessen, alle die Jahre trage ich dein teures Bild im Herzen, und die Erinnerung an dich weckt und nährt meine Sehnsucht, mag mich meine Künstlerlaufbahn führen, wohin sie will. Jetzt aber hat sie mich in deine Vaterstadt gebracht, ich bin als Erster

Tänzer am Hamburger Theater engagiert und heute angekommen. Mein erster Gedanke gilt dir, du Liebeszauber meiner Kindheit und Stern meines Lebens. Wenn du noch irgendwie Zuneigung zu mir fühlst, dann komm, bitte, Sonntag um zehn Uhr zum Theater und schenke mir vor meinem Auftreten ein bißchen Glück und Hoffnung. Es küßt dich dein treuer und stets an dich denkender Paolo Roméo.«

Ja, es ist schon schrecklich lange her, wie ein Traum kommt es ihr vor. Aber Helenchen hat dieser kurze Brief erregt, als wäre ein elektrischer Strom durch sie gefahren. Paolo, der schöne Paolo... Was ist aus ihm geworden, dem sonnenverbrannten Knaben, der ihr damals gesagt hat, wie sie den Jockeysprung machen sollte? Er ist also doch Tänzer geworden, wie er es gewollt hat? Weshalb hat er den Zirkus und die Familie verlassen? Daß er sie nicht vergessen hat, ist wirklich entzückend von ihm. Es war doch nur eine kindliche Torheit gewesen, ihr gegenseitiges Versprechen von damals, und doch verpflichtet es ein klein wenig. Wenn es wahr ist, daß er sie noch liebt... Warum denn nicht? Männer sind eben einmal so lächerlich, wie neulich der mit dem weißen Flieder. Bereits seit drei Wochen schickt er ihr jeden Abend einen weißen Fliederstrauß, jetzt, vor dem Frühling, was ist das für eine Auslage! Dabei erscheint er gar nicht selbst, gibt nicht das geringste Erkennungszeichen, schickt keinen Brief, keine Visitenkarte, nichts, nichts als diesen herrlichen, schweren Flieder. Wer mag es sein? Sicher ist es ein Mann von erlesenem Geschmack. Aber wie alt? Ist er jung und schön? Oder häßlich? Nichts von alledem läßt sich erraten. Alice Kerholec sagt, daß es ein scheußlicher alter Kerl sein müsse, der es nicht einmal wage, sich zu zeigen, aber das ist schließlich auch nur eine Annahme, und Alice lacht dabei, sicher will sie Helene ein bißchen necken. Denn Alice grollt ihr ein klein wenig, weil sie selbst nicht Erste Kunstreiterin geworden ist, als Helenes

Mutter in den Übergangsjahren zu reiten aufhörte. Aber das ist ja Unsinn, Helene ist doch von klein auf zum Kunstreiten und zur Hohen Schule ausgebildet worden. Schließlich ist es selbstverständlich, daß die Tochter des Direktors etwas mehr sein muß als die Frau des Platzmeisters. Außerdem sollte das rothaarige Weib auch ein bißchen Vernunft haben, die Mutter von drei Kindern kann doch nicht einen so schönen Körper haben wie ein junges Mädchen, das sehen ja alle ein. Deshalb will ihr Alice den anonymen Verehrer lächerlich machen, aber das ist doch eine Dummheit. Höchstwahrscheinlich ist es eine hohe, äußerst diskrete Persönlichkeit, die eines Tages ihr Inkognito lüften wird. Wenn sie solche Verehrer hat, warum sollte da nicht auch Paolo noch in sie verliebt sein? Sie soll schon als kleines Mädchen hübsch gewesen sein, es wäre also nichts Merkwürdiges, wenn sie in ihm einen bleibenden Eindruck hinterlassen hätte. Von allen Seiten bekommt sie Verehrungs- und Bewunderungsbezeugungen, Geständnisse sehnsüchtiger Liebe, warum sollte es bei diesem feurigen jungen Mann nicht ebenso sein? Nur ist sie nicht sicher, ob sie ihn nach so vielen Jahren erkennen wird! Der dicke, bärtige Mann dort bei der Theaterlaterne kann es nicht sein, der dort im Havelock auch nicht, aber... Paolo! Gott, ist der schön!

Wie aus einem Bild tritt er vor sie hin, schlank und elegant. Er geht in der Frühlingssonne schon ohne Überrock, hat einen eng anliegenden blauen Rock, eine Brokatweste und ein hellkariertes Beinkleid an, eine rot geblümte gelbe Krawatte mit einer großen Perlennadel, einen braunen Hut auf dem schwarzen Lockenhaar, hält einen dünnen Bambusstock in der Hand, und seine Finger schmücken eine Menge schwerer Ringe. Aber was ist das alles gegen sein feines, gebräuntes Gesicht, in dem zwei große, dunkle, verträumte Augen unter den langen Seidenwimpern strahlen! Seine Nase ist fein geschnitten, fast könnte man sagen aristokratisch, und aus dem leicht geöffneten schönen Mund leuchten blendend weiße Zähne hervor.

Aber auch Paolo ist über den Reiz der jungen Kunstreiterin sichtlich überrascht. Unwillkürlich kneift er das linke Auge zu und mißt sie vom Scheitel bis zur Sohle, bis ihr sein Blick von neuem entgegenstrahlt.

»Oh, ma bella, bellissima Helena«, sagt er mit weicher, wohlklingender Tenorstimme und küßt ihr die Hand, die er dann an sein Herz drückt, »jetzt sehe ich, wie unendlich schwach meine Phantasie ist, denn so schön habe ich mir dich nicht vorstellen können. Du bist reizend, mein Kindchen, wirklich reizend. Ach, wie muß ich töricht gewesen sein, als ich davon träumte, daß diese Blume für mich blüht... Oder darf ich etwa hoffen? Kein Gemahl? Kein Bräutigam? Kein Verehrer? Oh, das ist geradezu unglaublich. Aber das Schicksal hilft einer reinen kindlichen Entscheidung...«

Paolo faßt Helene mit dem rechten Arm unter und führt sie ruhig und selbstbewußt. Seine schmeichelnde Stimme klingt ihr ständig in den Ohren, sein strahlender Blick trifft jeden Moment ihre Augen, ein leises Zittern fährt jedesmal durch ihren Körper. Kopf, Hände und Schulter neigen sich zu ihr herab und verraten ihr durch die leichte Berührung seine Glut.

»Die geehrten Eltern sind gesund? Das Unternehmen blüht, hoffe ich? Und was macht dieser dumme Dablkau – hat er seine Pferdekarriere gemacht?«

»Sprich nicht so verächtlich darüber, Paolo, ich habe doch auch die Pferdekarriere gemacht. Ein bißchen bist du sogar selbst daran schuld – als du mir damals zeigtest, wie ich aufs Pferd springen sollte.«

»Ich soll dir etwas gezeigt haben? Daran kann ich mich nicht mehr erinnern – wie wäre ich auch zum Reiten gekommen?«

»Es war nicht gerade beim Reiten, es handelte sich nur um den Jockeysprung direkt auf den Rücken des Pferdes, weißt du, damals, als dich Vater mit der Schambriere schlug...«

»Richtig, jetzt fällt es mir langsam wieder ein. Ja... ich hoffe, daß du Freund Dablkau nicht erzählt hast, wie ich dich belehrt habe? Er hatte wahrscheinlich eine schreckliche Wut auf mich, daß ich mich in Sachen mische, die er besser verstehen wollte. Nun, ja... siehst du, den Peitschenhieb habe ich schon damals für dich erduldet. Und seit dieser Zeit unzählige andere. Immer habe ich davon geträumt, daß wir beide ein herrliches Tanzpaar sein könnten. Du bist damals beim Panneau geblieben. Ich habe sofort von dir gehört, als ich hier ankam. Es war wie ein Wink des Schicksals. Stelle dir vor, ich komme mit meiner Partnerin ins Theater, in die Garderobe, um zu sehen, wie es hier zugeht... und spreche mit der Garderobenfrau, einer häßlichen alten Italienerin, signora Delaglio. Als ich nach euch frage, erzählt sie mir gleich, daß sie dich kennt und dich früher einmal tanzen gelehrt hat. Von ihr habe ich erfahren, wie schön du bist und daß du noch nicht geheiratet hast. Signora Delaglio hat sich, als meine Partnerin fortgegangen war, erboten, dir ein billet doux zu überbringen... und wenn wir etwa ganz ungestört sein wollten... hätte sie eine ruhige, sichere Wohnung... wo sich ein intimes Abendessen oder ein Tee arrangieren ließe oder wir eine Flasche Wein zusammen trinken könnten. Stell dir vor, Helenchen, so ein Angebot beim ersten Schritt in die Stadt zu bekommen, wo ich seit meinen Knabenjahren nicht mehr gewesen bin!«

»Das ist schrecklich... Ich hoffe, du hast es dieser Kupplerin ausgeschlagen?«

»Warum denn?« lachte Paolo leise, »ich habe es angenommen, Helenchen, mit Begeisterung sogar... und wenn dich nichts Ernstes daran hindert, können wir gleich jetzt hingehen... wenigstens einmal nachsehen, wie unser künftiges Nest aussieht...«

»Paolo!« rief Helene starr vor Entsetzen.

»Nun, was denn, du bist doch nicht am Ende erschrokken?«

Sie standen einander gegenüber, Helene in Verwirrung und mit beklommenem Herzen, Paolo mit einem frivolen Lächeln auf den Lippen, das erst jetzt einem aufmerksameren Blick auf Helene wich.

»Du willst mir doch... Helenchen... nicht etwa einreden, daß du, eine Kunstreiterin, noch in den althergebrachten Vorstellungen lebst, die für ein Haustöchterchen der Bourgeoisie passen, aber nicht für eine moderne Künstlerin? Das wäre allerdings eine große Überraschung... und etwas, was mir noch nicht begegnet ist, nicht einmal bei den Damen der Gesellschaft.«

»Paolo«, entgegnete Helene, indem sie ihrer Erregung Herr zu werden suchte, »ich weiß nicht, mit wem du verkehrst und in was für einem Milieu du lebst. Aber was du da für mich vorbereitet hast, ist zumindest eine Kühnheit. Wir sind gewiß Zirkusleute, Schulreiterinnen, Kunstreiter, Dompteure, Pferdeknechte, mag es dir auch verächtlich vorkommen, vielleicht sind wir heimatlos, fahren wie Zigeuner durch die Welt... aber trotz allem sind wir eine ordentliche Familie, Paolo, eine ordentliche Familie, verstehst du? Keine von uns ist derart, daß jemand nur den Finger zu rühren brauchte...«

Es war, als wäre ein Schatten über Paolos Antlitz gehuscht. Der Glanz seiner Augen erlosch, das Lächeln verschwand, die Augenlider mit den langen Wimpern senkten sich zu Boden... Einmal, für den Bruchteil einer Sekunde, irrten seine Augen forschend umher. Als er dann aber aufblickte, waren sie voll wirklicher Reue.

»Oh, ich Unglücklicher! Helenchen, jetzt sehe ich erst, wie teuflisch mich dieses scheußliche Weib, diese Delaglio irregeführt hat. Um Gottes willen, ich bitte dich, vergib mir. Nie würde ich es gewagt haben... wenn sie nicht angedeutet hätte... Pfui, wie abscheulich ist es, auch nur darüber zu sprechen...«

»Die Delaglio, das sieht ihr ähnlich!«

»Ich schwöre dir, daß ich selbst... mein Gott, das ist doch klar, es war ja bloß eine Erinnerung aus der Kindheit! Das reinste Bild! Die unschuldigsten Gefühle! Ah, versuchen wir das höllische Teufelswerk zu vergessen. Zwischen uns gibt es ja noch andere Bande, und ich möchte keines davon missen. So viele Jahre habe ich mich damit getröstet...«

»Wie bist du eigentlich zum Theater gekommen, Paolo?« fragte Helene, die selbst von der häßlichen Episode loskommen wollte.

»Oh, das Theater!« rief Paolo glückstrahlend darüber, daß sie ihm half. »Wer hat denn in dem kleine Paolo die Sehnsucht nach dem Ballett geweckt? Erinnerst du dich nicht mehr an das kleine, schwache Mädelchen, das hier in Hamburg die ersten Tanzschritte gelernt und sie dann dem kleine Paolo vorgeführt hat? Du bist es gewesen, Liebling, die mich dazu gebracht hat. Ich sah damals, wie ähnlich das alles dem war, was ich schon kannte, aber um wieviel schöner es war als die geistlosen Saltos und Sprünge, die mich für mein ganzes Leben auf dem Akrobatenteppich erwarteten. Dann kam eines Tages der Augenblick, der bei allen ikarischen Familien einmal kommt – die Knaben wachsen heran, und der Vater kann sie nicht mehr mit den Füßen in die Luft werfen. Papa Roméo begann darüber zu klagen, daß wir für seine Sohlen schon zu schwer seien und der ganze Auftritt deshalb umgearbeitet werden müsse. Wir waren damals in Norditalien, in Mailand, und ich schlug ihm vor, er solle die Nummer ohne mich ändern. Es gab deshalb einige Streitigkeiten, aber weil ich von allen der schwerste war, willigte er schließlich ein, und ich ging ins Theater, wo ich mich fürs Ballett anbot. Man ließ mich eine Probe machen, und der Ballettmeister fand, daß ich zwar keine richtige Schule habe, dafür aber in manchen Sprüngen und Pirouetten allen anderen überlegen sei. Ich wurde engagiert und führte bald Solotänze auf, ja, man schrieb sogar besondere Rollen für mich. Und dann begann die Laufbahn meines Ruhmes... ich war nicht mehr der kleine, arme Paolo, sondern der berühmte und gefeierte Tanzkünstler...«

»Du fährst mit verschiedenen Theatergesellschaften herum oder bist du in ständiger Stellung?«

»Ich suche immer ein lockeres Engagement. Ich binde mich an einem bestimmten Ort für eine gewisse Anzahl von Vorstellungen in der Saison und kann dabei anderswo als Gast auftreten.«

»Und jetzt hast du deinen festen Sitz in Hamburg?«

»Ja. Deshalb habe ich mich so sehr gefreut, daß wir uns hier treffen werden.«

»Ich weiß nicht, Paolo, ob das gehen wird. Vater bereitet sich schon auf die Abfahrt vor.«

»Ach, das ist eine traurige Nachricht für mich, Helenchen. Ich weiß, daß ich mich sehr gegen dich versündigt habe. Aber im Namen unserer Erinnerung an die Kindheit bitte ich, beschwöre ich dich, gib mir Gelegenheit, es wiedergutzumachen!«

Er hielt sie mit einer leichten Armberührung an und sah ihr mit einem langen, bittenden Blick in die Augen. Helenchen war, als sie in diese tiefen, traurigen Augen des Orientalen blickte, als verlöre sie den Boden unter den Füßen.

»Versprich mir, Helenchen, daß wir uns morgen wiedersehen. Und wenn es nur für ganz kurz sein sollte. Für ein halbes, ein Viertelstündchen. Ich brauche dich. Ich sehne mich nach dir. Du bedeutest mir mehr, als du ahnst. Du allein, Helenchen, kannst mich retten...«

Er sagte es leise und mit besonderem Nachdruck. Seine Hand glühte. Seine Augen sahen sie bittend an. Helenchen schwindelte. Sie war nicht imstande, darüber nachzudenken, wovor und wodurch sie ihn retten sollte. Sie fühlte nur, daß sie einem unendlichen Zauber unterliege, von dem sie sich rasch befreien müsse.

»Paolo, jetzt muß ich unbedingt nach Hause gehen. Wir haben uns zu lange aufgehalten... Und morgen... ich weiß nicht... ich habe Angst... daß man es zu Hause merkt... und ich habe Probe... aber wenn du durchaus willst, vielleicht... um drei Uhr nachmittags...«

»Beim Theater, wie heute, ja? Dank, unendlichen Dank, Helenchen. Gestatte, daß ich dir für deine Liebenswürdigkeit die Hand küsse. Und ich freue mich auf morgen. Um drei beim Theater. Auf Wiedersehen, meine schöne, kleine Helene!«

»Auf Wiedersehen, Paolo!«

Die Turmuhr der Sankt-Pauls-Kirche schlägt Mittag, und Helene Berwitz eilt nach Hause, um rechtzeitig beim Mittagessen zu sein. Der Tänzer Paolo Roméo geht in entgegengesetzter Richtung fort, pfeift vor sich hin, spielt mit dem Stock in der Hand und klopft dann plötzlich damit auf die Erde:

»Allah il Allah – ich habe kein schöneres Mädchen gesehen. Sie hat schon Feuer gefangen. Sie wird mir gehören.«

3

Ein herrlicher Märzsonntag. Möwen schweben über dem Ufer, vom Turm der Sankt-Pauls-Kirche schlägt es zehn Uhr. In der Halle des Hotels »Réunion« geht ein junger Mann in tadellosem Anzug auf und ab, mit einem hohen Zylinder auf den buschigen Locken. Von Zeit zu Zeit wendet er sich ungeduldig an das Personal, wann denn endlich der Bote käme, den er erwartet. Kurz darauf kommt ein Hotelboy eilenden Schrittes mit einem in rosa Seidenpapier eingewickelten Blumenstrauß zur Tür herein, den der junge Mann hastig ergreift. Dann stürzt er hinaus, springt in die vor dem Hoteleingang wartende Droschke und fährt zum Zirkus Humberto auf der Reeperbahn.

Sonntag vormittags werden nur die wichtigsten Proben durchgeführt. Zu jener Stunde ist Direktor Berwitz schon frei und sitzt in seinem Büro. In den letzten drei Jahren ist er grau und bedeutend dicker geworden, sein mächtiger Rücken hat sich gerundet. Zum Lesen der Korrespondenz muß er sich die Brille aufsetzen. Mitten in seiner Arbeit unterbricht ihn Frau Hammerschmidt, die jetzt kohlschwarze Haare hat. Ein sehr charmanter Herr wünsche mit Berwitz zu sprechen. Dieser wirft einen flüchtigen Blick auf die Visitenkarte und nickt mit dem Kopf. Frau Hammerschmidt bittet den Herrn aus dem Hotel »Réunion« mit freundlichem Lächeln ins Zimmer und entfernt sich.

»Womit darf ich Ihnen dienen, Herr Graf?« fragt der Direktor, indem er mit vornehmer Geste die Brille abnimmt.

»Herr Direktor«, antwortet der junge Mann mit dem Blumenstrauß in der Hand, »ich komme in einer... in einer sehr delikaten Angelegenheit zu Ihnen. Ich wünschte wirklich, daß ich Sie in bester... hm, in bester Laune vorfinde und daß Sie in Ruhe anhören, was ich auf dem Herzen habe.«

Der junge Mann ist äußerst erregt, seine Rede ist überstürzt und verwirrt, manchmal beginnt er den Satz mehrere Male, als ob er stotterte.

»Bitte, Herr Graf, nehmen Sie Platz«, antwortet Berwitz mit ruhiger Handbewegung. Seine erfahrenen Augen ruhen auf dem aufgeregten Besucher und stellen fest, daß es ein etwa vierundzwanzigjähriger junger Mann mit hübschem, bleichem Gesicht, aber von etwas schwächlicher Konstitution ist, wahrscheinlich sind seine Nerven nicht ganz in Ordnung. Seine Kleidung ist tadellos.

»Ich möchte gern... mit Ihnen, mit Ihnen sprechen, wie Männer miteinander zu sprechen pflegen, off... offen und ohne Umschweife. Was mich zu Ihnen führt... und wel... welcher Art meine Beziehung zu Ihrem geehr... geehrten Unternehmen sind, deute ich vielleicht am besten dadurch an, daß ich Ihnen diesen Blu... diesen Blumenstrauß überreiche.«

Mit zitternder Hand öffnet er das rosa Seidenpapier und reicht dem Direktor den schweren, weißen Fliederstrauß.

»Ach, Herr Graf, Sie also sind jener geheimnisvolle Unbekannte, der unser Unternehmen mit einer so seltenen Aufmerksamkeit ausgezeichnet hat?«

»Ja, Ihr Unternehmen... besser gesagt, eine bestimmte Person... Ihr Fräulein Tochter. Wissen Sie... ich finde nicht genug Worte, um es auszudrücken... Mademoiselle Hélène ist für mich... eine Vision, wirklich eine Vision. Ich weiß nicht, was mit mir vorgeht seit der Stunde... da ich sie erblickt habe. Ich bin nur zufällig nach Hamburg gekommen... zu Besuch... abends sind wir in den Zirkus gegangen, damit wir einmal etwas genießen, aber es ist unglaublich, was ich dann... was ich dann erlebt und gefühlt habe... Mademoiselle Hélène..., eine wahre Erschütterung...«

»Sie sind doch nicht etwa krank geworden? Das würde mir sehr leid tun!«

»Krank? Viel... viel ärger, teurer Herr... in einen wahren Traumzustand bin ich verfallen... ich weiß nicht, es ist ein so profaniertes Wort, das ich jetzt ausspreche... aber ich fürchte, es ist das einzig bezeichnende... ich habe mich verliebt. Comprenez-vous? Ich weiß nicht, wie Sie im Zirkus über die Liebe denken... aber jetzt weiß ich, was es ist. Pein und Qual, mein Herr, fürchterliche Qual und Angst... ich bin nicht imstande fortzufahren, nicht imstande zu sprechen, nach Hause zu schreiben... ich bin wie gelähmt und laufe nur jeden Abend zu Ihrer Vorstellung. Endlich habe ich in meiner Ratlosigkeit einen Entschluß gefaßt... sprich, berate dich mit dem Mann, der ohnehin alles entscheiden wird. Dieser Mann sind natürlich Sie, Herr Direktor. Wissen Sie, einerseits ist es eine verdammt schwierige Angelegenheit... eine morganatische Ehe, Enterbung, Verlust von Stellung und Vermögen... auf der anderen Seite würde ich, wenn ich es riskierte, Ihnen zur Last zu fallen.. und was würden Sie mit mir anfangen, ich kann weiter nichts als im Sattel reiten, ohne Sattel würde ich vom Pferd fallen, das ist mir klar... und springen kann ich nicht, ich kann überhaupt nichts... aber ein Leben ohne sie kann ich mir nicht vorstellen. Ich bitte Sie, raten Sie mir: darf ich unter solchen Umständen um die Hand Ihres Fräulein Tochter anhalten?«

»Das ist wirklich ein schwieriger Fall, Herr Graf«, antwortete Berwitz langsam. »Sie wollen, daß ich etwas entscheide, was jeder Mensch selbst entscheiden muß. Sagen Sie mir: haben Sie schon mit Helene gesprochen?«

»Nein, Herr Direktor... nicht ein Wort... ich kann es nicht wagen...«

»Und Ihrer Familie haben Sie auch nichts gesagt?«

»Nein, der alte Herr ist nicht hier, verstehen Sie? Er ist zu Hause in Hogy-Mezö-Vásárhely... das ist bei Szegedin...«

»Bei Szegedin?« rief Berwitz und sah sich nach der Visitenkarte um, »wie ist, bitte, der geehrte Name?«

»Herbert Remigius Maria Graf Pallachich...«

»Auf Ihrem Herrschaftsgut züchten Sie doch Lipizzaner?«

»Ja, wir haben gewissermaßen die Sekundogenitur nach dem Gestüt Dahaby... woher wissen Sie das... und warum lachen Sie?«

Berwitz lachte wirklich. Zuerst leise, damit es der Gast

nicht merke, dann aber konnte er sich nicht mehr halten, die Tränen traten ihm in die Augen, und Berwitz brach in schallendes Gelächter aus.

»Das ist blendend, Herr Graf, einzigartig... wenn Sie begreifen...«

Graf Herbert Remigius Maria Pallachich rückte nervös auf seinem Sessel hin und her.

»Bis jetzt begreife ich nichts, Herr Direktor!«

»Ja, aber ich will es Ihnen erklären. Der Witz besteht darin, daß Sie nicht der erste Pallachich sind, der sich im Zirkus Humberto verliebt hat. Der erste war Ihr Vater. Und wissen Sie, in wen er sich verliebte? In mich, Herr Graf, in mich, Peter Berwitz. Ist das nicht komisch?«

»Wie...? Der alte Herr? Graf Edmund Maximilian Bruno Pallachich?«

»Ja. Seine Exzellenz Herr Graf Edmund Maximilian Bruno Pallachich wurde von wahnsinniger Liebe zu dem damaligen Stern des Zirkus Humberto ergriffen, und dieser Stern, chachacha, war ich!«

»Wie ist das möglich, Herr Direktor?«

»Er wollte meine zarten Händchen küssen, chachacha, und das sind, mein Herr, diese Klauen hier, hahaha...«

»Wie soll ich mir das erklären?«

»Er entbrannte vor Sehnsucht nach meiner weißen Haut, chachacha, und das ist, mein Herr, diese Eberhaut hier...«

»Um Gottes willen, sagen Sie mir...«

»Mein goldenes Haar machte ihn trunken, chachacha, aber das waren nicht meine Borsten, das war eine Perükke, denn ich war ein Knabe und war als Kunstreiterin verkleidet, verstehen Sie... Mein Gott, was war das für ein Spaß in Szegedin! Jeden Tag bekam ich von ihm einen Blumenstrauß und Weinkörbe und manchmal sogar ein Juwel...«

»Ja, Papa war immer besser dran als ich!«

»Er saß jeden Tag in der Loge... und wenn ich in die Manege geritten kam, errötete er wie ein Krebs... und ich habe mit ihm kokettiert, habe die Beschämte gespielt, chachacha, verlegen getan und ihm wieder zugezwinkert, alle Männer im Zirkus lachten...«

»Oh, war denn sein Wahn so groß?«

»Groß? Riesig! Grandios! Gigantisch! Und das nennt man den sicheren Instinkt der Liebe!«

»Wie konnte der alte Herr...«

»Nun, damals war er nicht alt, damals war er etwa in Ihrem Alter. Nur war seine Werbung nicht so vornehm wie die Ihre, er kam nicht mit einem Blumenstrauß, sondern mit einer Pistole und hätte mich fast erschossen!«

»Das ist furchtbar... ich habe auch schon an den Revolver gedacht, aber ich habe keine Courage gehabt...«

»Ihr Vater, der Graf, hatte keine Angst und wäre dafür fast eingesperrt worden. So, das ist meine Geschichte mit dem Grafen Pallachich in Szegedin, und jetzt werden Sie sicher begreifen, daß ich lachen muß, wenn auf meine alten Tage sein Sohn meinem Mädel eine Liebeserklärung machen kommt. Wissen Sie denn, daß es überhaupt ein Mädel ist? Wie, wenn es wieder ein verkleideter Mann wäre? Wir Zirkusleute sind Schelme, wir spielen der Welt allerhand Komödie vor!«

Der junge Graf Pallachich saß mit weitaufgerissenen Augen auf seinem Stuhl und wischte sich mit einem seidenen Taschentuch den Schweiß von der Stirn. Diese unerwartete Enthüllung verwirrte ihn völlig und ließ ihn alle seine glänzenden Reden, die er seit Wochen für diesen Augenblick vorbereitet hatte, vergessen.

»Herr Direktor, Sie haben mich völlig verwirrt... fürchterlich verwirrt, wirklich... es ist zum Verzweifeln... ich bitte Sie, was soll ich tun?«

Berwitz hatte sich inzwischen von seinem Lachausbruch erholt und sah den jungen Mann mit einem mitleidigen Blick an.

»Sehen Sie mal, Herr Graf, das ist eine verflixte Angelegenheit. Ich als Vater kann nicht zugeben, daß meine Tochter eine Torheit begeht. Wenn Sie schon Herr auf Ihrem Gut wären... und mit ihr zu mir kämen, daß Sie einander lieben... nun, in Gottes Namen. Aber so, wie Sie es mir angedeutet haben, ist es hoffnungslos. Bedenken Sie doch, wenn Sie auch vor sie hintreten und ihr ein Liebesgeständnis machten, sowie Sie Graf Pallachich sagen, fängt sie an zu lachen, weil sie die Geschichte Ihres Vaters kennt. Und alle würden mitlachen, weil dieser Vorfall noch jetzt dauernd in den Garderoben ein beliebter Gesprächsstoff ist. Hier winkt Ihnen also keine glückliche Lösung. Wenn ich Ihnen etwas raten darf, so fahren Sie nach Hause und lassen sich vom alten Grafen erzählen, wie er sich von seiner Liebe zu Miß Satanella geheilt hat. Es war eine große Liebe, eine wirkliche Erschütterung, wie bei Ihnen; und sehen Sie, sie ist vorübergegangen, der Graf hat anderswo sein Glück gefunden und ist sicher zufrieden. So ist es nun mal im Leben, verstehen Sie. Sie selbst können wahrscheinlich nichts dafür, das hat das Geschlecht der Pallachich eben im Blute, seine Zuneigung zum Zirkus...«

»Wahrscheinlich ja. Vom Vater habe ich es nicht gewußt, aber vom Großvater erzählte man, daß er ein großer Verehrer der Zirkuskünstler gewesen sei, sogar Pferde soll er unter sie verteilt haben.«

»Das stimmt, darüber könnte ich Ihnen auch etwas erzählen. Das war übrigens keine schlechte Gewohnheit, es ist eine schöne Geste, die ich Ihnen nur empfehlen kann, wenn Sie Herr auf Hogy-Mezö-Vásárhely sein werden.«

Pallachich saß niedergeschlagen auf dem Stuhl und starrte ins Leere.

»Ich habe es gefühlt, daß es nicht gehen wird..., ich habe es geahnt, deshalb war ich so aufgeregt. Aber daß es so fehlschlagen würde... was fange ich jetzt bloß an? Wie werde ich meinen Wahn nur los?«

»Das, lieber Graf, kann ich Ihnen nicht sagen. Bei uns im Zirkus kommt so etwas nicht vor. Außer im Publikum natürlich. Für dieses ist der Direktor nicht verantwortlich. Ich kann Ihnen nur einen guten Rat geben, fahren Sie nach Hause und nehmen Sie das altbewährte Familienrezept, nach dem sich die Pallachich von der Liebe zu Zirkusreiterinnen geheilt haben. Das ist alles, was ich Ihnen sagen kann. Und was den Fliederstrauß betrifft – so übergebe ich ihn, wenn Sie erlauben, Helenchen als Ihren Abschiedsgruß. Einverstanden?«

»Abschiedsgruß...«, flüsterte Pallachich. Aber da Berwitz aufstand und zu verstehen gab, daß er die Unterredung für beendet halte, erhob sich auch der junge Graf.

»Abschiedsgruß«, wiederholte er, »Sie sind sehr liebenswürdig. Aber wie komme ich dazu, daß ich wegen des dummen Irrtums meines Vaters leiden soll?«

»Das nennt man für die Schuld seiner Eltern büßen«, lachte Berwitz und reichte ihm die Hand. »Grüßen Sie, bitte, den alten Herrn zu Hause von Miß Satanella. Sagen Sie ihm, daß Sie ihr begegnet sind und daß aus der Schönheit von einst ein alter Vater geworden ist, der großen Kummer mit seiner Tochter und ihren Verehrern hat. Auf Wiedersehen, Herr Graf, es hat mich außerordentlich gefreut. Auf Wiedersehen.«

Peter Berwitz blieb im Büro stehen, eine Weile mußte er noch lächeln, als er daran dachte, wie er damals vor Pallachich das Röckchen gehoben hatte. Dann verlor sich sein Lächeln plötzlich, als er im Geiste seine Tochter statt seiner auf dem Rücken der Pferde sah.

Als er zum Mittagessen kam, war Helenchen noch nicht zu Hause. Er rief also Agnes herbei, schloß die Tür seines Zimmers zu und erzählte ihr den heutigen Vorfall. Sie schüttelte überrascht den Kopf.

»Um die Geschichte selbst ist es mir nicht zu tun«, wandte jetzt Berwitz das Gespräch, »die ist mir nur ein Beweis dafür, wie sehr es an der Zeit ist, daß mit Helene etwas geschieht. Es kommt uns gar nicht zum Bewußtsein, daß sie eine reife Frau ist...«

»Du merkst es vielleicht nicht«, antwortete Agnes, »aber ich weiß es. An mir selbst sehe ich, wie die Jahre vergehen.«

»Ja. Und wir müssen daran denken, was weiter werden soll. Mit uns, mit Helene, mit dem Zirkus Humberto. Ich wäre schon froh, wenn ein Bräutigam erschiene, den ich mit Freuden aufnehmen könnte. Hat Helenchen vielleicht für jemanden eine besondere Neigung?«

»Nein, Peter. Jedenfalls habe ich bisher nichts bemerkt. Die Männer, die sie gelegentlich zu gewinnen suchen, soll sie sich lieber vom Hals halten.«

»Hm, für sie würde am besten jemand vom Fach passen. Ein junger Zirkus- oder Menageriebesitzer...«

»Ja, aber leider gibt es keinen solchen. Ich bin schon alle Familien durchgegangen. Überall sind die jungen Männer bereits verheiratet oder es sind noch Knaben.«

»Das ist unangenehm, Agnes. Der Zirkus Humberto ist jetzt eine so große Firma, daß ich niemanden hereinnehmen kann, der nicht völlig verläßlich ist.«

»Einen solchen kenne ich. Aber es ist kein Direktorssohn.«

»Wer ist es? Kenne ich ihn auch?«

»Gewiß – Vaschku!«

»Vaschku! Der Sohn eines Zeltarbeiters... hm, natürlich, Vaschku... ja, es nützt nichts, Vaschku ist blendend, hat von der Pike auf alles mitgemacht und weiß überall Bescheid. Es ist ein solider junger Mann, kein Flammender. Glaubst du, daß ihn Helene heiraten würde?«

»Mein Gott, garantieren kann ich nicht dafür, aber von klein auf waren sie Kameraden, er ist ein angenehmer und fleißiger Junge, ich glaube, Helene würde nicht nein sagen. Sie hat doch auch soviel Verstand, um einzusehen, daß sie nicht einfach jemanden von der Straße in die Firma bringen kann.«

»Vaschku, jawohl, Vaschku«, nickte Berwitz, »das ist nicht schlecht. Wir müssen es, Agnes, langsam vorbereiten. Und zwar lieber gleich, bevor es zu spät ist.«

Mit diesem Entschluß gingen sie zum Mittagessen, wo sie Helene, in deren Kopf Paolo herumspukte, bereits erwartete.

4

Mein teueres, geliebtes Röschen!

Vor allem grüße und küsse ich Dich tausendmal und auch Deine liebe Mutter grüße ich herzlich. Vater und Herr Buresch lassen sich ebenfalls empfehlen. Wir sind jetzt schon den dritten Tag in Zürich und bleiben noch ein paar Tage hier. Ich habe also etwas mehr Zeit, Dir zu schreiben.

Wie geht es Dir, mein teures Röschen? Ich hoffe, daß Du gesund bist und daß Dich Deine Meisterin nicht mit Arbeit überlastet. Du tust mir ordentlich leid, wenn ich daran denke, daß Deine weißen Hände von früh bis in die Nacht mit der Nadel stechen müssen. Aber Gott gebe, daß es bald anders wird, sowie ich zurückkomme und wir ausführlicher über unsere Hochzeit sprechen können.

Hier hat sich nicht viel geändert, seit wir von Hamburg abgefahren sind. Ich bin jetzt ganze Tage bei meinen Tieren. Wenn wir nicht arbeiten, sitze ich vor den Käfigen und beobachte meine Lieblinge, besonders die neuen Tiger. Weißt Du, das ist das größte Geheimnis der ganzen Dompteurkunst: daß man seine Tiere bis in alle Einzelheiten kennen muß. Aber damit wird man wohl nie fertig. Jedes Tier hat eine andere Natur und verhält sich bei verschiedenen Gelegenheiten anders. Nero zum Beispiel, der große, schwere Löwe aus Südafrika mit der braunen Mähne, ist ein ausgesprochener Faulpelz. Am liebsten würde er sich dauernd herumwälzen und er ist über jede Störung böse. Ihn interessiert nur das Fressen, schon eine Viertelstunde vor der Fütterung ist er auf den Beinen und hebt als erster die Vordertatzen, um sich seine Portion Pferdefleisch von der Gabel zu ziehen. Darin ist er pünktlich, als ob er eine Uhr im Käfig hätte. Sowie ich sehe, daß sich Nero erhoben hat, weiß ich, daß die Stunde der Fütterung gekommen ist. Sonst ist es ein gutmütiger Kerl, der höchstens einmal brüllt, aber nichts tut. Er will nur seine Ruhe und Ordnung haben. Da sind Borneo und Sumatra, die ich eigentlich großgezogen habe, schlimmer. Sie sind inzwischen schon hübsch alt geworden und sind leicht mürrisch. Wenn sie mich aber nach der Peitsche greifen sehen, springen sie rasch auf ihre Plätze und knurren. Mit Ramona und Negus raufen sie gern, und wenn wir sie nicht schnell genug auseinandertreiben, ist der Käfig voll ausgezauster Haare. Manchmal macht Nero Ordnung unter ihnen, meistens aber greift Fifi dabei ein. Da ist das Foxterrierweibchen, das einst Hamilton zu Borneo und Sumatra gegeben hat, als sie noch klein waren. Jetzt ist es bereits eine würdige graue Hundematrone, die sechsmal Junge geworfen hat und dann so dick wurde, daß sie nicht mehr recht laufen kann, weil ihr der Atem ausgeht. Aber wenn die Löwen ineinander geraten, ist sie gleich im Käfig, fährt gegen sie los, beißt sie in die Ohren, in die Beine und ins Kinn und bellt und macht einen solchen Lärm, daß sich die großen Katzen immer entsetzt in eine Ecke verkriechen. Fifi trinkt ihnen dann das ganze Wasser aus, so erschöpft ist sie nachher. Die Hündin ist ihre oberste Herrin, keines der Raubtiere hat ihr bisher etwas zuleide getan. Die Arme ist schon fast zahnlos, aber sie hat ein tapferes Herz. Die Löwen sind große, täppische Schafe, die Nero wie einem Widder nachlaufen, weil er der stärkste von allen ist. Überhaupt anerkennen sie die Autorität, und die läßt sich Fifi nicht nehmen. Sie springt mehrere Male am Tage in den Käfig, wühlt ihnen das Stroh durcheinander und läuft wieder fort, die reinste Direktorin. Da sind die dänischen Doggen, die der Direktor vor kurzem für die Produktion gekauft hat, im Vergleich zu ihr Feiglinge. Die Leute denken, daß sie zu meinem Schutz da sind, aber wenn – wovor mich Gott behüten möge – etwas passieren sollte, müßte ich wohl vor allem die Doggen retten. Aber jetzt fällt mir gerade eine wichtige Neuigkeit ein, über die ich Dir nicht berichtet habe. Wir haben nämlich einen neuen Käfig für die Raubtiervorführungen. Eigentlich ist es gar kein Käfig mehr, sondern ein Eisengitter um die ganze Manege, das vor meiner Nummer aufgestellt wird. In Frankreich und anderswo sind solche Gitter schon längst in Gebrauch. Da würdest Du erst Augen machen, was das jetzt für eine Pracht ist, wenn ich alle Tiere hineinlasse und völlig frei mit ihnen arbeiten kann. Natürlich muß jetzt viel umgelernt werden, weil für die Sprünge und Figuren und für jeden Trick mehr Platz ist. Die Tiere fühlen sich dabei sehr wohl, weil ihnen sonst die Bewegung eben doch fehlt und sie hier völlig frei laufen und springen können. Ich lasse ihnen morgens vor der Probe ein freies halbes Stündchen und sehe ihrem Spiel zu. Ich bin überzeugt, daß die alte Dressur mit Schlägen und Peitschenhieben unsinnig und falsch war; ich denke, daß Tiger und Löwen gerade so sind wie Menschen, jeder hat seine besondere Fähigkeit, und das soll ein guter Dompteur wissen. Warum sollte ich Ramona schlagen, um sie auf die Kugel zu bringen, wenn ich sehe, daß sie große Angst davor hat? Borneo dagegen weiß, daß die Kugel ein Spielzeug ist, und springt gleich darauf. Ich gaube, daß die besten Tricks diejenigen sind, die das Tier selbst gern hat.

Liebes Röschen, das habe ich Dir gestern abend geschrieben, bevor meine Zimmergefährten aus dem Wirtshaus zurückgekehrt sind. Heute bin ich wieder allein und kann also fortfahren. Vor allem muß ich Dir sagen, daß mir von Dir geträumt hat. Es war ein merkwürdiger Traum. Ich ging in den Käfig, und Du bist plötzlich in Deinem rosa Kleidchen dagestanden und hast geweint und gerufen, ich möge die Tür nicht öffnen, denn sonst würde mir etwas zustoßen. Es war ein so lebhafter Traum, daß ich am Morgen wirklich ein unangenehmes Gefühl hatte, als ich den Riegel des großen Käfigs öffnete. Aber ich überwand meine Unsicherheit und war auf der Hut. Ich glaube, daß Schick, der indische Königstiger, auf mich springen wollte, jedenfalls sah ich ihn sprungbereit mit grünlich leuchtenden, feurigen Augen dasitzen. Aber dann schrie ich ihn an, er begann zu fauchen und verkroch sich. So etwas ist unter uns ganz unbedeutend. Schick möchte immer gern auf etwas losspringen, es steckt nun mal in ihm. Die Hauptsache ist, daß ich gewissermaßen zu ihnen gehöre. Ich bin unter den Tigern der schwerste sibirische Tiger und unter den Löwen der älteste Abessinier. Manche lieben mich, am meisten die Löwinnen, die mir dauernd Liebeserklärungen machen. Und wieder andere haben Ehrfurcht und Angst vor mir. Das Schlimme dabei ist nur, daß sie aufeinander eifersüchtig und bereit sind, um meine Gunst zu kämpfen. Ich muß immer gerecht zu ihnen sein, sonst würde ich alles verlieren. Das ist immer noch besser als bei den Bären. Bei denen kann man sich auf nichts verlassen, das sind hinterlistige Biester, die dauernd um ein Fläschchen Sirup betteln und dabei jederzeit bereit sind zu beißen. Ich muß ihnen deshalb fortwährend klarmachen, daß ich nicht einer von ihnen bin. Das erreiche ich am besten dadurch, daß ich mit ihnen spreche. Bei einem Löwen oder Tiger weiß ich, wann er gereizt oder schlechter Laune ist, aber bei diesen braunen Halunken erkennt man es nie. Ein Bär bleibt völlig ruhig, macht seine Purzelbäume und tanzt, und plötzlich schnappt er zu. Da sind mir Löwen und Tiger viel, viel lieber, die haben wenigstens ihr Vorspiel, bevor sie auf einen losspringen, und man kann sich darauf vorbereiten. Am komischsten ist die Tigerin Kambodscha. Sie ist so in mich verliebt, daß Du bestimmt auf sie eifersüchtig wärest. Wo sie kann, wälzt sie sich vor mir auf dem Rücken und leckt mir die Schuhe. Wenn sie mir in die Augen sehen soll, zittert sie am ganzen Körper, flüstert mir schmeichelnd etwas zu, wendet den Kopf ab und leckt mir die Hand. Es ist ein Wunder, daß sie sie mit ihrer rauhen Zunge nicht verletzt. Es ist ein herrliches Tier aus Sumatra, und das ist ziemlich merkwürdig. Gambier hat jedenfalls immer behauptet, daß Tiger von dort am gefährlichsten sind, weil sie im Dunkel des Dschungels leben.

Aber ach, was sind alle Raubtiere des Dschungels im Vergleich zu den Menschen! Eigentlich wollte ich es Dir gar nicht schreiben, aber zwischen uns beiden darf es doch kein Geheimnis geben, und deshalb muß ich es Dir sagen. Ich weiß nicht, woher es kommt, aber in letzter Zeit werde ich von allen Seiten gedrängt, daß ich mich – um Helenchen Berwitz bewerbe. Geliebtes Röschen! Bei allem, was mir teuer ist, schwöre ich Dir, daß ich selbst auch nicht im entferntesten jemals an Helene Berwitz gedacht habe. Ich kenne sie seit meinen ersten Tagen im Zirkus Humberto, wir sind schon als kleine Kinder in der Manege zusammengekommen, wir ritten gemeinsam unsere erste Nummer und hatten dabei großen Erfolg. Dann wuchsen wir wie gute Kameraden nebeneinander auf, sie arbeitete als Kunstreiterin und bewährte sich dabei ausgezeichnet, ich wiederum im Voltigeritt, in der Battude und sonstwie, so daß wir jeden Abend beisammen waren, aber weder sie noch ich haben in uns jemals etwas anderes erblickt als Artisten. Jetzt, da ich als Dompteur arbeite, kommen wir noch weniger zusammen, manchmal sehen wir uns den ganzen Tag nicht. Wenn wir einander bei den Proben oder beim Programm ablösen und ein paar Worte miteinander sprechen, ist es mir immer, als wäre sie gar kein weibliches Wesen. Da müßtest Du das richtige Zirkusleben kennen, um zu begreifen, daß hier Männer und Frauen nebeneinander leben und dabei nur an ihren Trick und an den Erfolg denken, und nicht an irgendwelche Liebeshändel. Dazu ist hier weder Zeit noch günstiger Boden.

Deshalb war ich völlig überrascht, als man mir plötzlich anzudeuten anfing, daß ich und Helene... Als ich es zum erstenmal hörte, mußte ich laut loslachen, und weiter habe ich mich nicht darum gekümmert. Aber damit war die Sache nicht erledigt, immer häufiger wurden die Anspielungen, und jetzt geht das Geflüster darüber schon durch den ganzen Zirkus. Das ist für mich etwas Schreckliches, weil ich nichts davon hören will. Was geht mich Helene Berwitz an, wenn ich mein Röschen habe und liebe, meine Rosenknospe, meine einzige und unvergängliche Liebe, der ich bis in den Tod treu bleibe und die ich mir von niemandem rauben lasse. Wenn ich nur wüßte, wer diese niederträchtigen Reden verbreitet! Ich hatte das Gefühl, daß es von Kerholec ausgeht, und stellte ihn daher zur Rede. Er antwortete mir: »Ich verbreite überhaupt nichts, aber ich sage dir offen und ehrlich, daß du es tun sollst. Berwitz wird allmählich alt, und wenn er nicht rechtzeitig einen verläßlichen Nachfolger bekommt, kann es das Ende des Zirkus Humberto und das Elend für einige Dutzend Familien bedeuten.« Ich ging zu Buresch, Du weißt ja, was er für ein idealer Mensch ist. Er legte mir beide Hände auf die Schultern, sah mir offen in die Augen und sagte: »Vaschku, ich weiß, was für heilige Gefühle dich erfüllen. Junger Freund, ich habe unendliche Achtung davor. Ich bin auch einmal in Liebe entflammt und bereit gewesen, alles dafür zu opfern. Aber nach den Erfahrungen, die mir das Leben gegeben hat, muß ich dir sagen, daß es manchmal Dinge gibt, die schwerwiegender sind als die Liebe. Herr eines so großen

Unternehmens zu werden, ist keine Geringfügigkeit. Und für unser Volk wäre es von großem Wert. Ich will dich nicht überreden, aber ich rate dir: überleg es dir!« Ich war dadurch ganz niedergeschlagen, von Buresch hatte ich das nicht erwartet. Schließlich schüttete ich dem Vater mein Herz aus. Dieser nickte mit dem Kopf und sagte: »Nun, das ist wirklich eine schwierige Angelegenheit. In deine künftigen Entscheidungen will ich dir natürlich nicht hineinreden. Ich weiß, was Röschen für ein braves Mädel ist und daß ihr zusammen sicher glücklich sein würdet. Aber dann bleibst du das ganze Leben bei den Raubtieren und ich fürchte, daß es kein langes Leben sein könnte... verstehst du... daß es dir eine dieser Bestien gewaltsam verkürzt. Wenn du Herr des Zirkus Humberto wärest, müßtest du keine so gefährliche Arbeit tun. Denke daran, Vaschku, ich bitte dich...«

So höre ich es von allen Seiten. Jeder sagt es anders und meint doch dasselbe: Heirate Helene Berwitz. Sogar der alte Malina, denk Dir nur, hielt es unlängst für angezeigt, mir lang und breit zu erzählen, wie Bernhard Berwitz, der Vater unseres Prinzipals, in die Familie Humberto einheiratete und so vom einfachen Jongleur zum Herrn des ganzen Unternehmens wurde. Aber ich will dergleichen Reden nicht hören! Es ist alles dumm und unsinnig, man vergiftet mir damit nur das Leben. Ich habe meine Entscheidung bereits getroffen; für mich gibt es keine andere als Dich, mein liebes, süßes Röschen. An Dich denke ich ständig, von Dir träume ich, und ein Leben ohne Dich ist mir jetzt wirklich eine Qual. Wie ich mich auf unser Wiedersehen freue! Wie ich die Tage zähle, bis wir uns nach Norden wenden und mir die vergilbenden Blätter der Bäume ein neuer Frühling sein werden, der mir Dich wiederbringt! Jetzt, da ich alles aufs Papier geschrieben habe, was mich hier ständig verfolgt, da ich Dir mein Herz ausgeschüttet und mich davon befreit habe, fühle ich mich plötzlich viel leichter und froher. Oh, wie bin ich glücklich, daß ich Deine gute Seele besitze! Du einzig verstehst mich, Du allein kannst mich begreifen, weil Du weißt, wie unendlich ich Dich liebe und daß ich nie, niemals von Dir lasse.

Tausendmal, hunderttausendmal küsse ich Dich, meine teure, einzige, geliebte Braut!

In ewiger Sehnsucht Dein Vaschku.

P. S. Bevor ich diesen Brief absenden konnte, schlug mich Kambodscha mit der Tatze in den linken Arm und hat mir das Fleisch ein wenig aufgerissen. Man hat mich bei Berwitz verbunden. Sei unbesorgt, es ist weiter nichts. Du siehst, daß ich schreiben kann. Sei gegrüßt und geküßt, meine Geliebte!

5

Der Sommer ging vorüber, die Tournee näherte sich ihrem Ende. Man kam nach Honnef, ins Siebengebirge. Die Direktorin hatte Vaschku auf vier Uhr zu sich bestellt; er solle den besseren Anzug nehmen, hatte sie ihm durch Kerholec sagen lassen.

Im Achter zerbrach man sich beim Mittagessen darüber den Kopf, was es denn hier in Honnef Besonderes geben könne, warum sich Wenzel fein anziehen solle und wohin man zu Besuch gehen würde. Natürlich kam dabei nichts heraus, und Wenzel begab sich, tadellos gekleidet, um vier Uhr zum Direktionswagen. Ringsum ertönte der gewohnte Lärm des Lagerlebens. Man hatte sich auf einer trockenen Waldwiese gelagert, auf der die Wohnwagen einen Platz bildeten. Dahinter und hinter den Tierwagen war eine Schmiede errichtet, wo gerade ein Feuer angefacht wurde. Das war auch eine Neuerung, die Berwitz eingeführt hatte, als er sah, wieviel Geld ihn die Schmiede- und Hufschmiedearbeiten unterwegs kosteten und wie die Pferde häufig unter der schlechten Arbeit der Dorfschmiede zu leiden hatten. Bei der Schmiede stand ein Wagen mit einem Motor, der die Pumpe einer übertragbaren Wasserleitung antrieb.

Die Direktorin, die alle nur in halb männlicher Kleidung kannten, erschien auf der Treppe ihres Wagens in eleganter Stadtkleidung, in eng anliegendem schwarzem Leibchen, dessen einzige Verzierung ein weißer Kragen war. Sie war nun schon fünfzig Jahre alt, ihr Haar zeigte bereits manchen Silberstreifen, aber die Augen hatten ihren Glanz bewahrt. Hinter ihr sprang Helenchen in einem hellen Sommerkleidchen, mit dem Sonnenschirm in der Hand, leichtfüßig aus dem Wagen, eine reizend schöne Erscheinung, die zu dem rauhen Milieu, in dem sie lebte, einen merkwürdigen Kontrast bildete.

»Guten Tag, Vaschku«, begrüßte Agnes den sich verneigenden jungen Mann, »was macht dein Arm, schmerzt er noch?«

»Nein, Madame, Dank der Nachfrage, der Arm ist in Ordnung. Helenchen ist eine ausgezeichnete Pflegerin.«

»Ich habe ihr ja auch oft genug gezeigt, wie man einen Verband anlegt. Das kann man beim Zirkus immer gut gebrauchen. Hauptsache, daß keine Blutvergiftung dazugekommen ist.«

»Zum Glück ist mir Kambodscha nicht bis auf den bloßen Körper gekommen. Sie hat nur einmal zugeschlagen. Als ich mich nach ihr umdrehte, wandte sie den Kopf ab und bat knurrend um Verzeihung.«

»Hast du sie geschlagen?« fragte Helene.

»Ach nein, hätte das denn einen Sinn? Sie tat es ganz instinktiv, konnte sich gar nicht dagegen wehren. Vielleicht hat sie es sogar aus Liebe getan. Kambodscha liebt mich wirklich.«

»So ist's richtig«, nickte die Direktorin. »Wenn wir uns

entschlossen haben, unter Raubtieren zu leben, dürfen wir ihnen ihre Natur nicht verübeln. Wir gehen jetzt nach Honnef. Dort lebt jemand, den du, Vaschku, kennenlernen mußt. Und Helene auch. Ich bin überzeugt, daß ihr mir beide dafür dankbar sein werdet.«

Wenzel fragte natürlich, wer es sei, aber Madame lächelte nur, das sei ihr Geheimnis und für sie beide eine Überraschung. Dann gingen sie in die Stadt, wo Agnes auf der Straße eine Frau nach etwas fragte. Diese wies in eine Seitengasse:

»Rechts, das letzte Häuschen, das dort mit der Weinrebe.«

Sie bogen in die Gasse ein und traten in einen kleinen Garten, in dem Rosen und Georginen blühten. Das Haus war verschlossen. Die Direktorin läutete. Leichte Schritte näherten sich. Die grüne Tür wurde geöffnet. Vor ihnen stand eine kleine, gebückte Greisengestalt mit edlen Gesichtszügen und weißem Schnurrbart unter der Adlernase. Der Greis hob vor Überraschung die Augenbrauen.

»Verzeihen Sie, daß wir Sie überfallen«, sagte Agnes, selbst ein wenig erregt. »Ich bin Frau Berwitz, die Direktorin des Zirkus Humberto. Wir übernachten zufällig hier und ich wollte nicht an Honnef vorübergehen, ohne Sie aufzusuchen.«

»Oh, Madame, Sie bereiten mir damit eine außergewöhnliche Freude. Bitte, treten Sie ein. Wenn Sie erlauben, gehe ich voran und öffne die Tür. Hier, bitte…«

Sie traten in einen kleinen Salon, dessen breites Fenster auf das Rheintal hinausging, das jetzt im vollen Sonnenglanz vor ihnen lag. Am Fenster stand ein schwarzes Klavier, an den übrigen Wänden befanden sich Bücherschränke, deren Regale mit Büchern gefüllt waren. Auf den Schränken standen mehrere kleine Pferde- und Reiterfiguren, meist in Bronze gegossene Kopien antiker und Renaissanceskulpturen. Über dem Klavier hingen in schmalen Rahmen alte englische und französische Kupferstiche und Lithographien von Rennpferden.

»Ich bin wirklich sehr erfreut über Ihren liebenswürdigen Besuch, Madame«, knüpfte der alte Herr das Gespräch wieder an, als Agnes auf der Chaiselongue, Helene und Wenzel auf den Sesseln Platz genommen hatten. »Unsereins lebt hier in weltentrückter Vergessenheit versunken, und Sie beehren mich plötzlich mit Ihrer Aufmerksamkeit. Selbst ein Einsiedler, der nicht dem Haß gegen alles Lebende verfallen ist, würde sich über eine so liebe Unterbrechung freuen. Das sind Ihre Kinder, Madame?«

»Nur das Mädchen, Herr Direktor. Helenchen. Sie reitet von klein auf ebenso wie hier Herr Vaschku. Er gehört nicht zu unserer Familie, ist aber bei uns ausgebildet worden. Er ist unser bester Reiter, Herr Direktor, er arbeitet jedoch auch als Dompteur. Ich bin überzeugt, daß er mir dafür dankbar sein wird, wenn ich es ihm ermögliche, Sie kennenzulernen.«

»Oh, Madame«, verneigte sich der weißhaarige Gastgeber, »sehr schmeichelhaft für einen alten Menschen, der seinen eigenen Ruhm überlebt hat. Die jungen Leute werden kaum mehr von mir hören. Ich habe mich bereits daran gewöhnt, mit einem Namen zu leben, der seinen Glanz verloren hat und nur noch seinen Klang behalten hat.«

»Bei uns, Herr Direktor, hören sie ihn sehr häufig. Gestatten Sie, daß ich ihnen sage, bei wem sie zu Gast sind. Ich habe mir es als Überraschung für sie aufgehoben. Helenchen, Vaschku, ihr seid im Hause des Herrn Wollschläger.«

Helene wußte, daß dieser Name zu Hause häufig von den Eltern genannt worden war, konnte sich aber an den Zusammenhang nicht erinnern. Sie erhob sich daher zu einer anmutigen Verneigung und blickte Herrn Wollschläger höflich lächelnd an. Dafür aber hätte Wenzel vor Staunen fast den Mund aufgerissen. Wollschläger, Wollschläger... das war doch der Mann, über den in den Zirkuswagen und in den Ställen immer wieder gesprochen wurde und bei dem Hans ausgebildet worden war. Das war jener berühmte Zirkusprinzipal, von dem man behauptete, daß er die schönsten Pferde der Welt gehabt und mit ihnen wahre Wunder aufgeführt habe.

»Sie sprechen einen toten Namen aus, Madame«, lachte der Greis mit leiser Trauer in der Stimme. »Was können Sie, junger Mann, von einem Menschen wissen, für den die Welt das Interesse verloren hatte, noch bevor Sie geboren wurden?«

»Und doch weiß ich etwas, Herr Direktor«, entgegnete Wenzel, indem er mit einer Hand die Lehne seines Sessels umklammerte. »Sie sind... Der Araber und sein Pferd!«

Herr Wollschläger zwinkerte einige Male rasch mit den Augen.

»Merkwürdig, Madame, wie schlecht wir gegen Ruhm gewappnet sind! Fast fühle ich eine Rührung! Der Araber und sein Pferd! Meine berühmteste Schöpfung! So oft nachgeahmt – sogar in dem hochgeschätzten Zirkus Humberto! Ich habe gern den sterbenden Araber gespielt. Nicht, weil es etwa eine große Rolle gewesen ist. Ich habe glänzendere gehabt, beispielsweise Julius Cäsar, wie er in gestrecktem Galopp auf dem Pferd stirbt, den Dolch des Brutus in der Brust. Die Rolle des Arabers war nicht so hinreißend, aber wie gern hat mein Grauschimmel Hippolyt dieses Dramolett gespielt! Wie hat er die Ohren gespitzt, wenn er fühlte, daß meine Kräfte schwanden, wie hat er sie hängen lassen, wenn er mich auf der Erde beschnupperte, wie hat er mich vorsichtig mit den Zähnen aufgehoben – Madame, Hippolyt hat diese Szene nicht gespielt, Hippolyt hat sie mit der ganzen Angst seines treuen Pferdeherzens erlebt! Für ihn bin ich jeden Tag gestorben, und jedesmal hat er für mich das Leben eingesetzt!«

»Lebt er noch?«

»Nein, Madame. Vor neun Jahren ist er zu seinen anglo-arabischen Vorfahren gegangen. Ich hatte ihn hier bei mir, wo ich ihn zum Dank für seine Treue in Ruhe und Frieden sein Leben beschließen ließ. Unweit von hier kaufte ich eine kleine Wiese am Waldrand und dort habe ich ihn zwischen drei Eichen begraben. Es war mein treuester Freund. Seit dieser Zeit bin ich hier allein – abgesehen von meinen neuen Freunden, die ich in jugendlichem Unverstand verraten und verlassen hatte: Vergil, Horaz, Martial. Es heißt ja, daß man immer zu seiner ersten Liebe zurückkehrt. Menschliche Liebe gibt es in Wahrheit nur im Traum, aber zwei liebenswerte Dinge bleiben auch noch dem ergrauten Liebhaber: die Bücher und die Heimat.«

»Sie sind Rheinländer?«

»Ja. Aber Sie, wenn ich mich recht erinnere, sind nicht von hier?«

»Nein. Ich bin Belgierin. Und ich bin nicht einmal du métier. Mein Vater war ein höherer Beamter und ich bin im Hause des Grafen d'Ascensons-Létardais aufgewachsen. Vielleicht haben Sie ihn gekannt.«

»Ein großer schlanker Mann mit einem in zwei Spitzen geteilten Vollbart, nicht wahr – eine prächtige Erscheinung. Der Herr Unterkämmerer war ein edler Aristokrat. Er besaß das Höchste, was ein Mensch besitzen kann: die vollkommene Harmonie des Herzens und des Geistes. Ich war oft bei ihm zur Jagd. Die Komtesse hat geheiratet?«

»Nein. Sie hatte die merkwürdige Leidenschaft, ihre Freundinnen, auch mich, danach zu verheiraten, wie sie sich verliebten. Aber selbst sie ist unverheiratet geblieben. Sie steht mit uns in Korrespondenz und erlebt, wie sie sagt, die Freuden einer zehnfachen Ehe ohne die Enttäuschung einer einzigen.«

»Sie ist also die wahre Tochter ihres weisen Vaters

geblieben. Ihr Fräulein Tochter reitet, sagten Sie?«

»Ja, gewiß! Schon aus mir ist eine richtige Zirkusreiterin geworden und aus ihr erst recht. Sie ist im Wagen geboren.«

»Und der junge Herr... Herr Vaschku... ist Dompteur?«

»Ja, aber mit sieben Jahren begann er bei uns zu reiten. Zuerst mit Helenchen auf Ponys, mit zehn Jahren ging er jedoch schon auf hohe Pferde über. Er weiß in allem Bescheid, sogar in der freien Dressur. Außerdem ist er ein verläßlicher Kaskadeur und versteht mit den Elefanten umzugehen.«

»Ausgezeichnet, junger Mann. Der Zirkus ist eine herrliche Einrichtung, aber er fordert, daß man alles beherrscht. Ich will nicht lästern, aber er ist mir immer wie eine Kirche vorgekommen: seine Gläubigen sind mit einem untilgbaren Mal gezeichnet, und er verlangt von ihnen Treue bis in den Tod.«

Der alte Herr saß Agnes gegenüber, hatte ein Bein leicht über das andere geschlagen und wandte sich, lebhaft im Gespräch fortfahrend, abwechselnd an die beiden jungen Leute.

»Sie können und sollen alles lieben. Aber merken Sie sich, daß Sie kein edleres Geschöpf finden als das Pferd. Die Gattin, der Gemahl, die Geliebte, keiner von ihnen kommt der hingebungsvollen Treue eines Pferdes nahe. Welche Schönheit offenbart einem ein Vollblutpferd! Wieviel wunderbare Dinge kann man ihm beibringen! Es gibt nichts, was ein intelligentes Pferd nicht begreifen und worin es nicht seinen Ehrgeiz hineinlegen würde. Das verführt die Zirkusreiter zu Irrtümern. Sie zeigen gern Kühnheit und Kraft. Aber merken Sie sich, es gibt nur eins, was die Produktion zur Kunst erhöht: sie muß den Zauber der Poesie in sich haben. Vielleicht werden Sie mich nicht mehr verstehen. Ich gehöre noch zur alten Generation, der Schönheit über alles ging, und ich spreche zu Ihnen, den Kindern einer neuen Zeit, deren einziges Ziel der Erfolg ist. Erfolg, mein Gott, wie wenig bedarf es, um die stumpfen Massen zu befriedigen! Ein wenig Routine, ein bißchen Schablone. Erkennen, was zieht, und es dann wahllos ausbeuten. Ich weiß, wie es jetzt in den Manegen aussieht, und ich sage Ihnen, daß die wahre Kunst im Niedergang begriffen ist. Wir Alten mußten vor allem eine Idee haben. Und wer auf Ehre hielt, suchte seine Idee so schön wie möglich auszudrükken. Aber auch die Idee ist nicht alles; gewiß, sie ist etwas Erhabenes, aber die Pflicht eines Künstlers, der sich ihrer Größe bewußt ist, ist es, ihr das Gewand der Schönheit zu verleihen, das ihrer würdig ist.«

Seine Gäste saßen ihm schweigend gegenüber. Agnes sah in ihm jenen bedeutenden Zirkuskünstler, den man in Brüssel während ihrer Kindheit so sehr bewundert hatte. Alles, was er tat, trug den Stempel seiner Persönlichkeit. Er hatte herrliche Pferde besessen und reizende Reiterinnen. Wieviel Harmonie lag in jeder seiner Aufführungen! Das Kostüm war für ihn niemals ein bloßes Gewand, das lediglich den rauhen Körper des Reiters bedeckte. Bei Wollschläger zauberte das Kostüm immer neue Menschen, immer neue Erscheinungen hervor. Bei ihm gaben auch die Pferde ihr Letztes her wie wahre Schauspieler, als wüßten sie, daß sie der Welt etwas noch nie Dagewesenes, eine Schönheit vorführten, der man sonst nirgendwo begegnete. Es war, als ginge von jeder Schöpfung Wollschlägers eine besondere Glut aus, so war alles bis zur höchsten Ekstase gesteigert. Seine außergewöhnliche Begabung ließ ihn alles mit Spannung erfüllen. Das feurige Auge, jeder Muskel des Hengstes, jede Bewegung des Reiters verrieten höchste Anspannung. Alles war gesteigert, potenziert, von siegreicher, überwältigender Kraft erfüllt. Herr Wollschläger brachte die alte französische Schule des Kunstreitens zu ihrer höchsten Vollendung, erfüllte alles mit Feinheit, Geschmack und Grazie – aber sein wahrhaft künstlerisches Genie war nicht hart und rücksichtslos genug, um auch finanziell bestehen zu können. Die rohe und in ihren Mitteln nicht wählerische Konkurrenz gewann die urteilslose Masse mit schreiendem Prunk und fiel seiner stillen, mühevollen Arbeit in den Rücken. Eduard Wollschläger kämpfte mehrere Jahre, und als er sah, daß er sich in einer Zeit, die allmählich jeden Sinn für Schönheit und Geschmack verlor, nur durch weitgehende Zugeständnisse an den niedrigen Geschmack des Publikums über Wasser halten könne, verzichtete er auf einen so erbärmlichen Erfolg, löste sein Unternehmen auf und ließ sich mit einem kleinen Vermögen in seinem Heimatort als Privatmann nieder, um sich seinen Liebhabereien zu widmen.

Helene verstand nicht recht, was er mit solcher Eindringlichkeit erklärte. Sie betrachtete nur seine feine Haut, seine strahlenden Augen, den peinlich gepflegten Schnurrbart und den tadellos gebundenen weißen Reiterplastron. Er kam ihr wie einer jener alten vornehmen Marquis vor, über deren Mäzenatentum im Zirkus ganze Legenden in Umlauf waren. Und einmal fuhr ihr sogar der törichte Gedanke durch den Kopf, daß sie einen so vornehmen und feinen alten Mann sofort heiraten könnte. Auch Wenzel hätte nicht sagen können, daß er alles verstanden habe. Aber er fühlte mit sicherem Instinkt, daß er einen wirklichen Meister der königlichen Reit- und Dressurkunst vor sich habe. Mit stiller Bewunderung hingen seine Augen an den Lippen des alten Mannes, dessen Worten er aufmerksam lauschte.

»Wissen Sie, einmal hatte Fillis einen geistreichen Einfall: er hing einer Gruppe von Pferden Tafeln mit Ziffern um den Hals, einem eine Tafel mit dem Additionszeichen Plus und einem anderen mit dem Gleichheitszeichen, und dann dressierte er sie dazu, daß sie sich im Lauf selbst so gruppierten, daß sie jedesmal die Summe der Ziffern bildeten. Zum Beispiel 1 + 2 = 3 oder

2 + 3 = 5. Es gab viel Arbeit, aber Fillis brachte es fertig und hatte auch großen Erfolg beim Publikum. Aber mir gefiel es nicht. Es war ein neuer Einfall, gewiß, aber ohne jede Poesie. Wissen Sie, ich habe Mathematik immer gehaßt. Und die Vorstellung, daß die herrlichen Pferde zu Gleichungen erniedrigt werden, war mir geradezu widerwärtig.«

»Und welche war Ihre schönste Nummer, Maestro?« fragte Agnes.

»Die schönste... Hm... Einmal bildete ich vier junge Mädchen zu Kunstreiterinnen aus. Ich habe mich nämlich nicht mit der Zucht von Pferden begnügt, sondern sogar vollblütige Frauen gezüchtet. Das ist schwieriger und gefährlicher, vielleicht war es das gerade, was mich dabei lockte. Einmal hatte ich das seltene Glück, daß ich vier der reizendsten weiblichen Geschöpfe zusammenbrachte, die die Welt je gesehen hat. Alle vier hatten herrliches schwarzes Haar, große, schwarze Augen und dunkelrote Lippen, und jede besaß eine Grazie der Bewegung wie eine Kronprinzessin. In allen sprühte und loderte jugendliche Glut. Ich fühlte, daß es nur an mir liege, aus einem so wertvollen Material etwas Einzigartiges zu schaffen. Zuerst ließ ich sie in hauchdünnen Gazekleidchen eine Quadrille aufführen, aber das war nicht das Richtige. Allmählich kam ich darauf, was sie brauchten. Ich ließ ihnen vier dunkelrote Kostüme mit langen Röcken nähen, die in weiten Falten an den Lenden der Pferde herabfielen, und eng anliegende Leibchen, aus denen die weißen Schultern und der Kopf wie eine Schneerose hervorleuchteten. Dann setzte ich sie auf vier kohlschwarze englische Hengste. Das allein machte schon einen bezaubernden Eindruck, ihre Röcke ruhten wie purpurne Schabracken auf den Pferden, und die Hengste mit den leuchtend weißen Frauenkörpern sahen aus wie ein einziges wunderbares, organisches Ganzes. Dann übte ich mit ihnen einen langsamen spanischen Bolero ein.

Die Mädchen hatten Kastagnetten in den Händen und die Pferde dunkelklingende Glöckchen an den schlanken Beinen. Im Grunde war es eine Quadrille – aber welch ein Bild leidenschaftlich pathetischer Schönheit boten diese vier sich aufbäumenden Hengste mit den siegreich über sie gebietenden Reiterinnen, ihre Blicke, ihr Lächeln, ihre klingenden Tänze! Das war kein Kunstreiten mehr, das war ein in Bewegung und Harmonie verwandeltes Dichtkunstwerk.«

»Wie lange haben es die Damen geritten?« fragte Helene.

»Ach, nur kurze Zeit. Ich glaube, nicht einmal ein Jahr. Es war allzu betäubend. Innerhalb eines Jahres waren alle verheiratet. Natürlich außerhalb des Zirkus. Zwei heirateten Aristokraten, eine einen Bankier, die vierte einen Diplomaten. Das ist nun einmal das traurige Los, wenn Schönheit aus Menschenmaterial gebildet wird. Die närrischen Männer verliebten sich in eine Gewitternacht, und jeder wollte ein Wölkchen für sich erhaschen. Dann wunderten sie sich, daß sie nie mehr etwas so Bezauberndes gesehen haben. Und mich... mich haben sie um eine Nummer gebracht...

Ich habe dann die Ausbildung von Mädchen aufgegeben. Es war eine undankbare Arbeit. Es bedarf eines starken Zirkusherzens, wenn es nicht den Lockungen der Liebe unterliegen und seiner Pflicht untreu werden soll.«

»Sie anerkennen also das Vorrecht der Liebe nicht, Maestro?« fragte Agnes leise.

»Nein, Madame, sobald sie irgendwie von unserer Sphäre abweicht. Vollendung erlangt man nur durch höchste Selbstaufopferung. Wir Angehörigen dieser uralten Kunst müssen die Kraft in uns haben, allem zu entsagen, was uns irgendwie von unserer Bahn ablenken könnte. Wir haben der Heimat, der Gesellschaft, dem Zivilleben entsagt, der Ruhe und Bequemlichkeit, dem gefahrlosen und sicheren Leben, der Konvention und weiß Gott, worauf wir noch verzichtet haben. Wir haben uns außerhalb der Welt gestellt. Das ist eine stolze Tat, aber auch ein Fluch. Wir haben uns selbst anderen Gesetzen unterworfen, als diejenigen sind, die unter Menschen herrschen, aber damit haben wir auch das Recht auf bürgerliches Glück verwirkt. Jeder von uns spielt so oder so mit dem Tode und versucht täglich, wie weit er in diesem Spiel gehen darf. Madame, das ist kein normales Leben. Weder die Ritter des Mittelalters noch der Soldat im Kriege setzt täglich, Monate, Jahre hindurch sein Leben aufs Spiel. Das tun nur Menschen einer besonderen Sekte, eines einzigen Ordens, und der heißt Zirkus. Wer diesem Orden Treue geschworen hat, hat kein Recht, sich zu verlieben. Er hat kein Recht, die Gemeinschaft zu stören, die uns alle verbindet. Keiner lebt darin für sich allein, jeder ist mit den anderen verknüpft, und entweder stärkt oder schwächt er die Gesamtheit. Die Liebe hat in unserer Gemeinschaft nur dann eine Berechtigung, wenn sie das Ganze nicht schwächt, sondern stärkt. Das ist das Gesetz derer, die außerhalb der bürgerlichen Gesetze stehen. Es wird nicht mehr befolgt, und deshalb ist unsere Kunst im Verfall. Es sterben darin die Menschen aus, die ihm alles zu opfern vermochten, und es gibt immer mehr Künstler, die sich nach bürgerlicher Ordnung sehnen. Wer dies tut, öffnet in seinem Herzen unserem größten Feind die Tore: der Sorge und Angst ums Leben.«

Wenzel war bei der plötzlichen Wendung des Gespräches völlig erbleicht. Wenn er nicht selbst Zeuge gewesen wäre, wie zufällig die Begegnung war, würde er auch diese Episode für eine gemeine Intrige gehalten haben. Aber hier hatte er einen Meister vor sich, dem er vom ersten Augenblick an jedes Wort glaubte, und dieser stieß ahnungslos den Dolch in die empfindlichste Stelle von Wenzels Brust. Eine fürchterliche Beklemmung bemächtigte sich seiner, und es wurde ihm übel und schwindlig.

Ihm war, als hörte er aus weiter Ferne eine Stimme wie einen Urteilsspruch. Sein Herz stand still, als er daran dachte, wie bereitwillig ihn die Direktorin aufgreifen würde. Aber wie staunte er, als er sah, wie sie sich erhob und mit kaum merklicher Erregung sagte:

»Herr Direktor, verzeihen Sie, wenn ich Ihre Ausführungen unterbreche. Aber der Nachmittag geht allmählich in den Abend über – möchten Sie sich nicht unsere Ställe ansehen? Das wird Sie sicher interessieren. Nachher könnten Sie bei uns zum Abendessen bleiben – wieder einmal im Zirkuswagen. Mein Mann würde sich außerordentlich freuen, wenn er Sie kennenlernen könnte.«

»Madame, für mich kann es keine angenehmere Einladung geben.«

Als sie zum Lager kamen, begrüßte Peter Berwitz den Rivalen seiner Eltern mit der Grandezza eines Emirs der weißen Pferde. Herr Wollschläger bot ihm sofort das Du an. Agnes und Helene entschuldigten sich, daß sie nach der Küche sehen müßten, und Wenzel eilte zu den Käfigen, um die Fütterung vorzubereiten. Deshalb führte Berwitz seinen Gast allein zu den Ställen. Als er den Vorhang zurückschlug, ertönte plötzlich ein Schrei.

»Mein Gott! Herr Wollschläger! Ist's möglich? Maestro... Maestro!«

Der Kutscher Hans mit seinen schneeweißen Haaren eilte mit ausgestreckten Händen und strahlendem Gesicht dem Gast entgegen. Herr Wollschläger blieb stehen, blickte den Greis scharf an, dachte eine Weile angestrengt nach und sagte schließlich:

»Hans! Irre ich mich nicht? Hans! Wie geht's, alter Freund? Du bist also noch beim Handwerk! Nun, das ist hübsch von dir, daß du mich erkannt hast.«

»Wie sollte ich Sie nicht erkennen«, stotterte Hans aufgeregt, »wie könnte ich den Dienst bei Herrn Wollschläger vergessen! Maestro haben sich doch meiner angenommen... Maestro haben mich ausgebildet... nie werde ich es vergessen. Nein, so eine Ehre für unseren Stall! Und ich habe nicht einmal die rote Weste angezogen...

Herr Wollschläger klopfte ihm auf die Schulter, aber dann folgte er sofort dem Duft des Stalles. Seine Augen glänzten, als er die langen Reihen der Pferde sah. Mit der unbeirrbaren Sicherheit des Kenners ging er direkt auf die schönsten Exemplare zu. Berwitz sah mit stolzer Zufriedenheit, daß Wollschläger gerade zu denen schritt, die auch er am meisten schätzte. Auch am Stall konnte man erkennen, daß ihn ein Meister betrat. Er schnalzte mit der Zunge, ein Ruf ertönte, und die unruhigen Hengste standen augenblicklich still. Ihre glänzenden Augen sahen die kleine, zierliche Gestalt an, und als Wollschläger zu ihnen herankam, wich keiner aus, keiner wurde scheu. Er fuhr ihnen mit den Fingern durch die Mähne, klopfte sie auf den Hals, strich ihnen über die Nüstern, sah sich die Zähne an – selbst die wildesten von ihnen duldeten die Berührung seiner sicheren, gebieterischen Hand. Er ließ sich den Namen jedes einzelnen sagen und wiederholte ihn mehrere Male mit schmeichelnder Stimme. Als er weiterging, drehten sich die herrlich geformten Pferdeköpfe nach ihm um, und einige Hengste wieherten leise.

Im Wagen gab es ein reiches Abendessen. Agnes hatte ihr ganzes Können darauf verwandt. Zu ihrer Freude hatte sie einen Gast, der jede Finesse voll zu würdigen verstand. Das Gespräch drehte sich, wie immer im Zirkus, um Menschen, Städte und Tiere. Herr Wollschläger war ein blendender Gesellschafter und bezauberte besonders Frau Hammerschmidt durch seine vornehme Höflichkeit. In allem aber, was er sagte, verbarg sich ein leiser Unterton melancholischer Wehmut über den allmählich untergehenden Stern des Zirkus.

»Ich will nicht nur ein verbitterter Verherrlicher alter Zeiten sein. Traurig genug, daß wir mit Horaz sagen müssen: Wehe, Postumus, eilend fliehen die Jahre dahin.

Lieber würde ich meine Wehmut mit dem Blick auf den hoffnungsvollen Nachwuchs verstummen lassen. Mein Dichter lehrt mich, daß das kurze Leben keine lange Hoffnung gestattet. Trotzdem habe ich eine solche Hoffnung à la longue gehabt, weil ich an den Nachwuchs glaubte. Und jetzt, da ich schon sehr alt bin, sehe ich immer nur eins: die großen Kunstreiter sterben allmählich aus und mit ihnen ihre Leistungen. Alle bleiben jetzt bei dem, was wir gelernt haben, stehen und trachten nicht, höher zu kommen. Ich bin durch einen brennenden Reifen gesprungen, der nur 22 Zoll im Durchmesser hatte. Heute denkt niemand daran, sich so die Hindernisse zu vergrößern und die Aufgabe zu erschweren. Ich habe mir beim Salto über das fliegende Pferd die Schuhe in der Luft angezogen – heute gibt es so etwas überhaupt nicht mehr. Statt dessen zieht man es vor, das Programm zu erweitern. Ich habe Ihre Elefanten, Löwen, Tiger und Bären gesehen. Es wird nicht lange dauern, bis Strauße, Kamele und Giraffen und vielleicht Robben, Seehunde und Känguruhs an die Reihe kommen, immer neue, andere Reizmittel, aber der Sinn für die erhabene Schönheit des Pferdes schwindet. Die Aristokratie, die Kunstreiter, die Kenner der Reitkunst sterben aus. nur die Massen bleiben übrig, die zusammengetrommelt und betäubt werden müssen. Sie haben keine leichte Arbeit.«

»Ach was«, entgegnete Peter, durch den Wein aufgeheitert, »solange wir leben, hält es noch aus. Und was dann kommt, soll nicht mehr unsere Sorge sein.«

Als sie den Wagen verließen, um den Gast zu begleiten, schwebte der Mond über den Kiefern und ergoß seinen Silberglanz über die Waldwiese. Aus den Fensterchen der Zirkuswagen schimmerte gelbes und rötliches Licht, von irgendwo drangen gedämpfte Worte an ihr Ohr, bei der Schmiede spielte jemand Ziehharmonika.

»Dürfte ich mir zum Abschied noch einmal die Pferde ansehen?« wandte sich Wollschläger zu Peter. »Weißt du, vielleicht ist es das letztemal, daß ich solche Pferde sehe.«

Peter willigte geschmeichelt ein. Beim Stall saßen Kerholec, Hans und Wenzel, und Hans erzählte, die Pfeife im Mund, von den Attraktionen, die Eduard Wollschläger mit den Pferden aufgeführt hatte. Jetzt sprang er auf und meldete dem Prinzipal, daß im Stall alles in Ordnung sei – nur die Pferde schliefen nicht und stünden, als erwarteten sie eine Aufführung.

»Sie warten auf mich«, lachte Wollschläger und trat ein. Beide Pferdereihen wandten den Kopf nach ihm um, und eine leichte Welle von Unruhe ging durch den Stall.

»Sirius! Daimon! Admirable! Cyrus! Kismet! Heros!«

Herr Wollschläger rief die einzelnen Namen, und jedes Pferd bäumte sich auf, einige wieherten.

»Mon Dieu, mon Dieu...«, flüsterte der Greis, ohne seine Rührung verbergen zu können, »noch einmal die Peitsche in der Hand halten dürfen...«

»Vaschku!« rief Agnes, die neben ihm stand, »spring in den Einser und bring beide Schambrieren!«

»Madame«, wandte sich Wollschläger freudig zu ihr, »denken Sie, daß es möglich wäre...?«

»Ich wünsche es, Maestro«, antwortete sie kurz und bestimmt. Peter Berwitz sah sie verlegen an, als er aber ihren energischen Blick bemerkte, nickte er zustimmend. Herr Wollschläger verneigte sich, ging zu den Pferden und band die zwölf schönsten los. Dabei streichelte er jedes, flüsterte jedem seinen Namen ins Ohr und drückte seine Wange an die des Pferdes. Wenzel brachte die lange und die kurze Peitsche. Der alte Herr wog sie in der Hand und nickte Berwitz zufrieden zu:

»In Ordnung! Ich habe meine Pferde ohne Peitsche vorgeführt... aber mit fremden Tieren würde ich es gleich beim erstenmal ohne Touchieren nicht wagen...

Er ging hinaus ins Mondlicht, mitten auf den hell erleuchteten Platz, und knallte dreimal mit der großen

Peitsche. Im Stall ertönte das Getrampel der Hufe.

»Open the door! Avanti!«

Hans und Wenzel öffneten den Stall und die losgebundenen Pferde stürzten ohne Geschirr, nur mit dem Halfter, mit fliegender Mähne und erhobenem Schwanz hinaus, direkt auf den Mann zu, der sie gerufen hatte. Der Greis hielt sie jedoch in der Entfernung einer Peitschenlänge an und wandte sie nach links. Die große Schambriere flog wie ein silbernes Schlänglein durch die Luft, und die leisen Rufe, Aufforderungen und einschmeichelnden Worte Wollschlägers mischten sich in die flüchtige Berührung der Peitsche. Die Hengste und Stuten trabten in größter Spannung einher, mit den Ohren und Augen jeden seiner Befehle aufmerksam verfolgend. Aus den Zirkuswagen eilten die Menschen herbei, aber noch bevor sie herankamen, trabten die zwölf prachtvollen Tiere bereits in völlig geschlossenem Kreise.

»Potztausend!« ertönte es leise, und Wenzel fühlte, wie ihm jemand heftig den Arm drückte. Neben ihm stand Berwitz völlig entgeistert.

»Donnerwetter... seht euch das mal an... sie trabten rechts herum!«

Es war wirklich wie ein Wunder, denn die Pferde, die, wie überall beim Zirkus, immer nach links in der Runde zu traben dressiert waren, liefen jetzt unter Wollschlägers Befehlen plötzlich in umgekehrter Richtung.

Jetzt ertönte ein Ruf, der kleine, alte Mann winkte mit der Peitsche, und die Pferde blieben jäh stehen, drehten sich auf den Hinterbeinen mit einer Viertelpirouette zur Mitte und standen mit der Stirn zu Wollschläger gekehrt. Er machte zweimal eine Kreisbewegung mit der Schambriere, um sie ausruhen und sich konzentrieren zu lassen. Dann streckte er, nach einer Sekunde völliger Regungslosigkeit, die Hände aus und rief:

»Hinauf! En parade!«

Neun Hengste erhoben sich augenblicklich auf den

Hinterbeinen zur Levade, drei, die nicht für die Hohe Schule dressiert waren, wieherten und bäumten sich auf. Man sah, wie der Wille zum Gehorsam mit der Angst und Unsicherheit kämpfte, aber der Greis in der Mitte des Kreises hob die Augenbrauen, aus seinen Augen sprühte gebieterischer Wille, seine Hände fuhren auffordernd in die Höhe, als unterstützten und höben sie die Körper der Pferde, und nach einigen Minuten Zögern standen alle zwölf Tiere aufrecht im Mondschein, mit fliegender Mähne, gespitzten Ohren, sprühenden Augen und in die Luft schlagenden Vorderhufen. Die Zuschauer ringsum unterlagen diesem großartigen Schauspiel, und die rauhen Zirkusleute begannen Beifall zu klatschen.

Herr Wollschläger verneigte sich, rief den Pferden einen Befehl zu, und diese machten sofort wieder eine Viertelpirouette wie bei der Courbette und ließen sich auf die Vorderbeine nieder. Die Peitsche flog durch die Luft, und die Tiere begannen abermals nach rechts im Kreise zu traben.

»Cyrus! A gauche!«

Die Peitsche knallte leicht, und Cyrus, der gerade vor dem Stalleingang stand, bog ab und lief auf seinen Platz. Ein Pferd nach dem andern fiel so aus der Runde aus, bis Kismet als letzter in den Stall lief, wo alle Pferde zu wiehern begannen.

»Madame«, sagte Herr Wollschläger mit großer Rührung zu Agnes, »nie werde ich den Abend vergessen, den Sie mir bereitet haben.«

»Ebensowenig werden wir Sie vergessen«, antwortete Frau Berwitz.

»Ich fürchte«, sagte Berwitz, »daß ich das nicht glauben werde, bis ich mich ausgeschlafen habe. Fremde Pferde nach rechts kreisen lassen und sie so in die Levade heben, das wird mir morgen wie ein Traum vorkommen. Du bist wirklich ein Maestro, Eduard.«

»Sie sind sehr lieb zu einem alten Manne. Ich wünsche Ihnen allen viel, viel Glück.«

Sie verabschiedeten sich sehr gerührt. Die Direktorin ersuchte Wenzel, Herrn Wollschläger zu begleiten. Der alte Herr machte zwar eine abwehrende Handbewegung, willigte aber doch ein. Wenzel ging sehr gern mit dem alten Direktor. Noch nie hatte er zu jemandem ein solches Gefühl der Ehrfurcht, Bewunderung und Verehrung empfunden. Im stillen wiederholte er, was Hans am Abend gesagt hatte: »Das ist kein Prinzipal, das ist ein Zauberer.« Und selbst wünschte er sich nichts sehnsüchtiger, als diesem Zauberer ähnlich zu werden, solche Wunder fertigzubringen, sich in seiner Kunst zu solcher Höhe und Vollendung emporzuarbeiten und mit der gleichen Einsicht und Weisheit die Welt zu betrachten. Wenzel freute sich, daß der »alte Idealist« noch einmal mit ihm über den Zirkus ins Gespräch kommen und daß er ihn nach dem Geheimnis seiner magischen Wirkung würde fragen können. Er wäre bereit gewesen, ihm die ganze Nacht zuzuhören und von vornherein auf jedes seiner Worte zu schwören. Aber Herr Wollschläger schwieg. Er schritt an Wenzels Seite durch die Nacht, und es schien, als beobachtete er ihn gar nicht. Einmal blieb er auf dem Wege stehen, starrte vor sich und lächelte. Wenzel fühlte: jetzt wird er etwas sagen. Jetzt kommt eine schöne, große, beglückende Wahrheit. Und wirklich, die Lippen Wollschlägers zitterten und flüsterten dreimal mit einem glückseligen Lächeln etwas, was Wenzel überhaupt nicht verstand:

»Non omnis moriar!«

Eduard Wollschläger nahm den Hut ab, und mit einer großen Verbeugung dankte er dem Mond, dem himmlischen Sternenhüter.

Dann sprach er nicht mehr, bis er vor seiner Gartentür stand. Er sperrte sie auf, öffnete sie und auf der Schwelle wandte er sich plötzlich zu Wenzel. Dann richtete er sich gerade auf, genauso wie bei der Levade der Hengste, sah Wenzel mit einem durchdringenden Blick an und sagte mit strenger, gebieterischer Stimme:

»Du hast die Wahl zwischen einem zweifachen Verrat. Heiratest du das Hamburger Mädchen, übst du Verrat an deiner Kunst. Willst du deiner Kunst dienen, mußt du das Mädchen verraten. Es gibt keinen anderen Weg. Entweder – oder. Das mußt du mit dir selbst auskämpfen. Wir alle haben diese fürchterliche Bitterkeit erfahren, denn Größe kann nicht aus einer Idylle hervorgehen. Ich habe genug gehört und gesehen, um dir sagen zu können: Du bist einer der Auserwählten! Aber für dich gibt es nur Kampf und Verzicht, kein friedliches Liebesglück. Unsere Kunst ist dem Untergang geweiht. Euer Zirkus ist bedroht. Berwitz kann die Katastrophe nicht abwenden. Berwitz ist alt und dumm. Für die Zeiten, die kommen, muß ein Mensch von ganz anderer geistiger Kraft an der Spitze stehen. Wenn du den Zirkus Humberto retten willst, heirate Helene Berwitz.«

Wenzel stand wie angewurzelt da. Herr Wollschläger sah ihn an, und sein strenger Blick wurde weicher.

»Armer, armer Junge! Ich begreife deinen Schmerz, aber ich kann ihn mit keinem Balsam lindern. Du verwirfst dein Glück und gewinnst nichts als Sorgen. Kein Vermögen, kein ruhiges und sorgenfreies Schicksal erwartet dich, nur Kampf und wieder Kampf. Aber nur so findest du dich selbst. Gute Nacht!«

Herr Wollschläger schloß das Gartentor, drehte den Schlüssel herum, ging leichten Schrittes auf dem knirschenden Sandweg auf das Haus zu und verschwand. Wenzel Karas blieb stehen. Dann lehnte er sich an die Gartentür und weinte.

6

»Ich würde eine stille Hochzeit vorschlagen«, erklärte Agnes Berwitz.

»Was sagen Sie dazu, Baron?« fragte Berwitz Herrn Gaudeamus, indem er ihm ein Glas Wein einschenkte. »Wir streiten schon eine Woche darüber und haben uns nur dahin einigen können, daß Sie dabei der Schiedsrichter sein sollen.«

»Danke für das seltene Vertrauen«, lachte Herr Gaudeamus, »wenn es auch diesmal nicht gerade angenehm ist. Ich muß nämlich der gnädigen Frau widersprechen. Im Zirkus darf höchstens der Krach still sein. Alles andere muß mit viel Lärm gemacht werden.«

»Na also – was habe ich gesagt?« warf sich Berwitz in die Brust. »Wissen Sie, Baron, wenn's nach mir ginge, würde ich aus der Hochzeit eine ganze Pantomime machen. Ich würde den Sheriff spielen, Helene wäre seine Tochter, Vaschku der verliebte Cowboy... oder noch besser ein junger Farmer von jenseits der Grenze, der mit einem ganzen Pferdezug um sie werben käme. Ich gäbe sie ihm nicht zur Frau, er würde sie entführen, ich würde nach ihm schießen...«

»Und ihn dabei erschießen, nicht wahr«, unterbrach ihn Agnes. »Haben Sie schon so einen Narren gesehen, Baron?«

»Schweig, Agnes. Die Hauptsache dabei wäre die Gefangennahme des Pfarrers... weißt du, ich meine mit einem Fangseil, und dann würde ich ihn in den Urwald schleppen, damit er den beiden den Segen gibt. Wenn es ein wirklicher Pfarrer wäre, würde es auch ein wirklicher Segen sein...«

»Und Sie glauben, Herr Direktor«, sagte Gaudeamus lachend, »daß Sie den Hamburger Erzdekan mit dem Fangseil festhalten könnten?«

»Nun, wenn ich es ordentlich bezahlte...«

»Das werden Sie bei dem Erzdekan auch ohne Fangseil tun müssen. Sie brauchen doch keine Reklame zu machen, wenn Sie die Leute schon in der Bude haben. Aber eine prächtige, gut arrangierte Hochzeit könnte für den Zirkus Humberto eine großartige Reklame sein. Natürlich außerhalb des Unternehmens, in den Hamburger Straßen...«

»Eine große Parade! Natürlich! Ein blendender Gedanke. Baron, daß mir das nicht gleich eingefallen ist! Ein Defilé aller Tiere... Aber da muß ich gleich ein Paar Kamele kaufen. Ohne Kamele wäre die Hochzeit nicht vollkommen. Ich lasse augenblicklich nach Hagenbeck telegraphieren.«

»Was ist denn nur in dich hineingefahren?« fragte Agnes bestürzt. »Denke lieber über ein Geschenk in den jungen Haushalt nach, wenn du keine Mitgift auszahlen willst.«

»Die Kamele sind mein Geschenk. Verzeih, Agnes, aber das fühlst du nicht so wie ich, was es für eine Schande ist, daß wir noch keine Kamele haben. Jeder Jahrmarktschreier besitzt schon ein Dromedar, und wir, so eine alte Zirkusfamilie, sollen ohne Kamele durch die Straßen ziehen? Was würden die Leute denken? Ich sage dir, daß die Hochzeit ohne Kamele unmöglich ist.«

Überall vom Direktionswagen bis zu den Ställen, beschäftigte man sich mit der Hochzeit, nur der Bräutigam ging ernst und nachdenklich umher.

»Was ist denn los mit dir, Wenzel«, begann einmal der Vater, als sie allein vor dem Achter standen, »selbst hast du dich entschieden und jetzt gehst du herum, als stündest du vor dem Begräbnis und nicht vor der Hochzeit.«

»Ich weiß nicht, Vater... was das ist... Ich habe mich

entschieden, alle seid ihr zufrieden, alle sind einverstanden, Berwitzens freuen sich, Röschen hat mich freiwillig von meinem Versprechen gelöst, Helenchen ist lieb zu mir – alles ist in bester Ordnung und doch liegt es mir wie ein Alpdruck auf dem Herzen, ob ich richtig gehandelt habe. Weißt du, manchmal denke ich mir, daß du... und die anderen... und überhaupt wir alle... daß wir eben Männer sind und daß es vom männlichen Standpunkt richtig ist; aber wenn es die Mutter... daß es die Mutter vielleicht nicht billigen würde. Sie hat diese Dinge noch anders betrachtet als wir...«

Karas war wie vom Donner gerührt. Mariechen! Mein Gott, wie weit lag das alles zurück! Früher, in den ersten Jahren, hatte er bei allem, und besonders, wenn es um den Jungen ging, an sie gedacht, hatte keine Entscheidung getroffen, ohne sie im stillen befragt zu haben. Aber später, als er den Gedanken, daß er einmal den Zirkus verlassen würde, endgültig aufgegeben hatte, als er bereits mit dem Zirkus verwachsen war, da war sie ihm langsam, ganz unmerklich aus dem Gedächtnis geschwunden – nun, ein Lebendiger kann eben nicht mit einer Toten leben. Allmählich vergaß er sie, bis er sie ganz vergessen hatte. Andere Frauen tauchten auf, lustig war's, er genoß das Leben und war frei wie ein Vogel, jetzt quälten ihn keine Gewissensbisse mehr.

Und nun, nach so vielen Jahren, bringt sie ihm der Junge plötzlich wieder ins Gedächtnis. Sein Gewissen quält ihn genau so, wie es einst ihn, Anton Karas, gequält hat. Und das alles deshalb, weil er ein so braver, entschlossener und verständiger Junge ist, mit einem weichen Herzen. Ja, sein Herz ist genau so wie das seiner Mutter. Da wird dir, armer Junge, noch manches im Leben weh tun! Was soll er ihm nur antworten, was soll er sagen, um ihn zu trösten? Vater Karas sucht ratlos nach einem erlösenden Wort, aber nichts will ihm einfallen. Nur irgendwo aus der Ferne summt ein Liedchen in seinem Kopf, sein eigenes Lieblingslied... Mein Gott, das ist es, jetzt weiß er, was Wenzel bedrückt, jetzt fühlt er seinen Schmerz... Und ihm ist, als hörte er den alten Svoboda sagen: »Nun ja, wenn's eben einmal zuviel ist, dann ist's halt zuviel...«

Aber plötzlich flüstert ihm eine Stimme zu, daß er darüber hinweggehen müsse. Und schon ist das richtige Wort da, ein beruhigendes und einfaches Wort, das den Schmerz mildert und vergessen macht.

»Wenn wir nach Hamburg kommen, Wenzel, bleiben wir im Wagen.«

»Ja, Vater, daran habe ich auch schon gedacht. Zu Langermanns können wir nicht mehr gehen. Und anderswohin, das hat doch keinen Sinn. Frau Berwitz rechnet damit, daß ich mit Helenchen dann bei ihnen wohne. Aber was wird mit dir? Bleibst du im Achter?«

»Ich würde schon bleiben, mir liegt nicht so viel daran. Vielleicht suche ich mir mit Buresch etwas. Es ist nur die Frage, ob ich überhaupt bleiben soll.«

»Warum? Wie kommst du darauf?«

»Nun, das fällt mir eben so ein. Vielleicht werden es die Berwitz nicht gern sehen, daß sie einen einfachen Zeltarbeiter zum Verwandten haben. Du bist viel mehr als ich, an dir ist ihnen gelegen. Das ist schließlich kein Geheimnis. Aber ich kann dann hier plötzlich hinderlich sein. Direktor und Zeltmacher ist eine sehr ungleiche Verwandtschaft.«

»Solange Frau Berwitz hier ist, brauchst du dir darüber keine Gedanken zu machen. Die Frau ist unerhört verständig und weiß Berwitz zu beherrschen. Vor dem muß man eben ein bißchen Komödie spielen. Ihm liegt vor allem daran, wie die Dinge nach außen hin aussehen. Was das Innere betrifft, Zeltarbeiter oder sonst etwas, da tut er am besten, wenn er schweigt, denn das ist haargenau seine eigene Geschichte. Aber im Äußeren wollen wir ihm gern seinen Willen tun. Ich lasse mir beim ersten

Schneider einen Frack nähen, und du schaffst dir einen schwarzen Rock mit Schößen an und kaufst dir einen Zylinder.«

»Einen Zylinder? Bist du verrückt geworden?«

»Durchaus nicht. Wenn du das Chapiteau überspringst, wirst du Berwitz nicht so imponieren wie mit einem Zylinder bei der Hochzeit.«

»Ich mit einem Zylinder! Vaschku, das ist doch nicht dein Ernst. Mit einem Rohr auf dem Kopf herumgehen! Ich, Anton Karas, Maurer und Zeltarbeiter – ein Rohr auf dem Schädel balancieren! Menschenskind, das Zeug fällt mir doch herunter, überall werde ich damit anstoßen und nicht durch die Tür kommen, der Wind wirft es mir herunter, ich zerdrück' mir's irgendwo, setz' mich am Ende noch drauf, ein Malheur nach dem andern werde ich damit haben und allen bloß zum Spott und Gelächter sein...«

»Unsinn, Vater«, wies ihn Wenzel zurecht. »Einen Anzug mit Rockschößen und einen Zylinder, und damit basta.«

Wenzel ging fort und ließ den sprachlosen Vater allein.

»Verdammtes Direktorssöhnchen«, machte sich Anton Karas Luft, »hast kaum dazu gerochen und willst schon dem alten Vater kommandieren? He, Malina!«

Die Gefährten aus dem Achter kamen gerade zum Mittagessen. Als erster näherte sich ihm Malina.

»Sag mal, Malina, was nimmst du dir auf den Kopf, wenn du die Braut zur Kirche kutschierst?«

»Was soll ich denn sonst nehmen, Anton, einen Zylinder natürlich!«

»Einen Zylinder?« wiederholte Karas und glotzte Malina ungläubig an.

»Ja, natürlich. Eine Hochzeit ohne Zylinder – was fällt dir ein?«

»Was gibt's mit Zylindern?« fragte Buresch, der inzwischen herangekommen war.

»Denk, Buresch, Wenzel hat angeordnet, daß ich mir für die Hochzeit einen Zylinder anschaffe. Was sagst du dazu, Buresch?«

»Nun, wenn du besonders fein aussehen willst«, grinste Buresch, »kauf dir einen Strohhut mit einem breiten Band und einem Schleier, oder eine schottische Mütze und einen Dudelsack.«

»Ich frage dich im Ernst: soll ich mir ihn kaufen?«

»Wer zu den Wölfen geht, muß mit den Wölfen heulen. Deine Wölfe tragen einen Zylinder. Schaff dir also so ein Rohr an, wenigstens gibt es einen Spaß. Wenn es dir einmal schlecht geht, kannst du darin Blumen und Kaninchen züchten. Einem Zirkusmann kommt ein Zylinder immer gelegen.«

Buresch lachte, aber Karas blieb mürrisch und in das Problem des Zylinders vertieft. Als sie jedoch in Hamburg angelangt waren, schauten ihm die Zirkusleute heimlich zu, wie er, wenn er glaubte, unbeobachtet zu sein, mit dem Zylinder auf dem Kopf so vorsichtig aus dem Zirkuswagen stieg, als ob er eine Kugel balancierte, oder mit krampfhaft angespanntem Hals die Stufen auf und ab stieg aus Angst, das lange Rohr könnte ihm herunterfallen.

Dann kam die Hochzeit, eine prächtige Hochzeit, wenn auch nicht ganz so großartig, wie es sich Berwitz vorgestellt hatte. Der Magistrat hatte ihm den Zug mit den Elefanten und Kamelen nicht bewilligt, jedoch nichts gegen die Kavalkade eingewendet, welche die Wagen der Hochzeitsgäste begleiten sollte. So wurden wieder einmal die teuersten Kostüme ans Tageslicht gezogen, und die Spaziergänger, die am Sonntagvormittag auf den Hamburger Straßen promenierten, erblickten lange Reihen herrlicher Pferde mit blitzendem Geschirr und phantastisch gekleideten Reitern und Reiterinnen. Dahinter fuhren die Wagen, deren Kutscher eine weiße Masche an der Peitsche und ein grünes Myrtenzweiglein im Knopfloch hatten. Der letzte, mit weißen Bändern reich geschmückte Wagen wurde von vier Schimmeln gezogen, deren hoher spanischer Schritt die Menge in Erstaunen setzte. Acht glänzende Zügel liefen zwischen den Fingern der linken Hand des Mannes auf dem Rock zusammen, der nicht geringere Bewunderung erregte, so majestätisch saß er, ein patriarchalischer Greis, auf dem Kutschersitz wie auf einem Thron. Aus diesem Wagen stieg vor der Kathedrale leichtfüßig die verschleierte Braut, zierlich und schlank und in ihrer Schleppe majestätisch wie eine junge Königin. Zwei Knaben in weißen Kleidern sprangen herbei und trugen ihr die Schleppe, als sie die Treppen zum Tor der Kathedrale emporstieg. Der Bräutigam hatte den vollkommensten Frack, der unter der persönlichen Aufsicht Baron Schönsteins bei dem Wiener Frackschneiderkünstler Johann Wenzel Nesvatba genäht worden war. Auch der Zylinder, den der Baron für ihn ausgesucht hatte, glänzte nicht weniger vorschriftsmäßig als der seines Vaters, wenn dieser auch schon ein wenig abgenutzt war. Der Vater der Braut trug, eine Menge exotischer Orden an der Brust, eine würdevolle Haltung zur Schau, die Mutter war ein wenig gerührt. Sie unterschied sich von den anderen Damen des Hochzeitszuges auffallend durch die vornehme Einfachheit ihrer Kleidung, während zum Beispiel ihre Schwägerin mit Spitzen, Bändern und Volants reichlich versehen war und unter vielem Schluchzen ebenso reichliche Tränen vergoß.

Peter Berwitz, der seine Tochter führte, blieb an der Schwelle des Domes eine Sekunde stehen und überflog mit den Augen rasch die Menge, die sich in der Kathedrale angesammelt hatte. Dann wandte er sich zu Agnes, die hinter ihm in den Zeltarbeiter Karas eingehängt ging, und flüsterte zufrieden:

»Ausverkauft!«

»Was hat er gesagt?« fragte Frau Hammerschmidt, die an der Seite des Barons von Schönstein hinter ihr schritt.

»Daß ausverkauft ist.«

»Ausverkauft!« rief Frau Hammerschmidt begeistert. »Dabei müssen Sie bedenken, Baron, daß es am Morgen und bei so herrlichem Wetter ist!«

»Ja, die Reklame war ja auch ausgezeichnet. Billig und zweckmäßig. Die Debatte im Stadtrat, ob man Elefanten und Kamele zur Kathedrale lassen dürfe...«

»Der Dom ist ausverkauft«, meldete hinter ihnen, wie er es gehört hatte, Frans Steenhouwer, der in Frau Alice Kerholec eingehängt war, dem nachfolgenden Paar.

»Was sagen sie?« fragte Kapellmeister Selnicki Kerholec.

»Der liebe Herrgott hat sein Chapiteau ausverkauft«, antwortete der Platzmeister.

»Was nützt das alles«, seufzte der Kapellmeister, »wenn es kein Büfett darin gibt.«

»Die Braut ist schon bei der Manege«, flüsterte man am Ende des Hochzeitszuges, als er plötzlich stehen blieb. Wirklich standen Peter und Agnes Berwitz mit dem alten Karas um das Brautpaar herum. Frau Kerholec machte der Braut noch rasch den Schleier zurecht.

»Ready?« fragte Peter Berwitz.

»All-right«, antwortete Alice.

»Allez!« kommandierte Berwitz und knallte im Geiste mit der Peitsche. Das Brautpaar kniete an der Brüstung des Altars nieder und der Priester trat aus der Sakristei.

»Sie ist so reizend«, schluchzte Frau Hammerschmidt, »es ist ein herrliches Paar, Baron. Vaschku hat ein gutes Herz, und wie ihm der Frack steht...«

»Nun, er hat eine schöne Figur«, flüsterte Herr Gaudeamus. »Jeder Dompteur hat eine schöne Figur.«

»Ich bitte Sie, Baron, lassen Sie mich mit den Dompteuren in Frieden. Es gibt scheußliche Menschen unter ihnen. Und wenn man in die Ehe tritt, soll man nicht an Raubtiere und an Tierbändiger denken.«

»Da haben Sie recht«, grinste Gaudeamus, »daran soll man denken, bevor es zu spät ist.«

»Sie sind furchtbar zynisch, Baron. Wenn ich nicht so weinen müßte, würde ich Sie in die Hand zwicken. Aber vor lauter Tränen sehe ich nicht, welche Hand mir und welche Ihnen gehört.«

Von der anderen Seite neigte sich Berwitz zu Herrn Gaudeamus und flüsterte ihm mit vorgehaltenem Zylinder zu:

»Sie haben recht gehabt, Baron. Der Pfarrer ist so dick, daß wir ihn mit dem Fangseil nicht erwischt hätten. Aber die Regie ist gut, nicht? Sehen Sie sich mal den alten Karas an, wie blendend er in den Rockschößen und im Zylinder aussieht. Wenn er eine goldene Kette um den Hals hätte, würde er wie ein Senator aussehen. Übrigens: eine goldene Kette. Das hat es im Zirkus noch nicht gegeben, daß beispielsweise der Portier einen schwarzen Anzug und eine goldene Kette gehabt hätte. Ein genialer Einfall, nicht wahr?«

Vater Karas vergaß in diesem Augenblick Frack und Zylinder. Er war ein einfacher Mensch, dessen Sohn heiratete. Er stand mit gesenktem Haupt da und bat Gott um seinen Segen. Neben ihm stand Agnes Berwitz mit gefalteten Händen und flüsterte leise ein Gebet.

Die Zeremonie war beendet, Wenzel und Helene erhoben sich und die anderen drängten sich um sie, um sie zu umarmen, zu küssen und ihnen die Hand zu schütteln. Die beiden Pagen ergriffen wieder die Schleppe der Braut.

Auf dem Treppenaufgang der Kathedrale standen die kostümierten Reiter und Reiterinnen und die Kutscher des Zirkus Humberto Spalier. Als Wenzel und Helenchen heraustraten, bildeten sie mit den Reitpeitschen und Schambrieren ein Tor, durch das die Neuvermählten hindurchschritten. Die Menschen ringsum begannen zu klatschen. Herr Berwitz blieb auf der obersten Stufe stehen und wies auf die Menge.

»Bitte – Succès!«

Als er unten war, klatschte er in die Hände und teilte mit

seiner energischen Direktorenstimme mit, daß man jetzt auf den Vorschlag des Platzmeisters ein bescheidenes Gabelfrühstück einnehmen werde und die kostümierten Herrschaften erscheinen sollten, sobald sie sich umgekleidet hätten. Dann stieg man in die Wagen, schwang sich auf die Pferde, die Kavalkade setzte sich wieder langsam in Bewegung und gelangte durch die Hauptstraßen bis zur Reeperbahn.

Hier bogen die Reiter in den Zirkus ein, die Wagen aber fuhren weiter, nach links in ein krummes Gäßchen und blieben schließlich vor der »Seemannsbraut« stehen.

Hierher also, zum alten Gefährten aus dem Achter, führte Kerholec den Hochzeitszug des Zirkus Humberto. Ströme von Bier und Wein ergossen sich zur gebackenen Leber und den gewürzten red dogs, die ersten Trinksprüche wurden ausgebracht, die erste Huldigung des künftigen Prinzipals verlief in fröhlicher Geselligkeit. Das Gabelfrühstück würde sich unversehens in ein herrschaftliches Gelage verwandelt haben, hätten nicht Berwitz und Kerholec daran gedacht, daß der Sonntag für sie eine doppelte Vorstellung bedeute. Nach einem Stündchen machten sie sich daher auf, und nur Leopold Selnicki blieb einsam zurück.

Die eigentliche Hochzeitstafel beschränkte sich auf die engsten Familienangehörigen. Sie war einfach und herzlich und dauerte nicht lange. Auf die Braut wartete ein zweifaches Kunstreiten mit vielen Sprüngen, und der Bräutigam mußte sich seine Löwen, Tiger und Bären zur Vorstellung vorbereiten. Erst spät abends, als alle Tiere versorgt, die Requisiten aufgeräumt waren und die goldglänzende Manege in Dunkel gehüllt lag, blieb Wenzel vor Helene stehen, umarmte sie und sagte:

»Jetzt, Helenchen, haben wir endlich Zeit für uns.«

»Ja«, sagte Helene, »ich glaube, daß es nichts Schrecklicheres gibt, als Braut in einem Zirkus zu sein, an einem Sonntag, wo zweimal gespielt wird.«

7

»Grüß dich Gott, Inspektor!«

»Grüß dich Gott, Direktor!«

»Wie geht's dir, Inspektor?«

»Und dir, Direktor?«

Die beiden Karas, Vater und Sohn, standen einander gegenüber, überhäuften einander mit Titeln und lachten. Anton Karas war kein gewöhnlicher Zeltarbeiter mehr, und sein Bett im Wagen Nummer 8 wurde für das nächste Frühjahr frei. Das hatte Peter Berwitz gleich am Abend nach der Hochzeit so eingerichtet.

»Hast du gemerkt«, hatte er damals zu Agnes gesagt, »wie gut Anton im Zylinder ausgesehen hat? Kleider machen Leute, aber was nützt das alles, der Zylinder macht den Gentleman. So eine würdige Gestalt sollten wir nicht unter den Hilfsarbeitern lassen. Außerdem ist er ja jetzt unser Verwandter.«

»Hast du eine bessere Stelle für ihn?« fragte Agnes.

»Ja. Statt des lahmen Harwey. Die Garderobe und die Requisiten machen ein gutes Stück unseres Vermögens aus, und Kerholec kann das auf die Dauer nicht alles selbst besorgen. Er hat ohnehin genug zu tun, seit sich die Zahl der Tiere und Wagen vergrößert hat.«

»Das wäre nicht schlecht, Peter.«

»Ich gebe ihm den Titel Inspektor. Er wird vielleicht manchmal mit uns essen, wir werden ihn gelegentlich als unseren Verwandten vorstellen müssen. Inspektor Karas – das klingt ganz anders.«

»Nun, wenn dir so viel daran liegt...«

»Ja, gewiß liegt mir daran. Die Welt liebt die Form. Ich würde ihn am liebsten in schwarzer Kleidung sehen, wie sie früher die Ratsherren getragen haben. Mit einer goldenen Kette um den Hals.«

»Und am liebsten würdest du ihn Lord-Mayor oder Siegelbewahrer oder Unterkämmerer nennen...«

Das also war die Änderung, über die die beiden Karas heimlich lächelten. Die zweite war eine selbstverständliche Notwendigkeit: vor der Tournee mußte der Bestand der Zeltarbeiter aufgefüllt werden. Kerholec hatte darüber zu sprechen begonnen, und der junge Karas hatte augenblicklich eine Lösung gefunden. Man müsse nach Oberschneedorf schreiben. Der Vater freute sich, daß seine Kameraden zum Zirkus kommen würden, aber Wenzel machte ihm einen Strich durch die Rechnung.

»Daneben gehauen, Inspektor. Nicht deine Kameraden kommen hierher, sondern meine. Der Zirkus Humberto braucht junge Leute.«

»Das wird ja ein schönes Narrenhaus«, brummte der alte Malina unzufrieden. »Das ganze Leben hab' ich euch abgerichtet und jetzt, auf meine alten Tage, soll ich mit diesen Dorfjungen von vorn anfangen.«

»Die jungen übernimmt Buresch«, entschied Wenzel. »Übrigens sind alle schon beim Zirkus gewesen.«

Im Achter wurden vier Betten frei, und noch vor Weihnachten vermerkte Herr Steenhouwer die Namen Johann Blaho, Anton Cerha, Georg Cikhart, Josef Svoboda in das Mannschaftsverzeichnis. Es waren lauter Altersgenossen Wenzels, die schon als Kinder seine Führung anerkannt hatten; alle waren bereits als Zeltarbeiter beim Zirkus gewesen. Der alte Karas war glückselig, daß er täglich über Oberschneedorf schwatzen konnte. Mit Wenzel waren jetzt im ganzen sechs Männer aus Oberschneedorf da, und das bedeutete für alle eine Stärkung des Heimatgefühls.

»Die Budweiser Jungen«, beklagte sich Malina manchmal Buresch gegenüber, »haben uns hier alles auf den Kopf gestellt. Mir kommt es vor, als ob ich dort unten in ihrem Buxtehude lebte.«

Das war insofern wahr, als man sich ständig über Oberschneedorf unterhielt und Buresch und Malina allmählich mit allen Dorfhütten und Familien vertraut wurden, über jedes Liebespaar, jede Taufe, und schließlich sogar darüber Bescheid wußten, wessen Tod man erwartete.

Wenzel beteiligte sich am wenigsten an diesen Unterhaltungen, denn er hatte keine Zeit dazu. Der Einser hatte ihn dem Achter entfremdet. Auch die Ehe hatte ihn wesentlich verändert. Jetzt erst war er wirklich ein Mann geworden.

Es entsprach nicht ganz der Wahrheit, wenn man sich im Zirkus über ihre Ehe zuflüsterte, daß es eine Vernunftehe sei. Es war noch schlimmer: beide waren mit einem schmerzlichen Gefühl der Bitterkeit vor den Altar getreten. Für Wenzel war es ein wirklicher Schlag gewesen, der sein ganzes Wesen erschüttert hatte. Er hatte Röschen mit der stürmischen Glut der ersten Liebesleidenschaft geliebt, Röschen war für ihn der Inbegriff des Glücks gewesen. In seinen Augen hatte es keine andere Frau gegeben als sie. Und er hatte ihr sein Wort gegeben, etwas, was ihm heilig und unwiderruflich erschien. Röschen hatte ihn selbst freigegeben, als sie mit weiblichem Feingefühl die Lage erkannte. Damit war zwar, was seine Ehre anbelangte, alles in Ordnung gebracht, aber der heftige Schmerz der Sehnsucht und Wehmut blieb unvermindert. Aber auch Helene hatte ihr Opfer gebracht. Ihr Verhältnis zu Paolo war noch nicht bis zur Liebesleidenschaft gelangt. Die erotische Empfindsamkeit schlummerte noch in ihrem schlanken, fast knabenhaften Körper, und es würde einer längeren Dauer und stärkerer Anregung bedurft haben, um sie zu wecken.

Um so stärker und intensiver arbeitete die Mädchenphantasie, und ihr erschien Paolo als der angenehmste und sympathischste junge Mann, der vielleicht etwas ungezügelt, vielleicht sogar etwas verdorben, aber desto interessanter und anziehender war. Als sie sich von ihm trennte, war sie nicht so gebrochen und vernichtet wie Vaschku, dennoch bedeutete es für sie die Aufgabe eines Traumes, und es wurde ihr dabei wehmütig und bang ums Herz. Außerdem fand sie, daß die Menschen nicht Herren über ihre Träume seien: die Erscheinung des schönen Paolo begleitete sie leise in die Ehe und erschien jedesmal, wenn ihr das Leben Kummer und Enttäuschung brachte.

Für beide jungen Leute war ihr seit Jahren andauerndes kameradschaftliches Verhältnis und ihr gemeinsames lebhaftes Interesse für alles, was den Zirkus betraf, ein Glück. Es ermöglichte ihnen ruhige, herzliche Zwiegespräche, die sie einander näherbrachten und ihre gegenseitige Sympathie verstärkten. Wenzels Liebe zu Röschen, Helenchens aufkeimendes Liebesgefühl für Paolo blieben das Geheimnis eines jeden von ihnen. Sie verrieten es einander nicht, verbargen es in ihrem Herzen und versiegelten es mit einem letzten heimlichen und melancholischen Vorwurf: »Was weißt denn du... du bist glücklich... aber ich...«

In der stilleren und passiveren Helene blieb dieser leise Vorwurf das ganze Leben wach. Sie hatte jetzt ihren Mann lieb, sie wußte, daß sie jetzt alle Sorgen mit ihm teilen und seine Energie stützen müsse, aber in ihrem geheimsten Innern spielte sie mit dem Gedanken, daß sie sich diesem braven Menschen eben doch geopfert habe und daß, wenn es anders gekommen wäre, es unendlich schöner hätte sein können.

Für Wenzel dagegen waren die Flitterwochen ein wahres Reinigungs- und Genesungsbad gewesen. Jetzt waren alle Brücken zur Vergangenheit abgebrochen, jetzt befand er sich auf der anderen Seite des Abgrunds, in den er hinabstürzen zu müssen geglaubt hatte. Jetzt fühlte er vor allem das unbändige Verlangen, die Pflicht, die er auf sich genommen hatte, zu erfüllen. Formell hatte sich an seiner Stellung nichts geändert. Berwitz hatte ihn nicht zum Mitinhaber des Unternehmens gemacht, ja, nicht einmal zum Direktor oder zu seinem Stellvertreter ernannt. Vaschku blieb der beste Kunstreiter und Akrobat in der ersten Programmhälfte und führte in der zweiten seine Raubtiergruppen vor. Jeder seiner Auftritte bedeutete eine große Willens- und Energieanspannung, jetzt aber, da er sich mitverantwortlich für das ganze Unternehmen fühlte, griff er überall energisch ein. Seine Augen sahen alles, ihm entging nicht die geringste Nachlässigkeit der Stallknechte oder der Raubtierfütterer, er untersuchte aufmerksam den Hafer oder das Heu auf seine Güte und bald entdeckte er jede Kleinigkeit, die jemand achtlos in die dunklen Winkel des Rundganges geworfen hatte, anstatt sie ordentlich aufzuräumen. Er war überrascht, daß er mehr Unordnung vorfand, als er die ganzen Jahre geahnt hatte. Unwillkürlich betrachtete er das Unternehmen bereits mit den Augen des Besitzers, die viel schärfer sind als die des Angestellten.

Alle diese kleinen Nachlässigkeiten erklärte er sich im stillen durch das Alter der einzelnen Personen im Personal. Wenzels Vater war einer der letzten und jüngsten, die zum Zirkus Humberto gekommen waren, und näherte sich bereits den Fünfzigern. Wenzel wurde sich dessen einmal beim Rapport bewußt, als sein Blick auf den Stallknechten, Raubtierfütterern und Musikanten ruhte; die jüngsten von ihnen waren schon grau meliert und die ältesten, wie Malina und Hans, waren ausgesprochene Greise. Er erschrak darüber, als er sich vergegenwärtigte, daß bald alles im Zirkus erschlafften Körper- und Geisteskräften ausgeliefert sein würde. Er wachte also darüber, daß so bald wie möglich junge Menschen in den Zirkuswagen Einzug hielten, und seine Gefährten aus Oberschneedorf waren die ersten Früchte seiner Bemühungen.

*

Die Reise in diesem Sommer war beschwerlich. Seit Mai regnete es fast unaufhörlich bis zur Ernte. Die Erde konnte die Wassermassen nicht aufnehmen, die auf sie herabfielen, die Felder und Wiesen in den Tälern sahen aus wie Seen, die Straßen waren in Pfützen und Kot verwandelt, in vielen Gegenden gab es große Überschwemmungen. Der Zug durch den naßkalten Regen war eine Qual für Menschen und Tiere. Alles war halb erstarrt vor Kälte und litt an Verkühlung. Wenn der Zirkus in eine neue Stadt kam, fand er seinen Platz in der Regel überschwemmt vor. In manchen Städten konnte man deshalb überhaupt nicht spielen oder man spielte vor halb leerem Zuschauerraum, weil die Menschen nicht in den Regen und Schmutz hinausgehen wollten. Drei Monate blickten sie vergebens zum Zimmel empor, ob nicht doch endlich ein Umschwung komme. Wenzel schlug vor, man solle die vorgeschriebene Reiseroute aufgeben und direkt in einen südlichen Staat fahren, wo man leicht günstigeres Wetter finden würde. Aber Herr Gaudeamus, den man zu Rate zog, erfuhr aus den Zeitungen, daß das regnerische Wetter über ganz Europa liege. Zum Schluß entschied Berwitz, daß man diesmal die Tournee abkürzen und bedeutend früher nach Hamburg zurückkehren werde.

Agnes Berwitz war sehr froh darüber. Im stillen ängstigte sie Helenes unruhige, schmerzhafte Schwangerschaft. Die Hamburger Wohnung sicherte ihr die nötige Bequemlichkeit und Pflege. Wenzel war Wochen hindurch in Sorge und Aufregung. Bis er eines Tages im August 1879 in das Garderobenlager stürzte, die Tür hinter sich zuschlug und rief:

»Inspektor, du bist Großvater!«

Und sein Vater, der ähnlich wie einst vor Jahren John Harwey aus dem Halbdunkel der Kleidungsstücke hervorkam, brüllte zurück:

»Donnerwetter, Direktor, was ist's denn?«

»Ein Junge, Inspektor, ein Junge!«

Beide Karas fielen einander um den Hals, schüttelten einander die Hände und klopften einander lachend auf die Schulter, was sie für Kerle seien.

Dann erhoben sie sich und gingen fort, aber vor der Tür fiel ihnen etwas Unangenehmes in die Augen. Als Wenzel die Tür zugeschlagen hatte, fiel die innere Türfüllung heraus. Als sie näher hinsahen, bemerkten sie, daß das Holz an den Rändern ganz verfault war.

»Sieh mal, Vater«, sagte Wenzel verstört, »das Holz ist faul.«

»Ja, mein Junge«, antwortete der Vater, »mir scheint, daß unsere ganze Bude zu faulen beginnt, seit wir zurückgekommen sind!«

Sie gingen weiter, aber Wenzel brauchte lange, bis er sich über seine Vaterschaft wieder freuen konnte.

8

Die beiden Karas hatten sich vorgenommen, niemandem gegenüber auch nur zu erwähnen, was sie entdeckt hatten. Vater Karas hielt sich nicht lange bei der Wöchnerin auf. Sie war nach der schweren Geburt, die ihr furchtbare Schmerzen verursacht hatte, völlig entkräftet. Das Kind war ein unschönes, schwächliches, runzeliges Geschöpfchen – Wenzel empfand darüber Freude und Schmerz zugleich. Die Hebamme, der Arzt und die Schwiegereltern beruhigten ihn, daß sich das Kind bald erholen und kräftigen werde, aber seine schmerzliche Angst wurde er dadurch nicht los. Tränen traten ihm in die Augen, als er zu Helene zurückkehrte und sie totenbleich und halb bewußtlos daliegen sah, als ob sie im Sterben läge. Statt Freude empfand er nur schwere Gewissensbisse, daß er es war, der diesen schönen Mädchenkörper so zugerichtet hatte.

Er stand eine Weile da, ging dann ratlos auf und ab und war froh, als ihm Agnes sagte, er möge lieber zu seinen Käfigen gehen, hier sei er ohnehin bloß im Wege. Er ging also in den Zirkus zurück, zum Vater, der inzwischen schweigend mit der Ausbesserung der Tür begonnen hatte. Seine geschickten Hände hatten bereits Leisten zurechtgeschnitten, mit denen er den verfaulten Rand der Türfüllung beschlug; dann holte er einen schäbigen Topf mit grüner Farbe und strich mit einem halb vertrockneten Pinsel das neue Holz an.

»Was sagst du zu dem armen Würmchen?« begann Wenzel endlich, »ich habe große Angst darum.«

»Da mach dir nur keine Sorgen, Junge, das wird schon werden. Es hat doch alle nötige Pflege. Ja, du warst ein anderes Kerlchen. Was nützt das alles, Helenchen ist eben, nach der Direktorin, ein zartes Geschöpf. Wo soll da auch die Kraft für ein neues Leben herkommen? Du mußt jetzt vorsichtig mit ihr und dem Kleinen umgehen. Bei uns auf dem Dorfe ist's freilich anders, da geht die Mutter gleich am nächsten Tag in den Wald Reisig holen. Wie wird der Junge denn heißen?«

»Peter Anton. Nach den Großeltern. Die Mutter hat's so gewollt, ich meine die Direktorin.«

»Das ist eine sehr wertvolle Frau. Du weißt gar nicht, was es bedeutet, so eine Schwiegermutter zu haben.«

»Komm, Vater«, sagte der Sohn, als Karas den Farbentopf fortstellte, »wir wollen mal die Konstruktion untersuchen, solange noch nicht geprobt wird. Es müssen nicht gleich alle davon wissen.«

Sie schritten durch den hölzernen Bau und untersuchten ihn an mehreren Stellen. Es zeigte sich, daß er noch ganz gut imstand war, daß aber außen, wo Wasser eindringen konnte, die Balken und die Bretter zu faulen begannen.

»Und was meinst du, wird es einstürzen?« fragte Wenzel.

»Ach nein... noch nicht, das hält schon noch eine Weile... aber für Jahre hinaus ist es nicht mehr widerstandsfähig genug. Am besten wär's, wenn man es schon jetzt auseinandernehmen und das kranke Holz ersetzen könnte. Ich fürchte, daß irgendwo in einem Winkel, wo wir so nicht dazukönnen, vielleicht sogar Schimmel ist.«

»Und wie, Vater, wenn... beispielsweise... kein Geld für neues Holz da wäre...«

Zaghaft und fast flüsternd kam es von seinen Lippen, aber der Vater wandte sich schnell zu ihm und sah ihn scharf an.

»Das also ist es... kein Geld... Da hast du, mein Junge, mit dieser reichen Hochzeit nicht gerade viel gewonnen. Ich habe gedacht, daß sich dir eine Goldgrube öffnet...«

»Ach woher denn. Das heißt... Reichtum ist schon da, aber Berwitz hat alles in die Tiere gesteckt. Bedenke allein die Ankäufe. Fünf Elefanten, Eisbären, drei Seehunde, ein paar Kamele.«

»Es war ein Unsinn, daß er dir zur Hochzeit statt der Mitgift die Kamele gegeben hat. Dickschädel sind es, dumm sind sie und beißen auch noch dazu.«

Wenzel ließ einen traurigen Blick über die tote Manege und durch den halbdunklen Raum ringsum gleiten. Das hier war seine liebste Welt, ihr hatte er sein Leben geweiht, und jetzt überkam ihn plötzlich die Angst, daß sie zusammenstürzen könnte, bevor er sich der furchtbaren Macht des Schicksals würde zur Wehr setzen können. Jetzt blieb sein Blick oben auf den kleinen Fensterchen haften.

»Wir müssen noch bei den oberen Balken nachsehen. Dort geht es ums Leben.«

Er band die Strickleiter von der Wand los und hielt sie fest, damit der Vater bequemer hinaufklettern könne.

Dann erfaßte er mit einem Sprung die Holzleisten, und sein gewandter Athletenkörper kletterte flink bis zur Decke empor.

Trapezkünstler gab es jetzt zwar nicht im Programm, aber der Zufall konnte sie jederzeit herbeiführen, und Wenzel wollte sicher sein, daß durch ihn kein Unglück verschuldet würde. Er untersuchte also mit dem Vater alle Balken, die für die Seile vorbereitet waren, und der Vater beklopfte sie mit dem Rücken einer kleinen Axt und lauschte den Schlägen wie ein Medizinalrat beim Abhorchen eines Kranken. Der Klang war überall hell, nur an einer Stelle drang Wasser durch das Dach ein und hatte das Holz von außen angegriffen. Das war jedoch leicht zu reparieren, und Wenzel ließ sich erleichterten Herzens auf der Leiter hinab.

Die Saison begann sehr vielversprechend, die durch den verdorbenen Sommer mißgestimmten Stadtbewohner warfen sich den Genüssen der Großstadt freudig in die Arme. Aber das währte nur bis gegen Ende des Jahres. Schon im Januar machte sich ein Abflauen bemerkbar. Der Zirkus, der diesmal früher mit den Vorstellungen begonnen hatte, verlor auch früher seine Anziehungskraft. Immer häufiger wurde vor halb leerem Zuschauerraum gespielt, und die mehr als andere Künstler an Menschenmassen gewöhnten Artisten waren verdrießlich und ohne rechte Begeisterung. Berwitz befahl Steenhouwer, die Reklame zu verstärken. Es kostete viel Geld, und der Erfolg war gering. Wenzel, dem keine Arbeit in der Manege unbekannt war, kam jetzt häufig in Steenhouwers Büro und lernte bei dem Onkel die ihm bisher unbekannten Seiten des Zirkusunternehmens kennen. Zu den schweren, dicken Kontobüchern hatte er lange Zeit Mißtrauen gehabt, die langen Zahlenspalten waren ihm geradezu zauberhaft erschienen. Dennoch brachte ihn Franz Steenhouwer, der sich alle Begriffe in Zahlen umsetzte und ihren Wert nur in Zahlen ausdrückte, mit der Zeit so weit, daß er durch den Schleier der Ziffern und Zahlen die lebendige Wirklichkeit sah, die sich dahinter verbarg.

Es war keine schöne Zeit, die Wenzel diese neuen Kenntnisse brachte. War der Sommer regnerisch gewesen, so war der Winter streng und lang. Noch im März wußte man nicht mit Bestimmtheit, wann man würde abfahren können. Jede Woche des Wartens verschlang einen Teil der Überschüsse, die man im Herbst gewonnen hatte. Anfangs beachtete man das gar nicht, denn im Januar kam Herr Gaudeamus mit einer Idee, auf die man große Hoffnungen setzte.

»Wir fahren nach Schweden«, hatte er damals im Familienrat gesagt. »Es ist, soweit ich festgestellt habe, das einzige Land, das nicht von Überschwemmungen heimgesucht worden ist. Außerdem ist es ein reiches und für uns fast unerforschtes Land. Zwölf Jahre war in Göteborg kein großer Zirkus mehr. Zwölf Kinderjahrgänge warten sehnsüchtig auf uns wie auf ein Wunder, und die Alten freuen sich, daß sie mit uns in ihre Jugendzeit zurückkehren. Es wird ein Riesenerfolg werden.«

Alles drehte sich von nun an um die Reise nach Schweden, Inspektor Karas fertigte neue blaugelbe Fahnen und Fähnlein an, Steenhouwer breitete in seinem Büro die Landkarte von Skandinavien aus, und Frau Hammerschmidt lernte sogar schwedisch zählen. Aber all ihr freudiger Eifer wurde durch die dauernde Abnahme des Hamburger Geschäftes allmählich getötet. Und als Herr Gaudeamus die Entscheidung verlangte, wann man nach dem Norden aufbrechen und ob man über Kopenhagen oder über Lübeck fahren werde, schrie ihn Berwitz wütend an, ob der Herr Baron nicht lieber eine Tournee nach Kamtschatka oder nach Grönland oder sonst wohin veranstalten möchte. Es war sein erster Zornausbruch über den dauernden Mißerfolg, und Frau Agnes brauchte eine Weile, bis es ihr gelang, ihn zu beruhigen, und sie dem überraschten Herrn Gaudeamus sagen konnte:

»Herr Baron, wir können nicht nach Schweden fahren..., wir haben kein Geld für die Überfahrt.«

Herr Gaudeamus verneigte sich.

»Bitte, Madame, das ist eine unangenehme Sache, aber das kommt eben im Leben mal vor. Ein Sack Gold ist manchmal wie ein Sack Flöhe. Man kann sich nicht genug wundern, durch wie winzige Öffnungen das Gold durchsickern kann. Aber damit werden Sie sich doch nicht das Leben sauer machen. Wenn wir kein Geld haben, haben es andere. Wenn Sie wünschen, daß ich Ihnen Kredit verschaffe – ich kenne eine Menge Personen, die gerne bereit sind, gegen mäßige Zinsen Geld zu leihen.«

»Vielen Dank, Baron, lieber nicht.«

»Ich bin nie jemandem etwas schuldig gewesen«, lehnte Berwitz mit düsterer Miene ab.

»Ich schon«, antwortete Herr Gaudeamus mit einer legeren Geste, »und es war mir dabei wahrscheinlich besser zumute als Ihnen ohne Schulden. Bedenken Sie jedoch, daß Schweden ein völlig sicheres Geschäft ist, das Ihnen hundertmal wieder hereinbringt, was Sie sich für die Überfahrt leihen.«

»Das kann sein«, beharrte Agnes auf ihrem Standpunkt, »aber ich stehe lieber auf dem festen Boden dessen, was ich besitze.«

»Schweden, Madame, ist eine blendende Sache, während Sie sonst überall in Europa schwer zu kämpfen haben werden. Das vergangene Jahr ist noch nicht wettgemacht, das wird sich noch dieses Jahr fühlbar machen. Schweden würde Ihnen helfen. Wenn Sie nicht hingehen, tut es ein anderer, schöpft den Rahm ab, und dann ist es wieder für ein paar Jahre vorbei.«

»Was nützt das? Lieber werde ich ein ganzes Jahr ohne Hoffnung auf Gewinn schuften, als daß ich mit Schulden zu wirtschaften anfinge.«

Herr Gaudeamus zuckte die Achseln. Er sah, daß er

die althergebrachten Vorurteile dieser einfachen, ehrbaren Menschen nicht brechen könne, und sie taten ihm leid. Er begann mit ihnen durchzugehen, welche Städte ihnen den größten Gewinn gebracht hätten. Dann fuhr er mit der Programmskizze fort und teilte ihnen nach ein paar Wochen mit, was er vorausgesehen hatte: Schweden sei für sie verloren, denn Kranz werde hinfahren. Daß er selbst von Kranz für seinen Rat tausend Mark bekommen hatte, vergaß er hinzuzufügen.

Berwitz tobte, daß Kranz sich seiner Idee bemächtigt hatte, aber das half alles nichts, der Zirkus Humberto mußte seine bittere Fahrt durch ein Land antreten, das von einer stetig wachsenden Wirtschaftskrise ergriffen war. Die Folgen der schlechten Ernte gingen jetzt erst vom Land auf die Städte über, das Geschäftsleben stockte, die Produktion wurde eingeschränkt, das Geld kam nur langsam und zögernd in Umlauf, für Unterhaltung blieb den Menschen wenig übrig. Herr Gaudeamus wandte eine ungeheure Reklame auf, um die Zurückhaltung des Publikums zu überwinden. »Sendet 200 Elefanten, 300 Tiger, 200 Löwen«, lauteten seine Depeschen, mit denen er bunte lithographische Plakate in drei- bis vierfacher Menge anforderte als in normalen Jahren. Wenzel sandte sie häufig selbst ab und sah, wie schnell die Vorräte aus besseren Zeiten schwanden, wie bald man einen neuen Druck würde bestellen müssen, und wer wußte denn noch, ob man die Rechnungen würde bezahlen können. Aber das war nur einer der vielen Passivposten des Zirkus. Jetzt, da er Einblick in die geschäftlichen Angelegenheiten gewonnen hatte, staunte Wenzel darüber, wie viele laufende und unerwartete Ausgaben mit einem so großen Unternehmen verbunden waren und wie lebensnotwendig es daher war, daß das Haus täglich ausverkauft sei.

Das geschah jedoch nur selten, häufig fielen Vorstellungen völlig aus, und wenn einmal wirklich ausverkauft war, gab es eine Menge Karten zu ermäßigten Preisen darunter, so daß auch dann der Gewinn nur gering war.

Das Ärgste dabei war, daß Berwitz jedwede Rettungsmaßnahme hartnäckig zurückwies. Sein ganzes Leben hatte er mit unnachgiebiger Verbissenheit seinen Willen durchgesetzt, und jetzt, da er schon hübsch über die Sechzig war, ging er ebenso hartnäckig über alle vernünftigen Vorstellungen hinweg. Frans, Agnes, Wenzel, Frau Hammerschmidt waren sich alle darüber einig, daß man dieser Lage mit Einsparungen, vor allem durch Verkleinerung der Menagerie, begegnen müsse, aber Berwitz wollte nichts davon wissen und behauptete, das sei nichts anderes als ein Zug nach Asien und daß sie das alles schon einmal durchgemacht hätten. Er selbst wisse am besten, was für ein Glück es gewesen sei, daß er schließlich doch noch das ganze Unternehmen und nicht bloß armselige Überreste für Konstantinopel gerettet habe. So schlugen sie sich in der vergeblichen Hoffnung auf ein neues Konstantinopel unter ständigen Verlusten während der ganzen Sommersaison durch, bis sie wieder in der Hamburger Konstruktion anlangten, die inzwischen weder schöner noch stabiler geworden war.

Wenzel verlor unter diesem ständigen Druck keineswegs den Kopf. Ein Mensch, der täglich seinen Todessprung machen und sich dann unter brüllende Löwen, Tiger und Bären begeben muß, kann es sich nicht leisten, nervös zu sein. Wirkliches Angstgefühl hatte Wenzel nur in den Tagen empfunden, da das Leben Helenchens und das des Neugeborenen an einem Faden hing. Als Helenchen wieder lächelnd zu ihrem Kunstreiten zurückkehrte und es sich zeigte, daß der kleine Peter Anton zwar ein schwächliches, aber doch lebensfähiges Würmchen sei, als das alles glücklich vorüber war, blieb Wenzel trotz aller Schläge und Wunden unerschütterlich, ruhig und kaltblütig. Nur seine Augen bekamen wieder jenen merkwürdigen Glanz, von dem sein Vater behauptete, daß er ihn von der Mutter geerbt habe, deren Augen genau so geglänzt hatten, wenn sie ein Unglück nahen fühlte. Wenzel verfolgte aufmerksam alles, was vorging, und griff mit Rat und Tat ein, wo irgend er dem Unternehmen helfen konnte. Das jedoch, was allein die Rettung gebracht hätte, konnte er natürlich nicht durchführen. Hier fühlte er sich wie in einem verzauberten Kreis. Die Einnahmen zu erhöhen, war unmöglich, weil er dazu ein neues, größeres Zelt gebraucht hätte und dazu kein Geld vorhanden war. Die Hartnäckigkeit des Schwiegervaters gestattete ihm wiederum nicht, die Ausgaben wesentlich zu verringern. Es blieb also nichts übrig, als mit der Ungunst des Schicksals zu kämpfen und zu warten, bis die Welle der Krise vorübergehe.

»Wie lange werden Ihrer Meinung nach diese schlechten Zeiten noch dauern?« fragte Wenzel eines Tages Hagenbeck, der sich ihm als zuverlässiger Berater erwiesen hatte.

»Noch vier oder fünf Jahre. Damit müssen Sie rechnen. Die Krise geht durch die ganze Welt, und bevor so etwas wieder ins alte Geleise kommt, können leicht sieben Jahre vergehen.«

Das war ein ernstes Wort, und Wenzel reiste besorgter, als er angekommen war, aus Hamburg ab. Nach seinen Schätzungen mußte der Zirkus Humberto eigentlich bereits vor dem Ruin stehen. Mochte er rechnen, wie er wollte, immer gelangte er zu einem Defizit, und es blieb ihm ein Rätsel, womit ihn Steenhouwer ausglich. Das Privatvermögen der Familie Berwitz war ihm bisher verheimlicht worden. Aber nach allem, was er sah, war er längst davon überzeugt, daß Berwitz auch schon seine Sparkassenbücher aus besseren Zeiten hervorgeholt hatte. Und dennoch mußte von irgendwoher Geld kommen, denn Steenhouwer zahlte immer noch, wenn auch mit Schwierigkeiten, pünktlich die Rechnungen und schrak sogar vor den neuen Plakatbestellungen nicht zurück.

Wenzel sprach häufig mit dem Vater darüber, wenn sie während der Sommerreise ein Weilchen zu intimem Gespräch fanden. Anton Karas war voll besorgten Interesses für diese Dinge, weil damit die Existenz seines Sohnes und die Zukunft seines Enkels verbunden war. Und worauf Wenzel trotz all seiner Wachsamkeit nicht kommen konnte, das entdeckte sein Vater durch bloße Beobachtung.

An einem Herbsttag, als sie wieder in Hamburg waren, winkte der alte Karas seinem Sohn zu, daß er ihm etwas zeigen wolle. Er führte ihn in ein kleines Zimmer von Kerholecs Wohnung, die dieser von Harwey geerbt hatte. Dort lag ein Haufen alter Schuhe. Karas zog zwei Damenschuhe daraus hervor und reichte sie Wenzel, ohne ein Wort zu sagen.

»Was soll das sein?« fragte der Sohn, der die durchlöcherten Schuhe verständnislos in der Hand herumdrehte. Es waren sehr schäbige, stark abgenützte Halbschuhe.

Der Vater nahm sie ihm wieder schweigend aus der Hand, legte sie auf den Haufen zurück und führte ihn hinaus, wo er ihn vertraulich unterfaßte.

»Das soll Frau Kerholec zum Schuster tragen. Es sind Schuhe der Familie Berwitz. Und die, welche ich dir gezeigt habe, sind die letzten Schuhe von Frau Berwitz, Helenchens Mutter. Erinnerst du dich noch, was für eine elegante Dame sie immer war? Sie kleidete sich nie auffallend, aber ihre Schuhe waren immer tadellos! Wenn man sie im Stall traf, sah sie vielleicht ein bißchen schäbig aus, weil sie gern abgenützte Sachen trug. Aber an ihren Schuhen konnte man stets erkennen, daß es eine Dame ist. Eine wirkliche Dame. Und dieses Jahr hat sie den ganzen Sommer ein einziges Paar Schuhe getragen, bis sie es so zerrissen hat. Aber jetzt wirft sie es nicht weg, sondern läßt die Schuhe ausbessern! Das ist eine verzweifelte Sache, mein Junge. Daran sieht man, daß es mit ihnen schon ganz schlimm steht.«

»Mutter ist überhaupt sehr sparsam...«, sagte Wenzel, ohne noch die Tragweite dieser Episode völlig erfassen zu können.

»Darum handelt es sich nicht«, fuhr der Vater fort, »sondern darum, daß so eine Dame, wie es deine Schwiegermutter ist, es einfach nicht ertragen würde, wenn sie es anders einrichten könnte. Sie hatte doch ihr Geld von zu Hause. Du hast mir selbst öfter gesagt, daß sie alle Leckerbissen, die sie täglich für die Tiere kauft, von ihrem eigenen Geld bezahlt. Und jetzt muß ich dir etwas sagen: seit wir nach Hamburg zurückgekehrt sind, ist Frau Berwitz noch nicht durch die Menagerie gegangen!«

»Das ist unmöglich!«

»Nicht ein einziges Mal ist sie durch die Menagerie gegangen, wohlgemerkt. Alle Tiere warten zur bestimmten Stunde auf sie, aber Frau Berwitz erscheint nicht.«

»Warum nicht?«

»Sie hat kein Geld mehr für die Leckerbissen, mein Junge. Frau Agnes hat den letzten Pfennig in das Unternehmen gesteckt.«

Wenzel nickte bloß mit dem Kopf. Ja, das sei möglich, damit wäre alles erklärt. Und wieder wurde er von tiefer Ehrfurcht vor dieser Frau ergriffen, die wortlos und ohne daß es jemand gewahr wurde, ein Opfer nach dem anderen brachte.

Es dauerte nicht lange und die Annahme des Vaters bestätigte sich. In diesem Winter begannen sich Onkel Steenhouwers unbezahlte Rechnungen und Mahnungen anzuhäufen, etwas, was der Zirkus früher nicht gekannt hatte. Niemand klagte, niemand rang die Hände, aber über allen lag der Schatten der Sorgen, die sich jedem ihrer Gedanken aufdrängten. Allmählich schlich die Not bis an Berwitzens Familientisch, auf dessen blendend weißen Tischtüchern nur noch Kartoffeln mit Kaffee erschienen. Wenzel machte einen neuen Versuch, den Schwiegervater zum Verkauf eines Teiles der Menagerie zu bewegen.

»Ich habe schon einmal gesagt, daß ich es nicht tue«, lautete seine immer gleich hartnäckige Antwort. »Ein kleiner Verkauf kann mich nicht retten, und wenn ich einen größeren Teil verkaufe, den ich später wieder werde kaufen müssen, bedeutet das nur einen neuen Schlag. Wir müssen durchhalten, wie Mutter und ich damals von Teheran bis Konstantinopel durchgehalten haben.«

Alle Einwände, daß damals der Zirkus Humberto bedeutend kleiner gewesen sei und eben deshalb die Krise habe besser überdauern können, die außerdem viel kürzer gewesen sei, wies er hartnäckig zurück.

Als Wenzel einwandte, daß sie sich jetzt wirklich bereits in Schulden befänden, deretwegen sie seinerzeit die Tournee nach Schweden abgelehnt hatten, und daß sie eines Tages keine Mittel haben würden, um das Personal auszuzahlen, geriet Berwitz erst recht in Wut.

»Bis jetzt bin ich noch Kapitän auf diesem Schiff, und vorläufig schwimmt es immer noch. Im schlimmsten Fall weiß ich, was ich zu tun habe.«

Da bat ihn die ergraute Agnes, er möge ihnen doch wenigstens sagen, was er zu tun gedenke, wenn alle seine Versuche vergeblich sein sollten.

»Wir haben noch eine mächtige Reserve«, erklärte er damals mit stillem Nachdruck. »Wir können die Konstruktion verkaufen. Sie befindet sich in der Mitte der Stadt, und der Wert unseres Grundstückes ist ungeheuer gestiegen. Gaudeamus hat mir gesagt, daß Kranz für seine elende Bude in der Friedrichstraße acht Millionen Mark bekommen und sich einen herrlichen Palast für vier Millionen Mark gekauft hat. Bei uns ist es genau so. Ich weiß, daß wir vorläufig nur mit verlängerten Krediten durch die Krise hindurchkommen. Ich werde also für einige Zeit ein schlechter Schuldenzahler sein. Diesen Vorwurf nehme ich gerne auf mich und lasse ihn nicht auf Wenzel lasten, der erst anfängt. Wir kommen mit Schulden durch die Krise durch, wenn wir sie aber erst hinter uns haben, werden wir in voller Kraft dastehen. Wenn dann wieder Käufe und Investitionen gemacht werden, verkaufe ich die Bude, bezahle die Schulden und übergebe Vaschku alles in Ordnung und mit einer anständigen Reserve.«

Durch diese Erklärung fühlten sie sich erleichtert. Sie fanden, daß es schließlich eine vernünftige Spekulation sei und die Verschuldung nicht so hoffnungslos aussehe, wie es ihnen erschienen war. Berwitz bestand natürlich darauf, daß die Familie weiterhin äußerst bescheiden leben müsse. »Ich will die Ernährung der Tiere und die Löhne aufrechterhalten«, erklärte er zum Schluß, »und davor muß alles andere zurücktreten.«

Das war alles recht gut gemeint, aber die Tatsachen entsprachen nicht ganz Berwitzens Vorstellungen. Es war leicht gesagt, daß er sich eine Zeitlang mit Schulden durchschlagen und sich eine Verlängerung der Kreditfristen verschaffen werde.

In Wirklichkeit brauchten alle seine Gläubiger, die bisher ihre Rechnungen sofort bezahlt bekommen hatten, ebenso notwendig Geld wie der Zirkus Humberto und drängten immer rücksichtsloser auf Bezahlung. Einer, zwei von ihnen waren bereit zu warten, verlangten aber Wechsel. Bei den meisten dagegen verursachten die Verzögerungen Alarm.

Wenzel fühlte mit Besorgnis, daß hier etwas ganz anderes im Gange sei als Berwitzens hartnäckiges Warten auf eine neue Konjunktur. Er hatte Angst, daß sie es so nicht aushalten würden. Und eines Tages trat er in das Kostüm- und Requisitenlager ein.

»Hör mal, Vater, über etwas haben wir miteinander noch nicht gesprochen. Seit dem Tag, da ich die ersten Pfennige zu verdienen anfing, hast du alle meine Einnahmen aufgehoben. Ich habe später als Springer und Reiter ein ganz anständiges Gehalt gehabt, aber du hast es mir jedesmal zurückgelegt. Es muß schon eine hübsche Summe sein. Wieviel macht es eigentlich?«

Der Vater sah ihn an und antwortete nach einer Weile langsam:

»Es ist viel, aber auch wenig. Es kommt darauf an, wofür. Wozu willst du es haben?«

»Ich will Berwitz helfen. Ich fürchte, daß er ohne Geld nicht durchkommt. Man drängt ihn auf Bezahlung der Rechnungen, und wenn es zur Klage käme, wäre die Katastrophe unvermeidlich.«

»Also drohen ihm schon Klagen?«

»Ja. Er hat natürlich eine große Reserve in seinem Vermögen, aber wenn er den Zirkus plötzlich verkaufen oder gar versteigern müßte, würde es schwere Verluste bedeuten. Durch mein Geld ließe es sich, glaube ich, verhüten.«

»So, so. Nun, mein Junge«, antwortete der Vater mit besonderem Nachdruck, »das schlag dir aus dem Kopf. Das Geld habe ich für dich zurückgelegt und nicht für Berwitz.«

»Aber wenn ich es Berwitz gebe, rette ich doch sein Vermögen für mich.«

»Das ist noch lange nicht ausgemacht. Das steht nirgends geschrieben.«

»Es ist doch kein anderer Erbe da.«

»Das nicht. Aber es muß ja auch noch keine Erbschaft da sein.«

»Wie meinst du das?«

»Sehr einfach: Helenchens Mitgift steckt im Unternehmen, Berwitzens Vermögen und das von Agnes ebenfalls, und immer noch ist kein Ende abzusehen, keine Sicherheit vorhanden. Wenn ich nun noch dein Geld hergebe, verschwindet es ebenso im Unternehmen, und dann sind wir haargenau dort, wo wir jetzt sind. Und was dann?«

»Aber ich bin verpflichtet, ihm zu helfen...«

»Du ja, aber ich nicht. Ich bin verpflichtet, dir zu helfen. Wenn es dir in deinem Unternehmen einmal schlecht geht, bekommst du dein Geld. Aber du bist hier nicht Herr im Hause, und Berwitz traue ich nicht.«

»Entschuldige, das Vermögen hier, die Menagerie, die Einrichtung, die Konstruktion, die Grundstücke...«

»Das kann zwar, muß aber nicht sein. Dann würde auch dein Geld nicht mehr sein. Damit fängt man mich nicht.«

»Vater, du gibst es mir also nicht?«

»Doch, doch. Aber erst, wenn es für dich und deinen Sohn ist. Für Berwitz nicht.«

»Das ist dein letztes Wort?«

»So wahr ein Gott über mir ist, mein Junge.«

An dem Tage, da die Wechsel fällig wurden und ein Gläubiger bereits mit dem Gericht gedroht hatte, betrat Wenzel die Buchhaltung, wo Berwitz und Steenhouwer nervös auf und ab gingen, und schwenkte vergnügt eine prall gefüllte Brieftasche.

»Du hast...?«

»Hier ist es.«

Wenzel zählte glückselig ab, was Steenhouwer zur Auszahlung brauchte.

»Junge... mein Junge...«, flüsterte der grauhaarige Berwitz gerührt und zum erstenmal war er dem Weinen nahe, »wo hast du es hergenommen?«

»Ich habe die Kamele verkauft, Vater«, antwortete Wenzel fröhlich und mit fester Stimme. »Das Einzige, was Ihr mir als Mitgift mitgegeben habt, das Einzige, was mein Eigentum war und nicht Eures.«

9

Der Zirkus Humberto zog durch Österreich und kam nach Czernowitz in der Bukowina.

Eines Tages, als Helene von der Probe zurückkehrte, fand sie Wenzel in Stadtkleidung im Wagen vor.

»Herr Gaudeamus ist hier gewesen«, teilte er ihr mit. »Er reist morgen weiter und hat uns für heute abend ins Café Central eingeladen. Kommst du mit?«

»Ich habe keine große Lust«, antwortete Helene, indem sie die Reitpeitsche auf den Tisch legte. »Geh allein hin, entschuldige mich, daß ich viel Arbeit habe, und grüße ihn von mir. Ihr habt euch sicher verschiedenes zu sagen, ich wäre dabei ohnehin überflüssig.«

Wenzel ging fort, Helene zog sich den Schlafrock an, nahm einen Haufen zerrissener Kinderstrümpfe aus dem Schrank, setzte sich ans Fenster und begann zu stopfen. Sie liebte solche Stunden der Einsamkeit, wenn alle fort waren und sie ihren Gedanken nachhängen konnte. Die Sorgen und Mißerfolge des Vaters beunruhigten sie, überall drängte sich ihr ein Mangel auf, den sie früher nicht gekannt hatte, und das alles brachte sie schließlich zur Überzeugung, daß ihre Ehe ihr nicht einmal das bißchen Glück gewähre, das sie erhofft hatte, als sie ohne wirkliche Liebe in die Heirat mit Vaschku einwilligte. Gewiß, nie hatte sie ein Wort darüber gesprochen, immer hatte sie zugeben müssen, daß sich Vaschku ihr gegenüber tadellos verhalte und für die Familie tue, was er könne. Aber sie war eine Kunstreiterin, die Bewunderung der Männer und der Glanz der Manege hatten sie ein bißchen verhätschelt, sie wußte um die blendenden Karrieren vieler ihrer Vorgängerinnen, und ihr Herz war von Bitterkeit erfüllt, wenn sie daran dachte, daß gerade ihrem jungen Leben kein einziger Strahl dieser beglückenden Sonne beschieden war, und daß sie an einen Mann gefesselt blieb, der wohl in seinem Fach Hervorragendes leistete, ihr aber von all dem berauschenden Glanz nichts bieten konnte. Solange sie in der Manege oder im Haushalt beschäftigt war, solange sie die Sorge um die Familie nicht zur Ruhe kommen ließ, kam sie nicht auf dergleichen Gedanken, wenn sie aber allein war – und das kam jetzt, wo sich der kleine Peter schon mit Kerholecs Kindern herumtummelte, häufiger vor –, überließ sie sich ihren trübseligen Gedanken über ihr Schicksal. Und durch jede dieser melancholischen Grübeleien entfremdete sie sich ihrem Mann innerlich immer mehr, anstatt sich ihm zu nähern.

Auch jetzt wieder hing sie ihren Träumen nach und war unangenehm berührt, als draußen jemand an die Tür klopfte. Aber schon im nächsten Augenblick ließ sie das Nähzeug fallen und rief:

»Paolo!«

Ja, er war es, etwas geckenhaft gekleidet, immer noch so hübsch wie früher, nur mit einem leisen Schatten von Ermüdung und vorzeitiger Abgelebtheit um die sinnlichen Augen.

»Paolo!« rief sie zum zweitenmal, aber leiser und langsamer, von einer plötzlichen Welle freudiger Erregung überwältigt. Und mit einemmal war ihr klar, daß all ihre Wehmut, all ihre Sehnsucht in dem einen Namen seine Ursache hatte: Paolo.

»Ja, Helenchen, hier bin ich«, antwortete Paolo, indem er rasch die Tür schloß, »und ich bin glücklich, daß ich dich allein vorfinde. Wir haben einander noch so viel zu sagen, was wir nicht zu Ende besprochen haben, als so ganz unerwartet für mich deine Heirat kam. Gestatte, daß ich dir die Hand küsse, Helenchen.«

»Nimm Platz, Paolo, und sag mir vor allem, wie du so plötzlich hierher kommst.«

»Oh, das ist sehr einfach, Helenchen. Es muß auf der Welt doch eine Kreuzung geben, an der wir beide immer wieder zusammentreffen. Ich habe das große Theater verlassen. Ein so großes Ballett ist nichts für mich, weil ich dabei meine originellen Talente nicht voll zur Geltung bringen kann. Ich habe eine kleine Gruppe, bestehend aus vier Tänzerinnen und mir, vorgezogen. Es ist bedeutend effektvoller und läßt sich auch besser verwerten. Natürlich kann es einem dabei manchmal passieren, daß man in die Enge gerät, wie zum Beispiel gerade jetzt, aber das tut nichts, das ist nur vorübergehend, das ist nun einmal das Risiko unserer Kunst.«

»Und wo trittst du auf, seitdem du das Theater verlassen hast?«

»Wo es gerade paßt, mein Goldkind, manchmal auch auf dem Theater, wenn zufällig eine erstklassige Tanzeinlage gebraucht wird. Aber mehr in Unterhaltungslokalen, wo höhere Gagen gezahlt werden und der Tänzer von den weiblichen Besuchern auch mehr geschätzt wird. Weißt du, solche ehrbare Unternehmen wie das Theater sind nichts für Künstler meiner Art. Meinen Wert kann kein Direktor mit dem Gehalt aufwiegen, ich muß noch mit anderen Erfolgen rechnen. Das erreiche ich eben in Lokalen, wo gleichzeitig etwas gegessen und getrunken wird und man auch in der Nacht auftritt, wenn die gehobene Stimmung die schönen Frauen der Gesellschaft die Schranken bürgerlicher Konvention vergessen läßt. Das ist dir hoffentlich klar, du bist ja letzten Endes auch vom Fach und kein kleines Mädchen mehr. Wie geht es dir denn in der Ehe mit diesem... wie hat er doch schnell geheißen?... mit Vaschku.«

»Danke, Paolo. Vaschku ist immer derselbe brave, fleißige Junge, der er in seiner Jugend war. Ich kann nicht ein Wort gegen ihn sagen. Aber dem Unternehmen geht es in letzter Zeit nicht besonders, wir haben nicht geringe Sorgen damit.«

»Ach, das ist unangenehm. Ich wollte gerade fragen, ob dein Vater nicht ein tänzerisches Bravourstück brauchen könnte. Ich bin jetzt gerade frei... und ein paar Wochen gemeinsamer Fahrt könnte uns... uns beiden... verstehst du, Helenchen... ersetzen, worum uns die Spekulation deiner Eltern betrogen hat...«

Paolo beugte sich über den Tisch zu ihr hin und sprach diese Worte leiser, mit unterdrückter Leidenschaftlichkeit. Seine dunklen Augen blieben glühend auf Helenes Antlitz haften. Sie fühlte, wie sie errötete, wie ihr Herz zu klopfen begann, wie ein brennend heißer Strom ihre Finger durchrieselte. Aber sie beherrschte sich und sagte, die Augen niederschlagend, mit beklommener Stimme:

»Paolo, damit rechne nicht. Vater kann niemanden aufnehmen.«

Er beugte sich noch näher zu ihr vor.

»Könnte er nicht jemand entlassen? Bedenke doch... wir würden einander nahe sein... wären beisammen... immer ließe sich eine Weile finden, da wir allein wären... Paolo und Helenchen, zwei Menschen, die zueinander gehören...«

»Nein, nein«, rief Helene bestürzt, und ihre Kehle schnürte sich zusammen, »fang um Gottes willen nicht damit an, Paolo, denke nicht daran. Es ist unmöglich. Vater entläßt niemanden und engagiert auch niemanden.«

»Selbst dann nicht, wenn es dein Mann wünschte?«

»Mein Mann würde so etwas gar nicht wollen.«

»Vielleicht doch... wenn es ihm Helenchen im geeigneten Augenblick zuflüsterte. Alle Ehemänner haben ihre schwachen Augenblicke, wo eine kluge Frau alles erreicht, was sie von ihnen haben will.«

Helenchen stockte der Atem, ihre Erregung wuchs, wandelte sich jedoch plötzlich. Der Gedanke schoß ihr durch den Kopf, daß ihr Paolo eine unerhörte Schlechtigkeit einflüstern wolle und daß es für sie erniedrigend sei, sich an einer so schändlichen Unterhaltung zu beteiligen.

»Ich weiß nicht, Paolo, was für Erfahrungen du mit Frauen hast... mit was für Frauen... aber ich bin keine von den klugen Frauen, an die du jetzt denkst.«

Er fuhr ein wenig zurück, aber noch gab er sein Spiel nicht auf.

»Was nicht ist, kann noch werden. Vertraue dich Paolo an und er wird dich lehren, wie man Männer beherrscht.«

»Genug«, fuhr ihn Helene heftig an, »kein Wort mehr über diese Dinge. Geht es dir schlecht?«

Paolo richtete sich auf, und der Glanz seiner Augen verschwand.

»Schlecht? Das ist wohl nicht das richtige Wort. Paolo hat vier Tänzerinnen, vier schöne, verführerische Tänzerinnen... die von der Männerwelt bewundert werden... und deshalb wird es ihm nie schlechtgehen.«

Helene starrte ihn mit weit aufgerissenen Augen an. Etwas Ungeheuerliches offenbarte sich ihr, etwas, woran sie in ihrem rechtschaffenen Leben noch nie auch nur im entferntesten gedacht hatte.

»Trotzdem gibt es Kalamitäten, Verlegenheiten, berufliche Verlegenheiten, verstehst du? Wir haben in Bukarest gearbeitet, es war sehr einträglich, aber die Nacht vor der Abfahrt habe ich mich in Karten engagiert, mein Gott, es sah aus, als sollte ich Bukarest als reicher Mann verlassen... und am Morgen reichte es fast nicht mehr, um die Reise für die ganze Gruppe zu bezahlen. Wir sollten nach Wien gehen. Aber das dortige Engagement habe ich verloren und hier kein anderes gefunden. Das kommt vor, nicht wahr? Etwas Schmuck haben wir verpfändet, aber das wurde gleich wieder verzehrt und vertrunken. Die Mädchen sind geschickt und stellen sich rasch um, wissen sich und mir immer von einem Tag auf den anderen zu helfen, aber hier sind sie doch nur in einer fremden Stadt... sie können nicht recht Fuß fassen... nie reicht es für die Weiterreise.«

»Wieviel brauchst du?« fragte Helene trocken.

»Oh, bitte, Helenchen, ich ersuche dich um nichts! Ich mache von vornherein darauf aufmerksam, daß ich dich um nichts ersuche! Wie könnte ich mein Helenchen mit einer so schändlichen Sache belästigen, wie es das Geld ist!«

Paolo sprach das ein bißchen pathetisch aus, dann aber warf er ihr einen Seitenblick zu und senkte die Stimme.

»Wenn du aber von selbst... einem alten Kameraden aushelfen wolltest... mon Dieu, so etwas kommt doch unter Kollegen vor, nicht wahr... also, vielleicht hundert Gulden... Vater wird es nicht einmal merken...«

»Hundert Goldgulden!« rief Helene. »Wo sollte ich hundert Gulden hernehmen?«

»Gewiß, hundert Gulden ist viel, sehr viel. Das hätte ich auch gar nicht erwartet. Aber vielleicht eine niedrigere Summe... vielleicht achtzig... sechzig... vielleicht fünfzig... für einen Jungen, der dich geliebt hat, der dich liebt...«

Helene zitterte. Wenn er das wenigstens nicht zugleich mit der Geldsumme ausgesprochen hätte! Sie stand heftig auf, blieb einen Augenblick unschlüssig stehen, dann ging sie zum Schrank. Sie zog ein Schubfach heraus und entnahm ihm einen Briefumschlag, worauf sie sich wieder zu Paolo wandte.

»Ich weiß nicht, wieviel darin ist. Ich habe mir dort einige Ersparnisse für das Kind aufgehoben. Es ist alles, was ich habe. Nimm es dir.«

»Bitte, Helenchen, von dir kann ich es annehmen. Wir sind ja alte Freunde, nicht wahr? Nachzurechnen brauchen wir es wohl nicht. Für mich ist es eine Ehrenschuld, die ich natürlich bei der ersten Gelegenheit zurückzahlen werde.«

Paolo steckte den Umschlag nachlässig in die Tasche.

»Es tut mir leid, daß ich dich in so einer Situation vorgefunden habe. Ich hatte keine Ahnung von der schlechten Lage, in der sich euer Unternehmen befindet. Ja, natürlich, Vater ist schon alt und Vaschku... Vaschku ist weder für dich der richtige Mann noch für den Zirkus Humberto. Was er konnte, habe alles ich ihm beigebracht. Ich war der richtige Mann, Helenchen, und nicht Vaschku. Mit mir wärest du glücklich gewesen... Paolo versteht eine Frau glücklich und froh zu machen...«

»Paolo, ich bitte dich, schweig darüber, was gewesen ist, und quäle mich nicht!« stöhnte Helene. »Du solltest... du solltest vielleicht fortgehen... Vachku kann jeden Augenblick zurückkommen...«

»Oh, ich würde ungern unnütz mit ihm zusammentreffen...«

Paolo und Helene erhoben sich. Er kam zu ihr und gab ihr die Hand. Sie reichte ihm die ihre, und er drückte sie leicht, dann immer fester. Seine Glut ging von neuem auf sie über. Und plötzlich, nach kurzem Schweigen, neigte er sich heftig zu ihr hin und sagte mit leidenschaftlicher, leiser Stimme:

»Helenchen, Traum meiner Jugend, du einzige Auserwählte meines Lebens, wie sehne ich mich, wie dürste ich nach dir! Ich bin in Not, aber nur deshalb, weil ich dich verloren habe, meinen einzigen Halt. Gib mir dieses herrliche Leben wieder, mache den Traum zur Wirklichkeit, überwinde die unsinnigen Vorurteile der Welt, die für uns beide nicht gelten können! Ich liebe dich, und auch du liebst mich noch, ich sehe es an deinen feuchten Augen, an deinen Wimpern, an deinen Augenlidern! Wie schön du bist, Helenchen, wie reizend! Und ich, dein Paolo, rufe mein ganzes Leben nach dir, und jetzt, da ich dich gefunden habe, da wir beide allein sind, kannst du mich nicht fortjagen, ist es nicht ein großes, unendliches Glück, das uns erwartet...«

»Paolo... Pa–o–lo...«, schluchzte Helene in maßloser Erregung, als er ihr immer näher kam.

»Wir sind einander vom Schicksal bestimmt worden, Helene, nur wir beide gehören zueinander, sieh, wie schön es ist, wenn ich dich streichle... leg es weg, was du in der anderen Hand hältst...«

Paolo ergriff auch ihre linke Hand und nahm ihr, was sie darin festhielt, sanft fort. Und seines Erfolges sicher, lachte er verächtlich:

»Ein Strumpf... armes Helenchen, eine Königin, die Strümpfe stopfen muß für so einen dummen Komödianten, wie Dablkau einer ist... oder für sein Kind...«

Da machte sich Helene, wie von einer Natter gebissen, von ihm los und schrie ihn mit vor Erregung überspringender Stimme an:

»Weg!«

Aber Paolo begriff nicht, was für einen Fehler er begangen hatte, als er sie an ihr Kind erinnerte. Als handwerksmäßiger Frauenverführer dachte er, daß er sie durch seine heftige Leidenschaftlichkeit überwältigen würde.

»Niemals!« antwortete er und ging mit ausgebreiteten Armen auf sie zu. Helene wich, bleich vor Erregung, zum Tisch zurück, ergriff die Reitpeitsche und fuhr ihm damit über das Gesicht.

Er schrie vor Schmerz laut auf, wankte, bedeckte das brennende Gesicht mit der Hand und wich langsam zur Tür zurück.

»Bestie«, zischte er dann haßerfüllt, »Paolo schlagen, immer nur schlagen! Die wahre Tochter ihres Vaters!«

»Hinaus!« schrie jetzt Helene wieder fest und entschlossen, als stünde sie einem Raubtier gegenüber.

»Ich gehe«, knirschte Paolo, »ich gehe, aber ihr werdet es mir büßen, ihr alle... ihr Dablkaus!«

Die Tür fiel hinter ihm zu. Helene blieb einen endlosen Augenblick starr wie eine Säule. Dann warf sie die Peitsche fort, fiel auf einen Stuhl nieder und brach in einen Weinkrampf aus. Das war das Ende ihres einzigen Traumes.

10

Hagenbeck hatte sich wahrscheinlich nur nach der Bibel gerichtet, als er Wenzel sieben magere Jahre voraussagte, aber seine Prophezeiung ging tatsächlich in Erfüllung. Gegen sieben Jahre zog es sich hin, bevor sich die Verhältnisse wieder stabilisierten und die Börsenmakler, die Bankprokuristen und die Verwaltungsräte der Aktiengesellschaften den Beginn einer neuen Konjunktur ankündigen konnten. Aber für den Zirkus Humberto dauerten die bösen Jahre an. Die Schulden wucherten, durch die Zinsen noch vermehrt, wie Unkraut empor. Das Geschäft begann sich zwar wieder zu heben, das Zelt war wieder gestreckt voll, dennoch konnte man der verzweifelten Lage nicht Herr werden. Der rasch alternde Berwitz schimpfte und war mißmutig darüber, daß die einzige Überraschung, die ihm noch bliebe, Schäden und Verluste seien, aber auch nicht ein einziger unverhoffter Gewinn käme. Wenzel verfolgte das alles kaltblütiger und sah genau, wo der Fehler steckte. Man führte zu viele Tiere mit. Der in sein Unternehmen verliebte Berwitz hatte gegen Ende der Konjunktur so viele wertvolle Tiere gekauft, daß der Zirkus jetzt kaum für ihre Erhaltung aufkommen konnte. Das Zelt wurde nicht vergrößert, die Eintrittspreise wurden nicht erhöht, auf der anderen Seite jedoch besaß der Zirkus sechs Elefanten statt einem, zwölf Tiger statt der früheren drei, acht Löwen gegenüber fünf, sieben Bären anstelle der ursprünglichen vier, und die Menagerie hatte sich ebenfalls vergrößert. Wie viele Rachen brüllten da dreimal täglich um Nahrung! Aber es handelte sich ja nicht allein um die vielen Tonnen Heu, das Pferdefleisch, die zahllosen Säcke Getreide und die riesigen Mengen von Rüben und Möhren, der Zuwachs an Käfigen bedeutete mehr Wagen, mehr Zugpferde, mehr Kutscher und Raubtierfütterer, mehr Reparaturen, Schmiermittel, höhere Maut- und Brückengelder – überall gab es mehr Ausgaben und nicht einen Pfennig mehr als das Maximum der früheren Einnahmen. Hier lag die Wurzel ihrer ständigen Bedrängnis, aber vor Berwitz durfte nicht ein Wort darüber fallen. Wenzel dachte angestrengt nach Mitteln, um Abhilfe zu schaffen, und fand nur ein einziges, das zwar noch keine Rettung bedeutete, aber doch ihre Verhältnisse ein wenig bessern konnte. Das Programm verringern durfte er nicht, und so kam er eines Tages auf die Idee, es zu erweitern, jedoch für besonderes Eintrittsgeld.

Auch dagegen wehrte sich der Schwiegervater, aber Agnes begriff, daß es ein glücklicher Gedanke sei, und setzte Wenzels Absicht bei Berwitz durch. Und so konnte Wenzel eines Tages ankündigen, daß zum bisherigen Programm ein Zauberer hinzukomme, der jedoch nach Beendigung der Produktion in einer Sondervorstellung arbeiten werde. Der Zirkus nahm die Neuerung mit offenem Murren auf, und Wenzel erkannte, was für ein Nachteil es war, lauter alte Leute im Unternehmen zu haben, die ihre Anpassungsfähigkeit und geistige Elastizität bereits verloren hatten.

»Ein Zauberer«, sagten sie, »gehört in eine Jahrmarktbude und nicht in die Manege. Auf die gelbe Scheibe gehört anständige Arbeit und kein Schwindel. Die Zauberei paßt überhaupt nicht in die Manege, wo jeder sehen kann, was der Zauberer aus den Rockschößen hervorzieht.«

Diese Einwände sah Wenzel ein und achtete darauf, daß der Zauberer Tricks vorführte, die von allen Seiten kontrolliert werden konnten. Es zeigte sich, daß die Zusatz-Vorstellung der richtige Gedanke war, der von Anfang an erhebliche Gewinne brachte, daß jedoch die Zauberkünste in der Manege nicht voll zur Geltung kommen konnten. Wenzel löste deshalb mit dem Zauberer bald den Vertrag und engagierte einen indischen Fakir. Damit war auch Berwitz zufrieden, weil er etwas von seinen Zauberkünsten aus den Pantomimen in die Produktion einfügen konnte.

Wenzels Energie schien unerschöpflich zu sein. Je mehr Peter Berwitz durch die unglückliche Entwicklung der wirtschaftlichen Lage zermürbt war, mit um so größerer Zähigkeit übernahm Wenzel allmählich selbst die Leitung des Zirkus, ohne von Berwitz damit betraut worden zu sein, einfach durch seine Entschlußkraft. In den ärgsten Jahren blieb er fest wie Stahl. Als alles zusammenzubrechen schien, ging Vaschku unter den Verzagten umher und sagte mit heiterer Miene:

»Eins bleibt uns noch, worin uns niemand übertrumpfen kann: ein ausgezeichneter Zirkus.«

Das waren keine bloßen Worte. Was er sagte, setzte Wenzel in die Tat um. Vom Morgengrauen an war er auf den Beinen, nichts entging seiner Aufmerksamkeit, überall suchte er Verbesserung und Vervollkommnung. Der Zirkus Humberto besaß in jedem Fach Meister ihrer Kunst, die längst zu ihren Höchstleistungen gelangt waren. Aber gerade diese Sicherheit und die handwerkmäßige tägliche Wiederholung verursachten, daß alles irgendwie mechanisch ausgeführt wurde. Gewiß, man arbeitete mit sicherer Routine, aber ohne die Glut der Leidenschaft. Wenzel fühlte, daß das alles durch neue Versuche belebt werden müsse und daß es im Publikum immer mehr Menschen gab, die sich mehr für das Streben nach neuen als für die Meisterschaft in alten Formen interessierten.

Als es sich zeigte, daß der Clown Hamilton immer älter wurde und sein Augenlicht mit beängstigender Geschwindigkeit abnahm, versammelte Wenzel alle jungen Leute, die ihm gerade zur Verfügung standen, die Burschen aus Oberschneedorf sowie die jüngeren Kutscher und Stallknechte zu einer gemeinsamen Clown-Nummer. Der alte Karas mußte alles hervorholen, was er an grotesken Kostümen, Perücken und Masken finden konnte, und jeder der jungen Männer sollte sich daraus das ihm passende Kostüm aussuchen. Wenzel merkte sofort, daß manche einen angeborenen Sinn für das Komische hatten, auf den ersten Blick herausgriffen, was ein lächerliches Ganzes bildete, und sich in der lebhaften Vorstellung ihrer komischen Rolle durch Mienenspiel und Bewegung der Kleidung anpaßten. Andere wieder standen ratlos vor den Kostümhaufen, griffen wahllos heraus, was ihnen grade in die Hände kam, aber nichts paßte ihnen, und alles sah an ihnen fremd und unnatürlich aus. Diese schickte er zu ihrer Arbeit zurück, die anderen dagegen stürzten eines Tages in die Manege, als das Gitter zur Vorführung der Raubtiere aufgestellt werden sollte. Sie hatten eigentlich gar keine Aufgabe, es wurde mit ihnen nichts einstudiert, sie kamen einfach hereingelaufen, taten, als ob sie helfen würden, einer trieb den anderen zur Arbeit an, wobei sie sich gegenseitig im Wege waren, und liefen schließlich wieder davon. Aber durch die Buntheit der Kostüme und einige wirklich komische Figuren zogen sie für fünf Minuten die Aufmerksamkeit der Zuschauer auf sich. Und als es sich täglich wiederholte, entstand bereits eine kurze Folge komischer Situationen, die Wenzel an der Gardine aufmerksam beobachtete und als Grundlage für den nächsten Tag benützte. Daraus ging noch kein großer Clown hervor, aber eine neue Nummer war doch damit gewonnen, und der Zirkus Humberto hatte ein Stück lebendiger, ungebundener und sich dauernd neu belebender Komik mehr.

Dergleichen fruchtbarer Verbesserungs- und Kontrollarbeit hatte Wenzel im Zirkus eine Menge. Da er nun einmal den äußeren Gang der Zirkusangelegenheiten nicht ändern konnte, überließ er ihn Berwitz und Steenhouwer, um sich der Verbesserung der inneren Angelegenheiten zu widmen. Er wußte in jedem Fach Bescheid, hatte von Kindheit an ein geübtes Auge für das Vollkommene, seine lebhafte Phantasie aus der Zeit, da er als Knabe einsam durch die Wälder von Oberschneedorf gestreift war, hatte nichts an Lebendigkeit eingebüßt, und so entdeckte er leicht, was anderen verborgen blieb. Und er hatte nicht vergessen, was ihm einst der längst verstorbene Wollschläger gesagt hatte. Die Pferde und Raubtiere beobachtete er bei der Produktion nicht nur als Dresseur, sondern vor allem als Erzieher. Er sah, daß jedes Tier zu etwas anderem befähigt sei und seine besondere Vorliebe habe, und deshalb suchte er jede solche Eigenart auszunützen, zu verstärken und ihr eine bestimmte Richtung zu geben, damit er dadurch eine neue, effektvolle Bereicherung für die gemeinsame Arbeit im Zirkus gewinne. Und mit der gleichen Aufmerksamkeit verfolgte er auch seine Leute, munterte besonders die jüngeren zum Üben auf und lobte jeden guten, noch so unscheinbaren Anfang. Aus dem Spieltrieb der Kinder und aus der besonderen Vorliebe der Erwachsenen entstanden neue Tricks, mit denen Wenzel gelegentlich die Produktionen zu bereichern und ihren Erfolg zu erhöhen wußte. Nichts durfte bei ihm tot und mechanisch durchgeführt werden, jede Minute mußte von Tätigkeit oder Spiel erfüllt sein; uralte Übungen, die ganze Generationen hindurch als klassische Nummern der Zirkuskunst aufgeführt wurden, erhielten jetzt durch seine Schule eine ungeahnte Vollendung und Abrundung. Natürlich achtete er auch auf das rein Äußere der Kleidung, kombinierte die Kostüme, sorgte für Harmonie in der Ausstattung der Pferde und der Kleidung der Kunstreiterinnen und eroberte vollends das Herz der Frau Hammerschmidt, als er sie mit der Kostümierung der Damen und Herren bei der Reiterquadrille nach ihrem Wiener Geschmack betraute, damit sie wirklich wie Menschen aus der besten Gesellschaft aussähen.

Alle diese kleinen ursprünglichen Erfolge freuten ihn, aber alle würde er sie für eine einzige Sache hingegeben haben, die sich ganz seinen geschickten, schaffensfrohen Händen entzog: wenn er seine Fähigkeiten auf seinen Sohn hätte übertragen können. Mit Klein-Peter wuchs ihm ein Kummer heran, den er wohl zu verheimlichen trachtete, aber nur um so schmerzlicher empfand. Es war ein reizender, stiller und lächelnder, aber schwächlicher und kränklicher kleiner Junge. Als er die ersten Kinderkrankheiten hinter sich hatte und mit Kerholecs Jungen herumzulaufen anfing, zeigte es sich, daß er ungewöhnlich furchtsam war. Er fürchtete sich vor Menschen, schrak zusammen, wenn ein etwas lauterer Ruf ertönte, die Tiere aber flößten ihm vollends maßloses Grauen ein. Wie oft hatten Wenzel oder Helene versucht, ihn in die Ställe zu bringen oder zu den Äffchen und Papageien zu führen, wie oft hatten sie vor ihm ihre Lieblingspferde und Hunde gestreichelt, wie oft hatten sie ihn zu den Lämmern und zu dem Ziegenbock Blaubart gelockt – alles war vergebens, jedesmal sprach das gleiche Grauen und Entsetzen aus seinen Äuglein, bis er in krampfhaftes Weinen ausbrach. Wenn er sich den Eltern dann entwinden konnte, lief er zu den Stufen des Zirkuswagens, und erst auf der Türschwelle fühlte er sich ein bißchen geborgen. Die ganze Familie war unglücklich darüber, sie suchten einander in Einfällen zu überbieten, wie sie seiner Furchtsamkeit begegnen könnten, versuchten es mit Zureden, Lockungen, Versprechungen und Geschenken, mit Märchen und Spielzeug – vergeblich. Anfangs täuschte sie sein reizendes, liebes Wesen über diesen Mangel, der sich bereits bemerkbar machte, hinweg. Wenzel, der von der Dressur der Raubtierjungen daran gewöhnt war, ihre angeborenen Grundeigenschaften aufmerksam zu beobachten, wurde sich als erster schmerzlich bewußt, daß er einen Sohn habe, der sich für das Zirkusleben überhaupt nicht eigne. Nach und nach kamen alle zu dieser Erkenntnis und fragten sich ratlos und verwundert, von wem Klein-Peter seine Charaktereigenschaften geerbt haben könnte. Karas kam nicht in Frage, die Berwitz und Humbertos auch nicht. Agnes gab jedoch zu, daß es aus ihrer Familie sein könne, denn die Männer aus dem Geschlecht der Steenhouwers seien wohl hartnäckig und pedantisch im Amt, aber keine Helden gewesen, sobald sie sich anderswo befanden.

Die Familie tröstete sich, daß es mit den Jahren vielleicht anders und der Knabe seine Furchtsamkeit überwinden werde, aber Wenzel war skeptisch. Er nahm seiner Frau und den Eltern die Hoffnung nicht, schwieg und half bei Peters Abhärtung eifrig mit, aber selbst sagte er sich, daß die Furchtsamkeit die Grundlage von Peterchens Temperament sei und daß er sich nie ganz von ihr befreien werde, genau so wie aus einem furchtsamen Tigerjungen nichts anderes werden könne als ein nervöser, unberechenbarer Tiger. Klein-Peter ging dann während der Wintermonate bereits zur Schule, vom Frühjahr bis zum Herbst wurde er zu Hause vom Vater, der Großmutter und dem Onkel Frans unterrichtet. Hier konnte sich Wenzel nicht beklagen, der kleine Peter war ein kluges Köpfchen, dem das Lernen leichtfiel und der trotz der fahrenden Lebensweise den Stoff seines Jahrganges spielend bewältigte. Aber auch diese erfreulichen Erfolge bestärkten Wenzel nur in der Überzeugung, daß Peter für den Zirkus ungeeignet sei und daß man seine Seele vernichten würde, wollte man ihn mit Gewalt zu Übungen zwingen, die ihm widerwärtig waren. Wenzel empfand darüber ein Gefühl ständiger Trauer, denn wie jeder Vater wäre er am glücklichsten gewesen, wenn er in dem Kinde seine eigene Kindheit noch einmal hätte erleben können. Wehmut überkam ihn, wenn er Kerholecs Wildfänge sah, wie sie auf die Pferde kletterten, Handstand und Sprünge machten und beim Bau des Chapiteau mithalfen. Das war seine Jugend, das war für ihn die glücklichste Welt des Kindes; und deshalb hörte er nur mit vorgetäuschter Begeisterung im Wagen seinem Söhnchen zu, wenn er den Kopf von den Büchern hob und ganze Seiten daraus auswendig hersagte. Helenchen war begeistert. Vielleicht war sie sogar stolz darauf, daß ihr Kind für etwas bedeutend Höheres heranwachse, als es ihr Zirkusleben war. Wenzel konnte das nicht begreifen. Er erklärte es sich damit, daß sie das Bedürfnis nach herrschaftlichem Auftreten und feinem Benehmen wohl von dem alten Berwitz geerbt haben müsse. Er ließ sie dabei, aber er fühlte, daß ihr Leben nie völlig mit dem seinen verschmolzen sei, daß zwischen ihnen trotz aller äußeren Harmonie eine unsichtbare Wand bestehe, die ihnen ein vollkommenes und ungetrübtes Glück unmöglich machte. Und jedesmal, wenn er darüber nachdachte, stand Röschen vor seinem geistigen Auge. Wenzel machte dann eine Handbewegung, ging ins Chapiteau oder zu den Ställen, um zu arbeiten und immer wieder zu arbeiten. Dort war seine eigentliche Heimat.

Zehn Tage blieben noch von der Sommertournee übrig, als sich ihnen Herr Gaudeamus wieder anschloß. Seine Arbeit war beendet, die nächsten zehn Abende waren festgesetzt und gesichert, er hatte nur noch die Abrechnung zu machen. Er saß täglich ein bis zwei Stunden in Steenhouwers Büro und schlenderte dann gemütlich durch den Zirkus. Nach langer Zeit konnte er wieder einmal Vaschkus Arbeit aus der Nähe beobachten und die Art seines Handelns kennenlernen. Herr Gaudeamus hatte schon viel gesehen und eine beachtliche Anzahl von Manegegrößen gekannt, die inzwischen längst vergessen waren. Je mehr er jetzt Vaschku beobachtete, desto größer wurde seine Bewunderung für ihn.

»Sie sind der reinste Amerikaner«, sagte er einmal zu ihm, als sie durch die Manege spazierten. »Aus Ihnen strahlt geradezu der Glaube an die Zukunft. Jeder andere hätte unter den Verhältnissen, unter denen Sie den

Zirkus Humberto leiten, längst die Waffen gestreckt. Aber Sie kämpfen, als ob nichts geschähe.«

Wenzel sah zu, wie Helene ein Pferd bestieg, dann wandte er sich wieder zu Gaudeamus:

»Sie meinen also, daß man blind vertrauen soll? Haben Sie nicht den Eindruck, daß das eine allzu billige Sicherheit wäre?«

»Sie wollen doch nicht etwa behaupten, Vaschku, daß Sie über die Zukunft des Zirkus Humberto im Zweifel sind?«

Wenzel nickte Helene fröhlich zu, als sie gerade vorbeiritt, und wandte sich wieder um.

»Und wenn ich doch zweifelte?«

»Wie – Sie geben die Möglichkeit eines Zusammenbruches zu?«

»Ihnen, Baron, kann ich es ja sagen, Sie können schweigen: ich bin sogar davon überzeugt, daß der Zusammenbruch nahe ist. Er müßte nicht kommen, wenn sich der Schwiegervater zu einer raschen und durchgreifenden Änderung unseres Tierbestandes bewegen ließe. Aber es ist nichts mit ihm zu machen. Er klammert sich an eine Idee, von der er sich die Rettung erhofft, und lehnt jeden Rat ab. Wissen Sie, was er beabsichtigt? Die Konstruktion zu verkaufen und am Grundstück zu verdienen, à la Kranz. Ich weiß nicht, ob es ihm so gelingt, wie wir es brauchen würden. Gelingt es ihm nicht, kommt die Katastrophe in allernächster Zukunft, es ist anders unmöglich. Gelingt es ihm aber, so wird das Ende einigermaßen hinausgeschoben, bleibt aber ebenso unabwendbar.«

»Ich habe aber gehört, daß sich Ihre Spekulation mit dem Fakir sehr gut bewährt hat?«

»Auch das hilft uns nur vorübergehend. Wir halten uns mit solcher Not über Wasser, daß ich es auf die Dauer für unmöglich halte. Alles wird jetzt schnell abgebraucht, alles schreit hier nach Renovierung. Aber dafür reicht es auch mit zehn Fakiren nicht. Wir müssen noch damit rechnen, daß früher oder später irgendein Unfall, ein Mißerfolg oder sonst etwas Unvorhergesehenes kommt. Eine Kleinigkeit genügt, und wir sind erledigt.«

»Ich verstehe, Vaschku, das ist mir klar, wenn Sie es sagen. Aber sagen Sie mir bloß, woher nehmen Sie die Kraft, dennoch so fest, ruhig und scheinbar so zuversichtlich zu bleiben? Ein Optimist sind Sie nicht, das sehe ich jetzt. Was ist es also?«

»Pflicht, Baron, ist nichts?«

»Pflicht?«

Herr Gaudeamus strich sich verlegen den gefärbten Bart. Pflicht... ja, gewiß... selbst hatte er einst dem Kaiser Treue geschworen und dann zu den Rekruten darüber eine Ansprache gehalten... Aber wo war das alles, wie weit lag das zurück und in einer Welt, die für ihn längst nicht mehr existierte. War es möglich, daß jetzt noch, und sogar im Zirkus, ein Zivilist lebte, der sich wie ein Soldat an den Treueeid gebunden fühlte? Und sogar fester... als es einst... der Rittmeister Max von Schönstein bewiesen hatte?

»Hm, Vaschku... Sie sind also einer von jenen Wunderkapitänen aus den Seegeschichten, welche die Kommandobrücke nicht verlassen, wenn das Schiff in die Wellen sinkt, und lieber mit ihrem Nachen untergehen?«

Wenzel sah ihn an und seine Augen zogen sich zusammen.

»Falsch«, sagte er nach einer Minute, »ein kleiner Fehler im Vergleich. Mein Nachen ist nicht der Zirkus Humberto. Mein Nachen ist meine Kunst, Baron, und die kann nicht untergehen.«

11

Einen Tag nach dieser Unterredung kam Herr Gaudeamus noch einmal zu Wenzel.

»Ich habe, lieber Freund, darüber, was Sie mir gestern gesagt haben, nachgedacht«, begann er ganz unvermittelt das Gespräch, »und muß Ihnen sagen, daß es mir imponiert hat. So zu kämpfen und vielleicht hoffnungslos zu kämpfen, Donnerwetter, dazu gehört ein Charakter. Nur eins kann ich mir nicht erklären. Wie haben Sie sich so leichten Herzens damit abfinden können? Sie sind doch schon darauf vorbereitet, daß dieses Unternehmen zugrunde geht...«

»Ja. Aber leicht ist es mir nicht gefallen. Ich bin im Gegenteil sehr betrübt darüber und sehe, daß ich noch große Sorgen damit haben werde.«

»Das verstehe ich nicht recht. Sie rechnen mit dem Krach des Unternehmens und glauben auf der anderen Seite an Ihre Kunst. Wozu dann Kummer und Angst?«

Wenzel antwortete nicht. Die Frage des Barons hatte seine geheimsten Gedankengänge getroffen. Ungern sprach er zu Hause darüber, um so weniger Fremden gegenüber. Aber er hatte bereits häufig das Bedürfnis empfunden, sich jemandem mitzuteilen, damit er einfach seine Stimme höre, seine Gedanken ausspreche und sich so von der drückenden Last befreie. Dieser Mensch hier war ein intimer Vertrauter der Zirkusleute, war mit ihnen verwachsen und lebte doch außerhalb ihrer Welt, war ein erfahrener Mann und hatte sie alle aufrichtig lieb. Schon gestern hatte ihm Wenzel mehr gesagt, als er ursprünglich gewollt hatte – nun, so mochte er alles wissen.

Wenzel faßte Herrn Gaudeamus unterm Arm und führte ihn ein Stück fort, damit sie niemand höre.

»Ich will aufrichtig zu Ihnen sein, Herr Baron, und Sie behalten es, bitte schön, für sich. Der traurige Umstand im Zirkus Humberto ist, daß dieses Unternehmen keinen Erben hat.«

»Wieso – Sie sind doch da, in voller Kraft und befähigter als jeder andere...«

»Ja, ich. Aber ich denke nicht mehr an mich. Ich denke schon an den nächsten.«

»Peterchen?«

Wenzel nickte und schwieg. Es war ihm mit einemmal wehmütig zumute.

»Was ist mit Peter? Er ist doch gesund?«

»Das schon, Baron, aber für den Zirkus ungeeignet. Es ist ein furchtsamer Junge. Er fürchtet sich vor allem, was ihn umgibt, und am meisten vor den Tieren.«

Und jetzt schüttete Wenzel Herrn Gaudeamus sein Herz aus, erzählte von all seinem Kummer, allen vergeblichen Versuchen, die sie gemacht hatten, um in dem Jungen wenigstens einen Funken Interesse für die Welt zu erwecken, in der er aufwuchs, erzählte ihm, daß der Junge hartnäckig jede Berührung damit vermeide und ängstlich und nervös sei, wenn er doch einmal an ihr teilnehmen müsse.

»Das ist merkwürdig«, sagte Herr Gaudeamus nach einer Weile. »Ihr Sohn und Berwitzens Enkel! Die Mutter eine Kunstreiterin, die Großmutter eine leidenschaftliche Tierliebhaberin! Aber es stimmt, ich habe ihn nie in der Nähe der Manege getroffen.«

»Ich sage ja nicht«, fuhr Karas fort, »daß das Kind zu nichts zu gebrauchen ist. Es ist ein heller, aufgeweckter Kerl, lernt leicht, liest und schreibt deutsch und tschechisch, vielleicht wird einmal ein sehr guter Student aus ihm. Aber ein Erbe des Zirkus Humberto wächst in ihm nicht heran. Wenn ich wüßte, daß ich ihm dieses Erbe erhalten muß, würde ich mich gegen Berwitz auflehnen und mich der Leitung bemächtigen. So denke ich eher daran, ob es nicht möglich wäre, sich das Leben ohne diese ewige Fahrerei einzurichten. Die Volksschule können wir ihm im Sommer ersetzen, aber wenn der Junge studieren sollte, wäre es besser, wenn auch wir uns an einem bestimmten Ort festsetzten. Aber das ist natürlich eine schwierige Angelegenheit.«

»Hm«, nickte Herr Gaudeamus, »in Hamburg wird ein Varietétheater gebaut. Ein großes, modernes Gebäude mit allen Errungenschaften der jüngsten Zeit. Das wäre etwas für Sie. Aber es geht natürlich nicht, denn dort wird der Unternehmer selbst der Direktor sein. Sie wissen nichts davon?«

»Nein. Wir haben keine Ahnung.«

»Aber das hätten Sie wissen sollen. Das wird doch für Sie in der Wintersaison eine scharfe Konkurrenz sein.«

»Eine feine Bescherung. Ich habe Ihnen gestern gesagt, daß ein geringer Anstoß genügt. Vielleicht wird es das sein.«

»So schnell geht es wieder nicht. Bis zum Winter ist das Gebäude nicht fertig. Soviel ich weiß, kann man vor dem Frühjahr mit dem Bau nicht anfangen, und da fahrt ihr ja wieder weg.«

»Warum sagen Sie ihr, Baron, und nicht wir?«

Der Baron lächelte verlegen.

»Ihnen, Vaschku, entgeht auch wirklich nichts... Nun, ich bin ja deshalb eigentlich schon gestern zu Ihnen gekommen. Sie sind ein Mensch, der Unannehmlichkeiten ins Gesicht sehen kann. Ich weiß nicht, ob ich es Ihrem alten Herrn sagen könnte. Er ist in den letzten Jahren mehr als nötig gealtert. Sie sagten, daß Sie daran denken, wie es ohne diese ewige Fahrerei einzurichten ginge. Und ich muß Ihnen, lieber Freund, sagen, daß ich es selbst auch schon ziemlich satt habe. Jeden Tag ein anderes Hotel, eine andere Küche, ein anderes Weibsbild, das kann auf die Dauer nicht so weitergehen. Die Weisheit des Alters legt Beschränkungen auf. Ein Haus, eine Küche, ein Weib.«

»Sie wollen doch nicht am Ende heiraten?« schlug Wenzel überrascht die Hände zusammen.

»Doch, doch, das will ich«, erklärte Herr Gaudeamus mit selbstbewußter Miene.

Wenzel blickte ihn von der Seite an. Nun, auf den ersten Blick sah Herr Gaudeamus recht gut aus, aber wer schärfer hinsah, merkte, daß er für sein feines Haar und den schönen Bart eine Menge Nußöl verbrauchte, um ihre dunkle Farbe zu erhalten, daß seine Haut voller Falten und Fältchen war und die geröteten Augenlider schlaff herabhingen.

»Ja, ich werde heiraten, mein Freund«, wiederholte Herr Gaudeamus und es schien, als wollte er jetzt erst mit der Sprache heraus, »was würde ich denn auch anfangen? Ich hoffe, daß niemand von Ihnen der törichten Meinung ist, daß ich mir beim Zirkus ein bescheidenes Kapital erspart habe. Mein Kapital ist mein adeliger Name. Den habe ich mir glücklich bis heute erhalten – obgleich ich Ihnen jetzt ganz offen gestehe, daß ich, wenn er – wie die Jesuiten sagen – für Entgelt veräußert werden könnte, wohl kaum mehr als einfach Herr Gaudeamus wäre.«

»Aber für uns ist Ihre freudige Entscheidung eine traurige Nachricht. Herr Gaudeamus hört auf, für den Zirkus zu reisen. Darf man wenigstens erfahren, wer die glückliche Dame ist?«

»Oh, bitte, unter uns gibt es kein Geheimnis. Frau Melanie Sax, geborene Kurent, Wien.«

»Eine Witwe...«

»Ja. Die beste Braut ist eine Witwe. Die weiß, warum sie heiratet. Bei Frau Sax verbindet sich außerdem die Weisheit des reiferen Alters mit einer angenehmen Regelung des beweglichen und unbeweglichen Vermögens.

Ein Haus im dritten Bezirk, eine Villa in Sparbach, eine Fabrik in der Leopoldstadt, Weinberge in Grinzing, drei Millionen Gulden in der Landesbank. Größere Ansprüche kann ich an ihre Schönheit und irdische Vaterlandsliebe nicht stellen.«

»Sie werden also Fabrikant?«

»Ja, natürlich! Lange genug habe ich mich sozusagen als Plakataffichierer und Zirkusausrufer in der Welt herumgetrieben. Es ist höchste Zeit, daß ich eine schöpferische Arbeit beginne und den Reichtum dieser Welt durch Großerzeugung vermehre.«

»Das ist unglaublich, Baron, was Sie im Leben alles fertigbringen. Was, ich bitte Sie, werden Sie erzeugen?«

»Pomaden, lieber Freund. Herr Sax war ein hervorragender Fachmann, Lieferant des kaiserlichen Hofes. Für seine alljährlichen Weihnachtslieferungen – Sie wissen ja, was die Habsburger für Geizhälse sind – durfte er sich Fournisseur de Sa Majesté nennen. Von den diesjährigen Weihnachten bin ich der Fournisseur. Berwitz wird mich beneiden, daß ich plötzlich impérial und royal sein werde. Für mich ist es wenigstens eine Genugtuung. Als Offizier hat mich der Kaiser aus Wien gejagt, als Pomadenfabrikanten wird er mir sogar ein eigenhändiges Dankschreiben zusenden. Voilà, Sie werden sagen, daß das ein halsbrecherischer Salto ist, und ich sage Ihnen, daß es für mich einen ganz hübschen Salto bedeutet.«

»Ja, gewiß, wir müssen Sie schon beglückwünschen, Baron. Aber uns wird es viel Sorge bereiten, Ihre Erfahrungen und Bekanntschaften zu ersetzen.«

»Wenn ich Ihnen, Vaschku, raten darf, möchte ich Ihnen gerade nach diesen Erfahrungen sagen: machen Sie es nicht mehr wie bisher. Ziehen Sie diese furchtbare Karawane nicht mehr auf den Straßen. Das kann sich nicht rentieren. Es ist teuer und vor allem langsam. So konnte man vor fünfzig Jahren fahren. Damals hatte man genug Zeit. Aber jetzt sind andere Zeiten.«

»Es ist etwas Wahres daran, Baron. Aber wie soll ich es einrichten, daß es schneller geht? Ich kann die Pferde unterwegs doch nicht zu Tode hetzen.«

»Damit würden Sie auch nichts gewinnen. Da gibt es nur eins, und das wollte ich Ihnen zum Abschied raten: Geben Sie das Pferdegespann, geben Sie die Straße auf. Wenn Sie die Zeit nicht mit der Bahn einholen, frißt die Ernährung der Menschen und Tiere Ihren ganzen Gewinn auf.«

»Mein Gott, Baron, wissen Sie, was das bedeuten würde? Die gesamte Einrichtung verkaufen und von vorne anfangen! Ist das denn möglich?«

»Es ist nicht nur möglich, sondern unerläßlich, wenn Sie sich wirklich retten wollen. Sie müssen große Städte aufsuchen, damit Sie eine möglichst große Anzahl von Aufführungen erzielen, und Sie müssen die Reise verkürzen, damit Sie so kurz wie möglich unterwegs sind. Anders geht es nicht, glauben Sie mir. Amerika macht es schon so – und Kranz richtet sich dafür ein.«

»Kranz?«

»Ja. Er läßt sich bereits Waggons für die Elefanten bauen.«

»Aber dazu ist wieder Geld, sehr viel Geld nötig!«

»Leider Gottes!« nickt Herr Gaudeamus. »Das ist ein Übel, gegen das unser ganzes berühmtes Jahrhundert der Erfindungen kein wirksames Mittel hat finden können.«

Wenzel hatte das häßliche Gefühl, daß das ganze Unternehmen zusammenbrechen müsse, noch bevor der gefürchtete Anstoß von außen käme. Es war doch allzu viel Altes und Verbrauchtes da, das jetzt plötzlich überall hervorbrach. Der dahinsiechende Hamilton, der von Tag zu Tag kränkere Arr-Schehir, Gaudeamus, der im Begriffe war, sie zu verlassen, und schließlich Selnicki, der allmählich immer mehr herunterkam. Denn auch der ausgezeichnete Dirigent war in letzter Zeit im Aussehen wie in seiner Leistung stark zurückgegangen. Er hatte seine stattliche Figur verloren, ging schäbig gekleidet, der Schnurrbart hing schlaff von seinen aufgedunsenen Wangen herab, sein Blick war trüb und verschleiert. Er trank durchaus nicht mehr als früher, aber er vertrug keinen Alkohol mehr und manchmal war er völlig betrunken. Der Alte hielt sich nur noch durch seine unerhörte Routine, aber Wenzel war es klar, daß er nicht mehr würde mit ihm rechnen können, wenn er den Zirkus Humberto von Grund auf umändern sollte. Mit wem von den Mitarbeitern durfte er in so einem Fall eigentlich noch rechnen? Der Führer der Zeltarbeiter Wendelin Malina war kaum noch mehr als eine Puppe, Kerholec wurde allmählich dicker und darum nicht flinker, und Wenzels eigener Vater, Anton Karas, näherte sich den Sechzig und sprach am liebsten von der Rückkehr in seine Hütte in Oberschneedorf. In der Stadt erwartete sie eine morsche Bude und eine neue, unbekannte Konkurrenz. Das ganze Unternehmen beherrschte unumschränkt der Prinzipal, der über siebzig Jahre alt war und nichts ändern wollte, was hier seit jeher eingeführt war, und in seiner Bedrängnis den Undank des Schicksals und die Ungerechtigkeit der Welt ihm, dem Emir der Weißen Pferde und dem vornehmen persischen und türkischen Würdenträger gegenüber, erblickte.

Wenzel blieb weiter nichts übrig, als ihm die unangenehme Neuigkeit über Gaudeamus mitzuteilen.

»Der Baron... Gaudeamus verläßt uns...« wiederholte Berwitz immer wieder nachdenklich. Es schien, daß er nie damit gerechnet hatte. Er nickte nur mit dem ergrauten Kopf und wiederholte:

»Gaudeamus geht fort... und Selnicki...«

»Wie, Vater?« rief Wenzel überrascht. »Selnicki auch?«

»Früher oder später, mein Junge. Er muß gehen. Ich kann ihn nicht halten. Er hat es hier oben nicht in Ordnung...«

Und Berwitz wies auf die Stirn.

Es war gestern, erzählte er dann weiter, der Kapellmeister kam zur Probe und wäre fast zu Boden gestürzt. Berwitz sagte zuerst nichts, aber dann ging er zu ihm hin und fuhr ihn scharf an, zum erstenmal in ihrem Leben. Selnicki schwieg lange, bis er endlich den Kopf hob.

»Ich kann nicht dafür, Direktor«, sagte er. »Solange hier in der Manege Pferde ritten und wir dort oben die Noten hatten, war alles in Ordnung. Aber unlängst kam ich ins Chapiteau und sah plötzlich, wie statt der Pferde Noten in der Runde galoppieren. Viertel, Halbe und Achtel, eine nach der andern.«

»Sie meinen wohl Viertel Riesling und Achtel Wermut, nicht?« schrie ihn Berwitz an.

»Nein, Direktor«, flüsterte Selnicki erschrocken. »Noten, richtige Noten, mit schwarzem oder weißem Kopf und mit den Füßen nach unten. Manche hatten sogar einen Stakkatopunkt über sich.«

Dem alten Berwitz mußte es kalt über den Rücken gelaufen sein, wie es jedem gesunden Menschen ergeht, wenn er etwas Unnatürlichem begegnet. Er wollte den Kapellmeister anschreien, daß er keine dummen Witze machen solle, aber Selnicki bestand auf seiner Behauptung: wenn er allein in den Zirkus komme, sehe er seine Noten in der Manege tanzen.

»Wissen Sie, Direktor«, fügte er dann noch hinzu, »das ist das Ende. Wenn sogar die Musik dem Zirkus verfallen ist, so ist's aus. Jetzt trinke ich, damit ich es nicht sehe.«

»Kurz, er ist verrückt geworden«, beendete Berwitz seine Mitteilung, »völlig verrückt. Es ist ja kein Wunder bei diesen Alkoholmengen von früh bis in die Nacht, jahraus, jahrein. Wir müssen Abschied von ihm nehmen. Aber die beiden, Selnicki und Gaudeamus, werde ich nicht mehr ersetzen. Das wirst du selbst tun müssen, ich bin schon zu alt dazu. Wenn wir nach Hamburg kommen, verkaufe ich die Konstruktion, das ist meine letzte Aufgabe. Und dann, wenn die Millionen da sind, richtest du dir's ein, wie du willst.«

12

Die jungen Zeltarbeiter Svoboda und Cerha aus Oberschneedorf reiten als schwedische Reiter in schwarzen, breitkrempigen Hüten mit wehenden Straußenfedern und in hohen Stiefeln an der Spitze des Zuges. Ihre Trompeten erschallen weithin durch die Hamburger Straßen, und die Menschen kommen herbeigelaufen, um die bunte Kavalkade des in sein Winterquartier zurückkehrenden Zirkus Humberto zu bewundern.

Peter Berwitz ist durch die vorausgegangenen Ereignisse zermürbt und erschöpft. Aber jetzt, da er im Sattel sitzt und weiß, daß ganz Hamburg auf den Beinen ist, um ihn an der Spitze seines Zuges zu erblicken, fühlt er sich frei und mächtig wie ein Herzog, läßt seinen schlanken Berberhengst ein wenig tänzeln und von Zeit zu Zeit sich aufbäumen, um zu zeigen, wie er das feurige Tier mit einem leisen Druck der Knie in seiner Gewalt hat. Er dankt mit vornehmer Geste, den grauen Zylinder in der Hand, für den Beifall der Menge. Agnes Berwitz reitet an seiner Seite in einem schwarzen Amazonenjäckchen, einen Zylinder mit einem kleinen Schleier auf dem Kopf, stolz und doch freundlich, beinahe wie eine Pfalzgräfin oder gar eine Herzogin. Hinter ihnen reitet Wenzel mit Helenchen, ein herrliches Reiterpaar in eleganter Jagdkleidung mit leuchtend roten Westen. Und dann kommt eine endlose Reihe von Reitern und Reiterinnen, ungesattelten Pferden und schließlich den Riesen Bingo, Ali Baba, Singapore, Fathme, Jugguth und Sahib, sechs Elefanten, die bedächtig durch die Stadt schaukeln und mit ihren kleinen Äuglein die Lebensmittelläden mit ihren Bergen von Kraut, Blumenkohl, Orangen und Melonen beobachten. Die Menge lacht, wenn sie sieht, wie die zwei kleinen Terriers freudig bellend zwischen den Füßen Bingos hin- und herlaufen, als jagten sie einander um bewegliche Säulen. Es ist ein herrlicher Herbsttag, die lebendigen Farben der Kostüme leuchten im Glanz der Sonne, und der feine Geruchssinn der Tiere spürt den Duft der von Teer- und Fischgeruch leicht geschwängerten Luft. Sie wissen, daß es der Duft ihrer Heimat ist und daß sie sich der wohligen Wärme der Ställe nähern.

Das hintere Tor des Zirkusgebäudes macht sich weit auf, und darin steht der Sommerverwalter, der dem hineinreitenden Direktor salutiert. Berwitz springt hinter der Gradine ab, und mit drei langen Sätzen ist er an der Schwelle des eigentlichen Zirkusplatzes. Vor ihm liegt die Manege wie ein golden glänzender Taler, die Gradinen sind blank geputzt, der Staub von den Logensitzen gewischt, die Fenster unter dem Dach gereinigt, am Abend kann gespielt werden. Der Verwalter ist mit seinem Bericht schon da. Es sind nur Kleinigkeiten, die er zu melden hat. Zerbrochene Fensterscheiben, die Türen sind neu gestrichen, eine Dachrinne ist instand gesetzt. Berwitz nickt nur mit dem Kopf. Aber plötzlich zuckt er zusammen und sieht den Verwalter scharf an.

»Vor drei Tagen«, berichtet der Verwalter in immer gleich trockenem Ton, »sind zwei Herren vom Magistrat gekommen, die behauptet haben, von einer Baukommission zu sein und das Gebäude aus Sicherheitsgründen untersuchen zu müssen.«

»Sie haben sie hereingelassen!« unterbrach ihn Berwitz ungeduldig.

»Ich habe eingewendet, daß der Chef nicht anwesend ist und ich die Herren ohne ihn nicht hineinlassen darf. Darauf haben sie geantwortet, daß sie von Amts wegen hier sind und ich sie an der Ausführung der Untersuchung nicht hindern darf, und daß sie ein Protokoll aufnehmen werden, sobald der Chef zurückkommt.«

»Das ist unerhört!«

»Was hätte ich tun sollen! Sie haben mir den Befehl vom Magistrat gezeigt.«

»Sie haben sie also hereingelassen?«

»Ja, aber ich bin natürlich mitgegangen.«

»Was haben sie festgestellt?«

»Sie haben den Kopf geschüttelt, daß das Gebäude baufällig und morsch sei, daß die Gradinen nicht genug sicher seien, daß Wasser durch die Decke eindringe und es zu wenig Notausgänge gäbe.«

»Da schaut's mal an! Auf einmal! Jahrzehnte war es in Ordnung, und plötzlich sind nicht genug Notausgänge da!«

»Das habe ich auch gesagt, aber sie bestanden auf ihrer Meinung, es seien jetzt eben neue Bau- und Sicherheitsvorschriften.«

»Was haben sie zum Schluß gesagt?«

»Zum Schluß haben sie gesagt, daß sich vorläufig nichts tun lasse, so lange der Inhaber nicht anwesend sei, und daß sie wiederkämen, sobald der Herr Direktor zurückgekehrt sei, um ein Protokoll aufzunehmen.«

»Danke«, nickte Berwitz und entließ den Verwalter. Eine Weile stand er mit finsterer Miene da, biß sich in die Lippen, wandte sich dann um und ging durch die Ställe auf das hintere Gelände. Einige Wagen standen bereits auf ihrem Platz, andere kamen gerade an. Die Treppe des Einsers war herabgelassen, Agnes befand sich offenbar schon im Wagen. Berwitz stieg hinauf und trat ein.

»Morgen früh gehe ich zum Magistrat«, begann er unvermittelt, nachdem er kaum die Tür geschlossen hatte.

»Ist etwas passiert?« wandte sich Agnes vom Spiegel um, vor dem sie sich gerade die Haare ordnete.

»Jemand kümmert sich sehr angelegentlich um unsere Bude. Eine Baukommission war da und hat etwas gegen den Betrieb einzuwenden.«

»Das ist wohl die neue Konkurrenz, nicht? Das Varieté, von dem Gaudeamus Vaschku erzählt hat?«

»Vielleicht... siehst du, das ist mir nicht eingefallen. Ja, wahrscheinlich kommt es von dort. Aber ich habe diese ewigen Schwierigkeiten endlich satt. Ich werde die Konstruktion verkaufen.«

»Jetzt, im Herbst? Das wäre doch ein Unsinn, Peter!«

»Ich will sie ja nicht jetzt gleich loswerden. Ich kann doch die Bedingung stellen, daß ich sie bis zum Frühjahr benützen werde. Aber ich will das endlich einmal vom Hals und wieder einmal alles in Ordnung haben, endlich wieder Geld, viel Geld sehen. Das sind Millionen, meine Liebe, die heute in dem Grundstück stecken. Soll ich mich etwa von so einer affigen Baukommission schikanieren lassen? Da kommen einfach ein paar solche Lumpen daher und stöbern in den Brettern herum, ob nicht irgendwo eins morsch ist. Ein Glück, daß ich nicht dabei war, das hätte ein paar ordentliche Beleidigungen einer Amtsperson gegeben und dazu noch eine schwere Körperverletzung. Morsche Bretter! Ich würde sie ihnen um die Ohren geschlagen haben, damit sie fühlen, wie gesund dieses Holz noch ist.«

»Du solltest dich nicht so aufregen, Peter...«

»Ich rege mich nicht auf, aber die Welt regt mich auf! Zehn Jahre kämpfe ich um die Existenz so vieler Familien, mein ganzes Vermögen setze ich dabei zu, nirgend höre ich auch nur ein Wort der Anerkennung, kein Mensch reicht mir hilfreich die Hand, aber mir ans Genick springen und mich um den Verdienst bringen, das können sie, da sind die Ämter gleich zur Stelle. Ach, der Magistrat! Wieviel Wohltätigkeitsvorstellungen habe ich für die Armen und Waisen, für Krankenhäuser und Weihnachtsbescherungen veranstaltet! Plötzlich gehen ihnen meine Bretter nicht mehr unter die Nase, plötzlich haben sie Zeit, die Sitzplätze im Zirkus Humberto zu untersuchen, ob sie nicht unter ihren Hämorrhoiden zusammenbrechen! Und ich war nicht da, niemand war da, der die Schambriere genommen und diese Hyänen durch die Manege gejagt hätte!«

Peter Berwitz schlug mit seiner knochigen, geballten Faust auf den Tisch. Der seit langem verhaltene Zorn kochte in ihm und machte sich endlich Luft, seine Wangen wurden rot, und die Halsadern schwollen an.

»Um Gottes willen, ich bitte dich, Peter«, suchte ihn Agnes zu beschwichtigen, die durch den Wutausbruch, den sie bei Berwitz noch nicht gesehen hatte, beunruhigt war, »reg dich nicht auf, verdirb dir doch nicht gleich den ersten Tag. Die Bude ist zwar baufällig, aber das wirst du ihnen morgen schon ausreden. Einen Winter hält sie noch lange aus. Wieviel bringt dir deiner Meinung nach der Verkauf des Grundstückes ein?«

»Was weiß ich«, fuhr sie Peter an, »fünf, acht, zehn Millionen... aber zuerst muß diese Frechheit, daß mir so eine Kommission hinter meinem Rücken herkriecht, bereinigt werden.«

»Zehn Millionen ist wohl zuviel«, wandte Agnes ein, um ihn auf andere Gedanken zu bringen.

»Wie – zuviel? Du willst mit mir feilschen? Meine eigene Frau? Na, da muß ich ja eine schöne Überraschung erleben. Und was glaubst du, was die Konstruktion für einen Wert hat? Eine Million, nicht? Hahaha! Frau Berwitz will Herrn Berwitz um neun Millionen bringen! Das ist herrlich! Das ist etwas für den Jahrmarkt!«

»Mais vous êtes un fou, mon cher – hast du nicht auch Noten durch die Manege reiten sehen wie Selnicki?«

»Nein – aber ich habe dort auch keine Magistratskommission reiten sehen, verstehst du, und das regt mich auf, weil ich diese ganze Hetzjagd endlich satt habe...«

»Mein Lieber«, Agnes erhob sich langsam und ernst,

»wenn Sie mit diesem törichten Geschimpfe nicht aufhören, fahre ich weg von hier. Ich vertrage so ein Geschrei zu Hause nicht.«

»So«, brachte Berwitz wütend hervor, »ich darf also zu Hause nicht einmal mehr schreien, wenn ich schreien will, wenn ich schreien muß, um nicht zu ersticken. Ja, natürlich. Ich bin ja nur der Gemahl. Wenn ich ein stinkender Löwe oder Tiger wäre und schrie, da käme Frau Agnes Berwitz sofort zu mir gelaufen und würde mich streicheln, aber weil ich eben nur ihr Mann bin, ist ihr Feingefühl plötzlich verletzt...«

Noch bevor er geendet hatte, schritt Agnes durch den Wagen und schlug die Tür hinter sich zu. Berwitz wurde durch das heftige Geräusch unterbrochen. Er sah eine Sekunde die Tür an, dann stieß er ein Zischen aus und begann sich wütend den weißen Plastron aufzuknöpfen. Er zerrte so lange an der Krawatte, bis er sie zerriß. Er hielt die Fetzen in beiden Händen und zischte zum zweitenmal. Plötzlich schleuderte er die Krawatte zu Boden, ergriff den grauen Zylinder, und schon flog er in weitem Bogen der Krawatte nach. Dann folgten die Manschetten und der Kragen, den er vom Hals heruntergezerrt hatte. Zum Schluß stampfte und trampelte er auf allem herum.

Am Abend während der Eröffnungsvorstellung führte Direktor Berwitz seine Pferdegruppen mit finsterer Miene vor. In der Nacht darauf warf er sich im Schlaf hin und her, stand früh auf, ohne mit jemandem zu sprechen, kleidete sich äußerst sorgfältig an, erklärte kurz, daß er zum Magistrat gehe, und ging fort. Agnes hob den Kopf und schaute, mit welchem Bein er losschreite. Er tat es mit dem rechten, und Agnes fuhr zufrieden in ihrer Näharbeit fort.

Etwa um halb elf machte Wenzel eine Probeübung mit den Tigern. Er brachte sie alle auf die Pyramide sowie auf die Taburetts und wollte gerade zu den Sprüngen übergehen, als er plötzlich beobachtete, wie das jüngste

Tigerweibchen Ramona zitterte und das Fell sträubte, fast gleichzeitig mit dem riesigen Bengali, dessen Augen grün glänzten. Etwas mußte geschehen sein, was die Tiere beunruhigte, denn auch die anderen wurden plötzlich nervös. Wenzel redete beruhigend auf sie ein, trat aber langsam zurück, damit er Ramona oder Bengali den drohenden Sprung verlängere. Aber dann erkannte er, daß sie nicht ihn anblickten, sondern entsetzt etwas anstarrten, was sich neben dem Käfig befand. Für einen Bruchteil einer Sekunde drehte er sich um und blieb starr vor Schreck. Wie ein Geist stand Wendelin Malina kreidebleich im Gesicht und mit merkwürdig gläsernen Augen am Gitter.

»Ramona! Bengali! Setzen!« schrie Wenzel die beiden Raubtiere an, um sie einzuschüchtern.

Die Tiere setzten sich mit nervöser Unlust.

»Um Gottes willen, Malina«, sagte dann Wenzel halblaut, ohne den Blick von den Tigern abzuwenden, »was machen Sie denn da, Menschenskind, Sie können ja das größte Unglück verursachen...«

Der Greis stand unbeweglich da und drückte das bleiche Gesicht zwischen die Gitterstäbe.

»Was gibt's, Malina?« kam es fast bittend von Wenzels Lippen.

»Ich bitte... schön...«, der zahnlose Mund Malinas öffnete sich zitternd, »ich bitte schön... wo... ist... der Herr?«

Es lag darin etwas entsetzlich Rätselhaftes und Geheimnisvolles, als ob ein Geist angestrengt menschliche Worte hervorbrächte. Wenzel überkam ein Grauen. Aber er riß sich zusammen, knallte mit der Peitsche und schrie:

»Hinunter, alou!«

Die Tiger erhoben sich und sprangen knurrend und fauchend, mit gefletschten Zähnen, von den Sockeln herab.

»Open the door!« schrie Wenzel den beiden Wärtern, die im Hintergrund standen, zu, »die Probe ist beendet.«

Die gestreiften Körper der Raubtiere jagten mit schleichenden Sprüngen zum Ausgang, wo das Rasseln der Schubriegel ertönte. Wenzel stand unbeweglich, bis der letzte Tiger in dem Gittergang verschwunden war. Dann erst drehte er sich nach Malina um.

Wendelin Malina war verschwunden.

Wendelin Malina stand in der Buchhaltung, drei Schritte hinter dem Rücken Frans Steenhouwers, der ihn nicht bemerkte. Steenhouwer beendete gerade seine Übersiedlung aus dem Zirkuswagen in die Winterkanzlei. Er hatte Berge dicker Geschäftsbücher und Faszikel vor sich, die er in Regale und Schränke einordnete. Er machte einen solchen Lärm damit, daß er gar nicht hörte, daß Malina eintrat. Jetzt nahm er einen dicken Stoß Bücher in beide Hände, drehte sich damit um und erschrak so vor Malinas Erscheinung, daß er sie mit großem Krach fallen ließ. Der bleiche Greis vor ihm rührte sich jedoch nicht. Seine Augen waren immer noch weit aufgerissen, und stöhnend kam es von seinen Lippen:

»Wo ist... der Herr...?«

Dem alten Sekretär und Buchhalter schwindelte – eine verzweifelte Ratlosigkeit lag in diesem bleichen Gesicht mit dem herabhängenden Kinn, etwas Ohnmächtiges, wie das Klagen eines Mondsüchtigen. Und wie merkwürdig er fragte! Hatte denn hier jemals jemand »Herr« gesagt? Direktor, Patron, Prinzipal, unser Alter, das war die übliche Benennung des Direktors. Aber Herr? Es war so ungewohnt, daß sich Steenhouwer zuerst vergewissern wollte.

»Wen meinst du damit, Wendelin? Direktor Berwitz?«

Aber Malina schien die Frage nicht zu hören. Er sah sich mit einem merkwürdigen Blick nach beiden Seiten um, und man hätte nicht sagen können, ob er etwas sah oder nicht. Dann sank sein Kopf herab, der Rücken krümmte sich, Wendelin Malina wandte sich wortlos zur Tür und entfernte sich still wie ein Schatten.

Steenhouwer stand eine Weile bestürzt da: Was hatte das zu bedeuten? Dann lief er um den Bücherhaufen herum, stürzte in den Gang und hinaus vor das Gebäude, aber den weißhaarigen Kopf Malinas erblickte er erst am Ende des Ganges, als dieser gerade auf das Gelände mit den Wagen einbog.

»Wie ein Hund«, sagte sich Steenhouwer im stillen, als er zu seinem Hauptbuch, dem Saldokonto und den übrigen grünen Zeugen der Wirtschaft des Zirkus Humberto zurückkehrte, »genau wie ein Hund, der seinen Herrn sucht. Weiß der Teufel, was in den Alten gefahren ist. Es wäre schon an der Zeit, ihn vom menschlichen Inventar abzuschreiben, für das Unternehmen ist er bereits völlig amortisiert.«

Auch Agnes Berwitz war mit dem Übersiedeln beschäftigt. Gerade, als sie Hassans Löwenhaut auspackte, erschien Malina vor ihr.

»Wo ist der Herr?« fragte er wieder so merkwürdig, und seine Augen sahen dabei aus, als sähen sie sie gar nicht.

»Er ist aufs Rathaus gegangen, Wendelin«, antwortete Agnes und beobachtete den Alten. Sein Betragen hatte etwas Ungewöhnliches, was sie beunruhigte.

»Aufs Rathaus... so, so... aufs Rathaus...« wiederholte Malina mechanisch. Dann wandte er sich schweigend um und ging fort.

»Wendelin!« schrie ihm Agnes nach, aber er ging, als hörte er sie nicht, mit seinem greisenhaften, schlürfenden Schritt zum Zirkustor hinaus.

Kurz darauf kam Wenzel in den Wagen.

»Man hat mir gesagt, daß Malina hier gewesen ist?«

»Ja. Er hat so merkwürdig ausgesehen und gefragt, wo denn der Herr sei?«

»Was haben Sie ihm gesagt?«

»Daß er aufs Rathaus gegangen ist. Ich glaube, er ist ihm nachgegangen.«

»Bei mir ist er auch gewesen, gerade bei der Früharbeit mit den Tigern. Er wäre mir fast in die Käfige gekrochen und hat die Tiere so erschreckt, daß ich die Probe abbrechen mußte.«

»Er sah so aus, als ob er wahnsinnig geworden wäre.«

»Wenn es nur nichts Schlimmeres ist. Er ist ein merkwürdiger Kauz.«

»Wenn bloß Berwitz schon zurück wäre«, seufzte Agnes. Beiden fiel ein, wie unheilverkündend Malinas merkwürdiger Traumzustand jedesmal gewesen war, aber sie wagten es nicht auszusprechen. Sie dachten daran, was Peter Berwitz beim Magistrat wohl ausgerichtet habe, welche Nachricht er ihnen bringen und was für sie alle daraus erwachsen würde. Ungeduldig blickten sie nach der Straße, die von der Reeperbahn zu ihnen führte, aber Berwitz kam nicht. Statt seiner erschien Helene. Sie war einkaufen gegangen, hatte sich irgendwo aufgehalten und eilte jetzt mit der Einkaufstasche nach Hause. Aber schon vor dem Tor rief sie ihnen statt eines Grußes zu:

»Was ist Malina geschehen?«

»Malina?« Agnes und Wenzel sahen einander verwundert an.

»Wieso Malina?« fragte Agnes. »Was weißt du von ihm?«

»Ich habe ihn in der Stadt getroffen. Er ging ohne Mütze, mit weit aufgerissenen Augen, die Leute sahen sich nach ihm wie nach einem Wahnsinnigen um. Ich bin zu ihm auf die andere Straßenseite gelaufen und habe ihn gerufen. Er sah mich an, als ob er mich nicht erkenne. Wohin gehen Sie, Malina? habe ich ihn gefragt. Er starrte aufregend nach vorn und antwortete nicht. Auf meine zweite Frage sagte er: Ins Krankenhaus. Dann stieß er mich zur Seite und ging weiter.

»Ins Krankenhaus?« riefen Wenzel und Agnes wie aus einem Munde. »Er sagte, ins Krankenhaus?«

»Ja.«

»Aber wir dachten, daß er aufs Rathaus gegangen ist?«

»Ach, woher denn, das ist doch auf der anderen Seite.«

»Was bedeutet das, Vaschku?« rief Agnes, ohne ihren Schreck verbergen zu können.

Wenzel saß am Tisch und trommelte nervös mit den Fingern darauf herum. Jemand klopfte an der Tür.

»Herein!« rief Agnes.

Alice Kerholec öffnete ein wenig die Tür.

»Ein Herr ist da und wünscht mit Madame zu sprechen. Kann er eintreten?«

»Ich lasse bitten.«

Ein untersetzter Mann von mittelgroßer Gestalt und mit glattrasiertem Gesicht trat ein.

»Sie sind Frau Berwitz?«

»Ja. Und das sind meine Tochter und mein Schwiegersohn. Was wünschen Sie?«

»Ich bin der Magistratsunterbeamte Müller, Otto Müller. Frau Berwitz, Sie sind die Direktorin des Zirkus Humberto, nicht wahr? Ihre Familie arbeitet mit Ihnen zusammen, nicht wahr? Das ist gut, das ist gut. Sie sind doch allerhand gewöhnt. Der Zirkus ist keine leichte Sache, da gibt es dauernd Lebensgefahr. Sie müssen stets daran denken. Nun, und manchmal passiert ein Unfall auch außerhalb des Zirkus...«

»Berwitz ist...« schrie Agnes.

»Nein, Frau Berwitz. Das nicht, woran Sie denken. Aber eben doch ein Unfall. Man hat mich hierher geschickt, damit ich es ihnen mitteile. Ein unangenehmer Auftrag, glauben Sie mir's. Aber was soll man tun?«

»Um Gottes willen, Herr Müller, sagen Sie doch endlich, was geschehen ist...«

»Herr Direktor war auf dem Rathaus, nicht wahr? Dort hat er sich irgendwie aufgeregt. Er ist doch schon ein älterer Herr, nicht wahr? Und es ist ihm unwohl geworden... das heißt... er hat einen Schlaganfall bekommen...«

»Einen Schlaganfall!« stöhnte Agnes.

»Ja, einen Schlaganfall. Aber Sie brauchen keine Angst zu haben. Der Arzt war gleich zur Stelle, so daß er sofort behandelt werden konnte. Die rechte Seite, Frau Berwitz, ist vorläufig gelähmt. Hoffentlich wird es bald besser.«

Beide Frauen brachen in Tränen aus und umarmten einander.

»Und wie geht es ihm jetzt?« fragte Wenzel. »In diesem Zustand ist er im Rathaus geblieben?«

»Aber woher denn, mein Herr. Er ist sofort ins Städtische Krankenhaus übergeführt worden. Äußerst vorsichtig, natürlich. Ich selbst bin mit ihm hingefahren. Und dann geschah etwas Eigentümliches. Als wir ihn aus dem Wagen hoben, erschien plötzlich ein alter Mann und begann uns, ohne ein Wort, zu helfen. Es muß jemand von hier gewesen sein, weil ihn Herr Direktor Berwitz erkannte, als er aus der Ohnmacht erwachte. Er reichte ihm aus dem Bett die linke Hand und nickte ihm zu, daß er sich setzen solle. So blieb der Alte an seinem Bett sitzen, nicht wahr, und ich bin mit der Nachricht hierher gekommen.«

Wenzel ging hinaus. Alice Kerholec stand noch an der Ecke und sah dem Spiel ihrer Buben zu.

»Frau Kerholec!« rief ihr Wenzel zu. »Laufen Sie, bitte, zur Reeperbahn und halten Sie eine Droschke an. Wir müssen sofort fahren.«

Als er zurückkam, verabschiedete sich Herr Müller bereits. Agnes machte sich rasch fertig. Helene setzte den Hut wieder auf, und in fünf Minuten fuhren sie fort.

Erst im Laufe des Tages erfuhr Wenzel, was geschehen war. In der Bauabteilung des Stadtamtes war Berwitz in große Aufregung geraten, als man ihm mitteilte, daß das Gebäude des Zirkus Humberto niedergerissen werden müsse, da es den neuen Sicherheitsvorschriften in keiner Weise mehr entspreche. Nach langen Verhandlungen mit dem Vorstand erhielt er von ihm die Zusicherung, daß in dieser Saison noch gespielt werden dürfe, wobei er sich allerdings zu gewissen Reparaturen verpflichten mußte. Als er jedoch erwähnte, daß er das Gebäude und die Grundstücke verkaufen wolle, schüttelte der Vorstand den Kopf und empfahl ihm, sich dieserhalb sofort in dem Regulationsbüro im dritten Stock zu erkundigen. Berwitz lief, durch die neue Unannehmlichkeit noch stärker erregt, in den dritten Stock. Dort legte man ihm einen Plan vor, wonach auf dem Gelände, wo sich der Zirkus Humberto befand, ein Platz errichtet werden sollte. Die erforderlichen Grundstücke würden von der Stadt um einen Preis gekauft werden, der durch einen Senatsbeschluß bereits vor fünf Jahren für derartige Fälle festgesetzt worden war. Als man ihm den Preis nannte, begann Berwitz zu stottern, wurde dunkelrot im Gesicht, riß die Augen auf, griff sich an den Kopf und brach zusammen.

Wenzel kehrte um fünf Uhr in den Zirkus zurück. Er teilte Kerholec kurz mit, was vorgefallen war, und beschloß sofort, die freie Dressur der Pferde, Berwitzens Nummer, am Abend selbst zu übernehmen. Dann ging er zu Frans Steenhouwer. Der Holländer erwartete ihn bereits.

»Etwa eine Woche wird er dort liegen müssen«, beendete Wenzel seinen Bericht, »dann wird man ihn wohl entlassen, aber er wird nie mehr arbeiten können. Wahrscheinlich bleibt er lange, vielleicht sogar bis zum Tode, ein Krüppel. Das ist jedenfalls die Ansicht der Ärzte. Es müssen hier also unbedingt alle erforderlichen Maßnahmen getroffen werden. Seine Nummer im Programm habe ich schon übernommen. Es handelt sich also noch um die formelle Direktion.«

»Direktor bist du doch schon mehrere Jahre.«

»Nein. Darüber ist nie ein Wort gefallen, und ich habe

mich auch nicht für den Direktor gehalten. Ich will in allen Sachen Ordnung haben und bestehe deshalb darauf, daß wir uns darüber einigen. Mutter Agnes und du, ihr müßt mir erklären, daß ihr mit meiner Direktion einverstanden seid. Dann werden wir es vielleicht auch auf den Ämtern durchführen können. Schließlich handelt es sich ja um die Vollmacht und um die Verantwortung.«

»Gewiß. Aber ich schlage folgendes vor: Du übernimmst mit dem heutigen Tag die Leitung des Unternehmens, änderst aber innerhalb eines Monats nichts an seinem Bestand. In einem Monat werden wir sehen, wie es Peter geht. Vielleicht wird auch er dann schon sein Einverständnis geben können. Dann könnten wir die Übertragung auch vor den Ämtern durchführen.«

»Gut, Frans. Morgen sprechen wir die wirtschaftliche Lage durch. Ich glaube, daß wir den Zirkus Humberto werden liquidieren müssen. Ein guter Verkauf war die einzig mögliche Rettung, und da nun auch dieser Ausweg hinfällig geworden ist, wird uns kaum etwas anderes übrigbleiben. Aber jetzt muß ich zu den Ställen, dort erwartet mich viel Arbeit.«

12

Wenzel Karas aus Oberschneedorf ist also jetzt ein hoher Herr, ist Direktor. Aber selbst lächelt er nur bitter, als ihm Kerholec zum Glückwunsch die Hand drückt und ihn dran erinnert, daß er es ihm vorausgesagt habe. »Was ist schon Besonderes daran, Direktor zu sein«, sagt Wenzel, »dem weiter nichts als die Liquidation des Unternehmens übrigbleibt.« Aber in Kerholecs Adern fließt immer noch das gleiche Blut, und er meint, man müsse dieses Ereignis doch irgendwie feiern. Wenzel hat keine rechte Lust, aber schließlich einigen sie sich doch: Nach der Vorstellung gehen sie in den Wagen des Vaters, brauen einen Punsch und lassen Sergeant Vosátka holen. So sitzen dann die drei alten Zirkusgefährten mit ihrem erwachsenen Jungen wieder einmal auf den vier Rädern beisammen, in dem eisernen Öfchen knistert es, und eine wohlige Wärme verbreitet sich ringsum, die dampfenden Gläser stehen vor ihnen, und aus dem Dampf steigt das vergangene Leben vor ihren Augen empor, ein Leben voll Arbeit und Mühe, und doch ein schönes, buntes, abwechslungsreiches und lustiges Leben.

»A votre santé, Lord Anton«, stößt Vosátka mit Vater Karas an, »du hast einen ordentlichen Thronfolger erzogen. Aber es hat uns verdammte Mühe gekostet, bevor wir Eure Exzellenz vom Mörteltrog weggebracht haben. Erinnert ihr euch, caballeros, wie der erhabene Herzog vom Ziegelstein vor Kummer grau geworden ist, daß er sein Maurerschild durch die Mesalliance mit so einer Dirne, wie es der Zirkus ist, beschmutzen könnte.«

»Ja, ja«, nickte Vater Karas, »alles ist wirklich sehr hübsch gewesen, bis auf das Ende. Als Bettler sind wir hergekommen, und als Bettler werden wir wieder von dannen ziehen.«

»Bis auf einen ordentlichen Sack Dukaten, den Vuestra Alteza voraussichtlich aufzubewahren geruhen.«

»Ich sehe schon, wie notwendig es ist, daß Wenzel endlich einmal etwas beginnt. Der verdammte Berwitz, wenn er vom Schicksal nicht so gezeichnet wäre, würde ich ihm schon ordentlich ausschimpfen, daß er alles so verpatzt hat. Wie kommt Wenzel dazu, daß er bei allem, was er kann, immer nur rettet, was Berwitz verdorben hat? Und daß er die Leitung übernimmt, wo der Krach bereits unvermeidlich ist?«

»Nein, Vater«, mischte sich Wenzel ins Gespräch, »so darfst du nicht sprechen. Berwitz kann nicht alles in die Schuhe geschoben werden. Er hatte sein Programm, worauf er vertraute und wonach er sich richtete, und es war eher das Spiel und die Ungunst des Schicksals, daß dann alles anders gekommen ist. Was mich betrifft, so leugne ich nicht, daß es durchaus keine Freude ist, was ich durchgemacht habe und was mich noch erwartet. Aber wer hätte es auf sich nehmen sollen? Das ist doch weiter nichts als bloße Pflicht: ich kann, also muß ich es tun. In der Schlacht kämpft der Soldat und geht nicht mit schwerem Kopf umher, daß er eigentlich General sein sollte. Letzten Endes ist das alles nicht wertlos, auch dabei kann ich noch zulernen. Es ist weiter nichts, als was ich als Junge durchgemacht habe. Damals quälte mich Achmed Roméo, jetzt tut es das Schicksal. Aber das hält man schon noch aus, zum Teufel, und dann kommen auch für uns wieder bessere Tage.«

Sie unterhielten sich weiter über Berwitz und mußten Wenzel schließlich recht geben. Berwitz sei ein verbissener Dickschädel, aber weshalb sollte man ihm vorwerfen, daß er einmal verspielt hatte, wenn er gerade dadurch sein ganzes Leben Erfolg gehabt hatte. Jetzt war er der von einem Unfall betroffene Kollege. Die tief eingewurzelte Solidarität der Menschen, die das Leben riskieren, kam in ihrem Gespräch zum Durchbruch. Der führende Kamerad war gefallen; ein anderer mußte sofort an seine Stelle treten, und sie mußten alle ihre Kräfte anspannen, um die entstandene Lücke auszufüllen.

Peter Berwitz war für sie wirklich verloren. Sechs Wochen blieb er im Krankenhaus liegen, und als die Ärzte erklärten, daß sich sein Zustand gebessert habe und die Familie ihn wieder zu sich nehmen könne, brachten sie den weißhaarigen Greis, dessen Kopf sich auf die rechte gelähmte Körperseite neigte, nach Hause. Berwitz konnte sprechen, es strengte ihn jedoch sehr an, und deshalb schwieg er lieber. Sein müder Blick verfolgte trotzdem alles, was um ihn vorging, sein Gehirn arbeitete, und er gab mit der linken Hand kurze Zeichen der Zustimmung oder der Mißbilligung. Kerholec trieb in der Stadt einen Rollstuhl auf, der zur dauernden Zufluchtsstätte des Kranken wurde. Als man ihn zum erstenmal hineinsetzte, machte er eine kurze Handbewegung zum Zeichen, daß er zufrieden sei, und dann brachte er angestrengt seinen einzigen Wunsch hervor:

»In den Zirkus!«

Nicht einmal als Kranker wollte er Abschied davon nehmen, worin er aufgewachsen war, was er geschaffen hatte und was sein ganzes Leben sein Stolz und seine Freude gewesen war. Alle begriffen das, und Frau Agnes erklärte, ohne lange zu überlegen, daß sie diesmal nicht in die gemietete Wohnung übersiedeln, sondern mit Berwitz den Winter über im Wagen bleiben würde, damit er ständig im Unternehmen sein könne. Vater Karas entfernte die kleine Treppe des Wagens und befestigte statt ihrer eine schiefe Ebene daran, damit man mit dem Rollstuhl darauf hinein- und hinausfahren könne. Die Pflege des Kranken übernahm Malina. Der wortkarge Greis hatte die Sprache wiedergefunden, als er an jenem Tag vor dem Krankenhaus den Mann fand, den er, von einem merkwürdigen Instinkt getrieben, in der Stunde des Unglücks gesucht hatte. Er hatte sich an dessen Lager gesetzt und war keinen Schritt von Berwitz gewichen, hatte in brummig-gutmütigen und schmeichelnden Sätzen auf ihn eingeredet, als wäre der alte Prinzipal mit einemmal wieder das kleine, niedliche Peterchen, das Malina einst vor den Augen Großvater Humbertos als rauhe, aber herzliche Kinderfrau in den Armen gewiegt hatte. Der gelähmte Patron lag regungslos mit halb geschlossenen Augen da, aber er lauschte mit einem glückseligen Lächeln wie einem trostbringenden Märchen dem greisenhaften Geplauder von Tieren und Menschen, von Pferden und Raubtieren, von dem Läufer Gajdámosz und dem Dompteur Gambier, von dem Grafen d'Ascensons und dem Grafen Pallachich und davon, wie einst Miß Satanella die ersten Lipizzaner vorgeführt hatte, von der ruhmvollen Reise durch Rußland und davon, wie sie in Teheran den Elefanten Bingo gekauft hatten. Ein stiller Glanz der Zufriedenheit huschte über das Antlitz des Leidenden, und als Malina verstummte, tastete Berwitzens linke Hand nach seiner knochigen Rechten, um sie dankbar zu streicheln.

Als sich der Direktor bereits wieder völlig beruhigt und mit allem abgefunden hatte und man ohne Gefahr in seiner Gegenwart über alle Sorgen sprechen konnte, wagte es Agnes endlich, einen großen Familienrat einzuberufen, der über das endgültige Schicksal des gemeinsamen Unternehmens entscheiden sollte. Peter Berwitz führte den Vorsitz mit Malina an der Seite, dann saßen Agnes, Helene, Frau Hammerschmidt, Frans Steenhouwer, Inspektor Karas und Wenzel um den Tisch. Steenhouwer erklärte in ein paar Sätzen die Situation. Der Zirkus komme jetzt, bei dem bisherigen Stand, nur knapp ohne neue Schulden durch. Im Frühjahr müsse er sein Winterquartier aufgeben, und das Geld, das durch den Verkauf der Grundstücke hereinkomme, reiche nicht zur Bezahlung der alten Schulden aus den vergangenen Jahren. Ein Teil der Tiere würde verkauft werden müssen, damit die Schulden bezahlt werden könnten. Es würde sich empfehlen, mit dem Verkauf sofort zu beginnen, damit die Zinsen nicht unnötig anwüchsen und die Regie verringert werde. Durch einen allmählichen Verkauf ließen sich noch anständige Preise erzielen, während ein Zwangsverkauf im Frühjahr eine neue Enttäuschung bedeuten könne. Was im Frühjahr von dem Unternehmen übrigbleiben würde, wäre ein kleiner Zirkus kaum mittlerer Größe, der voraussichtlich nicht alle Menschen würde ernähren können, die sich bisher darin befänden. Es wäre vorteilhaft, wenn er statt auf den Wagen per Bahn transportiert werden könnte, weil es billiger käme; aber für eine solche Umstellung würde das Geld kaum reichen. Und man müsse damit rechnen, daß Hamburg auch sonst für sie verloren sei, da ja hier jetzt ein großes und modernes Varieté errichtet werde. So lägen seiner Meinung nach die Dinge vom wirtschaftlichen Standpunkt, und die Familie möge selbst entscheiden, welche Konsequenzen sie daraus ziehen wolle, ob sie in Armut mit einem kleinen Zirkus von vorne anfangen oder alles verkaufen wolle. In diesem Falle könne für die Eltern ein bescheidenes Kapital gewonnen werden, und die anderen müßten sich voneinander trennen und sich...

Steenhouwer wollte sagen, daß sie sich anderswo einen Lebensunterhalt suchen müßten, aber er blickte dabei Berwitz an und sah, wie diesem zwei große Tränen über die Wangen liefen. Da begann Onkel Frans zu stottern und sprach den Satz nicht zu Ende. Auch den Frauen zuckte es um den Mundwinkel, und Frau Hammerschmidt räusperte sich nervös.

»Ich weiß, meine Lieben«, platzte sie heraus, um nicht völlig in Tränen auszubrechen, »ich werde euch nicht zur Last fallen. Ihr wißt, wie unendlich lieb ich euch alle habe und wie gern ich mit euch herumgereist bin. Wenn ihr aber einen Beschluß faßt, braucht ihr auf mich keine Rücksicht zu nehmen. Ich habe ja meine kleine Pension nach dem verstorbenen Major und kann nach Hause, nach Wien zurückkehren. Für mich ist schon gesorgt, wenn ihr nur durchkommt. Wenn ihr nur...«

Und jetzt brach Frau Hammerschmidt wirklich in Tränen aus.

»Auch ich will nicht im Weg stehen«, nahm jetzt Steenhouwer das Wort, »ich werde zwar schwer von meinem Büro Abschied nehmen, aber wenn es sein muß, so hoffe ich, daß ich in Holland schon noch mein Brot finde.«

»Ich für meinen Teil«, begann Agnes Berwitz mit ruhiger, fester Stimme, »würde den Zirkus vorziehen. Ich habe gute und schlechte Zeiten mit ihm erlebt und jetzt weiß ich, daß es mehr Schlechtes als Gutes gewesen ist.

Dennoch wäre ich bereit, wenn auch in Armut, von neuem zu beginnen. Es war ein schönes Leben; wir haben Freude und Frohsinn durch die Welt getragen und mit braven und anständigen Menschen ehrlich gearbeitet. Ich weiß nicht, ob ich anderswo ein solches Glück finden würde. Aber wir, Vater und ich, sind schon alte Leute, wir haben kein Recht mehr, die Wege der Zukunft zu bestimmen. Das müßt ihr beide selbst entscheiden.«

»Mutter hat recht«, rief Helenchen erregt, »es gibt nichts Schöneres als den Zirkus! Ich will und kann mich nicht von ihm trennen. Und wenn wir nur ein Pferdchen mit einem Affen und ein ganz durchlöchertes Zelt haben sollten, werden wir uns durchschlagen, und es wird schöner sein als alles andere.«

»Ja, Helenchen«, sagte Wenzel endlich, »darin sind wir uns völlig einig. Ich liebe den Zirkus ebenso wie du. Aber Peterchen ist noch da…«

Helene wurde ernst und senkte den Kopf.

»Peterchen…«, sagte sie dann leise und resigniert, »ja, Peterchen. Auf ihn kann ich nicht verzichten. Das ist das einzige, was in mir stärker ist als der Zirkus.«

»Ich glaube«, begann Wenzel von neuem, »daß wir ähnlich dran sind wie unsere Eltern. Auch wir können uns das Leben nicht nur nach unseren Wünschen einrichten. Auch wir müssen schon im Interesse des Nächsten handeln. Wenn Peterchen die gleiche Vorliebe für den Zirkus hätte wie wir, wäre es leicht. Aber er verlangt nach etwas anderem. Es läßt sich nicht vereinen, das weißt du sehr gut. Entweder trennen wir uns von ihm oder vom Zirkus.«

»Von ihm nicht. Von Peterchen kann ich mich nicht trennen. Er ist so zart, so zierlich. Ich würde vor Kummer und Sorge um ihn sterben.«

»Und er würde vor Sehnsucht nach dir sterben.«

»Wie kann da ein Ausweg gefunden werden?« fiel Agnes ein.

»Meiner Ansicht nach gibt es nur einen einzigen Weg«, antwortete Wenzel. »Vor einiger Zeit schrieb mir Gaudeamus, daß in Prag ein großes Varieté-Theater gemietet werden könne. Ich habe ihn ersucht, sich vorläufig nach den Bedingungen zu erkundigen. Soviel ich sehe, sind sie nicht schlecht. Mit eurem Einverständnis würde ich hinfahren und über die Sache verhandeln. Dann könnten wir den Zirkus Humberto völlig liquidieren, und ich würde in Prag das Varieté übernehmen. Ich könnte dort Onkel Frans in die Buchhaltung nehmen, und Peterchen wäre das Studium gesichert. Nur um eins möchte ich Vater Berwitz bitten: daß ich das Unternehmen Théâtre Variété Humberto nennen dürfte. Das ist ein zu berühmter Name, als daß wir ihn einfach aus der Welt verschwinden lassen dürften.«

Alle blickten sich nach Berwitz um. Er hob die Hand und berührte damit leise den neben ihm stehenden Malina. Dieser richtete den Blick auf Berwitz und sagte:

»Es ist nur eine Frage, ob Vaschku genug Geld haben wird.«

Da rührte sich zum erstenmal Vater Karas. Er mußte erst seiner Erregung Herr werden, bevor er sprechen konnte. Zwei-, dreimal räusperte er sich und sagte schließlich:

»Vaschku hat Geld für das erste Jahr. Er bekommt von mir seine Ersparnisse aus den letzten zwanzig Jahren. Das ist in Ordnung.«

Alle wandten sich nochmals zu Berwitz hin. Die patriarchalische Ordnung des Zirkus erlaubte nicht, daß eine Entscheidung ohne die Zustimmung des Oberhauptes getroffen werde. Berwitz klopfte mit der linken Hand leise auf den Tisch; Malina blickte ihm aufmerksam in die Augen, dann sagte er:

»Vaschku mag hinfahren. Wenn es ihm gefällt, wandeln wir den Zirkus in ein Varieté um. Aber der Name Humberto muß leben.«

Die Entscheidung war bedingt, aber nach zehn Tagen wußten sie, daß sie endgültig war. Wenzel richtete das Programm so ein, daß es drei Tage ohne seine Beteiligung laufen konnte, und fuhr mit Kerholec nach Prag. Am dritten Tag kehrte er zurück und brachte den unterzeichneten Vertrag mit, aufgrund dessen er von Herrn Achilles Breburda in Karolinenthal das Gebäude des Varietés mit der gesamten Einrichtung ab 1. Oktober 1890 für fünfzehn Jahre mietete, für eine Zeit also, in der Peterchen sein Studium voraussichtlich beendet haben würde.

Peter Berwitz zog die linke Hand unter der Decke hervor, als ihm Wenzel den Vertrag vorlas, und drückte ihm mit furchtbarer Kraft die Hand. Dann kam es mit äußerster Anstrengung von seinen Lippen:

»Der Zirkus Humberto... von der Rundarbeit... ins steinerne Haus! ...Mit Gottes Segen!«

Vierter Teil

1

Das Varietétheater war damals noch etwas ganz Neues, und nicht nur für Wenzel. Als die Liquidation des Zirkus endgültig entschieden war, bemühte er sich sofort, mit dem Direktor des Hamburger Varietés in Verbindung zu treten, damit er seinen künftigen Beruf in der Praxis kennenlerne. Aber er sah bald, daß sich alles noch im Anfangsstadium befand, und er wartete auf einen ordnenden und formenden Geist, der aus dem Gewirr des Materials ein harmonisches Ganzes bilden würde. Die ersten Programme stellten eigentlich die Agenten zusammen, die planlos die verschiedensten Artistennummern aneinanderreihten; wie sie einzuteilen und zu ordnen seien, dafür war noch kein Sinn vorhanden, und Wenzel fühlte, daß ihr altes, allmählich sich festigendes Zirkusprogramm unendlich viel künstlerischer durchdacht war. Das einzige, was er hier profitierte, war ein bißchen Bühnen- und Kulissentechnik, sofern sie sich von der Manegenarbeit unterschied.

Wenzel wollte jedoch mehr können und fuhr deshalb für eine Woche nach Paris. Dort durchlief er alles, was er nur konnte, Varietétheater, Zirkusse, Tanzcafés und Kabaretts, sprach mit Direktoren, Sekretären, Regisseuren, Inspizienten und dem technischen Personal, lernte Agenten kennen und unterhielt sich mit vielen Artisten und Künstlern. Er sah eine Unmenge geistreicher Dinge, gewann Einblick in allerhand praktische Erfahrungen, kam sogar selbst auf neue Ideen und kehrte nach einer Woche mit von den mannigfaltigsten Eindrücken schwirrendem Kopf zurück. Er fühlte, daß Paris wirklich ein Riesenherd neuer Gedanken und Versuche sei, ohne sich jedoch davon blenden zu lassen. Alle diese ausgezeichneten Menschen, die er kennengelernt hatte, entzückten ihn durch ihren Lebenselan, ihre Liebenswürdigkeit, ihren geistreichen Witz und ihr feines Benehmen, aber unter diesem bezaubernden Äußeren fand er bei ihnen zwei bedenkliche Dinge: eine grenzenlose Sucht nach persönlichem Ruhm und einen unglaublichen Geiz, der ängstlich jeden Centime zusammenkratzte. Alle waren von Ruhmsucht besessen, berauschten sich an dem eigenen Namen und wachten eifersüchtig wie eitle Frauenzimmer über ihre Rivalen, jederzeit bereit, schadenfroh über sie zu klatschen. Und obgleich sie so begeistert über ihre erworbenen Lorbeeren und ihren Flug zu den Sternen sprachen, sahen sie ganz prosaisch jedem auf die Finger, wieviel ihm das oder jenes eingebracht habe, mißgönnten den Erfolgreicheren ihre armseligen paar Franken, geizten mit den eigenen und suchten aus jeder Gelegenheit irgendeinen Vorteil herauszuschlagen.

Wenzel war darüber recht betrübt. Es waren begabte Menschen mit außerordentlichen Fähigkeiten, aber sie begriffen nicht, was Wenzel, der unter tschechischen Hilfsarbeitern aufgewachsen war, mit jedem Pulsschlag fühlte: daß alle diese glänzenden Leistungen der einzelnen zum Großteil nutzlos und vergeblich wären, wenn sie sich nicht auf das harmonische Zusammenspiel und die Solidarität des Ganzen stützten. Wenzel war ein Kind der Gemeinschaft, der von seinen Knabenjahren an gesehen hatte, wie alle die Männer um ihn herum einander ergänzten, welchen Nutzen ihnen allen ihre Solidarität brachte, wie sie einander, ohne viel Worte zu machen, verstanden und fest zusammenhielten. Das gleiche Gemeinschaftsgefühl steckte auch in ihm, und alle jungen Leute, die er später aus Oberschneedorf zum Zirkus gebracht hatte, waren dem Beispiel der Alten gefolgt. Jeder von ihnen beherrschte seine Sache bis ins Letzte, aber sie fühlten sich vor allem als Gemeinschaft stark.

Aus ihrem Zusammengehörigkeitsgefühl erwuchs eine Treue, die alle Hindernisse überwand, und eine Stärke, die selbst Peter Berwitz anerkannte.

Als Wenzel den kühnen Entschluß gefaßt hatte, das Varieté zu übernehmen, kam eines Abends Kerholec, der ausgezeichnete Platzmeister, der jahrelang die Seele und der Kopf des Zirkus Humberto gewesen war, zu ihm.

»Wenzel, Prinzipal«, sagte er, »was du da unternehmen willst, ist keine Kleinigkeit. Ich habe mit deinem Vater darüber gesprochen, und wir haben uns geeinigt, daß wir dich nicht einfach ziehen lassen können. Was du kannst, nützt dir beim Varieté nicht viel. Hier springst du die Battude über zwei Elefanten und dort kannst du über die erste Gaunerei stolpern. In solchen Dingen sind alte Augen wertvoller als ein junger Körper. Deshalb haben wir beschlossen, daß wir mit dir nach Prag fahren. Dein Vater wird dafür sorgen, was sich vor dem Vorhang befindet, und ich für alles, was dahinter ist. Du mache den Direktor, wie du willst und kannst, aber das Steinhaus werden wir beide bewachen. Das wird noch aus einem anderen Grund gut sein. Helene ist eine brave Frau, aber den Abschied vom Zirkus wird sie sehr schwer tragen. Kein Umzug, keine Unordnung, immer in Ruhe und Bequemlichkeit auf demselben Fleck sitzen, das wird ihr auf die Nerven gehen. Es kann ihr nicht schaden, wenn Alice bei ihr ist. Jetzt wird es eigentlich umgekehrt sein: wir gehen in unsere Heimat, und Helene wird in der Fremde leben. Aber sie ist nicht so hart wie wir. Vor allem müssen wir die Gewißheit haben, daß du dich nicht dagegen auflehnst, mein Junge. Denn es ist nun mal beschlossene Sache, und wir beide werden uns fester an das steinerne Haus kleben als eine Hypothek.«

Wie hätte sich Wenzel wehren sollen, da sie ihm mit einem Schlag so viele Sorgen abnahmen? Aber hier zeigte sich ja gerade ihre Treue, seine Kameraden verließen ihn in der schweren Stunde nicht und gingen mit ihm. Und nicht nur diese beiden. Auch die jungen Zeltarbeiter aus dem Achter kamen zu ihm und boten ihm ihre Hilfe an, falls er sie brauchen könnte. So hatte Wenzel Kulissenschieber und anderes Personal für Prag, noch bevor er Hamburg verließ.

Aber der erste, den er nach Prag schickte, war Frans Steenhouwer. Herr Achilles Breburda beendete die Saison am letzten April, und am 1. Mai schlug Frans in dessen Kanzlei seinen Wohnsitz auf, um von hier bereits die Korrespondenz der künftigen Verwaltung zu führen. Die Agenturen sandten ununterbrochen Angebote und Terminlisten der Artisten, die Wenzel noch in Hamburg studieren und wählen mußte. Er blieb in Hamburg, weil er seine ständige Wohnung bis Ende September gemietet hatte und nicht unnötig doppelten Zins zahlen wollte. Aber er reiste von Zeit zu Zeit fort, um die Programme in fremden Unternehmen kennenzulernen und ihre bedeutendsten Nummern mit eigenen Augen zu sehen. Wenn es gerade paßte, fuhr er über Prag zurück, wo er mit Steenhouwer einige Vorbereitungen für die erste Spielsaison traf.

»Habe die Ehre, Herr Direktor«, begrüßte ihn der Holländer beim erstenmal in tschechischer Sprache, um zu zeigen, wie er Tschechisch lerne. Auch diesen stillen Menschen mit dem kahlen Kopf mußte Wenzel jetzt nur noch mehr achten, als er sah, daß sich dieser ein eisernes Bett und einen billigen Waschtisch in der kleinen Kammer neben dem Büro aufgestellt hatte, um Wenzel nicht zu große Auslagen zu verursachen. Als Steenhouwer in Prag angekommen war, hatte er keinen Menschen gekannt. Aber zuversichtlich hatte er darauf vertraut, daß er die ganze Stadt erobern werde.

Die größte Hilfe leisteten ihm dabei bereitwillig Herr Achilles Breburda und dessen Brüder.

Sie waren brave und biedere Leute, die sich ein gutes

und blühendes Geschäft wünschten und keine Hintergedanken dabei hatten. Deshalb empfing Achilles Breburda Herrn Steenhouwer mit aufrichtiger Offenheit und schüttete alles, was er aus seiner Erfahrung wußte, aus, um ihm bei der Arbeit behilflich zu sein. Auf seine Ratschläge hin suchte Steenhouwer die Bekanntschaft der Polizei und der Stadtverwaltung, studierte die Einwohnerschaft, merkte sich die voraussichtlichen künftigen Besucher vor, insbesondere aus der vornehmen aristokratischen und Offiziersgesellschaft, suchte die Lieferanten und Inserenten sowie die Redaktionen auf, verbreitete Berichte über den berühmten Zirkus Humberto, dessen Direktion vom kommenden Herbst ab an das Théâtre Variété leiten werde.

Bereits gegen Ende des Sommers konnte er Wenzel berichten, daß der Boden für ihn gut vorbereitet zu sein scheine und daß in der Stadt für das neue Unternehmen großes Interesse herrsche.

Mit Helene kam Wenzel überein, daß sie erst knapp vor Mitte September Hamburg verlassen würde, also zu dem Zeitpunkt, da Peterchen in das Prager Gymnasium in der Tischlergasse eintreten sollte. Es befand sich in einem neuen, erst vor kurzem errichteten Gebäude, und der Direktor Eduard Kastner half bereitwillig, alle Schwierigkeiten aus dem Weg räumen, die mit der Aufnahme des neuen Studentleins aus dem fernen Hamburg verbunden waren.

Der Sommer war damals kühl und regnerisch, und die Karas dachten unwillkürlich daran, wie schlecht es ihnen mit dem Zirkus wieder ergangen wäre. Am schlimmsten war es Anfang September. Aus Böhmen kamen Nachrichten von riesigen Wassermengen und Überschwemmungen, und als sie am 12. September die Landesgrenze überschritten, sahen sie noch die silberglänzenden Lagunen der weit aus ihren Ufern getretenen Elbe. In Prag sah es erst recht trübselig aus; die Karlsbrücke war an zwei Stellen eingestürzt, drei ihrer Brückenbögen lagen in Trümmern und ein Haufen Balken und Bretter ragte noch aus dem schäumenden Wasser empor.

Frans erzählte ihnen von der grauenhaften Katastrophe, die seit dem Morgen des 3. September die wachsenden Wassermengen verursacht hatten.

Der alte Karas hörte seinem Bericht mit tiefer Ergriffenheit zu. Ja, er meinte, ob es nicht ein böses Zeichen sei, daß er, der die Katastrophe seines Unternehmens durchgemacht habe, in seiner neuen Wirkungsstätte gerade wieder zu einer Katastrophe komme.

»Nein, Vater«, entgegnete Wenzel, »wir kommen zu keiner Katastrophe, im Gegenteil, zu einem glücklich vollbrachten Rettungswerk. Katastrophen können wir Menschen offenbar nicht abwenden, aber es gibt keine, die entschlossener menschlicher Wille nicht zu überwinden vermöchte. Die Wunden der Karlsbrücke werden geheilt und der Ruhm ihrer Schönheit erneuert werden. Das ist kein böses Zeichen für unsere Ankunft in Prag, sondern ein Siegeszeichen.«

Frans fragte nach Berwitzens Befinden.

»Mit dem steht's schlecht«, sagte Wenzel. »Er spricht zwar wieder ein bißchen besser, aber seine rechte Körperhälfte ist immer noch gelähmt. Solange der Verkauf der Tiere noch unmerklich war, habe ich ihn durch die Ställe und das Zelt fahren lassen. Aber dann wurden die Lücken im Bestand der Tiere und besonders der Pferde immer sichtbarer, und er sah sie jedesmal so verständnislos und traurig an, so sehr quälte ihn das allmähliche Schwinden der Tiere, daß ich mit der Schwiegermutter übereinkam, sie solle vor dem letzten großen Verkauf mit ihm abreisen. Wer weiß, wie er es getragen hätte, denn Schmerz war für ihn ebenso gefährlich wie Aufregung. Frau Agnes verstand es in ihrer reizenden Art, es zu Weihnachten mit ihm zu besprechen, und zu Neujahr sind beide nach Belgien abgereist.«

»Malina mit ihnen?«

»Ich habe es ihm angeboten. Aber der Alte konnte nicht mehr fassen, worum es sich handelte. Als ihm endlich ein Licht aufging, fing er an zu weinen und sagte, daß ich ihn aus dem Zirkus Humberto hinauswerfe. Ich beschwichtigte ihn mit tröstenden Worten und erklärte ihm, daß er sich irre, aber am Nachmittag fand ich ihn beim Ziegenbock Blaubart; er hatte die Arme um des Tieres Hals gelegt und klagte ihm sein Leid, daß er den Zirkus verlassen solle. Ich wollte es lange nicht glauben, aber Manila ließ wirklich den kranken Berwitz reisen und blieb bei uns. Bei uns? Nein, er blieb beim Ziegenbock Blaubart. Uns beachtete er gar nicht, aber bei Blaubart saß er den ganzen Tag, brachte ihm sein Essen, aß selbst wohl nicht einmal, färbte ihm den Bart, umarmte ihn und erzählte ihm, daß sie beide die ältesten Geschöpfe im Zirkus Humberto seien. Er hatte völlig vergessen, daß es schon der dritte Blaubart war, den wir besaßen. Ich ersuchte die Hagenbecks, daß sie uns den Ziegenbock bis zum letzten Tag ließen. Dann haben wir alles verkauft. Kranz nahm sich sogar die Kostüme, die Geschirre und Handwerkzeuge mit, die Zirkuswagen fuhren fort, das Personal verabschiedete sich, das Gebäude mußte abgesperrt werden. Da sagte ich Malina, daß er auch den Ziegenbock den Hagenbecks abliefern müsse. Er schüttelte den Kopf und erklärte, daß er sich kaum auf den Beinen halten könne. Wirklich war er so schwach, daß wir ihn in Vaters Zimmer legen mußten. Ich überlegte, was geschehen sollte, wenn man das Gebäude niederreißen käme. Aber es war nicht nötig. Am Morgen meldete Alice Kerholec, daß Malina in der Nacht gestorben sei. In aller Stille war er verschieden. Mir kamen, muß ich gestehen, die Tränen in die Augen.«

»Wendelin Malina ist also...«

»Ja. Ganz leise hat sich die Tür hinter dem Zirkus Humberto geschlossen.«

2

Gelbrote Plakate leuchteten wie Flammen an den Straßenecken, in den Schaufenstern hingen kleine Aushängeschilder, die Zeitungen schrieben täglich von der Eröffnung der neuen Saison, der Kartenvorverkauf war übergroß, alles versprach einen günstigen Anfang. Nur im Theater Humberto selbst herrschte am Vortag der Eröffnung Totenstille. Am Morgen kam das Orchester zusammen, um schnell noch einmal alle vorbereiteten Einlagen zu spielen, aber dann wurde es im ganzen Haus mit Ausnahme der Kanzleiräume öde und leer. Vater Karas und Kerholec hatten ihre Vorbereitungen getroffen, auch Steenhouwer war fertig, und plötzlich, nach der Kräfteanspannung der letzten Tage, lastete eine drückende Stille auf ihnen. Wenzel Karas empfand geradezu ein Grauen über diese unheimliche Ruhe. Ständig mußte er sich vor Augen halten, daß das im Varieté ganz natürlich und selbstverständlich ist, da die Artisten ja erst am Tage der Premiere ankommen. Morgen erst wird das Riesendurcheinander losgehen. Jeder Zug wird Künstler bringen, die mit einem Orchester proben werden, das ihre Noten nie gesehen hat, Künstler, die ihre Nummer einer Bühne anpassen müssen, die sie nie betreten haben, und die sich in einer Stadt einquartieren, wo sie niemand kennt. Der Kapellmeister wird zwanzig Nummern vor sich haben, und jede hat ihre besonderen Wünsche, die nicht in den Noten stehen. Die Kulissenschieber werden sich mit einemmal einer Menge Geräte und Gegenstände gegenübersehen, die sie nie in der Hand gehabt haben und die alle auf einen Millimeter und auf die Sekunde genau auf ihrem Platz sein müssen. Das Beleuchtungspersonal wird unzählige verworrene Befehle erhalten, wann es die Scheinwerfer abschwächen und wann verstärken soll, die Kellner werden die Tische decken, mit Tellern und Bestecken, Porzellan und Silber klappern, die Billetteure und die Garderobefrauen werden geschäftig hin- und herlaufen kurz, es wird eine wahre Hölle der Verwirrung und Mißverständnisse sein, und mitten in diesem Durcheinander wird er, Direktor Karas, ständig bereit sein müssen, überall schnell einzugreifen. Vor allem wird er die Proben verfolgen und sich danach ein Bild von der wirklichen Vorstellung machen müssen, um im Laufe des Nachmittags die endgültige Programmfolge zusammenzustellen. Denn das Programm ist nur vorläufig und auf grund rein theoretischer Voraussetzungen in Druck gesetzt und festgelegt worden, und erst die Proben werden zeigen, wie es in seiner endgültigen Gestalt aussehen wird. Der Druck wird also entsprechend geändert werden müssen, und die Druckerei wird alle Hände voll zu tun haben, damit sie um sieben Uhr abends die fertigen Programmhefte für den ersten Abend abliefern kann.

Zum erstenmal im Leben hat Wenzel Lampenfieber; alles liegt doch ausschließlich in seiner Hand. Er hat alles so gewissenhaft wie möglich vorbereitet, aber der morgige Tag hängt von dem tadellosen Zusammenspiel von etwa 150 Menschen ab, die einander nie begegnet sind. Von den zwanzig Nummern, die er für die ersten zwei Wochen engagiert hat, kennt er selbst nur drei. Siebzehn kommen lediglich auf Empfehlung von Agenturen, auf Grund von Prospekten, Kritiken und Photographien. Im Büro liegen ihre Depeschen. Acht von ihnen treffen am Vormittag ein und wollen sofort proben, zehn erscheinen zwischen zwei und fünf Uhr, zwei erst um Viertel nach sechs, so daß sie erst gegen halb sieben zur Probe kommen. Nach halb acht pflegt bereits das Publikum zu erscheinen, das noch vor dem Programm soupieren will. Werden sie das alles schnell genug und ohne Zwischenfall zustande bringen?

Wird er mit seinem Programm Erfolg haben? Er hat es lange und vorsichtig ausgewählt. Seine Pariser Erfahrung hat ihn gelehrt, daß er an einem Abend nie zwei gleichartige Nummern spielen darf. Er weiß, daß die beiden ersten der Aufregung im Zuschauerraum geopfert werden müssen und deshalb schwächer sein dürfen. Aber die dritte Nummer soll bereits gut und womöglich lustig sein, damit das Publikum rasch auftaut. Alles muß schnell wechseln, das Programm muß fliegen und der Vorhang überraschend und unerwartet aufgehen. Auf die Jungen aus Oberschneedorf, über die Kerholec die Oberaufsicht führt, kann er sich verlassen. Aber wird er für unvorhergesehene Fälle alles vorbereitet haben?

Er selbst hat nur einen besonderen Wunsch. Er will jedesmal Tiere im Programm haben, denn er glaubt, daß die Dressur dem Publikum immer gefällt, und deshalb fürchtet er sich auch nicht vor zwei, drei Nummern dieser Art an einem Abend. Für den Anfang hat er das Hunde- und Katzentheater von Miß Harriet und die Eisbärendressur der Mlle. Blanche gewählt.

»Wenn ich nur erst den morgigen Abend hinter mir hätte«, seufzte Karas, als er am Nachmittag des letzten September zu Steenhouwer ins Büro kam, »mein Lebtag habe ich nicht so viele unbekannte Dinge auf dem Hals gehabt.«

»Eins ist aber nicht mehr ungewiß«, antwortete ihm Onkel Frans, »das Theater ist ausverkauft. Das ist die Hauptsache.«

»Das freut mich. Da legen sich die Artisten gleich ganz anders ins Zeug.«

»Lücken wird es im Zuschauerraum nicht geben. Es sind noch ein paar Sitze auf der Galerie übrig, aber die werden im Laufe des Tages noch verkauft. Am interessantesten ist, daß zu Mittag telegraphisch eine Loge aus Hamburg bestellt wurde.«

»Aus Hamburg? Wirklich? Ich bitte dich, von wem?«

»Von einem gewissen Graf Orsini.«

»Orsini? Das ist doch ein bekannter Name, nicht?«

»Ich glaube auch, aber ich weiß nicht, wer es ist. Es muß jedenfalls dein Verehrer sein, denn er wünscht ausdrücklich viel Erfolg.«

»Wie? Wo ist das Telegramm?«

Karas ergriff das Blankett, das ihm Steenhouwer reichte. Immer wieder las er die Worte:

»wünsche besten erfolg bestelle parterreloge...«

»Das ist fabelhaft!« rief Karas und blickte endlich zu Steenhouwer auf, »Graf Orsini fährt bis nach Prag zu mir! Das ist wirklich großartig!«

»Daran siehst du am besten, daß der Zirkus Humberto nicht tot ist. Seine Verehrer fahren ihm durch halb Europa nach.«

»Welche Loge hast du ihm gegeben?«

»Die Proszeniumsloge – die hat der Adel am liebsten. Man sieht nicht so gut hinein.«

»Ausgezeichnet. Morgen erinnere mich, bitte, daran, daß ich mich in der Pause bei ihm bedanke. Schreib es dir auf, Frans. Orsini! Was für ein schöner, vornehmer Name! Das ist endlich einmal ein glückliches Zeichen! Ich muß gleich Helenchen diese Neuigkeit berichten.«

Karas ist wirklich sehr froh darüber. Das Publikum fährt ihm nach! Und was für ein Publikum – Graf Orsini! Der morgige Tag bedeutet für ihn nicht mehr völliges Dunkel, schon hat er etwas, was ihm alles andere in einem günstigeren, rosigeren Licht erscheinen läßt.

Auch Helene kennt den Grafen Orsini nicht und weiß sich nicht zu erinnern, daß ihr Vater je von ihm gesprochen hätte. Aber das Telegramm ist ein Beweis für seine Existenz, und beiden ist gleich leichter ums Herz.

Der bedeutungsvolle Tag ist mit einiger Verwirrung angebrochen. Alles ist bis in die letzten Einzelheiten vorbereitet, aber plötzlich gibt es eine Menge Dinge, mit denen man nicht gerechnet hat, und vieles, was in letzter

Minute geändert werden muß. Fiaker, Dienstleute, Fuhrwerkbesitzer und Spediteure liefern vom frühen Morgen an Unmengen von Koffern, Kisten und Käfigen ab, unbekannte Menschen ziehen ihre Mäntel aus und kommandieren von der Bühne aus die Musik und den Regisseur, untersuchen die Tragbänder, kriechen auf den Seilboden, messen die Bühne mit den Schritten ab, streiten um die Garderobe, ziehen ihr Gepäck hervor, verlangen Wasser, erklären dem Kapellmeister die Partituren, suchen im Büro nach Wohnungsadressen und wollen wissen, wo die nächsten Geschäfte sind, kehren in den Zuschauerraum zurück, lernen einander kennen, und schon plaudern sie zusammen, woher ein jeder sei, wie da und dort das Engagement, das Publikum, die Verpflegung und die Wohnungsverhältnisse gewesen seien. Trotz der Verwirrung sind diese Menschen ruhig, wenn sie nur bald an die Reihe kommen und Verständnis für ihre Sache finden. Die Proben gehen rasch vonstatten, aber Karas nützen sie nicht viel, denn nur wenige zeigen, was sie eigentlich tun, meist hören sie nur der Musik zu, ob sie auch genau so spielt, wie sie es gewöhnt sind. Karas wartet gar nicht erst das Ende ab und benachrichtigt die Druckerei, daß sie das Programm für heute so fertigstellen soll, wie er es entworfen hat.

Und schon ist der Abend da, Karas muß, der Direktorentradition folgend, in den Vorräumen die hereinströmenden Zuschauer beobachten, er lauert wie ein Luchs, ob er nicht ein bekanntes Hamburger Gesicht unter ihnen findet, das er fragen könnte: »Herr Graf Orsini?« Aber er erkennt niemanden, er weiß nur, daß überall gute Stimmung herrscht, daß die Menschen von Sympathie und freudiger Erwartung erfüllt sind. Innen spielt bereits die Musik, die Gasflämmchen im Zuschauerraum löschen allmählich aus, die Rampe strahlt in heller Beleuchtung. Er muß noch hinter den Kulissen nachsehen. Alles in Ordnung, meldet Kerholec ruhig, alles in Ordnung nikken die Schneedorfer Jungen fröhlich, alles in Ordnung ertönt es zufrieden aus den Garderoben, bei denen er flüchtig anklopft. Schon hebt Kerholec die Hand, zwei Schleiertänzerinnen bekreuzigen sich noch rasch, der Vorhang geht hoch, laut ertönt die Intrade, zwei geschminkte Gesichter erstarren in einem Lächeln, zwei schlanke Körper strecken sich, fünf, sechs, acht Takte – jetzt!

Karas sieht schnell nach der Proszeniumsloge. Sie ist leer; ja natürlich, es ist noch zu früh! Und schon läuft er durch den äußeren Rundgang hinauf auf den Balkon, von wo er seine erste Vorstellung als Zuschauer verfolgen will. Gleich bei der ersten Nummer hat er Einwände. Die Mädel haben einen roten Schleier angemeldet und jetzt tanzen sie in einem violetten. Der Vorhang paßt nicht dazu – morgen muß ein anderer gewählt werden!

Nach den Tänzerinnen kommt ein Xylophonist – mein Gott, wie die Musik auf die Prager wirkt! Es ist die zweite Nummer, und fünfmal geht der Vorhang hoch. Jetzt ist der komische Äquilibrist auf der Szene... ja, es zieht, der Zuschauerraum gerät in Stimmung. Nur nicht das Tempo verlieren! Nein, die Jungen tun, was sie können, kaum ist der Applaus verstummt, schon geht der Vorhang wieder hoch. Die drei Romanoffs, die modernen Gladiatoren. Albert van Dyk, der Dirigentennachahmer. Rolf, der lustige Zauberer, Three Stars, die drei Schönheiten auf dem Trapez. Eine ikarische Nummer, aber die wäre besser vor dem Zauberer, das muß geändert werden. Miß Harriet mit ihren Hunden und Katzen. Riesenapplaus. Pause.

Karas eilt in die Loge Nummer 5. Dort ist Helene mit Alice und dem Jungen. Strahlendes Lächeln, ein dreifacher, starker, kameradschaftlicher Händedruck empfängt ihn. Beide Frauen verstehen doch etwas davon und sind zufrieden. Sie bestätigen ihm, daß das Publikum begeistert ist. Wenn es nicht in der zweiten Hälfte verdorben wird – und beide klopfen schnell auf die Barriere –, so wird es gleich beim erstenmal ein großer und durchgreifender Erfolg.

Aber jetzt schnell in den Kulissenraum zu Kerholec. Der weiß schon etwas von der anderen Seite, nämlich was die sagen, an denen am meisten liegt. Die, welche schon die halbe Welt bereist haben. Kerholec zwinkert ihm schon von weitem zufrieden zu.

»Fein hast du's, Vaschku! Alle sind in blendender Stimmung. Sie sagen, daß sie schon lange keine solche Premiere erlebt haben. Sie fragen nach dir, wer du bist, daß du so etwas hervorgezaubert hast. Prag soll schwerfällig gewesen sein und ungern applaudiert haben.«

Auf der Bühne wird ein Gitter für die Eisbären aufgestellt. Frans Steenhouwer macht einen respektvollen Bogen um sie herum und nickt Karas zu.

»Das Publikum ist vollkommen zufrieden, Vaschku. Die Billeteure und Kellner haben es schon gemeldet. Auch die Logen sind in Stimmung. Verlängert die Pause wenigstens um zehn Minuten. Es sind mehr Nachtmähler bestellt, als man in der Küche erwartet hat. Damit sie noch bei Licht serviert werden können. Fast hätte ich vergessen, daß ich dich an den Grafen Orsini erinnern soll.«

»Ja, richtig, Frans, richte das mit der Pause ein. Acht Minuten zugeben. Aber nicht mehr. Ich fürchte, daß wir uns zu sehr verspäten.«

Karas blieb vor der Proszeniumsloge stehen und nickte der Platzanweiserin zu, ob die Loge besetzt sei. Sie bejahte. Ein älterer Herr in Redingote sei drin. Karas klopfte. Von innen ertönte es tschechisch:

»Herein!«

Tschechisch! Wieso – Graf Orsini...?

Karas drückte die Türklinke herunter.

Er öffnete und riß vor Überraschung die Augen auf.

Vor ihm stand in unerhört vornehmer Haltung Sergeant Ferenc Vosátka.

»Ferenc – du bist's?«

»Ja, Sergeant Ferenc Vosátka wie ihn Gott erschaffen und die tschechischen Schneider in Hamburg gekleidet haben. Ferenc Vosátka, alias Graf Orsini. Wie Hans Buresch immer gesagt hat: Was das Herz vereint, das bringt nicht einmal die Moldau mit der Elbe auseinander. Ich hoffe, ich bin mir ähnlich genug, daß dich die Frage meiner Identität nicht in Zweifel setzt. Wenn Eure Direktorenherrlichkeit dennoch etwa meinen sollten, daß ich nur eine Sinnestäuschung bin, so möge sie mit mir sofort zu Tisch gehen, wo sie eine anständige Flasche Veuve Cliquot von meiner leibhaftigen Existenz überzeugen wird.«

»Aber was war das für eine Komödie mit dem Titel?«

»Sehr einfach, später Glanz der Humbertos: ich habe mir gedacht, daß du am Vortag der Premiere in erheblich trüber Stimmung sein wirst. Und damit ich dich etwas aufmuntere, habe ich dir das Glückwunschtelegramm geschickt...«

»Wirklich, Ferenc, es hat mir sehr geholfen. Ich war schon ganz verzweifelt. Aber vor allem bist du brav, daß du gekommen bist. Ist das eine Überraschung! Willst du nicht zu uns kommen! Im ersten Rang sind Helenchen, Alice Kerholec...«

»Avanti, Signore! Graf Orsini bittet, an den erlauchten Hof der Humbertos geführt zu werden.«

Der Rest des Abends war so schön und fröhlich, daß es Vosátka nicht schwerfiel, die anderen davon zu überzeugen, ein so glücklicher Anfang dürfe nicht ohne Feier bleiben. Als die Vorstellung beendet war, ließen sie Steenhouwer, Kerholec und Vater Karas holen. Die ersten beiden kamen bald, den dritten mußte man eine Weile suchen. Man fand ihn im Orchester. Bei der letzten Nummer hatte er sich einen Stuhl geholt, um den Abschiedsmarsch mitblasen zu können, den berühmten Zirkus-Humberto-Marsch, Leopold Selnickis Opus Nummer 1.

»Unser Marsch!« riefen alle in der Direktionsloge freudig, als unten die Intrade ertönte.

»Ja, unser Marsch«, nickte Wenzel, »der Zirkus-Humberto-Marsch wird gespielt werden, solange es hier ein Théâtre Variété Humberto gibt. Möge alles fortleben, was noch leben kann!«

3

Herr Trkal, der Portier des Varietés, hörte, daß vor dem Eingang eine Droschke hielt. Er guckte zum Fenster hinaus und sah, wie ein älterer Herr von so erhabener Schönheit und Vornehmheit aus dem Wagen stieg, als wäre es der Geheimrat Goethe selbst. Herr Trkal aus Karolinenthal hatte zwar keine Ahnung davon, daß es überhaupt einen Geheimrat Goethe gegeben habe, aber er begriff sogleich, daß es ein vornehmer Besuch sein müsse. Deshalb kam er aus der Portierloge heraus, öffnete die Tür und machte eine tiefe Verbeugung.

»Guten Tag«, sagte der Unbekannte, »wo ist denn hier die Direktion?«

»Wen darf ich bitte melden?« fragte der Portier mehr neugierig als diensteifrig.

»Bimbam«, antwortete der vornehme Fremde.

»Wie bitte?«

»Bimbam!« wiederholte der Unbekannte.

»Einen Augenblick…«, sagte Herr Trkal, verschwand verstört in seiner Portiersloge und ging zum Haustelephon. Im Varieté war ein Haustelephon eingeführt worden, denn seit der Ingenieur Křižík in Karolinenthal wohnte, gehörte es zum Lokalpatriotismus der reichen Häuser, den jungen Erfinder zu unterstützen.

»Hallo«, telephonierte Trkal Herrn Steenhouwer, »ein

vornehmer Herr ist da, der den Direktor zu sprechen wünscht.«

»Wie heißt er?«

»Das ist es ja eben, Herr Sekretär, ich schäme mich, es zu wiederholen. Vielleicht habe ich ihn nicht richtig verstanden, aber ich habe ihn zweimal gefragt, und er hat mir jedesmal etwas höchst Merkwürdiges gesagt. Bimbam...«

»Ach, Bimbam, Bimbam?«

»Nein, nur Bimbam!«

»Aber er heißt doch Bimbam Bimbam.«

»Einen Augenblick!«

Herr Trkal steckte den Kopf zum Logenfenster hinaus.

»Herr Bimbam Bimbam?« fragte er den Fremden.

»Ja, Bimbam Bimbam.«

»Also doch«, schrie der Portier ganz verwirrt ins Telephon »Bimbam Bimbam.«

»Sagen Sie ihm, er möchte hinaufkommen«, antwortete Steenhouwer.

»Bitte, Herr Bimbam Bimbam«, und Trkal kam wieder aus seiner Portierloge hervor, aber diesmal verneigte er sich nicht mehr so tief, »haben Sie, bitte, die Güte, die Treppe in den ersten Stock hinaufzugehen, Herr Bimbam Bimbam, die erste Tür links, Herr Bimbam Bimbam...«

»Danke«, sagte Herr Bimbam Bimbam freundlich und ging in ruhigem, leichtem Schritt zur Treppe.

»Ich bin Bimbam Bimbam«, stellte er sich oben Herrn Steenhouwer vor, »das erste ist der Zuname, das zweite der Taufname. Ins Verzeichnis schreiben Sie also umgekehrt, Bimbam Bimbam und nicht Bimbam Bimbam.«

»Selbstverständlich, Herr Bimbam«, lachte Steenhouwer, indem er mit unverhohlener Überraschung die hohe Stirn, die schönen großen Augen, die Adlernase und den schön geschnittenen Mund Herrn Bimbams betrachtete. Herr Bimbam sah wie ein römischer Senator aus, und gerade das schien Steenhouwer merkwürdig. Denn Bimbam war der berühmteste Komiker der neunziger Jahre; man sagte, daß das Publikum zwanzig Minuten grölte, wenn er auf der Szene erschien. Und jetzt sah er aus, daß er glatt einen Cäsar hätte spielen können, hätte er eine Toga angehabt.

»Ihre Ankunft ist für uns natürlich eine große Überraschung«, fuhr Herr Steenhouwer fort. »Sie sind vielleicht der erste Artist, der vor dem Termin ankommt.«

»Ja. Aber nur deshalb, weil ich zum erstenmal in Prag bin. Ich bin doch nie hier gewesen. Für mich ist es ein entsetzlicher Gedanke, vor einem Publikum zu arbeiten, das ich nicht kenne. Jede Stadt hat ein anderes Publikum. Wenn ich eine Dreiviertelstunde auf der Bühne wäre, würde es mir weiter nichts ausmachen. Aber ich habe es auf zwanzig Minuten berechnet und da kann ich nicht jeden Tag fünf Minuten verlieren, bis ich die Zuschauer in Stimmung bringe. Ich muß sie sofort mitreißen. Deshalb fahre ich in jede Stadt, die ich nicht kenne, eine Woche oder zehn Tage früher, damit ich das Publikum studieren kann. Das bedeutet einen Verlust von vierzehn Tagen, aber das gehört schließlich zur Regie. Wenn ich zum zweitenmal herkomme, muß das Publikum zehn Tage vor dem Termin zum Theater laufen und nicht ich.«

»Ich zweifle nicht daran, und deshalb tut es uns leid, daß Sie beim erstenmal nur für vierzehn Tage abgeschlossen haben und nicht für einen ganzen Monat. Da könnte es erst richtig ausgenützt werden.«

»Aber wie, wenn ich nicht gefalle? Nein, geehrter Herr, man darf nicht unbescheiden sein. Das Publikum ist ein fürchterliches Geschöpf, und unsereins ist sich seiner im voraus nie sicher. Gewiß, es könnte mir ja gleichgültig sein, Vertrag ist Vertrag, und den Schaden würde die Direktion davontragen. Aber so sehe ich die Sache nicht. Ich verlange eine hohe Gage, aber ich will sie dem Unternehmen auch wieder einbringen. Das gehört zu einer anständigen Weltordnung. Wie sieht es denn in Prag mit der Unterkunft aus? Wissen Sie, ich brauche eine Wohnung, wo ich mit den Füßen stampfen und schreien kann. Ich bin sonst ein sehr ordentlicher Mieter, aber ich habe eine Schwäche. In jeder Stadt gehe ich durch die Trödlerläden und kaufe altes Zeug. Hüte, Mützen, Männer- und Frauenkleider, Uniformen, Livreen; die Trödler halten mich überall für einen stillen Narren. Wenn ich nur ein stiller Narr wäre? Aber ich trage das Zeug nach Hause, ziehe es vor dem Spiegel an, und wenn irgendein Unsinn dabei herauskommt, fange ich wie ein Verrückter an zu schreien und herumzuhüpfen. Ich weiß nicht, was das ist. Ich bin doch ein ganz ruhiger, normaler Mensch mit anständigem Benehmen, aber wenn ich eine fremde Kleidung anziehe, die mir gefällt, bin ich plötzlich wie elektrisiert, fühle mich als Feuerwehrmann und schreie, als wäre Feuer. Wissen Sie, das ist eine fürchterliche Natur, es ist mir wirklich peinlich. In ein Hotel kann ich deshalb nicht gehen und zu nervösen Quartierdamen auch nicht. Aber was nützt das alles; wenn ich zu Hause zwei oder drei Jahre täglich eine Stunde wie ein Feuerwehrmann brülle, kommen dabei doch fünf Minuten für die Bühne heraus, und viermal solcher fünf Minuten reichen für den Lebensunterhalt. Ein komisches Handwerk, was!«

Steenhouwer zog ein Wohnungsverzeichnis hervor. Viele Ehefrauen aus Karolinenthal und Umgebung bewarben sich um die Einquartierung von Artisten. Es waren gesuchte Untermieter, denn es waren ordentliche, bescheidene, rücksichtsvolle Menschen, die nie allzu spät nach Hause kamen, nie eine Unannehmlichkeit verursachten. Sie schliefen fünfzehn oder dreißig Tage in ihrem Zimmer, bezahlten die Miete, luden die Koffer auf, verschwanden irgendwo in der Welt, um nach fünf oder zehn Jahren plötzlich wieder aufzutauchen, als wären sie gestern dagewesen, und verlangten dasselbe Zimmer, denselben Morgenkaffee mit Kipfeln und dieselbe Bedienung wie damals.

*

Herr Bimbam Bimbam war im Gegensatz zu den meisten Artisten ein ausgezeichneter Gesellschafter, freundlich, gesprächig und von kindlicher Fröhlichkeit. Er plauderte gern mit dem Personal, und insbesondere war Herr Trkal in der Portierloge seine beliebte tägliche Haltestelle. Einmal bemerkte er, daß Herr Trkal seinen Gruß aus der Portierloge rief, noch bevor der Ankommende an der Tür oder am Fenster erschien. Herr Bimbam fragte ihn, wie er es mache, daß er jedesmal im voraus wisse, wer kommt. Herr Trkal verriet ihm darauf, daß er alle Varietéangehörigen nach dem Schritt erkenne. Das war etwas für Herrn Bimbam. Schon nach drei Tagen ging er in gleich trägem, schlürfendem Schritt die Treppe hinunter wie Steenhouwer und mußte schrecklich lachen, als es aus der Portierloge ertönte:

»Guten Abend, Herr Sekretär!«

Sehr überrascht war Herr Bimbam, als er mit Direktor Karas zusammentraf. Er schüttelte verwundert den Kopf, wie jung er noch sei, aber noch mehr überraschte es ihn, als er in Karas einen Menschen aus der Praxis kennenlernte, der selbst ungewöhnlich viel konnte.

»Ihr Neffe ist auf dem besten Wege«, pflegte er Steenhouwer vertraulich zu sagen, als er sich ein wenig mit den Familienverhältnissen vertraut gemacht hatte, »wenn er durchhält, wird das Varieté Humberto ein wahres Artistenparadies, das Ihre Stadt weltberühmt machen wird. Alles läuft heute dem Humbug nach, er aber glaubt an die Macht der Arbeit. Und er glaubt an die Menschen. Er weiß selbst nicht, was er ihnen damit gibt. Die meisten Menschen sind gut, aber sie wissen es nicht. Erst wenn sie Vertrauen fühlen, erkennen sie, daß sie das Gute, das in ihnen steckt, auch gut anwenden können.«

Am Abend dagegen war Herr Bimbam Bimbam wortkarg. Er trieb sich dauernd im Zuschauerraum und während der Pause in den Foyers herum. Am nächsten Tag kam er ins Direktionszimmer schüttelte nachdenklich den Kopf.

»Ein merkwürdiges Publikum«, begann er, »ich weiß mir keinen Rat mit ihm. Wissen Sie, überall hat das Publikum einen bestimmten, ausgeprägten Charakter, eine hervorstechende Eigenschaft. Einmal ist es lustig und ausgelassen. Anderswo ist es schwerfällig und begriffsstutzig. Oder es ist kindlich und primitiv. Alledem kann man sich anpassen und die entsprechende Maske aufsetzen. Aber hier ist alles viel komplizierter. Die Menschen kommen hierher, als ob sie Angst hätten, als wüßten sie nicht, was sie erwartet. Sie sind verlegen, kühl, man könnte manchmal verzweifeln, was für eine Kälte von ihnen ausströmt. Aber dabei entgeht ihnen nichts, sie sehen alles, den geringsten Fehler ebenso wie einen guten Trick, sie beobachten alles und schätzen es ab. Und langsam geraten sie in Stimmung. Ich weiß noch nicht recht wodurch, aber ich glaube, durch die Musik. Nicht nur durch die vom Orchester. Es gibt noch eine andere Musik, über die am Konservatorium nicht vorgetragen wird. Wissen Sie, jede vollkommene Sache ist in ihrer Art musikalisch. Die Menschen hier fühlen das irgendwie, denn ich sehe ganz deutlich, wie ihre Gesichter strahlen, wenn etwas Vollendetes gezeigt wird. Aber sie haben auch etwas Schelmenhaftes. Sie können Tränen lachen. Ich weiß nicht, wie ich das alles zusammenbringen soll. Ich würde sagen Intelligenz und Gutherzigkeit, aber das ist nicht so einfach. Ich muß ihnen gestehen, daß Bimbam Bimbam Sorgen damit hat. Ich glaube, daß es am besten ist, wenn Herr Bimbam Bimbam bei diesen Menschen jede Spekulation aufgibt und einfach menschlich sein wird.«

Dann kam die Stunde, da Herr Bimbam zu philosophieren aufhörte und sich in seine Garderobe verkroch, um sich zu konzentrieren. Am Abend erschien er, in eine grotesk lächerliche Figur verwandelt, redete allerhand dummes Zeug, stolperte und torkelte herum, ein kleines menschliches Würmchen, dem tausend Hindernisse in der Minute in den Weg kommen und der trotzdem unermüdlich in seiner Art fortfährt. Das Publikum tobte und trampelte vor Lachen und Sympathiekundgebungen. Bimbam Bimbam wurde der Held des Tages und sicherte dem Theater Humberto fünfzehn ausverkaufte Abende.

»Nun, wie wird's nächstes Jahr? Werden Sie sich uns für einen ganzen Monat verpflichten?« fragte ihn Wenzel Karas, als das Programm abgelaufen war.

»Ja«, sagte Bimbam Bimbam und schüttelte Wenzel kräftig die entgegengehaltene Rechte, »wenn ich genügend neue Ideen habe, möchte ich jedes Jahr nach Prag kommen.«

4

Am zufriedensten in dem neuen Milieu war Anton Karas. Das erste, was er tat, war, daß er, bevor er eintrat, vor der Schwelle des Direktionszimmers seinen Geldbeutel hervorholte und mit ungelenken Fingern ein kleines Papier herauskramte, das winzige Päckchen öffnete, und ein glänzendes Zwanzig-Pfennig-Stück kam zum Vorschein. Es war dasselbe, das Wenzel von Berwitz bekommen hatte, als er zum erstenmal die Löwenjungen dem Publikum zeigte. Jetzt nahm Anton Karas Hammer und Nagel aus der Tasche, kniete auf den Boden nieder und nagelte das denkwürdige Geldstück auf die Schwelle, damit es Glück bringe. Dann erst trat er ein.

Das Theater war ein unfreundliches, großes Gebäude, aber ihm verwandelte es sich in ein kleines Vaterhaus. Er durchstöberte es vom Boden bis zu den Kellerräumen, beklopfte das Mauerwerk, untersuchte den Mörtel, die Türklingen, Schlösser und Wasserleitungshähne und entdeckte gleich eine Menge Dinge, die nach und nach würden ausgebessert werden müssen. Am Abend eilte er an den Garderoben und Billeteuren vorbei, huschte durch das Büffet und das Restaurant, an der Kasse vorüber zum Orchester, aber tagsüber war er wieder der alte geschäftige Maurer, der dauernd etwas zu reparieren hatte. Für den Winter hätte er am liebsten alle Fenster mit Moos zugestopft, Holz gespalten und die Pumpe mit Stroh eingewickelt. Das war nun im Theater nicht möglich. Aber auch so hatte er von früh bis in die Nacht zu tun; wenn dann die letzte Nummer auf der Szene erschien, die Garderobenfrauen sich auf den größten Rummel vorbereiteten und die Billetteure sich an den Eingängen aufstellten, um rechtzeitig die Türflügel zu öffnen, rutschte Anton Karas auf seinen Reservesessel im Orchester und trompetete zum Abschied von dem arbeitsreichen Tage den Zirkus-Humberto-Marsch.

Manchmal genügte ihm auch das nicht. Er wartete in der Portierloge, bis alle ihre Schrank- und Türschlüssel abgegeben hatten, wünschte ihnen und dem Portier gute Nacht und schlüpfte hinaus auf den Poříč zum »Weißen Schwan«. In den Sommernächten kam er gerade noch zum Gartenkonzert der Musikkapelle des 102. Infanterieregiments zurecht, im Winter fand er in dem weiten Restaurantgewölbe einen Platz unter den Gewerbetreibenden und Geschäftsleuten aus der Umgebung. Dann saß diese lustige Gesellschaft, die der Zufall zusammengewürfelt hatte, bei einem ordentlichen Trunk Bier beisammen und plauderte über die neuesten Prager Sensationen. Damals drehte sich das Gespräch meist um die geplante Ausstellung. Überall hörte man von den gigantischen Vorbereitungen und davon, was der Industriepalast für ein kolossales, aus Glas und Eisen konstruiertes

Gebäude sei, was für eine herrliche Fontäne der Ingenieur Křižík dahinter zu errichten gedenke, und von der Unmenge der verschiedensten Pavillons, die man noch zu bauen beabsichtige. Im Mittelpunkt des Interesses dieser fröhlichen Biergesellschaft standen natürlich die Bierpavillons, die Restaurants und Weinlokale, die Selchwaren- und Delikatessenstände. Sogar ein türkisches Kaffeehaus und eine echte amerikanische Negerbar waren geplant, so daß die Prager vor Durst nicht umzukommen brauchten und den ganzen Sommer über für Unterhaltung gesorgt sein würde.

An diesem Tisch also nimmt Anton Karas Platz, und er, der nie allzu mitteilsam war, taut auf und erzählt seinen Tischgenossen von fremden Städten und Ländern, Sitten und Bräuchen. Und natürlich auch von Frauen.

So genießt der Maurer Anton Karas einen schönen Lebensabend, endlich unter den Seinen, endlich wieder unter Tschechen. Der alte Kerholec beneidet ihn fast darum; er, Karas, habe leicht reden und könne sich etwas gönnen, denn er sei allein. Wenn er aber, wie Kerholec, eine Frau und drei hungrige Jungen hätte, da müßte er ganz anders rechnen. Karas lächelt ein klein wenig spöttisch bei dem Gedanken, daß Kerholec, dieser erfahrene Frauenkenner, schließlich doch dem rothaarigen Weibsbild auf den Leim gegangen und jetzt unter ihrem Pantoffel ist; und wenn Kerholec manchmal doch ins Wirtshaus schlüpft, zieht er sich schon beim Karolinenthaler Viadukt die Schuhe aus und schleicht auf den Zehenspitzen nach Hause. Aber seine Jungen wachsen rasch heran, es sind hübsche, große, gut gewachsene Burschen, nach ihrer englischen Mutter geartet. Sie sind brave Kerle und in die Zirkusarbeit vernarrt. Karas hat ihnen oft zugesehen, wenn sie durch das Chapiteau stürmten, genau so wie einst Vaschku, in neuer, dreifacher Ausgabe. Aber auch Wenzel mochte sie gern und brachte ihnen mit ehrlichem Bemühen manches bei, so weh ihm auch ums Herz war, wenn er die drei Kerholecschen Jungen durch die Manege stürmen sah, während sein Peter bei Onkel Frans über den Büchern hockte. Der älteste von ihnen, Franz Ferdinand, der seinen Namen nach dem Taufpaten Vosátka erhalten hat, wird im Frühjahr mit dem Zirkus Henry in die Welt ziehen. Er hat es sich selbst bei den Eltern erwirkt, und die sind natürlich einverstanden, denn in ihrer Familie gibt es keine Sentimentalität. In einem Jahr wird der zweite, Karl, und ein Jahr später der dritte, Hans, zum Zirkus gehen. Peter Karas wird inzwischen acht Jahre das Gymnasium besuchen und dann vier Jahre an der Unviversität studieren, darauf vielleicht irgendwo als Volontär arbeiten und dann wird er sich schon auf die eigenen Füße stellen. So wenigstens denkt es sich sein Vater. Im ganzen deckt sich sein Plan mit dem Theatervertrag. Wenn für Peterchen gesorgt ist, werden die Eltern wieder frei sein, zu ihrem einstigen Nomadenleben zurückkehren und den Zirkus Humberto erneuern können.

Wenzel Karas weiß, warum er diese Pläne zu Hause von Zeit zu Zeit ins Gespräch einflicht. Er muß Helene aufmuntern, die in Prag, in dem lieben, freundlichen, milden Prag, wie leblos umherzuwandeln beginnt. Wenzel begreift sehr gut, was in ihr vorgeht: ein Kartenhäuschen ist vor ihren Augen eingestürzt. Plötzlich ist alles verschwunden, was sie geliebt hat, die Eltern, die Freunde, der Zirkus, die Tiere, der Zirkuswagen, das Publikum, der Applaus und die Ovationen.

Statt der verlockenden Fahrt durch die Welt sah sie sich über Nacht an eine Stadt gefesselt, wo sie fast überall eine fremde Sprache hörte. Helene Karas wurde hier von einer Sehnsucht ergriffen, die nichts zu stillen vermochte. Weder die Erfolge ihres Mannes, noch die Tatsache, daß sie der Familienkatastrophe glücklich entronnen waren, noch die herzliche Zuneigung von Alice Kerholec vermochten sie aufzuheitern, und Wenzel bestärkte sie daher in dem Letzten, was ihren Willen noch aufrecht erhielt: im Bewußtsein der Pflicht ihrem Kinde gegenüber. Und als Belohnung für die lange Geduldprobe ließ er ihr am Ende dieser Frist die für sie lieblichste Vision aufleuchten, den Zirkus Humberto.

Ihm selbst verging die erste Spielsaison wie im Wind. Obgleich er erst die Anfangserfahrungen des ständigen Theaters sammelte, war sein Programm immer gleich anziehend, und die durch den glücklichen Beginn erlangte Beliebtheit beim Publikum blieb ihm treu. Das Theater faßte zweieinhalbtausend Personen, und die Preise waren hoch, eine Loge kostete ganze vier Gulden. Die Hälfte seiner Abendvorstellung waren völlig und fast völlig, die Nachmittagsvorstellungen an den Sonntagen jedesmal ausverkauft. Herr Breburda, der auch seine Erfahrungen hatte, beglückwünschte den jungen Direktor und bewunderte dessen Geschicklichkeit beim Zusammenstellen des Repertoires. Frans Steenhouwer rieb sich die Hände, wenn er die hohen Kasseneinnahmen und den wachsenden Anteil am Ertrag des Restaurants verbuchte. Wenn es so bliebe, würde das Varieté Humberto eine Goldgrube werden.

Aber noch das Jahresende belehrte sie, daß ihre Möglichkeiten nicht unerschöpflich seien. Trotz der Ratschläge Breburdas wollte Wenzel bis Ende Juni arbeiten. Seine Prager Freunde bestärkten ihn darin, indem sie ihm eine neue ausgiebige Einnahmequelle durch die zahllosen Ausländer in Aussicht stellten, welche die Landesausstellung nach Prag locken würde. Indessen nahmen, als sich die Tore der Ausstellung öffneten und Prag im Fieber seiner festlichen Tage lag, die Besuche im Varieté stark ab. Alles drängte sich zum Ausstellungsgebäude und blieb dort bis spät in die Nacht.

Was nicht in Brennpunkt der Ausstellung lag, erlosch allmählich. Auch das Théâtre Variété Humberto am Rande von Karolinenthal blieb leer, und Wenzel Karas kostete dieser Versuch einen guten Teil seines Gewinns. Dann geschah ihm etwas, was er in seinem Leben bisher nicht gekannt hatte; er hatte keine Arbeit. Die ersten Wochen versuchte er, wie die anderen das Leben zu genießen. Täglich bummelte er mit Helene durch die Ausstellungsgelände. Aber das war zu wenig für ihre arbeitsfrohen, energischen Naturen. Sie gaben deshalb Peter in die Obhut des Großvaters, der mit dem Kinde über die Ferien nach Oberschneedorf fuhr. Und Wenzel begab sich mit Helene auf eine Reise durch Europa, um in den Bädern Sommer-Varietés und an verschiedenen Orten versprengte Zirkusunternehmen aufzusuchen und darin neue, unbekannte Kräfte für die nächste Prager Saison ausfindig zu machen.

5

Fanfaren kündigen den Antritt der Schwerathleten an, Eilmärsche begleiten den rasenden Wirbeltanz der Goldkugeln und bunten Bälle, Walzermusik klingt wehmütig durch das Dunkel und vermählt sich mit der bezaubernden Schönheit der Frauen auf der Bühne. Italienische, spanische, amerikanische Rhythmen erfüllen das Ohr mit einem aufreizenden Gemisch der Exotik ferner Ozeane. Dazwischen ertönen alttschechische Weisen und flüstern ihre vertrauten, warmen Melodien in die Herzen der Zuschauer.

Wenzel Karas erkennt jetzt erst, was ein Orchester ist. Obgleich auch hier meist Marsch- und Tanzmusik gespielt wird, empfindet der einstige Zirkusreiter das Spiel der Geigen und Violinen und das Brummen der Bässe als einen eigentümlichen, bisher nicht gekannten Reiz. Häufig setzt er sich in die dunkle Loge und lauscht den Melodien, die ihn mehr gefangennehmen als die Produktionen auf der Bühne. Er hat das Gefühl, daß er aus der Musik heraus völlig neue Kombinationen schaffen könnte. Wie schön wäre es, wenn das Orchester dauernd eine bestimmte Melodie spielte und er dabei so lange Sprünge und Pirouetten üben könnte, bis sie sich mit der Musik zu einer einzigen harmonischen Komposition vereinigen würden!

Aber solchen Träumen darf er sich jetzt nicht hingeben. Er ist kein ausübender Künstler mehr. Täglich empfindet er es schmerzlich, wie sehr seine Muskeln nach aktiver Arbeit und Tätigkeit verlangen. Ungern würde er verlernen, was er gekonnt hat, denn er weiß nicht, ob er nicht einmal wieder zur Manege zurückkehren wird. Deshalb kommt er zur nicht geringen Verwunderung des Portiers jeden Tag frühmorgens ins Varieté, zieht sich im Direktorzimmer das Trikot an und läuft durch das leere Theater in den Kulissenraum, wo er sich die Trampoline aufstellt, die Matten auf die Erde legt, die Ringe in das Trapez einhakt und eine oder anderthalb Stunden die alten Übungen und Tricks wiederholt, die er einst gelernt hat. Manchmal ist sein Vater oder Kerholec dabei; die beiden alten Zirkusleute sind die einzigen Zeugen davon, daß der berühmte Vaschku von einst nichts von seiner Kraft und seinem Können eingebüßt hat.

Vormittags üben hier Kerholecs Jungen, und auch die im laufenden Programm engagierten Artisten müssen durch eine kurze Morgenübung ihren Körper geschmeidig erhalten. Der graue, kahle Bühnenraum mit den zurückgezogenen Vorhängen verwandelt sich in eine Turnhalle einzelner Artisten und ganzer Artistengruppen. Karas gehört nicht zu der Art Direktoren, die achtlos und gleichgültig an diesem Arbeitstummel vorübergehen. Tausendmal mehr als die Korrespondenz, die Besuche und Verhandlungen lockt ihn das Schauspiel des heroischen Kampfes des Artisten um Vollkommenheit. Das ist seine Welt, und ihr opfert er täglich bereitwillig mehrere Stunden, für ihn Stunden freudiger Erregung. Aber seine kraftstrotzende Natur erlaubt ihm nicht, unbeteiligter Zuschauer zu sein; bei Kerholecs Jungen betätigt er sich als Lehrer und Instrukteur, und von da ist es nur noch ein Schritt zur Teilnahme an der Arbeit der anderen Artisten. Alle für bestimmte Höchstleistungen spezialisierten Athleten hegen Mißtrauen gegen jeden Laien, aber auch gegen jeden Rivalen. Hier erleben sie den seltenen Fall, daß ihr junger Direktor kein Laie, sondern selbst ein ausgezeichneter Athlet und Akrobat ist, der jederzeit den Rock ausziehen und einen Doppelsalto machen kann. Es ist ihr Direktor, nicht ihr Rivale, und es freut sie, sich mit so einem Menschen über ihre Kunst zu unterhalten. Ihm können sie ihre neuen Ideen anvertrauen, über deren Verwirklichung sie sich selbst noch nicht im klaren sind. Ihnen allen ist Wenzel Karas ein ausgezeichneter Berater und hilfreicher und verständnisvoller Freund. Im zweiten Jahr seiner Direktion verwandelt sich das Varieté Humberto bereits in eine große Versuchsanstalt zur praktischen Verwertung neuer Einfälle, und Karas wird der Vertraute, der Freund und manchmal sogar der Trainer der berühmtesten Varietéstars. Wenn ihr Vertrag abgelaufen ist, nehmen sie nur ungern Abschied von Prag; wo gäbe es auch ein zweites Unternehmen, das sich ihnen so zur Verfügung stellen würde?

Auch Karas tut es jedesmal leid, wenn ein Artist abreist, der unter seiner Anteilnahme schon fast zur Vollendung einer neuen künstlerischen Leistung gelangt ist und dessen endgültigen Erfolg er selbst nicht mehr sehen wird. Er spricht oft mit diesen einfachen Menschen darüber, wie schade es sei, daß die Artisten nicht die Möglichkeit hätten, in Ruhe und Sicherheit eine neue Nummer auszuarbeiten, daß sich jede Vorbereitung durch das dauernde Hin- und Herfahren und durch die ungleichen Verhältnisse in den verschiedenen Unternehmen bedeutend in die Länge ziehe. Inzwischen nähert sich die Zeit der sommerlichen Arbeitspause, vier lange, in müßigem Nichtstun dahinschleichende Monate. Und gerade das Grauen, das ihn bei dem Gedanken an die ihm aufgezwungende Ruhepause überkommt, bringt ihn auf eine Idee, die er anfangs nur so beiläufig aufwirft, die aber ungeahnt lebhaften Anklang findet: Wenzel Karas erwägt, ob er sein Theater über die Sommermonate nicht in ein wirkliches Probe- und Übungszentrum für Artisten aller Gattungen umwandeln sollte, die hier neue Nummern ausarbeiten oder die alten für die nächste Saison vervollkommnen könnten. Natürlich müßten sie zur Dekkung der Regie beitragen. Der Kostenvoranschlag Steenhouwers zeigt, daß es unbedeutende Gebühren wären, die bei größerer Beteiligung trotzdem einträglich sein würden. Karas versucht es zunächst bei den einzelnen Firmen des laufenden Programms und findet lebhaftes Interesse, mitunter wird sein Vorschlag sogar begeistert aufgenommen. Drei der Beratung mit Steenhouwer gewidmete Nachmittage genügen, und die näheren Bedingungen werden ausgearbeitet. Nach einer Woche verlassen funkelnagelneue Prospekte das Büro, die an die verschiedensten Artisten von ganz Europa adressiert sind. Nach drei Wochen ist es bereits klar, daß es ein glücklicher Gedanke gewesen ist. Von allen Seiten laufen Anfragen oder Bestellungen ein. Gegen Ende des Frühjahrs ist es endgültig entschieden: das Varieté Humberto verwandelt sich vom 1. Juni bis zum 30. September in eine Artistenübungsstätte, wo sich Athleten, Akrobaten, Clowns, Dresseure und Artisten vieler anderer Kategorien für bestimmte Pauschalbeträge eine richtige Varietébühne mit allem Zubehör, unter Umständen sogar mit einem Orchester, für ihr Vorbereitungsstudium sichern können.

Wenzel Karas ist glücklich, die widerliche Ferienperiode wandelt sich ihm in eine Arbeitssaison um, auf die er sich mehr freut als auf das eigentliche Programm vom Herbst bis zum Frühjahr. Die Erfahrungen des ersten Sommers haben genügt, daß er im nächsten Jahr die ganzen Ferien über »ausverkauft« ist. Hunderte von breitschultrigen, wortkargen Ausländern kommen nach Prag, um hier drei Wochen, einen Monat, bisweilen sogar zwei Monate tagtäglich ihre nächste Produktion einzuüben. Die größten Berühmtheiten erscheinen hier, lediglich auf die scheinbar winzigen Probleme konzentriert, die über ihren künftigen Erfolg entscheiden. Meist handelt es sich wirklich nur um unmerkliche Unterschiede in der Ausführung. Es ist ein Kampf um eine Hundertstelsekunde in der Zeit, um Millimeter im Raum, durch die erst die höchste Vollendung erreicht wird.

Das Prager Théâtre Variété Humberto wurde allmählich zu einer weltberühmten Artisteninstitution. Zwei oder drei Theater Europas versuchten die glückliche Spekulation Karas nachzuahmen, aber sie scheiterten trotz niedriger Gebühren. Die Artisten zogen zu Karas, denn in Prag standen ihnen außer der Bühne seine unerschöpfliche freundschaftliche Hilfsbereitschaft, sein technisches Wissen und seine Erfahrungen als Direktor zur Verfügung. Von Monat zu Monat, von Jahr zu Jahr hatte sich sein kritischer Blick für den Wert der Leistung derartig geschärft, daß er auch Dinge auf der Szene beurteilen konnte, die seiner eigenen Tätigkeit durchaus fern lagen, und ihre Vorzüge und Mängel mit unbeirrbarer Sicherheit zu kennzeichnen wußte. Natürlich kam es gelegentlich vor, daß sich ein eitler und eingebildeter Artist durch seine Einwände beleidigt fühlte. Aber die meisten waren sich bewußt, daß sie vor den Augen eines Fachmanns arbeiteten und probten, dem es um die Vollkommenheit und die harmonische Ausbildung ihrer Nummern zu tun war. Wenzel Karas wurde ihnen immer mehr eine souveräne Autorität, deren Äußerungen sie als gültiges Urteil betrachteten. Umgekehrt hatte Karas im Sommer die Elite der nach höchster Vollkommenheit strebenden Artisten vor sich, die ihm die sichere Garantie für ein abwechslungsreiches und erstklassiges Winterprogramm boten. Die Prager wie die auswärtigen Besucher aus Böhmen, die in sein Varieté strömten, ahnten nicht, welchen internationalen Ruhm Prag in der Artistenwelt durch ihn erlangte. Am Prager Varieté engagiert zu sein, verbürgt an sich schon Erstklassigkeit. Die Arbeit darin war eine Empfehlung, die Verlängerung des Vertrages geradezu ein signum laudis. Karas wurde auf der Höhe des Mannesalters zur legendären Gestalt, über die in allen Artistenstationen mit Ehrfurcht und Bewunderung gesprochen wurde. Für Tausende weniger bedeutende Variété- und Zirkuskünstler wurde es der Traum ihres Lebens, wenigstens einmal am Variété Humberto unter der Direktion von Wenzel Karas engagiert zu werden.

Es gab in Prag einen Mann, der mit nicht geringer Bewunderung den Aufschwung zu schätzen wußte, den Karas dem Theater gebracht hatte: das war der Gastwirt und Hotelinhaber Achilles Breburda. Er hatte allen Grund, zufrieden zu sein – denn sein Gewinn stieg im gleichen Verhältnis mit Wenzels Ruhm.

Er lebte wie im siebenten Himmel und war sehr beunruhigt, als er eines Abends beim adeligen Tisch im Landtagsrestaurant zufällig einem Gespräch zuhörte und dabei erfuhr, was für enorme Gagen Direktor Karas zahle, um sich die ersten Varietékünstler für Prag zu sichern. Hundert Gulden und mehr für ein Auftreten zu zahlen – das schien Herrn Breburda der helle Wahnsinn zu sein. Er bekam es daher mit der Angst zu tun, daß der verrückte junge Direktor zum Schluß doch noch Pleite mache und ihn dann im Stich lasse. Sollte er aber mit seiner merkwürdigen Wirtschaft doch nicht bankrott werden, mußte Breburda damit rechnen, daß er ihm trotz aller Verträge davonlaufen könnte, um anderswo ein ausgiebigeres Feld zu suchen. Seine Brüder nickten, als er ihnen seine Befürchtungen mitteilte, und meinten sogar, daß man überhaupt mit dem Theater etwas unternehmen solle, wenn es jetzt so gut gehe.

So kam es, daß während einer besonderen geglückten Premiere Herr Breburda Karas bitten ließ, ihn in der Pause in seiner Loge zu besuchen.

»Nur herein, mein lieber Karas«, lud er ihn ein, als Karas die Logentür öffnete, »setzen Sie sich mal hier auf diesen Sessel und geben Sie mir Ihre Tatze. Es kommt nicht jeden Tag vor, daß man eine glückliche Hand drükken kann. Und die haben Sie, mein lieber Karas, alles nur, was wahr ist. So ein Programm zusammenstellen, das würde nicht einmal das elektrotechnische Wunderkind Křižík fertigbringen. Mir können Sie glauben, wenn ich Sie beglückwünsche, ich hab' doch schon allerhand gesehen und mitgemacht. Aber ich muß gestehen, daß ich das längst nicht erwartet habe. Ich hab' sogar verdammte Angst gehabt! Als das Hochwasser kam und die zwanzig Pioniere unter der Hetzinsel ertranken, bin ich mir wie der einundzwanzigste vorgekommen und hab' mir gedacht: wenn das bloß kein schlechtes Zeichen ist! Der neue Direktor soll antreten, und die steinere Brücke stürzt ein. Nehmen Sie mir's nicht übel, ich sag's eben offen, wie ich mir's damals gedacht habe. Aber alles, was recht ist: Sie machen hier ein Programm, daß ich mich langsam schäme, Ihnen eine so schäbige Bude zur Verfügung gestellt zu haben. Sagen Sie mir nur eins, lieber Karas: rentiert sich Ihnen der Betrieb? Erschrecken Sie nicht über meine Neugierde, aber ich hab' immer gern Klarheit.«

Karas lachte.

»Keine Angst, Herr Breburda. Ich habe keine Geheimfonds, mit denen ich nachhelfen könnte. Meine Programme sind teurer als anderswo, aber meist engagiere ich die Artisten selbst und brauche den Agenturen keine

Provision zu zahlen. Das macht die Schule im Sommer. Daran verdiene ich schließlich auch etwas, und mancher Künstler bietet sich mir billiger an, wenn er nur zu uns kommen kann. Und vor allem: das Haus ist voll...«

»Beklopfen Sie's, Karas, beklopfen Sie's schnell!«

»Ich hoffe, daß auch Sie zufrieden sind?«

Der Vertrag, den sie abgeschlossen hatten, verband sie durch gemeinsame Interessen. Karas lieferte Breburda außer einem unerheblichen Mietzins zehn Prozent der Eintrittsgelder ab, und Breburda überließ ihm als Gegenleistung zehn Prozent des Gewinns, den ihm das Restaurant einbrachte.

»Gott sei Lob und Dank, Karas, es geht immer besser. Sehen Sie doch, wie jetzt hier soupiert wird. Wenn Sie nur zufrieden sind, das ist die Hauptsache. Aber jetzt muß ich Ihnen etwas verraten, natürlich bleibt es unter uns, verstehen Sie, sub Rosa, wie unser oberster Feldmarschall zu sagen pflegt: was würden Sie dazu sagen, wenn wir es hier ein bißchen vornehmer einrichten täten. Ich hab's für das arme Athletenvolk gebaut, und jetzt kommt die ganze vornehme Gesellschaft ins Haus, das sollte man ganz anders ausstaffieren. Die Bühne geht schon noch, aber den Zuschauerraum müßte man umbauen, noble Logen mit kleinen Tischen dahinter...«

Dieser Gedanke war Achilles Breburda gekommen, als er darüber nachdachte, wie er Karas an sein Haus fesseln und das Unternehmen auch äußerlich heben könnte. Jetzt geriet er dadurch in richtiges Feuer und erzählte ihm, wie er es sich im einzelnen vorstelle.

»Und elektrische Beleuchtung?« fragte Karas gespannt.

»Selbstverständlich! damit Křižík was zu tun hat. Aber sagen Sie niemandem ein Wörtchen davon – wie der heilige Nepomuk! Es wird ja auch nicht gleich fertig sein. Ich hab' schon einen Architekten in Aussicht genommen, einen gewissen Ohmann, einen sehr geschickten Kerl...«

Im Zuschauerraum wurde es dunkel, Karas verabschiedete sich. Der Kopf drehte sich ihm. Ein modernes Gebäude mit elektrischer Beleuchtung!

Er schlüpfte in seine Loge, wo Helene saß. Er beugte sich schnell zu ihr und erzählte ihr aufgeregt, worüber er soeben mit dem Patron gesprochen hatte. Er empfand geradezu ein physisches Bedürfnis, jemandem eine so bedeutende Neuigkeit mitzuteilen. In hastigen, überstürzten Worten brachte er sie hervor und drückte Helene freudig die Hand. Aber plötzlich hatte er das Gefühl, als spräche er ins Leere. Er schaute Helene an und sah im Halbdunkel ihr schönes, zur Bühne gekehrtes Profil.

Es war unbeweglich und teilnahmlos.

6

Karas fühlte, welche Gefahr ihr einsames Dasein für Helene bedeutete. Selbst war er nur zufrieden, wenn er mit voller Kraft arbeiten konnte, und er wußte, daß auch Helene an ständige Betätigung gewöhnt war. Seine häufige Frage, ob sie sich nicht langweile, beantwortete sie kurz mit dem Hinweis auf den Haushalt, der ihr genug Arbeit und Sorgen mache. Aber Karas war überzeugt, daß ihr das nicht genügen könne, daß ein so weitgehender Verzicht auf ihre früheren Liebhabereien eine zu große Verarmung für sie bedeuten müsse. Er suchte daher regelmäßig Onkel Steenhouwer auf und verfolgte dessen Monatsbilanz. Sie zeigten, daß das Unternehmen gut ging und dauernd Überschüsse aufwies, die Steenhouwer als Reserve für eine mögliche Krise zurücklegte. Als dann das Sommerinstitut Karas neue unerwartete Gewinne brachte, teilte Vaschku dem Onkel mit, daß er sie zu Privatzwecken benützen wolle. Steenhouwer wehrte sich nicht dagegen.

Eines Tages ließ sich Helene zu einem Spaziergang mit Vaschku bewegen. Er führte sie über den Graben in die Herrengasse und von da hinauf in die Bredauergasse. Sie vermutete, daß er in den Stadtpark gehen wolle, aber plötzlich trat er in ein Haus oberhalb der Hauptpost ein. Helene sah ihn überrascht an und mit einemmal bemächtigte sich ihrer eine merkwürdige Erregung. Aber sogleich ging ihr ein Licht auf. Was sie erregte, war der Geruch von Pferdeställen. Aber da standen sie auch schon in der alten Landesreitschule, und Helenens Augen strahlten beim Anblick der Reitpferde. Ein Herr erschien, begrüßte den Direktor äußerst höflich und bat ihn, ihm zu folgen. Sie gingen bis ans Ende der Stallungen. Bei der letzten Box drehte sich der Herr um:

»Hier ist er, Herr Direktor!«

Helene hob aufgeregt den Schleier ihres Hütchens, aber da fühlte sie, wie ihr Wenzel freudig den Arm drückte, und sie hörte seine erregte Stimme:

»Morgen, Helenchen, ist dein Geburtstag, hier hast du mein Geschenk.«

»Ein Reitpferd!« rief sie außer sich vor Freude.

»Ja. Ich habe dir ein Pferd gekauft. Das hat dir doch am meisten gefehlt.«

Er wollte noch etwas sagen, aber er kam nicht mehr dazu, weil ihm Helene um den Hals fiel und ihn stürmisch auf Mund und Wangen küßte. Aber dann lief sie zu der Box, streifte rasch die Handschuhe ab und begann das Tier zu streicheln und auf den Rücken zu klopfen.

»Ein Pferd, ein Pferdchen... mein Pferdchen... ist es denn möglich? Wie schön gescheckt es ist... Und die klugen Augen... es sieht aus, als ob es der leibhaftige Bruder unserer Primavera wäre, weißt du noch? Wie heißt es?«

»Tschao.«

»Wie? Tschao? Das ist ein komischer, ein reizender Name. Tschao! Wirklich, es hört darauf! Tschao, mein lieber, kleiner Tschao!«

Helene war außer sich vor Erregung und fragte die Stallknechte, die allmählch herbeigekommen waren:

»Könnte ich es nicht versuchen? Ist hier irgendwo ein Damensattel?«

Karas hatte bereits alles besorgt, die Stallknechte führten Tschao hinaus, und als sie ihm das neue, glänzende Geschirr anlegten, sah er sehr kokett aus. Helene hatte zwar ein Kostüm an, aber das konnte sie nicht abhalten. Karas half ihr aufs Pferd, Tschao schüttelte den Kopf und trabte in die Reitbahn.

Seit jenem Tage ging Helene Karas täglich in die Bredauergasse, wo sie Tschao bereits ungeduldig erwartete. Es war ein Halbbluthengst von schönem, weichem Gang und hoher Intelligenz und er begriff bald, daß seine neue Herrin von ihm die verschiedensten Schritte und Wendungen verlange, die er nicht gelernt hatte, die aber überall Bewunderung und Neid erregten. Helene war richtig verliebt in ihn. Ihre ganze Freizeit verbrachte sie bei und mit ihm. Bei schönem Wetter ritt sie in den Baumgarten, an regnerischen Tagen dressierte sie ihn in der Reitschule. Ein- bis zweimal im Monat lieh sich auch Karas ein Pferd, und dann ritten sie gemeinsam hinaus aus der Stadt auf die Landstraße. Für beide bedeutete das die Entdeckung der Prager Umgebung. War es für Helene lediglich ein Spazierritt, so verliebte sich Karas immer mehr in die Stadt, über die er so viele liebevolle Worte gehört hatte und deren Schönheit er jetzt erst kennen lernte. Nicht selten erinnerte er Helene, wenn sie aus dem Tal auf einem Hügel angelangt waren und sich vor ihnen plötzlich das wogende Meer der Prager Häuser und Kirchen ausbreitete, an die Erzählung der Eltern über den Augenblick, da sie zum erstenmal Konstantinopel erblickten.

Helene liebte diese Spazierritte, aber viel lieber blieb sie mit ihrem Tschao in der Reitschule. Sie war nicht mit der Gefühlswelt ihres Mannes verwachsen, und es interessierte sie nicht sehr, was sie unterwegs sah. Ihr war der Ritt an sich die Hauptsache, der Trab oder Galopp, und deshalb waren ihr die Reitwege im Baumgarten willkommener als das Reiten im freien Gelände. Aber den Höhepunkt von allem sah sie im Kunstritt und dem konnte sie sich nur in der Reitschule widmen. Dort erst konnte sich entfalten, was ihre größte Leidenschaft war; dort konnte sie mit dem Widerstand und der Unlust des Pferdes kämpfen, seine Furcht bezwingen, seinen Ehrgeiz wecken. Dort hatte sie einen Ersatz für die verlorene Manege, dort kehrte ihr die Jugend zurück, das war die Welt ihrer Väter und Urväter. Für Wenzel hatte sich durch die Ankunft in Prag der Begriff der Heimat mächtig entwickelt, für Helene war er nur noch durch die Existenz der Reitschule und ihres Tschao lebendig. Wenzels Leben verschmolz unwillkürlich mit dem der Großstadt; Helene lebte nur im Sattel auf, wenn sie ihrem Hengst die Figuren der Hohen Schule beibringen konnte. Was bedeuteten ihr alle Freuden und Leiden des Théâtre Variété Humberto im Vergleich zu der Freude, die ihr die Dressur ihres Tschao bereitete! Schon begann er die Piaffe, den Renvers, das Changement, den spanischen Schritt, die Passage und Passade zu lernen. Wie wurden da die schönen Zeiten in ihr lebendig, da ihr Vater in der Mitte der Manege mit beiden Schambrieren knallte, die Mutter mit kritischem Blick von der Loge ihre Arbeit verfolgte und Hans bei der Piste auf die Pferde wartete.

Die Landesreitschule wurde von Adeligen und Offizieren besucht, die bald mit Bewunderung der schlanken Reiterin zusahen, die mit gebieterischer Souveränität ihrem Pferd die kunstvollen Dressurschritte und Figuren aufzwang, deren Technik ihnen ein Geheimnis und Rätsel blieb. Allmählich bildete sich um sie eine Gruppe leidenschaftlicher Verehrer der Reitkunst, mit denen sie sich fachmännisch über Pferde, Geschirr, Dressur und tausend andere Dinge unterhalten konnte. Wenn sie, den

Ellbogen auf Tschao gestützt, mit dem jungen Thurn-Taxis oder dem jungen Lobkowicz debattierte, kam sie sich vor, als befände sie sich in einer der großen Städte während der Pausen in den Vorräumen der Ställe des Zirkus Humberto zur Zeit seines höchsten Glanzes.

Es war wie ein kurzes Aufleuchten der vergangenen herrlichen Zeiten. Aber als sie dann in ihre düstere Wohnung zurückkehrte und den rußigen Rauchschwaden nachblickte, die aus den Schornsteinen der hart über ihren Fenstern vorbeifahrenden Dampflokomotiven stiegen, und das immer gleich trotlose Grau der ihren Fenstern gegenüberliegenden Wand anstarrte, deren Flecke sie bereits auswendig kannte, da ergriff sie von neuem melancholische Sehnsucht und quälendes Heimweh. Sie hörte auf, selbst zu wirtschaften, und übergab den Haushalt einem Dienstmädchen, um sich den Genuß des Reitens und der Dressur möglichst zu verlängern. Ihre Muskeln wurden durch diese beharrliche, schwere Arbeit härter, das zarte Anlitz bekam schärfere Züge, in ihren Augen blitzte entschlossene Willenskraft. Karas war froh, daß er ihr endlich das Leben ganz nach ihren Wünschen eingerichtet hatte, in Wirklichkeit aber verlor sich Helene immer gefährlicher in ihre Träume und Visionen. Die Wurzeln, durch die ihr Leben an die Wirklichkeit gebunden war, starben allmählich ab. Die Welt, in der sie geboren und aufgewachsen war, die Welt, die ihr vom Schicksal bestimmt zu sein schien, war verschwunden. Ein Werk war untergegangen, das ihre Eltern und Großeltern aufgebaut hatten; all der Glanz und Ruhm des Théâtre Variété Humberto konnte ihr den Zirkus Humberto mit seinem ärmeren, aber froheren Dasein nicht ersetzen. Im Zirkus hatte sie dauernd ihren Tätigkeitsdrang befriedigen können, im Varieté war sie nichts als ein passiver Zuschauer. Im Zirkus war sie die Mitarbeiterin ihres Mannes gewesen, das Varieté dagegen entfremdete sie ihm. Er war mit Dingen beschäftigt, bei denen sie ihm in keiner Weise behilflich sein konnte, und mit solchen, mit denen sie nichts zu tun haben wollte. War es nicht zum Weinen, sich so aus ihrem ganzen Glück vertrieben zu fühlen, an eine unbekannte Stadt gekettet, in einer düsteren Wohnung eingekehrt zu sein, in der sie sich wie in einem Käfig vorkam. Aber die Berwitz weinen nicht, die Berwitz wissen dem Schicksal die Stirn zu bieten und sind trotz allem immer ihre eigenen Herren.

Tschao ist ein schöner Hengst und seine Existenz genügt Helene, um sich wieder wie im Zirkus Humberto vorzukommen. Tschao trabt durch den Baumgarten, und Helene ist es, als reite sie wieder in die weite Welt. Reiche Menschen halten sich Reitpferde, weil sie beim Reiten alle Nerven anspannen müssen und dabei alles andere vergessen. Helene ist eine so glänzende Reiterin, daß sie im Sattel gar nicht an das Pferd zu denken braucht. Auch sie konzentrierte sich, aber auf ihre Träume. Tschao ist wie Opium. In den Bildern, die beim Reiten vor ihr auftauchen, erscheint immer häufiger ein schönes, sonnenverbranntes Gesicht mit einem Schnurrbart, und immer deutlicher ertönte eine schmeichelnde Tenorstimme: »Das bin ich, dein Paolo, Helenchen, mein einziges, großes Glück!«

7

Wenn allmählich alle Wurzelfasern abgestorben wären, welche die zarte Pflanze von Helenens Leben in voller Kraft erhielten, so war sie überzeugt, daß eine nicht eingehen würde und nicht eingehen könne. Das war ihre Liebe zu Peterchen. Aber auch hier begann der Lauf der Dinge seine verhängnisvolle Wirkung auszuüben.

Das Gymnasium eröffnete dem begabten Knaben ein neues Interessengebiet, und Helene erkannte mit schmerzlicher Wehmut, daß er ihr dadurch noch mehr verlorengehe als damals, als er sich dem Zirkus zu entwinden gesucht hatte. In die Bücher und den Lehrstoff vertiefte er sich mit unverminderter Leidenschaft. Der Ehrgeiz und die Zähigkeit, die sein Vater von Kindheit an gehabt hatte, lebte in ihm beim Wettstreit der Schüler wieder auf. Die Professoren erschienen ihm wie Apostel, und keines ihrer Worte entging ihm, jedes prägte sich sofort seinem Gedächtnis ein. Er brauchte sich zu Hause fast nicht vorbereiten, so leicht behielt er alles im Gedächtnis, was er in der Schule gehört hatte. Vom ersten Semester an war er der geborene Primus; wenn die Mutter nachfragen kam, konnten die Professoren seine Aufmerksamkeit und rasche Auffassungsgabe nicht genug loben. Als die Knaben allmählich aus den Kinderjahren herauswuchsen und in der Klasse bestimmte Gruppen verschiedener Charaktere, Talente und Fähigkeiten deutlich sichtbar wurden, konnte man nicht selten unter den wenig erfolgreichen Wildfängen die gehässigen und neidischen Worte hören, daß Peter Karas ein Stucker und Streber sei und daß er an der Tafel Zirkus spiele. Sie nannten ihn Zirkuskind und riefen ihm »Ella hopp!« zu. Das wurde schließlich sein endgültiger Spitzname, aber die Klasse als Ganzes war nicht der Ansicht, daß Ellahopp ein Streber sei. Ellahopp suchte sich bei den Professoren nicht einzuschmeicheln, war seinen Mitschülern gegenüber nicht überheblich, half im Gegenteil, wo er konnte, sagte vor und war mit der Klasse solidarisch. Das begriffen zwar viele nicht, aber solange er zu ihnen hielt, hatten sie keine Veranlassung, weshalb sie Ellahopp als räudiges Schaf hätten behandeln sollen.

Helene freute sich darüber, wie leicht er alles begriff, wie spielend er neues Wissen aufnahm. Es schien ihr, daß ihm so genug Zeit bleiben würde, die sie zusammen verbringen könnten. Beim Lernen konnte sie ihm nicht viel nützen. Schon von der Prima an gab es Dinge in seinen Büchern, die weit über ihre sehr primitiven Kenntnisse hinausgingen. Außerdem lernte er ja alles tschechisch, während sie in der Sprache ihres Mannes nur ein paar gebrochene Sätze zusammenbrachte, die gerade für den laufenden Gebrauch ausreichten. Aber noch schlimmer war, daß Peter von allem Lehrstoff gerade vom Abstraktesten besessen war, nämlich von Mathematik. Seine kindliche Unlust zum Zirkus, seine knabenhafte Angst vor Tieren und Menschen, seine einstige Flucht zu dem Rock der Mutter und dann zu den Büchern, das alles bildete sich immer deutlicher zu einer Abkehr vom praktischen und Hinwendung zum Spekulativen aus. Der kleine Student Peter war schrecklich unpraktisch, wußte nichts richtig anzupacken und stellte sich bei allem äußerst ungeschickt an. Vater und besonders Großvater Karas schlugen die Hände darüber zusammen und konnten nicht begreifen, wie ein Junge so ungeschickt und ratlos sein konnte. Aber Onkel Steenhouwer war begeistert: Peterchen addierte, subtrahierte, multiplizierte und dividierte mit der größten Geschwindigkeit wie ein diplomierter Buchhalter. Auch liebte er von allem Neuen, was ihn in Prag umgab, nächst dem Gymnsasium am meisten Steenhouwers Büro und dessen dicke Bücher. Von ihren langen Zifferspalten war er wie fasziniert. Er addierte unglaublich schnell, überflog nur so die Ziffern mit den Augen und schon schrieb er die Summe auf.

Die Professoren in der Tischlergasse bestätigten, daß der Student Peter Karas außerordentliche mathematische Begabung und ungewöhnliche Vorliebe für Ziffern zeige, die sogar so weit ginge, daß er mitunter Worte in Ziffern übertrage. Außerdem erfuhr Wenzel Karas von Peters Klassenvorstand, daß Peter in allen Fächern einen ausgezeichneten Fortgang aufweise außer in Gesang und Turnen. Sein Fleiß sei vorbildlich, das Betragen lobenswert, die äußere Form der schriftlichen Arbeiten vorzüglich. Mit Ausnahme des Turn- und Gesanglehrers seien alle mit ihm sehr zufrieden und hielten ihn für einen vorbildlichen Schüler. Der Mathematikprofessor sehe in ihm sogar eine künftige Leuchte dieser uralten Wissenschaft, sofern sich Peter Karas entschließen wolle, sich ihr auch an der Hochschule zu widmen.

Diese Auskunft bereitete dem Ehepaar Karas eine recht zweifelhafte Freude. Was ginge sie, die Zirkusleute, schließlich die Mathematik an? Was nützte es ihnen, daß ihr Sohn blitzschnell addieren und multiplizieren konnte, wenn sie wußten, daß er für die primitivsten praktischen Dinge völlig unbrauchbar war? Sein ungewöhnliches Talent, von dem Onkel Frans begeistert und hingerissen war, nahmen sie als eine Fügung Gottes hin und seufzten schließlich nur noch:

»Der Wille Gottes geschehe! Er hat uns einen Mathematiker gegeben, hoffentlich gibt er uns nicht etwas noch Schlimmeres.«

Seit der Stunde, da Karas erkannt hatte, daß sich sein Sohn nicht für den Zirkus eigne, überließ er dessen Erziehung der Mutter und Onkel Frans. Selbst sah er ihn fast nur bei den Mahlzeiten, wo er interessiert seinem Geplauder über die Schulneuigkeiten zuhörte. Es gab dabei manches, was Wenzel Karas auch im Mannesalter interessiert hätte, und er blätterte mit Vorliebe jedes Jahr Peters Lehrbücher durch. Das wäre keine schlechte Lektüre an den Abenden, sagte er sich, wenn man nicht fast bis Mitternacht mit dem Theater beschäftigt wäre.

Bedeutend mehr hing Helene an dem Jungen. Es war ihre größte Freude, wenn sie mit dem Nachmittagskaffee auf ihn warten und dann einige Stunden mit ihm zusammen sein konnte. Diese Stunden waren ihr in den ersten Prager Jahren Trost und Belohnung für ihre Einsamkeit. Sie spielten allerlei Spiele miteinander, erzählten allerhand lustiges Zeug, aber das alles währte nur eine gewisse Zeit. Je leidenschaftlicher sich Peterchen in den Lehrstoff vertiefte, um so mehr entfernte er sich von der primitiven Welt seiner Mutter. Er hatte fast nichts als die Schule im Kopf und sprach kaum mehr über etwas anderes. Und wie wenig kannte und wußte Helene! Sie war seine Vertraute, aber sie konnte ihm bei nichts helfen oder auch nur raten. Mit Liebe und Bewunderung verfolgte sie, was ihr Sohn alles wußte, war stolz auf seine Erfolge und unterstützte seinen Ehrgeiz, aber wenn er abends schlafen gegangen war, gestand sie sich seufzend ein, daß ihr das alles fremd sei.

So blieb nur noch das Pferdchen Tschao als einziges Lebewesen übrig, dem Helene ihr Leid und ihren Kummer klagen und mit dem sie ihre Einsamkeit und Verlassenheit teilen konnte.

8

Klein-Peter wuchs allmählich zum Peter heran. Plötzlich waren ihm alle Anzüge zu kurz, seine Knochen fingen an sich zu dehnen, seine zierliche Gestalt schoß mit einemmal in die Höhe und erreichte und überholte bald den nicht sehr großen Vater. Peter schlenkerte mit den Armen und Beinen herum, als gehörten sie gar nicht zu ihm, und wußte sich mit all der neuen Körpermasse keinen Rat. Vater, Onkel und Großvater lachten über die Riesenmengen, die das einst so zarte, schwache Peterchen verschlang, aber Helene war außer sich vor Angst, der Junge könnte schließlich noch krank werden. Und wirklich, er sah nicht gut aus, war bleich im Gesicht, und seine Haut war voller Pickel und Ausschläge. Auch seine zarte, schmeichelnde Stimme sprang jeden Augenblick von den höchsten, schrillen Quietschtönen in den tiefsten

Baß über. In der Schule lachte man über ihn, aber der Gesanglehrer entließ ihn aus dem Gesangunterricht. Beängstigt über diese plötzliche Veränderung, ließ Helene den Arzt holen. Er untersuchte Peterchen, klopfte ihn ab, lachte, und als er ihn zum Ankleiden fortgeschickt hatte, sagte er der Mutter mit ruhiger Stimme:

»Das ist nichts. Ihr Sohn befindet sich in den Entwicklungsjahren und ist auf dem Wege, vom Knaben zum Manne heranzureifen. Sonst ist er gesund und braucht jetzt eine ausgiebige Ernährung und mehr körperliche und geistige Ruhe. Das gleicht sich nach einer gewissen Zeit wieder aus, und aus Peterchen wird Peter geworden sein.«

Helene atmete erleichtert auf, aber abends konnte sie nicht einschlafen. Aus Peterchen wird Peter! Aus dem Knaben ein Mann! Jetzt ist es vorbei mit der Kindheit, mit den Liebkosungen, jetzt wird er sich endgültig von ihr abwenden und zu den Männern gehen, zu Vaschku, zu Frans und zum Großvater Anton. Alle Männer halten irgendwie zusammen und entwischen den Frauen, wo sie können. In allen Männern steckt es... mein Gott, und was wird aus Peterchen werden? Wird auch er den Weibern nachgehen? Ja, sicher wird er es tun, irgendein Mädchen wird auftauchen, das ihn betören und bezaubern, das ihn ihr abspenstig machen, weglocken, stehlen wird. Weiß Gott, was es für ein Weib, was es für eine Schmeichelkatze sein wird. Oh, was tun sie nicht alles, nur um einen Mann zu fangen. Hat ihr nicht selbst die rechtschaffene Alice einmal gestanden, wie sie in der Nacht Kerholec in die Arme gelaufen ist? Dann ist es aus mit all dem armseligen männlichen Heldentum. Peterchen mit seiner verrückten Mathematik – hat es je einen Rechenkünstler gegeben, der ausgerechnet hätte, was für eine Unbekannte in der Gleichung des Weibes verborgen liegt?

Aber selbst wenn er Glück hätte und das bravste Mädchen der Welt nach Hause brächte – Helene richtet sich unwillkürlich im Bett auf und starrt in das Dunkel des Zimmers – wenn er das anständigste Mädchen heiratete... was würde es anders bedeuten als das Ende von Helenens Herrschaft über ihn und über dieses kleine Stückchen Welt. Das ließe sich einfach nicht verhindern, das wäre die natürliche Folge, das ist das unabänderliche Gesetz: eine neue Königin kommt, die alte muß zurücktreten. Alt... welch entsetzliches Wort! Ist sie denn schon alt? Nein, sie ist es nicht und will es nicht sein, noch will sie nicht kapitulieren, aber wie soll sie es verhindern, wenn der Sohn heranwächst und die Zeit fliegt? Die Zeit vergeht... mein Gott, wird sie sie aufhalten können!

Am Morgen, wenn alle fortgegangen sind, sitzt Helene vor dem Spiegel. Ihre Augen sind ein bißchen eingefallen, aber ihr aufmerksamer Blick gleitet forschend über Stirn, Wangen und Hals. Nein, sie ist nicht alt, das kann man nicht behaupten, aber so frisch wie früher auch nicht mehr. Hier um Mund und Nase ist ein klein wenig Schärfe, aber das kommt wohl von dem vielen Reiten. Sonst kann sie zufrieden sein, mit einem bißchen Schminke für die Abendbeleuchtung würde sie sich mit jeder Kunstreiterin messen können. Aber wie lange wird sie es noch aushalten? Ein paar Jahre, vielleicht nur noch wenige Jahre. Es ist der letzte Strahl des Sommers, und dann kommt der traurige Herbst.

Ein paar Jahre noch. Und für wie lange sind sie hierher nach Prag gekommen? Wie leicht und sorglos hatten sie damals gesagt: wir fahren hin und bleiben so lange, bis Peterchen auf den eigenen Füßen steht. Wie alt würde sie sein, wenn sie hier wirklich darauf warten wollte? Achtuntvierzig? Neunundvierzig? Fünfzig? Kann sie denn mit fünzig Jahren überhaupt noch zum Zirkus zurückkehren? Gewiß, im Zirkus Humberto hatte man sich von Kunstreiterinnen erzählt, die bis zu sechzig Jahren und länger im Sattel geblieben waren, aber diese Äbtissinnen des Reiterordens hatten sich das Recht auf ihr Alter dadurch verdient, daß sie die Manege, in der sie als Kinder zu reiten begonnen hatten, niemals verlassen hatten. Etwas anderes ist es, für fünfzehn Jahre aus dem Chapiteau zu verschwinden und dann mit ergrautem Haar und mit Falten im Gesicht auf das Ruhmesfeld der Jugend zurückzukehren. Helene hatte sich ihre jugendliche Frische erhalten wie selten eine Frau in ihren Jahren. Aber wie lange noch durfte sie sich auf die Wirkung ihrer Schönheit verlassen?

Ein beklemmendes Angstgefühl um ihr Leben schnürte ihr die Kehle zusammen. Nicht allein um seine Dauer, vielmehr um seine künftige Entwicklung, darum, ob sie es überhaupt noch würde genießen können, und, so schien es ihr wenigstens, um ihre letzte Chance. Es war der Zirkus Humberto, der plötzlich mit der ganzen Macht der Erinnerung in ihr wach wurde, rief, lockte und warnte, daß sie an der Seite ihres Mannes nicht ihre letzte Chance verliere. Vaschku hatte nicht kapituliert, Vaschku war seiner Bestimmung, wenn auch in anderer Form, treu geblieben, aber sie... war sie denn wirklich dazu geboren, um all ihrer Kräftefülle und Vitalität zu entsagen und in stiller Abgeschiedenheit lediglich als Gattin und Mutter zu leben? War es nicht vielmehr ihre Pflicht, diesem verhängnisvollen Lauf der Dinge die Stirn zu bieten, sich gegen die ihr Leben vernichtende Gesellschaftsordnung aufzulehnen und sich auf eigene Faust ein aktives, volles und schönes Leben zu erkämpfen? Einmal vor vielen, vielen Jahren hatte sie jemand dazu aufgemuntert, hatte ihr mit herrlichen Worten Mut zugesprochen. Wie im Traum erschien ihr der alte Herr Wollschläger in seinem kleinen Häuschen mit den vielen Figuren und Bildern von Pferden. Sie wußte nicht mehr, was er damals wörtlich gesagt hatte, aber sie erinnerte sich, daß er begeistert den Kampf gegen die Konvention verkündet hatte. Damals hatte sie ihn nicht verstanden.

Jetzt wußte sie es: der weise, ehrwürdige Greis hatte die Kämpfe vorausgeahnt, die sie in ihrem Leben erwarteten, und ihr ein Wort zugeflüstert wie ein Evangelium.

Täglich beobachtete Helene ihren Peter, zu Hause, in der Stadt, auf seinem Heinweg aus dem Gymnasium. Und eines Tages klopfte ihr dabei das Herz: von der Ekke des Neubaus des Städtischen Museums erblickte sie unten im Park den hoch aufgeschossenen Peter mit einer Menge Bücher unter dem linken Arm, wie er mit der rechten Hand in der Luft herumfuchtelte und einem blonden Mädchen mit zwei langen Zöpfen am Rücken offenbar etwas zu erklären bemüht war. Helene sah ihnen mit weit aufgerissenen Augen nach, bis sie hinter einem Strauch verschwanden. Dann wandte sie sich um und eilte direkt ins Varieté Humberto.

»Ist der Herr Direktor oben?« schrie sie beim Eingang dem Portier zu.

»Jawohl, gnädige Frau, die Proben sind schon vorüber«, antwortete Herr Trkal und sah ihr erstaunt nach, wie sie atemlos die Treppe hinaufjagte.

»Du hast, hoffe ich, eine Minute Zeit?« stieß sie hervor, als sie in Karas' Arbeitszimmer stürzte.

»Was ist geschehen, Helenchen?« fragte Vaschku erstaunt.

»Sehr viel, unglaublich viel, Peterchen hat ein Mädel!«

»Peterchen?« Vaschku hob überrascht die Augenbrauen. Dann huschte ein zufriedenes Lächeln um seine Mundwinkel und er flüsterte: »Gott sei Dank!«

»Was sagst du da?« rief Helene und blieb gespannt stehen.

»Ich danke Gott, Helenchen, daß der Junge endlich so weit ist. Das ist der einzige Weg, der ihn zu einem gesunden Leben führen kann.«

»Du billigst es also?«

»Ja, natürlich!«

»Und was soll ich... ich soll auf das einzige verzichten, was ich habe?«

Ihre Stimme zitterte, Tränen stürzten ihr aus den Augen, Helene fiel auf den Sessel nieder. Vaschku trat zu ihr hin und nahm sie bei der Hand.

»Helenchen«, sagte er mit leiser, zärtlicher Stimme, »das ist doch das Los aller Eltern, daß ihnen eines Tages die Kinder aus dem Nest davonfliegen! Du siehst in Peter immer noch den kleinen Jungen, und dabei sprießt ihm bereits der Flaum unter der Nase hervor.«

Er redete ihr zu, so gut er konnte, aber das herzbrechende Schluchzen hörte nicht auf. Helene ging gebrochen und weinend fort. Sie nahm sich vor, zu Hause mit Peterchen zu sprechen, aber sie fand die Wohnung leer und verlassen vor. Er war gewiß mit ihr, mit dem blonden Mädel fortgegangen. Und jetzt kam der Zusammenbruch, dem sie vor kurzem entronnen war. Sie hatte ihre Liebe und ihren Halt verloren. Wieviel Jahre blieben ihr noch übrig von der Fülle des Lebens? Waren es acht, fünf, drei? Und der verzweifelte Gedanke schoß ihr durch den Kopf, daß sie für sich retten müsse, was noch zu retten sei.

Drei Tage darauf kam Herr Trkal zu seiner Frau in die Küche hinter der Portierloge.

»Bei Direktors geht etwas vor«, verkündete er ihr mit wichtigtuender Miene. »Unlängst ist die Direktorin ganz außer sich zum Direktor gelaufen und ganz verweint zurückgekommen. Und jetzt kommt der Direktor genau so aufgeregt zu mir gerannt und verlangt, daß ich sofort den alten Karas hole. Da wird etwas in der Familie los sein. Meiner Ansicht nach ist es wegen des Jungen.«

Oben im Büro lief Wenzel Karas wirklich wie ein gefangenes Tier hin und her. Franz Steenhouwer saß mit gefalteten Händen beim Fenster und schüttelte leise den kahlen Kopf. Sie warteten auf Anton Karas. Er stieß die Tür auf und fragte, ohne zu grüßen:

»Was gibt's, Vaschku?«

»Etwas Schlimmes, Vater. Helene ist abgereist.«

»Zum Teufel – und wohin?«

»Das weiß ich noch nicht. Wahrscheinlich irgendwohin zum Zirkus. Gestern hat sie ihr Pferd nach Dresden schicken lassen, aber das wird wohl nicht die Endstation sein.«

»Du mein lieber Gott, das ist eine schöne Bescherung!«

»Hier ist ein Brief von ihr. Sie schreibt, sie könne in Prag nicht leben, ich müsse doch begreifen, daß das Varieté nicht ihren Idealen entspreche, und daß sie, wenn sich jetzt sogar Peterchen von ihr losreiße, wenigstens noch den Rest ihres Lebens für sich retten müsse.«

»So, so, mein Junge, das also ist es. Sie ist der Manege nachgefahren. Der Herrgott möge dir die Kraft geben, daß du nicht den Kopf verlierst. Da werden wir also wieder ohne Weib leben wie im Zirkuswagen. Es hat immer irgendwie an einem Faden gehangen – der Zirkus Humberto läßt sich eben nicht verleugnen.«

9

Onkel Steenhouwer war durch Helenens Flucht ganz erschüttert.

»Wie konnte sie nur das tun!« stöhnte er, indem er sich über die Glatze fuhr, »den Mann, den Sohn, das Vermögen verlassen! Welch eine Verantwortungslosigkeit, eine Arbeit zu untergraben, die das verlorene Familienvermögen zu erneuern trachtet! Solange ich mit dem Zirkus Humberto gereist bin, habe ich nie so regelmäßig Überschüsse auf das Privatkonto übertragen können. Jede Monatsbilanz ist ein Vergnügen, und dieses Mädel läuft zum Zirkus davon!«

Steenhouwer hatte Angst, Vaschku könnte durch das

Familienunglück zusammenbrechen. Deshalb schlug er vor, sofort den Agenturen zu telegraphieren, daß sie Helenens Aufenthaltsort ausfindig machten.

Wenzel Karas lehnte sich dagegen auf.

»Warum unangenehme Dinge an die große Glocke hängen?« antwortete er Steenhouwer. »Helenens Arbeit beim Zirkus wird nicht geheim bleiben; wenn sie ein Engagement hat, werden wir sehr bald von ihr hören. Und dann werde ich dafür sorgen, daß ich das Zerwürfnis beseitige.«

Seine alten Gefährten aus dem Zirkus Humberto gaben ihm recht. Die Männer schlossen sich enger zusammen, und Frau Kerholec, deren drei Söhne bereits aus dem Hause waren, übernahm die Aufsicht über Vaschkus Haushalt.

Wenzels Voraussage bestätigte sich. Es vergingen keine zehn Tage, und Kerholec brachte einen Brief von seinen beiden ältesten Söhnen aus Leipzig. Sie arbeiteten unter dem Namen Kerhol and Kerhol als Äquilibristen beim Zirkus Kranz. Jetzt schrieben sie den Eltern über ihre große Überraschung, als im Stall plötzlich der Schimmel Tschao und nach ihm Frau Direktor Karas selbst bei ihnen erschienen war.

»Kranz war außer sich vor Stolz«, berichteten die beiden jungen Athleten, »als er ihr Auftreten ankündigte. Wie sollte er es auch nicht sein, wenn er sich rühmen kann, daß er die letzte Humberto engagiert hat. Aber Madame arbeitet nicht unter ihrem Namen, sondern nennt sich Miß Sweet. Das ärgert den Alten natürlich und deshalb erzählt er, wo er kann, daß es Berwitzens Tochter ist. Jedenfalls ist Madame in guter Kondition und hat Erfolg. Die Hohe Schule reite sie prima, wirklich erstklassig, und Tschao ist ein prächtiges Reitpferd. Sie war riesig erstaunt, als wir zu ihr kamen. ›Jesus, Maria‹, sagte sie, ›das sind ja Kerholecs Jungen!‹ ›Ja, das sind wir‹, haben wir geantwortet, ›ist das aber eine Überraschung.‹

›Nun ja‹, fuhr sie dann fort, ›wißt ihr, die Welt ist halt rund und die Manege auch.‹ Da haben wir sie weiter nicht gefragt, aber wir sind natürlich sehr neugierig, was eigentlich passiert ist. Herr Direktor kann unbesorgt sein, wir sorgen dafür, daß sie alle Bequemlichkeit hat und Tschao auch. Tschechen sind genug hier, die Gruppe der Zeltarbeiter führt der Platzmeister Svoboda, vielleicht kennt ihn der Herr Direktor. Er weiß jedenfalls, daß Madame Karas heißt, und sagt, daß sie gewissermaßen seine Landsmännin ist. Schreibt uns also postwendend, was geschehen ist. With warmest love Eure treuen Kerhol and Kerhol.«

Auf diese Nachricht setzte sich Karas an den Schreibtisch und schrieb mit seiner großen, etwas schülerhaften Handschrift Helene einen Brief. Daß er ihre Sehnsucht nach dem Zirkus vollkommen begreife und daß ihm selbst die runde Arbeit auch hundertmal lieber wäre, wenn er sich nicht schon dem Theater verschrieben hätte; daß er ihre Entscheidung keineswegs übelnehme und es ihm nur weh tue, daß sie sich nicht vorher mit ihm darüber ausgesprochen habe. Es sei doch noch ihr Peter da, und auf ihn würde es eine schlechte Wirkung ausüben, wenn zwischen den Eltern ein Zerwürfnis entstünde. Er halte es deshalb für unerläßlich, daß ihr gegenseitiges herzliches Verhältnis ungetrübt bleibe und Helenens Abgang als beiderseitige Übereinkunft betrachtet werde. Helene sei einfach früher zum Zirkus zurückgekehrt, als sie ursprünglich beabsichtigt hätten, und wolle dort verbleiben, bis Vaschku seine fünfzehn Jahre Tätigkeit am Varieté, zu der er sich verpflichtet habe, beendet hätte; dann wollten sie wieder gemeinsam durch die Welt ziehen und, falls nicht etwas Unvorhergesehenes eintreten sollte, den Zirkus Humberto in vollem Glanz wieder eröffnen.

Karas schickte den Brief Helene nicht direkt, sondern den Brüdern Kerholec mit der Bitte, sie möchten einen großen Veilchenstrauß kaufen und ihn Helene mit dem Brief übergeben. Nach einer Woche erhielt er eine an vielen Stellen von Tränen benetzte Antwort, worin Helene gerührt seine Vorschläge annahm. »Du bist immer derselbe brave, besonnene, liebevolle Vaschku, der Verständnis für mich hat und ständig etwas schlichten muß. Ich habe sehr durch die Verlassenheit gelitten und Dein Theater gehaßt. Ich war eifersüchtig auf das ganze Varieté, aber heute sehe ich es schon in einem anderen Licht. Tu Deine Arbeit, ich bitte Dich, wie bisher, und laß Dich durch eine kleine, törichte Frau, wie es Deine Helene ist, nicht aus dem Gleichgewicht bringen. Ich weiß, daß Du trotzdem über meinem Schicksal und dem Leben unseres Sohnes wachst und daß Du dem Stärkeren treu bleibst, was in uns lebt, dem Zirkus Humberto.«

Die Entfernung heilte die Wunden, welche in der Nähe entstanden war. Zwischen Wenzel und Helene entwickelte sich eine Korrespondenz, in der sie einander mit kameradschaftlicher Vertraulichkeit alles mitteilten, was ihnen in ihrem zweifachen Betätigungsfeld begegnete. Wenzel legte Helene nur immer wieder ans Herz, nicht zuzulassen, daß ihr Vater von ihrer Arbeit bei Kranz erfahre. Der alte Berwitz lebte durch eine besondere Gnade des Schicksals noch, und sein Zustand hatte sich sogar ein wenig gebessert, aber eine solche Nachricht über den persönlichen Triumph seines langjährigen Rivalen würde er nicht überlebt haben.

Helene wiederum hatte in ihren Briefen eine Menge Ermahnungen für ihr Peterchen. Mochte sie noch so sehr vom Zirkus und der wilden Jagd durch die Welt in Anspruch genommen sein, so hing sie doch an ihm und wollte über jeden seiner Schritte benachrichtigt sein. Peter hatte inzwischen das Studium am Gymnasium beendet, hatte mit Auszeichnung die Reifeprüfung bestanden und war auf die Universität gegangen, um sich den mathematischen Wissenschaften zu widmen. Weder zum Unternehmen des Vaters noch zur Tätigkeit der Mutter hatte er ein inneres Verhältnis gefunden. Es interessierte ihn nicht, es war ihm fremd und gleichgültig wie das Straßenpflaster, auf dem er in seine Gedanken versunken einherging. Ein wenig hing er noch an Großonkel Steenhouwer, aber dieser begann bedenklich zu altern und nickte am Nachmittag nicht selten über seinen Büchern ein. An seiner Seite saß der junge Kanzleigehilfe Kauble, der auf Wenzels Anordnung bereits alles in Evidenz halten und überall einspringen mußte, wo das allmählich schwindelnde Gedächtnis Steenhouwers versagte.

So kam das Leben um Wenzel Karas wieder in ruhigere Bahnen. Es war nicht ohne Aufregung, brachte doch allein der dauernde Programmwechsel ihm und seinen Leuten ununterbrochen Nervenanspannung. Aber gerade das hatte seinen besonderen Reiz, war eine beständige Aufforderung zum Kampf, den Vaschku mit nicht erlahmendem Eifer auf sich nahm. Aber sonst herrschte Ruhe im Unternehmen, und nur selten kam von außen etwas Aufregendes.

Nur einmal unterbrach Wenzel diesen Zustand durch eine Reise nach Hamburg. Die Stadt schien ihm wieder noch größer, belebter und großstädtischer als vor einigen Jahren. Aber er kam nicht, um die Sehenswürdigkeiten der Stadt zu besichtigen. Es zog ihn nur an die Stellen, die seine Erinnerungen an den Zirkus Humberto umgrenzten. Zuerst eilte er zur Reeperbahn, um zu sehen, was mit ihrer Bude geschehen sei. Aber er konnte die Stelle kaum erkennen. Dort, wo auf einem armseligen Rasen einst ihre bunten Zirkuswagen gestanden hatten, befand sich jetzt ein breiter, sorgfältig gepflasterter freier Platz. Ringsum ragten überall neue Häuser in die Höhe mit Luxus- und Volksrestaurants, mit Kaffeehäusern, Theater- und Konzertsälen, mit Wein- und Tanzlokalen, eine Welt üppiger Unterhaltung und aufreizenden Genusses. Der Grundriß der verbreiteten Straße hatte sich geändert, man konnte nicht einmal mehr sagen, wo einst die Schießbuden und Ringelspiele gestanden waren und wo die Konstruktion des Zirkus Humberto emporgeragt hatte, wo der Schalter der Frau Hammerschmidt und wo die Tür gewesen war, hinter welcher der verstorbene Harwey mit seiner rothaarigen Alice gewohnt hatte.

Karas ging weiter bis ans Ende dieser Avenue des Genusses, wo er in enge, krumme Gäßchen einbog. Er freute sich, daß schon hinter der Ecke das große Schild der »Seemannsbraut« auftauchen mußte. Aber an der Ecke blieb er wie angewurzelt stehen: das Erdgeschoß des Hauses zeigte Spuren frischer Maurerarbeit. Wo seinerzeit Gläserklingen und Stimmengewirr aus den Fenstern gedrungen waren, befanden sich jetzt wieder Läden, eine Papierhandlung und ein Bäckerladen. Das Gasthaus war auf den Ausschank beschränkt worden; die alte Firmentafel über dem Eingang war verwittert und an mehreren Stellen beschädigt. Wie im Traum ging er weiter...

Am Nachmittag suchte er, dem Gedächtnis folgend, das Haus, wo Frau Langermann gewohnt hatte. Er stieg rasch die vier Treppen empor, aber dann, als er die Tafel mit der Aufschrift »Frau Wwe. Langermann« erblickte, bekam er Herzklopfen, und seine Beine begannen zu zittern. Unter dieser Tafel befand sich eine zweite und darauf stand »Tim Jörgens«. Karas läutete.

Er vernahm ein Geräusch, die Tür wurde geöffnet. Ein altes, gebücktes Weiblein in weißem Häubchen blickte erstaunt zu ihm empor, rückte dann die Brille zurecht, hob die Arme und rief:

»Mein Gott, Vaschku!«

Er nickte, trat auf sie zu und umarmte sie.

»Lieber Gott, er ist's. Nun, kommen Sie nur weiter, ist das eine Überraschung, Röschen ist zu Hause und ihr Mann auch. Wird die Augen machen!«

Wenzel mußte mit heftigem Augenzwinkern die Tränen unterdrücken, als er in der Küche plötzlich vor Röschen stand und ihre magere Gestalt, ihre eingefallenen Wangen und die scharfe Nase erblickte. Sie sah bedeutend älter und gesetzter aus, als es ihrem Alter entsprach. Neben ihr stand ihr Mann, Tim Jörgens, ein großer, breitschultriger Mensch mit schütterem blondem Haar und blauen Augen, der Steuermann des kleinen Hafendampfers »Stellingen«. Sie stellte ihm Vaschku als den Sohn ihres einstigen Untermieters und Röschens Spielkameraden vor. Tim Jörgens begrüßte ihn mit herzlichem Händedruck, Frau Langermann setzte Wasser zum Kochen auf, und schon entwickelte sich, als die erste Verlegenheit überstanden war, eine rege Unterhaltung über ihr Leben. Jörgens war ein lustiger Kerl, der jede Erzählung mit einem Witz zu würzen verstand. Als er zwei Glas Tee ausgetrunken hatte, der in seiner Mischung eher als Grog ausfiel, zog er neben dem Divan eine Ziehharmonika hervor und begann leise zum Gespräch zu spielen. Er saß mit Röschen auf dem Divan, Wenzel mit Frau Langermann ihnen gegenüber. Als sich das Gespräch erschöpft hatte, begann Tim Jörgens zu singen: »Et wasen twei Kunnigeskinder...« Röschen neigte sich zu ihm herab, aus ihren Augen fielen Tränen herab wie schwere Perlen, und auch Frau Langermann fing leise zu schluchzen an. Wenzel schnürte es das Herz zusammen. Er fühlte, daß er durch sein Kommen eine Wunde aufgerissen hatte, die für immer hätte geschlossen bleiben sollen. Es fuhr ihm durch den Kopf, daß um halb sieben Uhr der Zug nach Berlin abgehe. Er sah nach der Uhr und begann sich hastig zu entschuldigen, daß er gehen müsse. Beide Frauen wollten ihn zurückhalten, aber Jörgens nahm seinen Aufbruch als Selbstverständlichkeit hin.

»Nein, Kinder, wir dürfen Herrn Vaschku nicht aufhalten. Der Fahrplan läßt sich nicht ändern, da ist nichts zu machen.«

Beim Abschied ging es wieder nicht ohne Tränen ab.

»Er war doch wie unser eigener Sohn...«, entschuldigte sich Frau Langermann bei ihrem Schwiegersohn.

»Ich weiß schon, Mutter«, antwortete Jörgens mit klingender Stimme, »eine Freundschaft aus der Kindheit, das ist das Schönste.«

Als er dann Vaschku zur Tür begleitete, entschuldigte er sich beim Abschied:

»Das Weinen dürfen Sie nicht übelnehmen. Frauen sind eben mal etwas empfindsam. Das macht das häusliche Glück.«

»Möge es Ihnen immer bleiben!« sagte Vaschku herzlich und drückte ihm zum letztenmal die Hand.

Er lief schnell die Treppen hinunter auf die Straße. An der Ecke hielt er eine Droschke an und ließ sich zum Hotel fahren. Unterwegs befahl er jedoch dem Kutscher, vor einer Delikatessenhandlung zu halten, in deren Schaufenster er Weinkörbe erblickt hatte. Er ging schnell hinein, suchte den größten und reichsten Korb mit Rhein-, Mosel- und Champagnerwein aus, mit Schokolade, Datteln, Feigen und Orangen, gab dem Kaufmann die Adresse der Frau Rosa Jörgens, der Gattin des Herrn Steuermann Jörgens, bezahlte, fuhr ins Hotel, packte schnell seine Sachen ein und um halb sieben saß er im Schnellzug, der ihn nach Prag brachte.

Erst im Speisewagen kam ihm zum Bewußtsein, daß er überhaupt nicht im Hamburger Varieté gewesen sei, wie er eigentlich »beabsichtigt« hatte, und daß er Onkel Steenhouwer zum erstenmal einen falschen Posten auf das Regiekonto setzen werde.

10

Zwei goldene Zöpfe flochten sich zu einem schweren Knoten zusammen, zwei Ohrläppchen wurden mit Türkisohrringen geschmückt, eine kleine Hand fuhr mit der Puderquaste über Hals und Stirn, und zwei feucht glänzende Augen sahen strahlend in den Spiegel, der eine junge, blühende, rundliche Mädchengestalt zurückwarf, an der mütterliche Hände bereits das Abendkleidchen aus hellblauer Seide zurechtstreiften. Die erste Tanzstunde – das war die Ursache der beglückenden Aufregung für Fräulein Emilie Kostečka und ihre Mutter Marie Kostečka, geborene Varhanář, Gattin des Herrenwäsche- und Krawattenfabrikanten Jaroslav Kostečka in Prag II, Těšnov 17, Lager und Detailverkauf in Prag I, Zeltnergasse 47.

Als die beiden Damen spätabends aus Linkes Tanzinstitut zurückkehrten, waren noch zwei Fenster im ersten Stockwerk ihres Hauses am Těšnov erleuchtet.

»Vater ist nicht schlafen gegangen«, bemerkte Frau Kostečka, »er wartet noch auf uns.«

Wirklich, Herr Fabrikant Kostečka saß ohne Rock und Krawatte, mit aufgeknöpfter Weste im Speisezimmer beim letzten Glas Bier und las die »Národní Listy«*. Ein grüner Luster mit grünen Fransen, der mit grünen Kordeln an der Decke befestigt war, beleuchtete die weiße Tischfläche, auf der noch die Servietten ausgebreitet lagen, und goß ein mildes Licht über die Renaissancemöbel, die Plüschsessel und den Diwan mit dem türkischen Muster. Als die Damen eintraten, legte Herr Kostečka

* »Volkszeitung.«

die Zeitung fort, und der Schein des Lusters fiel auf sein längliches Gesicht mit dem Zwicker auf der starken Nase, mit dem in der Mitte gescheitelten gewellten Haar und dem langen braunen Vollbart.

»Vater, war das schön!« rief Emilie in die Tür und erzählte, im Zimmer herumtollend, überglücklich und überstürzt, was sie an ihrem ersten Tanzabend erlebt hatte. Die Eltern ließen sie austollen und schickten sie dann zu Bett. Sie war sehr aufgeregt und umarmte immer wieder die Mutter, die sie streichelte und küßte.

»Ich habe hier auf dich gewartet, Mutter«, sagte dann Herr Kostečka zu seiner Gemahlin und klopfte mit dem Zwicker leicht auf den Tisch, »um dir zu sagen, daß der Agramer Fekete-Crnkovič, der in Budapest Schwarz hieß, doch noch gezahlt hat. Heute nachmittag sind 1500 Gulden von ihm gekommen. Ich hatte die Forderung längst abgeschrieben. So eine angenehme Überraschung habe ich im Geschäft lange nicht mehr erlebt. Na, und da hab' ich mir gedacht, daß du die fünfzehnhundert Gulden gleich für Emilichens Mitgift zurücklegen könntest.«

»Ach, du bist brav, Vater. Wir müssen jetzt immer an ihr Glück denken. Es ist ernster, als ich gedacht habe.«

»Du hast doch nicht etwa schon einen Bräutigam für sie?«

»Ich nicht, aber ein Bewerber ist auch ohne mich da. Wenn du einen so glücklichen Tag gehabt hast, erzähle ich dir gleich alles. Ich habe mir gleich gesagt, daß dieser Fekete-Crnkovič ein gutes Zeichen ist. Fünfzehnhundert Gulden retten – nun, unser Vater kann halt Geschäfte machen.«

»Na schön, aber wie ist es eigentlich mit dem Bräutigam?«

»Ja, der ist aufgetaucht, wie denn nicht, das Mädel sieht ja aus wie eine Knospe, der ganze Vater. Er schwänzelt schon seit einiger Zeit um sie herum. Eine Studentenliebe, du weißt schon, Vater, das hat eben seinen Reiz. Heute hat er sich mir vorgestellt. Ein hübscher, gut gewachsener junger Mann, sehr anständig, er hat uns bis zur Ecke begleitet.«

»Da schaut's her, ist das eine Neuigkeit! Und was ist er? Wie heißt er?«

»Peter Karas, Vater, Kandidat der Professur.«

»Professor... Hm... Na, nicht schlecht. Staatsdienst, Pension...«

»Er ist reizend und ungeheuer intelligent. Sogar Gedichte schreibt er, heute hat er ihr eins mitgebracht, ich habe es Emilichen weggenommen, damit du es liest.«

»So, so. Ein Dichter. A la Vrchlický, nicht? Meinetwegen, ich habe gegen einen Dichter in der Familie nichts einzuwenden, wenn er sonst einen ordentlichen Beruf hat. Wir können uns schließlich etwas erlauben. Vrchlický kennen wir ja persönlich, erinnerst du dich noch an ihn? Nein, nicht mehr? Es war ein hagerer junger Mann mit herabhängendem Schnurrbart... du hast ihn doch damals selbst bedient, als er sechs Frackhemden Excelsior Nr. 39 und eine weiße Krawatte zum Ehrendoktorat kaufte... du kannst dich noch immer nicht erinnern? Er wollte zuerst nur drei nehmen, aber ich hab' ihm zugeredet: Meister, Euer Werk und jetzt die Ehrung durch die Promotion – da müssen wir schon ein halbes Dutzend geben! Er hat darauf nur genickt. Ein charmanter Mensch. Ich führe jede solche Bekanntschaft in Evidenz, dem Geschäft schadet es nicht, wenn man auf berühmte Kundschaft hinweisen kann. Nun, wie gesagt, er ist Dichter und Universitätsprofessor, da ist nichts einzuwenden. Wenn, dieser Jüngling auch Dichter und Professor ist, und, à la bonne heure, ich bin ein fortschrittlicher Mensch, wenn die Pension gesichert ist, hab' ich nichts dagegen. Zeig mir mal das Gedicht.«

Herr Kostečka stetzte sich den Zwicker auf und öffnete den Papierbogen.

»Die Handschrift ist recht gefällig, freilich ist es keine

Kalligraphie. Aber für einen Professor sehr leserlich. Schließlich ist ein Dichter auch kein Buchhalter. Na, und jetzt zum Gedicht. Ein Gedicht auf unsere Familie! Ich bin schon sehr neugierig!«

»Zu Euch, Ihr schöne Unbekannte, die ihr mit Glück
Erfüllt des Lebens Gleichung, bevor sie löst der Styx,
Zu Euch fliegt mein Gedicht und trägt zu Euch
Die Sehnsucht mein nach jenem reizend schönen X.«

»Na, bitte. Ich glaube, Vrchlický würde für unsere Emilie auch kein schöneres Gedicht schreiben können.«

Herr Kostečka nickte anerkennend mit dem Kopf und las langsam noch die drei folgenden Strophen des Gedichtes.

»Wer hätte das gedacht? Ein Gedicht, das unsere Emilie verherrlicht.«

»Ja, ja, Jaroslav«, antwortete Frau Kostečka mit Tränen in den Augen, indem sie das Blatt Papier wieder zu sich nahm, »als ich bei der Linke den Vers las:

»Zu Euch, Ihr schöne Unbekannte, die Ihr mit Glück
Erfüllt...«

habe ich mir gedacht: Mein Gott, dich hat nie ein Dichter verherrlicht...«

»Aber Mariechen, das darfst du nicht so nehmen. Wir haben eben jeder einen anderen Genius. Dafür habe ich mich wieder in der Reklame ausgekannt. Nun, und wie sieht's denn mit dem jungen Mann aus... aus was für einer Familie ist er denn eigentlich?«

»Das ist es gerade, was mir ein bißchen Kummer macht«, gestand seine Gemahlin, »sein Vater soll Inhaber eines Varietés sein...«

»Ach, das ist also der Karas vom Varieté Humberto! Ich kenne ja seinen Großvater – der Vater des Direktors setzt sich manchmal im ›Weißen Schwan‹ an unseren Tisch. Ein einfacher, aber interessanter Mensch, alle haben wir ihn gern. Das Varieté soll jetzt glänzend gehen, die Leute werden ein hübsches Vermögen haben. Na, darüber werden wir uns noch informieren und dann werden wir sehen. Ich will Emilichens Glück nicht im Wege stehen.«

Das Ehepaar Kostečka ging zu Bett, konnte aber lange nicht einschlafen.

»Vater, schläfst du schon?« flüsterte Frau Kostečka nach einer Weile.

»Nein. Was gibt's?«

»Weißt du, mir fällt gerade ein... was der Junge über die Sehnsucht nach jenem reizenden X schreibt – was soll das sein, dieses X? Das verstehe ich nicht.«

»Na, das ist eben etwas Unbekanntes, wie man etwa sagt Herr X oder Herr Y...«

»Du meinst also, daß daran nichts... sozusagen nichts Besonderes ist...«

»Was sollte daran Besonderes sein?«

»Ich habe mir nur gedacht... wenn er sich also nach jenem reizenden X sehnt... ob dieses reizende X...«

»Ach so! Aber nein, um Gottes willen, das kann doch nicht sein, er ist doch noch ein junger Kerl...«

»Du meinst also, Vater, daß nichts... wie soll ich sagen... daß nichts Verfängliches daran ist?«

»Nein, Mutter, ich denke nicht. Wenn man es aber so nimmt... das ist eigentlich nicht schlecht... ein reizendes X, chachacha...«

»Pfui, Vater, woran du wieder denkst...«

»Wieso ich? Bin ich denn auf das reizende X gekommen?«

»Aber ihr Männer seid immer gleich so...«

»Das reizende X... ach, schweig nur... wer hat denn damit angefangen?«

Am nächsten Tag ersuchte Herr Kostečka seinen intimen Geschäftsfreund, Herrn Salzmann, ihm Auskunft über Wenzel und Peter Karas zu verschaffen. Die Agentur erteilte sie nach einigen Tagen. Kostečka und seine Frau lasen den Bericht mit großer Neugierde.

»Wenzel Karas, Mitinhaber des Théâtre Variété Humberto in Karolinenthal.

Der Genannte stammt aus einem Ort in Südböhmen. Im Jahre 1890 übernahm er die artistische Leitung des Varietés in eigener Regie als Pächter, während der bisherige Inhaber Achilles Bredburda den Restaurantbetrieb leitet. Es scheint, daß die Unternehmer noch durch wechselseitige Gewinnanteile miteinander assoziiert sind. Der Genannte wird allgemein als erstklassiger Fachmann anerkannt. Das Unternehmen erfreut sich unter seiner Leitung großer Beliebtheit und es ist unzweifelhaft, daß es bisher außerordentlich gut prosperiert. Die Familienverhältnisse des Genannten sind unklar. Seine Gemahlin Helene, ursprünglich Artistin, lebt im Ausland, manche behaupten, bei ihren Eltern, andere dagegen wollen wissen, daß sie ein Engagement angenommen habe. Sonst lebt Selbiger in geordneten Verhältnissen, und sein Vermögen überschreitet hunderttausend Gulden. Kredit kann ihm gewährt werden.

Peter Karas, Universitätsstudent, wohnhaft in Karolinenthal.

Selbiger ist der Sohn des Artistenunternehmers und Pächter des Varietés, Wenzel Karas, und dessen Gemahlin Helene, Artistin. Er studierte mit Auszeichnung am Gymnasium in der Tischlergasse und legt auch die Prüfung an der Universität im vorgeschriebenen Termin und sehr erfolgreich ab. Für das Unternehmen des Vaters zeigt er kein Interesse, vielmehr bereitet er sich auf die Professur vor. Der Genannte ist etwas unpraktischer Natur, aber sparsam in Geldangelegenheiten. In letzter Zeit hat er eine Bekanntschaft, wie es heißt, mit der Tochter eines reichen Fabrikanten, eine offizielle Verlobung ist jedoch bisher nicht angezeigt worden. Den geforderten Kredit kann man ihm unter Garantie des Vaters oder des künftigen Schwiegervaters bewilligen.«

»Schmarrn!« rief Kostečka unwillkürlich, »ich werde ihm ausgerechnet gegen meine eigene Garantie Kredit gewähren.«

»Aber das ist ja auch gar nicht nötig«, lachte seine Frau. »Salzmann mußte doch die Einholung der Information irgendwie begründen. Nun, was sagst du dazu?«

»Hm – bis auf das Rätsel mit der Mutter sieht es sehr gut aus. Es wird wohl am besten sein, wenn du ihn für Sonntag zum Kaffee einlädst, und dann wollen wir ihm mal auf den Zahn fühlen.«

Frau Kostečka freute sich, denn nichts bringt ein Frauenherz so sehr in Begeisterung wie die Möglichkeit, die Tochter unter die Haube zu kriegen. Peter Karas hatte sich also am nächsten Sonntag der Kaffeeprüfung zu unterziehen. Er mußte dabei eine Menge der verschiedensten Geschichtchen und Begebenheiten aus dem Fach der Herrenwäsche- und Kragenerzeugung über sich ergehen lassen, nicht weniger Ausführungen oder Küchenrezepte und darüber, wie man einen ordentlichen Haushalt führt, sowie mehrere Klavierstücke, die Fräulein Emilie vorspielte. Außerdem wurde er über das Familienleben seiner Eltern, über die Einträchtigkeit des Varietés und die Beschäftigung seiner Mutter im Ausland ausgefragt. Und dann fuhr Herr Kostečka wieder in seinen Ausführungen fort über Zephire, Trikotine, Chiffons, Kretons, Flanelle, Batiste und alle möglichen sonstigen Wäschestoffe. Als er schließlich auch noch von Ziffern zu reden begann, hatte Herr Kostečka vollends das Interesse des jungen Mathematikers gewonnen.

Als sich Peter Karas gegen Abend verabschiedete, kamen Mutter und Tochter zum Vater und wollten wissen, wie er ihm gefallen habe.

»Nun, er scheint ein braver Junge zu sein. Jedenfalls wird ein vollendeter Professor aus ihm.«

»Ja. Er ist außerordentlich begabt«, sagte die Mutter.
»Er ist ein Genie«, sagte die Tochter.
»A la bonne heure«, vielleicht wird's klappen«, sagte der Vater.

11

Telegramme, vor denen Menschen zu zittern pflegen, waren ein laufendes Korrespondenzmittel der Karaschen Varietékanzlei. Es war nicht billig, dafür aber ersparte es dem Direktor die Unsicherheit des Wartens. Er hatte gelernt, mit der Zeit zu ringen, wie es ihm Herr Gaudeamus einst geraten hatte. Tausende Depeschen öffnete er völlig mechanisch, als handelte es sich um konventionelle Gratulationen, aber als er eine aus Rotterdam in der Hand hielt, zögerte er plötzlich. Dann öffnete er sie und las:
»kommen helene verwundet kranz.«
Zwei Stunden später saß er mit Peter und Steenhouwer im Drednér D-Zug. In Leipzig hatte er Gelegenheit, einen großen Veilchenstrauß zu kaufen. In Rotterdam erwartete sie Kranz persönlich, der gealtert, aber immer noch voller Lebenskraft war.
»Sie dressierte gerade einen neuen Hengst für hohe Figuren«, erzählte er ihnen während der Fahrt ins Spital, »aber bei einer Levade bäumte sich das Pferd zu sehr nach hinten und überschlug sich. Sie stürzte auf die Piste, das Pferd fiel auf sie, und sie blieb liegen. Du weißt ja, Vaschku, was ein Damensattel für eine fürchterliche Sache ist.«
Aus dem Zimmer, zu dem man sie im Spital führte, traten zwei alte Damen, Agnes Berwitz und die Gräfin d'Ascensons-Létardais.

»Mutter!« rief Karas gerührt.

»Vaschku!«

Sie umarmte und küßte ihn wie ihren eigenen Sohn.

»Und hier ist unser Peterchen. Mein Gott, Junge, bist du gewachsen! Willkommen, Frans! Ihr seid brav, daß ihr alle gekommen seid. Jetzt geht nicht hinein. Helene ist gerade eingeschlafen. Aber es ist ernst, Kinder... sehr ernst...«

Sie stand aufrecht da, wie immer bereit, tapfer die Schläge des Schicksals zu tragen, nur neue Tränen traten in die verweinten Augen.

Sie traten erst gegen Abend an ihr Bett. Sie begrüßte sie mit einem Blick voller Liebe. Ihre Hände waren frei, eine reichte sie angestrengt Vaschku, die andere Peter. So blieb sie zwischen ihnen mit dem Veilchenstrauß auf der Decke liegen, regungslos, zeitweise ohne Besinnung. Um elf Uhr nachts verschied sie.

Im Hotel berieten sie über das Begräbnis.

»Das werde ich besorgen«, erklärte Agnes Berwitz, »ich bringe mein Kind nach Turnhout. Peterchen fährt mit mir. Der Sohn muß beim Begräbnis seiner Mutter sein. Aber Vaschku und Frans kehren von hier nach Prag zurück. Es ist Monatsende, ein neues Programm muß vorbereitet werden. Private Sorgen dürfen in den Gang des Unternehmens nicht eingreifen.«

Sie war immer noch die energische, ungebrochene Direktorin. Alle respektierten ihre Entscheidung. Kranz kam ins Hotel kondolieren, die Zirkuskünstler brachten seit dem frühen Morgen Blumensträuße für die dahingegangene Miß Sweet. Als Vaschku abreiste, kam Kranz auf den Bahnhof, um sich von ihm zu verabschieden. Der alte Prinzipal kannte Karas' Direktorenruhm sehr wohl und behandelte ihn, wie ein Fürst mit einem Fürsten verkehrt.

In Prag bereitete Karas die Premiere ohne rechte Lust vor. Der plötzliche Tod Helenens warf alle seine Zukunftspläne über den Haufen. Er wußte nicht, was er jetzt beginnen solle. Er fühlte lediglich, daß das, was ihn innerlich am stärksten an den Zirkus Humberto gefesselt hatte, mit einemmal gelockert war. Aber er sah bald, daß die Katastrophe auch auf die anderen ähnlich einwirkte.

Als erster kam nach seiner Rückkehr Steenhouwer zu ihm.

»Ich hätte nicht hinfahren sollen«, begann er. »Ich war hier völlig zufrieden und wünschte mir nichts anderes, als bis zu meinem Tode hier zu bleiben. Als ich aber im Zug vor Arnhem zum Fenster hinausschaute und den Niederrhein, die Ijssel und die Kanäle sah, als ich die ersten Tulpenfelder und die erste Windmühle erblickte, da krampfte sich mir vor Freude und Wehmut das Herz zusammen. Und dann dachte ich an nichts anderes mehr, als daß der Mensch in seiner Heimat sterben soll. Ich hab' einige befreundete Familien besucht. Überall hörte ich dasselbe: jeder Holländer kehrt im Alter nach Holland zurück. Ich fand sogar einige Schulkameraden wieder. Sie haben ein bewegteres Leben hinter sich, als es das meine gewesen ist. Sie arbeiteten in Batavia, in Padang, in Surabaja, einer von ihnen lebte auf Borneo, und einer hatte Plantagen auf den Molukken. Alle haben jetzt ein hübsches Parterrehäuschen mit einem kleinen Garten in Nordbrabant oder in Betuwe, züchten Schildkröten, rauchen auf der Veranda Zigarren und sind froh, daß sie Heimatluft atmen. Nimm mir's, Vaschku, nicht übel – ich möchte nach Hause.«

So kehrte Frans Steenhouwer, der Buchhalter und Sekretär, in seine Heimat zurück, und nach ihm begann Anton Karas vom Fortgehen zu reden. Es sei doch nur schade um die Hütte in Oberschneedorf, und er könne dort manchen Jungen für den Zirkus oder fürs Varieté ausbilden.

»Was hat dich denn plötzlich gepackt, Vater?« fragte ihn der Sohn ohne Umschweife. »Schmeckt dir das Pilsner beim ›Weißen Schwan‹ nicht mehr, oder was ist los?«

Der Alte wollte nicht recht mit der Sprache heraus, aber dann machte er eine resignierte Handbewegung.

»Warum sollte ich es leugnen, mich freut hier nichts mehr. Mir sind zwei Zähne ausgefallen, hier vorn, siehst du.«

»Ja – aber wegen der zwei Zähne willst du von Prag fortgehen, Inspektor?«

»Jawohl, wegen der Zähne. Ich kann jetzt nicht mehr ordentlich blasen. Ich bekomme keinen sicheren Ton mehr heraus. Und wenn ich nicht einmal mehr den Schulmarsch trompeten soll, so kann mir das ganze Künstlerleben hier gestohlen bleiben.«

Nun, es war nichts zu machen. Anton Karas, der Maurer, Zeltarbeiter, Inspektor, packte den Koffer und fuhr mit der Franz-Josefs-Bahn nach Budweis, um wieder in seiner Hütte in Oberschneedorf zu wirtschaften.

Im Frühjahr darauf kamen Peters letzte Prüfungen, seine beachtenswerten Dissertationsarbeiten über die allgemeine kubische Oberfläche im vierdimensionalen Raum, darauf die feierliche Promotion sub auspiciis imperatoris mit aufrichtigen Glückwünschen der Professoren, das Gesuch um eine Lehrstelle und ein Amtsschreiben, wodurch er zum Supplenten für Mathematik und darstellende Geometrie am Akademischen Gymnasium in Prag ernannt wurde. Am Vormittag stellte er sich dem Direktor der Anstalt vor, und am Nachmittag hielt er bei Herrn Jaroslav Kostečka, Herrenwäsche- und Kragenfabrikanten, um die Hand seiner Tochter Emilie an.

Am Abend nach der Hochzeit saß Wenzel Karas allein in seiner Wohnung gegenüber dem Bahnviadukt. Seine Frau, sein Onkel, sein Vater, sein Lehrer, sein Sohn – alle hatten ihn verlassen. Von der ganzen reichen Vergangenheit war nichts als der Mietvertrag mit Herrn Breburda übriggeblieben. Lief er in zwei Jahren ab, würde Wenzel schon über fünfzig alt sein. Er hatte die schönsten Jahre einer Sache geopfert, an die er all die Zeit vorher nicht im entferntesten gedacht hatte. Als ob er auf einen falschen Weg geraten und fünfzehn Jahre durch fremde Länder gewandert wäre, die nicht zu seinem Ziel führten. Aber vielleicht war es doch nicht richtig, so darüber zu urteilen. Vor allem hatte er sich nicht dem Theater, sondern seinem Sohn geopfert. Die Arbeit am Varieté war kein Herumirren durch völlig fremdes Land gewesen. Nein, Vaschku war nicht herumgeirrt; er hatte ein fremdes Gebiet betreten, aber er hatte sich auch hier wieder ein Ziel gesetzt und war nicht davon abgewichen. Es war nicht wenig, was er geleistet hatte, er sah es doch an der Achtung, die er überall genoß. Sogar der stolze Kranz betrachtete es als eine Ehre, sein Kollege zu sein. Kranz war jetzt im Zirkus die höchste Autorität. Ließe sich nicht etwas mit ihm anfangen, wenn das fünfzehnte Jahr abgelaufen sein würde?

Wenzel Karas ist entschlossen, das Varieté zu verlassen. Nach vierzehnjähriger Arbeit und Erfahrung hat er diesen Betrieb derart in den Fingern, daß ihm alles lächerlich einfach vorkommt. Er kennt alle großen Artisten der Welt, kennt alle Attraktionen und Sensationen, alle Methoden, wie man die Gunst des Publikums gewinnt. Die Zusammenstellung des Programms ist für ihn keine größere Anstrengung als das Kartenmischen. Was er hier weiter unternehmen würde, wäre nichts als Kombinationen und Variationen; er aber will kämpfen. Was ist das schon für eine Arbeit, wenn alles fertig ins Haus kommt, die Artisten wie das Publikum? Höchstens im Sommer, wenn hier wirklich etwas Neues erarbeitet wird, ist es noch die Mühe wert. Aber ein fünfzigjähriger Mann will mehr leisten. Ein Fünfzigjähriger braucht noch nicht an Ruhe zu denken. Ein Fünfzigjähriger kann seine Kraft noch an ganz anderen Aufgaben erproben.

Wenzel Karas, genannt Vaschku, fühlt, daß der Würfel

gefallen ist. Er wird dieses laue Gewässer verlassen und sich in den reißenden Strom stürzen. Er spricht nicht darüber, aber er bereitet sich darauf vor. Jeden Vormittag sitzt er in der Landesreitschule vier Stunden im Sattel. Zu Hause in seiner Tür sind Ringe aufgehängt, im Schlafzimmer liegen kleine und große Hanteln, sein Körper ist in ununterbrochener Übung. Von den Brüdern Kerholec erfährt er, wie es jetzt bei der runden Arbeit aussieht. Noch eine Saison bleibt er in Prag und dann – ade, du faules Varietédasein!

Entschieden, erledigt, besiegelt. Und mit einemmal scheitert alles an einem neuen, unerwarteten Argument.

Dieses Argument ist klein und niedlich, wimmert und schreit, hat blaue, verwunderte Augen, und bei der Taufe erhält es den Namen Ludmilla. Wenzel Karas, genannt Vaschku, ist Großvater.

12

»Ein Mensch hat sich bei dir angemeldet«, sagte sich Wenzel, als er vom Theater durch den Museumpark zum Těšnov eilte, »keine Agentur hat ihn vermittelt, keine Zeitung empfohlen, er ist gekommen, wie er ist, und jetzt liegt's an dir, Vaschku, Direktor, was du aus ihm machen, welchen Platz du ihm in deinem Programm anweisen wirst. Auf die, welche sich seine Eltern nennen, darfst du nicht viel geben. Der Herr Vater ist ein Professor, ein genialer Mathematiker und ein komischer Kauz, die Frau Mutter eine rundliche Bürgerstochter – welch eine Gefahr für eine kleine Seele, die bei ihnen das Licht der Welt erblickt hat! Diese beiden können doch nicht die Verantwortung für sie übernehmen. Das kann nur jemand, der ein bißchen weiter denkt und weiter sieht als sie. Ein neues Sternchen ist zur Welt gekommen, und es muß dafür gesorgt werden, daß ein Stern daraus wird. Das neue Geschöpfchen ist ein bedeutenderes Ereignis als deine Erfolge. Du willst den Zirkus Humberto erneuern, aber hier ist eine neue Humberto zur Welt gekommen. Am Těšnov, bei Kostečkas, in der Wäsche- und Krawattenerzeugung. Darauf mußt du achten. Vielleicht wird es eine Heroine, vielleicht eine Kunstreiterin, vielleicht ein Gesangsphänomen; du darfst nicht zulassen, daß das Flämmchen erstickt.«

Achilles Breburda, der um die Verlängerung des Vertrages gebangt hatte, fiel ein Stein vom Herzen. Wenzel Karas verlängerte ihn plötzlich für weitere zehn Jahre. Das Varieté wird also auch in Zukunft den berühmten Namen Humberto tragen und Karas sein Manager bleiben. Aber mehr als alle Produktionen interessiert jetzt den Direktor jedes noch so unbedeutende Ereignis um Fräulein Li oder Lillili, zurzeit noch ein Baby. Sowie er eine freie Minute hat, eilt er aus dem Theater zum Těšnov, um ihre athletischen Glanzleistungen im Steckkissen zu verfolgen. Der gelehrte Sohn meint, sein Vater sei wohl ganz und gar von Gott verlassen, die Schwiegertochter lacht, daß er ihr die Kinderfrau erspare, Herr Kostečka streicht sich zufrieden den Vollbart und meint mit gutmütigem Lachen: »Nichts fehlt dir mehr, Wenzel, bloß noch das Stillen...«, aber Wenzel Karas läßt sich nicht beirren, er schaukelt und wiegt und hätschelt seine Enkelin, fährt sie im Kinderwagen spazieren und wickelt sie wie eine Kinderfrau. Er weiß, warum er es tut. Er ist überzeugt, daß so ein kleines menschliches Wesen sich durch nichts von einem Tiger- oder Löwenbaby unterscheidet und die Erscheinung der Umwelt genau so instinktiv wahrnimmt. Karas will, daß sich das Baby von allen am meisten an den Klang seiner Stimme, an den Ton seines Lachens gewöhne. Er tut alles, um in ihm das sichere Gefühl zu wecken, daß es beim Großvater am geborgensten ist. Wenn er mit ihm allein ist, macht er allerhand Versuche mit ihm, hält es an den Händchen oder den Beinchen fest und bewegt sein Körperchen, damit es sich an ein wenig Anstrengung gewöhne. Und die kleine Lillili gewinnt ihn wirklich lieb, lacht ihn an, sobald sie ihn erblickt, will auf seinen Arm und stößt die verschiedensten Laute aus, als wollte sie ihm etwas sagen. Wenzel Karas hört nicht auf mit seinem Spiel mit ihr, aber seine fröhliche Sorglosigkeit ist nur zum Teil echt. Unter all dem Hätscheln und Schmeicheln verbirgt sich intensive und systematische Beobachtung: hält die Kleine deutlich Töne und Farben auseinander, reagiert sie rasch, ist sie furchtsam oder hat sie keine Angst?

Nach einiger Zeit macht sie die ersten unsicheren Schritte und fängt an zu sprechen. Großvater Karas ist dauernd bei ihr und beobachtet und bewacht sie ständig, um zu sehen, wofür sie Neigung und Vorliebe zeigt. Er spricht nicht davon, aber er ist zufrieden. Lillili ist ein kleines Reißteufelchen, flink wie ein Wiesel, unruhig wie Quecksilber und fürchtet sich vor nichts. Den bartlosen Großvater hat sie von der ganzen Familie am liebsten. Wer von den Erwachsenen würde sich auch zu ihr auf die Erde setzen, Purzelbäume schlagen, auf allen vieren gehen, wie ein Hund bellen und wie ein Hahn krähen? Aus dem Baby entwickelte sich ein Mädelchen, aber je mehr ihr Köpfchen zu denken anfängt, um so herzlicher ist sie ihrem Großvater zugetan. Alle sind brav zu ihr, alle haben sie lieb, aber mit niemandem kann sie sich so austoben und mit niemandem so herumtollen wie mit ihm, keiner ist so spaßig und lustig wie er.

Schon gehen sie zusammen spazieren, schon sind sie bei ihm zu Hause zu Besuch gewesen. Aber dann fängt, wenn sie allein sind, der Spaß erst an. Da erst zeigt der Großvater, was er kann: er geht auf den Händen, macht Kopfstand und Purzelbäume in der Luft. Die kleine Ludmilla ist begeistert. Aber Großvater hat ihr befohlen, daß sie zu Hause nichts sagen darf, wenn sie es noch einmal sehen will. Und so verbindet die beiden ein gemeinsames großes Geheimnis. Sie sagen, daß sie spazierengehen, in Wirklichkeit aber sind sie in Großvaters Wohnung, schließen die Tür ab, und dann fängt der richtige Zirkus erst an. Großvater springt über den Stuhl, mit einem Satz fliegt er über den Tisch, geht wie ein Affe, schaukelt verkehrt in den Ringen, wirft sich plötzlich der Länge nach auf die Erde, richtet sich wieder auf und steht auf einer Hand. Im Schlafzimmer hat er zwei Kisten mit unerhörten Dingen: falsche Nasen, Bärte und Wangen, Perükken, Hüte, Mützen und allerhand bunte Kleidungsstükke. Er zieht etwas hervor, setzt es auf und schon sieht er ganz anders aus. Er nennt es Theater spielen. Mit einemmal öffnet sich die Tür, und herein tritt der Großvater mit einem schrecklich langen Bart und einer dicken roten Nase, mit einem Helm auf dem Kopf und einem Papierschwert in der Hand, geht mit stampfenden Riesenschritten hin und her und ruft mit dumpfer Grabesstimme:

»Hermann von Bubno war ein tapferer Held...«

Es dauerte nicht lange, und Ludmilla spielt mit. Dann ist sie die Prinzessin Lilliput und Großvater der mächtige König oder der Prinz, der sie aus den Klauen des Drachen befreit.

Wenn sie genug Theater gespielt haben, machen sie Zirkus. Dann beginnt eine wilde Hetzjagd über Tische und Stühle, von einem Zimmer ins andere, bis Prinzessin Lilliput ganz außer Atem ist. Danach verlassen sie endlich die in Unordnung gebrachte Wohnung, nehmen einander an die Hand und gehen, wie es sich gehört, als würdevoller Großvater und artiges Mädelchen vom Spaziergang nach Hause. Ludmilla weiß von klein auf, daß das ihr Geheimnis bleiben muß – zu Hause verlangt man doch von ihr, daß sie ruhig und brav sei, daß sie die Damen aus der Bekanntschaft schon von weitem »Küß die Hand!« grüße, sich nicht schmutzig mache und sich gut benehme. Das aufgeweckte Kind hat bald erkannt, daß es hier zwei Welten gibt, die häusliche und gesellschaftliche auf der einen und die des Großvaters auf der anderen Seite, die für sie ein Paradies ist, und schon richtet sie sich entsprechend ein.

Ins Varieté darf das kleine Ding noch nicht. Die alten Kostečkas besuchen es gern, es ist doch ein hübsches und amüsantes Schauspiel, und Kostečka ist sehr zufrieden, wenn er sich vor dem Prager Publikum in der Direktorenloge zeigen kann. Auch Emilie Karas interessiert sich für das bunte Theater, aber Professor Karas hält einen solchen Abend für vergeudet und sitzt lieber zu Hause über der Berechnung der Kegelschnitte. Für die kleine Ludmilla ist das Varieté ungeeignet, das sehen alle ein. Sie bleibt also mit dem Vater zu Hause. Die Eltern freuen sich, daß sie brav ist und sie nicht mit Bitten quält, sie mögen sie mitnehmen. Wie sollten sie ahnen, daß das Kind deshalb so artig ist, weil es ihm sein geliebter Großvater befohlen hat, und daß es mit ihm dafür schon unzählige Male in der Nachmittagsvorstellung gewesen ist! Ludmilla läßt zu Hause nicht das Geringste merken, um sich nicht zu verraten und sich nicht selbst um dieses herrliche Schauspiel zu bringen. Sie kann sogar mit dem Großvater hinter die Kulissen, in die Garderoben und zu den Käfigen laufen, denn jedesmal sind Tiere da, und manche von ihnen darf sie sogar füttern und streicheln. Für das kleine Mädchen liegt ein geheimnisvoller Zauber, ein ganzes Meer von Glückseligkeiten darin. Man mag sagen, was man will, kein Mädel auf der ganzen Welt hat einen so lieben Großvater wie sie.

Der Mittelschullehrer Peter Karas wird allmählich eine in ganz Europa anerkannte Kapazität, über seine Abhandlungen wird in den größten internationalen mathematischen Fachzeitschriften berichtet, schon zweimal hat er auf Mathematikerkongressen einen Vortrag gehalten, in Weimar und in Lyon, nach seiner Abhandlung »Einige neue Betrachtungen über das von Bolzano und Cauchy aufgestellte Kriterium der konvergenten und divergenten Reihen« erteilt ihm die Karl-Ferdinand-Universität die venia docendi.

»Na, ein Vrchlický ist also nicht aus ihm geworden, ein Kegelschnitt ist eben kein Sonett«, pflegt sein Schwiegervater zu sagen und streicht sich dabei zufrieden den Vollbart, »aber unser Haus wird durch ihn noch die höchsten Ehrungen erleben. Nicht umsonst habe ich die Marke Excelsior gewählt.«

»Das kommt selten vor«, rühmte sich Frau Kostečka in ihrer Damengesellschaft, »ein genialer Mensch und dabei ein vorbildlicher Gatte. Unsere Emilie ist ja so glücklich... Schade, daß der Schwiegersohn keine Gedichte mehr schreibt. Er ist nämlich auch Dichter, und Kenner behaupten, daß er Vrchlický kaum nachsteht.«

»Peter ist ungeheuer brav«, sagte Emilie, die immer runder wird, glückselig, »jedes X gibt ihm viel Sorge und Arbeit, aber er läßt nicht nach, bevor er nicht Hofrat geworden ist, nicht wahr, Peterchen?«

In dieser Behaglichkeit reibt sich Großvater Wenzel die Hände. Er ist unendlich glücklich, daß er in der Enkelin den Lebensfunken, das Temperament, den Mut und die Fröhlichkeit, all das, was er so sehr liebt und bei seinem Sohn so schmerzlich vermissen mußte, wieder entdeckt hat. Er hat Peter lieb und hat ihm nie ein böses Wort gesagt. Aber er ist zu der Überzeugung gelangt, daß Peter die größten Umwälzungen in seinem Leben verursacht hat. Seinetwegen hat eigentlich der Zirkus Humberto aufgehört zu existieren; wenn Peter anders veranlagt gewesen wäre, könnte Helene noch jetzt reiten und Vaschku wäre ebenfalls noch ausübender Künstler. Deshalb kann man niemandem einen Vorwurf machen, aber Vaschku wird auf seine alten Tage nicht so tun, als ob ihm Peters wissenschaftliche Erfolge imponieren. Der Junge macht eben seine Sache, wie es sich gehört, so ist es in Ordnung, wozu also die Bewunderung?

»Du gehst deinen eigenen Weg, Peterchen«, sagte Wenzel Karas zu sich selbst, wenn er in seiner einsamen Wohnung im Bett liegt und die Züge lärmend und pfeifend vorüberfahren, »aber zwischen uns beiden muß noch eine Schuld beglichen werden. Ich habe mein Leben und das der Humbertos geopfert, damit dir kein Unrecht geschehe. Dafür habe ich das Recht zu fordern, daß ihr beide, du und Emilie, eurer kleinen Ludmilla kein Unrecht tut. Der Herrgott hat's gewollt, daß du die Freikunst unserer Familie verläßt, dich in der Stadt aufs Katheder stellst und in Wohlstand und Reichtum lebst. Wenn aber der Herrgott meint, daß deine Tochter wieder zur Freikunst zurückkehren soll, in die Welt ihrer Mutter, Großmutter und Urgroßmutter, werde ich eines Tages meinen Wechsel vorlegen und seine Bezahlung verlangen.«

13

In den Jahren um die Sechzig, in den Jahren seines Kampfes um die Enkelin, macht Wenzel Karas auch als Direktor eine Wandlung durch. Es liegt ihm nicht mehr so viel an den Höchstleistungen, er begnügt sich auch mit einer geringeren Kräfteanspannung, wenn nur die Darbietung nicht ohne Reiz ist. Auch sein Verhältnis zu Menschen und Dingen ändert sich, es ist weniger streng als während seiner besten Mannesjahre. Auf der Bühne sieht er nicht mehr menschliche Maschinen, sondern lebendige Wesen mit ihren Unvollkommenheiten. Für ihn gibt es kein Berufsgeheimnis mehr. Er kennt alle hervorragenden Artisten Europas, die meisten von ihnen haben über den Sommer bei ihm gearbeitet und alle sind bis zu einem gewissen Grade seine Schüler. Wenn er in die

Garderoben seines Theaters tritt, hat er das Gefühl, als käme er zu seiner Familie. Er findet hier junge Athleten, deren Väter und Mütter vor Jahren bei ihm engagiert waren. Er begegnet alten, erfahrenen Artisten, die während des Sommers hier ihre Söhne trainierten. Er kommt mit einem fremden Menschen ins Gespräch, und nach ein paar Worten zeigt es sich, daß er dessen Onkel, Schwägerin oder Partner kennt. Die Firmen wechseln, aber die Künstler bleiben auf dem europäischen Schachbrett und verschieben sich von Programm zu Programm in den verschiedensten Richtungen. Wenzel Karas verfolgt diese Verschiebungen und sieht daraus, welche Nummer ihrem Höhepunkt zustrebt und welcher Stern allmählich erlischt. Er weiß um die durch Unfall und Krankheit verursachten Unterbrechungen, und in den Garderoben erfährt er alle Einzelheiten. Ist es ein Freund, setzt sich Karas an den Tisch und schreibt ihm ein paar herzliche Zeilen. Die Artisten sind einsame Menschen und für einen Gruß in schweren Zeiten dankbar bis zum Tode.

Jahr für Jahr entwickelt sich zwischen ihm und dem fahrenden Varietévolk ein immer intimeres Verhältnis. Karas aus Prag ist für die Artisten kein Direktor, sondern ein erfahrener, weiser und aufrichtiger Kollege. Sie wenden sich mit ihren Sorgen an ihn, und Karas rät und hilft ihnen, wie er kann. Jetzt sind es keine beruflichen und technischen Fragen mehr, jetzt sind es die tausend privaten Sorgen des Alltags, die die Menschenherzen einander am meisten näherbringen. Die Eltern fragen, was sie mit den Kindern, die Kinder, was sie mit den alternden Eltern tun sollen. Die weltgereisten jungen Männer holen sich verlegen Rat bei ihm, ob sie ihre Kollegin heiraten sollen.

Der Vaschku von einst hat graumelierte Haare, aber seine Augen strahlen noch wie früher. Ein Blick genügt ihm, und er weiß, wo Liebe, wo Geld, wo Spekulation und wo Naivität ist. Keine Kartenschlägerin versteht es so klarzumachen und keine weiß so zu raten. Den Armen rät er, daß sie heiraten sollen, wenn sie einander lieben und arbeiten wollen. Den Reichen dagegen, daß sie auf ihr Vermögen ein wenig achten sollen. Er gönnt es den schönen Frauen, wenn sie einen Adeligen oder einen Bankmagnaten heiraten, aber mehr noch, wenn sie der Wahl ihres Herzens folgen können. Das alles läßt sich jedoch in der Garderobe nicht durchsprechen, die Menschen kommen zu ihm ins Büro und verlassen es mit dankbarem Lächeln und strahlenden Augen. Aus ganz Europa laufen Heiratsanzeigen und Einladungen zur Hochzeit ein. Karas schlägt nie ab, wenn er nur irgend kann. Hunderten von Tänzerinnen ist er Zeuge bei der Hochzeit gewesen, Hunderte von Neugeborenen hat er als Taufpate auf dem Arm gehalten. Im Laufe der Jahre verwächst er mit dieser riesigen Familie der Artisten und Artistinnen als ihr liebster Freund, intimer Vertrauter und geschätzter Berater – Vater Karas.

Und er tut das alles gern, weil er diese Menschen liebt. Sie alle sind so ungekünstelt, so anständig, so rechtschaffen. Es ist viel Wahres daran, daß moralisch defekte Menschen nicht einmal da hervorragen können, wo es sich um rein physische Leistung handelt. Die dauernde große Nervenanspannung, die Entsagung des Varietékünstlers ist wie eine moralische Läuterung. Natürlich gibt es Kunstzweige, wo sich die Unmoral leichter einschleicht. Aber das sind meist nicht ausschließlich Varieté- und Zirkuskünste. So etwas hat sich vielmehr eher auf die Bühne geschmuggelt und lebt hier nur schmarotzerhaft, um durch die Entwicklung allmählich wieder fortgespült zu werden. Wieviel wirkliche Lasterhaftigkeit hat nicht das überwuchernde literarische Interesse um die Jahrhundertwende auf den Boden des Varietés gebracht! Aber Karas hat ein feines Gefühl für Reinheit der Arbeit, und nur selten schleicht sich etwas in sein Programm ein, was er nicht darin haben will.

Am schlimmsten war es während des Weltkrieges, als die Welt enger wurde und sich die Varietétheater helfen mußten, so gut sie konnten. Damals sagte ihm eine Ballettgruppe plötzlich ab. Er hatte keinen Ersatz, denn zu jener Zeit herrschte ein empfindlicher Mangel an Varieténummern. Irgendeine Agentur empfahl ihm dringend »Lebende Bilder«, die – wie es hieß – riesigen Erfolg hätten. Karas empfand starke Unlust dagegen und war äußerst mißtrauisch, aber als er nichts anderes finden konnte, telegraphierte er, daß er annehme. Es erschienen sechs herausfordernde Tänzerinnen, die ein älterer Mensch von aufdringlichem Benehmen und übertrieben eleganter Kleidung anführte. Karas sah ihn an, und plötzlich flogen seine Gedanken ein halbes Jahrhundert zurück. Der Mann hatte eine dunkle Gesichtsfarbe, seine Haut war aschgrau, seine Augenhöhlen schwarz geworden, und seine Augen blickten wie tot umher. Auf der Oberlippe saß ein gefärbter Schnurrbart, aus dem Mund glänzten goldene Zähne.

»Paolo!« rief Karas überrascht.

»Yes«, antwortete der Berber, lächelte gezwungen und verneigte sich bis zur Erde.

Wohl zum erstenmal im Leben fand Karas kein freundliches Wort der Begrüßung. Und dabei war es ein Gefährte aus der Jugend! Ja, gewiß, aber um so grauenhafter stand dem strahlenden Bild der Erinnerung die Wirklichkeit gegenüber, Paolo Roméo als physische und moralische Ruine.

»Führen Sie die Herrschaften zu den Garderoben!« wandte sich Karas zu dem Sekretär Kauble, um einer weiteren Unterhaltung aus dem Wege zu gehen. Unwillkürlich blickte er nach dem Wandkalender, ob dieses Programm fünfzehn oder sechzehn Tage dauern werde.

Karas brauchte nicht zu sprechen, brauchte nach nichts zu fragen; beim ersten Blick hatte er gesehen, daß diesen Engagement nicht glatt ablaufen würde. Sowie der

Sekretär zurückgekommen war, diktierte ihm der Direktor eine Bekanntmachung, wodurch die Artisten, Artistinnen und deren Begleitern während der Vorstellung der Zutritt in den Zuschauerraum verboten wurde. Einen der Durchschläge ließ Karas direkt neben Paolos Garderobe anbringen. Seine Probe sah er sich nicht an, er wollte sich Paolos Zudringlichkeit nicht aussetzen. Der Regisseur meldete ihm, daß nur die Musik geprobt worden sei.

»Und die Damen?« fragte der Direktor.

Der Regisseur kniff das linke Auge zu, verzog das Gesicht und machte eine unmißverständliche Handbewegung.

Karas nickte seufzend.

Am Abend kam, noch während der ersten Programmhälfte, der Oberkellner Schebele zu Karas gelaufen. Er wolle keine Unanehmlichkeiten verursachen, aber der Schwarze von den »Lebenden Bildern« sei zu ihm gekommen und habe ihn ersucht, er möge den Herren in den Logen geschickt zu verstehen geben, daß sie sich an ihn, Herrn Roméo, wenden können, falls sie für die Künstlerinnen Interesse haben sollten.

»Gut, Herr Schebele«, nickte Karas, »Sie werden den Herren in den Logen nichts zuflüstern, so etwas werden wir hier nicht einführen. Und mit Herrn Roméo werde ich es sofort einrichten.«

Der Sekretär machte Paolo auf die Bekanntmachung aufmerksam.

Paolo lehnte sich empört dagegen auf.

»Herr Roméo, es tut mir leid, aber ich soll Ihnen ausrichten«, erklärte der Sekretär energisch, »daß, falls Sie die Anordnung nicht sofort befolgen, Vaschku den Polizeikommissär ersucht, Sie augenblicklich wegen Kuppelei zu verhaften. Ein Zeuge gegen Sie ist bereits gesichert.«

Paolo verstummte, in seinen Augen blitzte es auf. Er

stieß einen unverständlichen Fluch aus, dann wandte er sich um und ging die Treppe hinunter.

»Was war mit Paolo los?« fragte Karas, als die Verhandlung beendet war.

»Er ist in den Ausschank gegangen«, meldete der Sekretär, »hat sich betrunken und hat Sie fürchterlich beschimpft, Herr Direktor. Er schrie, daß Sie alles, was Sie können, von ihm gelernt hätten, und versprach Ihnen furchtbare Rache.«

»Wie hat er mich denn beschimpft?« unterbrach ihn Vaschku, plötzlich neugierig geworden.

»Ich weiß nicht... es war so ein merkwürdiges Wort, das ich nie gehört habe...«

»Dablkau, war es nicht so?«

»Ja, ich glaube, so ähnlich hat er Sie genannt.«

»Dablkau«, wiederholte der grauhaarige Vaschku und strahlte vor Glückseligkeit. »Nun, das können Sie, junger Mann, nicht verstehen. Können Sie sich eine Knabenrauferei vorstellen, die erst nach fünfzig Jahren entschieden wird? Morgen werden Sie das Finale sehen. Bitten Sie Herrn Roméo für elf Uhr zu mir.«

Paolo Roméo kam kurz nach elf Uhr ins Direktionsbüro und verneigte sich tief nach allen Seiten.

»Lieber Paolo«, begann Vaschku mit ruhiger Stimme, »ich habe gestern deine Nummer gesehen und bedaure sehr, daß sie absolut nicht in ein Unternehmen paßt, das den Namen Humberto trägt. Es kann in unserem Programm unmöglich bleiben. Ich will dich jedoch nicht schädigen. Hier ist eine Honoraranweisung für fünfzehn Tage. Veranlasse, bitte, daß deine Damen bis zum Nachmittag die Garderoben räumen.«

Paolo machte eine Verbeugung, nahm die Geldanweisung und steckte sie in seine Brieftasche. Er tat es sehr langsam. In dem Zimmer war es still wie vor einem Gewitter. Dann verneigte sich Paolo abermals, und es schien, als wollte er das Büro verlassen. Doch plötzlich blieb er stehen, wandte sich zu dem Sekretär und schrie mit haßerfülltem Glanz in den Augen:

»Wissen Sie, warum mich dieser Hund Dablkau so haßt? In bin der Geliebte seiner Helene gewesen!«

Das Wort flog wie ein Dolch durch die Luft. Vaschku zuckte zusammen, als wäre er wirklich getroffen. Ein, zwei Sekunden starrte er Paolo an, als ob er ihn nicht verstünde. Er stand am Ende des Zimmers am Fenster. Paolo stand gleichfalls unbeweglich, aber mit höhnischem verzerrtem Gesicht bei der Tür. Zwischen ihnen befand sich ein der Länge nach aufgestelltes Pult. Plötzlich machte Vaschku eine Bewegung, tat einen Schritt zurück, stieß sich vom Boden ab und flog mit einem Satz über das Pult auf Paolo, stieß ihn zu Boden, richtete sich blitzschnell auf, und indem er Paolo am Hals und an der Hose packte, hob er ihn mit beiden Armen hoch über den Kopf. Es sah aus, als wollte er ihn zu Boden schmettern, aber Vaschku stieß mit dem Fuß in die Tür und schleuderte ihn hinaus, auf die Stiege und die Treppe hinunter. Paolo stöhnte und wollte sich aufrichten, aber seine Hände verkrampften sich zusammen. Unten kam der Portier aus seiner Loge, als er den ungewohnten Lärm vernahm.

»Open the door!« schrie Vaschku.

Herr Trkal begriff, ohne die Worte des Direktors zu verstehen. Er öffnete die Tür, und Paolo Roméo flog auf den Gehsteig.

»Lieber Freund«, wandte sich Karas zu dem Sekretär, als er wieder im Zimmer war, »als ich Ihnen gestern sagte, daß Sie heute das Finale einer Rauferei vor fünfzig Jahren sehen würden, habe ich nicht gedacht, daß es wirklich so ausfällt. Aber ich habe auch nicht geahnt, daß aus Paolo ein solcher Schurke geworden ist. Nun, eine ein halbes Jahrhundert alte Affäre ist erledigt, und das Wort Dablkau ist aus dem Wörterbuch gestrichen. Ich kann jetzt ruhig zum Essen gehen. Wenn ich einmal nicht mehr bin«, fügte Vaschku fröhlich hinzu, »lassen Sie dieses Zimmer abmessen. Ich glaube, daß es mein längster Sprung ohne Trampoline gewesen ist.«

14

Der Zusammenstoß mit Paolo war das einzige Gewitter, das Wenzel Karas als Direktor erlebte. Unangenehme und heikle Affären gab es im Theater genug, aber alle wußte er mit unerschütterlicher Ruhe und nie versiegendem Humor zu erledigen. In der Reife seiner Jahre, in der Fülle seiner Erfahrungen stand er hoch über den Garderoben- und Bühnenskandalen. Er wußte jetzt, daß er nie mehr zum Zirkus zurückkehren würde, da er sich entschlossen hatte, über dem Schicksal seiner Enkelin zu wachen. Es war kein leichter Entschluß. Es gab Stunden, da er wehmütig zur Vergangenheit zurückkehrte und erkannte, daß er eigentlich nie das geworden war, was er hatte werden wollen. Sein Lebenstraum war die Meisterschaft im Reiten, das Streben nach höchster Vollendung im Kunstritt und in der Pferdedressur, ihnen gehörte seine größte Liebe. Er war darin zu bedeutendem Können gelangt, aber die höchste Meisterschaft war ihm infolge seiner langjährigen Arbeit als Dompteur der Raubtiere versagt geblieben. Er hatte der Schöpfer einer neuen Zirkuskunst sein wollen, aber Berwitzens Hartnäckigkeit und die Krise des Unternehmens hatten ihn daran gehindert. Als er endlich sein eigener Herr geworden war, war ihm nichts weiter übriggeblieben, als die kläglichen Überreste vergangener Größe zu retten. Dem Sohne zuliebe war er zu einer Tätigkeit übergegangen, die er nie beabsichtigt hatte, der Enkelin zuliebe hatte er auf die letzte Möglichkeit einer Rückkehr zu seiner ursprünglichen Laufbahn verzichtet.

Wenn er aber an seine Prinzessin Lillili dachte, glänzten seine Augen, Sie entschädigte ihn wirklich für das, worauf er bei seinem Sohn hatte verzichten müssen. Sie war ihm mit unverminderter Liebe und Bewunderung zugetan, nichts auf der Welt war für sie so großartig und vollkommen wie das, was Großvater Wenzel tat, niemand war so weise, so klug und so liebevoll wie der bartlose Großvater aus dem Varieté. Der bärtige Großvater Jaroslav war eifersüchtig und schmollte, aber es half alles nichts, niemand in der Familie konnte so herrlich mit dem kleinen Mädchen spielen wie der ergraute Zirkusmann, in dem immer noch das Knabenherz schlug, das nicht altern wollte und auf den Namen Vaschku hörte. Was konnte er nicht alles tun, um Ludmilla ungeahnte Freuden zu bereiten! Einmal kaufte er völlig unerwartet ein Reitpferd, und schon am nächsten Tag setzte er Ludmilla vor sich in den Sattel und ritt den ganzen Nachmittag mit ihr durch den Baumgarten. Dann wieder schaffte er sich ein kleines Boot an und begann mit der Kleinen abenteuerliche Fahrten auf der Moldau. Als sie sieben Jahre alt war, kaufte er ihr zum Geburstag ein Pony, ein wirkliches, lebendiges Pferdchen, das er Mary taufte und auf dem Lillili den Großvater bald in den Baumgarten und anderswohin begleitete.

Sie erlebte mit ihm tausend herrliche Dinge, aber dabei ahnte sie nicht, daß er sie bei all den Späßen, Spielen und Dummheiten ständig beobachtete. Eins sah er deutlich: daß er ihr alle Schüchternheit und Furchtsamkeit ausgetrieben hatte, die die Kindheit ihres Vaters beschwert und überschattet hatten. Lilli fürchtete sich weder vor Tieren noch vor dem Wasser, ging auf alles Unbekannte mutig und vertrauensvoll los, eine große Gefahr war also glücklich beseitigt. Aber über das Weitere war sich Karas eine Zeitlang nicht im klaren: wozu er das Mädchen allmählich und unauffällig erziehen und wofür er es vorbereiten solle. Er versuchte beim Spielen alles

Mögliche, aber nirgends konnte er bei ihr eine besondere Fähigkeit für Dinge entdecken, die beim Zirkus oder beim Varieté erforderlich sind. Er erkannte aus alledem nur eins: daß das Kind sehr musikalisch sei, daß es am meisten Spiele mit Verkleidung liebe, die ihr die Darstellung der verschiedensten Rollen ermöglichten, und daß einmal ein schönes Mädchen mit ausdrucksvollem Gesicht, schelmenhaften Augen, schlankem Körper und lebhaftem Temperament aus ihr werden müsse. Allmählich kam er zu der Überzeugung, daß sie am meisten für eine Tänzerin befähigt sei.

Helene Karas würde gesagt haben: fürs Ballett. Wenzel Karas besaß jedoch unendlich viel mehr Erfahrung. Fast ein Vierteljahrhundert gingen alle berühmten Tänzerinnen über seine Bühne, bei ihm gastierten die bekanntesten Ballettgruppen, und erst durch ihn erhielten unbekannte exotische Tänze ihren akkreditierten Namen. Als erster auf dem Kontinent brachte er die verrückten Negertänze mit ihren berauschenden Rhythmen, als erster führte er die siamesischen Hoftänzerinnen in Europa ein, zeigte die javanischen Hohepriesterinnen und den zeremoniellen Tanz der Schönheiten von der Insel Bali. Als man in der Welt über eine neue Tanzkunst zu reden begann, traten bei Karas bereits die Schwestern Wiesenthal auf, wußte er die Dalcrozeschen Tanzgruppen aus Hellerau in sein Programm einzuschieben, brachte er die verträumte Ruth St. Denis sowie die Erneuerin der altägyptischen Linie Sent M'Ahesu nach Prag. Er konnte sie alle beobachten, ihre Kunst studieren und miteinander vergleichen wie kaum ein anderer in Europa. Selbst hatte er alle Elemente der Bewegung in der Meisterschule Achmed Roméos geübt, und beim Klang der Musik sehnte er sich nicht selten danach, eine harmonische Bewegung dazu improvisieren zu können. Er betrachtete deshalb die Tänze auf seiner Szene mit anderen Augen als ein bloßer Zuschauer. Anfangs begeisterte ihn das klassische Ballett, und Anna Pawlownas Können hielt er für den Höhepunkt aller Kunst. Je länger er jedoch in das Geheimnis des Tanzes eindrang, desto mehr kam er zu der Überzeugung, daß die Spitzentänze der Primaballerina unfruchtbare Variationen einer erstarrten Form seien, und daß eine neue wirksame Ausdrucksform dort gesucht werden müsse, wo der Tanz von einer höheren Idee getragen wird, wo der Ausdruck religiöser Mystik oder eines alten Kultes ist. Wenn eine solche Künstlerin in seinem Programm auftrat, kamen häufig Maler und Bildhauer zu ihm und ersuchten ihn, er möge ihnen gestatten, sie täglich zu beobachten und sich durch ihre Kunst zu inspirieren. Er erwies ihnen gern diesen Dienst, denn es waren interessante Menschen mit weitem Gesichtskreis und sicherem Blick. Die Gespräche mit ihnen bestärkten ihn in der Überzeugung, daß die Welt einer Erneuerung des Tanzes entgegengehe, der seinen Sinn in harmonisch schöner Bewegung suchen werde.

Wenn er also die kleine Ludmilla als zukünftige Tänzerin betrachtete, so sah er sie im Geiste als Schöpferin und Trägerin neuer Schönheit. Ohne daß sie es merkte, bereitete er sie durch äußerst maßvolle Anwendung der von Roméo übernommenen Erfahrungen darauf vor. Er gewöhnte sie allmählich an schöne Haltung und anmutige Bewegungen, an federnden Schritt und Sprung und trainierte ihre gesamte Bein- und Körpermuskulatur durch. Es war alles wie ein Spiel, aber der kleine, schlanke Körper paßte sich allmählich den künftigen Aufgaben an. All das taten sie völlig im geheimen, bis mit einemmal etwas geschah, was eine wesentliche Beschleunigung herbeiführte.

Das war an dem Tage, als Frau Emilie Karas mit dem Entschluß nach Hause kam, daß die zehnjährige Ludmilla die Dalcrozesche Gymnastikschule besuchen werde.

»Alle jungen Töchter aus gutem Hause besuchen jetzt das Dalcrozesche Institut«, erklärte damals Emilie. »Frau

Rat Wiesenberger hat gesagt, daß sie sich einen künftigen Haushalt ohne Rhythmik nicht vorstellen könne, und Frau Gaswerkdirektor Vydra ist auch sehr für die künstlerische Erziehung eingenommen. Sie meint, daß eine ganz andere Harmonie in der Ehe herrschen wird, wenn der Mann die Schönheit nicht mehr anderswo wird suchen müssen und sie zu Hause findet.«

»Na ja«, nickte Herr Kostečka, »Herr Vydra ist nun mal ein großer Weiberfreund. Aber ob ihn seine Frau mit einem Cancan gerade berücken würde, ist noch eine große Frage.«

»Einen Cancan! Jesus Maria!« rief Frau Kostečka, »was werden wir armen Frauen nur noch alles tun müssen, damit ihr Männer zu Verstand kommt? Ein Cancan!«

»Die Rhythmik ist doch kein Cancan, Mutter«, belehrte sie die Tochter. »Frau Gaswerkdirektor hat recht. Jede Frau kann nicht einen Mathematiker zum Manne bekommen.«

»Nun, wir sind ja nicht gegen den Fortschritt«, überlegte Kostečka, »zu unserer Zeit dachte man meist an die Kochschule. Wenn der Fortschritt den Tanz verlangt – à la bonne heure! Eine wohlhabende Familie kann sich immer eine vorbildliche Köchin anschaffen, aber bevor sie sich eine Tänzerin in den Haushalt nimmt, ist es schon besser, wenn es die Dame des Hauses selbst besorgt. Was sagt Großvater Wenzel dazu?«

Großvater Wenzel räusperte sich.

»Ich weiß nicht, meine Lieben, ich weiß nicht«, antwortete er mit unschuldiger Miene, »ich würde keiner Kunst trauen, aber auch nicht einer einzigen. Keine taugt zu etwas Rechtem, und jede ist gegen das bürgerliche Leben. Das Mädel verfällt ihr womöglich wirklich noch, und dann ist's aus mit eurer schönen Ordnung.«

»Da brauchen wir keine Angst zu haben«, meinte Kostečka mit einer leichten Handbewegung, »Ludmilla ist ein vorbildliches Mädchen, und wir haben ja schließlich auch noch Einfluß auf sie.«

»Nun, wie ihr wollt. Aber wenn ihr es ihr schon erlaubt, solltet ihr sie auch das Varieté besuchen lassen. Dort wird sie doch berühmte Tänzerinnen sehen.«

Das sahen alle ein. Es wurde daher beschlossen, daß Ludmilla die rhythmische Gymnastik besuchen sollte und daß sie ins Varieté dürfe, wenn Tanz im Programm wäre. Großvater Wenzel rieb sich die Hände. Jetzt konnte er Ludmillas Ausbildung dorthin lenken, wohin er wollte. Die nicht unmittelbar zum Tanz gehörenden Übungen und Spiele fielen weg, und das Mädchen konzentrierte sich ausschließlich auf die Tanzausbildung. Aber wie erstaunt war die Tanzlehrerin am Dalcrozeschen Institut, was für ein Talent sie hier entdeckte, mit welcher Leichtigkeit diese Schülerin den Körper beherrschte und wie natürlich sie auf den Rhythmus der Musik einging. Bei der Jubiläumsakademie des Gymnasiums war ihr Auftritt der Clou des Abends, und Kostečkas blähten sich vor Stolz über die Bewunderung, die ihrer Enkelin, und über die schmeichelnden Gratulationen, die ihnen selbst zuteil wurden. Mit fünfzehn Jahren wirkte Ludmilla bereits an Abenden mimischer Tänze mit und als Sechzehnjährige übernahm sie die ersten Pantomimenrollen. Die Zeitungen nannten sie einen aufgehenden Stern, die Verehrer und Bewunderer der neuen Terpsichore waren von ihren Abenden wie betäubt, die älteren fanatischen Bahnbrecherinnen der Tanzkunst waren außer sich vor Eifersucht und machten ihrem Neid durch heimliche Klatschereien Luft. Aber ihren Aufstieg vermochten sie nicht aufzuhalten. Sie war ausgezeichnet geschult, wuchs zu einer anmutigen, schelmisch liebreizenden Schönheit heran und schien ganz und gar von Musik durchdrungen zu sein. »Ludmilla Karas ist eine tanzende Aeolsharfe«, schrieb der Dozent der Bewegungsästhetik Dr. Šafránek über sie, »der geringste Windhauch der Musik genügt, um die

Harmonie ihres körperlichen und seelischen Liebreizes erklingen zu lassen.«

»Dozent Šafránek ist ein Dummkopf«, erklärte Dr. Peter Karas, damals bereits außerordentlicher Professor der analytischen Mathematik und Geometrie an der Karl-Ferdinands-Universität, »und Bewegungsästhetik ist überhaupt keine Wissenschaft. Von seinem Geschwätz weiß ich nur so viel, daß der geringste Hauch der Musik genügt, daß er Ludmilla vom Lehrstoff am Gymnasium ablenkt, und daß diese Aeolsharfe des Tanzes ›Genügend‹ in Mathematik hat. Das halte ich jedenfalls für keine Harmonie körperlichen und seelischen Liebreizes, sondern für eine peinliche und erniedrigende Schande für einen Vater, der in allernächster Zeit Ordinarius werden soll.«

»Aus dem Vater mach dir nichts«, lachte Großvater Wenzel, als Ludmilla weinend zu ihm kam, »deine Gleichung löst er doch nicht auf. Das läuft bereits ganz anders, als er auch nur ahnt. Tanze nur weiter, ich werde dich schon beschützen. Aber denke dabei an eins: du darfst es nie übertreiben. Sieh dir die älteren Tänzerinnen einmal an. Sie schuften und schinden sich ab, und zum Schluß sind es gar keine Frauen mehr. Das sind nur noch trockene Tropenmissionare, von Heuschrecken lebende Einsiedlerinnen mitten in der Wüste. Ich weiß, daß sie viel können, aber wo bleibt die Anmut, die Leichtigkeit, die Weiblichkeit? Ist das etwa ein Grundsatz, Schönheit zu schaffen und dabei zuerst die von Gott geschenkte Schönheit zu vernichten? Tanze, übe, lerne und arbeite, soweit deine Kräfte reichen. Aber nur so weit. Ruhm sei Gott in der Höhe. Und auf Erden Ruhe und Frieden dem Körper, der ihn benötigt.«

Ludmilla umarmte und küßte ihren Großvater und tanzte weiter. In der Familie begann man sich darüber zu beunruhigen. Am schlimmsten aber war es am Gymnasium. Ludmilla Karas war die Favoritin der ganzen Anstalt, aber die älteren Professoren eiferten gegen die neuen Vorschriften, welche die Pflege rhythmischer Übungen sowie die Aufführungen rhythmischer Tänze im Rahmen von Schulvorstellungen gestatteten. Der Mathematikprofessor war ihr von vornherein aufsässig, weil er an ihrem Beispiel beweisen konnte, daß der Lehrstuhl an der Universität mit Menschen besetzt sei, die nicht einmal soviel pädagogische Fähigkeiten besäßen, um die eigene Tochter in ihrem Fach zu belehren. Später schlossen sich ihm die Professoren in Latein, Geschichte und Naturgeschichte an.

»Ludmilla Karas«, pflegte der hagere Klassenvorstand zu sagen, »jaa, Ballett hervorragend, Fortgang in den Lehrfächern ungenügend, jaa. Moderne Zeit, jaa.«

Eines Tages kam ein kleines, dickes Männchen zu Wenzel Karas, das dauernd schwitzte und fortwährend die dicken Brillengläser putzte, die von den von seinen mächtigen Augenbrauen herabströmenden Schweißperlen beschlagen waren.

»Ich bin Doktor Šafránek, Dozent der Bewegungsästhetik«, stellte er sich dem alten Direktor vor, »und komme in Angelegenheit Ihrer Enkelin, Herr Direktor.«

Das war ein Thema, um dessentwillen Wenzel Karas sogar eine Premiere verschoben haben würde. Die Unterhaltung stand ihm übrigens dafür. Er erkannte bald, das Doktor Šafránek zu jenen opferfreudigen Enthusiasten gehörte, die nie einen Hintergedanken haben. Das war ihm gleich sympathisch. Außerdem sah er, daß dieses bekümmerte Männchen in Sachen des modernen Tanzes ausgezeichnet Bescheid wisse, wenn es auch mehr theoretische Bildung und theoretisches Denken besaß als wirkliche Lebenspraxis. Er war gekommen, um dem alten Karas klarzumachen, daß es in Prag niemand mehr gäbe, der Ludmilla Karas noch weiter ausbilden könne. Ludmilla könne jetzt mehr als alle Prager Künstlerinnen und sei ein solches Talent, daß es sehr von Vorteil wäre, wenn sie noch die letzte Ausbildung bekäme, beispielsweise bei Rudolf von Laban in Deutschland.

Karas hörte sehr aufmerksam zu und fragte ihn eifrig nach allen Einzelheiten aus.

»Ich danke Ihnen, Herr Dozent, für Ihre freundliche Auskunft«, beendete er das Gespräch, »die Verhältnisse an den deutschen Tanzinstituten habe ich nicht gekannt. Ich weiß lediglich, daß der Tanz jetzt unglaublich in die Höhe geht. Auch bei mir im Varieté macht es sich bemerkbar. Hier handelt es sich natürlich nicht so sehr um die Tanzkunst in ihrer reinsten Form als vielmehr um ein neues Schauspiel. Den Massen genügt das einfache Varietéprogramm nicht mehr. Sie verlangen wieder etwas Aufreizenderes. Sie möchten gern eine Revue mit einer Menge Nackttänzerinnen und luxuriöser Ausstattung. Aber das werde ich nicht mehr mitmachen. Wenn sich mir nun schon langsam die Siebzig in die Manege einschleicht, werde ich nicht mehr umsatteln. Vor allem nicht von vernünftiger Arbeit auf eitles Zeug. Mit Ludmilla ist es natürlich etwas anderes. Ich glaube, daß sie sich über diese Flut von Torheit erheben und der Welt wirklich etwas schenken könnte. Auf ihre Eltern dürfen wir keine Rücksicht nehmen. Peter ist ein braver Mensch, aber ein Schwächling, der völlig seinem bürgerlichen Milieu unterlegen ist. Als ich sah, daß ein Mathematiker aus ihm wird, habe ich schon den Stab über ihn gebrochen. Aber es ist noch ärger, jetzt ist ein mathematischer Philosoph aus ihm geworden. Ein mathematischer Philosoph! Wissen Sie, das ist so etwas wie ein Tigerlöwe, eine Kreuzung zwischen einem Tiger und einem Löwen, so etwas kommt ab und zu nach Gottes Willen zur Welt und bleibt unfruchtbar. Und einem solchen Menschen vertraut das Schicksal das schönste junge Mädchen an, damit er dessen Schicksal gestaltet. Ich kann es längst nicht mehr mitansehen. Jetzt muß wirklich ein Ende damit gemacht werden. Im Guten wird es nicht gehen, daß weiß ich. Da werde ich wieder einmal wie ein Dompteur auftreten müssen.«

»Das ist herrlich, Herr Direktor«, stimmte Dozent Šafránek freudig zu, »daß Sie sich Ludmillas annehmen wollen.«

»Natürlich werde ich mich ihrer annehmen, aber vorher muß ich noch mit ihr darüber sprechen. Wenn das Mädel einverstanden ist, geht sie im Sommer nach Deutschland.«

Doktor Šafránek verließ den Direktor glückselig. Am Nachmittag saß die Septimanerin Ludmilla auf demselben Stuhl wie er am Vormittag. Großvater Wenzel setzte sich ihr gegenüber und nahm sie bei der Hand. Er war dabei sehr ernst.

»Ludmilla, ich habe mit Dozent Šafránek gesprochen. Möchtest du zu Laban nach Deutschland gehen?«

»Ja, Großvater. Glaubst du, daß es durchführbar wäre?«

»Ich sehe zwei Schwierigkeiten. Die eine besteht darin, daß du von zu Hause fortgehen sollst, in ein fremdes Milieu. Ich habe mich erkundigt, wie es in diesen Schulen aussieht. Eine Menge junger Frauen, eine Menge junger Männer. Moderne, fortschrittliche Ansichten. Verachtung des Spießbürgertums. Meinetwegen. Aber ich, Mädel, nehme nichts auf mein Gewissen, was deine Lebenskraft untergraben könnte. Du bist schon erwachsen, du verstehst, was ich meine. Es genügt manchmal eine vorübergehende Betörung, ein kleiner Leichtsinn... und ein Mädchen in der Blüte des Lebens ist verloren.«

Ludmilla errötete leicht. Dann hob sie den Kopf und sah Karas fest in die Augen.

»Großvater...«, sagte sie ernst und bewegt, »ich habe jetzt schon eine Menge Verehrer. Es sind sehr nette Jungen unter ihnen. Aber ich will tanzen. Ich will eine vollendete Tänzerin werden. Ich will berühmt sein. Und solange ich das nicht erreicht habe, bin ich für nichts anderes zu haben. Glaubst du mir?«

»Aber hier bist du unter uns, bist bis zu einem gewissen Grade durch die Familie geschützt. Dort wirst du allein sein, ohne unsere Stütze.«

»Ja. Aber du hast mich erzogen. Ich bin deine Schülerin, nicht die des Vaters oder der Mutter. Du weißt, was in mir steckt. Du weißt, daß du mir glauben darfst.«

»Ja, mein Kind, aber ich will es hören, feierlich hören wie einen Schwur. Damit ich vor mir selbst ein reines Gewissen habe, daß ich dir das alles gesagt, daß ich ausdrücklich darüber gesprochen habe und daß du mir dein Versprechen gegeben hast. Wenn du mich trotzdem verrätst, werde ich unendlich traurig sein, aber ich werde mir sagen können: sie war nicht zu retten, denn das Böse hat in ihr gesteckt.«

»Nein, Großvater, ich verrate dich nicht, niemals verrate ich dich!«

Tränen traten ihr in die Augen.

»Gut, mein Kind, versprich mir also, daß du keine Liebeshändel zuläßt, solange du dir nicht Erfolg in der Welt erobert hast. Wenn ich lesen werde, daß du gezeigt hast, bist du frei von deinem Versprechen. Dann bist du dein eigener Herr und kannst tun, was du willst. Versprichst du es?«

»Ja, ich verspreche es, Großvater.«

Er neigte sich zu ihr hin, küßte sie auf beide Wangen, und Ludmilla schmiegte sich fest an ihn.

»Jetzt kommt die zweite Schwierigkeit«, begann Karas schon wieder mit fröhlicher Stimme, »wie bringen wir dich von der Familie fort?«

»Das ist es ja eben, was ich nicht weiß. Sollte ich nicht einfach heimlich den Koffer packen und davonfahren?«

»Das möchte ich nur sehr ungern. Das wäre der letzte Ausweg. Ich würde es noch anders versuchen. Da müßtest du mir aber ein bißchen helfen. Es ist allerdings schwierig, sehr schwierig!«

»Was ist es – ich tu alles, was du von mir verlangst!«

rief Ludmilla, aber sie sah es dem Großvater an den Augen an, daß er eine Schelmerei im Sinn habe.

»Es ist eine große Sache, was ich von dir verlange, ein schweres Opfer. Du müßtest – in der Schule durchfallen!«

»Ah«, rief Ludmilla glückselig, »das ist herrlich! Ich falle durch, ganz nach Wunsch, in Latein, Griechisch, in Geschichte und Geographie, in Vaters ehrwürdiger Mathematik!«

»Ausgezeichnet. Je schlimmer, desto besser. Mit dem Zeugnis gehst du aber nicht nach Hause, sondern kommst hierher zu mir. Das übrige mache ich dann schon selbst.«

Bis zum Ende des Schuljahres blieben noch vier Monate übrig. Die Septimanerin Ludmilla Karas machte während dieser Zeit wahre Kunststücke im Bummeln und Nichtskönnen. Die Professoren waren außer sich vor Zorn und schmunzelten vor Vergnügen über die exemplarischen Strafen. Die Fünfer prasselten nur so. »Jaa, im Ballett ausgezeichnet, Kenntnisse ungenügend, jaa. Moderne Zeiten, neue Sitten, wieder ungenügend, setzen, jaa.«

Sie kam aus der Schule ins Varieté gestürmt und schwenkte schon von weitem das Zeugnis hoch in der Luft.

»Großvater, ich habe getan, was ich konnte! Sechs Ungenügend, nur dieser Feigling, der Mathematikpauker, hat mir wieder Genügend gegeben! Er will es sich halt mit dem Vater nicht verderben.«

»Gut, mein Mädel. Jetzt geh spazieren und ich lasse mir deinen Vater in die Manege kommen.«

Er telephonierte, daß er dringend mit ihm sprechen müsse. Universitätsprofessor Peter Karas zerbrach sich vergeblich den Kopf, was es wohl sein könnte. Als er das Arbeitszimmer des Vaters betrat, sah er den Vater mitten im Zimmer stehen und vergnügt mit der großen Schambriere knallen.

»Vater, ich bitte dich, leg das Ding weg!« rief der Sohn in der Tür, »du weißt, daß ich es nicht vertrage.«

»Ach was, komm nur weiter, Peter, und setz dich. Wir haben eine kleine Rechnung zu begleichen. Eigentlich erst nach langen Jahren – wie alt bist du jetzt? Zweiundvierzig? Dreiundvierzig?... Nun, meine Rechnung ist noch aus deiner Jugend. Vielleicht erinnerst du dich, wie wir alle gewollt haben, daß du dich mit dem Zirkus Humberto befreundest. Ich, die Mutter, die Großmutter, der Großvater, wir alle und viele andere wünschten uns, daß du den Weg gehest, den dir deine Eltern gewiesen haben. Aber du dachtest gar nicht daran.«

»Nein.«

»Siehst du, daran erinnerst du dich noch. Du hattest eben keine Begabung dafür. Wir konnten es versuchen, wie wir wollten, immer bist du in allem durchgefallen. Und uns blieb nichts anderes übrig, als uns anzupassen, auf alle Träume und Pläne zu verzichten und uns mit der Tatsache abzufinden, daß unser Sohn unser Arbeitsfeld verlassen wird.«

»Ja, ihr wart sehr, sehr gut zu mir. Es war wirklich mein Glück. Vielleicht hätte ich mich sonst zu Tode gequält.«

»Wir haben also richtig gehandelt?«

»Ja. Nie habe ich es geleugnet.«

»Vorzüglich. Jetzt mußt du, wenn du Charakter hast, genau so handeln, wie wir damals gehandelt haben. Ludmilla ist durchgefallen...«

»In Mathematik!«

»Nein. In Mathematik macht sie dir Ehre, sie hat Genügend wie immer.«

»Eine unerhörte Ehre!«

»Aber sonst ist sie in sechs Gegenständen durchgefallen. Hier ist ihr Zeugnis.«

»Das ist fürchterlich!«

»Ja. Sie hat keinen Kopf für diese Dinge, genau so wie

du keinen Kopf für den Zirkus gehabt hast. Jetzt müßt ihr, du und deine Frau so handeln, wie wir gehandelt haben, und dürft Ludmilla nicht hindern, als Tanzkünstlerin ihr Glück zu versuchen.«

»Das ist unmöglich!«

»Oh, das ist nicht nur möglich, sondern sogar notwendig. Ich verlange es.«

Wenzel Karas hatte die letzten Worte in sehr scharfem Ton gesprochen. Er stand aufrecht und in der Haltung eines Kommandeurs vor seinem Sohn, mit blitzenden Augen, so wie er einst den Raubtieren im Käfig seinen Willen aufgezwungen hatte.

»Vater...ich bitte dich um Gottes willen... sieh doch ein, daß hier ganz andere Verhältnisse sind. Ich bin kein Zirkusmann, ich bin Universitätsprofessor, ich soll zum ordentlichen...«

»Willigst du ein oder nicht?«

»Vater... ich kann nicht...«

»Du fürchtest einen Skandal?«

»Natürlich, begreife doch... das Gerede der Leute...«

»Gut«, und die Worte des alten Karas klangen wie Pistolenschüsse. »Wenn du deine Pflicht nicht so erfüllen willst, wie ich sie erfüllt habe, bin ich dein Feind. Ludmilla fährt noch heute ab. Von so unwürdigen Eltern braucht sie sich nicht zu verabschieden. Morgen früh steht in allen Zeitungen die Nachricht, daß sie abgereist ist, um ihre Tanzstudien zu vollenden. Sie ist eine beliebte Künstlerin, die Nachricht wird also die Öffentlichkeit sehr interessieren. In den Abendblättern der folgenden Tage erscheinen dann Interviews mit mir als ihrem Großvater. Ich habe bereits alles vorbereitet. Warum sie der Kunst nachgeht? Weil sie aus einer alten Zirkusfamilie stammt. Ihr Vater, der Universitätsprofessor, ist im Zirkuswagen geboren. Und dann werde ich dich beschreiben. Nicht so wie du warst, sondern wie du hättest sein sollen. Ich werde dich darin idealisieren – das ist das heilige Recht des alten Vaters. Und so wird es gehen, Tag für Tag, eine Geschichte nach der anderen, und wenn du willst, ein Skandal nach dem andern...«

»Um Gottes willen... Vater... Kostečkas werden verrückt, wenn sie...«

»Und wenn sie dich davonjagen sollten. Du hast mich verraten, jetzt leide.«

Peter Karas sitzt niedergeschlagen da, den Kopf in beide Hände vergraben, und jammert.

Wenzel Karas steht ihm gegenüber und durchbohrt ihn mit seinen Blicken.

»Nun also«, sagte er dann kühl, »bist du mit ihrer Abreise einverstanden?«

Peter Karas antwortet nicht, er nickt nur.

»Gut, unterschreibe also dieses Papier. Ich will für die Ämter ein Dokument in Händen haben, daß hier weder Entführung noch Flucht vorliegt.«

Peter streckte schlaff die Hand aus und setzte eine Unterschrift aufs Papier.

»So. Jetzt kannst du gehen und es Kostečkas mitteilen. Aber sie sollen sich auf keinen Krawall vorbereiten – ich komme mit Ludmilla zum Mittagessen... du weißt, daß ich bei Tisch gern frohe Gesichter sehe.«

15

Eine Depesche aus Berlin zeigt an, daß die Tänzerin Ludmilla Humberto an ihrem Debütabend einen Riesenerfolg gehabt hat. Wenzel Karas hat das Telegramm vor sich auf den Tisch gelegt. Mit auf die gefalteten Hände gestütztem Kinn starrt er auf das Papier und lächelt. Immer wieder liest er die zwei Zeilen, dann fließen sie auseinander, und der kleine Bogen scheint immer größer zu werden. Wenzel Karas ist, als sähe er in eine große Mappe, in die Mappe seines Lebens.

»Hier bist du mit dem Vater von der kleinen Lärche losgewandert. Wie lange ist es schon her? Nun, damals warst du sieben, es ist also zweiundsechzig Jahre her. Hier bist du zum erstenmal auf deinem Pandurenpferdchen geritten, hier hast du dich mit Paolo geprügelt, hier war der erste Spaziergang mit Röschen, und hier hat dir der alte Wollschläger alles über den Haufen geworfen. Hat er recht gehabt oder nicht? Doch, doch, Vaschku, er hat recht gehabt. Es ist alles anders geworden, aber was du nach seinem Rat getan hast, ist richtig gewesen. Zweiundsechzig Jahre, das ist ein ordentliches Stück Welt und allerhand Zeit; aber wenn du alles betrachtest, was sich dabei ereignet hat, brauchst du dich vor deiner Abrechnung nicht zu fürchten.«

Zwei Tage geht Karas ungeduldig auf und ab. Er erwartet noch eine Depesche. Er hat doch alle berühmten Agenturen der Welt zu dem Berliner Debüt eingeladen – sollte nichts daraus geworden sein. Erst am dritten Tag kommt statt der Depesche ein Brief. Prinzessin Lilliput schreibt ihrem alten König noch ganz aufgeregt, was es für ein herrlicher Abend gewesen sei, wie die Menschen rasend gewesen seien vor Begeisterung, daß die Besuche der Manager und Direktoren der Agenturen bei ihr nicht aufgehört hätten, daß sie nicht gewußt habe, was sie für den Anfang wählen solle, und sich schließlich unter sehr günstigen Bedingungen für Paris verpflichtet habe. »Auch viele Prinzen sind erschienen und belagern mich ständig. Aber keiner von ihnen ist so schön wie mein weißer Prinz aus dem Morgenland, der mich in Karolinenthal auf den Schrank entführt hat. Sag ihm, mein lieber, guter König, daß ich ihm immer noch treu bin.«

»Also Paris«, sagte Wenzel Karas zu sich, »das ist nicht schlecht.«

Er überlegte eine Weile, griff dann in das Schubfach,

in dem sich Briefpapier befand, nahm einen Bogen heraus und begann an die Herren Otakar und Břetislav Breburda, Inhaber des Varietétheaters in Karolinenthal, einen Brief zu schreiben.

»Geehrte Herren! Ende Mai 1925 läuft mein jetziger Vertrag mit Ihrem Unternehmen ab. Ich teile Ihnen höflich mit, daß ich ihn nicht verlängern werde. Es werden gerade fünfundreißig Jahre, seit ich die Leitung des Théâtre Variété Humberto aus den Händen Ihres unvergeßlichen Herrn Vaters übernommen habe. Ich habe dieses Unternehmen zu den ersten in Europa emporgehoben. Ich verdanke es Ihnen und dem Andenken Ihres Vaters, daß Sie es mir durch wohlwollende Mitarbeit ermöglicht haben. Es war eine Freude, hier zu arbeiten. In den letzten Jahren hat der Erfolg etwas nachgelassen. Daran waren nicht die Programme schuld. Der Geschmack der breiten Massen ändert sich, und das Varieté zieht nicht mehr so sehr. Sie haben mir mehrmals vorgeschlagen, das Unternehmen in ein Revue-Theater umzuwandeln. An der Schwelle der Siebzig fühle ich mich nicht mehr dazu berufen. Ich hoffe, daß ich Ihnen meinen Entschluß rechtzeitig bekanntgebe, damit Sie in Ruhe die Änderung in der Leitung und im Betrieb durchführen können. Sollten Sie bereits im Juni mit der Revue beginnen wollen, werde ich alles Nötige veranlassen, daß Ihnen schon im Mai die Bühne für die Proben zur Verfügung steht. Nur auf eins mache ich aufmerksam: der Name Humberto verschwindet von den Affichierungen zugleich mit mir. Das ist meine Firma – wollen Sie bitte den ursprünglichen Vertrag vom Jahre 1890 einsehen –, und über diese disponiere ausschließlich ich. Ich brauche Ihnen wohl nicht zu versichern, daß ich sie in keiner Weise gegen Ihr Unternehmen mißbrauchen werde. Der Name Humberto wird anders, in ganz anderer Gestalt, weiterleben. Mit herzlichem Gruß Ihr ergebener Wenzel Karas, Direktor.«

Die jungen Brüder Breburda antworteten sehr herzlich und schrieben, daß sie seinen Entschluß mit Bedauern zur Kenntnis genommen hätten. Sie dankten ihm für seine Arbeit, würdigten ausführlich seine Verdienste und baten um seine Ratschläge, bevor die Änderung durchgeführt sein würde.

»Den Abschied Nummer Eins hätten wir also hinter uns«, sagte sich Karas, als er den Brief zu den Vertragsakten legte. Dann rief er seinen Sekretär und diktierte ihm ein Rundschreiben für die Agenturen und Briefe für die Infövazikün und die Inorvaziun über seinen Abgang von der Direktion und über das Erlöschen der Firma Théâtre Variété Humberto. Einer dieser Briefe verursachte, daß Präsident O'Harrieh jene sensationelle Aufforderung an die Stars ins Programm einfügte.

Dann begann die letzte Saison für Wenzel Karas, die schönste Zeit seines Lebens. Alles war fertig, alles vorbereitet, keine neuen Verträge mußten unterzeichnet, keine neuen Nummern gesucht werden. Die Artisten kamen in dem Bewußtsein, daß sie zum letztenmal in diesem Haus seien und daß sie, sollten sie nach Jahren wiederkommen, hier nicht mehr so freundlich Vater Karas begrüßen würde, der seit undenklichen Jahren für ihren Erfolg und ihr Wohl gesorgt hatte. Alle zwei Wochen lösten die Menschen einander ab, aber hinter den Kulissen herrschte ständig die gleiche herzliche feierliche Stimmung. Es war, als schwebte über jeder Garderobe die Melancholie von Abschied und Erinnerung. Nur durch mitteilsame Anteilnahme konnte das alles überwunden werden. Vater Kars saß, von allen Sorgen befreit, unter ihnen auf den winzigen Garderobenstühlchen und konnte sich nicht satthören an den Gesprächen, die ihm von hundert Seiten von neuem das bunte Leben der Artisten und Artistinnen, das er so sehr liebte, hervorzauberten. Als ob er den Rosenkranz betete, fragte er jede »Nummer« nach ihrer ganzen Verwandtschaft bis zu den Großvätern und Großmüttern aus, verfolgte die Tätigkeit der Onkel und Tanten, Schwäger und Schwägerinnen, Vettern und Basen, rief sich die Schicksale der Partner und Teilhaber jeder Firma von neuem ins Gedächtnis, verfolgte mit Interesse, wann und wohin jemand verschwunden, wer von dieser ewigen Fahrt von Stadt zu Stadt abgesprungen sei. Es waren hauptsächlich Frauen, die unter dem Brautschleier die Kulissen und Manegen verließen, ohne daß dabei ihre Berufsverwandtschaft unterbrochen worden wäre. Vater Karas führte auch diese untreuen Schönen in Evidenz, interessierte sich für das Schicksal jedes der kleinen Girls, die je auf seiner Szene aufgetreten waren, und ihre würdevollen Ehemänner, die nicht selten durch glänzende Titel hervorragten, reihte er als Schwäger in diese stetig wechselnde und sich wandelnde Familie ein. Mit vielen dieser Ehepaare stand er wenigstens in brieflichen, wenn nicht in persönlichem Verkehr. Seine herzlichen Hochzeitsglückwünsche erweckten in der jungen Ehefrau in der Regel so schöne Erinnerungen, daß sie nicht widerstehen konnte und dem unvergeßlichen Prinzipal einen Dankesbrief schickte. Und Karas antwortete so herzlich, als wären es wirkliche Verwandte. Wenn er jetzt, losgelöst von allen Sorgen, in die Welt führe, würde er wohl in ganz Europa als willkommener Gast in zahllosen Schlössern und Villen leben können, begeistert empfangen von Fürstinnen, Gräfinnen und Baronessen, von Ehefrauen von Diplomaten, Großindustriellen und Direktoren, denn sie alle hatten einst ihre Schönheit und ihre Kunst unter seinem Patronat erstrahlen lassen. Immer luden sie ihn herzlich ein, und jetzt, als bekanntwurde, daß er sein steinernes Haus verlassen werde, kamen von neuem ihre parfümierten Briefe mit ihren Erinnerungen, Danksagungen und Glückwünschen, unter die sich nicht selten ein Seufzer über die verlorene Schönheit des Lebens auf der Bühne stahl. Als die Saison zur Neige ging, häuften sich die teilnahmsvollen Briefe aus allen Teilen der Welt, aus Amerika, Australien, Indien und Japan; wo irgend es ein Varieteunternehmen oder einen Wanderzirkus gab, überall lebte jemand, der in Liebe des Vaters Karas gedachte und mit seinem Glückwunsch fürs neue Leben nicht unter den letzten sein wollte. Die Briefpakete wuchsen allmählich zu ganzen Stößen und bildeten den beglückenden Stolz des greisen Karas.

»Das ist mein Lohn«, pflegte er zu sagen, wenn er einen seiner Gäste an den Tisch führte, auf dem seine letzte Korrespondenz aufgestapelt lag, »ich habe meinen Namen mit den kleinsten Lettern drucken lassen, und sehen Sie, er ist bekannt und geehrt in der ganzen Welt.«

Anfang Mai fuhr Karas nach Budweis und wanderte an einem schönen Morgen über Täler und Höhen nach Oberschneedorf. Die weit ausladende schöne Lärche am Grabe des Vaters und der Mutter begrüßte ihn mit zitternden Ästen. Er stand eine geraume Weile da, bevor er seine Gedanken darüber sammeln konnte, was das Leben ist. Dann ging er ins Dorf hinab, wo er niemand mehr besaß und wo ihn niemand erkannte. Es waren größtenteils Frauen da, die Männer waren draußen in der Welt, beim Zirkus. Er mußte unwillkürlich lächeln bei dem Gedanken, was sie beide, er und sein verstorbener Vater, verursacht hatten. Er sah in die Kirche, begab sich zum Pfarrgarten, um sich davon zu überzeugen, daß die Birn- und Pflaumenbäume immer noch über den Zaun ragten. Dann ging er ein Stückchen in den Wald, betrachtete den Krebsbach, und in einem Eichenwäldchen schärfte er unwillkürlich den Blick, ob er nicht im Gras ein Pilzhütchen erblickte. Er durchstreifte die Wälder seiner Kindheit bis zur deutschen Seite, wartete dort auf den Omnibus und fuhr befriedigt ins Tal nach Budweis.

Schön war es hier, schön, still und friedlich, aber er wird die Großstadt nicht mehr verlassen. Er hat sich zu sehr an ihr Treiben und ihr rasches Tempo gewöhnt.

Als er zurückkehrte, fand er, daß der Sekretär an den mit Bergen von Briefen bedeckten Tisch einen zweiten hatte schieben müssen, der auch wieder voll war.

»Jetzt im Mai«, sagte der Sekretär, »ist es eine Lawine. Es sind viele Anmeldungen von Artisten darunter, die sich am 31. persönlich von Ihnen verabschieden möchten.«

»Die Welt ist doch nur gut, mein Junge, und das Leben ist schön«, sagte Karas gerührt.

»Das habe ich mir auch schon gedacht«, antwortete der Nachfolger Steenhouwers, dessen Haar bereits grau zu werden begann, »aber es wird wohl so sein: jeder Mensch bildet sich seine Welt und zum Schluß findet er sie so, wie er sie selbst um sich geschaffen hat.«

»Mag sein«, nickte Karas, »aber was machen wir mit den Besuchern?«

»Es wird wie in einem Irrenhaus zugehen. Bis zum 31. ist ausverkauft, und hier sind noch eine Menge Anmeldungen.«

»Ob wir am Nachmittag für sie spielen!«

»Das geht nicht, Herr Direktor. Wir haben das Theater den Brüdern Breburda für die Proben überlassen, und sie werden an diesem Tag gerade Generalprobe haben. Das einzig Mögliche wäre vielleicht... wenn Sie ein paar Tausend opfern wollten... irgendwo einen Tee zu geben, gewissermaßen einen Empfang, und dort von allen Abschied zu nehmen.«

»Blendend, mein Junge. Auf ein paar Tausender kommt's nicht an, aber auf ein Wiedersehen mit lieben Menschen. Besorgen Sie das, bitte, selbst, Herr Kauble, ich werde ohnehin dauernd Korrespondenz zu erledigen haben.«

*

»Wünschen Sie vielleicht Tee, Herr Redakteur, oder zuerst Kognak?« fragte Herr Kauble. »Kognak, nicht wahr. Bitte, sich einen Augenblick zu gedulden. Nehmen Sie, bitte, hier Platz, hier werden sie einen guten Überblick haben.«

Herr Trunec, der alte Lokalberichterstatter von der »Hlas národa«*, schaute sich um.

In der Halle war eine ausgesuchte Gesellschaft versammelt. Auf der gegenüberliegenden Seite befand sich ein Treppenaufgang, auf dem immer neue Gäste herunterkamen, und der von rot und blau livrierten Platzanweisern aus dem Varieté umsäumt war.

»Eine blendende Gesellschaft, herrliche Toilette, alles, was recht ist. Aber Sie werden mir schon sagen müssen, wenn ich bitten darf, wer die Herrschaften sind. Ich kenne hier niemanden. Zum Beispiel die Dame dort in dem roten Moirékleid...«

Trunec hatte inzwischen das Papier auf den Tisch gelegt und zückte den Bleistift.

»Das ist die Gräfin Sellingen-Waldenhorst, Herr Redakteur, früher einmal die Bauchtänzerin La Bella Josma. Und dort die ältere Dame mit dem Federschmuck im Haar ist die Fürstin Caldini, das ehemalige erste Girl der zweiten Gruppe Tillers. Die junge Dame in dem gelben Seidenkleid ist die Gattin des schwedischen Gesandten Baron Svendson, eine hervorragende Äquilibristin aus dem Duo Jansen and Maud. Die alte Frau neben ihr ist die Witwe des Platzmeisters Kerholec, die Kunstreiterin Alice Harwey, und die drei Herren bei ihr sind ihre Söhne, die Inhaber des weltberühmten Zirkus Kranz. Die junge Dame in Blau, die sich gerade mit ihnen unterhält, ist Fräulein Ella Svoboda aus Oberschneedorf, eine hervorragende Kunstreiterin in deren Unternehmen. Herr Ober, schenken Sie dem Herrn Redakteur noch einen

* »Stimme der Nation.«

Courvoisier ein. Neben Fräulein Svoboda steht Edmond Gambier aus der berühmten Dompteurfamilie Gambier, und die Dame, die sich jetzt zu ihm gewandt hat, ist eine gewesene russische Großfürstin, die bereits wieder als Xylophonistin arbeitet. Der dicke Herr mit dem Bierglas in der Hand ist Lubitschke-Sailoni aus Berlin, der Generalsekretär der Infövazikün, und die beiden Herren, die jetzt mit ihm sprechen, sind das Jongleurduo Jean & Jean, Cikhart und Cerha, ebenfalls aus Oberschneedorf. Die Dame, die gerade die Treppe herunterkommt, ist die Frau des Bremer Bankiers Liebelt, eine gewesene Verkleidungskünstlerin, und der Herr, der sie begleitet, ist der Kommerzienrat Steinitz, der Besitzer des Berliner Eden. Das hier ist der Fabrikant Kostečka mit Gemahlin...«

»Wäsche Excelsior, Těšnov, nicht wahr?« bemerkte Trunec, eifrig weiter schreibend und froh, daß er endlich jemand kannte.

»Ja, und mit ihnen geht ihr Schwiegersohn, Universitätsprofessor Dr. Karas mit Gemahlin, ein Mathematiker von Weltruf...«

»Den kenne ich nicht, zu meiner Zeit war es ein Niemand...«

»Und hier diese schöne Dame ist auch ein Niemand, das ist die Marquise of Breadwall, die war nur Figurantin bei dem Zauberer Spelterini. Aber das junge Mädchen hinter ihr ist aus einer alten Zirkusfamilie, Albertine Gevaerts, Jongleuse. Jetzt entschuldigen Sie mich, bitte, für einen Augenblick. Herr Redakteur, dort winkt mir gerade Herr O'Harrieh zu, der Präsident der Artistenloge. Ich komme sofort. Herr Ober, hierher, bitte, noch einen Courvoisier...«

Trunec war überglücklich, der Kognak war ausgezeichnet, durch den Saal ging ein angenehmes Rauschen. Längst war die Stunde seines Nachmittagsschläfchens gekommen. Jetzt, da ihm das Diktat nicht mehr in die Ohren drang, bemächtigte sich seiner eine wonnevolle Müdigkeit, und der gute, alte Trunec nickte über dem vierten Glas Kognak ein. Als er erwachte, war die Feier längst vorüber, die Lichter in der großen Halle waren ausgelöscht, Hotelaufräumefrauen stellten die Tische und Stühle wieder an ihren Platz, in der Ecke saßen die Kellner und zählten ihr Trinkgeld.

So kam es, daß die »Hlas národa«, das einzige Blatt, das seinen Berichterstatter zu dieser denkwürdigen Reception geschickt hatte, keinen Bericht darüber erhielt und daß wir kein Dokument darüber besitzen, wer noch alles erschienen war, was für Ovationen dem Vater Karas gemacht wurden, als er auf dem Treppenaufgang erschien, wie die feierliche Festrede des Präsidenten O'Harrieh gewesen und in wie vielen Sprachen die lauten Hochrufe und Trinksprüche ertönten. Wenzel Karas verließ seine Prager Wirkungsstätte so, wie er es geahnt hatte: die teilnahmslose Öffentlichkeit wußte nichts von ihm, aber die, welche ihn kannten, kamen mit Liebe und Dankbarkeit aus allen Enden des weiten Europa.

Obwohl kein dokumentarischer Bericht über jene Feierlichkeit vorliegt, können wir doch eine Einzelheit anführen, die niemand vorausgesehen hatte und dennoch für Wenzel Karas den Höhepunkt bildete.

Die Trinksprüche waren bereits vorbei, und Karas ging mit rosigem Gesicht freudig von einer Gruppe zur andern, als sich plötzlich die Türflügel öffneten und eine junge, auffallend schöne Dame in Reisekleidung eintrat, die ein schlanker Herr mit sonnverbranntem Gesicht begleitete. Sie sah sich suchend in der Gesellschaft um und schon lief sie zwischen den Gästen direkt auf Vater Karas zu.

»Großvater!«

»Ludmilla!«

Wenzel Karas umarmte und küßte seine Enkelin.

»Woher kommst du denn plötzlich? Du bist auch zur

Feier gekommen? Das ist reizend... Das ist das Schönste vom ganzen Tage! Wie geht es dir? Du siehst blendend aus! Und wie elegant du bist...«

»Und du bist, wie ich sehe, gesund, frisch und munter, das freut mich wirklich. Aber jetzt erlaube mir, daß ich dir in aller Förmlichkeit eine Mitteilung mache. Ich bin nicht allein gekommen. Ich muß meinen gütigen alten König gestehen, daß bereits ein anderer Prinz aufgetaucht ist...« Ludmilla drehte sich um und nahm ihren jungen Begleiter bei der Hand.

»Großvater, ich habe mich verlobt...«

»Dein Bräutigam?«

»Ja. Graf Mario Pallachich, Großgrundbesitzer. Hier hast du meinen reizenden Großvater, Mario!«

»Ich bin unendlich froh, Ihnen vorgestellt zu werden, Herr Direktor!«

Der junge Mann mit dem Schnurrbart verneigte sich und drückte dem alten Herrn die Hand. Mit einemmal lief es ihm für den Bruchteil einer Sekunde über den Rücken: der gütige Greis mit den rosigen Wangen durchbohrte ihn, ein Lächeln auf den Lippen, mit einem Blick, der ihm durch Mark und Bein ging. Ein Raubtier konnte keine schärferen Augen haben, als es diese beiden Pupillen waren, die sich plötzlich zusammenzogen. Aber im nächsten Augenblick war es wieder vorüber, und nur ein gütiges Lächeln blieb zurück, und ihm war, als glitten die Augen des alten Mannes wie eine milde Hand und streichelte an ihm herab.

»Schön willkommen, Herr Graf. Das ist wirklich eine doppelte Überraschung. Kommt, Kinder, da müssen wir mit einem Glas Champagner anstoßen. Die Eltern sind fortgegangen, es hat sie hier nicht besonders amüsiert. Wissen sie, daß ihr da seid?«

»Nein, Großvater. Du mußt der Erste sein. Dir habe ich mein Versprechen gegeben – und dir als Ersten muß ich melden, daß ich es gehalten habe.«

»Auf Eure Gesundheit, Kinder, möget ihr glücklich miteinander werden!«

Sie hoben in feierlicher Stimmung ihre Gläser.

»Und jetzt kommt die Hauptsache, Ludmilla, was wird denn jetzt eigentlich aus dir: du willst das Tanzen aufgeben?«

»Nein, Großvater. Wir haben schon mit Mario darüber gesprochen. Ich gebe das Engagement auf, aber ab und zu werde ich in den großen europäischen Städten an selbständigen Abenden auftreten. Mario ist in mein Tanzen verliebt und wünscht sehnsüchtig, daß ich tanze. Er ist ja so lieb, Großvater...«

»Ludmilla Humberto wird also weiterexistieren?«

»Ja.«

»So ist's recht. Damit wir das Flämmchen erhalten, das uns Gott anvertraut hat. Und damit der Name nicht erlischt, weißt du! Ich habe ihn hier ausgelöscht, weil du ihn tragen wirst. Wo wird denn euer Sitz sein?«

»Auf Marios Gütern, Großvater, in Hogy-Mezö-Vásárhely bei Szegedin.«

»Was sagst du da? Wie heißt Mario? Pallachich? Das ist ja unglaublich, das ist ja fabelhaft! Graf Mario, wissen Sie, daß Sie der dritte Pallachich sind, der sich in eine Humberto verliebt hat?«

»Ich habe keine Ahnung, Herr Direktor.«

»Das ist eine großartige Geschichte. Das muß direkt in den Sternen gestanden haben. Aber das ist eine Geschichte, die ich Ihnen erst bei der Hochzeitstafel erzählen werde. Sie haben doch in Hogy-Mezö-Vásárhely eine Lipizzanerzucht?«

»Ja, Herr Direktor.«

»Nun, dann ist es also wahr. Die ersten Lipizzaner des Zirkus Humberto, von denen ich dir, Ludmilla, erzählt habe, stammen aus dem Gestüt Hogy-Mezö-Vásárhely. Ein großes P mit einer Krone im linken Hinterbein eingebrannt, nicht wahr?«

»Ja.«

»Ich hoffe, Großvater«, bemerkte Ludmilla mit glänzenden Augen, »daß du sie dir anschauen kommst. Wir wären natürlich am glücklichsten, wenn du dann überhaupt bei uns bliebest.«

»Nun, ich wollte mein Leben eigentlich hier in Prag beenden. Aber wenn ich wieder zu den Pferdchen zurückkehren könnte... Wißt ihr, Kinder, ich habe viel gesehen, viel kennengelernt, viel versucht, aber das Leben mit den Pferdchen ist von allem doch am schönsten. Es sind so edle, vollkommene Geschöpfe...«

Die Augen des greisen Reiters Vaschku glänzten bei der Erinnerung. Manch liebes Mal hatte er sie alle vor sich gesehen, die kleine Mary und Miß, den feurigen Santos, die gutmütige Füchsin Admira, Agnes' Chérie, Helenens Grauschimmel Ajax, die goldfalbe Valentine, die kokette Isabella Dahomey, Leporello, Cyrus, Kismet – eine endlose Reihe war es, die er alle von Kindheit an vergöttert hatte.

»Pferdchen, meine lieben Pferdchen...« flüsterte er jetzt mit schmeichelnder Stimme, und sein Blick verlor sich in die Ferne seines vergangenen Lebens, »ihr seid das Schönste im Zirkus Humberto gewesen... ihr waret, ihr seid jetzt noch... meine einzige wirkliche Liebe...«

»Siehst du, Großvater«, fiel Ludmilla zärtlich ein, »das alles kannst du jetzt bei uns in Hogy-Mezö-Vásárhely bei Szegedin wiederfinden. Lipizzaner gibt es dort, englische Vollblutpferde, Rennpferde, Hunter und wie sie alle heißen... Es ist ein großes Gestüt, das nur noch einen erfahrenen Fachmann brauchen würde, um sich einen europäischen Namen zu erwerben...«

»Mein Gott, Ludmilla, wäre das ein schöner Lebensabschluß. Vielleicht komme ich. Ich glaube, ich komme. Ja, Mädel, ich komme, ich komme.«

»Alles ist dort vorhanden, Großvater, du wirst völlig glücklich sein. Nur einen Namen hat das Gestüt noch nicht. Aber Mario weiß schon, wie er es taufen wird.«

»Welchen Namen wollen Sie ihm denn geben, Herr Mario? Davon hängt viel ab!« wandte sich Karas an den Grafen.

»Es wird der Name sein, der mir am schönsten in den Ohren klingt. Und der, wie ich eben höre, mir vom Schicksal bestimmt worden ist: Gestüt Humberto.«

»Gestüt Humberto!« rief der siebzigjährige Vaschku. »Gestüt Humberto! Kinder, da müssen wir noch ein Gläschen auf sein Wohl leeren. Das ist wirklich großartig, wie dieser Name fortlebt und in immer veränderter Gestalt von neuem aufersteht, als wäre er zur Unsterblichkeit bestimmt. Ein wahrer Phönix! Menagerie, Zirkus, Varieté, Tanz und jetzt ein Rennstall. Immer etwas, wo ein Flämmchen Vollkommenheit flackert. Immer etwas, wo man nicht nur dem täglichen Brot zuliebe schafft. Immer etwas, wo die Menschen höher emporstreben! Das ist es, was ich in diesem Namen geehrt und geliebt habe. Auf eure Gesundheit, Kinder! Die Flamme erlischt nicht – der Zirkus Humberto wird ewig leben!«

Aufstieg und Niedergang eines Familienunternehmens

Als Band mit der Bestellnummer 11243 erschien:

Seit über zweihundert Jahren bewirtschaftet die Familie Lorentz ein großes Weingut im Badischen. Großvater Lennard Lorentz ist Patriarch und ungekrönter König der Region. Doch seine Kinder und Enkelkinder scheinen dem großen Erbe, das er dereinst hinterlassen wird, nicht gewachsen. Zur dramatischen Wende kommt es, als Lennard Lorentz nach dem Unfall eines Winzers in Untersuchungshaft gerät. Seine Schwiegertochter nimmt das Heft in die Hand und verbündet sich mit Lennards Erzfeind, dem Vorsitzenden der Winzergenossenschaft.

BASTEI
LÜBBE